Beate Maly

ELSAS GLÜCK

AF203991

Autorin

Beate Maly, geboren und aufgewachsen in Wien, arbeitete zunächst als Kindergärtnerin und in der Frühförderung, bevor sie mit dem Schreiben begann. Neben Geschichten für Kinder und pädagogischen Fachbüchern hat sie inzwischen elf historische Romane geschrieben und fünf historische Krimis. In »Elsas Glück« bringt sie ihre Liebe für die Erziehungswissenschaften in einen wundervoll warmherzigen und unterhaltsamen Roman ein.

Besuchen Sie uns auch auf
www.instagram.com/blanvalet.verlag und
www.facebook.com/blanvalet.

BEATE MALY

Elsas
GLÜCK

ROMAN

blanvalet

Penguin Random House Verlagsgrupp FSC® N001967

1. Auflage
Copyright © 2020 by Blanvalet
in der Penguin Random House Verlagsgrupp GmbH,
Neumarkter Straße 28, 81673 München
Vermittelt durch die Literarische Agentur Thomas Schlück GmbH,
30161 Hannover
Redaktion: Kerstin von Dobschütz
Umschlaggestaltung: Favoritbuero, München
Umschlagmotiv: © Look and Learn/Bridgeman Images;
Shutterstock.com (warunyu mueanrat; YouraPechkin;
borisenkoket; Everett Collection)
NG · Herstellung: sam
Satz: GGP Media GmbH, Pößneck
Druck und Bindung: GGP Media GmbH, Pößneck
Printed in Germany
ISBN 978-3-7341-0923-2

www.blanvalet.de

WIEN

Herbst 1928

1

Pädagogisches Institut

Ein Handkarren blockierte die Gleise, und die Tramway blieb direkt vor dem Wiener Burgtheater stehen. Nervös lehnte sich Elsa aus dem Fenster. Eine ganze Ladung Salzgurken und Sauerkraut war auf der Straße gelandet. Die Flüssigkeit versickerte zwischen den Pflastersteinen. Der arme Junge, dem das Missgeschick passiert war, stand händeringend daneben und betrachtete fassungslos das Malheur. Saurer Essiggeruch stieg durch die offenen Fenster ins Innere des Waggons. Elsa rümpfte die Nase. Sie war wieder einmal zu spät dran. Leider gehörte Pünktlichkeit nicht zu ihren Stärken. Angespannt warf sie einen Blick auf ihre neue Armbanduhr, die sie letzte Woche zum zweiundzwanzigsten Geburtstag von ihren Eltern bekommen hatte. »Damit du nicht ständig zu spät kommst«, hatte ihr Vater, Jakob Sonnstein, gesagt. Das Geschenk würde ihr heute nicht weiterhelfen. Diesmal war es nicht Elsas Schuld, dass sie sich verspätete. Sie hatte nicht vorhersehen können, dass sich auf der kurzen Strecke von der Universität zum Burgring ein Unfall ereignete. Wenn Elsa jetzt ausstieg und einen Teil der Strecke lief, würde sie es vielleicht noch rechtzeitig zum Beginn der Vorlesung in den Hörsaal schaffen.

Sie stand auf und drängte zum Ausgang. Zum Glück

hatten die Waggons der Elektrischen offene Plattformen ohne Türen. Elsa konnte abspringen. Vor ihr lag der Wiener Rathauspark, dahinter erhob sich der neugotische Prunkbau mit seinen zahlreichen Türmchen und Erkern. Mit dem Blick auf den Rathausmann, einer riesigen Ritterfigur auf der Spitze des höchsten Turms, setzte Elsa zum Sprung an. Doch mitten in der Bewegung hielt eine unfreundliche Stimme sie zurück: »Halt! Das Ein- und Aussteigen ist nur an den Stationen gestattet.«

Elsa blickte in das grimmige Gesicht einer Schaffnerin, die im hinteren Teil des Wagens, etwas erhöht, hinter einem Schalter saß und von ihrem Platz aus den ganzen Waggon unter Kontrolle hatte.

»Die Straßenbahn steht doch.« Elsa versuchte es mit ihrem charmantesten Lächeln und appellierte an das Mitgefühl der Frau. »Ich muss ganz dringend zu einer Veranstaltung. Können Sie nicht eine Ausnahme machen? Sie schauen kurz zu den Essiggurken auf der Straße, und ich steige aus? Bitte!«

Doch der Versuch prallte an der unfreundlichen Schaffnerin ab. »Vorschrift ist Vorschrift. Wo komma denn da hin, wenn ein jeder Fahrgast a Ausnahme haben will. Nehmen's gefälligst wieder ordentlich Platz, so wie es sich ghört. Es wird no a bisserl dauern.«

Sollte Elsa sich über die Vorschrift hinwegsetzen und einfach abspringen? Sie erblickte einen Polizisten, der am Straßenrand stand und den Ablauf des Salzgurkenunfalls auf einem kleinen Notizblock festhielt. Seufzend ließ Elsa es bleiben. Es war zwecklos. Sie wollte sich nicht mit dem Hüter des Gesetzes anlegen. Die Schaffnerin konnte sie nicht überzeugen. Noch vor ein paar Jahren wäre es undenkbar gewesen, dass Frauen in Männerberufen tätig waren. Dies war wohl die einzig erfreuliche Entwicklung, die der schrecklichste aller Kriege mit sich gebracht hatte. Als alle Männer an der Front gewesen waren, hatten Frauen die anstehenden Arbeiten übernommen. Die neu erworbenen Privilegien hatten sie sich auch nach Kriegsende nicht nehmen lassen. Seither gab es in Wien Schaffnerinnen, Briefträgerinnen, Straßenbahnfahrerinnen und Ärztinnen. Sogar in Tischlereien waren ein paar Frauen anzutreffen.

Resigniert ließ sich Elsa wieder auf einer der Holzbänke nieder. Ihr gegenüber saßen ein Mann und eine Frau. Beide waren in etwa im Alter von Elsas Eltern.

»Was ham's denn für einen wichtigen Termin, Fräulein?«, erkundigte sich die Frau neugierig. Sie beugte sich zu Elsa und bot ihr eine der Krachmandeln an, die sie aus einem Papiersäckchen naschte.

»Danke.« Elsa griff bereitwillig zu und steckte eines der Seidenglanzbonbons mit cremigem Haselnusskern in den Mund. »Ich möchte zu einem Vortrag in die Burggasse 14.«

»Ist dort nicht das neu gegründete Pädagogische Institut der Stadt Wien?«, mischte sich der Mann ein. Die Frau hielt auch ihm ihre Krachmandeln entgegen, doch er schüttelte ablehnend den Kopf.

»Ja«, sagte Elsa.

»Sind Sie Lehrerin?«

»Noch nicht.« Die Antwort war weitaus komplizierter, zu kompliziert, um sie mit einer Fremden in der Straßenbahn zu erörtern. Elsa schob die Krachmandel in die rechte Wange. Das Bonbon schmeckte nach Marzipan.

»Mein Enkelsohn ist Anfang September eingeschult worden«, fuhr die Frau fort. Ihr Mitteilungsbedürfnis war ungewöhnlich. Wegen der Süßigkeit in ihrem Mund sprach sie etwas undeutlich. »In einer von den ganz neuen Schulen, die die rote Stadtregierung erbaut hat, in der Natorpgasse. Ein sehr schönes Gebäude. So hell und freundlich. Ganz anders als die Klassen, in denen wir früher unterrichtet worden sind.«

»Pah, alles Unfug«, brummte der Mann. Trotz des warmen Herbsttages trug er über seinem Anzug einen dicken Wollmantel, dessen Ärmel abgestoßen waren. Das Kleidungsstück hatte schon bessere Tage gesehen. Auf dem Kopf hatte er einen aus der Mode gekommenen Hut, und auf seinem Schoß hielt er eine abgegriffene Aktentasche. »Die ganze Schulreform war ein Fehler. Seit dem unglückseligen Kriegsende glauben die Politiker, alles verändern zu müssen. Heute liest man in den Zeitungen von Reformpädagogik, ganz so, als wäre es schlecht gewesen, was wir gelernt haben. Ich wünschte, der Kaiser würde noch leben. Dann wäre so ein Unfug nicht möglich.«

Wie viele Österreicher schien auch er zu jenen zu gehören, die an einer erfolgreichen Zukunft der neu gegründeten Republik zweifelten. Der Krieg hatte den stolzen Vielvölkerstaat der Habsburger, der über Jahrhunderte in der politischen Landschaft Europas eine federführende Rolle gespielt hatte, zu einem Winzling geschrumpft.

»Das Schulsystem war völlig veraltet«, erklärte Elsa überzeugt. »Es war dringend notwendig, es zu erneuern. Seit Maria Theresia hat sich das Land verändert und mit ihm auch die Menschen, die darin leben.« Sie war eine glühende Verehrerin von Otto Glöckel, der als Unterrichtsminister für einen neuen Wind in den österreichischen Schulen sorgte. Endlich hatten auch Frauen freien Zugang zur Universität, und Gewalt von Lehrern gegen Schüler war Geschichte, zumindest auf dem Papier. Elsa hatte als eine der Ersten davon profitiert.

»Sie sind ein junger Mensch, wie wollen Sie beurteilen können, was Kinder brauchen? Ich habe jahrelang unterrichtet, und ich sage Ihnen, das Wichtigste sind Disziplin und Ordnung.«

Aha, daher wehte der Wind. Der Mann war ein Lehrer im Ruhestand. Elsa hätte wirklich zu Fuß gehen sollen. Jetzt kratzte sich der Fahrgast selbstgefällig unter seinem Hut, dabei rutschte der nach hinten und legte eine hohe, schwitzende Stirn frei.

»Also unser Fredi, der fühlt sich sehr wohl in seiner Schule, und er hat eine so liebe Lehrerin«, schwärmte die Frau. »Er freut sich jeden Tag auf den Unterricht und lernt mit so viel Eifer, dass es eine Freude ist, ihm dabei zuzuschauen.«

»Dann ist er ein kluger Junge, seien Sie froh darüber. Aber eine Lehrerin hat nicht lieb zu sein«, empörte sich der Mann. »Sie soll hart durchgreifen können. Stellen Sie sich vor, wie die Männer im Krieg reagiert hätten, wenn wir sie verweichlicht erzogen hätten? Beim ersten Schuss des Feindes wären sie davongelaufen. Puff – und alle Schützengräben wären leer gewesen.«

»Was wäre daran verkehrt gewesen? Es hätte vielen jungen Männern das Leben gerettet und die größte Katastrophe in Europa verhindert.« Obwohl Elsa leise sprach, wurde ihre Bemerkung gehört.

Auf der Stelle lief das Gesicht des Lehrers dunkelrot an. Aufgebracht schnappte er nach Luft. Es war unüblich, dass eine junge Frau einem deutlich älteren Herrn in der Öffentlichkeit widersprach. Auch seine Sitznachbarin schien überrascht. Elsa erwog, ob sie sich entschuldigen solle. Doch gerade als sie zu einer Antwort ansetzte, fuhr ein Ruck durch den Waggon, und die Tramway setzte die Fahrt fort. Elsa schwieg. Mit übertriebener Neugier starrte sie aus dem Fenster. Der Junge hatte die Reste seiner kaputten leeren Fässer wieder auf seinen Handkarren geladen und schob ihn niedergeschlagen zur Seite des Prachtboulevards, wo hohe Platanen für Schatten sorgten und man auch im Sommer bei angenehmen Temperaturen flanieren konnte. Er musste dabei Pferdekutschen, Fußgängern und zwei Automobilen ausweichen. Elsa verlor ihn rasch aus den Augen, da die Straßenbahn an Tempo zulegte. Sie richtete ihre Aufmerksamkeit trotzdem weiter auf die Straße in der Hoffnung, so eine Fortsetzung des Gesprächs zu vermeiden. Ihre Rechnung ging auf. Die Frau steckte sich eine weitere Krachmandel in den Mund, und der Mann neben ihr schwieg grimmig.

Als die Tramway in die Station am Burgring einfuhr, wartete Elsa bereits ungeduldig beim Ausstieg. Noch bevor der Wagen vollständig anhielt, sprang sie von der Plattform und sauste los. Vorbei an einem Zeitungskiosk und einem Würstelstand, hin zu den großen Museen, die der Kaiser im Zuge der Schleifung der Stadtmauer und Errichtung der Ringstraße hatte erbauen lassen. Obwohl sie Schuhe mit niedrigen Absätzen trug, wurden ihre Schritte im gekiesten Weg der Parkanlage langsamer. Elsa wich in die Wiese aus, auch auf die Gefahr hin, dass der Parkwächter sie abmahnte, denn das Betreten der Grünanlagen war strengstens verboten. Elsa hatte Glück, ihr Vergehen blieb unbemerkt, der Mann in Uniform hatte sein Augenmerk auf einen Hundebesitzer gerichtet, dessen Tier im Gras die Notdurft erledigte. Sie lief am übergroßen Denkmal von Maria Theresia vorbei und bog schließlich in die Burggasse ein, wo sie nach einem Hausnummernschild suchte. Sie blieb kurz stehen und entdeckte einen dürren Mann in einem schäbigen Mantel. Er kauerte in einem Rundbogentor eines Gründerzeithauses, hatte einen schmutzigen Hut auf dem Kopf und hielt ein Stück ausgefransten Kartons in der Hand. Darauf stand in krakeliger Schrift: »Suche Arbeit«. Elsa wurde langsamer. Er war nicht der erste Arbeitssuchende, der ihr heute begegnet war. Wien war voller Menschen, die erfolglos ihre Dienste anboten. Die Hoffnungslosigkeit in den Augen des Mannes rührte Elsa. Eigentlich hatte sie keine Zeit und musste weiter, doch die ausgemergelte Gestalt zwang sie förmlich dazu, in ihrer Tasche nach ihrer Geldbörse zu suchen, die ganz nach unten gerutscht war. Elsa fand sie, hatte keine Münzen, holte deshalb einen Geldschein heraus und legte ihn dem Mann in die offene Hand. Es war eine hohe Summe, mit der der Mann nicht gerechnet hatte.

»Vielen Dank, gnädiges Fräulein. Das ist sehr großzügig.« Er zog seinen Hut und verbeugte sich. »Ich hätte niemals gedacht, dass ich jemals in so eine Situation kommen würde. Gott segne Sie für Ihr gutes Herz.«

Die Art, wie er sprach, ein leicht nasaler Einschlag, verriet, dass er Bildung genossen hatte. Der Krieg hatte Menschen aus allen Gesellschaftsschichten um ihre Existenz gebracht. Mit dem Untergang der Monarchie waren Arbeiter und Handwerker ebenso arbeitslos geworden wie ehemalige Beamte des Kaisers. »Alles Gute«, wünschte Elsa, dann lief sie weiter.

Vor einem Gebäude, das so groß war, dass es sich über die Straßennummer 14–16 erstreckte, machte sie halt. Es war das erste Mal, dass sie am Pädagogischen Institut war. Hier wurden seit ein paar Jahren Fortbildungen für Lehrer und Lehrerinnen abgehalten und Studenten für die Lehramtsprüfung vorbereitet. Seit Kurzem standen auch Lehrveranstaltungen bedeutender Psychoanalytiker auf dem Lehrplan. Eine solche wollte Elsa heute besuchen. Den Anfang hatte sie jedoch bereits verpasst. Rasch ging sie auf das doppelflügelige Tor zu. Gemeinsam mit zwei anderen jungen Frauen betrat sie das Institut. Die beiden waren in ein Gespräch vertieft, weshalb Elsa sich an den Portier neben dem Eingang wandte. Er hockte in einer kleinen verglasten Kabine.

»Wissen Sie, wo der Vortrag von August Aichhorn stattfindet?«

»Erster Stock, Hörsaal Nummer 2!« Der Mann wies mit seiner Rechten zur Treppe. Der linke Arm fehlte ihm. Der Ärmel steckte leer in der Tasche seines dunkelblauen Arbeitsmantels. Männer mit fehlenden Gliedmaßen gehörten seit Kriegsende ebenso zum Alltagsbild der Stadt wie Bettler und Arbeitslose. Man hatte sich daran gewöhnt.

Elsa bedankte sich und rannte die breiten Stufen hinauf, dabei nahm sie immer zwei auf einmal. Oben angekommen blieb sie vor der weiß gestrichenen Holztür mit dem Schild »Hörsaal 2« stehen. Sie atmete einmal tief durch, bevor sie langsam und möglichst geräuschlos die Klinke herunterdrückte. Die Scharniere quietschten verräterisch laut.

Am Ende des langen, schmalen Saals stand ein kleiner Mann mit Brille, Glatze und grauem Kinnbart. Er unterbrach seine Rede mitten im Satz, woraufhin alle Studenten sich zu Elsa umdrehten. Mindestens dreißig Augenpaare waren auf sie gerichtet. Das Blut schoss ihr in die Wangen.

»Entschuldigung«, flüsterte sie leise und schlich auf Zehenspitzen in den Raum. Der Parkettboden unter ihr gab bei jedem ihrer Schritte ein knarzendes Geräusch von sich. Elsa schaute sich um. Die Bänke waren alle besetzt. In der vorletzten Reihe rückte einer der Studenten zur Seite. Einladend wies er auf den Platz neben sich. Er hatte blondes Haar, das ihm widerspenstig vom Kopf abstand.

»Danke«, flüsterte Elsa und setzte sich. Sie wagte es nicht, aus ihrer hellblauen Weste zu schlüpfen, aus Angst, dass sie damit noch weiteren Lärm produzierte.

»Guten Tag«, sagte der Vortragende, August Aichhorn. Elsa hatte ein paar seiner Beiträge gelesen, die er in der Zeitschrift der Psychoanalytischen Vereinigung publiziert hatte. Persönlich war sie ihm bisher noch nie begegnet. Er war ein korpulenter Mann, der einen altmodischen Anzug mit Weste trug. Das Sakko reichte über seine Hüften. »Wie ist Ihr Name?«, wollte er wissen.

Wieder drehten sich die Köpfe in ihre Richtung. »Elsa Sonnstein!« Ihre Stimme klang piepsig, dabei hatte sie für gewöhnlich eine tiefe Klangfarbe. Im Schulchor hatte Elsa immer die Altstimme übernommen. Ihr Herz klopfte. Würde der Professor sie vor allen mit Fragen löchern, die sie nicht beantworten konnte, weil sie den Anfang des Vortrags verpasst hatte?

Leise griff sie nach dem Notizblock in ihrer Tasche. Sie musste nicht danach suchen, denn er steckte im Seitenfach. Unauffällig legte sie ihn auf das Pult und schrieb in schneller Schrift: »Was habe ich verpasst?« Vorsichtig schob sie den Block zu ihrem Sitznachbarn in der Hoffnung, dass er ihr weiterhelfen würde. Er antwortete in winzig kleinen, akkurat gesetzten Blockbuchstaben: »Nichts, es geht gerade um Sie.«

»Fräulein Sonnstein«, sagte August Aichhorn. »Wie werden Sie als Lehrerin mit Schülern verfahren, die zu spät kommen?«

»Ich bin mir nicht sicher, ob ich jemals unterrichten werde.« Elsas Antwort entsprach der Wahrheit.

Aichhorn, der an seinem Pult lehnte, drehte sich um, ergriff eine Liste und fuhr mit dem Zeigefinger über das Blatt. An einer Stelle hielt sein Finger an.

»In meinen Unterlagen steht, dass Sie Germanistik und Philosophie an der Universität Wien studieren. Jetzt sitzen Sie in meinem Kurs, der sich an Lehramtskandidaten richtet. Wie soll ich Ihre Anwesenheit hier verstehen?«

Elsa räusperte sich. Die Antwort war nicht dazu geeignet, sie vor einem vollen Hörsaal zu erörtern. »Ich besuche Ihren Kurs im Rahmen meiner Schwerpunkte Psychologie und Pädagogik.«

»Aha.« Aichhorn legte die Liste wieder zurück auf das Pult und verschränkte die Arme vor der Brust. »Aber Sie sitzen jetzt in meinem Vortrag, daher wiederhole ich meine Frage und setze sie in den Konjunktiv. Was würden Sie tun, wenn ein Schüler zu spät zu Ihrem Unterricht erscheint?«

Elsa war irritiert. War das eine Fangfrage? Natürlich würde sie vom Schüler wissen wollen, warum er zu spät gekommen sei. Unsicher und daher sehr leise antwortete sie: »Ich würde mich bei dem Schüler nach dem Grund des Zuspätkommens erkundigen.«

»Ist das nicht belanglos? Schließlich ist es die Aufgabe des Schülers, pünktlich zu sein.«

Elsa räusperte sich und verlieh ihrer Stimme nun mehr Volumen. »Aus eigener Erfahrung weiß ich, dass es äußerst unangenehm ist, zu spät zu kommen«, sagte sie. »Ich glaube nicht, dass ein Schüler freiwillig oder absichtlich negativ auffallen möchte.«

»Was aber, wenn doch?«, bohrte Aichhorn weiter. »Wenn er Sie mit seinem Verhalten provozieren und Ihre Autorität untergraben will?«

Elsa biss sich auf die Unterlippe, bevor sie antwortete: »Dann wird es auch dafür einen Grund geben, den es herauszufinden gilt.«

Eine junge Frau mit einer aufwendig hochgesteckten Frisur, die schräg vor Elsa saß, kicherte hinter vorgehaltener Hand. Die blonde Studentin neben ihr mahnte sie zischend zur Ruhe. »Pst!«

Eine Weile schwieg Aichhorn und blickte über den Rand seiner Metallbrille in die Runde. Schließlich sagte er: »Hoffentlich treffen Sie bald eine Entscheidung, Fräulein Sonnstein. Es wäre schade, wenn Sie nicht unterrichten würden.« Er machte eine kurze Pause. »Und jetzt widmen wir uns wieder den Konzepten zur Erziehung aggressiver und delinquenter Jugendlicher. Auch hier geht es darum, das Verhalten der Heranwachsenden zu verstehen.«

Erleichtert atmete Elsa durch. Sie hatte nichts falsch gemacht. Das war gut. Umständlich und ganz leise schlüpfte sie nun doch aus ihrer Weste. Es war einfach zu heiß und zu stickig im Saal. Die hohen Fenster, die sich alle auf einer Seite befanden, waren leider geschlossen. Wahrscheinlich wollte man vermeiden, dass die Straßengeräusche in den Hörsaal drangen, denn in den letzten Jahren war die Zahl der Automobile in der Stadt stark gestiegen. Elsa ließ die Weste zerknüllt hinter sich auf der Bank liegen. Als sie sich wieder aufrichtete, stand eine weitere Bemerkung auf ihrem Notizblock. Auch sie war in kleinen Blockbuchstaben geschrieben, die aussahen, als wären sie mit einer Schreibmaschine gedruckt worden. »Eine gute Antwort.«

Elsa drehte sich zu ihrem Sitznachbarn um und schaute in ein schmales, kantiges Gesicht. Ein wohlgeformter Mund lächelte verschmitzt, und ein Paar ungewöhnlich heller Augen blinzelte sie freundlich an.

»Danke«, flüsterte sie.

»Ich heiße Moritz Grün.« Er antwortete ebenso leise und reichte ihr unter dem Pult eine warme, kräftige Hand.

»Elsa Sonnstein, aber das wissen Sie ja schon.«

»Pst!« Die Studentin, die zuvor gekichert hatte, drehte sich empört um, hielt mahnend ihren Zeigefinger vor den Mund, und Elsa schwieg verlegen. Den Händedruck spürte sie auch noch, als Moritz Grün sie wieder losgelassen hatte. Seine Augen waren hellgrün. Genau wie sein Name.

Elsa hing an Aichhorns Lippen und saugte seine Worte auf wie ein Schwamm. In seinem Vortrag prangerte er bestehende »Besserungsanstalten« an und plädierte für ein völlig neues, revolutionäres Konzept der Fürsorge. Er berichtete über das Erziehungsheim in Oberhollabrunn, das er nach dem Krieg geleitet hatte. Dort hatte er die Ideen einer verstehenden Pädagogik umgesetzt und große Erfolge erzielt. Leider war das Projekt nicht weiterfinanziert worden. Heute arbeitete Aichhorn in der Erziehungsberatung einer Fürsorgestelle in Wien. Viel zu schnell war der Vortrag zu Ende. Elsa hätte gerne weiter zugehört. Während die ersten Studenten aufsprangen, sobald Aichhorn »Auf Wiedersehen« sagte, blieb sie noch sitzen und dachte über das eben Gehörte nach. Während der letzten drei Jahre an der Universität war keine einzige Vorlesung auch nur annähernd so spannend gewesen.

»Noch Zeit für einen Kaffee?« Ihr Sitznachbar riss sie aus ihren Überlegungen.

Die blonde Studentin, die vor ihnen gesessen hatte, drehte sich um. »Wir gehen immer ins Casa Piccola. Es ist der krönende Abschluss nach einer intensiven Arbeitswoche.«

Elsa war kurz verwirrt. War die Frage an sie gerichtet?

»Wie spät ist es denn?«, erkundigte sie sich.

»Das wissen Sie besser als ich.« Moritz Grün zeigte auf ihre elegante Silberuhr.

»Oh, ja richtig. Ich habe eine Uhr!«

Sie erntete irritierte Blicke.

»Ich habe sie erst letzte Woche bekommen«, entschuldigte sich Elsa. »Meine Familie war der Meinung, dass ich damit nicht so oft zu spät kommen werde.« Sie warf einen Blick aufs Ziffernblatt. Es war kurz nach zwölf. Sie hatte noch ausreichend Zeit, bis sie ihren Bruder und ihre Mutter treffen wollte.

»Ich komme gerne mit«, sagte sie.

Umständlich schlüpfte sie in ihre Weste, Moritz Grün stellte sich hinter sie und half ihr galant. Er war um einen ganzen Kopf größer als Elsa. Was nicht sonderlich schwer war, denn sie war eine kleine, zierliche Person.

Zwei weitere Studentinnen hatten sich zu ihnen gestellt. Die Blonde streckte Elsa freundlich die Hand entgegen. »Du bist neu hier. Servus, ich bin Karoline, aber alle nennen mich Karo.«

Elsa ergriff ihre Hand und war überrascht über das Du. An der Universität siezten sich auch die Studenten, hier schien es anders zu sein.

Karo reagierte auf das Zögern. »Wir duzen uns alle«, erklärte sie fröhlich. »Das ist unkomplizierter.«

»Und persönlicher«, ergänzte die Studentin neben Karo. Sie war ebenso klein wie Elsa, aber deutlich rundlicher. Ihre Wangen erinnerten an rote Äpfel, und ihr Lächeln war warm und gewinnend. »Ich bin Edith.« Elsa schüttelte auch ihr die Hand. »Freut mich.«

»Und ich bin Mona«, sagte die Studentin, die zuvor gekichert hatte. Mona war eine sehr attraktive Frau, die sich ihrer Schönheit bewusst zu sein schien. Ihr dunkles Haar war zu einem kunstvollen Knoten hochgesteckt. Ein paar ihrer Locken hingen in ihre Stirn. Was zufällig aussehen sollte, war mit Sicherheit das Ergebnis stundenlanger Arbeit vor dem Spiegel. Mona trug Make-up, ihre ausdrucksstarken Augenbrauen führten zu einer schmalen Nase, und der Mund darunter sah aus wie der Punkt eines Ausrufezeichens. Sie erinnerte Elsa an eine berühmte Schauspielerin, deren Name ihr aber entfallen war.

»Dann lasst uns gehen«, meinte Moritz. Gemeinsam verließen sie das Gebäude. Elsa erfuhr, dass Edith, Karo und Mona Volksschullehrerinnen werden wollten und schon seit zwei Semestern gemeinsam Kurse belegten. Moritz studierte genau wie Elsa an der Universität und besuchte die Seminare am Pädagogischen Institut im Rahmen von Zusatzseminaren. Seine Fächer waren Latein und Geografie.

Plaudernd bogen sie in die Mariahilfer Straße ein und wichen dabei geschickt einem Automobil aus. In den letzten Jahren hatte sich das Stadtbild deutlich verändert. Fußgänger und Pferdefuhrwerke wurden immer häufiger an den Rand gedrängt und mussten den modernen Fahrzeugen Platz machen.

»Kennst du das Casa Piccola?«, fragte Karo. Sie war Elsa auf Anhieb sympathisch. Die junge Frau hatte ein unkompliziertes, einnehmendes Wesen, und ihr Lachen war ansteckend. Man konnte sich dem Klang nicht entziehen.

»Nur von außen«, gab Elsa zu.

Das Casa Piccola war ein Kaffeehaus, das man vor ein paar Jahren von Grund auf saniert hatte. Es war berühmt wegen seiner tiefblauen Stuckdecke. Über dem Café führten die Schwestern Emilie, Paula und Helene Flöge einen Modesalon, in dem sie Kleider im Stil der Wiener Werkstatt verkauften. Emilie Flöge war die Geliebte von Gustav Klimt. Elsa hatte sie letztes Jahr bei ihrer Tante am Attersee getroffen, wo sie mit einem Kleid aufgefallen war, das Elsa an einen farblosen Sack mit gestickter Bordüre erinnert hatte.

»Wir sind fast ständig dort«, sagte Karo. »Der Kellner kennt uns inzwischen beim Namen.«

Schon von Weitem erblickte Elsa das spitz zulaufende Türmchen auf dem Eckgebäude der Mariahilfer Straße 1a.

Moritz trat auf den Eingang zu, öffnete und ließ den Damen den Vortritt. Stimmengewirr schlug ihnen entgegen sowie der Geruch von Kaffee, Tabak, Mehlspeisen und frittiertem Schnitzel. Das Lokal schien bis auf den letzten Tisch besetzt zu sein. Nicht ein einziger Stuhl war leer. Die Gäste unterhielten sich, lasen Zeitung oder aßen. Ein alter Kellner im Frack kam mit gebückter Haltung auf sie zu.

»Guten Tag, die Herrschaften«, sagte er freundlich. »Ich hab Ihnen den Tisch in der Nische freigehalten.« Er zeigte auf einen kleinen Tisch hinter einer hohen Grünpflanze.

»Danke, Herr Franz. Das war sehr lieb von Ihnen.« Karo zwinkerte ihm kokett zu, was der alte Mann mit einem Kopfschütteln quittierte.

Sie zwängten sich an den eng stehenden Tischen vorbei. In der Nische war Platz für vier Personen. »Wir rutschen eben zusammen«, meinte Moritz. Karo kletterte als Erste auf die Bank, Elsa setzte sich neben sie, und als Moritz zurück-kam, wurde es wirklich eng. Edith und Mona saßen ihnen gegenüber.

»Was haltet ihr von August Aichhorn?«, fragte Moritz.

»Ach Moritz, lass uns doch jetzt über etwas anderes als die Ausbildung sprechen.« Karo verdrehte die Augen. Sie trug ihr Haar zu einem blonden Pagenkopf, der etwas länger als der von Elsa und deutlich ordentlicher frisiert war. Grund dafür waren Elsas rotblonde Naturlocken, die sie von ihrer Mutter geerbt hatte. Egal, wie sehr sie sich auch bemühte, ihre Haarspitzen drehten sich nie in die Richtung, die sie sich vorstellte.

»Aber eure Meinung interessiert mich«, entschuldigte sich Moritz. »Der Mann hat immerhin nach dem Krieg ein Ge-fangenenlager für straffällig gewordene Jugendliche um-bauen lassen und als Erster eine neue Pädagogik des Verste-hens ausprobiert. Ist das denn nicht diskussionswürdig?«

»Moritz, du bist einfach zu strebsam. Das nervt«, sagte Karo. In dem Moment kam Herr Franz und nahm die Be-stellungen auf.

»Heute Abend gibt es eine sensationelle Operettenaufführ-ung im Theater an der Wien. Will jemand von euch mit-kommen?«, fragte Mona. »Ich habe zwei Freikarten.« Sie sah dabei ausschließlich Moritz an.

»Welche Operette?«

»Eine Neuaufführung der *Gräfin Mariza* von Kálmán.«

»Oh, ich liebe alle Kálmánoperetten«, schwärmte Edith. Ihre Wangen hatten vor Aufregung noch an Farbe zugenom-men. Aber Mona sah immer noch Moritz abwartend an.

»Ich bin kein Operettenfreund.«

»Wie kommst du zu Freikarten?«, erkundigte sich Elsa.

»Meine Mutter ist Elfi Zuckerbach.« Mona streckte wichtigtuerisch die Schultern durch. Vielleicht erwartete sie, dass man den Namen kannte.

»Ah.« Elsa nickte. Sie hatte den Namen noch nie gehört.

»Monas Mutter singt im Theater an der Wien«, erklärte Karo. »Bis jetzt wartet sie vergeblich auf eine große Hauptrolle.«

»Man hat das Talent meiner Mutter eben noch nicht richtig erkannt«, sagte Mona.

Karo sah sie mitleidsvoll an, was Mona wütend machte. »Wie kommst du dazu, dich über meine Mutter lustig zu machen? Da doch jeder weiß, dass deine Mutter als Tellerwäscherin im Hotel arbeitet.«

»Hört auf«, fuhr Edith dazwischen. Sie hob beschwichtigend die Hände. »Es ist doch völlig egal, wer welcher Arbeit nachkommt. Wir sind keine kleinen Kinder, die darüber streiten, wessen Eltern die angesehensten Berufe haben.«

»Den Streit würde Moritz gewinnen. Sein Vater ist ein hoher Beamter im Finanzministerium«, sagte Karo.

Moritz verzog den Mund zu einer Grimasse. Die soziale Stellung seines Vaters schien ihm nicht wichtig zu sein.

»Du willst also wirklich nicht in die Operette?« Mona stellte ihre Frage noch einmal in die Richtung von Moritz. In ihren Worten lag mehr als nur das Angebot eines Operettenbesuchs.

»Familiäre Verpflichtungen«, entschuldigte er sich.

»Ich dachte, du wohnst nicht mehr bei deinen Eltern.«

»Was nicht bedeutet, dass ich sie nicht mehr sehe.«

Monas Schmollmund war bühnenreif. »Wie schade.«

»Das heißt, dass ich dich begleiten darf?« Edith ließ nicht locker.

»Ja natürlich.« Sollte Edith Monas Enttäuschung hören, so ignorierte sie sie und klatschte begeistert in die Hände.

Unterdessen war Herr Franz zum Tisch gekommen und stellte ein Tablett mit den Getränken ab.

»Kann ich gleich bezahlen? Ich muss in wenigen Minuten los«, entschuldigte sich Elsa. »Ich treffe meinen Bruder und meine Mutter in der Kaiserstraße.«

»Was gibt es dort, was du einem Kaffee mit uns vorziehst?«, wollte Moritz wissen. Er schob eine Tasse Melange zu sich, dabei rutschte ihm eine blonde Haarsträhne in die Stirn. Mit der freien Hand strich er sie hinters Ohr.

»Das bestsortierte Berg- und Skisportgeschäft der Stadt«, erklärte Elsa.

»Das kenne ich«, rief Karo. »Ich bin schon ein paarmal daran vorbeigegangen. Aber ich war noch nie drinnen. Alles, was dort angeboten wird, übersteigt meinen finanziellen Rahmen.«

»Alles übersteigt diesen Rahmen«, brummte Mona unfreundlich. »Du schuldest mir immer noch das Geld für das Wörterbuch und für den Kaffee letzte Woche.«

»Du bekommst es zurück, sobald ich für die Nachhilfestunden bezahlt werde«, versprach Karo. »Ich bin im Moment wirklich sehr knapp bei Kasse.« Edith und Moritz schwiegen betroffen. Möglich, dass Karo auch bei ihnen Schulden hatte. Elsa kramte nach ihrer Geldbörse und reichte Herrn Franz einen Schein für ihre Melange. Die Summe reichte für zwei Getränke. »Ich zahle meinen Kaffee und den meiner Kollegin.«

»Aber das musst du nicht«, protestierte Karo. »Wir kennen uns ja kaum.« Trotz ihres Einwands schien sie erleichtert über die Einladung. Elsa bemerkte jetzt erst, dass das Kleid, das Karo trug, an den Ärmeln abgestoßen und am Ellbogen mehrmals geflickt war.

»Ich weiß, dass ich nicht muss. Aber ich will«, sagte Elsa. Sie rührte Zucker in ihren Kaffee und nahm einen Schluck. Die Bohnen waren perfekt geröstet, kräftig und trotzdem nicht bitter.

»Was machst du im Berg- und Skisportgeschäft?«, erkundigte sich Moritz.

»Ich brauche neue Skihosen, meine sind alt und löchrig.«

»Sag bloß, dass du Skifahren kannst?« Karo war sichtlich beeindruckt.

»Meine Mutter hat es mir und meinem Bruder beigebracht, als wir noch sehr klein waren.«

»Das stelle ich mir großartig vor«, schwärmte Karo.

»Ist es in den Bergen nicht sehr gefährlich?«, fragte Edith. »Ständig liest man von Menschen, die von Lawinen verschüttet werden oder beim Klettern von Felswänden stürzen.«

»Wo liest du solche Schauergeschichten?«, fragte Elsa belustigt.

»Na, in der Zeitung.«

»Du musst andere Zeitungen auswählen«, lachte Elsa. »Bergsport ist nicht gefährlich, wenn man sich an bestimmte Regeln hält. Ich kann euch versichern, dass es mit Abstand die schönste Freizeitbeschäftigung ist, die man sich nur vorstellen kann.« Ihre Augen glänzten beim Gedanken an Schnee und Skier.

»So wie du strahlst, muss wohl was dran sein.« Moritz musterte sie neugierig.

»Der Bergsport ist eine Modeerscheinung, die bald wieder vorbei sein wird«, war Mona überzeugt. »Wer schnallt sich schon freiwillig Bretter an die Füße und fährt damit im Schnee herum?«

»Hast du es schon einmal ausprobiert?«, fragte Elsa.

»Gott bewahre!« Mona streckte die Hände abwehrend von sich und schüttelte Kopf und Schultern. »Ich will mir ja nicht das Genick brechen.«

»So reden nur Menschen, die die Berge nicht kennen«, sagte Elsa. Sie trank ihren Kaffee aus und warf einen Blick auf die Uhr. »Oh, schon so spät!« Sie sprang auf und drängte Moritz aufzustehen.

»Schade, dass du schon gehen musst.« Das Bedauern in seiner Stimme klang echt.

»Eigentlich müsste ich fliegen.«

»Wieder zu spät?« Er grinste, dabei entstand ein Grübchen in seiner rechten Wange.

»Ja, leider.«

»Na, dann beeil dich, damit du nicht wieder in eine ›äußerst unangenehme Situation kommst‹.« Karo malte Anführungszeichen in die Luft. Sie spielte auf Elsas Bemerkung in Aichhorns Vorlesung an. Elsa verstand den Wink und lachte.

»Zum Glück ist die Kaiserstraße nicht weit weg«, meinte Moritz. »Du bist in wenigen Minuten dort.«

»Ich werde laufen«, sagte Elsa. »Schön, dass ich euch bald wiedersehe. Bis Montag.« Die anderen winkten ihr zu, und zum ersten Mal seit Jahren freute sich Elsa auf die nächste Vorlesung.

2

Kaiserstraße

»Na, Schwesterherz, wieder einmal die Uhrzeit übersehen?«, Conrad lehnte an einer Litfaßsäule an der Ecke Mariahilfer Straße und Kaiserstraße und deckte mit seinem Körper die Reklame eines Fußballspielers für Malzbier ab. Als er Elsa sah, stieß er sich schwungvoll ab und trat auf sie zu. Mit seinem dunklen Haar, das ihm in Locken ungeordnet in die Stirn fiel, sah er ihrem Vater Jakob Sonnstein sehr ähnlich. Conrad hatte dessen dunkelblaue Augen und den drahtigen Körperbau geerbt. Auch beruflich trat er in die Fußstapfen seines Vaters. Im Sommer hatte er sein Medizinstudium beendet.

Jetzt nahm er Elsa in den Arm und küsste sie auf beide Wangen, so als hätte er sie seit Tagen nicht mehr gesehen, dabei hatten die beiden beim Frühstück noch nebeneinandergesessen und sich um den letzten Klecks Marillenmarmelade gestritten.

»Danke, dass du auf mich gewartet hast«, sagte Elsa.

»Gern geschehen.« Conrad krempelte die Ärmel seines weißen Hemds wieder sittsam nach unten und schlüpfte in sein Sakko, das er wegen der Temperaturen bloß lässig über der rechten Schulter trug.

Nebeneinander bogen sie in die Kaiserstraße ein. Während sich auf der Mariahilfer Straße die großen Einkaufshäuser befanden, die Luxustempel des Konsums, in denen man neben Kleidung, Geschirr und Haushaltsartikel auch Möbel und Schmuck kaufen konnte, fanden sich in den Seitenstraßen kleine Läden. Es gab Gemüsehändler und Änderungsschneidereien, einen Handschuhmacher, einen Tabakladen und Mizzi Kaubas Bergsportgeschäft. An der Ecke vor dem Laden entdeckte Elsa einen schwarzen Steyr II der ÖWG, der Österreichischen Waffenfabriks-Gesellschaft.

»Mama ist schon da«, sagte sie zerknirscht.

»Hast du etwas anderes erwartet?«

Eigentlich war es das Automobil ihres Vaters, doch seit er es besaß, fuhr fast ausschließlich ihre Mutter, Lotte Sonnstein, damit. Sie genoss die Unabhängigkeit, die ihr das Fahrzeug bot. Zum Glück benötigte ihr Mann den Steyr nicht. Jakob Sonnstein hatte kurz nach Kriegsende eine Professur an der Medizinischen Fakultät der Universität Wien übernommen. Um zu seinem Arbeitsplatz zu gelangen, musste er bloß die Ringstraße überqueren. Ins St. Anna Kinderspital brauchte er etwas länger. Aber Jakob ging gerne zu Fuß.

»Komm, lass uns reingehen«, forderte Conrad. Sie hatten ein mehrstöckiges helles Gebäude erreicht, auf dessen Fassade in großen Buchstaben: »Mizzi Langer-Kauba« stand. Conrad trat auf die elegante Glastür zu, neben der sich zu beiden Seiten je drei mit Holz gerahmte Auslagefenster reihten. Jedes Fenster war einem Thema gewidmet. Es gab ein Fenster mit Ausrüstungen für Bergsteiger, eines mit Skiern, ein weiteres mit passender Wintersportbekleidung für den Herrn und eines für Damen sowie zwei Fenster mit strapazierfähiger Kleidung fürs Klettern und Wandern. Eine helle Glocke ertönte, als Conrad die Tür öffnete. Wie immer, wenn Elsa das Geschäft von Mizzi Kauba betrat, tauchten

Bilder aus ihrer Kindheit vor ihrem inneren Auge auf. Sie verband die vertraute Geruchsmischung aus Leder, poliertem Holz und einem dezenten Parfüm ausschließlich mit positiven Erinnerungen. Hier hatte sie nach warmen Handschuhen gesucht, einen passenden Rucksack oder neue Skier gekauft. Elsa und Conrad waren schon als kleine Kinder für die Berge ausgerüstet worden und hatten auf den Brettern gestanden, kurz nachdem sie das Laufen gelernt hatten. Mathias Zdarsky höchstpersönlich war ihr Skilehrer gewesen. Er war der Erfinder der Stahlrohrbindung und des Skitorlaufs. In Lilienfeld hatte er vor bald dreiundzwanzig Jahren das erste Skitorrennen der Welt veranstaltet. Elsas Mutter hatte daran erfolgreich teilgenommen.

»Da seid ihr ja endlich«, sagte Lotte. Sie stand aus einem der bequemen tiefen Ledersessel für wartende Kundschaft auf. Ihr gegenüber saß die Besitzerin des Ladens, Mizzi Kauba. »Habt ihr eigentlich auf die …«

Elsa unterbrach Lotte. Sie küsste sie auf die Wange, das funktionierte immer, um ihre Mutter zu beruhigen. Lotte konnte weder Elsa noch Conrad lange böse sein. »Ich bin unschuldig«, schwindelte Elsa. »Der Professor hat überzogen.«

»Und welche Ausrede hast du?« Lotte sah zu Conrad, dabei verzog sie ihren Mund zu einem schiefen Lächeln, ein Zeichen, dass sie ihnen schon verziehen hatte.

In den letzten Jahren war Lottes Haar am Ansatz ergraut. Die Spitzen hatten immer noch einen orangeroten Farbton. Lotte trug es kurz geschnitten. Nicht auf Kinnlänge wie Elsa oder zu einem Knoten gebunden wie Mizzi Kauba, sondern richtig kurz. Sie war eine der ersten Frauen gewesen, die es radikal gekürzt hatte, sobald es gesellschaftlich möglich gewesen war. Elsas Großmutter, Mathilde Sonnstein, war beinahe in Ohnmacht gefallen und hatte tagelang nicht mehr mit ihrer Schwiegertochter gesprochen. Mittlerweile konnte Elsa sich ihre Mutter gar nicht anders vorstellen. Der Kurzhaarschnitt passte zu der sportlichen, drahtigen Frau, die heute ein elegantes und schlichtes Kostüm mit einem Rock aus weichem, fließendem Stoff trug, der ihr bis zu den Waden reichte. So wie Conrad das Aussehen des Vaters geerbt hatte, sah Elsa wie eine jüngere Version von Lotte aus. Sie hatte ihr rotblondes Haar, die helle Haut, die bernsteinfarbenen Augen und leider auch die unzähligen Sommersprossen, deren Zahl sich bei der geringsten Sonneneinstrahlung verdoppelte.

»Ich freue mich, dass ihr euch wieder einmal zu mir verirrt«, mischte sich Mizzi Kauba ins Gespräch ein. »Es ist eine Ewigkeit her, dass ihr bei mir im Geschäft gewesen seid. Ich frage mich ernsthaft, ob ihr den Bergen untreu geworden seid.« Das Alter der erfolgreichen Unternehmerin war schwer zu schätzen. Sie stand auf, begrüßte zuerst Elsa, dann Conrad mit einem festen Händedruck. Sie gehörte zu jenen Frauen, an denen die Jahre beinahe spurlos vorüberzogen. Ihre Haut hatte Falten, aber die waren vor zwanzig Jahren schon da gewesen und würden sich auch in den nächsten zwanzig nicht deutlich vermehren. Ihr kantiges Gesicht hatte etwas Unbeugsames und Entschlossenes. Von ihrer Person ging eine Kraft aus, der man sich unmöglich entziehen konnte. Wegen der langen Freundschaft, die Mizzi Kauba und Lotte verband, duzte sie Elsa und Conrad. Angeblich waren die beiden Frauen nicht immer so vertraut miteinander gewesen. Es hatte auch turbulente Zeiten gegeben und Streit, aber die waren lange her und längst vergessen. Heute vereinte sie vor allem eines: die Leidenschaft für die Berge.

»Das würden wir niemals«, sagte Conrad ernst. Seit er das Geschäft betreten hatte, leuchteten seine Augen wie die eines kleinen Kindes. Es war nicht zu übersehen, dass er sich im Paradies wähnte. »Ich kann es gar nicht erwarten, bis es endlich schneit.«

Lotte bedachte ihren Sohn mit einem zärtlichen Blick. Sie hatte ihre Begeisterung für den Bergsport sehr früh an ihre Kinder weitergegeben. »Lange kann es ja nicht mehr dauern«, sagte sie. »Laut Kalender haben wir Anfang September zwar noch Sommer. Aber wie wir alle wissen, fällt im Westen des Landes in ein paar Wochen der erste Schnee.«

»Ich freue mich auch schon aufs Skifahren, ich brauche dringend eine neue Skihose«, sagte Elsa. »Meine alte löst sich förmlich auf, ich habe sie zu oft getragen.«

»Man kann Skihosen nicht zu oft tragen«, erwiderte Mizzi Kauba. »Wir werden ganz sicher etwas Passendes für dich finden.« Die tüchtige Geschäftsfrau winkte eine ihrer Verkäuferinnen zu sich. Vor ihrer Heirat mit Jakob hatte Lotte für Mizzi gearbeitet. Damals hatte sie eine unbequeme Verkaufsuniform mit einem langen Rock und einer akkurat gebügelten Bluse getragen. Die jungen Frauen, die jetzt hier angestellt waren, hatten ebenfalls einheitliche Kleidung an, aber es waren legere, sportlich geschnittene Kleider in weichen Baumwollstoffen.

»Fräulein Christl, zeigen Sie uns die Skihosen für Damen, die letzte Woche geliefert wurden«, forderte Mizzi streng.

»Musst du so unfreundlich mit deinen Verkäuferinnen reden?«, flüsterte Lotte tadelnd.

»Ja, denn es ist auch 1928 für eine Frau nicht einfach, ein Geschäft zu führen. Sobald man zu nett ist, tanzen einem alle auf der Nase herum.«

Lotte wirkte nicht überzeugt. »Das redest du dir nur ein. Du wirst als erfolgreiche Unternehmerin akzeptiert. Willst du dich nicht endlich scheiden lassen? Die Scheinehe mit Franz verbittert dich. Wenn du so weitermachst, siehst du in allen Menschen potenzielle Feinde und wirst als verhärmte Frau enden.«

»Eine Scheidung wäre das Aus für meinen Laden. Diesen Skandal würde er nicht überstehen«, erklärte Mizzi. »Außerdem bin ich nicht verbittert, den Ärger über meinen Ehemann habe ich längst hinter mir gelassen.«

»Deshalb trägst du seit der Trennung ausschließlich Schwarz.«

»Ich mag die Farbe, sie steht mir.«

»Niemandem steht Schwarz«, sagte Elsa. Als sie Mizzi Kaubas Betroffenheit bemerkte, senkte sie ihren Blick und ließ das Thema auf sich beruhen. Elsa wusste, dass ihre Mutter sowohl mit Mizzi Kauba als auch mit der Geliebten ihres Ehemanns eng befreundet war. Ein Kunststück sozialer Kompetenz, das nur Lotte gelingen konnte. Elsa bewunderte sie dafür.

Conrad unterbrach das Gespräch: »Ich sehe mich bei den Skiern um.«

»Ganz hinten sind die neuen Modelle«, rief Mizzi ihm nach, aber Conrad war schon zielsicher auf dem Weg zum passenden Regal. Er kannte sich in dem Laden aus.

»Welche Größe sollen die Hosen haben?«, erkundigte sich Fräulein Christl höflich.

»Sie sind für mich.« Elsa zeigte mit beiden Zeigefingern auf sich.

Die Verkäuferin musterte sie mit einem Blick, der die Figur einer Frau in Zentimeter und Kleidergrößen vermaß.

Nachdem sie zu einem Ergebnis gekommen war, lief sie zu einem der Schränke an der Rückseite des Ladens. Aus einem der Regale holte sie Kleidungsstücke.

»Warum lässt du deine Verkäuferinnen keine Hosen tragen?«, fragte Lotte. »Damit würdest du ein Zeichen setzen und allen Kundinnen zeigen, was sie anziehen müssen, wenn sie in den Bergen unterwegs sind.«

Mizzi lachte. »Meine Güte, wie ich dich vermisse. Warum hast du in eine der reichsten jüdischen Familien der Stadt einheiraten müssen und bist jetzt finanziell unabhängig? Das war nicht fair. Ich hätte dich noch länger als Verkäuferin gebraucht.«

Lotte lächelte entschuldigend. »Liebe!«

»Wie geht es deinem Herrn Doktor? Ist er endlich wieder bereit fürs Bergsteigen?«

Mit einem Schlag wich Lottes Fröhlichkeit. »Jakob hat mit dem Bergsport abgeschlossen.«

»Das tut mir leid.« Mizzis Mitgefühl war echt.

»Mir auch.«

»Aber du wirst mit auf den Großen Ötscher kommen. Oder? Die Mitglieder vom Alpenverein rechnen mit dir. Die Route ist bereits bis ins kleinste Detail geplant. Wir klettern über die Nordwand und steigen dann über den Rauhen Kamm zum Ötscherschutzhaus wieder ab.«

Lotte blieb Mizzi die Antwort schuldig. Es schien ihr ganz recht zu sein, dass Fräulein Christl mit einem Stapel Hosen zurückkam. Fasziniert stürzte sich Lotte darauf und zählte die Kleidungsstücke aus der Entfernung ab. »Du führst sechs verschiedene Skihosen für Damen?«

»Da sollte etwas Passendes für deine Tochter dabei sein.«

Lachend schüttelte Lotte den Kopf: »Kannst du dich daran erinnern, wie wir um das erste Modell gekämpft haben?«

»Wie könnte ich das jemals vergessen?«

Fräulein Christl breitete alle Hosen auf der glatt polierten Verkaufstheke aus dunklem Hirschholz aus. Elsa griff zielstrebig zu der dunkelblauen Wollhose. »Ich werde die anprobieren.«

»Eine sehr gute Wahl«, sagte Mizzi Kauba. »Der Stoff ist doppelt gewebt und besonders strapazierfähig. Außerdem ist die Innenseite angeraut, weshalb sich die Hosen wunderbar weich und kuschlig auf der Haut anfühlten. Ich selbst habe sie auch genommen, jedoch in einer anderen Farbe.« Sie warf Lotte einen entschuldigenden Blick zu. »Dort hinten sind die Umkleidekabinen.« Mizzi wies zu zwei cremefarbenen Türen an der Rückwand.

»Seit wann hast du Kabinen?«, fragte Lotte erstaunt. »Was ist aus den alten Paravents geworden?«

»Man muss sich nach den Wünschen der Kundinnen richten«, erklärte Mizzi. »Die Raumteiler reichen nicht mehr aus. Die Damen haben sich dahinter nicht wohlgefühlt.« Sie wandte sich an Conrad, der mit dem Zeigefinger die Kante eines Skis prüfte.

»Bist du damit zufrieden?«

Conrad verneinte ehrlich. »Die Skier sind zu lang.«

»Du bist ein geübter Skifahrer«, sagte Mizzi Kauba. »Wenn du mit den Skiern nicht fahren kannst, dann gelingt es niemandem. Sie sind wie geschaffen für dich.«

Aber Conrad stellte die Skier zurück ins Regal. »Ich möchte in diesem Winter die Stemmbogentechnik erlernen. Dazu müssen die Skier eine Spur kürzer sein, sonst bringt man sich damit selbst zu Fall.«

»Stemmbogentechnik?« Mizzis Gesicht wurde lang. »Sag bloß, dass du Mathias Zdarsky untreu und ein Anhänger von Hannes Schneider wirst.«

Der Alpinist Hannes Schneider hatte am Arlberg eine Skischule gegründet und lehrte dort eine völlig neue Skitechnik, bei der die Skifahrer in eleganten Bögen den Hang bezwangen. Auch in der Schweiz erfreute man sich dieser Methode. Dabei hielt man einen Stock in jeder Hand und nicht wie früher einen langen Stecken, um den man sich mühevoll schwingen musste. Hannes Schneider nutzte geschickt seine Verbindungen zum Film und war dabei, den Bergsport für eine breite Öffentlichkeit attraktiv zu machen. Bergsteiger und Skifahrer aus aller Welt kamen auf den Arlberg, um von ihm unterrichtet zu werden.

»Hannes Schneider revolutioniert gerade den Skisport. Er bezwingt die Berge wie kein anderer. Ich möchte ihn unbedingt kennenlernen.« Conrad sprach bemüht emotionslos, aber Elsa sah die Begeisterung in seinen Augen. Auch ihrer Mutter schien sie nicht verborgen zu bleiben. Sie wirkte nachdenklich.

»Ich probier die Hosen an«, sagte Elsa. Sie ging in die Kabine und schloss die Tür hinter sich. Die Wände waren mit einer dezenten Stofftapete in hellen Pastelltönen ausgekleidet. An der Rückwand hing ein hoher, goldgerahmter Spiegel. Daneben stand ein gepolsterter Hocker. Der Überzug passte farblich zur Tapete. Elsa zog ihren Rock aus und schlüpfte in die dunkelblaue Hose. Genau wie Mizzi es versprochen hatte, war sie aus einem wunderbar weichen Material und verlief zu den Knöcheln hin eng zu. Das Modell betonte vorteilhaft ihre schlanke Figur.

»Was meint ihr?« Sie trat aus der Kabine, wo sich ein weiterer Spiegel befand. Er war noch breiter als der im Umkleideraum. Elsa drehte sich langsam, um auch ihre Rückseite zu begutachten.

»Hätte ich vor Jahren diese Hose tragen dürfen, hätte ich mit Sicherheit das Rennen in Lilienfeld gewonnen«, meinte Lotte. Sie hatte damals zwar eine Hose getragen, darüber aber einen Rock anziehen müssen.

»Es ist wahrlich ein Segen, dass die langen Röcke in den Bergen nun endgültig Geschichte sind«, pflichtete Mizzi ihr bei.

»Das war keine Antwort auf meine Frage«, empörte sich Elsa. Sie hatte die Geschichte von Frauen in langen Röcken auf Skiern schon zigmal gehört. Ebenso die über das erste Skitorrennen, an dem ihre Mutter anstelle Mizzi Kaubas teilgenommen hatte. »Soll ich diese Hose nun nehmen?«

»Unbedingt«, meinten Lotte und Mizzi einstimmig.

»Sehr schön, und was ist mit den Skiern?«

Conrad hob abwehrend die Hände. »Ich brauche ein kürzeres Modell.«

»Die führe ich nicht«, sagte Mizzi Kauba.

»Dann werde ich sie am Arlberg kaufen.«

»Wann willst du auf den Arlberg fahren?«, fragte Lotte.

Conrad schoss das Blut in die Wangen, so als hätte er eben etwas ausgeplaudert, was er lieber noch für sich hatte behalten wollen.

»Die Qualität dieser Skier ist einwandfrei«, lenkte er ab.

Aber Lotte ließ nicht locker. »Was hast du eben vom Arlberg gesagt? Wann willst du hinfahren?«

»Anfang November«, gestand er leise.

»Da arbeitest du längst im Karolinen-Kinderspital«, wandte Lotte ein. Sie klang keineswegs vorwurfsvoll, sondern ausschließlich besorgt. »Es war nicht einfach für deinen Vater, die Stelle für dich zu arrangieren.«

Conrad wirkte verlegen. Hilfe suchend drehte er sich zu Elsa um. Das machte er immer, wenn er auf eine Frage seiner Mutter nicht antworten wollte.

»Es muss furchtbar gefährlich gewesen sein, in langen Röcken eine Felswand zu bezwingen.« Elsa täuschte Interesse für das Thema vor, das sie kurz zuvor beendet hatte. Aber es fiel ihr nichts Besseres ein, um Mizzi oder ihre Mutter vom Arlbergthema abzulenken. Ihre Rechnung ging auf. Mizzi reagierte prompt auf das zugeworfene Stichwort.

»Ich kann mir das heute auch nicht mehr vorstellen. Aber ich schwöre dir, dass wir es gemacht haben. Wenn es geregnet hat, waren die Röcke schwerer als wir selbst. Trotzdem sind wir so manchem Mann davongelaufen.«

Während Mizzi in alten Geschichten schwelgte, verschränkte Lotte nachdenklich die Arme vor der Brust. Auf ihrer Stirn hatten sich Sorgenfalten gebildet. Und Elsa, die Mizzis Ausführungen nur mit einem Ohr zuhörte, kannte ihre Mutter gut genug, um zu wissen, dass Conrad im Moment zwar sicher war, aber spätestens beim Abendessen würde Lotte das Thema wieder aufgreifen. Es war zu befürchten, dass Elsa ihren Bruder dann nicht mehr so leicht retten konnte.

3

Palais Sonnstein

Während des Krieges, kurz nachdem man Jakob als Lazarett-
arzt an die Front einberufen hatte, war Lotte mit Elsa und
Conrad ins Palais Sonnstein in die Ringstraße gezogen, eine
der vornehmsten Wohnadressen in Wien. Aus der Über-
gangslösung, die nur bis zum Kriegsende gedacht gewesen
war, hatte sich eine dauerhafte Regelung entwickelt. Seit
zwölf Jahren bewohnten Lotte und Jakob das Stockwerk
über der Beletage, die Mathilde Sonnstein vorbehalten war.
Nach dem plötzlichen und unerwarteten Herzinfarkt von
Isak Sonnstein waren die Räumlichkeiten für Mathilde zu
groß geworden, weshalb Elsa und Conrad nach unten zu
ihrer Großmutter gewandert waren. Im untersten Stockwerk lebte Simon, Jakobs Bruder. Er war dort ganz allein.
Simons Frau Suza war vier Jahre vor Kriegsbeginn bei der
Geburt ihres ersten, langersehnten Kindes gestorben. Seinen
Sohn Jeremias verlor Simon nur wenige Wochen danach. Er
hatte beide innerhalb von zwei Monaten zu Grabe getragen.
Seither war der griesgrämige Mann noch unzugänglicher
und verbitterter als zuvor. Er führte das Familienunternehmen, in das Jakob zum Leidwesen seiner Eltern und seines
Bruders nie hatte einsteigen wollen. Den Sonnsteins gehörte
ein Süßwarenimperium, das auch während des Krieges keine

Verluste geschrieben, sondern dank eines schier ewig halt-
baren Kuchens in Dosen kräftige Zugewinne verzeichnet
hatte. Die Kuchen waren in riesigen Mengen an die Armee
verkauft und den Soldaten an die Front geschickt worden.
Auch Jakob hatte am Isonzo zwei seiner eigenen Kuchen erhalten.

Obwohl alle Familienmitglieder in eigenen Wohneinheiten lebten und ihre Tagesabläufe sich sehr voneinander un-
terschieden, war es Mathilde in all den Jahren gelungen, auf
dem Fixpunkt einer gemeinsamen Mahlzeit zu beharren.
»Das stärkt den Zusammenhalt der Familie«, war sie überzeugt. Elsas Großmutter hielt eisern an Gewohnheiten und
Ritualen fest, die ihr auch in schwierigen Zeiten Halt gaben.
Trotz ihres hohen Alters ging sie aufrecht und verwendete
niemals einen Stock. Hin und wieder bediente sie sich eines
Sonnen- oder Regenschirms als Gehhilfe. Sie legte nach wie
vor Wert auf ein perfektes Äußeres und trug ausschließlich
aufwendig gestaltete knöchellange Kleider. Jeden Morgen
zwängte sie sich gegen alle modernen Errungenschaften in
ein Korsett. Das Wahren der Etikette gehörte zu ihren obersten Prioritäten. Mathilde verließ ihr Schlafzimmer nie ohne
Schminke oder ihren geliebten Schmuck und legte großen
Wert auf ihre Frisur. Sich gehen zu lassen oder Schwäche zu
zeigen verabscheute sie. Die Strenge, die sie sich selbst auf-
erlegte, verlangte sie auch ihren Mitmenschen ab. Daran
würde sich bis zu ihrem Tod nichts ändern.

Heute trug sie ein eng geschnittenes Kleid aus weinroter
Seide, das am Saum der Ärmel und am Hals mit schwarzer
Spitze versehen war. Um ihren Hals hing eine goldene Kette
mit einem aufklappbaren Amulett aus Email. Andere Frauen
hätten das Kleid auf einem Ball getragen. Aber für Mathilde

war es ein alltagstaugliches Kleidungsstück. So als wäre sie aus der Vergangenheit gefallen, saß sie kerzengerade am Tisch. Früher hatte ihr Stuhl am Kopfende gestanden, aber seit die gegenüberliegende Seite leer war, nahm sie lieber an der Länge des Tisches Platz.

Die Standuhr neben dem flaschengrünen Kachelofen, der noch aus der Zeit Maria Theresias stammte und ein Lieblingsstück des verstorbenen Großvaters gewesen war, schlug sieben Mal. Genau beim vorletzten Schlag öffnete sich die Tür, und Marie, das Dienstmädchen, schob mit einem leisen Rattern den goldlackierten Servierwagen mit der Suppe in das Speisezimmer. Sie, die Köchin und Ferdinand, der alte Diener, waren die einzigen Hausangestellten. Früher hatten bis zu zehn Dienstboten im Palais Sonnstein gearbeitet. Marie trug ein altmodisches dunkles Kleid und darüber eine strahlend weiße Schürze und eine ebenso weiße Mütze auf dem Kopf.

Elsa war stolz auf sich. Sie hatte pünktlich am Tisch zwischen ihrem Vater und ihrem Bruder Platz genommen. Lotte, ihre Großmutter, und Onkel Simon saßen ihnen gegenüber.

»Heute ist ein Brief von Emma gekommen.« Mathilde eröffnete das Gespräch. Sie breitete die weiße Stoffserviette auf ihrem Schoß aus und strich sie penibel glatt. »Es geht ihr gut.«

»Und wie geht es Tante Elena?«, erkundigte sich Conrad. »Kann sie wieder Klavier spielen?«

Mathilde verzog säuerlich das Gesicht. Auch nach über zwanzig Jahren fiel es ihr schwer, die Entscheidung ihrer Tochter zu akzeptieren, lieber mit einer Frau zusammenzuleben als mit einem Mann. Dabei hatten die heiratswilligen jungen Herren Schlange gestanden und um Emmas Hand angehalten. Elena, die eigentlich Jakobs Verlobte gewesen war, lebte nun mit Emma am Attersee. Die beiden Frauen führten einen Salon, in dem sich im Sommer die namhaftesten Künstler des Landes die Klinke in die Hand gaben. Kurz vor dem Krieg hatte Gustav Klimt den beiden Frauen eines seiner türkisblauen Bilder des malerischen Attersees geschenkt – als Dank für die zahlreichen Einladungen, die sie ihm hatten zukommen lassen. Mathilde hatte ihre Tochter in all den Jahren noch kein einziges Mal im Salzkammergut besucht. Sie weigerte sich auch, ihre Briefe zu beantworten. Simon war ebenfalls noch nie bei seiner Schwester gewesen, wobei Elsa nicht klar war, warum. Sie konnte sich nicht vorstellen, dass ihre Liebe zu einer Frau der Grund dafür war. Elsa wusste, dass Gerhard Trimmel, einer von Simons klügsten Mitarbeitern, mit einem Mann liiert war. Es war ein Geheimnis, über das man schwieg, auch wenn alle darüber Bescheid wussten. Simon wäre es nie in den Sinn gekommen, Trimmel wegen seiner persönlichen Vorlieben zu kündigen. Es musste eine andere Sache sein, weshalb er seine Schwester mied. Elsa vermutete, dass ihre Großmutter dahintersteckte.

»Ich habe keine Ahnung, wie es Elena geht«, sagte Mathilde pikiert. Sie lehnte sich zurück, damit Marie den weißen Porzellanteller, der vor ihr stand, mit der kräftigen Rindssuppe füllen konnte. Das feine Geschirr stammte aus der Wiener Porzellanmanufaktur. Sobald ein Teller oder eine Schüssel in die Brüche ging, wurde ein neues Teil nachbestellt. Elsa hätte lieber modernes Geschirr aus der Wiener Werkstatt gekauft, aber ihre Großmutter war dagegen. Mittlerweile hatte sie es aufgegeben, die alte Frau zu überreden.

»Ich habe mit Emma telefoniert«, sagte Lotte. »Es geht Elena gut. Sie kann ihre Hand wieder bewegen. Was für ein Pech auch, dass sie ausgerechnet beim Treppensteigen stolpern musste und sich das Handgelenk gebrochen hat. Mit dem Musizieren wird es noch dauern.«

»Wann hast du mit Emma telefoniert?«, erkundigte sich Jakob.

»Heute, nachdem wir bei Mizzi waren.«

»Es war eine wundervolle Idee, eine eigene Fernsprechanlage im Haus zu installieren«, schwärmte Lotte. »Man kann sich mit lieben Menschen unterhalten, die sich viele Kilometer entfernt aufhalten. Ich habe Emmas Stimme so klar hören können, als hätte sie im Nebenzimmer gesessen. Ich bin sicher, in ein paar Jahren kann man sich problemlos mit Freunden in Amerika oder Neuseeland unterhalten.«

Es war kein Geheimnis, dass Lotte die Errungenschaften der Technik schätzte und nicht wie andere Menschen ihrer Generation den Fortschritt verteufelte. Lotte fuhr mit dem Automobil der Familie, telefonierte regelmäßig mit ihrer Schwägerin und ihrer alten Freundin Klara, die seit Jahren in Salzburg lebte, und hatte am 12. April dieses Jahres die erste Atlantiküberquerung mit einem Flugzeug mit einem Glas Sekt gefeiert. Seither stand ein Rundflug über Wien auf ihrer Wunschliste, die am Flugfeld in Aspern angeboten wurden. Sie besaß einen Staubsauger und überlegte die Anschaffung eines Haartrockners. Zu Jahresbeginn hatte sie auf dem Kauf eines Kühlschranks bestanden. Seither gab es zur Freude aller sommers wie winters Gefrorenes im Hause Sonnstein.

»Hat sie wieder versucht, dich zum Bergsteigen zu überreden?« Jakob interessierte sich nicht für das Telefon, sondern für den Namen Mizzi Kauba.

»Es ist bloß die Nordwand auf den Ötscher«, beschwichtigte Lotte. »Wir sind die Route vor dem Krieg einige Male gegangen. Kannst du dich erinnern? Es ist völlig unspektakulär. Ich könnte die Wand fast im Schlaf besteigen.«

Lotte übertrieb, die Route war auch für geübte Bergsteiger eine Herausforderung. Ungesicherte Wege und unvorhersehbare Steinschläge brachten Alpinisten immer wieder in Bedrängnis. Jakob öffnete den Mund, um etwas zu erwidern, schloss ihn aber wieder. Die tiefe Traurigkeit in den Augen ihres Vaters versetzte nicht nur Elsa einen schmerzhaften Stich in der Brust, sondern traf auch ihre Mutter. Leise sagte Lotte: »Ich habe mich noch nicht entschieden, sondern denke noch darüber nach.«

Mit einem Mal senkte sich eine Schwere über den Esstisch, die alle zu erfassen schien, auch Mathilde und Simon, dabei interessierten sich beide nicht für den alpinen Sport. Elsa versuchte, die Stimmung wieder aufzulockern. »Ich war heute bei der ersten Vorlesung von August Aichhorn.«

»Ist das der Psychoanalytiker, der sich für verwahrloste Jugendliche einsetzt?« Lotte nahm den Ball ihrer Tochter dankbar auf. Sie war keine Expertin auf dem Gebiet der Psychoanalyse, aber sie war nicht nur am technischen Fortschritt interessiert, sondern auch an den Neuentwicklungen auf dem Gebiet der Medizin und der Pädagogik. Neugierig las sie alle Artikel in den Publikationen, die Jakob regelmäßig per Post zugeschickt bekam. Oft scherzte Lotte darüber, wie viel Zeit sie den ganzen Tag über hatte, weshalb sie mehr Fachartikel las als ihr Mann. Elsa vermutete, dass ihre Mutter ihre Zeit gerne nicht nur lesend verbringen würde.

»Ich habe den Beitrag über die Erziehungsanstalt in Oberhollabrunn verschlungen«, sagte Lotte. »Wie schade, dass man sie geschlossen hat.«

»Aichhorns Vorlesung war sehr interessant. Sie hätte dir ganz sicher gefallen, Mama. Er sagt, dass niemand als Monster geboren wird und es immer einen Grund dafür gibt, warum Kinder oder Jugendliche sich aggressiv verhalten.«

»Unter dem Motto, dass jeder eine zweite Chance verdient?«, fragte Conrad.

»Ja. Aichhorn versucht, Probleme zu bekämpfen, indem er die Lebenssituation der Kinder verbessert. Er setzt auf Verständnis und Liebe statt auf Drill und Gewalt.«

»So ein Unfug«, knurrte Simon leise.

»Ich bin Aichhorn schon einmal begegnet«, sagte Jakob.

»Wo?«, wollte Elsa wissen.

»Bei der Eröffnung der KÜST. Er war unter den geladenen Gästen, gemeinsam mit Erwin Lazar.«

Es war kein Geheimnis in der Familie, dass Jakob seinen ehemaligen Studienkollegen Erwin Lazar, der eine Heilpädagogische Abteilung an der Kinderklinik gegründet hatte, nicht sonderlich schätzte.

»Hast du dich mit Aichhorn unterhalten?«

»Ja, ich halte ihn für einen sehr umsichtigen und fähigen Mann, dem das Wohl der Jugendlichen am Herzen liegt.«

»KÜST, was soll das denn wieder sein?«, fragte Simon. Missmutig schlürfte er seine Suppe und sah dabei nicht von der Schüssel auf. Optisch hatte er immer im Schatten seines Bruders Jakob und seiner Schwester Emma gestanden. Er war schon als junger Mann übergewichtig gewesen. Heute hatte er Hängebacken und Tränensäcke. Der Kummer der letzten Jahre und der schwere Verlust von Frau und Kind hatten tiefe Falten auf seiner Stirn hinterlassen. Sein oberstes

Ziel im Leben war die maximale Gewinnoptimierung. Wenn die Firma Profit erzielte, fühlte er sich für einen kurzen Moment glücklich. Leider zerplatzte dieses Gefühl schneller als eine Seifenblase und hatte eine kurze Dauer. In der Hoffnung, das Glücksgefühl wiederzuerlangen, stürzte der Onkel sich ständig in neue Arbeitsaufträge und verbrachte fast rund um die Uhr an einem der beiden Standorte der Süßwarenfabrik. Alle Familienmitglieder versuchten, Simon wenn möglich aus dem Weg zu gehen. Selbst Mathilde scheute den Kontakt zu ihrem Sohn. Elsa kannte ihren Onkel nur als mürrischen Mann.

»Du musst davon gehört haben, Simon«, sagte Jakob. »Die Zeitungen waren voll davon. Die KÜST steht für Kinderübernahmestelle. Es gilt als Vorzeigeprojekt der roten Stadtregierung. Kinder, die von ihren Eltern nicht versorgt oder gar misshandelt werden, können dort vorübergehend untergebracht werden.«

»Ach, du meine Güte«, stieß Mathilde aufgebracht aus. »Redet ihr etwa über den Fürsorgewahn der Sozialisten? Warum lässt man diesen Bereich nicht weiter in der Hand kirchlicher Organisationen und privater Vereine und Stiftungen?« Mathilde vertrat die politische Meinung ihres verstorbenen Mannes. Isak Sonnstein war zeit seines Lebens ein treuer Anhänger des Kaisers gewesen. Als Mitglied des jüdischen Großbürgertums hatte er sich nie einer Partei zugehörig gefühlt. Mathildes Welt war mit dem Untergang der Monarchie zusammengebrochen. Was sie weiterhin aufrechterhielt, war die Tatsache, dass sie eine der wohlhabendsten Frauen der Stadt war, sowie die Freude darüber, dass zwei Söhne und zwei Enkelkinder nach ihrem Tod für den Fortbestand der Familie sorgen würden.

»Wir wissen alle, dass das bis jetzt nicht funktioniert hat«, bemerkte Lotte. »Ich erinnere an die Bilder unterernährter Kinder, deren Knochen verformt sind, weil sie Rachitis haben.«

»Das war der Krieg«, wiegelte Mathilde ab. »Selbst wohlhabende Familien hatten nicht ausreichend zu essen.«

»Schon vor dem Krieg mussten viele Kinder hungern«, widersprach Lotte. »Daran haben auch die Wohltätigkeitsvereine nichts ändern können. Es ist an der Zeit, etwas Neues auszuprobieren.« Zum Leidwesen ihrer Schwiegermutter sympathisierte Lotte mit der roten Stadtregierung und fand viele der Projekte, die in Angriff genommen wurden, um die Armut zu bekämpfen, lobenswert. Lottes Vater war ein einfacher Landlehrer gewesen, zu Reichtum war sie erst durch ihre Ehe mit Jakob gelangt, und auch wenn sie den Luxus eines Automobils schätzte, so vertrat sie die Ansicht, dass jeder Mensch die Möglichkeit bekommen sollte, sein Leben selbst zu gestalten, und dazu gehörten ein Recht auf Bildung, Wohnung und ausreichend Essen. Elsa teilte die Meinung ihrer Mutter. Auch ihr Vater dachte ähnlich.

»Ich unterstütze deinen Glauben an die Partei in vielen Punkten«, gab Jakob zu. »Aber die Zustände in der Kinderübernahmestelle sind nicht optimal. Sowohl Kinderärzte als auch Psychologen von der Universität Wien missbrauchen die Kinder als Versuchsobjekte für ihre Studien und behandeln sie wie weiße Mäuse oder Kaninchen. Ich möchte nicht in der Haut eines dieser Kinder stecken, denen ständig vorgeführt wird, dass sie keine vollwertigen Mitglieder der Gesellschaft sind.«

»Ein behinderter Mensch gilt in unserer Gesellschaft als minderwertig«, sagte Simon düster.

»Was er zweifelsohne auch ist«, sagte Mathilde mit schneidender Stimme. »Oder will etwa irgendwer behaupten, dass ein lallender Mensch, der sabbernd im Bett liegt und weder reden noch denken kann, einen wertvollen Beitrag zu unserer Gesellschaft leisten kann?«

»Welchen Beitrag leistest du, Mutter?«

»Ich weigere mich, auf diese freche und beispiellose Beleidigung einzugehen.«

»Was ich sagen will«, sagte Jakob versöhnlich. »Es gibt kein unwertes Leben.«

»Das sehe ich anders.«

»Das wissen wir, Mutter.« Um einen Themenwechsel bemüht, richtete Jakob seine Aufmerksamkeit demonstrativ auf Conrad. Offenbar wollte er heute keinen Streit vom Zaun brechen. Das war nicht immer so. Nur zu oft lieferten Mathilde und ihr Sohn sich hitzige Debatten.

»Du wirst dir bald ein Bild von der KÜST machen können. Das Karolinen-Kinderspital ist seit drei Jahren unter der Leitung der Stadt Wien und arbeitet eng mit der KÜST zusammen«, sagte Jakob.

Elsa legte ihren Löffel neben den vollen Suppenteller. Da war es, das Thema, das sie gerne ausgespart hätte. Es war noch schneller am Tisch gelandet, als sie befürchtet hatte. Zumindest die Vorspeise, so hatte sie gehofft, würden ihr Bruder und ihr Vater konfliktfrei überstehen.

»Ich habe mit dem Leiter des Krankenhauses gesprochen«, begann Conrad vorsichtig. Er schaffte es nicht, seinem Vater dabei in die Augen zu schauen. Stattdessen konzentrierte er sich auf die Schnittlauchröllchen in seiner Suppenschüssel.

»Was hat er zu dir gesagt? Waren deine Noten ein Thema?« Jakobs Stimme klang sorgenvoll. Alle am Tisch wussten, dass Conrad kein Vorzeigestudent gewesen war. Im Unterschied zu Elsa, die ihre Prüfungen mit Bravour bestand, war Conrad mit Ach und Krach durchs Studium gerutscht. Einige Prüfungen hatte er erst beim zweiten oder dritten Anlauf geschafft. Conrad hatte nie ein Geheimnis daraus gemacht, dass Arzt nicht sein Traumberuf war. Als Alternative hätte er im Familienunternehmen mitarbeiten können, was Conrad noch weniger erstrebenswert erschienen war. Von einem Semester zum nächsten hatte er auf eine zündende Idee für seine Zukunft gehofft, aber sie war ausgeblieben, und so hatte er eine Prüfung nach der anderen absolviert und im Sommer schließlich seinen Abschluss gemacht – als schlechtester Student seines Jahrgangs. Die Patienten, die er einmal behandeln würde, waren jetzt schon zu bemitleiden.

»Meine Noten waren nicht das Problem«, gestand Conrad. Jetzt schien er die Schnittlauchröllchen zu zählen und schob sie mit dem Suppenlöffel von einer Seite der Schüssel zur anderen. Elsa verspürte Mitleid mit ihrem Bruder. Sie war die Einzige am Tisch, die in seine Zukunftspläne eingeweiht war. Conrad und sie teilten ihre Geheimnisse, seit sie reden konnten. Wann immer sie etwas bedrückte, ging sie zu Conrad, und er kam umgekehrt zu ihr. Er war nicht nur ihr Bruder, sondern auch ihr Vertrauter und ihr allerbester Freund. Elsa wusste, dass er konfliktscheu war. Das war er schon als kleiner Junge gewesen. Das Schlimmste für Conrad war es, Menschen, die er liebte, zu enttäuschen, daher verschwieg er wichtige Tatsachen in der verkehrten Vorstellung, dass er sie damit nicht verletzte. Natürlich ging dieser Plan nur in den seltensten Fällen auf. Als Zehnjähriger hatte er sich bei Tante Emma am Attersee den Ellbogen aufgeschlagen. Er war verbotenerweise eine Felswand hoch-

geklettert. Die Wunde war tief und voller kleiner Kiesel-
steine gewesen. Doch statt zuzugeben, dass er verletzt war,
hatte er die Wunde mit einem Taschentuch abgedeckt und
lange Hemden getragen. Natürlich hatte er Elsa von seinem
Vergehen erzählt, und wie immer hatte sie für ihn geschwiegen. Als die Wunde nicht mehr zu verbergen gewesen war
und Conrad seinen Arm nicht mehr abbiegen konnte, hatte
sie Jod und Verbandsmaterial aus Tante Emmas Erste-Hilfe-
Kasten entwendet. Dabei war sie von Tante Elena erwischt
worden. Die Aufregung, die danach entstanden war, hatte
sich vorrangig gegen Elsa gerichtet. Gerade eben fragte sie
sich, wie lange sie diesmal schweigen solle. Sie fürchtete
nicht den Ärger ihrer Eltern. Ihre Mutter würde Conrads
Beweggründe verstehen. Lotte vertraute darauf, dass ihre
Kinder das Richtige taten, und akzeptierte ihre Entscheidungen. Doch die Enttäuschung ihres Vaters wäre grenzen-
los. Daran würde auch ein Abwarten nichts ändern.

»Dann ist ja alles gut«, meinte Jakob erleichtert.

Conrad senkte den Kopf noch tiefer über seine Suppe. Als
Elsa ihm unter dem Tisch gegen das Schienbein trat, fuhr er
hoch.

»Sag es endlich«, zischte sie ihm so leise zu, dass nur er sie
verstehen konnte.

»Nicht heute«, flüsterte Conrad niedergeschlagen zurück.

»Wann dann?«

Er zuckte bloß mit den Schultern.

»Worüber tuschelt ihr?«, wollte Mathilde wissen. Sie
klang, als würde sie zwei Zehnjährige tadeln, die sich eben
ungehörig benommen hatten.

»Darüber, wie gut die Suppe schmeckt«, log Conrad. »Die
neue Köchin hat sich wieder einmal übertroffen.«

»Ja, es war ein Glück, dass wir Marika für uns gewinnen konnten.« Mathilde lächelte zufrieden. »Eigentlich hätte sie im Haus der Familie Blum anfangen sollen. Aber die haben sich für zwei Mädchen aus Böhmen entschieden. Sie zahlen den beiden weniger Gehalt als wir unserer Marika. Dabei weiß doch jeder, dass fleißiges Hauspersonal auch ordentlich entlohnt werden muss.«

»Und das aus deinem Mund?«, bemerkte Jakob staunend. »Seit wann machst du dir Gedanken über dein Personal?«

»Das habe ich immer getan und bis auf ein einziges Mal auch nie bereut«, korrigierte ihn Mathilde. »Als Arbeitgeberin habe ich Verantwortung für mein Personal. Man kann mir nicht nachsagen, dass ich unsozial sei. Aber ich verwehre mich gegen Kontrollen und Auflagen, die mir von Gewerkschaften aufgezwungen werden. Schlimm genug, dass die Sozialisten versuchen, sich in so gut wie alle Lebensbereiche einzumischen. Sie regeln die Schulen, die Krankenhäuser, bauen Wohnungen für Arbeiter. Bald wollen sie uns vorschreiben, was wir am Abend essen dürfen.«

»Linkes Bolschewistenpack«, schimpfte Simon. »Die Gewerkschaften sind der Ruin für uns Unternehmer.«

Mathilde tauchte ihren Löffel in die Suppe. »Habt ihr gewusst, dass im Palais der Familie Epstein der Stadtschulrat Wiens untergebracht ist? Wenn es so weitergeht, werden die Obdachlosen der Stadt in Schönbrunn einquartiert und die Arbeitslosen im Schloss Belvedere.« Voller Empörung sah Mathilde zu ihrer Schwiegertochter, so als wäre Lotte, die mit den Sozialdemokraten sympathisierte, für die Entscheidungen der Stadtregierung verantwortlich.

Lotte nahm die Kritik gelassen, sie zuckte bloß mit den Schultern und suchte Jakobs Blick. Elsa bemerkte, wie ihr

Vater entschuldigend lächelte. In seinen Augen lag eine tiefe Zuneigung, die ihre Mutter erwiderte. Anderen Paaren blieb diese Vertrautheit ein Leben lang verwehrt. Sollte sich Elsa jemals verlieben, hoffte sie auf ähnlich intensive Verbundenheit.

Nach dem Abendessen zogen sich alle in den Rauchsalon zurück. Der Raum hieß immer noch so, obwohl niemand in der Familie rauchte. Emma war bereits Jahre vor dem Krieg ins Salzkammergut an den Attersee gezogen, Simon hatte es aufgegeben, als seine Frau schwanger geworden war, und Isak Sonnstein war seit vier Jahren tot. Dennoch war der Name beibehalten worden. Der Raum, der unmittelbar an den Speisesaal anschloss, diente zum Rückzug nach dem Essen. Hier gab es einen offenen Kamin und gemütliche Lehnsessel sowie ein Sofa. Elsa verzichtete sowohl auf den Kaffee als auch auf den Portwein, den Onkel Simon so liebte. Mit der Entschuldigung, lernen zu müssen, ging sie in ihr Zimmer. Sie wollte tatsächlich in Aichhorns Schrift *Verwahrloste Jugend. Die Psychoanalyse in der Fürsorgeerziehung* lesen. Doch kaum hatte sie Kostüm und Schuhe gegen einen bequemen Morgenmantel und weiche Wollsocken eingetauscht und es sich auf dem Kanapee gemütlich gemacht, klopfte es leise an ihrer Zimmertür. Es war Conrad, der ebenfalls nicht beim Rest der Familie geblieben war.

»Darf ich?«

Elsa winkte ihn herein. Das Manuskript legte sie neben den Liebesroman *Emma* von Jane Austen, den sie vor ein paar Tagen gekauft hatte. Seit Jahren verschlang sie die Liebesgeschichten der britischen Autorin.

Conrad durchquerte den Raum. Früher hatte Mathilde

Sonnstein hier ihren Kultursalon abgehalten. Erst mit dem Tod ihres Mannes hatte sie damit aufgehört. Seit vier Jahren bewohnte nun Elsa den großen Raum, der zum Innenhof über einen verglasten Balkon verfügte. Statt der alten Sitzgarnitur aus Leder standen jetzt ein Bett, ein Schreibtisch, ein Kanapee, zwei gepolsterte Lehnsessel aus Korb sowie eine Stehlampe darin. Von der Decke hing eine passende Leuchte im selben Design. Sie stammte aus der Wiener Werkstatt. Außerdem gab es einen Schrank, ein Regal für ihre Bücher und ein kleines Tischchen. Die Möbel waren schlicht und praktisch, schnörkellos und modern. In einer Ecke befand sich eine Topfpflanze. Zum Glück goss Marie die kleine Palme regelmäßig, Elsa hätte das arme Grünzeug verdorren lassen.

Laut seufzend ließ sich Conrad in einen der Korbsessel auf dem Balkon plumpsen. Es war Elsas Lieblingsplatz. Selbst an verregneten Tagen oder wenn der Industriequalm der Fabriken wie ein dichter Schleier über der Stadt hing, war es auf dem Balkon angenehm hell. Die riesige Kastanie, deren Baumkrone bis zur Fensterfront reichte, vermittelte den Eindruck, als befände man sich mitten im Wienerwald.

»Schon wieder Jane Austen?« Conrad ergriff den Band mit dem dekorativen Blumenmuster.

»Nein«, log Elsa schnell. Sie wollte nicht, dass Conrad sich über sie lustig machte. Er zog sie wegen ihrer Schwäche für die vorhersehbaren Liebesromane gerne auf. »Ich lese gerade eine Schrift von einem Pädagogen …«

Doch heute wollte Conrad nicht sticheln. »Du musst dich nicht verteidigen!«, sagte er. Verzweifelt stützte er beide Ellbogen auf seinen Knien ab, bettete seinen Kopf in seinen Händen und zerzauste dabei das dunkle Haar.

Eigentlich hatte Elsa vorgehabt, ihn in die Mangel zu nehmen, aber das war nicht notwendig. Ihr Bruder sah auch so wie ein Häufchen Elend aus. Statt sein Gewissen noch weiter zu belasten, nahm sie auf der Bank neben ihm Platz, ergriff das weiche Kissen vor sich und stopfte es in ihren Rücken. Sie stellte die Füße auf der Bank ab, zog die Knie zu sich heran und schlang die Arme darum. Geduldig wartete sie ab.

»Ich kann Papa nicht sagen, dass ich den Posten abgelehnt habe. Er würde mich hassen und nie wieder mit mir reden«, platzte Conrad heraus.

»Unsinn«, meinte Elsa. »Er wird gekränkt sein und dich nicht verstehen, aber er wird dich nicht hassen. Außerdem wird er ohnehin davon erfahren. Doktor Komaric ist ein Kollege von ihm. Es wundert mich, dass Papa nicht längst davon weiß. Wahrscheinlich liegt es daran, dass er schon wieder an einem Artikel über Tuberkulose arbeitet.«

Jakob Sonnstein hatte sich in den letzten Jahren zu einem Experten auf dem Gebiet der Lungenkrankheit entwickelt, die auch »die Wiener Krankheit« genannt wurde. Er war der festen Überzeugung, dass Kinder dieser Krankheit nicht mehr anheimfallen würden, hätten sie genug zu essen und würden sie in trockenen Wohnungen leben.

»Wenn er erst in einem Monat davon erfährt, bin ich längst nicht mehr da«, sagte Conrad. »Am Arlberg kann er mir keine Vorhaltungen machen.«

»Denkst du, er ist dann weniger enttäuscht oder traurig?« Conrads Naivität ärgerte Elsa. Manchmal benahm er sich wie ein Kleinkind.

»Bloß weil du es am Arlberg nicht sehen kannst, bedeutet das nicht, dass deine Entscheidung ihn nicht treffen wird.«

Conrad krallte seine Hände in die dunklen Locken.

»Ich will kein Arzt werden. Ich wollte das nie. Das ganze Studium war ein einziger Fehler. Ich habe es bloß gemacht, um keinen Streit vom Zaun zu brechen. Jeder Tag war eine Tortur. All die kranken Menschen, das ganze Leid. Ich wollte das nie und will es auch heute nicht. Es macht mich selbst krank.«

Elsa streckte ihre Knie aus und beugte sich nach vorn. »Ich weiß«, sagte sie leise. »Du hättest schon viel eher eine Entscheidung treffen sollen.«

»Das sagst ausgerechnet du?«, fragte Conrad.

Elsa zuckte entschuldigend mit den Schultern. Ihr Bruder kannte sie genau. Er wusste, wie schwer es ihr fiel, sich zu entscheiden. Aus Angst vor der falschen Wahl traf sie lieber gar keine.

»Gleich nach der Matura habe ich mir eine Bahnkarte in den Westen besorgt«, sagte Conrad.

»Du hast sie verfallen lassen«, erinnerte Elsa ihn.

»Was hätte ich denn tun sollen? Mama hat mich ausdrücklich darum gebeten, die Sache zu verschieben. Sie hatte Angst, dass Papa den Verstand verliert, wenn ich in die Berge ziehe. Ich habe endlos lange in ein Studium investiert, das mich nicht interessierte. Jetzt bin ich damit fertig, aber Papas Meinung zum Thema Bergsport hat sich nicht verändert. Wie lange soll ich noch warten?«

»Mama hat gehofft, dass du irgendwann die Liebe zum Arztberuf entdeckst, genau wie Papa.«

»Ich hasse diesen Beruf!«

Elsa nickte traurig. Nur zu gut konnte sie sich daran erinnern, wie verzweifelt ihre Mutter gewesen war, als Conrad seinen Zukunftswunsch geäußert hatte. Sie hatte gehofft, dass die Zeit die Probleme lösen würde. Mittlerweile waren seit

Kriegsende zehn Jahre vergangen, doch die Erinnerungen, die Jakob Sonnstein quälten, waren nach wie vor präsent.

»Du hättest nicht Medizin studieren müssen«, sagte Elsa. »Genauso gut hättest du bei Onkel Simon einsteigen und eines Tages das Familienunternehmen leiten können. Er hätte sich vielleicht gefreut und würde nicht ständig jammern, dass er allein die ganze Verantwortung für das Unternehmen tragen muss.«

»Machst du Scherze?«, fragte Conrad verärgert. »Niemand kann mit Onkel Simon zusammenarbeiten. Nicht einmal Mama und sie verfügt über eine Engelsgeduld.«

Conrad hatte recht. Lotte, die sich für Zahlen und das Geschäft interessierte, hatte Simon angeboten, ihn im Büro zu unterstützen. Als Verkäuferin bei Moses Mandl am Kohlmarkt hatte sie die Buchhaltung erlernt. Aber Simon hatte Lottes Angebot mitleidig abgelehnt und überheblich gemeint, dass sie als kleine Verkäuferin in einem Modeladen niemals die Erfahrungen mitbringen würde, die es für ein großes Unternehmen wie das der Sonnsteins benötigte.

»Onkel Simon war kein gutes Beispiel«, gab Elsa zu. »Wer freiwillig seine Zeit mit ihm verbringt, muss masochistisch veranlagt sein.« Sie überlegte.

»Warum hast du nicht irgendetwas anderes studiert: Ingenieurwesen, Physik, Chemie, Kunst ... was auch immer. Alle Richtungen standen dir offen. Warum hast du dich ausgerechnet durch die Medizin gequält?«

»Das Einzige, was mich immer fasziniert hat, waren die Berge. Im Sommer wie im Winter. Wenn ich auf einem Gipfel stehe, dann fühle ich mich lebendig und frei. Wenn ich einen tief verschneiten Hang auf Skiern hinunterfahre, dann spüre ich mich selbst und fühle mich mit der Natur verbunden. Alles ergibt plötzlich einen Sinn. Sobald ein Urlaub vorbei war, habe ich mich durch die nächsten Seminare, die nächsten Prüfungen gekämpft, immer mit dem Gedanken, dass ich bald wieder auf einem Berg stehen werde. Es ist ein Rausch, den ich immer und immer wieder erleben möchte.«

Conrads Schwermut verflog. Seine Augen leuchteten vor Begeisterung.

»Um Himmels willen«, unterbrach Elsa ihn. »Du hörst dich an wie ein Abhängiger, wenn er von seinem Suchtmittel spricht.«

»Ich habe nur dieses eine Leben, und ich will es ganz sicher nicht in einem Krankenhaus verbringen, ganz egal, wie sehr ich Papa damit verletze. Ich muss Wien verlassen und in den Westen gehen.«

»Aber was genau willst du am Arlberg machen?«

»Ich habe mit Hannes Schneider brieflich Kontakt aufgenommen«, gab Conrad zu. »Er sucht Lehrer für seine Skischule und will mich kennenlernen. Wenn ich ihn von mir überzeugen kann, bekomme ich eine Stelle. Ich werde im Sommer als Bergführer und im Winter als Skilehrer arbeiten.« Elsa war überrascht, dass Conrads Pläne bereits so weit gediehen waren.

»Ich habe seine Antwort heute erhalten«, erklärte Conrad. »Sollten mich die Berge langweilen, dann setze ich mich in den nächsten Zug und komme wieder zurück. Irgendwo finde ich eine Stelle als Arzt. Auch ohne Erfahrung und mit den schlechtesten Noten aller Zeiten.«

Elsa versuchte, sich auszumalen, was ihre Familie zu Conrads Entscheidung sagen würde. Die Bilder, die vor ihr auftauchten, gefielen ihr nicht. Gleichzeitig beneidete sie ihren Bruder, der so genau wusste, was er wollte.

»Wenn ich jetzt als Arzt anfange, dann werde ich nicht nur meinen Beruf, sondern irgendwann auch mich selbst hassen«, sagte Conrad dramatisch. »Dann werde ich völlig abstumpfen, nichts mehr fühlen und irgendwann eine Frau heiraten, die ich nicht liebe. Diese Frau werde ich so unglücklich machen, wie ich selbst bin. Dann werden wir Kinder in die Welt setzen, die uns nicht ausstehen können, weil sie sehen, wie traurig wir durchs Leben stolpern.«

»Sag, was hast du zum Abendessen getrunken?« Elsa unterbrach ihn erneut. »Du übertreibst maßlos.«

Conrads Locken fielen ihm in die Stirn. »Nein, es ist die Wahrheit. Mach deine Augen auf und schau in die Gesichter der Menschen. Hast du schon mal nachgedacht, wie viele Leute unzufrieden sind? Sie sind unglücklich, weil sie falsche Entscheidungen treffen und ihre Träume niemals auch nur ansatzweise verwirklichen.«

Elsa verzog den Mund. Deshalb fiel es ihr so schwer, eine Entscheidung zu treffen. Was, wenn es die falsche war?

»Du kannst mir glauben, dass ich diesen Schritt nicht leichtfertig mache. Aber wenn ich jetzt nicht gehe, dann bleibe ich für immer in Wien und schaue irgendwann aus wie Onkel Simon.«

»Um Himmels willen, das müssen wir unbedingt verhindern.« Elsa gelang es nur bedingt, lustig zu klingen. Die Vorstellung, dass Conrad über Monate hinweg am Arlberg war, machte sie traurig.

»Ich werde nicht versuchen, dich aufzuhalten. Aber du musst es Papa sagen. Er darf deine Wahl nicht von anderen erfahren. Das würde ihm tatsächlich das Herz brechen.«

Conrad presste seine Lippen zusammen. Er sah erbärmlich aus.

»Weißt du eigentlich schon, was du mit deinem Studium anfangen willst?«

»Nein.«

»Hm, wäre langsam an der Zeit. Meinst du nicht? Du hast dein Studium in Windeseile durchgezogen. Alle erwarten, dass du Lehrerin wirst.«

Elsa blieb ihm eine Antwort schuldig und wandte den Blick ab. War es das, was sie wollte? Ihr Leben lang Kinder unterrichten? Sie wusste es einfach nicht.

»Wie auch immer«, sagte Conrad. »Ganz egal, was du einmal machen wirst, deine materielle Zukunft ist gesichert. Genau wie meine.«

Darauf konnte Elsa nichts erwidern. Da weder Onkel Simon noch ihre Tante Emma Kinder hatten, würden Conrad und Elsa irgendwann das Familienunternehmen erben, und selbst wenn sie es nicht übernehmen und führen wollten, der Verkauf würde sie zu sehr reichen Menschen machen, die niemals auch nur einen Finger rühren mussten, um gut leben zu können.

»Wirst du es Papa sagen?«

Er neigte den Kopf. »Gib mir noch ein bisschen Zeit. Ich möchte den richtigen Augenblick abwarten.«

4

Palais Sonnstein

Mit einem kräftigen Windstoß stob der Vorhang ins Zimmer. Das offene Fenster schlug gegen die Wand. Lotte war bereits wach. Es war nicht das aufkommende Gewitter gewesen, das sie aus dem Schlaf gerissen hatte, sondern Jakob, der schweißgebadet neben ihr lag und nun mit offenen Augen zur Decke starrte. Wieder einmal hatten die Gespenster der Vergangenheit ihn fest im Griff. Er war schreiend aufgewacht.

»Ich mach das Fenster zu«, flüsterte Lotte. Sie stieg aus dem Bett, lief barfuß über den knarrenden Parkettboden zum Fenster, schob den Vorhang zur Seite und schloss beide Flügel. Augenblicklich war es still im Raum. Der fahle Schein einer Straßenlaterne fiel auf den Spiegel der Frisierkommode und tauchte das Schlafzimmer in ein Halbdunkel. Seit einigen Jahren waren beinahe in der ganzen Stadt die Gaslaternen verschwunden und durch elektrische Lampen ersetzt worden. Rasch kehrte Lotte zurück und schlüpfte wieder unter die wärmende Decke. Sie kuschelte sich an Jakobs warmen Körper, der immer noch leicht zitterte. Liebevoll strich sie ihm die feuchten Locken aus der Stirn. Sie waren in den letzten Jahren beinahe vollständig ergraut.

»Wieder so schlimm?«, fragte sie sanft.

»Ich werde die Bilder einfach nicht los.« Jakobs Stimme

klang verzagt. »Sobald ich die Augen schließe, sehe ich die Kameraden. Wie sie …«

»Pst!« Lotte hatte die Geschichte schon so oft gehört, dass sie manchmal das Gefühl hatte, als wäre sie selbst dabei gewesen. Jakob hatte im Krieg an der Südfront in einem Feldlazarett gedient. Im letzten Kriegsjahr, als die Kriegsherren sich eingebildet hatten, eine sinnlose Schlacht nach der anderen zu führen, um einzelne Berggipfel zurückzuerobern, hatte er mit einer Gruppe Soldaten die Dolomiten überqueren müssen. Kurz bevor sie eine Bergspitze erreicht hatten, hatte ein feindliches Geschütz eine Lawine ausgelöst. Bis auf Jakob waren alle Männer unter den Schneemassen verschüttet worden. Gesunde Burschen, einige fast noch Kinder, die man kurz vor Kriegsende an die Front geholt hatte, für den Sieg, der lange schon verloren war, für den Kaiser, der sein Volk im Stich gelassen hatte, und für ein Vaterland, von dem niemand wusste, wie seine Grenzen nach dem Ende des Wahnsinns aussehen würden. Jakob hatte sie alle sterben sehen und sich davon bis heute nicht erholt.

»Der Schnee, der Staub, diese gewaltige Wucht …«, seine Stimme wurde brüchig.

»Es ist vorbei, mein Schatz. Versuch, wieder einzuschlafen.« Lotte wusste, dass ihre Worte ins Leere trafen. Wenn die Albträume Jakob quälten, lag er stundenlang wach. Nach solchen Nächten sah er am nächsten Morgen aus wie ein Fremder, mit dunklen Ringen und rot unterlaufenen Augen. Lotte hatte sich an diesen Anblick gewöhnt. Manche seiner Patienten kannten ihn nicht anders.

»Was wirst du Mizzi sagen?«, fragte Jakob unvermittelt. Lotte hatte gehofft, dass er das Thema vorerst nicht erwähnen würde. »Wirst du sie auf den Ötscher begleiten?«

Es lag so viel Angst in seiner Stimme, dass es Lotte die Kehle zuschnürte. Sie zögerte. Seit Monaten freute sie sich auf den Ausflug. Es war nach vielen Jahren das erste Mal, dass sie mit Mizzi wieder eine Wand besteigen wollte. Sie waren beide nicht mehr die Jüngsten, doch im Moment fühlten sie sich gesund und kräftig. Es war eine Frage der Zeit, bis sich das von einem Tag auf den anderen ändern konnte. Viele von Lottes Bekannten in ihrem Alter waren längst nicht mehr so fit wie sie.

»Nein, ich werde nicht mitgehen«, sagte sie leise und hoffte, dass ihre Enttäuschung nicht zu hören war. Manchmal wünschte sie, Jakob würde einfach sagen, dass er nicht will, dass sie Bergtouren unternahm. Gegen ein Verbot konnte sie sich wehren, vielleicht würde sie ihn anschreien und mit ihm streiten. Auf alle Fälle würde sie so lange mit ihm diskutieren, bis sie gemeinsam eine Lösung fänden. Aber Jakob war nicht der Mann, der seiner Frau etwas untersagte. Er hatte Lottes Freigeist, ihren Wunsch nach Unabhängigkeit immer akzeptiert und sich deshalb auch in sie verliebt. Der Umgang, den die beiden seit über fünfundzwanzig Jahren miteinander pflegten, war von Liebe und gegenseitigem Respekt geprägt. Wie sollte Lotte ihm nur sagen, dass sie unglücklich war? Dass sie sich mit jeder Faser ihres Körpers nach dem Leben vor dem Krieg zurücksehnte. Damals hatte Jakob ebenso viel Spaß am Bergsport gehabt wie sie selbst. Nach ihrer Hochzeit hatten sie sich in einer kleinen Wohnung am Alsergrund eingemietet. Lotte hatte als Verkäuferin am Kohlmarkt gearbeitet und Jakob als Kinderarzt im St. Anna Kinderspital. Sie waren glücklich gewesen und hatten gegen den Willen von Jakobs Eltern geheiratet. Sie hatten weder den Segen eines Priesters noch den eines Rabbis empfangen und waren nur vom Standesbeamten des Kaisers zu Mann und Frau getraut worden. Kurz darauf kam Conrad auf die Welt. Lotte hatte ihre Stellung als Verkäuferin aufgegeben, und sie waren in eine größere Wohnung, nur zwei Straßenzüge weiter, umgesiedelt. Die Sommer hatten sie mit den Kindern bei Jakobs Schwester in Seewalchen am Attersee verbracht. Emma und Elena hatten sie immer herzlich willkommen geheißen. Im Winter waren sie für mindestens zwei Wochen zum Skifahren auf den Semmering gefahren. Es waren herrlich unbeschwerte Jahre gewesen, jeder Tag war ein kleines Abenteuer. Doch dann hatten die Kriegstrommeln alles verändert. Wie ein Rausch hatte der Wunsch nach Tod und Verderben die Menschen erfasst, und eine Welle der Gewalt hatte das Leben eines gesamten Kontinents verändert. Man hatte Jakob schon kurz nach Kriegsbeginn als Feldarzt zur Armee eingezogen. Nach einem Jahr hatte Lotte nicht mehr für die Miete aufkommen können und war gezwungen gewesen, zu den Schwiegereltern zu ziehen, die die Enkelkinder mit überraschend viel Wärme aufgenommen hatten, Lotte aber mit Ablehnung begegnet waren. Während der ersten Monate hatte Lotte sich jeden Abend in den Schlaf geweint und alle verflucht, die dafür verantwortlich waren, dass junge Männer fern von ihren Familien in schlammigen Schützengräben ihr Leben ließen, während ihre Frauen daheim zitterten.

Lotte spürte, wie Jakobs Körper sich entspannte. Seine Hand auf ihrem Oberarm wurde schlaff. Sie nahm regelmäßige Atemgeräusche neben sich wahr. Heute war es Jakob gelungen, wieder einzuschlafen. Sein Kopf war zur Seite geneigt. Er hielt Lotte nach wie vor umarmt. Nun lag sie wach, starrte an die Decke, wo die Äste der Pappel, die vor dem

Schlafzimmerfenster stand, wild tanzende Schatten warfen. Der Krieg hatte Lotte nicht zur Witwe gemacht, dafür war sie unendlich dankbar. Jeden Tag hatte sie angespannt auf den Briefträger gewartet, voller Sehnsucht auf Feldpost und gleichzeitig krank vor Angst, dass eine Nachricht vom Militär dabei sein könnte, die sie über Jakobs Tod informierte. Sie hatte geweint und den Gott der Christen ebenso angefleht wie den der Juden. Jede Woche war Lotte zum Südbahnhof gegangen. Sie hatte die Züge, die von der Front gekommen waren, abgesucht. Lotte hatte einen Waggon nach dem anderen kontrolliert. Sie waren voll besetzt mit verwundeten Soldaten gewesen, die der Krieg für immer zu Krüppeln gemacht hatte. Junge Männer, deren Gesichter vom Horrer gezeichnet waren. Jakob war mit einem der letzten Transporte kurz vor Kriegsende gekommen. Körperlich beinahe unversehrt, aber mit leerem Blick, der erst eine Spur des Erkennens gezeigt hatte, als Lotte ihn fest an sich gedrückt hatte. Es hatte Monate gedauert, bis er von den schrecklichen Erlebnissen erzählen konnte, und ein ganzes Jahr, bis er wieder als Arzt tätig war. Die Arbeit war ein Segen für Jakob. Während er sich um seine Patienten kümmerte, konnte er vergessen. Doch sobald die Pflichten erledigt waren, kehrten die Erinnerungen zurück. Die Schatten auf seinem Gesicht waren seine ständigen Begleiter. Lotte wünschte, sie könnte Jakob aus seinem Gefängnis herausholen und gemeinsam mit ihm in die Sonne zurückkehren, denn sie spürte, dass ihr selbst langsam die Kraft ausging und ihr kalt wurde. Sie fühlte sich wie eine verdurstende Pflanze. Ihr Leben war eintönig und ohne Aufgabe. Elsa und Conrad waren erwachsen und brauchten sie nicht mehr. Simon hielt sie von der Firma fern, Jakob von den Bergen. Für ihre Schwiegermutter wäre es ein Affront, würde Lotte wieder als Verkäuferin arbeiten. Nicht einmal im Haushalt durfte sie mithelfen, weil sich das für eine Sonnstein nicht gehörte. Zum ersten Mal in ihrem Leben fühlte sich Lotte plan- und hoffnungslos.

5

Pädagogisches Institut

Der Hörsaal leerte sich langsam. Auch Charlotte Bühler, die eben einen Vortrag über die Entwicklung von Kleinkindern gehalten hatte, sammelte ihre Unterlagen zusammen und packte sie in ihre Tasche.

Lotte wartete, bis fast alle Studenten aufgestanden und gegangen waren. Dann lief sie nach vorn.

»Wollten wir nicht ins Kaffeehaus?«, rief ihr Edith nach.

»Gleich, ich will nur noch ein Wort mit Frau Bühler wechseln«, antwortete Elsa. Sie schob sich an Mona vorbei. »Ich fürchte, dass du zu spät kommst«, flüsterte sie Elsa ins Ohr. »Ich habe vor der Lehrveranstaltung den letzten Platz bekommen.«

»Du bist eine schreckliche Streberin«, sagte Karo. »Mir tun all die Kinder leid, die du einmal unterrichten wirst.«

»Dasselbe könnte ich über dich sagen«, zischte Mona. Keine der beiden ließ eine Gelegenheit aus, um die andere zu beleidigen. Elsa fragte sich, warum sie trotzdem so viel Zeit miteinander verbrachten. Wahrscheinlich waren Moritz und Edith der Grund. Die beiden hielten die Gruppe zusammen und vermittelten zwischen Mona und Karo.

Elsa erreichte den Schreibtisch der Vortragenden. Vor der deutschen Dozentin blieb sie stehen. »Ja bitte?« Frau Bühler sprach mit einem harten Akzent, der für Wiener Ohren fremd klang. Sie blickte von der Tasche hoch, in die sie ihr Manuskript schob. Die Mittdreißigerin war eine elegante Erscheinung. Sie trug ein schlichtes dunkles Kleid. Ihr Haar war hochgesteckt, und die Perlenkette um ihren Hals passte zu den Steckern in ihren Ohren.

»Mein Name ist Elsa Sonnstein, ich würde gerne an dem Kurs teilnehmen, den Sie als Privatdozentin an der Universität abhalten. Ist noch ein Platz frei?«

Überrascht zog Bühler ihre Augenbrauen hoch. »Sie meinen das Seminar der praxisbezogenen Beobachtungen von Kindern?«

»Ja, das meine ich.«

»Die Lehrveranstaltung wird Ihnen hier am Institut nicht angerechnet. Es handelt sich um Feldforschung. Wir gehen in städtische Kindergärten und Kinderheime. Dort beobachten wir Kinder aus dem Arbeitermilieu.«

»Das weiß ich«, beeilte sich Elsa. Sie hatte sich im Vorfeld ganz genau über das Seminar informiert. Da August Aichhorn es lobend erwähnt hatte, wollte sie es nicht versäumen. Es war reines Interesse, das sie zur Teilnahme bewog.

Charlotte Bühler schloss die Schlaufen ihrer Ledertasche. Sie hatte Elsas Frage noch nicht beantwortet.

»Ich interessiere mich für das Seminar, weil ich die Idee spannend finde, durch Beobachtung des Verhaltens etwas über das Innenleben von Kindern zu erfahren.«

Elsa wiederholte den Text, mit dem die Lehrveranstaltung angekündigt wurde. Bühler schien davon wenig beeindruckt.

»Vielleicht hilft mir das Seminar, schwieriges Verhalten auffälliger Schüler besser zu verstehen«, fügte Elsa rasch hinzu. Nun sah Bühler sie an.

»Sie können teilnehmen«, sagte sie. »Der Kurs ist zwar voll. Aber eine weitere Teilnehmerin ist verkraftbar. Wir starten nächste Woche. Das erste Treffen wird in den Räumlichkeiten des neu gegründeten Psychologischen Instituts stattfinden.« Sie schaute sich im Saal um. Ihr Blick traf Moritz.

»Der Kollege Grün ist auch angemeldet. Er weiß, in welchem Raum wir uns treffen werden. Die Universität ist ein Labyrinth, also lassen Sie sich besser den Weg zeigen.«

»Oh, wirklich?« Elsa drehte sich um. Moritz zuckte entschuldigend mit den Schultern, während Karo die Augen genervt verdrehte.

»Ich muss jetzt weiter, Sie entschuldigen mich.«

Elsa machte einen Schritt zur Seite, damit Frau Bühler an ihr vorbeikonnte. Kaum war sie weg, kam Moritz zu Elsa.

»Darfst du teilnehmen?«

»Ja«, freute sich Elsa.

»Wie kann das sein, ich habe doch den letzten Platz bekommen«, beschwerte sich Mona. Es klang fast so, als wäre sie über Elsas Teilnahme nicht sonderlich erfreut.

»Du wirst unseren Moritz mit Elsa teilen müssen und nicht wie gewohnt allein von ihm abschreiben«, sagte Karo.

Elsa hatte bereits bemerkt, dass Mona viele ihrer guten Noten Moritz zu verdanken hatte. Grundsätzlich fand sie das nicht verwerflich. Es war jedoch irritierend, dass Mona sich mit fremden Federn schmückte und mit den erschummelten Noten angab.

»Ach, halt doch den Mund«, sagte sie jetzt beleidigt, packte ihre Sachen zusammen und verließ den Hörsaal.

»Ich glaube, dass Mona heute nicht mit uns ins Kaffeehaus geht. Sie hat etwas anderes vor.« Karo sah Mona mit einem langen Gesicht nach. »Es wird wohl ein paar Tage dauern, bevor man sich wieder vernünftig mit ihr unterhalten kann.«

Es war für alle besser, dass Mona gegangen war. Wenn sie schlechte Laune hatte, war sie unausstehlich und fand aus der negativen Stimmung den ganzen Nachmittag nicht mehr heraus. Aber sie hatte auch gute Tage, an denen sie die ganze Gruppe mit ihrem Elan ansteckte.

»Kommt, lasst uns gehen. Ich habe nicht lange Zeit. Heute Nachmittag kommt eine Brennholzlieferung. Meine Oma kann die Scheite nicht allein im Keller stapeln.«

Edith lebte mit ihrer Großmutter zusammen, die eine geräumige Wohnung in der Lindengasse besaß. Ihre Eltern waren kurz nach Kriegsende der Spanischen Grippe zum Opfer gefallen, eine der schlimmsten Epidemien, die kurz nach dem Krieg mit voller Wucht hatte zuschlagen können, weil die Menschen nach den entbehrungsreichen Jahren ausgezehrt und erschöpft gewesen waren.

»Und dafür ziehst du so feine Sachen an?« Karo ließ ihren Blick über Ediths lila Kleid gleiten. Das Oberteil war weiß getupft.

»Das ist doch nicht fein«, meinte Edith irritiert. »Es ist alt und außerdem nicht sonderlich hübsch.«

Karo schwieg. Beschämt zog sie die Ärmel ihres Mantels so zurecht, dass man die verschlissenen Ränder nicht sehen konnte. »Ich habe heute auch nicht lange Zeit. Ich treffe mich noch mit Alois Jalkotzy, dem Leiter der Schönbrunner Erzieherschule.«

»Was willst du denn dort?«, fragte Moritz. Die Schule, die nach dem Krieg von den Kinderfreunden errichtet worden war und deren Lehrplan in etwa dem eines Oberstufenrealgymnasiums entsprach, mit dem Schwerpunkt Pädagogik und Psychologie, wurde wegen der Nähe zur Partei im Volksmund »sozialistische Klosterschule« genannt. Die Einrichtung hatte kein Öffentlichkeitsrecht, weshalb man keine Matura ablegen konnte. Die Schülerinnen sollten nach Abschluss in Kinderheimen und -horten arbeiten. Wegen der anhaltenden schlechten wirtschaftlichen Situation war der Unterricht vor vier Jahren weitgehend eingeschränkt worden. Für die Absolventen wurde es immer schwerer, eine Anstellung außerhalb des Kinderheims in Schönbrunn zu finden.

»Ich will in der Schule des Kinderheims unterrichten«, erklärte Karo stolz.

»Aber du bist doch noch gar nicht mit deiner Ausbildung fertig«, wandte Edith ein.

»Sie nehmen mich trotzdem, und ich brauche dringend das Geld. Wenn ich eine Stellung kriege, werde ich nicht ablehnen.«

»Und auf deinen Abschluss verzichten?«, fragte Edith entsetzt. »Bist du verrückt?«

»Den kann ich später nachholen«, sagte Karo. »Ich brauche das Geld. Bei uns zu Hause wird es immer enger. Wenn meine Eltern nicht bald die versprochene Gemeindewohnung bekommen, dann schlaf ich lieber auf der Straße oder im Frauenasyl in der Schoberstraße.«

Sie waren über die Treppe zum Ausgang gelangt. Es war ein strahlend schöner Herbsttag mit einem wolkenlos blauen Himmel und sanftem orangegoldenem Licht. Eine frische Brise wehte Elsa ins Gesicht. Nach den vielen Stunden im Hörsaal fühlte sie sich mit einem Mal wieder lebendig. Ihre Wangen kribbelten.

»Das Wetter ist großartig. Sollen wir nicht lieber einen Spaziergang machen?«, schlug sie vor.

»Einen Spaziergang?«, fragte Edith und rümpfte die Nase.

Aber Karo sagte sofort: »Gerne, dann spare ich das Geld für den Kaffee. Ich bin im Moment knapp bei Kasse.«

»Warum überrascht das niemand«, brummte Edith.

Karos finanzielle Situation war immer eng. Sie hatte erzählt, dass ihr Vater, ein gelernter Tischler, bei einem Granatenangriff beide Hände verloren hatte. Jetzt war er nicht nur arbeitsunfähig, sondern auch lethargisch und depressiv. Manchmal verließ er das Bett den ganzen Tag nicht. Seine winzige Invalidenpension reichte nicht fürs Überleben, weshalb Karos Mutter in einem Hotel als Küchenhilfe arbeitete und den ganzen Tag Kartoffeln schälte und Geschirr abwusch. Karos ältere Brüder waren beide im Krieg gefallen. Nun hoffte die Familie auf eine der neuen Gemeindewohnungen, die in fast allen Stadtteilen Wiens entstanden. Eines von vielen Vorzeigeprojekten der roten Stadtregierung, die es sich zur Aufgabe gemacht hatte, Wohnraum für alle zu schaffen. Im Moment lebte Karo mit ihren Eltern auf dreißig Quadratmetern mit einem WC und einer Bassena auf dem Flur. Trotz der schwierigen Lebensbedingungen und der harten Schicksalsschläge hatte Karo ihre Lebensfreude nie eingebüßt. Elsa bewunderte sie dafür.

»Ich will unbedingt einen Kaffee trinken«, sagte Edith. »Auf den freue ich mich seit Stunden.«

»Ich lade dich auf eine Melange ein.« Elsa hakte sich bei Karo unter. Spazieren konnte sie hinterher immer noch. »Und ich gebe dir die Hälfte meines Punschkrapferls ab.«

»Nicht schon wieder, das kann ich nicht annehmen. Du hast mich schon dreimal eingeladen.«

»Wenn ich es nicht könnte, würde ich es nicht tun«, sagte Elsa knapp.

»Ich zahle es dir zurück, sobald ich wieder flüssig bin.«

»Mach dir keine Gedanken.« Elsa biss sich auf die Unterlippe. Irgendwann musste sie verraten, wo sie wohnte und wer ihr Onkel war. Bis jetzt hatte Elsa es vermieden, ausführlich über ihre Familie zu sprechen. Zum einen wollte sie nicht wie eine Angeberin erscheinen, zum anderen fürchtete sie, dass die Freunde ihr möglicherweise nicht mehr so unbekümmert begegnen würden, wenn sie erfuhren, dass sie aus einer der reichsten Familien der Stadt stammte. Nur zu schnell wurde ihr soziales Interesse als Voyeurismus ausgelegt, mitunter auch von Lehrern und Universitätsprofessoren. Im Nebenfach Psychologie hatte ihr gleich zu Beginn ihres Studiums ein Vortragender, Professor Wilhelm Gattel, gesagt: »Fräulein Sonnstein, Sie werden eher das Liebesleben der Maikäfer verstehen als einen Menschen, der nicht das Glück hat, sich in einer goldenen Badewanne zu waschen. Verschwenden Sie nicht Ihre Zeit und suchen Sie nach einem willigen Heiratskandidaten, denn das ist es, was man von Frauen aus Ihren Kreisen erwartet!« Bis auf ein paar Ausnahmen hatte der gesamte Hörsaal gelacht, und Elsa hatte Mühe gehabt, ihre Tränen zurückzuhalten. In den folgenden Semestern hatte Elsa darauf geachtet, keine weiteren Lehrveranstaltungen mit Gattel zu besuchen. Seither war sie vorsichtig geworden. Nicht weil sie sich ihrer Herkunft schämte, dazu gab es keinen Grund, im Palais Sonnstein standen keine goldenen Badewannen, sondern weil sie vorurteilsfrei behandelt werden wollte. Sie hatte die böse Bemerkung jedoch nie ganz vergessen können. Manchmal fragte sie sich, ob der Professor recht hatte. Vielleicht war es wirklich nicht möglich, dass eine privilegierte junge Frau, wie sie es war, sich in Menschen hineinversetzen konnte, die weniger Glück im Leben gehabt hatten. Elsa hatte nie erfahren müssen, wie es war, wenn man nicht genug zu essen hatte, in einem feuchten Loch aufwuchs oder Angst hatte, geschlagen zu werden.

Sie schüttelte den Kopf, um ihre Erinnerungen an Gattel wieder loszuwerden. Außerdem hatten sie inzwischen das Casa Piccola erreicht. Das Kaffeehaus war wie ein zweites Wohnzimmer für alle geworden. Sie trafen sich, um gemeinsam zu lernen, zu plaudern, zu diskutieren, oder auch nur, um nebeneinanderzusitzen und Zeitung zu lesen. Im Casa Piccola gab es jeden Tag die aktuellen Ausgaben heimischer und internationaler Zeitungen. Sie waren in original Wiener Zeitungshaltern aus Korbrohr eingeklemmt, damit das Papier auch nach dem zweiten Gast nicht völlig zerknittert war. Die Zeitungshalter hingen neben der Glasvitrine auf einem breiten Ständer. In der Vitrine lagen täglich neue Köstlichkeiten. Elsa liebte die Punschkrapfen und konnte nicht genug davon bekommen. Sie schmeckten intensiv nach Rum. Seit sie das Institut verlassen hatten, freute sie sich darauf. Kaum hatten sie das Kaffeehaus betreten, wurden sie wie immer von Herrn Franz begrüßt und zu einem kleinen Tisch in der Ecke geführt.

Der Kellner lehnte sich vertraulich zu Elsa: »Ich habe das letzte Punschkrapferl auf die Seite legen können.«

»Sie sind ein Schatz!« Elsa warf ihm eine Kusshand zu. Herr Franz kannte die Vorlieben seiner Stammgäste. Er wusste genau, wer welche Zeitung besonders gerne las, wer ein Paar Frankfurter mit Senf zum kleinen Braunen bestellte und wer lieber etwas Süßes naschte. Für seine Lieblingsgäste hielt er Tische frei und reservierte Mehlspeisen. In den Genuss dieses Service kamen nicht alle Gäste. Wer das Kaffeehaus nur hin und wieder besuchte, wurde mit einer fast beleidigenden Überheblichkeit bedient. Diese Gäste verließen das Casa Piccola mit der Gewissheit, unerwünscht zu sein, und kamen bloß in seltenen Fällen wieder. Weshalb man im Kaffeehaus fast immer dieselben Gesichter sah.

Während Edith und Karo die Stühle nahmen, quetschten sich Elsa und Moritz auf die schmale Bank. Sie saßen so eng nebeneinander, dass sich ihre Oberschenkel berührten.

»Hast du genug Platz?«

»Ja.«

Sein Gesicht war nur eine Handbreit von ihrem entfernt. Im Hellgrün seiner Augen gab es hübsche gelbe Sprenkel, die waren Elsa bisher nie aufgefallen. Als er sie anlächelte, wurde Elsa nervös. Was war nur los mit ihr? Dazu bestand doch kein Grund.

Herr Franz kam mit den Getränken … Elsa bekam ein Punschkrapferl.

»Für mich noch einen Zwetschgenkuchen«, bat Edith. Kurz darauf stand auch der auf dem Tisch. Elsa halbierte ihre Mehlspeise und schob die Hälfte auf Karos Untertasse.

»Danke.« Sie biss davon ab. »Hm, ist das herrlich süß!« Dann lehnte sie sich zurück, verschränkte die Arme vor der Brust und richtete sich fragend an Elsa und Moritz. »Jetzt erzählt mal, warum ihr euch gemeinsam mit unserer strebsamen Mona für das Seminar bei Charlotte Bühler angemeldet habt. Die Teilnahme bringt euch doch nichts.« Sie wischte mit ihrem Handrücken über den Mund, um einen Brösel zu entfernen. »Zumindest nicht für die Lehramtsprüfung. Oder habe ich da irgendetwas verpasst?«

»Ich weiß nicht, ob ich die Lehramtsprüfung ablege«, sagte Elsa zum gefühlt hundertsten Mal. Dabei hob sie die

Stimme, was ihr irritierte Blicke vom Nebentisch einbrachte. Beschämt senkte sie den Kopf und wurde wieder leiser. »Ich bin mir nicht sicher, ob ich unterrichten will.«

»Ich mag dich, Elsa Sonnstein«, sagte Karo. »Aber du bist eine der seltsamsten Personen, die mir bis jetzt begegnet sind. Warum sitzt du in all diesen Lehrveranstaltungen, wenn du gar nicht unterrichten willst?«

»Das sage ich dir, wenn ich mein Studium abgeschlossen habe.« Im Moment hatte Elsa selbst keine Antwort. Sie ließ sich treiben, ohne zu wissen, wohin der Weg sie führen würde.

»Wie könnt ihr euch so sicher sein, dass ihr Tag für Tag in einer Klasse stehen wollt?«, fragte sie.

»Wer Kinder unterrichtet, macht sich weder den Rücken krumm noch die Hände schmutzig. Du solltest mal meine Mutter anschauen, die kann sich an manchen Tagen nicht mehr bewegen, weil ihr das Kreuz so wehtut. Ihre Hände sind voller Schnitt- und Brandwunden, die vom ständigen Geschirrabwaschen nicht heilen«, sagte Karo. »Ein Blick auf sie und du stellst dir nicht mehr die Frage, warum du Lehrerin werden willst.«

»Aber du hättest dir genauso gut eine Stelle im Fernmeldeamt oder in der Verwaltung suchen können. Man wird doch nicht Lehrerin, wenn man sich dazu nicht berufen fühlt.«

»Doch«, widersprach Karo knapp. »Es war die einzige Ausbildung, die meine Eltern akzeptiert haben. Ich habe keine Matura wie ihr. Ich hab all diese langweiligen Abendkurse an der Volkshochschule absitzen müssen, bevor ich am Institut zugelassen wurde. Irgendwann siehst du nur noch das eine Ziel: Lehramtsprüfung und fragst nicht mehr nach, ob es das Richtige ist.«

Edith griff nach dem Zuckerstreuer und leerte eine ordentliche Portion in ihren Kaffee. Langsam rührte sie um. »Mein Großvater und mein Vater waren Lehrer«, erzählte sie. »Seit ich mich zurückerinnern kann, hat meine Oma gesagt, dass ich einmal unterrichten werde. Ich habe nie darüber nachgedacht, dass ich etwas anderes tun könnte. Wir sind einfach alle Lehrer, und damit basta.«

Sie fasste noch einmal nach dem Zuckerstreuer und nahm eine weitere Portion.

»Du kannst ja gar keinen Kaffee mehr schmecken.« Angewidert zog Karo die Nase kraus.

»Ich mag ihn so«, entschuldigte sich Edith.

»Und du?« Elsa drehte sich zu Moritz. »Warum wirst du Lehrer?«

»Ich hatte einen tollen Volksschullehrer. Irgendwann habe ich mir gedacht, dass ich gerne so werden will wie er.«

»Waren deine Eltern mit deiner Berufswahl einverstanden?«, fragte Edith. Sie nahm einen Schluck von ihrem Kaffee und schmatzte zufrieden.

»Nein.« Die Antwort kam so kurz und knapp, als wäre ein Rollladen vor Moritz' Gesicht heruntergefahren.

Elsa wusste, dass seine Familie in der Lannertstraße in einer der noblen Villen im Cottageviertel in Döbling lebte. Karo hatte es erwähnt. Moritz sprach nie über sein Elternhaus. Angeblich war sein Vater ein hoher Beamter im Finanzministerium, und seine Mutter stammte aus einer ehemals adligen Familie, die aber verarmt war. Er selbst wohnte in Untermiete in einem winzigen Studentenzimmer in der Leopoldstadt, in der Nähe des Praters. Elsa hatte einmal nachgefragt, warum er von zu Hause ausgezogen sei, aber Moritz war der Frage ausgewichen. Seither vermied sie es, ihn auf seine Eltern anzusprechen. Auch sie wollte noch nicht von ihrer Familie erzählen.

Karo war da weniger diskret: »Was haben sie gesagt?«

Moritz zuckte mit gespielter Leichtigkeit die Schultern. »Sie waren nicht erfreut. Das ist alles.«

Er verschränkte die Arme vor der Brust. Ganz offensichtlich wollte er nicht mehr verraten.

»Du hast doch Latein und Geschichte studiert. Dir fehlt nur noch die Lehramtsprüfung. Lehrer an einem Gymnasium zu sein ist ein ehrenwerter Beruf«, bohrte Karo weiter.

»Ja.«

»Und trotzdem sind deine Eltern damit nicht einverstanden?«

»Das habe ich nicht gesagt«, widersprach Moritz.

»Vielleicht wollten sie, dass du einen Beruf ergreifst, in dem du besser verdienst?«, überlegte Edith.

»Geld allein ist nicht alles«, sagte Moritz.

»Pah.« Karo schnaufte verächtlich. »Das kann nur einer sagen, der genug davon besitzt.«

Elsa blickte verlegen in ihren Kaffee. Sie wollte sich nicht am Gespräch über Geld beteiligen.

»Möglich, dass das stimmt«, gab Moritz zu. »Ich werde Lehrer, weil mich die Kinder interessieren. Ich kann mir gut vorstellen, in einer Volksschule zu unterrichten.«

»Das wäre doch völlig verrückt«, empörte sich Karo. »Da verdienst du nur einen Bruchteil von dem, was du im Gymnasium bekommst.«

»Ich habe dir doch eben gesagt, dass ich meine Zukunft nicht nach dem plane, was ich verdienen werde.«

Verständnislos schüttelte Karo den Kopf.

»In der Volksschule habe ich als Lehrer mehr Möglichkeiten. Wer braucht schon eine tote Sprache wie Latein? Wichtig ist es, Respekt vor seinen Mitmenschen zu haben und Toleranz. Es sollte ein eigenes Unterrichtsfach sein.«

»Du hast die tote Sprache studiert!«

»Ja, weil ich es selbst in der Schule mochte.« Moritz machte eine Pause und wurde ernst. »Aber in Wahrheit mochte ich bloß den Lehrer, der das Fach unterrichtete. Leider habe ich ein ganzes Studium gebraucht, um das zu erkennen.«

»Respekt und Toleranz«, wiederholte Elsa. »Das sind große Ziele.«

»Ich will Kindern das Gefühl geben, wichtig zu sein. Je früher sie lernen, dass sie wertgeschätzt werden, umso besser.« Er drehte sich zu Elsa um. In seinen Augen lag etwas, das sie nicht sofort zuordnen konnte. Erst als er seinen Blick abwandte, überlegte sie, ob es Traurigkeit war.

»Ich verfolge nicht so große Ziele«, gab Karo zu. »Ich will einen Beruf, in dem ich mich nicht schmutzig mache.« Sie nippte an ihrem Kaffee, stellte die Tasse wieder zurück, da fiel ihr etwas anderes ein: »Geht jemand morgen Abend zum Treffen der sozialistischen Studenten?«

Moritz hob abwehrend die Hände. »Nein danke«, sagte er. »Mir hat das letzte Mal gereicht.«

»Welches Treffen?«, fragte Elsa.

»Der Verband sozialistischer Studenten trifft sich morgen Abend in einem Parteilokal in der Wiedner Hauptstraße. Moritz war das letzte Mal dabei, aber es war ihm zu politisch. Diesmal wird es anders, es gibt Musik und Tanz bei freiem Eintritt. Ein schwarzer Amerikaner spielt auf einem Saxofon.«

»Ganz sicher wird davor Propaganda versprüht«, schnaufte Moritz. »So viel Musik kann gar nicht geboten werden, dass ich die über mich ergehen lasse. Ich habe wirklich nichts gegen die Sozialisten. Sie haben viel Gutes in der Stadt bewirkt. Aber nicht alles ist so großartig, wie es dort dargestellt wird. Ich will meine Abende nicht mit unkritischen Lobeshymnen für eine Partei verbringen.«

»So spricht das Großbürgertum.«

»Falls das eine Beschimpfung sein soll, muss ich dich enttäuschen«, meinte Moritz. »Ich bin ein durch und durch unpolitischer Mensch.«

»Was für ein Unsinn«, stieß Karo leidenschaftlich hervor. »Jeder Mensch ist politisch. Unser ganzes Leben wird von der Politik bestimmt. Wo wir wohnen, was wir lernen, wie wir uns durch die Stadt bewegen, wie wir medizinisch versorgt werden …«

»Ich bestimme selbst, wie ich mein Leben gestalte«, unterbrach Moritz sie ungeduldig.

»Das kannst du nur sagen, weil du genug Geld hast«, widersprach Karo. »Aber wenn alles Kapital umverteilt werden würde, dann …«

Edith fiel ihr ins Wort: »Um Himmels willen, Karo, bist du jetzt eine Kommunistin geworden, und müssen wir dich davon abhalten, dass du nach Moskau gehst wie dieser andere Student? Wie hat er nur geheißen?« Edith steckte die Spitze ihres Zeigefingers in den Mund, kaute an ihrem Nagel und dachte angestrengt nach.

»Unsinn! Ich bin weder eine Kommunistin, noch will ich weg von Wien.«

»Ich komme mit.«

»Nach Moskau?«

»Aber nein.« Elsa lachte. »Zu dieser Veranstaltung. Ich bin noch nie bei einer politischen Versammlung gewesen. Nach Moskau will ich nicht. Ich glaube, dass es dort sehr ungemütlich werden wird, nachdem Stalin das Land übernommen hat.«

»Eine sehr kluge Entscheidung. Es wird ein großartiger Abend.« Karo sah Moritz triumphierend an. Doch der schüttelte bloß mitleidig den Kopf.

»Das wirst du bereuen, Elsa.«

»Lass dir nichts von dem reichen Großbürger einreden.«

»Du wiederholst dich, Karo.«

»Wir treffen uns morgen um sieben Uhr vor der Karlskirche. Dann gehen wir gemeinsam ins Parteilokal. Sei pünktlich«, mahnte Karo.

»Ich werde mich bemühen.« Elsa wandte sich an Moritz und Edith. »Wollt ihr nicht auch mitkommen?«

Edith verneinte bedauernd: »Ich bin mit meinen beiden Cousinen bei einem Tanzkränzchen der Pfarrei. Die Musik wird nur halb so interessant werden wie bei euch. Es gibt Walzer, Walzer und noch einmal Walzer. Meine Oma besteht darauf, dass ich hingehe. Sie ist der festen Überzeugung, dass ich dort meinem zukünftigen Ehemann begegne.«

»Du bist bei einem Verkupplungskränzchen? Das klingt ja schrecklich altmodisch. Gerade so, als hätte eine der Hofdamen der verstorbenen Kaiserin dazu geladen«, sagte Karo.

»Verglichen mit den Organisatoren der morgigen Veranstaltung war Sisi fortschrittlich. Der Herr Pfarrer wird höchstpersönlich darauf achten, dass es zu keinen unsittlichen Ausschreitungen kommt und alle den notwendigen Abstand beim Tanzen einhalten.« Edith schüttelte sich bei der Vorstellung.

»Ich nehme an, dass bereits ein ausgezogenes Sakko und aufgekrempelte Ärmel eine Regelverletzung wären«, sagte Moritz.

»Ganz sicher«, pflichtete Edith ihm bei. »Willst du mich begleiten? Es gibt Himbeerbrause und Schmalzbrote.«

»Hm, das klingt verlockend.« Moritz lachte, dann fügte er hinzu: »Ich habe mit der Kirche nichts am Hut.«

»Was für ein Jammer«, seufzte Edith. Sie hielt kurz inne. »Bist du etwa Jude? Das stört unseren Herrn Pfarrer nicht.«

»Nein, ich bin kein Jude. Wie kommst du darauf?«

Edith zuckte mit den Schultern. »Es war bloß so ein Gedanke. Antisemitismus ist in Wien salonfähig geworden. Es gibt die absonderlichsten Vorbehalte gegen Juden. Erst neulich habe ich gelesen, dass sie schmutzig und hinterhältig sein sollen. Kein Wunder also, wenn sie keine Tanzkränzchen von Katholiken besuchen wollen.« Edith spielte auf den christlich-sozialen Bürgermeister Dr. Karl Lueger an, der bereits vor dem Krieg geschickt zwei Zuwandergruppen gegeneinander ausgespielt hatte: die katholischen Böhmen und die jüdischen Migranten aus Galizien. Lueger war tot, aber seine Hassparolen lebten weiter.

Karo griff über den Tisch, schnappte nach Elsas Handgelenk und verdrehte es so, dass sie auf die Armbanduhr schauen konnte. »Ich muss los«, sagte sie. »Wir sehen uns morgen, Elsa.« Sie stand auf und kramte nach ihrem Portemonnaie. Aber Elsa hielt sie davon ab. »Ich habe gesagt, dass ich dich einlade.«

»Wirklich? Ich revanchiere mich, sobald ich wieder Geld habe. Vielleicht schon sehr bald, wenn ich die Stelle bekomme.« Erleichtert steckte Karo die Geldbörse wieder zurück in ihre Handtasche.

»Wegen des Kaffees solltest du die Stelle in Schönbrunn nicht annehmen«, sagte Moritz. »Lieber laden wir dich abwechselnd ein.«

»Danke.« Karo warf Kusshände in die Runde, holte ihren Mantel und verließ das Kaffeehaus.

»Na gut«, seufzte Edith. »Dann werde ich auch gehen. Das Brennholz wartet auf mich. Bis nächste Woche.« Sie legte einen Geldschein auf den Tisch. »Zahlt ihr für mich?«

Moritz nickte. »Ich habe mich immer noch nicht an die neue Währung gewöhnt«, sagte Edith. »Unsere alten Kronen waren mir viel lieber als diese neumodischen Schillinge.«

Elsa und Moritz pflichteten ihr bei. Aber die Geldentwertung hatte einen Währungswechsel notwendig gemacht. Am Ende hatten auf den Geldscheinen zehnstellige Summen gestanden, und die Menschen hatten mit aberwitzigen Summen im Kopf jongliert.

»Bis nächste Woche!« Nicht annähernd so beschwingt wie Karo schleppte sich Edith zum Ausgang. Nur zu gern hätte sie sich vor der Arbeit gedrückt, die ihr nun bevorstand.

Zurück blieben Elsa und Moritz.

»Und jetzt? Musst du auch dringend irgendwohin? Vielleicht wieder ein Paar Skihosen kaufen?«

»Nein, ich bin im Moment gut für den kommenden Winter ausgestattet. Ich habe für den Nachmittag noch keine Pläne.« War ihre Antwort zu eindeutig? Elsa wollte die Zeit gerne mit Moritz verbringen, aber nicht aufdringlich erscheinen.

Er grinste. »Ein Spaziergang?«

»Das kling gut.«

Wenig später standen sie wieder auf der Mariahilfer Straße.

»Besondere Präferenzen für den Spaziergang?«

»Irgendwohin, wo es grün ist«, sagte Elsa.

»Was hältst du von Schönbrunn? Mit der Linie 54 fahren wir direkt zum Schloss.« Moritz bot Elsa den Arm an, damit sie sich bei ihm unterhaken konnte. Sie zögerte kurz. Obwohl Elsa mit einem älteren Bruder aufgewachsen war, hatte sie nur wenig Kontakt zu anderen jungen Männern gehabt. Abgesehen von Ewald, Conrads bestem Freund, den Elsa aber nie als Mann wahrgenommen hatte, sondern bloß als Spielkameraden ihres Bruders. Während Conrad ein Gymnasium für Jungen besucht hatte, war sie an einer Mädchenschule gewesen. Erst an der Universität hatte sie gemeinsam mit männlichen Studenten im Hörsaal gesessen. Die Zahl weiblicher Studierender war nach wie vor gering, und die wenigen Frauen, die sich für ein Studium an der Universität entschieden, wurden von den männlichen Kollegen mit Argwohn betrachtet. Moritz war da eine Ausnahme. Bereitwillig hakte sich Elsa bei ihm unter. Die ungewohnte Nähe fand sie aufregend, genau wie zuvor im Kaffeehaus, als sie so nah neben ihm gesessen hatte. Elsas Herz schlug eine Spur schneller als sonst. Ob Moritz ihre Nervosität bemerkte? Er verhielt sich ruhig und besonnen wie immer. Von ihrer Aufregung schien er keine Notiz zu nehmen.

Sie gingen zur Haltestelle, sahen die rot-weiß gestrichene Tramway in die Station einfahren und liefen die letzten Meter, um sie zu erreichen. Etwas außer Atem kletterte Elsa als Erste in den Waggon, Moritz folgte ihr. Beim Schaffner lösten sie Fahrkarten, dann suchten sie nach einer freien Sitzbank.

»Wir hätten gleich mit Karo fahren können«, bemerkte Elsa. »Wenn wir ihr in Schönbrunn über den Weg laufen, haben wir Erklärungsbedarf.«

»Ich bin ganz froh darüber, dich unter vier Augen zu sprechen«, gestand Moritz. Er hatte ihr gegenüber Platz genommen. Eine alte Frau mit einem karierten Kopftuch und einer fleckigen Schürze über dem einfachen Kleid stand neben ihnen. Sie trug zwei schwere Körbe, einer davon war bis zum Rand mit Erbsenschoten gefüllt. »Is da no frei?« Noch bevor Elsa antworten konnte, hockte sie sich neben sie und drängte Elsa an den Rand.

Für gewöhnlich hatte Elsa nichts dagegen, wenn sie ihren Platz teilen musste, aber gerade jetzt kam ihr die Alte ungelegen, noch dazu, da mindestens fünf weitere Bänke im Waggon frei waren. Sie beugte sich weit nach vorn, damit nur Moritz sie hören konnte.

»Worüber willst du dich denn unterhalten?«, fragte sie leise. Das schräg einfallende Sonnenlicht traf seine Augen, und wieder traten die gelben Sprenkel aus dem leuchtenden Grün hervor. Jetzt sahen sie ein bisschen wie Gold aus. Immer noch schlug Elsas Herz schnell, dabei hatte ihr Atem sich nach dem Laufen längst wieder beruhigt.

»Ich wollte dich etwas fragen.«

Abwartend hob Elsa die Augenbrauen.

»Weißt du schon, welche Institutionen du im Rahmen der vertiefenden Fächer besuchen wirst?«

»Wie bitte?« Auch wenn Elsa nicht wusste, was sie erwartet hatte: Diese Frage enttäuschte sie.

»Vertiefende Fächer?«, wiederholte sie.

»Ja, wir müssen in diesem Semester mindestens zwei nicht schulische Einrichtungen besuchen, in der Pädagogen arbeiten. Wusstest du das nicht?«

»Ich habe es irgendwo gelesen.« Elsa konnte sich wieder dunkel erinnern. »Gibt es eine Liste mit Vorschlägen?«

»Ja, und ich habe mich auch schon entschieden.«

Moritz war wirklich gut organisiert, und er hatte immer eine klare Vorstellung von dem, was er wollte.

»Wofür denn?«

»Ein Kinderheim, eine Fürsorgeeinrichtung und wenn noch genug Zeit bleibt, will ich Aichhorn fragen, ob ich eine seiner Erziehungsberatungseinheiten besuchen darf.«

Elsa wusste, dass August Aichhorn der einzige Erziehungsberater war, der von der Stadt Wien bezahlt wurde, und das, obwohl die rote Stadtregierung seine Ideen der »verzeihenden Pädagogik« nur bedingt unterstützte. Man hatte die Gelder für das Vorzeigeheim in Oberhollabrunn eingestellt. Die Jugendlichen waren jetzt in Eggenburg untergebracht. Die Leitung hatte jemand anders zugesprochen bekommen.

»Das klingt gut«, sagte Elsa. »Ich habe Aichhorns Artikel verschlungen. Schade, dass man das Heim nicht mehr besuchen kann.«

»Ich mag die Idee, dass man den Willen von Jugendlichen nicht brechen muss, um sie zu erziehen.«

Elsa pflichtete Moritz bei.

»Wärst du an einer Hospitation in Aichhorns Sprechstunden interessiert?«

Es standen viele Möglichkeiten zur Verfügung. Die Erziehungsberatung war nur eine davon.

»Wir müssen die Anmeldung doch erst in Tagen abgeben«, sagte sie.

»Die besten Plätze sind sicher schnell weg.«

Elsa kaute auf ihrer Unterlippe. Sie hatte sich mit dieser Frage erst später beschäftigen wollen.

»Sag mir Bescheid, wenn du eine Entscheidung getroffen

hast«, sagte Moritz. »Ich werde Aichhorn nächste Woche fragen.«

»Ich werde darüber nachdenken.«

»Oh«, rief Moritz und sprang auf. »Wir müssen aussteigen!« Er fasste Elsa an der Hand und zog sie mit, vorbei an der Alten, die umständlich ihre Körbe zur Seite schob.

Gemeinsam drängten sie aus der Straßenbahn. Moritz hielt noch immer Elsas Hand. Seine Finger waren warm und kräftig, genau wie bei ihrer ersten Begegnung im Hörsaal. Doch so aufregend Elsa die Berührung fand, so unspektakulär schien sie für Moritz zu sein. Er wirkte völlig unaufgeregt. Vielleicht nahm er ständig Studienkolleginnen an der Hand. Viel zu schnell ließ er sie wieder los.

»Da wären wir.« Sie standen vor einem schwarzen schmiedeeisernen Gitter, hinter dem das habsburgergelbe Schloss lag. Rechts und links vom Eingang ragten zwei Obelisken in die Höhe. Ein breiter, weiß gekiester, von kunstvoll geschnittenen Bäumen und Sträuchern gesäumter Weg führte zum ehemaligen Wohnsitz von Franz Joseph. In dem riesigen Gebäude, das bis zum Ende des Krieges ausschließlich der kaiserlichen Familie vorbehalten gewesen war, befanden sich heute Wohnungen hochrangiger Politiker. Außerdem beherbergte die einstige Residenz des Kaisers dreihundertfünfzig Waisenkinder und die private Erzieherschule der Kinderfreunde, wo Karo gerade ein Vorstellungsgespräch führte. Im Ostteil des Schlosses waren Pfadfinder untergebracht, und das ehemalige Schlosstheater wurde vom Ensemble des Burgtheaters bespielt. Nur das Heim für Kriegsinvaliden hatte man wieder umsiedeln müssen, weil die Männer einen Großteil des wertvollen Hofmobiliars für immer zerstört hatten.

Nebeneinander schritten Elsa und Moritz auf die Rückseite des Schlosses zu. Der Kies knirschte unter ihren Schritten.

»Wollen wir zur Gloriette?«, fragte Moritz.

»Gerne.«

Dazu mussten sie das Schloss umrunden. Nun breitete sich der kaiserliche Schlossgarten in seiner herbstlichen Pracht vor ihnen aus. Durch eine der sternförmig angelegten Kastanienalleen gelangten sie zu dem Hügel, auf dem die Gloriette lag. Von dort aus hatte man einen herrlichen Blick auf die barocke Gartenanlage, die mit ihrer strengen Symmetrie bestach.

»Bist du oft in Schönbrunn?«

»Es ist ewig her, dass ich hier war«, gestand Elsa. »Ich glaube, dass ich noch ein Kind war.«

»Magst du den Park nicht?«

»Der Garten ist beeindruckend«, sagte sie. »Aber die ganze Pracht ist künstlich. Die Bäume sind in Form geschnitten, die Blumen in strengen Ornamenten gepflanzt. Man glaubt fast, dass die Gärtner der Meinung sind, die Pflanzen wären nicht schön, wenn sie so wachsen würden, wie die Natur es vorgesehen hat.«

»Würde dir das besser gefallen?« In seinem Blick lag echtes Interesse.

»Ich denke, ja.«

»Wo gehst du gerne spazieren?«

»Im Wiener Wald, in den Praterauen, am Kahlenberg.« Elsa trat ans Ende der Aussichtsplattform. In einer geraden Linie konnte man hinter dem Schloss den Stephansdom erblicken. Jeder Strauch und jeder Baum im Schlossgarten stand in perfekter Symmetrie zu den Wegen.

»Du magst keine gepflegte Gartenanlage?«

Elsa neigte den Kopf zur Seite: »Hier habe ich ständig das Bedürfnis, einen der perfekt geschnittenen Pflanzenkübel zu verrücken. Geht es dir auch so?«

Moritz lachte. Er schaute nach unten, wo rund um einen kleinen Brunnen eine Gruppe Herbstastern in niedrigen Töpfen aufgereiht stand. »Einen von denen etwa?«

»Ja!«

»Ich muss zugeben, dass ich diesen Wunsch noch nie verspürt habe.«

»Was denkst du dir, wenn du hier stehst?«, wollte Elsa wissen.

»Dass ich verstehen kann, warum Kaiser Franz Joseph hier sein Frühstückszimmer eingerichtet hatte. Stell dir vor, du kannst jeden Morgen mit diesem Blick deinen Tag beginnen.« Zu ihren Füßen breitete sich Wien aus.

»Es ist sicher nett, hier zu sitzen«, gab Elsa zu. »Aber es gibt einige Plätze, die ich schöner finde.«

»Welche?«

»Den Garten meiner Tanten am Attersee. Türkisblaues Wasser und dahinter die Berge. Oder der Gipfel des Traunsteins. Nach einer Nacht in der Gmundner Hütte mit dem Aufgehen der Sonne erwachen und bei glasklarer Luft das Bergpanorama genießen.« Elsa seufzte aus tiefem Herzen.

»Wenn man dich über die Berge reden hört, bekommt man Lust, selbst einmal Wanderschuhe anzuziehen oder Ski anzuschnallen.«

»Sag bloß, du warst noch nie wandern?«

»Noch nie. Ich schwöre es. Weder wandern oder klettern, noch stand ich je auf Skiern.«

»Das ist ja schrecklich«, entfuhr es Elsa. »Was hast du als Kind gemacht?«

Moritz wandte sich ab. »Das Übliche, ich war in einem katholischen Internat. Musikstunden, ein Chor und später Schwimm- und Fechtunterricht.«

»Du kannst fechten?«, fragte Elsa amüsiert. »Ist das nicht reichlich antiquiert?«

Moritz zuckte mit den Schultern. »In meiner Familie legt man großen Wert auf Traditionen. Seit Generationen besuchen die männlichen Nachkommen das gleiche Internat. In der Schule hat sich in den letzten zweihundert Jahren nichts verändert.«

»Du übertreibst.«

»Nein, ich schwöre, ich sage die Wahrheit.« Moritz fasste sich zum Schwur an die Brust. »Mein Urgroßvater hatte denselben Stundenplan und dasselbe Freizeitprogramm wie ich.«

Er verzog säuerlich den Mund. »Vielleicht hatten wir dieselben Lehrer. Manche der Geistlichen haben sich zumindest so verhalten.«

Elsa entgegnete nachdenklich: »Schade, dass du nie in den Bergen warst.«

»Dafür war nie Zeit.« Moritz richtete den Blick hinter das Schloss, und Elsa fragte sich, was er wohl sonst noch in seiner Kindheit versäumt hatte.

»Wir könnten mal einen Ausflug in die Berge machen«, schlug sie vor. »Mit der Semmeringbahn sind wir in einein-halb Stunden auf der Passhöhe. Von dort können wir auf den Hirschenkogel oder auf den Pfaffensattel und von dort weiter aufs Stuhleck.« Elsa überlegte. »Auf der Panhanswiese hinter einem der großen Hotels habe ich Skifahren gelernt. Sicher liegt dort ab Anfang Dezember Schnee.«

Die Worte sprudelten aus ihr heraus. Die Vorfreude aufs Skifahren ließ ihre Wangen glühen.

»War das eben ein Angebot, mir Skifahren beizubringen?« Sein Lächeln zeigte Überraschung. Ob er wusste, welche Anziehungskraft er eben auf Elsa ausübte?

»Ich … ja … wenn du das magst«, sie begann zu stottern. Was war nur los mit ihr? Mit deutlich sicherer Stimme fuhr sie fort: »Du wirst das Skifahren mögen, es ist einfach wunderbar!«

Moritz musste lachen. »Wie könnte ich diesen Vorschlag ablehnen.«

Er kniff seine Augen zusammen und musterte sie, so als wollte er genau ergründen, was sie gerade dachte und fühlte. Verlegen wandte sie sich ab.

»Bevor wir den Ausflug machen, werden wir noch zwei Seminararbeiten schreiben und das Referat für Charlotte Bühler ausarbeiten.« Er erinnerte sie an das Studium, und die magische Spannung, die eben zwischen ihnen geherrscht hatte, verschwand.

»Und du musst die Liste mit den Hospitationswünschen abgeben.«

»Ich werde darüber nachdenken, schließlich will ich keine falsche Entscheidung treffen.«

Moritz sah sie verständnislos an. »Es passiert doch nichts Schlimmes, wenn man sich falsch entscheidet«, sagte er. »Ich stelle mir das wie beim Wandern vor, wenn du falsch abzweigst, dann gehst du wieder ein Stück zurück und nimmst einen anderen Weg. Vielleicht findest du auf dem Umweg die hübschesten Pflanzen.«

»Das ist ein schönes Bild«, sagte Elsa. »Aber manchmal führt der falsche Weg direkt in den Abgrund.«

Moritz klang belustigt. »Um Himmels willen. So gefährlich sind die Berge? Ich sollte dein Angebot überdenken.«

»Solange man auf bekannten Wegen bleibt, kann einem gar nichts passieren.«

»Das klingt ein bisschen langweilig.«

Elsa schwieg betroffen. Hielt er sie für eine langweilige Person? Laut fragte sie: »Denkst du, ich bin zu ängstlich?«

Sein intensiver Blick verursachte ein angenehmes Kribbeln in ihrem Bauch. »Ich denke, dass du eine vorsichtige Person bist.«

»Das gefällt mir besser«, sagte Elsa. Sie blieben noch eine Weile auf der Aussichtsplattform, unterhielten sich übers Fechten und Skifahren. Wobei Moritz es vermied, über seine Erfahrungen in der Klosterschule zu reden. Seine Erzählungen waren sehr allgemein. Elsa war da ganz anders und berichtete von konkreten Erlebnissen mit ihren Eltern und ihrem Bruder. Sie erinnerte sich an großartige Naturerlebnisse, an rasante Abfahrten, an Schneeballschlachten und unbeschwerte Tage im Schnee. Die Zeit verging im Flug. Elsa fühlte sich in Moritz' Gegenwart so wohl, dass sie wieder einmal vergaß, auf die Uhr zu schauen. Erst als der Park sich leerte und sie die letzten Besucher waren, warf sie einen Blick auf ihr Handgelenk.

»Oh, ich glaube, dass wir rasch gehen sollten. Die Tore werden in wenigen Minuten geschlossen. Sonst müssen wir über das schmiedeeiserne Tor klettern.«

Sie liefen den Kiesweg hinunter, vorbei an den üppig bepflanzten Beeten. Vor dem Brunnen, den sie von oben gesehen hatten, blieb Moritz stehen. Er deutete auf die ordentlich aufgereihten Töpfe. Wie stramme Soldaten standen sie in Reih und Glied.

»Verrücken?«, fragte er leise. Dabei lachte ihm der Schalk aus den Augen. Mit einem Mal sah er aus wie ein kleiner Junge, der einen Streich plante.

Elsa nickte. Rasch blickten sich beide um. Bis auf den Parkwächter, der auf der anderen Seite einen Mistkübel inspizierte, waren sie völlig allein im Park.

»Den mittleren?«

»Nein«, sagte Elsa. »Das wäre wieder symmetrisch.« Sie zeigte auf den vorletzten von links.

»Auf drei?«

Moritz nickte. Der Parkwächter war weitergegangen und zupfte an den Blättern eines Buchsbaums.

»Eins, zwei, drei!« Gemeinsam packten sie den Topf und rückten ihn zur Seite. Sofort schrillte eine grelle Pfeife. Der Parkwächter hatte sie entdeckt. Drohend hielt er ihnen die geballte Faust entgegen. Seine Mütze rutschte ihm in die Stirn. Zum zweiten Mal an diesem Tag ergriff Moritz Elsas Hand. So schnell sie konnten, liefen sie zurück zum Schloss, vorbei am Seiteneingang, geradewegs zum Tor. Erst als sie die Obelisken hinter sich gelassen hatten, blieben sie stehen. Sie waren beide außer Atem. Moritz hielt sich lachend die Seite. Elsa lehnte sich gegen eine Litfaßsäule. Sie prustete ausgelassen los. Weder Elsa noch Moritz bemerkten das Ehepaar, das an ihnen vorbeiging und empört die Köpfe schüttelte. »Diese jungen Leute werden immer verrückter. Die kennen weder Anstand noch Moral.«

Als sie sich wieder halbwegs beruhigt hatten, fuhr die Straßenbahn vor. »Darf ich dich nach Hause bringen?«

»Nicht notwendig«, sagte Elsa schnell. Es war wie ein Reflex. Moritz sollte noch nicht erfahren, wo sie wohnte. Sie würde es ihm sagen, bald. Aber noch wollte sie nicht, dass einer ihrer neuen Freunde wusste, wie wohlhabend sie war.

»Beim nächsten Mal«, vertröstete sie ihn. Er beugte sich zu ihr, in seinem Blick lag eine Sehnsucht, die Elsa beunruhigte. Wollte er sie küssen? Rasch drehte sie sich weg und sprang in die Straßenbahn. Als sie ihm vom Fenster aus zuwinkte, hob auch er die Hand. Lag Bedauern in seinem Blick, oder war es allein Elsas Gefühl? Am liebsten wäre sie wieder ausgestiegen und hätte die kleine Szene noch einmal durchgespielt, aber dazu war es zu spät. Die Straßenbahn fuhr los, und Moritz' Gestalt wurde immer kleiner.

6

Palais Sonnstein

Im Palais Sonnstein öffnete Ferdinand, der Diener des Hauses, die Tür. Jahrelang hatte Johann diese Aufgabe innegehabt, und auch als er nicht mehr hatte arbeiten können, war er im Palais auf der Ringstraße geblieben. Mathilde Sonnstein hatte darauf bestanden, dass der alte Mann sein Zimmer bis zu seinem Tod behielt. Ferdinand war von Johann eingearbeitet worden und war in vielerlei Hinsicht genau wie Johann. Auch er stellte das Wohl der Familie über sein eigenes, und es hatte den Anschein, als gäbe es für ihn nichts Lohnenswerteres, als für die Sonnsteins zu arbeiten. Elsas Großmutter wurde nicht müde zu betonen, wie glücklich sie war, dass Ferdinand im Haus war.

»Solange wir Ferdinand haben, besteht Hoffnung, dass die Welt nicht völlig aus den Fugen gerät.« Damit meinte sie vor allem ihr Bild von der Welt und der Ordnung darin. Elsa kannte nur wenige Haushalte, die sich den Luxus eines Dieners, einer Köchin und eines Dienstmädchens leisteten. Es waren Familien aus dem Adel, den es offiziell in der neu gegründeten Republik Österreich nicht mehr gab, die aber nach wie vor auf riesigen Landgütern, Schlössern und in prunkvollen Stadtpalais residierten. Elsa hatte die Schulbank mit einigen Töchtern aus ehemals adligen Familien gedrückt, jedoch mit keiner von ihnen enge Freundschaft geschlossen. Die Kluft zwischen jüdischem Großbürgertum und katholischem Adel war auch 1928 schier unüberwindbar.

Ferdinand war um die fünfzig, hatte schütteres Haar, Hängebacken und einen Kugelbauch, als wäre er im siebten Monat schwanger. Er war die loyalste Person, die Elsa kannte.

»Guten Abend, Fräulein Sonnstein, wie geht es Ihnen?« Zuvorkommend nahm er ihren Staubmantel entgegen.

»Gut, danke, Ferdinand. Sind die anderen noch beim Abendessen?«

»Ich fürchte, sie haben es schon beendet. Ihre Großmutter sitzt bereits im Rauchsalon.«

Elsa warf einen Blick auf ihre Armbanduhr. Diesmal hatte sie sich um neunzig Minuten verspätet, dafür gab es keine Entschuldigung.

»Und meine Eltern?«

Ferdinand beugte sich zu Elsa und legte die Hand vor seinen Mund. Er flüsterte: »Die haben sich bereits vor einer Stunde zurückgezogen.«

»Vor einer Stunde?«, fragte Elsa. »Aber da war das Abendessen ja noch voll im Gange.«

»Nun«, Ferdinand räusperte sich verlegen. »Es gab eine kleine Diskussion.«

»Was für eine Diskussion?«

Wieder ein Räuspern, wurde Ferdinand etwa krank?

»Es gab eine Meinungsverschiedenheit.«

»Worüber?«

»Wertes Fräulein Sonnstein. Es steht mir nicht zu, über Tischgespräche der Familie zu tratschen.«

»Sie tratschen nicht, wenn Sie mir erzählen, was vorgefallen ist.«

Ferdinand senkte den Kopf und strich über Elsas Mantel, als befänden sich eine Menge kleiner Staubkörnchen darauf.

»Ferdinand«, Elsa griff nach seiner Hand. Der Diener musste in seinem Tun innehalten und sie ansehen. »Was ist passiert?«

Entschuldigend zuckte er mit seinen runden Schultern. »Das müssen Sie selbst herausfinden, ich kann nur sagen, dass Ihr Herr Bruder für sehr viel Aufregung gesorgt hat und als Erster den Tisch verlassen hat.«

Ferdinand musste nicht weitersprechen, Elsa konnte sich auch so zusammenreimen, was passiert war. Conrad hatte allen von seinem Entschluss, auf den Arlberg zu gehen, erzählt. Aber warum hatte er damit nicht gewartet, bis sie zu Hause war?

»Danke, Ferdinand.« Elsa ließ den niedergeschlagen wirkenden Diener hinter sich und sauste die Treppen hoch in den ersten Stock. Gerade als sie an den Wohnräumen ihres Onkels vorbeiwollte, öffnete sich die hohe Tür, und sie prallte beinahe mit Simon Sonnstein zusammen. Er hielt ein Glas portugiesischen Portwein in der Hand, Simons Lieblingsgetränk nach dem Abendessen. Die dunkelrote Flüssigkeit schwappte gefährlich nahe an den Rand des dünn geschliffenen Kristallglases. Geschickt hielt er es gerade.

»Elsa, so pass doch auf!«, sagte er noch strenger als gewohnt. Was auch immer im Speisesaal vorgefallen war, es hatte die Laune ihres Onkels noch weiter getrübt.

»Reichlich spät, liebes Fräulein.« Die Stirn ihres Onkels glänzte, ebenso seine breite Nase. Ein altmodischer Backenbart, der an den verstorbenen Kaiser erinnerte, verdeckte seine hängenden Wangen und die fleischigen Lippen.

»Die letzte Vorlesung hat länger gedauert«, log Elsa.

»Du hast eine großartige Vorstellung versäumt. Seit der Uraufführung von Schnitzlers *Reigen* hat kein Schauspiel mehr so viel Aufregung verursacht wie die Darbietung meines Neffen zuvor. Eigentlich sollte er Schauspieler werden und nicht Skilehrer.« Simon spuckte das letzte Wort aus, als wäre es ein ungenießbares Stück Fleisch. Er nahm einen kräftigen Schluck von seinem Portwein. »Ich stehe meinem Bruder wahrlich nicht sonderlich nahe, aber das hat selbst Jakob nicht verdient. Wie konnte Conrad ihm das antun?« Simon schaute nachdenklich auf die Flüssigkeit in seinem Glas. »Fast ein kleines Déjà-vu.«

»Was meinst du damit, Onkel Simon?«

Traurig schwenkte er die rubinrote Flüssigkeit in seinem Glas. »Es hat ganz den Anschein, als wären wir Sonnsteins verflucht. Es ist keiner Elterngeneration gegönnt, sich über ihre Kinder zu freuen.«

Elsa war verwirrt. Setzte ihr Onkel tatsächlich den Tod seines Sohnes mit Conrads Entschluss, auf den Arlberg zu ziehen, gleich? Das kam ihr reichlich übertrieben vor. Doch sie kannte Simon gut genug, um zu wissen, dass eine Diskussion zu nichts führen würde. Deshalb fragte sie: »Wo ist Conrad?« »Er hat das Haus …«, Simon griff in seine Westentasche, holte eine Taschenuhr hervor und klappte den goldenen Deckel auf, »… vor einer Stunde verlassen.«

»Und meine Eltern?«

Simon zeigte mit seinem Daumen Richtung der reich verzierten Stuckdecke und meinte damit die Wohnräume von Jakob und Lotte.

»Ich gehe zu ihnen.«

»Tu das und überlege dir, wie du meinen Bruder und meine Schwägerin trösten kannst. Zum ersten Mal mache ich mir wirklich Sorgen um die zwei.«

Onkel Simons Worte beunruhigten Elsa mehr als alles, was sie bisher gehört hatte. Seit sie sich zurückerinnern konnte, hatte er sich noch nie um etwas anderes gesorgt als um das Geschäft.

Ohne eine weitere Bemerkung ließ Elsa ihren Onkel stehen und lief die Treppe weiter hinauf in die Beletage.

Die Tür zum Rauchsalon stand offen. Elsas Mutter saß in einem rot gepolsterten Armsessel. Statt ihrer sonst aufrechten Haltung war ihr Oberkörper in sich gesunken. Ihre drahtige Figur wirkte in dem dunklen Rollkragenpullover zerbrechlich. Sie sah viel älter aus, als sie tatsächlich war. Gedankenverloren starrte sie auf das Bild über dem Kamin. Es stammte von Gustav Jahn, einem langjährigen Freund ihrer Eltern. Er war der Künstler, der Mizzi Kaubas Kataloge für ihr Sportgeschäft gestaltet hatte. Im Jahr nach dem Kriegsende war Jahn bei der Begehung der Ödsteinkante ums Leben gekommen. Bis heute hatte nicht geklärt werden können, wie es zu dem tödlichen Absturz des versierten Bergsteigers gekommen war.

»Mama?«

Lotte schreckte hoch. Sie hatte Elsa nicht kommen hören. Ihre Augen waren gerötet, sicherlich hatte sie geweint. Es tat Elsa in der Seele weh, ihre Mutter so traurig zu sehen. Hilflos trat sie näher, holte einen der kleinen Hocker, die vor dem Kamin standen, und rückte ihn ganz nah zu Lotte. Sie setzte sich.

»Du hast von Conrads Plänen gewusst?«

Lag Vorwurf in Lottes Frage? Elsa konnte keinen wahrnehmen.

»Ja«, gab sie zu.

»Ich bin froh, dass Conrad sich dir anvertrauen konnte.« Lottes sonst so kräftige Stimme war brüchig. Von der Zuversicht, die sie für gewöhnlich umgab, war heute nichts zu spüren. Elsa ergriff die Hände ihrer Mutter und drückte sie. Sie waren eiskalt. Kaum dass sie sie berührte, suchte Lotte ihren Blick. Ihre Augen füllten sich mit Tränen.

»Es tut mir so leid, dass Conrad nicht mit mir gesprochen hat. Was bin ich für eine Mutter, wenn mein eigenes Kind Angst vor mir hat?« Sie schluchzte.

»Ach Mama, so ist es doch gar nicht. Weder Conrad noch ich haben Angst vor dir oder vor Papa. Du kennst doch Conrad. Er will niemanden enttäuschen. Deshalb hat er so lange das Studium durchgezogen und schließlich auch beendet. Aber er will nicht als Arzt arbeiten. Er hasst das Krankenhaus und kriegt Magenschmerzen, wenn er Chloroform riecht. Wenn er eine Wunde anschauen muss, wird ihm jedes Mal übel. Papa ist da ganz anders. Er darf von Conrad nicht verlangen, dass er sein Leben lang etwas tut, was ihn unglücklich macht.«

»Dein Vater will nicht, dass Conrad unglücklich wird.«

»Aber er will, dass er als Arzt arbeitet.«

Lotte richtete ihren Blick erneut auf das Gemälde über dem Kamin.

»Es geht nicht darum, dass Conrad Arzt wird.« Lotte schüttelte traurig den Kopf. »Die Vorstellung, dass dein Bruder sein Leben in den Bergen lassen könnte, jagt deinem Vater so viel Angst ein, dass er nicht mehr klar denken kann. Er sagt dann sehr unbedachte, verletzende Dinge, die ihm hinterher mit Sicherheit leidtun. Gleichzeitig ist ihm jedes Mittel recht, um Conrad von seinem Vorhaben abzubringen.«

Elsa folgte Lottes Blick. Auch sie mochte das Ölgemälde, das das gewaltige Ötschermassiv zeigte. Das Kunstwerk war in gedämpften Blau- und Brauntönen gehalten. Im Vordergrund waren eine Berghütte und ein herbstlich gefärbter Baum zu sehen, die Berggipfel im Hintergrund erstrahlten im gleißenden Weiß. Es war der Berg, den Lotte gemeinsam mit Alpenvereinsmitgliedern und Mizzi Kauba demnächst besteigen wollte. Wenn man genau hinsah, konnte man den Rauhen Kamm erkennen, den Abstieg der geplanten Route.

»Papa versucht, auch dich von den Bergen abzuhalten.«

»Die Sorge um mich würde ihn um den Verstand bringen«, sagte Lotte niedergeschlagen. »Das würde ich mir niemals verzeihen.«

Elsa schluckte hart. Nur zu gut erinnerte sie sich an den Mann, der mit ausdruckslosem Gesicht aus dem Krieg heimgekehrt war, und daran, wie er monatelang Nacht für Nacht schreiend aufgewacht war. Sie war jedes Mal zu Conrad ins Bett geflüchtet, wo sie sich gemeinsam gefürchtet hatten. Der schreiende Fremde hatte nichts von dem fröhlichen Vater an sich gehabt, der sie als kleines Kind vergnügt durch die Luft gewirbelt hatte. Aber nach und nach hatten Conrad und Elsa sich an den traurigen Mann gewöhnt. Die Albträume hatten nachgelassen. Vielleicht hatte Elsa nicht wahrhaben wollen, wie stark ihr Vater nach wie vor belastet war und wie sehr ihre Mutter darunter litt. Nur wenn Lotte, Elsa und Conrad ohne Jakob zu Tante Emma fuhren, konnte Lotte ihrer Leidenschaft nachgehen und einen Ausflug in die Berge unternehmen. Für Elsa und Conrad war es leichter.

Seit sie erwachsen waren, wusste ihr Vater nicht über all ihre Schritte Bescheid.

»Wo ist Conrad hingegangen?«

»Ich weiß es nicht. Dein Vater und er haben sich furchtbar gestritten. Sie haben sich beide schreckliche Dinge an den Kopf geworfen, die ich am liebsten vergessen würde. Und dann ist Conrad aufgestanden und hat das Haus verlassen. Ich weiß nicht, wo er hingegangen ist, aber er war tief gekränkt.« Lotte entzog Elsa ihre Hände und vergrub ihr Gesicht darin. »Das Ganze tut mir so unendlich leid.«

Elsas Kehle schnürte sich noch enger zusammen. Es war schrecklich, den Menschen weinen zu sehen, der einen sein ganzes Leben lang getröstet hatte, wenn man traurig war. Warum hatte das Streitgespräch ausgerechnet heute passieren müssen, als sie nicht zu Hause war? Wäre sie beim Abendessen dabei gewesen, hätte sie beruhigend eingreifen können. Dann wäre die Situation niemals dermaßen eskaliert.

»Wo ist Papa jetzt?« Elsa fragte sich, warum ihre Mutter hier saß und nicht oben in ihrem kleinen Salon.

»Er hat sich mit einem Stapel Papiere zurückgezogen und vergräbt sich in seine Arbeit. Im Moment will er allein sein.«

Elsa kannte dieses Verhalten ihres Vaters nur zu gut. Seit er aus dem Krieg heimgekehrt war, versuchte er, Probleme mit sich selbst auszumachen. Es dauerte oft Tage, bis er jemanden an sich heranließ. Sein Schweigen war für alle in der Familie belastend, aber Lotte litt darunter am meisten.

»Ist es schlimm für dich, dass Conrad kein Arzt werden will?«, fragte Elsa.

Lotte wischte mit dem Handrücken die Tränen weg und lächelte müde. Selbst mit verweinten Augen war sie eine sehr attraktive Frau. »Ich will, dass meine Kinder glücklich sind. Ganz egal, ob sie Arzt, Lehrerin oder Bergsteiger werden.«

»Und Papa, wie sieht er Conrads Entscheidung?«

Lotte schniefte.

»Der Krieg hat deinen Vater verändert. Sobald das Gespräch auf die Berge, das Skifahren oder das Klettern fällt, ist er wie gelähmt vor Angst.«

»Aber er muss doch verstehen, dass Conrad nicht als Arzt arbeiten möchte. Er selbst hat einmal gesagt, dass man diesen Beruf lieben muss. Und dass ein schlechter Arzt einem Patienten mehr Schaden zufügen kann als eine Krankheit.«

Lotte strich sich eine ihrer kurzen Haarsträhnen hinters Ohr. »Wenn sich Conrad für irgendetwas anderes entschieden hätte, wenn er Bauingenieur, Kaufmann, Bankangestellter oder Lokomotivführer hätte werden wollen, ich denke, das hätte dein Vater alles akzeptieren können. Schließlich war er damals auch nicht dem Wunsch deines Großvaters gefolgt, sondern dem seines Herzens. Aber Bergführer und Skilehrer …« Sie schüttelte resignierend den Kopf.

»Papa ist gegen Opas Willen Arzt geworden?« Das war es, was Onkel Simon zuvor gemeint hatte.

»Es war ein Kampf gewesen. Deine Großeltern hatten gefordert, dass Onkel Simon und dein Vater gemeinsam das Unternehmen führen.«

Das war neu für Elsa und machte es noch schwieriger, die Reaktion ihres Vaters nachzuvollziehen. »Aber du bist auf Conrads Seite und verstehst ihn, oder?«

»Ich werde nicht versuchen, ihn aufzuhalten. Wenn er auf den Arlberg will, dann muss er gehen. Es ist sein Traum, und den kann nur er für sich verwirklichen. Ich werde alles ver-

suchen, deinen Vater zu beruhigen. Auch wenn ich dazu ...«
Statt ihren Satz zu beenden, richtete sie ihre Aufmerksamkeit wieder auf Gustav Jahns Gemälde. Die Sehnsucht in ihren Augen bekümmerte Elsa. Der Wunsch ihrer Mutter schien in unerreichbare Ferne zu rücken, und es gab nichts, was Elsa tun konnte, um ihr zu helfen.

Sie ging in ihr Zimmer und wartete auf der kleinen Sitzgruppe, die sich zwischen ihren Räumen und denen von Conrad befand. Sie wollte ihren Bruder auf keinen Fall versäumen. Kurz erwog sie, nach ihm zu suchen. Es gab nur einige wenige Orte, wo er sich aufhalten konnte. Entweder war er im Café Sans Souci in der Stallburggasse 2 oder bei Ewald, Conrads ältestem Schulfreund. Da das Café Sans Souci auch ein Tanzcafé war und freitags immer seine Türen für tanzfreudige Gäste öffnete, war es auszuschließen, dass Conrad dort war. Er hasste das Tanzen. Was Ewald betraf, so verweilte dieser im Moment in Prag bei seiner Großmutter, die ihren achtzigsten Geburtstag feierte, und wenn Elsa sich richtig erinnerte, dann würde er dort eine ganze Zeit lang bleiben. Ewalds Familie würde eines Tages von der Großmutter ein wahres Glasimperium übernehmen. Also gab es nur eine dritte und letzte Möglichkeit. Conrad lief ziellos durch die Straßen von Wien, was bedeutete, dass sie ihn nicht finden würde und er irgendwann nach Hause kommen musste.

Elsa holte sich eine Decke aus ihrem Schlafzimmer, ihren neuen Liebesroman und eine Tasse heißen Kakao. Sie wusste, dass es sinnlos war, eine der pädagogischen Schriften zur Hand zu nehmen. Sie war viel zu aufgeregt, um sich in wissenschaftliche Theorien zu vertiefen. Leider gelang es ihr auch nicht, in das Liebesleben von Emma einzutauchen. Daher begnügte sie sich mit dem Kakao und schaute alle zwei Minuten auf die Zeiger der Standuhr auf der anderen Seite des Gangs. Es war, als hätten die beiden beschlossen, die ganze Nacht auf ein und derselben Stelle zu verharren. Irgendwann nach Mitternacht fiel sie in einen Dämmerschlaf und schreckte erst wieder hoch, als das Glockenwerk einmal laut anschlug. Benommen blinzelte Elsa zur Uhr. Es war eins.

Langsam begann sie, sich ernsthaft Sorgen um Conrad zu machen. Was machte er um diese Zeit noch auf den leeren Straßen von Wien? Niemand lief stundenlang herum. Sie richtete sich auf, da vernahm sie leise Schritte. Jemand schlich die breite Treppe hoch. Augenblicklich war Elsa glockenwach. Sie drehte sich um, griff nach dem Lampenschirm hinter sich und richtete den Lichtstrahl auf Conrad. Der hielt sich schützend die Hand vor die Augen.

»Das blendet«, beschwerte er sich.

»Pst, du weckst alle auf.« Elsa legte ihren Zeigefinger auf ihre gespitzten Lippen.

»Du bist noch wach?«

»Ja natürlich. Denkst du, ich kann schlafen, nachdem ich gehört habe, was heute Abend passiert ist?« Elsa schwindelte, denn was tatsächlich zwischen Conrad und ihrem Vater vorgefallen war, hatte sie nicht erfahren.

Müde ließ sich Conrad neben ihr in einen Sessel plumpsen. Elsa nahm den Geruch von Tabak und Alkohol wahr.

»Bist du betrunken?«

»Nein«, sagte Conrad. Doch seine rot unterlaufenen Augen straften ihn Lügen. Er mochte weder den Geschmack von Bier noch den von Wein oder Schnaps. Conrad trank so gut wie nie. Vielleicht hatte er gehofft, seinen Kummer im Alkohol zu ertränken. Es schien ihm nicht gelungen zu sein. Er sah verzweifelt aus.

»Wo warst du?«

»Wird das jetzt ein Verhör?«

»Du hättest es verdient. Man läuft nicht einfach davon, ohne zu sagen, wohin.«

Conrad schlüpfte aus seinem Mantel und ließ ihn achtlos hinter sich in den Sessel gleiten.

»Papa hasst mich.«

»Das tut er nicht!«

»Doch«, beharrte Conrad traurig. Elsa blieb die Luft weg ob der Überzeugung in seiner Stimme.

»Er hat gesagt, dass er nichts mehr mit mir zu tun haben will, wenn ich auf den Arlberg gehe.«

»Das kann er unmöglich so gemeint haben«, beteuerte Elsa. »Er liebt dich.«

Conrad verzog den Mund und sah dabei genauso aus wie Jakob, wenn er sich ärgerte. Die Ähnlichkeit machte es Elsa noch schwieriger, den Worten ihres Bruders Glauben zu schenken.

»Er liebt mich, solange ich das mache, was er von mir erwartet. Arbeite ich als Arzt, dann ist er stolz auf mich, entscheide ich mich für meinen Traum und werde Alpinist, Bergführer und Skilehrer, dann hasst er mich.«

Conrads Worte klangen verwaschen. Er hatte deutlich mehr getrunken, als gut für ihn war.

»Papa will nicht, dass du in die Berge ziehst. Er hat Angst um dich.«

»Das hätten er und Mama sich früher überlegen müssen«, platzte Conrad beleidigt heraus. Seine Locken standen ihm wirr vom Kopf ab. Ob er sich morgen an das Gespräch erinnern würde? Was er sagte, ergab einen Sinn.

»Seit ich denken kann, haben Mama und Papa uns in die Berge geschleppt. Es gab keinen Sommer, den wir nicht bei Tante Emma und Tante Ellena verbracht haben, und ich kann mich an keinen Winter erinnern, in dem wir nicht auf den Skiern standen. Dann kommt der verdammte Krieg, und Papa muss ausgerechnet über die Dolomiten marschieren. Dafür kann ich nichts. Es war auch nicht meine Schuld, dass er zuschauen musste, wie seine Kameraden von einer Lawine verschüttet wurden. Das ist ganz allein seine Geschichte, nicht meine!« Conrads Stimme war nun so laut, dass Elsa froh darüber war, dass ihre Großmutter seit einigen Jahren nicht mehr gut hörte und über einen äußerst gesegneten Schlaf verfügte.

»Das stimmt ja alles«, versuchte sie, ihn zu beruhigen. »Willst du nicht erzählen, was genau beim Abendessen vorgefallen ist? Worüber habt ihr euch gestritten?«

Conrad sackte nach hinten. »Papa hat vom Leiter des Karolinenspitals erfahren, dass ich die Stelle nicht annehmen werde. Er hat mich danach gefragt, und ich habe ihm mit der Wahrheit geantwortet.«

»Das erklärt noch nicht, warum du die halbe Nacht durch die Stadt ziehst, trinkst und jetzt nach Tabak und Alkohol stinkst.«

»Papa ist völlig aus der Rolle gefallen. Er ist der Meinung, dass ich mein Leben wegwerfe. Wenn ich auf den Arlberg gehe, könnte ich genauso gut vom nächsten Turm springen oder mich vor die Eisenbahn legen. Er behauptete, dass ich Selbstmord begehe, und sagte, dass er nicht miterleben will, wie ich verunglücke. Er hat maßlos übertrieben.«

»Was hast du darauf geantwortet?« Elsa fürchtete sich vor der Antwort.

»Ich habe gesagt, dass ich schon seit Jahren gehen wollte und das längst hätte tun sollen.«

Das konnte noch nicht alles sein. Conrad war ein Mensch, der so lange schwieg, bis ein einziger Tropfen das Fass zum Überlaufen brachte. War das der Fall, hatte er sich nicht mehr im Griff und schlug weit übers Ziel hinaus.

»Ich habe Papa erklärt, dass ich mich nicht länger bevormunden lassen will. Das Studium hat mich fünf sinnlose Jahre meines Lebens gekostet. Jahre, die mir niemand mehr zurückgeben kann. Wertvolle Jahre, die ich in den Bergen hätte verbringen können.«

»Und was noch?« Elsa wusste, dass ihr Bruder ihr immer noch etwas verschwieg.

»Ich habe gesagt, dass der Krieg ihn zum Tyrannen gemacht hat, dass wir alle nach seiner Pfeife tanzen müssen und ich das nicht mehr will.« Trotzig verschränkte Conrad die Arme vor der Brust.

»Du musst dich bei ihm entschuldigen«, sagte Elsa leise. »Das war nicht in Ordnung.«

»Nein, ich werde mich ganz sicher nicht entschuldigen. Ich habe gesagt, was wir alle seit Jahren denken. Es war längst an der Zeit.«

»Aber Papa hat doch nur Angst um dich.«

Conrads Hände schossen nach vorn. Abwehrend hielt er sie Elsa entgegen. »Fang du jetzt bitte nicht auch noch an«, sagte er vorwurfsvoll. »Ich habe es satt, auf Papas Gesundheitszustand Rücksicht zu nehmen. Er ist Arzt. Entweder hilft er sich selbst, oder er lässt es bleiben. Es gibt Psychiater, die sich um Kranke wie ihn kümmern. Aber ich werde mein

Leben nicht aufgeben, damit er keine Angst haben muss. Schlimm genug, dass Mama das macht.«

Conrads Stimme klang wütend, aber er war auch verletzt und fest entschlossen, daran bestand kein Zweifel.

»Wann willst du gehen?«, fragte Elsa.

»Nächste Woche. Ich habe Hannes Schneider angerufen und ihm gesagt, dass ich früher komme.«

»Wie kommt es, dass ein eingefleischter Bergführer wie Schneider einen jungen Mann aus Wien zu sich holt? Er muss doch denken, da kommt ein völliger Anfänger.«

Conrad betrachtete seine Finger. »Ich hatte ein Empfehlungsschreiben.«

»Von wem?« Aber noch während Elsa die Frage stellte, gab sie selbst die Antwort. »Mizzi?«

Conrad nickte.

»Als wir neulich in ihrem Geschäft waren, bin ich länger geblieben. Ich habe sie gebeten, ein gutes Wort für mich einzulegen. Das hat sie gemacht. Schneider hat sich noch in derselben Woche bei mir gemeldet. Ich kann jederzeit bei ihm anfangen und anfangs auch bei ihm wohnen.«

»Wie konnte Mizzi das hinter Mamas Rücken machen?«, empörte sich Elsa.

»Ich habe sie bekniet«, gab Conrad zu. »Sie weiß, wie sehr ich die Berge liebe, sie kann mich verstehen.«

»Mama und ich verstehen dich auch.«

»Mizzi muss keine Rücksicht auf Papa nehmen.«

»Das sollte sie aber, schließlich ist Mama ihre Freundin.«

»Wie soll Mama je davon erfahren, du bist die Einzige, die von dem Schreiben weiß, und ich hoffe, du verrätst Mizzi nicht. Ich habe es ihr versprochen.«

Elsa schüttelte verärgert den Kopf. Sie hasste es, wenn sie

in Geheimnisse eingeweiht wurde, die sie in Gewissenskonflikte brachte.

»Ich werde nichts sagen. Aber ich will, dass du mit Papa redest, bevor du fährst.«

In der Pause, die folgte, war nur das Ticken der Standuhr zu hören.

»Warum? Es ist alles besprochen«

»Du benimmst dich wie ein kleines Kind«, schimpfte Elsa. »Dass du gehst und mich allein zurücklässt, ist schlimm genug, es im Streit zu machen ist einfach zu viel.«

»Was soll ich ihm denn sagen?«

»Dass es dir leidtut, dass du ihn beschimpft hast. Das war gemein, und es stimmt einfach nicht. Papa ist der friedfertigste Mensch, den es gibt. Der Krieg hat ihn verändert, aber er ist ganz sicher kein Tyrann.«

»Hm.« Noch konnte Conrad seinen Fehler nicht eingestehen, aber Elsa sah, dass er bereits darüber nachdachte. Es war nicht notwendig, weiter nachzubohren. Er würde das Gespräch suchen, sobald er völlig ausgenüchtert war.

»Ich werde dich vermissen«, sagte Elsa. Sobald Conrad ihr Zimmer verlassen hatte, würde sie weinen. Aber jetzt hielt sie die Tränen tapfer zurück. Conrad stand auf und umarmte sie. »Ich dich auch, Schwesterherz. Aber ich bin ja nicht aus der Welt. Du kannst mich jederzeit besuchen kommen, und falls es mir nicht gefallen sollte, setze ich mich in den nächsten Zug und komme zurück.«

»Das wirst du nicht«, sagte Elsa leise. Conrad liebte die Berge. Ganz egal, wie anstrengend das Leben dort werden würde. Er träumte vom Abenteuer und hatte heute Abend den ersten Schritt gemacht, damit es Wirklichkeit wurde. Wer konnte ihm das verübeln?

7

Parteilokal in der Wiedner Hauptstraße

Während der nächsten Tage war die Stimmung im Palais Sonnstein erdrückend. Conrad war Elsas Bitte nachgekommen. Sobald die Wirkung des Alkohols nachgelassen hatte, war er zu seinem Vater gegangen und hatte sich für seine respektlosen Schimpfwörter entschuldigt. Jakob hatte ihm verziehen, aber an seiner Einstellung zu Conrads Entscheidung hatte sich nichts geändert. Er war nach wie vor enttäuscht und verärgert. Um weitere Streitereien zu vermeiden, versuchten die beiden, einander weitgehend aus dem Weg zu gehen. Sogar die traditionellen Abendessen fanden in kleiner Runde statt. Conrad und Jakob nahmen nicht daran teil. Jakob verbrachte die Zeit im Krankenhaus oder an der Universität, und Conrad behauptete, vor seiner Abreise noch so viel erledigen zu müssen, dass ihm keine Zeit für die gemeinsamen Essen bleibe. So war es auch an diesem Freitagabend. Sobald das Dessert abserviert wurde, verließ Elsa die traurige Zusammenkunft. Sie war froh, dass Karo sie zum Treffen der sozialistischen Studenten mitnahm. Es war gut, auf andere Gedanken zu kommen und ein bisschen von dem Streit in der Familie abgelenkt zu werden. Unschlüssig stand sie vor ihrem Schrank und sah die Kleidungsstücke durch, die darin hingen. Was sollte sie anziehen? Das graue Kostüm war zu elegant, der eng geschnittene weinrote Rock ebenfalls. Auch auf den pelzverbrämten Umhang würde sie besser verzichten. Elsa schob ein Kleidungsstück nach dem anderen von einer Schrankhälfte zur anderen. Da fiel ihr ein schlichtes türkisfarbenes Kleid mit nach unten versetzter Taille ins Auge. Sie hatte es letztes Jahr in einem der großen Kaufhäuser auf der Mariahilfer Straße gekauft. Es war schick, aber nicht übertrieben elegant. Praktisch und gleichzeitig modern. Das Kleid war perfekt. Glücklich holte Elsa es heraus, schlüpfte hinein und drehte sich vor dem Wandspiegel. Der feine Stoff floss in weichen Wellen über ihren Körper und betonte ihre zarte Figur auf unaufdringliche Weise. Zum hellen Farbton passten cremefarbene Strümpfe und helle Schnürschuhe mit Absatz. Vor der Frisierkommode trug Elsa einen zartrosa Lippenstift auf, steckte ihr schulterlanges Haar mit einer silbernen Haarspange seitlich hinters Ohr und suchte auf der Hutablage nach der passenden Kopfbedeckung. Ein Stoffhut ohne Krempe in einem schlichten Beige rundete ihr Aussehen ab. Elsa war rundherum zufrieden und vergaß für einen Moment den Familienzwist. Sie schlüpfte in ihren Mantel, griff nach ihrer Handtasche und verließ ihr Zimmer.

Bei der Eingangstür hielt Ferdinand sie zurück. »Wann dürfen wir Sie zurückerwarten?«

Elsa war gerührt, der Diener würde nicht schlafen gehen, bevor er nicht wusste, dass sie wieder sicher in ihrem Bett lag.

»Ich weiß es nicht«, sagte sie ehrlich. »Aber ich werde ein Taxi nehmen.« Sie hielt ihre Handtasche hoch. »Ich habe genug Geld dabei. Machen Sie sich keine Sorgen.«

Seit Kriegsende wuchs die Zahl der Automobile, die Fahrgäste gegen Bezahlung von einem Ort in der Stadt zu einem anderen brachten, rasant an. Sie hatten die Fiaker beinahe vollständig aus dem Stadtbild verdrängt. Vor zwei Jahren hatte die Autoruf GmbH in ganz Wien Autorufsäulen errichtet, bei denen man bequem eines der motorisierten Taxis rufen konnte.

»Sie dürfen auf keinen Fall allein abends durch die Stadt gehen«, mahnte Ferdinand. »Überall lauern Strolche, die nur darauf warten, junge Frauen zu überfallen.«

»Sie sollten lieber die erfreulichen Artikel in den Zeitungen lesen und sich weniger auf die Schreckensgeschichten konzentrieren«, antwortete Elsa. Natürlich wusste sie, dass Ferdinand recht hatte. Es gab Gegenden in der Stadt, die man als Frau besser mied. Die Wiedner Hauptstraße gehörte definitiv nicht dazu, auch wenn das Haus, in dem sich die sozialistischen Studenten trafen, »das abgebrannte Haus« hieß. Vor dem Krieg war dort ein Salon untergebracht gewesen, wo Männer dem Glücksspiel gefrönt hatten und des Öfteren »abgebrannt« nach Hause gegangen waren.

»Gute Nacht, Ferdinand.« Elsa winkte dem Diener zu. »Wir sehen uns morgen beim Frühstück.«

Beschwingt verließ sie das Palais und marschierte quer durch die Innenstadt zum Karlsplatz, wo sich nicht nur eine von Otto Wagner im Jugendstil gestaltete Stadtbahnstation befand, sondern auch die Karlskirche, eine der bedeutendsten Barockkirchen Wiens, die von Kaiser Karl VI. nach der letzten großen Pestepidemie gegründet worden war. Der Kuppelbau mit den zwei langen, schmalen Säulen erinnerte an eine Moschee mit zwei Minaretten. Angeblich hatte der Architekt die Verbindung zwischen Rom, Byzanz und Wien darstellen wollen. Die Wiener hatten sich an den ungewöhnlichen Anblick längst gewöhnt. Als Elsa sich dem Hauptportal näherte, sah sie Karo vor dem breiten Treppenaufgang wartend auf und ab gehen. Ängstlich warf Elsa einen Blick auf ihre Armbanduhr. Es war zehn Minuten vor sieben. Sie war nicht nur pünktlich, sondern ganze zehn Minuten zu früh. Karo war nicht allein. Ein hochgewachsener Mann mit breiten Schultern war bei ihr. Er trug einen Mantel, hatte aber keinen Hut auf, was ungewöhnlich war. Sein dunkles Haar war kurz geschnitten, zu einem modischen Seitenscheitel gelegt und mit Brillantine festgedrückt.

»Juhu, Elsa!« Karo winkte ihr fröhlich zu. Sie war bestens gelaunt, was vielleicht mit ihrer männlichen Begleitung zu tun hatte. Elsa konnte es kaum erwarten, Karo auf das Vorstellungsgespräch in der Erzieherinnenschule anzusprechen. Sie war sehr gespannt, was die Freundin erzählen würde. Rasch ging sie auf sie zu.

Karo begrüßte Elsa überschwänglich mit je einem Kuss auf beide Wangen. »Servus, Elsa. Du bist ja pünktlich«, lachte sie. »Darf ich dir Otto Pfeifer vorstellen? Er ist ebenfalls Mitglied in der Partei.« Elsa wusste, dass Karo und ihre Eltern Sozialdemokraten waren.

Der junge Mann reichte Elsa die Hand. Seine dunkelbraunen Augen musterten sie ungeniert. Was er sah, schien ihm zu gefallen, denn sein Lächeln wurde breit. Auf seinem Kinn war ein verwegenes Grübchen, auf seiner Oberlippe ein perfekt getrimmter Schnauzbart.

»Freut mich«, sagte er und griff sich galant an die Stirn. »Ich würde gerne den Hut heben, aber den habe ich heute Nachmittag im Café Zentral liegen lassen. Ich hoffe, er bekommt keine Füße.«

»Ich glaube nicht, dass jemand einen Hut stiehlt«, meinte Elsa.

»Sie kennen meinen Fedora nicht. Es ist der schönste Filzhut, den ich bis jetzt besessen habe. Ich musste ein ganzes Wochengehalt dafür auf den Tisch legen.« Er sah sie ernst an, und Elsa war sich nicht sicher, ob er sich gerade über sie lustig machte.

»Nimm Otto nicht ernst«, sagte Karo. »Die Hälfte von dem, was er sagt, stimmt nicht. Er ist Reporter.«

»Oh, wirklich?« Elsa hatte noch nie einen Journalisten kennengelernt. »Für welches Blatt arbeiten Sie?«

»Für die *Arbeiter-Zeitung.*« Das Blatt war der Nachfolger der sozialdemokratischen Wochenzeitschrift *Die Gleichheit*, die vom jungen Arzt Viktor Adler vor dem Krieg herausgegeben und zeitgleich mit der Zerschlagung der Gewerkschaften 1884 verboten worden war. Heute erfreute sich die *Arbeiter-Zeitung* in Wien immer größerer Beliebtheit. Elsa hatte noch nie einen Blick hineingeworfen. Im Palais Sonnstein las man die *Wiener Zeitung* und die *Kronenzeitung* sowie die *Presse.* Weder Elsas Großmutter noch Onkel Simon hätten es gutgeheißen, wenn das Blatt der Sozialdemokraten auf dem Frühstückstisch läge.

»Wollt ihr einander nicht duzen?«, schlug Karo vor. »Es ist so schrecklich steif, wenn ihr euch siezt. Da komme ich mir wie meine eigene Großmutter vor.«

»Gerne. Ich bin Otto!« Wieder griff er sich suchend an den Kopf, der unbedeckt war.

»Freut mich. Ich heiße Elsa.«

Otto ergriff ihre Hand und schüttelte sie kräftig.

»Kommt, lasst uns gehen. Ich will die Musik auf keinen Fall verpassen«, forderte Karo.

»Hast du nicht gesagt, dass es sich auch um eine politische Versammlung handelt?«, wollte Elsa wissen.

»Das hat Moritz gesagt«, erinnerte Karo. »Ich habe dich zu einem Tanzabend eingeladen.«

»Was nicht heißt, dass wir über politische Themen reden werden«, ergänzte Otto. Er ging neben Elsa. Sie reichte ihm gerade bis zur Schulter.

»Worüber schreibst du in der *Arbeiter-Zeitung*?«, fragte sie.

»Früher habe ich über alles berichtet, was gerade anfiel. Aber seit letztem Sommer bin ich nur noch für innenpolitische Themen zuständig.«

»Weil dich das interessiert?«

»Meine Artikel über die Morde in Schattendorf und den anschließenden Prozess haben die Redakteure in der Zeitung überzeugt.«

Elsa antwortete nicht, was Otto offenbar fehlinterpretierte. »Du weißt doch, was in Schattendorf passiert ist. Oder?«

»Ich glaube nicht, dass die Vorfälle an irgendjemandem in diesem Land spurlos vorbeigegangen sind«, sagte Elsa ernst. Letzten Sommer waren in einer Ortschaft im Burgenland ein kroatischer Hilfsarbeiter und ein sechsjähriger Junge völlig unschuldig von Mitgliedern der Heimwehr aus einem Hinterhalt erschossen worden. Seit Kriegsende war es immer wieder zu Zusammenstößen zwischen den beiden paramilitärischen Gruppen im Land gekommen. Auf der einen Seite standen die Gruppen der Heimwehr, die der Christlich-sozialen Partei zugeordnet waren, auf der anderen der Schutzbund, der als Antwort auf die Heimwehr von der sozialdemokratischen Partei gegründet worden war. Dass dabei zwei unschuldige Zivilisten ums Leben kamen, war neu gewesen. Zu Demonstrationen war es aber erst nach dem

Prozess gekommen. Ein Richter hatte die drei Todesschützen freigesprochen, was zu Protesten, Streiks und schließlich zum Brand des Justizpalastes geführt hatte. Johann Schober, der Bundeskanzler, hatte die Polizei in die demonstrierende Menge schießen lassen, wobei neunundachtzig Demonstranten und vier Polizisten getötet worden waren.

»Der letzte Sommer hat unsere kleine Republik erschüttert«, sagte Elsa. »Ich habe die Vorgänge in der Zeitung verfolgt.« Tatsächlich war es so, dass sich seither die Fronten zwischen den Sozialdemokraten und den Christlichsozialen täglich verhärteten. Es verging kein Tag, an dem die eine Partei nicht auf die andere schimpfte, wobei der Ton immer rauer wurde und hier und dort hinter vorgehaltener Hand sogar von der Gefahr eines Bürgerkriegs geflüstert wurde.

»Aber nicht in der *Arbeiter-Zeitung*«, gab sie zu.

»Schade, denn meine Artikel waren wirklich gut.« War Otto tatsächlich von seinen Fähigkeiten als Reporter dermaßen überzeugt? Oder machte er sich gerade über sich selbst lustig? Selbstbewusst fuhr er fort: »Ich war bei den Demonstrationen dabei. Es war pures Glück, dass mich keine der Kugeln erwischt hat. Der Mann neben mir ist direkt mit einem Kopfschuss getötet worden. Er ist vor mir in die Knie gegangen, am Boden liegen geblieben und nicht mehr aufgestanden.«

»Ach Otto, hör doch auf mit diesen schrecklichen Geschichten. Ich kann sie nicht mehr hören«, schimpfte Karo.

»Ich wünschte, es wäre bloß eine Geschichte«, antwortete Otto düster. »Aber es war Realität.«

»Ich weiß, aber irgendwann kann man die Sache einfach nicht mehr hören.« Karo klang genervt. »Mit deinen Erzählungen schreckst du Elsa ab, genau wie Moritz.«

»Meinst du deinen Döblinger Studienkollegen aus dem katholischen Privatinternat, den du das letzte Mal mitgeschleppt hast?«

Sein abfälliger Ton überraschte Elsa.

»Moritz kommt aus einer reichen Familie, na und? Er ist nett und hilfsbereit, und ich glaube, dass er genauso wenig Geld hat wie ich. Er wohnt nicht zu Hause«, erklärte Karo.

Elsa gewann zunehmend den Eindruck, dass es in Karos Kreisen als Makel galt, Geld zu besitzen. Was würden die beiden sagen, wenn sie erfuhren, wo Elsa wohnte?

»Moritz konnte mit deinen politischen Kampfreden nichts anfangen. Was nicht heißt, dass er die Augen vor sozialer Ungerechtigkeit verschließt«, verteidigte Karo den Freund.

»Von wegen sozialer Ungerechtigkeit.« Otto schnaufte entrüstet. »Dein Kollege hat keine Ahnung, wie es sich anfühlt, wenn man nicht in einer Villa mit Garten aufwächst. Wie soll er jemals Kinder verstehen, die sich ein Bett mit vier Geschwistern teilen müssen und keinen Platz für die Hausaufgaben haben?« Otto regte sich immer noch über Moritz auf. Die beiden mussten sich in die Haare geraten sein. Wie sonst war Ottos heftige Reaktion zu verstehen?

»Gib zu, dass du Moritz beneidest«, sagte Karo. »Du hättest auch gern eine Eliteschule besucht und später studiert.«

»Wenn alle Menschen in diesem Land die gleichen Bildungschancen erhielten, wäre das möglich gewesen«, brummte Otto. »Gymnasien, in die nur die Kinder der Reichen gehen, sollten längst Geschichte sein.«

»Es wird immer Schulen geben, in die die Reichen ihre Kinder schicken, und welche, wo die Ärmeren hingehen«, sagte Karo. »Daran wird auch die Sozialdemokratie nichts ändern.«

»Das werden wir ja sehen.« Ottos Worte klangen wie eine Kampfansage.

Elsa fühlte sich zunehmend unwohl.

»Denkt ihr wirklich, dass ein Lehrer aus prekären Verhältnissen stammen muss, um Kinder aus der Unterschicht zu unterrichten?«, fragte sie vorsichtig.

»Ja natürlich.« Ottos Antwort kam schnell. »Er spricht ihre Sprache und kennt ihre Nöte.«

Diskussionen wie diese waren Elsa nicht neu, und sie hatte sie reichlich satt.

»Ich verabscheue Vorurteile«, sagte sie. »Menschen sollten nach dem beurteilt werden, was sie leisten und nicht, woher sie stammen. Das gilt für Menschen mit Geld genauso wie für die, die weniger besitzen.«

»Ich bin ganz deiner Meinung«, sagte Karo. »Derzeit wohne ich noch in einem feuchten Loch. Trotzdem würde ich es mir zutrauen, reichen Kindern in einer Villa Privatunterricht zu geben.« Sie kicherte: »Vorausgesetzt, ich werde dafür ordentlich bezahlt.«

»Du bist aufs Geld fixiert«, tadelte Otto sie. »Dabei verlierst du den Klassenkampf aus den Augen, der gegen die reiche Bourgeoisie geführt werden muss.« Er schien seine Worte ernst zu meinen.

Klassenkampf klang für Elsa bedrohlich nach Revolution, Gewalt und Leid. Nichts davon fand sie erstrebenswert.

»Ich kämpfe gegen niemanden«, stellte Karo fest. »Ich will heute Abend tanzen, das ist alles. Und mit etwas Glück wird mich eine ganz bestimmte Person zum Tanz auffordern.« Sie zwinkerte Otto bedeutungsvoll zu.

»Ignorantin«, schnaufte Otto, klang dabei aber wieder versöhnlicher.

Sie hatten das Parteilokal erreicht. Die Tür stand offen. Es drangen Stimmen und Musik auf die Straße.

»Wir haben die politische Diskussion versäumt.« Karo spielte Enttäuschung vor. »Ewig schade.«

»Mit wem bin ich bloß unterwegs.« Otto ließ seinen Begleiterinnen seufzend den Vortritt. Über einen Flur gelangten sie zu einer Treppe, die ins Souterrain führte. Auch dort stand die Tür offen. Sie gingen weiter in einen Veranstaltungsraum, der viel größer war, als es von außen den Anschein gehabt hatte. Mindestens hundert Menschen fanden hier Platz. Die meisten standen in Gruppen beisammen, einige saßen an Tischen, die man an den Rand des Raums geschoben hatte. Am hinteren Ende war eine kleine Bühne aufgebaut worden. Dort saßen drei Musiker und stimmten ihre Instrumente: ein Saxofon, eine Gitarre und ein Schlagzeug. Der Mann mit der Gitarre war schwarz. Elsa war erst einmal in ihrem Leben einem Menschen mit dunkler Hautfarbe begegnet. Bisher hatte sie bloß Fotos in Zeitungen gesehen und sich gefragt, ob der Farbton tatsächlich so dunkel war. Jetzt bemühte sie sich, den Gitarristen nicht anzustarren, musste aber trotzdem immer wieder sein Gesicht bestaunen. Das Weiß seiner Augen bildete einen wunderschönen Kontrast zu seinen Wangen. Der Musiker schien ihr Interesse an ihm zu bemerken. Er blickte auf und lächelte, dabei strahlten seine Zähne. Elsa fühlte sich an eine Reklame für Zahnpasta erinnert. Sie erwiderte das freundliche Lächeln. Alle drei Musiker trugen dunkle Anzüge.

»Darf ich euch die Mäntel abnehmen?« Galant half Otto zuerst Karo und dann Elsa aus dem Mantel und trug sie zur Garderobe, die sich gleich neben dem Eingang befand. Die Luft war jetzt schon stickig, dabei hatte die Tanzveranstaltung noch gar nicht begonnen. Einige Gäste rauchten. Der hellblaue Qualm kratzte in Elsas Kehle. An der Längsseite des Saals befand sich eine einfache Bar. Hinter einem Holztresen schenkten zwei Männer Getränke aus. Auch sie trugen dunkle Anzüge. Einer hatte einen hochroten Kopf und schwitzte. Karo zog Elsa am Ärmel durch den Saal und ging zielstrebig auf einen der letzten leeren Tische zu, der direkt neben der Bühne stand.

»Wir werden zwar nicht viel sitzen, aber es ist nie schlecht, wenn man einen Tisch hat, um sich zwischen den Tänzen eine kleine Verschnaufpause zu gönnen.«

Elsa folgte Karo, dabei sah sie sich fasziniert um. Dies hier unterschied sich erheblich von den Bällen, die sie bisher besucht hatte. Die meisten Besucher waren in ihrem Alter oder ein paar Jahre älter. Viele trugen schlichte, aber moderne Kleidung. Nur einige wenige Frauen hatten elegante Kostüme an. Elsa war froh über die Wahl ihres Kleides.

»Was werden wir denn tanzen?«, erkundigte sie sich. Außer einem Rechts- und Linkswalzer beherrschte sie keine Tanzschritte. Letztes Jahr hätte Ewald sie und Conrad beinahe zu einem Tangokurs überredet. Dieser moderne Tanz aus Argentinien erfreute sich immer größerer Beliebtheit und wurde mittlerweile auch auf bedeutenden Bällen in der Hofburg oder im Salon Hübner gespielt. Aber dann hatte Elsa sich für ein Seminar an der Universität eingeschrieben, und Conrad war erleichtert gewesen.

»Ich nehme an, dass wir Charleston und Foxtrott hören werden.« Karo ließ sich an dem kleinen Tisch nieder. Eine rot-weiß karierte Tischdecke lag darauf, die Elsa an eine Berghütte erinnerte. In einer Vase steckte eine Aster. Die Blume ließ bereits ihren Kopf hängen.

»Ist das der Tanz, den die Amerikanerin Josephine Baker nach Europa gebracht hat?«, fragte Elsa. Sie hatte in der Zeitung einen Artikel über die schwarze Tänzerin gelesen, die halb nackt in Berliner Nachtlokalen auftrat und die Meinung der Menschen mit ihren wilden Tänzen polarisierte. Während die einen sie als große Künstlerin feierten, beschimpften die anderen ihre Vorstellungen als »seelenlose Niggertänze«.

»Du wirst den Charleston lieben«, schwärmte Karo.

Elsa teilte Karos Zuversicht keineswegs. Sie war eine hervorragende Skifahrerin, konnte Eislaufen und eine Felswand hochklettern. Aber ihre musikalischen Fähigkeiten hielten sich in bescheidenen Grenzen. Beim Walzer musste sie sich konzentrieren, dass sie ihrem Tanzpartner nicht auf die Zehen trat. Ewald hatte ihr das stets verziehen. Aber würde Otto blaue Zehen ebenso gelassen hinnehmen?

Der Journalist bahnte sich einen Weg zu ihnen. Immer wieder wurde er von jemandem angesprochen und in ein Gespräch verwickelt. Er schien die meisten der Gäste persönlich zu kennen. Elsa beobachtete ihn aus den Augenwinkeln. Er strahlte eine beneidenswerte Selbstsicherheit aus. Otto war attraktiv und war sich dessen bewusst.

Karo bemerkte Elsas Interesse. »Otto scheint dir zu gefallen.« Sofort errötete Elsa. Sie fühlte sich ertappt. Der junge Mann zog sie in seinen Bann, aber das konnte sie unmöglich zugeben, da ja Karo an ihm interessiert zu sein schien.

»Das muss dir nicht unangenehm sein«, lachte Karo. »Er ist ja auch ein sehr hübsches Exemplar von einem Mann.«

Elsas Wangen wurden noch dunkler.

»Außerdem ist er nicht dumm. Und meistens hat er ganz ordentliche Manieren.«

»Kennst du ihn schon lange?«

Karo überlegte und rechnete im Kopf nach: »Ich glaube, es sind drei Jahre. Ich habe ihn an der Volkshochschule kennengelernt. Nach einem dieser langweiligen Vorbereitungskurse fürs Pädagogische Institut bin ich in die Bibliothek gegangen. Dort hat er ausgeholfen. Wir sind ins Gespräch gekommen, und er hat mich zu einer der Parteiveranstaltungen mitgenommen.«

»Seid ihr ein Paar?«

Karo prustete los. Abwehrend hob sie beide Hände: »Gott bewahre, nein! Wie kommst du auf die Idee?«

»Ich dachte nur …« Elsa stotterte verlegen. »Du hast vorhin gemeint, dass du auf einen Tanz mit ihm wartest.«

Karo lachte immer noch. »Doch nicht mit Otto, der ist viel zu anstrengend. Für ihn gibt es nur die Politik. Sobald er damit anfängt, redet er stundenlang über nichts anderes mehr.« Karo gähnte, so als würde allein der Gedanke an seine Vorträge sie ermüden.

»Aber wen hast du dann gemeint?«, fragte Elsa. Sie kannte Karo bereits gut genug, um ihr diese Frage stellen zu können.

Nun war es die Freundin, der das Blut in die Wangen schoss. Sie senkte die Stimme: »Er heißt Peter und ist Schlossergeselle. Ich habe ihn vor ein paar Wochen kennengelernt. Er ist einfach …« Sie suchte nach dem passenden Wort. »Perfekt und entzückend.«

»Wird er heute hier sein?«

»Ich hoffe sehr.« Karo drehte sich nach allen Seiten um. Ihr enttäuschter Gesichtsausdruck verriet, dass sie ihn noch nicht ausmachen konnte.

»Kennen Mona und Edith ihn?«

Entschieden schüttelte Karo den Kopf. »Nein, ich werde mich davor hüten, ihn vorzustellen, bevor ich mir ganz sicher bin, dass er für mich das Gleiche empfindet wie ich für ihn.«

»Ich dachte, ihr seid gute Freundinnen.«

»Edith ist meine Freundin, Mona meine Studienkollegin. Die meiste Zeit geht sie mir schrecklich auf die Nerven. Der einzige Grund, warum ich nicht ständig mit ihr streite, ist Edith, sie ist ein herzensguter Mensch. Sie kennt Mona seit dem Sandkasten.«

»Warum willst du den beiden deinen Peter nicht vorstellen?«

»Weil er eben noch nicht ›mein‹ Peter ist«, seufzte Karo. »Mona ist es schon einmal gelungen, einem Mann, den ich interessant gefunden habe, erfolgreich schöne Augen zu machen.«

»Kenne ich den Mann?«

Karo wirkte verlegen. Nach einer Weile nickte sie. »Ich habe Moritz eine Zeit lang sehr anziehend gefunden«, gab sie zu.

»Moritz?«

»Ich habe schnell begriffen, dass er nichts für mich empfindet, und das akzeptiert. Jetzt sind wir gute Freunde. Wir hätten ohnehin nicht zusammengepasst.«

»Warum glaubst du das?«

»Moritz ist auf seine Art genauso anstrengend wie Otto. Auch er ist ein Idealist. Er gibt zwar keine Parteiparolen von sich, aber er glaubt, auf seine stille Art die Welt retten zu müssen. Ich bin da ganz anders, ich will vor allem eines: gut leben und mich amüsieren.«

»Denkst du, dass Moritz sich zu Mona hingezogen fühlt?«

Die Frage rutschte Elsa heraus und überraschte sie selbst genauso wie Karo. Was gingen sie Moritz' Gefühle für Mona an?

Karo zuckte mit den Schultern. »Keine Ahnung. Aber es ist durchaus möglich. Wenn sie ein Paar werden, dann soll es mir recht sein.«

»Hm.« Elsa dachte an den Nachmittag in Schönbrunn. Moritz' Bild tauchte vor ihr auf. Vor allem sein Lachen, das sie so anziehend fand. War sie jetzt enttäuscht? Es blieb ihr keine Zeit, darüber nachzudenken, denn Otto kam zum Tisch. Kaum hatte er sich gesetzt, betrat ein Mann die Bühne und forderte Ruhe ein.

»Freundschaft«, rief er. Aus seinem Mund klang das Wort wie ein militärischer Befehl. Er war klein und trug einen Anzug ohne Weste. Sein Sakko stand offen, weshalb man sein weißes Hemd sehen konnte. Niemand schien sich an seiner legeren Kleidung zu stoßen. »Wie schön, dass so viele gekommen sind«, fuhr er fort. Sein dunkles Haar klebte an seiner Stirn, er schwitzte. Vielleicht hatte er bereits ein paar Gläser vom Weißwein getrunken, der an der Bar in großen Mengen ausgeschenkt wurde. »Wir haben heute Abend ganz besondere Gäste aus Übersee bei uns. Sie sind direkt aus New Orleans zu uns nach Wien gekommen und werden für uns spielen. Begrüßt mit mir Luis Harper und seine Band.«

Tosender Applaus folgte.

Otto beugte sich über den Tisch: »Max hat vergessen zu sagen, dass die Band schon seit Monaten durch Europa tourt und nur wegen eines erkrankten Musikers in Wien einen Zwischenstopp macht. Es ist reiner Zufall, dass sie heute hier sind.«

»Ist doch völlig egal, warum sie hier sind«, sagte Karo und klatschte so fest in die Hände, dass Elsa sie kaum verstehen konnte.

Die drei Musiker standen auf und verbeugten sich. Sie waren Begeisterungsstürme aus dem Publikum sichtlich gewohnt und nahmen den Beifall gelassen hin. Als der Zuspruch leiser wurde, setzte der schwarze Künstler ein Saxofon an die Lippen und begann zu spielen. Es war das erste Mal, dass Elsa dieses Blechblasinstrument hörte. Das Schlagzeug und eine Klarinette stimmten mit ein. Die Gitarre blieb noch unbenützt. Es war eine beschwingte Melodie, die an eine Mischung aus Marsch- und Tanzmusik erinnerte, gleichzeitig hatte das Stück auch etwas Fremdländisches, Wildes. Elsa kannte keine afrikanischen Musikstücke, aber sie stellte sich vor, dass sie genauso klangen.

Karo schnippte im Rhythmus mit und bewegte die Schultern. Otto wippte mit den Beinen. Beide waren mit den Klängen vertraut. Auch die anderen Menschen im Saal nickten mit dem Kopf oder tippten im Takt mit den Fingern. Vom Nebentisch stand ein Paar auf. Sie betraten als Erste die Tanzfläche, sofort folgten zwei weitere. Sie tanzten, ohne sich zu berühren, verrenkten auf sonderliche Weise ihre Knie und wackelten mit dem Hinterteil. Für Elsa war diese Art der Bewegung völlig neu. Fasziniert sah sie den Paaren beim Tanz zu. Dabei bemerkte sie nicht, dass auch sie beobachtet wurde.

»Das Staunen in deinem Gesicht verrät mir, dass du zum ersten Mal amerikanischen Jazz hörst.« Otto hatte sich ganz nah zu Elsa gebeugt. Seine Stimme kämpfte gegen die laute Musik an. Elsa verstand ihn trotzdem nur schwer. Auch sie musste näher rücken. Otto hatte dunkelbraune Augen, die von langen Wimpern umgeben waren. Ein freches, herausforderndes Lächeln lag darin.

»Darf ich um diesen Tanz bitten?« Erschrocken fuhr sie herum. Neben ihr stand ein stämmiger junger Mann mit breiten Schultern, kurz geschnittenem Haar und einem auffallend kantigen Kinn. Seine Frage war an Karo gerichtet, die sofort aufsprang. Es war das Angebot, auf das sie den ganzen Abend gewartet hatte.

»Peter, wie schön, dass du gekommen bist.« Obwohl Karo schrie, um verstanden zu werden, nahm ihre Stimme einen weicheren Tonfall an. Es bestand kein Zweifel, Karo war über beide Ohren verliebt. Freundlich begrüßte Peter Otto und Elsa, dann zog er Karo auf die Mitte der Tanzfläche. Mit einer beneidenswerten Leichtigkeit und Eleganz bewegten sich beide zu den exotischen Klängen.

»Willst du es auch wagen?« Auffordernd hielt Otto ihr die Hand entgegen. Sie zögerte. Nie im Leben würde sie so eine vorteilhafte Figur wie Karo machen.

»Man muss nicht offen tanzen«, sagte Otto. Er schien ihre Bedenken zu erraten. »Wir können auch geschlossen tanzen, und ich kann dich führen.«

Elsa zauderte noch immer.

»Na, komm schon«, forderte er. »Sei kein Feigling.« Dabei war sein Lächeln so gewinnend, dass Elsa nicht ablehnen konnte. Außerdem wollte sie nicht als Angsthase dastehen. Was sollte schließlich passieren? Außer Karo kannte sie hier niemanden. Und die Freundin würde sich niemals auf unangenehme Weise über sie lustig machen.

Otto ergriff ihre rechte Hand, zog sie sanft, aber energisch zu sich und fasste an ihre Hüfte. Die Berührung war fest genug, dass er ihren Körper lenken konnte. Im Takt zur Musik machte er kleine Schritte zu beiden Seiten und verdrehte die Füße nach außen. Es sah spielerisch einfach aus. Elsa kam sich ungelenk und steif vor.

»Du darfst beim Tanzen nicht denken«, mahnte Otto. Sein Gesicht war nun ganz nah bei ihrem. Seine Wange berührte beinahe die ihre. Er roch nach Rasierwasser und Tabak. Es war ein herber, aber nicht unangenehmer Geruch. »Konzentrier dich nur auf die Musik und vergiss alles andere.«

Elsa nickte. Aber es war schier unmöglich, nicht daran zu denken, dass sie gerade skandalös nah bei einem Fremden stand. Otto zog sie noch eine Spur näher zu sich und zwang sie auf diese Weise, seinen Bewegungen zu folgen. Zuerst wehrte sich Elsa gegen die Impulse, die von der Musik vorgegeben wurden. Die Menschen rund um sie schienen nur dem Takt der Trommeln, der Melodie der Klarinette und dem unglaublichen Klang des Saxofons zu folgen. Während Ottos Bewegungen fließend waren, mühte Elsa sich steif neben ihm ab. Doch langsam fand sie in das Lied. Sie mochte den fremdländischen Klang. Für einen Moment dachte sie nicht über die Tanzschritte nach. Sie gab sich dem wilden Rhythmus hin. Otto lächelte. Er schien mit seiner gelehrigen Schülerin zufrieden. Dem Musikstück folgte ein weiteres und danach noch eines. Geschmeidig und im Einklang mit dem Takt bewegte Elsa sich gemeinsam mit Otto über die Tanzfläche. Von den sitzenden Gästen ernteten sie bewundernde Blicke, die Elsa aber nur aus den Augenwinkeln wahrnahm. Sie genoss den Tanz in vollen Zügen. Erst als die Musiker eine Pause einlegten, hielten sie inne. Völlig außer Puste, mit roten Wangen kehrten sie zum Tisch zurück. Karo und Peter saßen bereits.

»Die Musik ist großartig«, schwärmte Karo.

»Soll ich uns Getränke holen?«, fragte Peter in die Runde.

»Oh ja, ich hätte gerne einen weißen Spritzer.«

»Ich auch«, sagte Otto.

»Für mich ein Himbeerkracherl.«

»Himbeerkracherl?«, fragte Karo belustigt.

Elsa zuckte entschuldigend mit den Schultern. Auch die anderen drei sahen sie erstaunt an. Offenbar war es üblich, bei diesen Veranstaltungen Alkohol zu trinken.

»Dann nehme ich auch einen weißen Spritzer«, sagte sie. »Aber mit viel Wasser bitte.«

Karos Tanzpartner ging zur Bar.

»Dafür, dass du noch nie Jazz gehört hast, tanzt du großartig«, lobte Karo sie. Ihre Frisur hatte sich gelockert.

»Sie ist ein Naturtalent«, stimmte Otto zu. So als tanzten sie noch, lag seine Hand auf ihrer Schulter. Erst als Elsas Blick darauf fiel, nahm er sie weg. »Betreibst du regelmäßig Sport?«

»Elsa ist Skifahrerin«, mischte sich Karo ein.

»Skifahrerin?« Otto zog die Augenbrauen nach oben. »Das ist ein Sport für Reiche.«

Genervt verdrehte Karo die Augen. »Nicht schon wieder, Otto.«

Peter kehrte mit den Getränken zurück. Als er hörte, worüber gerade geredet wurde, brachte er sich ins Gespräch ein.

»Ich bin beim Arbeiterturnverein«, erzählte er. »Wir haben eine Gruppe Wintersportler. Ich habe mir überlegt, ob ich ihnen beitreten soll. Die Sportler springen mit Skiern über Schanzen. Nach Weihnachten wird es eine Skisprungveranstaltung am Cobenzl geben.«

»Da siehst du«, sagte Karo triumphierend. »Skifahren ist ein Sport für alle.«

Otto schien nicht überzeugt. »Das hat doch keine Zukunft«, meinte er, klang aber nicht mehr ganz so überzeugt. »Wer schnallt sich Bretter an die Füße und springt über eine Schanze in die Tiefe?«

Sie stießen mit den Gläsern an. Elsa war durstig und nahm einen großen Schluck. Der Wein schmeckte sauer und war mit deutlich weniger Wasser vermischt, als sie sich gewünscht hatte.

»Skispringen schaut gefährlicher aus, als es ist«, sagte sie und dachte an Conrad, der zwar hin und wieder sprang, lieber aber die Hänge hinuntersauste. »Der alpine Skilauf ist weniger spektakulär. Dabei bewegt man sich an der frischen Luft, genießt die Berge und erlebt die Natur hautnah. Ich finde, dass jedes Kind in diesen Genuss kommen sollte.«

»Skifahren für die breite Masse?« Otto runzelte die Stirn. »Wie soll das gehen?«

»Die Kinder könnten es in der Schule erlernen. Die meisten Turnsäle sind ohnehin viel zu klein. Man könnte im Winter statt des Turnunterrichts ins Freie ausweichen. Es gibt so viele Orte in Wien, an denen man Skifahren lernen kann: die Hohe-Wand-Wiese, der Cobenzl, der Kahlenberg, Grinzing …«

Karo unterbrach Elsas Aufzählungen: »Ich will den Sport gerne ausprobieren.« Sie hatte ihr Glas schon zur Hälfte geleert.

»Wer soll denn die Skier für so viele Kinder bezahlen?«, fragte Otto. »Es gibt wirklich dringlichere Angelegenheiten.«

Elsa widersprach: »Jede Schule bräuchte nur ein paar Skier und Stecken. Die Kinder könnten sie ausleihen. Die

Kinder müssten bloß feste Winterschuhe und warme Kleidung mitbringen.«

»Und genau daran scheitert deine Idee schon«, schnaufte Otto. »Es gibt Kinder, die haben weder das eine noch das andere.«

»Daran muss zweifelsohne etwas geändert werden«, gab Elsa zu. »Aber ich glaube trotzdem, dass der alpine Sport vielen Menschen zugänglich gemacht werden sollte. Er ist einzigartig, und weißt du, warum?«

»Du wirst es mir gleich verraten.«

»Jeder kann ihn ausführen. Wenn du auf einem Berg bist, ist es völlig egal, ob du Tischler, Dachdecker, Universitätsprofessor oder Künstler bist. Es zählt nur noch eines: das pure Naturerlebnis und der Zusammenhalt der Gruppe. Wäre es nicht schön, wenn alle Kinder diese Erfahrung machen könnten?«

»Darauf fällt mir vorerst nichts ein«, gab Otto zu. Er musterte Elsa mit neuem Interesse. Genau in dem Moment betraten die Musiker wieder die Bühne und spielten mit vollem Einsatz.

Sofort sprangen Peter und Karo auf. Sie stürmten auf die Tanzfläche. Otto ließ sich etwas Zeit. Erst als das Musikstück beendet war, fragte er Elsa, ob sie mit ihm tanzen wollte. Bereitwillig stand sie auf und bemerkte, dass der Alkohol bereits erste Wirkung zeigte. Besser, sie stieg beim nächsten Getränk auf das Himbeerkracherl um.

Bis auf kurze Unterbrechungen tanzten Otto und Elsa den ganzen Abend. Mit jedem Stück wurden sie besser. Bald stachen sie auch die geübten Paare auf der Tanzfläche aus. Otto war ein begnadeter Tänzer, der Elsa gekonnt führte. Als die Musiker sich verabschiedeten, forderte das Publikum

Zugaben ein. Immer wieder folgte tobender Applaus, und erst nach vier Zugaben verließen die Männer aus den Vereinigten Staaten endgültig die Bühne. Als sie weg waren, kehrten Elsa und Otto zurück zum Tisch. Erschöpft ließ Elsa sich auf ihren Stuhl plumpsen. Am liebsten hätte sie ihre Schuhe ausgezogen. Ihre Füße schmerzten, aber das machte nichts. Es war ein herrlicher Abend gewesen. Überrascht stellte sie fest, wie spät es geworden war. Auch die anderen Gäste sahen müde aus. Nur Karo war nach wie vor aufgekratzt, was offensichtlich mit Peter zu tun hatte. Die beiden waren wie Magnete, die aufeinander zusteuerten, sobald sie auch nur ein paar Meter voneinander entfernt waren.

»Wie kommst du jetzt nach Hause?«, fragte Peter Karo.

»Zu Fuß.«

»Darf ich dich begleiten?«

Karo kicherte. Sie hatte eine Menge Wein getrunken, schien ihn aber deutlich besser zu vertragen als Elsa. »Ja gerne.« Sie wandte sich an Elsa. »Und wie kommst du nach Hause?«

»Ich rufe ein Taxi.«

»Ich kann dich nach Hause bringen«, bot Otto an.

»Das ist nicht notwendig.«

»Du könntest das Geld fürs Taxi sparen, und wir unterhalten uns noch eine Weile.« Otto grinste charmant. Er schien sich der Wirkung dieser Geste durchaus bewusst zu sein.

»Das ist sehr lieb. Aber meine Füße können keinen weiteren Schritt machen. Ich glaube, ich werde ein Brecheisen benötigen, um aus den Schuhen zu kommen.«

»Schade.« Er wirkte tatsächlich enttäuscht. »Wie heißt du eigentlich mit Nachnamen?«

Elsa war gar nicht aufgefallen, dass sie sich nur mit dem Vornamen vorgestellt hatte.

»Sonnstein.«

Otto lachte. »So wie der Süßwarenfabrikant?«

»Ja.« Mit einem Mal war Elsa wieder putzmunter.

»Bist du etwa verwandt mit denen?«

Die Art, wie Otto »denen« sagte, missfiel Elsa und weckte ihren Widerstand.

»Ja«, sagte sie geradeheraus. »Simon Sonnstein ist mein Onkel. Ihm, meinem Vater und meiner Tante gehört die Süßwarenfabrik.«

Für einen Moment war es völlig still am Tisch. Alle drei starrten Elsa an, als hätte sie sich eben in einen fremdartigen Vogel verwandelt. Trotzig presste sie ihre Lippen aufeinander und verschränkte die Arme vor der Brust. Sie musste sich ihrer Herkunft nicht schämen. Sie war reich, na und?

Karo reagierte als Erste. »Elsa, das ist ja großartig«, rief sie, und ihre Stimme überschlug sich dabei. »Warum hast du das nicht gesagt? Ich habe eine reiche Freundin. Ich kann es nicht glauben.« Es waren Stolz und Freude, die aus ihr sprachen. Elsa hörte keinen Funken Neid oder Missgunst und auch keinen Vorwurf, dass sie ihre Herkunft bisher verschwiegen hatte. »Wohnst du in einer schicken Villa in Döbling?«

»Nein, in einem Palais auf der Ringstraße.«

»Das gibt es ja nicht«, prustete Karo los. »Das musst du unbedingt Edith erzählen. Sie liebt die großen Ringstraßenpalais und will seit Jahren wissen, wie sie von innen ausschauen.«

»Ich lade euch gerne ein«, sagte Elsa.

Karo grinste begeistert.

Otto fehlten immer noch die Worte. Er musterte Elsa fassungslos.

»Warum … warum bist du hier, im Parteilokal der sozialistischen Studenten?«, fragte er. »Und warum willst du Lehrerin werden?«

»Elsa will ja gar keine Lehrerin werden«, erklärte Karo. Sie strahlte immer noch übers ganze Gesicht. Vielleicht weil sie endlich glaubte zu verstehen, warum Elsa nicht unterrichten wollte.

»Nur weil mein Vater aus einer reichen Familie stammt, heißt das nicht, dass ich mich nicht für Politik interessiere«, verteidigte sie sich.

»Die politischen Beiträge waren heute überschaubar«, sagte Otto.

»Das lag nicht an mir.« Elsa hatte tatsächlich mit einem anderen Programmablauf gerechnet.

»Fangt jetzt nicht an zu streiten«, mahnte Karo. »Der Abend war großartig. Wir haben uns prächtig amüsiert. Das will ich mir nicht zerstören lassen.« Sie stand auf und sah Peter fragend an. »Bringst du mich nach Hause?«

Sofort sprang der kräftige Mann auf, und die beiden verabschiedeten sich. Zurück blieben Elsa und Otto. Eine Zeit lang schwiegen sie verlegen.

»Weißt du, wo es hier eine Taxirufsäule gibt?« Elsa durchbrach die Stille.

»An der nächsten Ecke, aber willst du wirklich ein Taxi rufen? Ich kann dich nach Hause bringen.«

»Obwohl ich aus dem Großbürgertum stamme?«

Er legte den Kopf schräg und lächelte. »Ich werde über meinen Schatten springen. Vorausgesetzt, deine Füße spielen mit.«

Es war spät, Elsa war müde, und ihre Füße taten ihr weh. Aber sie wollte jetzt auf keinen Fall den Eindruck entstehen lassen, sie sei verwöhnt und verzogen.

»Dann lass uns die Mäntel von der Garderobe holen«, sagte sie resigniert.

Wenig später verließen sie das Parteilokal. Der Wind hatte sich gedreht und blies ihnen nun eisige Herbstluft entgegen. Es hatte zu nieseln begonnen. Das fahle Licht der Straßenlaternen spiegelte sich auf dem nassen Kopfsteinpflaster. Otto hatte keinen Hut dabei, innerhalb kürzester Zeit war sein dunkles Haar durchnässt.

»Soll ich nicht doch ein Taxi …«, weiter kam Elsa nicht.

»Wir gehen«, bestimmte Otto. Also liefen sie die menschenleere Wiedner Hauptstraße entlang bis zum Karlsplatz und dann weiter stadteinwärts. Irgendwann gewöhnten sie sich an das unfreundliche Wetter. Elsa vergrub ihre Hände in den Manteltaschen und schlug ihren Kragen hoch. Sie hörte Otto zu, der von seiner Tätigkeit bei der Zeitung erzählte. Ursprünglich hatte er Germanistik studieren wollen, aber dazu hatte das Geld nie gereicht. Er war froh, dass er die Schule hatte beenden können. Sein Vater war gleich im ersten Kriegsjahr gefallen, und für seine Mutter war es schwierig gewesen, ihn allein großzuziehen. Zum Glück hatte sie finanzielle Unterstützung von ihrem deutlich älteren Bruder gehabt. Nach der Schule hatte Otto eine Anstellung bei der Zeitung bekommen. Zuerst war er nur Laufbursche zwischen den verschiedenen Büros gewesen, später hatte er kleine Texte verfassen dürfen, bis ihn dann der Artikel über den Brand des Justizpalastes endgültig zum Journalisten gemacht hatte.

»Sind deine Mutter und dein Onkel auch in der Partei tätig?«, wollte Elsa wissen.

»Um Himmels willen, nein«, rief Otto. »Meine Mutter schafft es nicht einmal, der Gewerkschaft beizutreten. Sie arbeitet als Verkäuferin in einem Herrenmodengeschäft. Sie ist ängstlich, was wohl damit zu tun hat, dass sie in den letzten Jahren viel durchgemacht hat. Sie mag es auch nicht, dass ich mich in der Partei engagiere.«

»Meine Mutter war früher auch Verkäuferin«, sagte Elsa.

»Wie kann das sein?«

»Ich habe dir doch gesagt, dass du deine Vorurteile ablegen sollst.«

»Eins zu null für dich!« Er grinste.

»Wir sind übrigens da.« Elsa blieb stehen. Während des Plauderns war die Zeit unheimlich schnell vergangen. »Hier wohne ich.« Sie zeigte auf die nasse Fassade des dreistöckigen Palais. Nur in einem winzigen Fenster im Souterrain brannte noch Licht. Der treue Ferdinand hatte wirklich auf sie gewartet. Mit einer Mischung aus Ehrfurcht und Groll schaute Otto das Gebäude hoch. »Weißt du, dass es Familien in Wien gibt, die zu zehnt in einem winzigen Loch hausen?«

»Ja, das weiß ich«, sagte Elsa ernst. »Danke, dass du mich begleitet hast.«

Otto löste den Blick vom Palais und richtete seine Aufmerksamkeit auf Elsa. Seine dunkelbraunen Augen waren jetzt auf ihren Mund gerichtet.

»Gern geschehen.« Er ergriff ihre Hand, führte sie zu seinen Lippen und hauchte einen Kuss auf den Rücken. Das ging so schnell, dass Elsa nicht dagegen protestieren konnte. Sie fühlte sich überrumpelt, gleichzeitig aber auch elektrisiert. Otto zuckte entschuldigend mit den Schultern. »Ich dachte, das macht man so in deinen Kreisen.«

»Du musst noch viel dazulernen. Gute Nacht, Otto.«

»Gute Nacht, sehen wir uns wieder?«

»Möglich.«

»Nächste Woche findet ein Wohltätigkeitsbasar statt. Wir sammeln für das Männerobdachlosenheim. Ich glaube, dass wir noch jemanden beim Teeausschank benötigen.«

»Ich überleg es mir.«

»Wenn du nicht kommst, muss ich mich hier auf die Lauer legen und darauf warten, dass du irgendwann das Palais verlässt.«

»Um mich zum Bazar zu schleppen, damit ich meinen Beitrag zur Gesellschaft leiste?«

»Um dich wiederzusehen«, sagte Otto. Die Straßenlaterne hinter ihm beleuchtete sein nasses Haar. Der Nieselregen hatte den perfekten Sitz trotz Brillantine zerstört. Ein paar Strähnen hingen ihm in die Stirn. Er sah verwegen aus, wie ein amerikanischer Schauspieler, der einen Helden auf der Leinwand mimte. »Du bist eine rätselhafte Person, und das macht mich neugierig.«

»Ich nehme das jetzt mal als Kompliment.«

»Als solches war es auch gedacht.« Er drehte sich um, hielt aber mitten in der Bewegung inne, weil ihm noch etwas einfiel. »Hast du Lust auf eine Tour im Autobus durch Wien?«

»Du willst wie ein Tourist Sehenswürdigkeiten anschauen?« Mit dem Vorschlag hatte Elsa nicht gerechnet.

»So ähnlich.« Otto schnitt eine geheimnisvolle Grimasse. »Kommst du mit?«

»Nicht wenn du mir nicht verrätst, was du vorhast.«

»Ach, sei doch nicht so ein Angsthase.«

»Ich bin kein Angsthase«, empörte sich Elsa. Es war das zweite Mal an diesem Abend, dass er sie so genannt hatte.

»Stimmt, das bist du nicht«, sagte er ernst. »Lass es mich anders formulieren. Vertrau mir und lass dich überraschen.«

»Meinetwegen.«

»Wunderbar, ich hole dich übernächsten Sonntag kurz vor zehn Uhr ab.«

Höchst zufrieden versuchte er, seinen nicht vorhandenen Hut zu ziehen, dann ging er los.

Elsa sah ihm nach, bis er an der nächsten Straßenecke verschwand. Eine Stimme in ihr freute sich auf Sonntag, und eine andere warnte sie davor, Otto Pfeifer wiederzutreffen. Sie stammten aus völlig verschiedenen Welten. Aber vielleicht machte ihn gerade das so interessant.

8

Westbahnhof

Am nächsten Tag schwänzte Elsa alle Seminare und fuhr stattdessen mit Conrad und ihrer Mutter zum Westbahnhof.

»Bist du sicher, dass du nicht mehr brauchst?«, fragte Elsa. Der Koffer ihres Bruders, der neben ihr auf der Rückbank des Automobils lag, war nicht besonders groß. Sie selbst hätte darin gerade mal Kleidung, Bücher und Toilettenartikel für eine Woche untergebracht, aber ganz sicher nicht genug für mehrere Monate.

»Ich habe meine Skibekleidung dabei, meine Wanderschuhe und einen Anzug. Was brauche ich sonst noch? Ich werde den ganzen Tag in den Bergen sein.«

»Ich hoffe, du hast einen Pyjama eingepackt.« Lotte hielt ihren Blick auf die Straße gerichtet. Sie lenkte den Wagen neben den Autobusparkplatz und stellte den Motor ab.

»Pyjama, Zahnbürste, Socken, Unterhosen und …« Conrad machte eine dramatische Pause. »Ich habe sogar Verbandszeug und Desinfektionsmittel dabei.«

»Was du hoffentlich nicht brauchen wirst«, ergänzte Lotte. Sie wirkte nervös. Elsa konnte es an den zitternden Händen ihrer Mutter sehen. Bis zuletzt hatte ihre Mutter gehofft, dass Conrad bleiben würde. Aber vergeblich. Heute Morgen hatte Jakob als Erster das Haus verlassen, um die

Abfahrt seines Sohnes nicht mitzuerleben. Elsa wusste, dass er es bereuen würde. Genau wie Conrad, der sich gestern Abend nicht mehr verabschiedet hatte.

Elsa kletterte aus dem Wagen. Auch Lotte und Conrad stiegen aus.

»Sobald du gut angekommen bist, will ich ein Telegramm erhalten«, sagte Lotte. »Und spätestens nach der ersten Woche einen ausführlichen Brief.«

»Das gilt auch für mich«, forderte Elsa.

»Zwei Briefe?«, empörte sich Conrad. »Ich kauf euch eine Ansichtskarte und schick sie an euch beide.«

»Untersteh dich!« Elsa boxte ihm liebevoll in die Seite. Conrad lachte. »Ich will genau wissen, wie es dir ergeht. Wie die neue Skilauftechnik funktioniert und ob du überhaupt gut genug für Hannes Schneider bist. Der Mann ist eine Koryphäe auf dem Gebiet des Bergsports. Vielleicht schickt er dich Stadtmenschen gleich wieder zurück nach Wien.«

»Das wäre schrecklich.«

Lotte trat zu Conrad und richtete ihm liebevoll den Kragen seines Mantels. Genauso wie sie es getan hatte, als er noch ein kleiner Junge gewesen war. Jetzt musste sie die Arme ausstrecken, um seinen Hals zu erreichen. »Du wirst mit Sicherheit gut genug sein«, sagte sie leise. Elsa konnte hören, dass sie gegen Tränen ankämpfte. »Du musst mir etwas versprechen, Conrad.«

»Dass ich auf mich aufpasse?«

»Das auch, aber vor allem, dass du nicht aus falsch verstandenem Stolz bleibst, sollte es dir doch nicht gefallen. Es ist keine Schande, wenn man etwas ausprobiert und dann bemerkt, dass es nicht das Richtige war.«

Conrad nahm seine Mutter in den Arm. »Wenn ich unglücklich bin, setze ich mich in den nächsten Zug und komme zurück, das verspreche ich dir.« Das hatte er auch Elsa wiederholt versichert, doch sie zweifelte daran.

Lotte schniefte. »Das ist gut.«

»Aber du musst mir auch was versprechen, Mama.«

Lotte kramte nach einem Taschentuch in ihrer Manteltasche und prustete hinein. »Was denn?«, wollte sie wissen.

»Sobald ich mich am Arlberg eingelebt habe und eine Anstellung bei Hannes Schneider habe, kommen du und Elsa mich besuchen. Gemeinsam machen wir die Berge unsicher.«

Lotte lächelte müde. Sie antwortete nicht.

»Mama, versprich es mir.«

»Wie kann ich etwas versprechen, von dem ich nicht weiß, ob ich es halten kann?« Sie klang so unendlich traurig, dass es Elsa die Luft abschnitt.

»Ich besuch dich mit Sicherheit«, sagte sie rasch.

Dann gingen sie ins Bahnhofsgebäude. Conrad kaufte beim Schalter eine Fahrkarte, unterdessen holte Lotte an einem Kiosk eine Flasche Limonade, eine Wurstsemmel, einen Apfel, einen Schokoladenriegel und eine Tageszeitung. »Die Fahrt dauert sehr lange«, sagte sie und reichte Conrad die Papiertüte mit dem Proviant.

»Dein Zug fährt erst in vierzig Minuten ab.« Elsa konnte nicht fassen, dass sie so früh dran waren. »Wir hätten noch zu Hause bleiben können. Warum sind wir nicht erst in einer halben Stunde aufgebrochen?«

»Weil der nächste Zug erst in Stunden fährt und ich diesen nicht versäumen wollte.«

»Sollen wir im Bahnhofscafé noch eine Melange trinken?«, schlug Lotte vor.

»Eine gute Idee«, fand Conrad.

Und so verbrachten sie die letzten Minuten vor seiner Abfahrt bei Kaffee und Kuchen. Sie plauderten über Conrads erste Skiversuche am Semmering und darüber, wie Elsa als Kind eine doppelte Portion Gulasch verputzt hatte, nur um an einem stürmischen Wintertag die warme Hütte nicht verlassen zu müssen. Elsa konnte Gulasch nicht ausstehen. Bei den Geschichten vergaß Elsa für einen Moment, dass sie eigentlich traurig sein sollte. Erst als Conrad in den Zug einstieg und sich aus dem Fenster lehnte, wurde ihr bewusst, dass es Wochen und Monate dauern würde, bis sie ihren Bruder wiedersah.

»Ich vermisse dich jetzt schon«, rief sie ihm nach, zückte ihr Taschentuch und winkte damit. Er konnte sie nicht mehr hören, der Zug fuhr ratternd und rauchend aus der Bahnhofshalle. Weder Elsas noch Lottes Tränen waren dem Ruß der Lokomotive geschuldet.

9

Casa Piccola

»Elsa, warum hast du uns nicht verraten, dass deiner Familie die Zuckerwarenfabrik gehört?« Edith konnte die Nachricht immer noch nicht fassen.

»Du hättest uns tonnenweise Schokowaffeln mitbringen und die Pausen zwischen den Lehrveranstaltungen versüßen können«, sagte Moritz. Er schien von der Neuigkeit am wenigsten beeindruckt.

Wie gewohnt saßen sie im Casa Piccola bei einer Melange. Seit Karo Elsas Geheimnis ausgeplaudert hatte, war Mona sehr still. Gedankenverloren rührte sie in ihrem Kaffee und warf Elsa immer wieder neugierige Blicke zu. Möglich, dass auch Neid und Bewunderung darin lagen. Dabei hatte Elsa nichts getan, was besondere Wertschätzung gerechtfertigt hätte.

»Ich bringe euch gerne Schokowaffeln mit«, sagte Elsa. Sie fühlte sich erleichtert, dass sie ihre Herkunft nicht mehr geheim halten musste. »Vom Kuchen in der Dose rate ich jedoch dringend ab. Der war in Kriegszeiten hilfreich, aber er schmeckt entsetzlich. Ich glaube, mein Onkel nimmt ihn demnächst aus dem Sortiment.«

»Oh, ich liebe die Waffeln, besonders die mit der Haselnusscremefüllung«, schwärmte Edith.

»Du solltest weniger ans Essen denken«, tadelte Mona. »Wenn du so weitermachst, wirst du noch kugelrund.« Sie selbst achtete auf ihr gutes Aussehen; dass die Freundin weniger Wert auf ihre Figur legte, schien sie ihr als Schwäche auszulegen.

»Wusstest du, dass Bosheit hässlich macht?«, fuhr Karo dazwischen. »Es bilden sich grausliche Falten an der Stirn, die einen aussehen lassen wie eine Hexe.« Sie beugte sich zu Mona und musterte ihr Gesicht. »Ich glaube, da oben ist schon so eine Hexenfalte.«

»Ach, halt doch den Mund«, fuhr Mona sie verärgert an.

Beschämt stellte Edith den Apfelstrudel zur Seite. Karo schob ihn wieder zu ihr. »Lass dir von Mona den Appetit nicht verderben«, sagte sie. »Du bist genau richtig, so wie du bist.«

»Na ja, vielleicht sollte ich wirklich nicht so viel Süßes essen. Aber ich habe eine Schwäche für Mehlspeisen.«

Elsa fand die Diskussion absurd. Sie mochte Ediths weiche Kurven und ihr rundes Gesicht. Die Freundin war einer der liebenswertesten Menschen, die sie kannte. Ihr Körper passte zu ihrem Wesen. Nie im Leben wäre sie auf die Idee gekommen, dass daran irgendetwas auszusetzen sei.

»Eine Menge Männer finden weibliche Rundungen anziehend«, sagte Karo.

Mona lehnte sich über den Tisch. Sie stützte ihren Ellbogen auf der Tischplatte ab: »Stimmt das, Moritz? Findest du Frauen mit Kurven hübsch?«

Die Frage überrumpelte Moritz. Verlegen sah er zu Elsa. Erwartete er Unterstützung von ihr?

»Ich kann euch verraten, wen Peter Koller interessant findet«, sagte Karo stolz.

»Wer ist Peter Koller?« Dankbar nahm Moritz den Faden auf. Karo hatte ihm eben eine Antwort auf Monas Frage erspart.

»Ein Schlossergeselle, mit dem ich einen herrlichen Tanzabend verbracht habe.«

Elsa lächelte wissend. Wenn Karo von Peter erzählte, konnte das nur bedeuten, dass er ihr klar signalisiert hatte, dass er an ihr interessiert war.

»Ihr habt übrigens wirklich etwas versäumt«, seufzte Karo. »Die Musik war hinreißend, echter Jazz aus New Orleans. Elsa kann es bezeugen. Sie hat getanzt, als hätte sie nie etwas anderes gemacht.«

»Keine Parteiparolen?«, fragte Moritz.

»Nicht eine einzige«, bestätigte Elsa.

»War sonst noch jemand dort, den ich kenne?«

»Otto Pfeifer.«

»Oh, ich kann mir vorstellen, wie der Abend gelaufen ist.« Moritz verzog das Gesicht.

Er schien Otto ebenso wenig ausstehen zu können wie umgekehrt. »Sicher hat Otto versucht, euch alle zur Sozialdemokratie zu bekehren.«

»Er ist eben von der Partei überzeugt. Das ist doch nicht schlecht«, sagte Elsa und war über ihre eigenen Worte überrascht. Sie hatte gerade Otto verteidigt, dabei hatte sie sich selbst an einigen seiner kompromisslosen Ansichten gestoßen. Gleichzeitig faszinierte sie sein Kampfgeist.

»Ich kenne ihn kaum«, gab Moritz versöhnlich zu. »Bei unserem letzten Treffen hat er alle, die nicht seiner Meinung waren, behandelt, als wären sie Menschen mit minderer Intelligenz. Jeder, der nicht aus der Arbeiterklasse stammt, wurde von ihm als Feind eingeordnet.«

»Ja, das beschreibt Otto sehr gut«, sagte Karo. »Er zeigt Missstände auf und will die Welt verändern. Dabei nimmt er kein Blatt vor den Mund. Vieles von dem, was er sagt, stimmt. Aber manchmal schießt er übers Ziel hinaus.«

»Ich mag keine Verallgemeinerungen«, sagte Moritz. »Nicht jeder Industrielle beutet Arbeiter aus, nicht alle Menschen, die Geld besitzen, sind böse, und es gibt auch unter den Arbeitern welche, die sich auf Kosten ihrer Kollegen bereichern. Die Welt ist weder schwarz noch weiß, sondern besteht aus einer ganzen Reihe von Grautönen.«

Elsa schwieg. Sie teilte Moritz' Meinung. Auch sie hatte mit Ottos Auftreten Probleme gehabt. Wenn da nicht sein verwegenes Lächeln und diese verdammt gute Art zu tanzen gewesen wären.

»Was ist jetzt mit diesem Peter Koller?«, wollte Edith wissen. Ihr Interesse galt nicht der Politik, sondern Karos Liebesleben.

»Er ist hinreißend«, seufzte Karo und begann, verträumt von ihrem Peter zu schwärmen. So hübsch, wie sie den jungen Schlossergesellen beschrieb, hatte Elsa ihn nicht in Erinnerung. Karo sprach von vollem blondem Haar und einem markanten männlichen Gesicht. Zum Glück waren die Geschmäcker verschieden, und Liebe machte bekanntlich blind. Elsa hütete sich davor, Karo zu korrigieren.

»Im Moment läuft alles genau so, wie ich mir das vorstelle«, sagte Karo zufrieden. Sie lehnte sich zurück und verschränkte die Hände hinter ihrem Nacken. »Ich habe die Anstellung in der Schule der Kinderfreunde und beginne dort schon nächste Woche. Meine freien Nachmittage werde ich in Zukunft mit dem nettesten Schlosser in ganz Wien verbringen. Ich besuche nie wieder langweilige Lehrveranstaltungen, dafür habe ich eigenes Geld, und mit etwas Glück entpuppt sich Peter als die Liebe meines Lebens. Was braucht es mehr?«

Elsa freute sich für die Freundin und hoffte, dass Karo den Abbruch des Studiums nicht bald bereute. Auch Moritz und Edith schienen ähnlich zu denken. Sie hielten sich mit Kommentaren zurück. Nur Mona war mit anderen Gedanken beschäftigt. Zerknirscht entschuldigte sie sich bei Edith für die böse Bemerkung über ihr Gewicht und lud die Freundin zur Wiedergutmachung auf eine zweite Tasse Melange ein.

Während sie darauf warteten, entwickelte sich zwischen Karo, Mona und Edith eine Unterhaltung über Tanzveranstaltungen und die Zukunft des Charleston. Elsa beteiligte sich nur mit halbem Interesse daran. Sie wusste, dass sie heute Abend noch eine Seminararbeit schreiben musste. Grund dafür war der Vormittag, den sie versäumt hatte, um Conrad zum Bahnhof zu begleiten. Sie bezahlte ihre Rechnung und verabschiedete sich von den anderen. Moritz schloss sich ihr an.

Als die beiden auf der Mariahilfer Straße standen, fragte er: »Hast du dir überlegt, welche Institutionen du besuchen willst?«

Elsa schlug sich mit der flachen Hand an die Stirn. »Das habe ich völlig vergessen.«

»An dem Vormittag, als du nicht da warst, mussten wir unsere Wünsche abgeben. Die Studenten, die sich in keine Liste eingetragen haben, bekommen die Restplätze.«

»Ach herrje, ich will gar nicht wissen, wo ich jetzt hingeschickt werde.« Elsa hätte sich selbst ohrfeigen können.

»Ich muss dir etwas gestehen«, sagte Moritz.

»Was denn?«

»Ich habe dich angemeldet.«

»Wirklich? Das ist ja großartig.« Augenblicklich hob sich ihre Laune wieder. Sie unterdrückte den Impuls, Moritz dankbar zu umarmen.

»Ich wollte nicht über deinen Kopf hinweg entscheiden«, entschuldigte sich Moritz. »Aber wenn ich dich nicht …«

Elsa fiel ihm ins Wort. »Ich bin sehr froh, dass du mich eingetragen hast. Vielen Dank. Was werde ich mir denn ansehen?«

»Die KÜST und ein Kinderheim am Wilhelminenberg.«

»Klingt wunderbar. Wirst du auch dabei sein?«

»Ja.« Elsa fand sein Lächeln hinreißend. Sie fühlte sich davon auf magische Weise angezogen. Ihr Blick war auf seine vollen Lippen gerichtet. Für einen kurzen Moment fragte sie sich, wie es wohl wäre, sie zu küssen.

»Moritz!« Monas Stimme riss Elsa aus ihren Überlegungen und ließ sie erschrocken zusammenzucken. Sie drehte sich um. Mona hatte ebenfalls das Kaffeehaus verlassen und stand nun hinter ihr.

»Bringst du mich nach Hause?« Monas Aufmerksamkeit war ausschließlich auf Moritz gerichtet. »Dann kann ich dir die Mitschrift vom Seminar bei Charlotte Bühler geben.«

Elsa hätte schwören können, dass sich die Unterlagen in Monas Tasche befanden. Sie hatte sie zuvor gesehen.

»Eigentlich muss ich in die entgegengesetzte Richtung«, meinte Moritz. Doch Mona hakte sich bereits bei ihm unter. »Du brauchst die Unterlagen für die Beobachtungsprotokolle«, erinnerte sie ihn. Energisch zog sie Moritz mit sich und verabschiedete sich von Elsa.

Die sah den beiden nach, bis sie in die nächste Seitengasse

einbogen. Mona lehnte ihren Kopf an Moritz' Schulter, und Elsa musste sich eingestehen, dass ihr die körperliche Nähe der beiden missfiel. War sie am Ende eifersüchtig? Das Leben wurde zunehmend kompliziert, und der Einzige, mit dem sie darüber hätte reden können, hockte auf dem Arlberg.

10

Palais Sonnstein

Marika hatte sich übertroffen und die besten Rinderrouladen gekocht, die Elsa seit Langem gegessen hatte. Dennoch war es ein trostloser Abend. Elsa vermisste Conrad. Wie lange würde es dauern, bis sie sich an den leeren Platz neben sich gewöhnte?

Schweigend kaute sie weiter. Die Stille wurde nur vom Ticken der Uhr und dem Klappern des Geschirrs unterbrochen.

»Was gibt es Neues am Pädagogischen Institut?« Lotte bemühte sich um ein Gesprächsthema.

»Ich werde die KÜST besuchen.«

»Was führt dich dorthin?«, wollte Jakob wissen.

»Im Rahmen einer Lehrveranstaltung sollen wir außerschulische pädagogische Einrichtungen kennenlernen.«

»Ich werde meinen Fuß kein zweites Mal in das Gebäude in der Lustkandlgasse setzen«, erklärte Jakob. Energisch zerschnitt er seine Roulade, dabei war das Fleisch so zart, dass es beinahe von allein zerfiel.

»Was gefällt dir an der KÜST nicht?«, fragte Elsa.

»Ich mag es nicht, wie Kinder dort abgewertet und von Experten in Kategorien eingeteilt werden. Ich war noch nie ein Freund der Eugenik.« Er legte sein Besteck zur Seite. »Sie macht mir Angst.«

»Was bitte schön soll das sein?«, wollte Mathilde Sonnstein wissen. Trotz der Wärme im Raum lag eine dünne Stola aus weicher Schurwolle auf ihren Schultern. Auch sie war mit dem Essen fertig und schob ihren Teller zur Seite. Sie hatte nur die Hälfte ihrer Roulade gegessen.

»Das ist die Erbgesundheitslehre. Seit Doktor Lazar seine Abteilung für Heilpädagogik an der Universitätsklinik etabliert hat, spricht man von nichts anderem mehr. Überall richtet man die Untersuchungen danach aus. Auch in meiner Abteilung. Ich sehe darin eine große Gefahr.«

»Ich kann mir auch unter dem Begriff Erbgesundheitslehre nichts vorstellen. Du musst etwas genauer werden, Jakob. Niemand an diesem Tisch ist Mediziner.«

Elsa sah, wie ihr Vater unmerklich zusammenzuckte. Es war sicher nicht die Absicht ihrer Großmutter gewesen, ihren Sohn daran zu erinnern, dass der andere Arzt der Familie am Arlberg war.

»Die Eugenik gilt in vielen Ländern Europas und in den Vereinigten Staaten als wissenschaftlicher Zugang zur Bevölkerungsplanung«, erklärte Jakob. »Man glaubt, dass man mit einer positiven Eugenik die Fortpflanzung der wünschenswerten Bevölkerungsgruppen fördern und mit einer negativen die unerwünschten Gruppen reduzieren kann.«

»Das klingt doch nach einer großartigen Idee«, meinte Mathilde. »Auf diese Weise gäbe es nur noch gesunde und kluge Menschen auf dieser Welt.«

»Großmutter, wie kannst du das sagen«, empörte sich Elsa. »Es gibt kein unerwünschtes Leben.«

»Selbstverständlich gibt es das«, antwortete Mathilde.

»Mutter meint die Asozialen und die Kriminellen«, ergänzte Onkel Simon. Er sah dabei nicht von seinem Teller auf.

»Niemand wird als Asozialer oder Krimineller geboren«, sagte Elsa überzeugt. »Es sind die Umstände, die ihn dazu machen.«

»So ein Unsinn«, widersprach Simon. »Das würde ja bedeuten, dass man alle Bösewichte, die stehlen oder morden, von ihrer Schuld freispricht. So nach dem Motto, der Mensch kann nichts dafür, dass er ist, wie er ist.«

»Das will ich damit nicht sagen«, sagte Elsa. »Aber jeder Mensch verdient es, dass man sich eingehend mit ihm auseinandersetzt und nach dem Warum seines Handelns fragt.«

»Und was ist mit den Behinderten, den Schwachsinnigen und den Krüppeln?«, fragte Mathilde. »Wollt ihr mir einreden, dass sie auch eine wünschenswerte Bevölkerungsgruppe sind?«

»Ja natürlich«, antwortete Elsa.

»Seht ihr, genau diese Debatte macht mir Sorgen«, unterbrach Jakob sie. »Wer bestimmt, welche Bevölkerungsgruppe mehr Recht auf Leben hat als eine andere?«

Er holte Luft, bevor er weitersprach. »Heute sind es die Asozialen, die ausgegrenzt werden und auf die man mit dem Finger zeigt. Wer sagt uns, dass es morgen nicht die politisch Andersdenkenden oder die Juden sind?«

Mathilde tat seine Worte mit einer wegwerfenden Handbewegung ab. »Die Verfolgung von uns Juden hat nichts mit deiner merkwürdigen Wissenschaft zu tun, sondern ist auf dem Mist der anderen Religionen gewachsen.« Sie warf Lotte einen vorwurfsvollen Blick zu, als würde sie als Katholikin allein schuld daran sein.

»Mit der Eugenik bekommt die Ausgrenzung bestimmter Bevölkerungsgruppen wissenschaftliche Legitimation. Ganz egal, was gerade als lebenswert erachtet wird. Kinder werden beobachtet und in Kategorien eingeteilt, die die Wissenschaftler ständig verändern. Man steckt sie in Schubladen, aus denen sie ihr Leben lang nicht mehr herauskommen. Das ist gefährlich.«

»Ach Jakob!« Mathilde schüttelte den Kopf. »Der Krieg hat dich zum Pessimisten gemacht. Du siehst überall Gespenster.«

Nun zuckte Lotte zusammen. Elsas Großmutter hatte ein sicheres Händchen, wenn es darum ging, die falschen Worte zu finden. Jeder in der Familie wusste, dass Lotte unter den Kriegsgespenstern ihres Mannes litt.

»Möglich«, meinte Jakob finster. »Aber wer miterlebt hat, wie Erwin Lazar Kinder wie Versuchskaninchen behandelt und anhand seiner Beobachtungen sich erdreistet, alles über diese Kinder zu wissen, um sie anschließend in ein passendes Heim zu stecken, der denkt vielleicht wie ich. Es hat einen Grund, warum seine Heilpädagogische Abteilung von den Psychoanalytikern mit Skepsis betrachtet wird. Kluge Männer wie August Aichhorn oder Sigmund Freud kritisieren ihn offen. Trotzdem bekommt Lazar von der roten Stadtregierung riesige Geldbeträge für seine Forschung.«

»Mir wird die ganze Diskussion zu wissenschaftlich. Behinderte Kinder sind weniger wert als gesunde. Daran wird sich niemals etwas ändern«, sagte Mathilde bitter. »Elsa, kannst du mir bitte die Schüssel mit der Soße reichen?«

»Ja natürlich.« Sie gab auf und erwiderte nichts mehr. Ganz egal, wie lange sie noch debattierten, an der Meinung ihrer Großmutter würde sich nichts ändern.

Das schienen auch die anderen am Tisch so zu sehen.

Jakob richtete seine Aufmerksamkeit auf Elsa. »Wann machst du die Exkursion in die KÜST?«

»Morgen.«

»Ich bin sehr gespannt, was du darüber erzählen wirst.«

Das war Elsa nach diesem Gespräch auch. Ihre Unvoreingenommenheit war dahin.

11

Palais Sonnstein

»Findest du nicht auch, dass deine Mutter zuvor seltsam reagiert hat?« Lotte saß vor ihrer Frisierkommode und kämmte mit der Bürste ihr kurzes Haar. Jakob lag bereits im Bett. Er las in einer Fachzeitschrift. Seit einem Jahr trug er dazu eine Brille. Die nahm er ab, als er zu Lotte schaute.

»Ich kann mich nicht daran erinnern, dass meine Mutter jemals nicht seltsam reagiert hätte. Sie ist eben meine Mutter.«

Lotte stand auf und drehte sich zu Jakob. Sein Anblick jagte ihr einen wohligen Schauer über den Rücken. Auch nach über zwanzig Jahren Ehe fühlte sie sich mit jeder Faser ihres Körpers zu ihm hingezogen. Sie liebte sein kantiges Gesicht, seine unordentlichen Locken und seinen sehnigen Körper. Einladend schob er die Decke zur Seite. Bereitwillig kletterte Lotte zu ihm und schmiegte sich an ihn.

»Heute ist ein Brief von Conrad gekommen. Willst du ihn lesen?«

Sie spürte, wie Jakobs Körper sich verkrampfte.

»Ich nehme an, dass der Brief an dich gerichtet ist.«

»Ja«, gab Lotte zu. »Aber ich dachte, dass du vielleicht wissen willst, wie es ihm geht. Er ist dein Sohn.«

»Ich weiß, dass Conrad mein Sohn ist.« Jakob setzte sich

auf. Und auch Lotte, deren Kopf eben noch auf seiner Brust gelegen hatte, musste sich aufrichten.

»Er ist über euren Streit ebenso unglücklich wie du«, fuhr Lotte fort.

»Schreibt er vom Skifahren?«

»Nicht nur, aber natürlich auch davon. Er hat eine Anstellung bei Hannes Schneider bekommen und wohnt bei ihm, bis er etwas anderes gefunden hat.«

»Dieser Hannes Schneider wäre bei den Dreharbeiten zu dem Film *Der heilige Berg* beinahe in einer Felsspalte umgekommen. Ärzte haben ihn zusammenflicken müssen. Sein Leben bedeutet dem Kerl gar nichts, und unser Sohn will so werden wie er.«

»Du kennst Herrn Schneider doch gar nicht«, erwiderte Lotte. »Wer in den Bergen unterwegs ist, trägt immer ein gewisses Risiko. Aber das nimmt man in Kauf. Es hat Zeiten gegeben, da hast du genauso gedacht wie Conrad. Du hast die Schönheit der Berge genossen, dich am Anblick eines Gipfels erfreut und in der Natur Erholung und Kraft gefunden.«

Jakob wandte sich von ihr ab. »Berge und Schnee bedeuten Gefahr. Sie bringen den Tod«, sagte er düster.

»Nein, Jakob, das tun sie nicht. Es gibt keinen erhabeneren Moment, als auf einem Gipfel zu stehen und hinunter ins Tal zu schauen. Die Probleme verlieren an Bedeutung. Man fühlt sich demütig und dankbar, dass man den Augenblick genießen darf. Conrad will genau diesen Moment immer und immer wieder spüren. Er macht seine Leidenschaft zu seinem Beruf. Er ist glücklich am Arlberg. Kannst du dich nicht ein bisschen mit ihm darüber freuen und ihm das sagen?«

»Ich soll mich darüber freuen, dass er sich jeden Tag der Gefahr aussetzt, von einer Lawine überrollt zu werden?« Jakobs Blick wurde unstet. »Conrad weiß, wie ich zum Bergsport stehe, und er ist trotzdem gegangen.«

»Ja, und er weiß, dass er dich damit verletzt hat. Aber was hätte er denn tun sollen? Auf seinen Traum verzichten? Weil du im Krieg Schreckliches erlebt hast? Er muss seine eigenen Entscheidungen treffen. Genau wie du das gemacht hast, als du in seinem Alter warst.«

»Das ist nicht fair, Lotte«, sagte Jakob. »Ich habe Angst um Conrad.«

»Ist es wirklich nur das?« Ihre Stimme wurde sanfter. »Oder ist dein Stolz gekränkt, weil Conrad nicht in deine Fußstapfen tritt und wie du Arzt werden will?«

»Nein, das ist es nicht«, sagte Jakob. »Und das weißt du ganz genau. Conrad soll werden, was er will. Ich kann bloß den Gedanken nicht ertragen, dass er vielleicht gerade jetzt, während wir gemütlich im Bett sitzen und reden, irgendwo unter einer Schneedecke liegt und jämmerlich erstickt.« Der Schatten, den Lotte so hasste, legte sich wieder über Jakobs Gesicht. Die Farbe wich von seinen Wangen, und auf seiner Stirn bildeten sich winzige Schweißtropfen. Die Angst kroch seinen Körper hoch und umfasste sein Herz mit eiserner Faust.

»Jakob, du musst dieses Bild loswerden«, sagte Lotte ernst. Auch sie fand die Vorstellung von der Lawine schrecklich und wollte sie auf keinen Fall in ihrem Kopf behalten. »Conrad liegt nicht unterm Schnee, er sitzt wahrscheinlich vor einem knisternden Kamin und überlegt, wie er seine Skitechnik morgen verbessern kann.«

Sie bezweifelte, dass ihre Worte zu Jakob durchdrangen.

»Kannst du das Bild vom Kamin sehen? Ich bin sicher, Conrad trinkt heiße Schokolade oder Milch mit Honig. Du weißt doch, wie sehr er Süßes mag.«

Lotte flehte Jakob förmlich an. Sie wünschte so sehr, dass er heute Nacht nicht zitternd neben ihr aufwachen würde. Aber sosehr sie sich bemühte, der Kampf gegen die Erinnerungen ähnelte dem gegen Windmühlen.

»Er hat seinen roten Pullover an, und seine Locken stehen ihm vom Kopf ab, genau wie deine. Jetzt lacht Conrad. Kannst du ihn hören?« Lotte fasste in Jakobs Haar. Langsam entspannten sich seine Züge, sein rasendes Herz schlug wieder langsamer. Lotte horchte abwartend. Sie wagte es kaum zu atmen. Aber Jakobs Herzschlag normalisierte sich. Erleichtert stieß sie die Luft aus. Jakob hatte gerade einen kleinen Sieg errungen. Er hatte in seinen Gedanken ein fröhliches gegen ein düsteres Bild eingetauscht.

»Conrad ist glücklich am Arlberg.« Lotte lachte. Sie zog Jakob zu sich und küsste ihn zärtlich.

Als sich ihre Lippen wieder voneinanderlösten, fragte Jakob: »Wo liegt Conrads Brief?«

»Auf meiner Frisierkommode. Soll ich ihn holen?«

»Später!« Jakob schloss Lotte in seine Arme. Gemeinsam sanken sie zurück in die Kissen. Es war nur ein kleiner Etappenerfolg auf einem langen, beschwerlichen Weg, aber er gab Lottes Hoffnung neue Nahrung.

12

Kinderübernahmestelle KÜST

Elsa hatte sich den Wecker gestellt und Ferdinand gebeten, an ihrer Tür zu klopfen, damit sie rechtzeitig aufstand und nicht zu spät in die Lustkandlgasse kam. Leider musste sie auf Marikas reichhaltiges Frühstück verzichten. Stattdessen leerte sie rasch eine Tasse Milchkaffee und schnappte sich ein Kipferl aus dem Korb, der auf dem Esstisch stand. Im Gehen biss sie davon ab.

»Das Frühstück ist die wichtigste Mahlzeit am Tag«, mahnte ihre Großmutter sie, die bereits die dritte Tasse Tee trank und in der Morgenausgabe der *Presse* las.

»Morgen wieder!« Elsa winkte und lief die Treppe zur Eingangstür hinunter. Es hatte in der Nacht zum ersten Mal gefroren. Auf den Pfützen des Vortages lag eine dünne Eisschicht. Der Himmel war wolkenverhangen. Mit etwas Glück würde es heute vielleicht zum ersten Mal in diesem Jahr schneien. Elsa schlüpfte in ihre Fäustlinge, zog die Mütze tiefer in die Stirn und ging zur Ringstraßenbahn. Um diese Uhrzeit waren die Waggons völlig überfüllt. Elsa drängte sich gemeinsam mit anderen Menschen ins Wageninnere. Eingekeilt zwischen zwei Männern hielt sie sich an einer Lederschleife fest, die von der Wagendecke baumelte. Einer der beiden stank nach Schweiß, der andere musste

Fischhändler sein. Elsa versuchte, durch den Mund zu atmen. Schlechte Gerüche waren ihr ein Graus. Erleichtert sprang sie aus dem Wagen, als dieser nur wenige Straßenzüge von der KÜST entfernt anhielt. Sie schaffte es, zehn Minuten vor dem vereinbarten Zeitpunkt in die Lustkandlgasse einzubiegen. Moritz wartete trotzdem schon. Mit einem Buch in der Hand lehnte er an der Hausmauer und war so in seine Lektüre vertieft, dass er Elsa erst bemerkte, als sie direkt vor ihm stand.

»Oh, du bist schon da.« Überrascht schob er sein helles Haar aus der Stirn.

»Warum kommen alle Menschen immer viel zu früh zu vereinbarten Treffpunkten?«, fragte Elsa.

»Wahrscheinlich weil es meist schwierig ist, die Zeit genau zu bemessen. Einmal fahren die Straßenbahnen pünktlich, dann wieder wartet man ewig, oder man bekommt keinen Platz mehr und muss die nächste nehmen. Es ist klug, wenn man immer ein wenig Spielraum einplant und ein Buch dabeihat.« Er hielt seines in die Höhe.

»Was liest du?«

»*Der Zauberberg* von Thomas Mann.«

»Und gefällt es dir?«

Moritz neigte den Kopf unschlüssig zur Seite. »Ich bin mir nicht sicher, ob der Arzt Dr. Krokowski der Seelenzergliederer Sigmund Freud sein soll.«

»Würdest du mir das Buch empfehlen?«

»Kommt darauf an, was du gerne liest.«

Elsa zögerte. Was auf ihrem Nachtkästchen lag, zählte nicht zur intellektuellen Lektüre.

»Jane Austen«, gab sie zu.

»Dann rate ich definitiv davon ab.«

Moritz machte sich nicht über sie lustig, wofür sie ihm sehr dankbar war.

»Juhu!« Von der anderen Straßenseite winkten ihnen Mona und Edith zu. Sie hatten sich ebenfalls für die KÜST entschieden. Mona sah wie immer umwerfend aus in ihrem weinroten Mantel und der dazu passenden Mütze. Sogar ihr Lippenstift hatte denselben Farbton. Ob Moritz auch auffiel, wie perfekt sie aussah? Ediths Gesicht war von einem selbst gestrickten Schal vermummt.

»Lasst uns gleich hineingehen«, sagte sie zitternd. »Es ist so kalt.«

Durch einen breiten Bogen gelangten sie in den Arkadenhof des L-förmig angelegten Gebäudes. Großzügige Sonnenterrassen auf drei Stockwerken und ein Spielplatz vermittelten den Eindruck, dass Kinder sich hier wohlfühlen sollten. Im Moment waren Terrassen und Spielplatz leer, was dem Wetter geschuldet war. Zentrum des Hofs bildete ein Brunnen mit einer lebensgroßen Frauengestalt aus Marmor. Sie hielt schützend ihre Arme um eine Gruppe Kinder. Umgeben wurden sie von bronzenen, wasserspeienden Schlangen, die symbolisch für alle möglichen Krankheiten standen. Im Moment spuckten die Reptilien kein Wasser. Die Skulptur war dennoch beeindruckend und stand als Sinnbild für die Fürsorge der Stadt, die sich um ihre hilfsbedürftigen Kinder kümmerte und sie vor Schaden bewahrte.

Sie umrundeten das Kunstwerk und gingen zum Haupteingang. Moritz öffnete die schwere Doppelflügeltür aus Holz und Glas und hielt sie für seine Begleiterinnen auf. Auch andere Studenten waren bereits ins Warme geflüchtet. Ein Mitarbeiter der KÜST, ein Mann in einem weißen Mantel, der ihn als Arzt oder Psychologe auszeichnete, hielt ein Klemmbrett in der Hand. Er war in etwa im Alter von Elsas Vater, hatte aber kaum noch Haare auf dem Kopf und war fast doppelt so breit wie hoch.

»Moritz Grün, Elsa Sonnstein, Mona Stocker und Edith Krakowski?«, fragte er über den schmalen Rand seiner Brille hinweg.

Alle vier nickten, woraufhin der Mann ihre Namen aus einer Liste auf seinem Brett strich.

»Wunderbar«, sagte er. »Dann sind wir vollständig und können mit unserem Rundgang beginnen. Ich bin Doktor Heimlich, der stellvertretende medizinische Leiter. Bitte kommen Sie weiter.«

Über eine Treppe führte er die Gruppe ins Obergeschoss. Die Wände des Treppenhauses waren kahl und erinnerten an ein Krankenhaus. Nirgendwo hingen Kinderzeichnungen oder Bilder, über die Kinder sich freuen würden.

»Ich werde Ihnen heute Einblick ins Herzstück des modernsten und effektivsten Fürsorgesystems Europas gewähren. Jede Woche kommen zahlreiche Wissenschaftler aus aller Herren Länder, um von uns zu lernen und unsere bahnbrechenden Ideen mit nach Hause zu nehmen«, erklärte Doktor Heimlich stolz. »In den letzten Jahren ist es uns gelungen, die Zahl der Kinder, die an Tuberkulose, Rachitis und anderen Krankheiten leiden, drastisch zu reduzieren. In Wien soll kein Kind an einer Krankheit leiden, die vermieden werden kann. In diesem Zentrum landen all jene Kinder, die ihren Eltern abgenommen werden müssen. Wir beobachten und behandeln sie. Seit ein paar Wochen haben wir sogar eine zahnmedizinische Abteilung.« Er klang wie ein Museumsführer, der staunenden Besuchern kostbare Kunstschätze präsentierte. »Nachdem wir die Kinder medizinisch mit allem versorgt haben, was sie brauchen, beobachten unsere Ärzte und Psychologen die Schützlinge. Nach drei bis vier Wochen entscheiden wir gemeinsam, was mit den Kindern passieren soll. Die meisten werden in einem unserer neuen Kinderheime untergebracht, wo ebenfalls exzellente Arbeit auf höchstem Niveau geleistet wird. Andere kommen zu Pflegefamilien, und die allerwenigsten werden wieder nach Hause entlassen.« Elsa war sich sicher, dass der Mann seinen Text auswendig gelernt hatte und ihn im Schlaf hätte aufsagen können. »Versorgt werden die Kinder von eigens ausgebildeten Erzieherinnen.«

Moritz lehnte sich zu Elsa. »Das ist die Aufgabe, die unsere Karo ab jetzt erledigt.«

Doktor Heimlich warf ihm einen strengen Blick zu. Offenbar war er es nicht gewohnt, dass geplaudert wurde, während er sprach. Sie hatten nun einen lichtdurchfluteten Gang erreicht, von dem mehrere Türen abgingen. Die Wände der dahinterliegenden Zimmer waren jedoch nur bis auf Hüfthöhe gemauert. Darüber war alles aus Glas, quadratische Scheiben, die durch weiß gestrichene Holzrahmen zusammengehalten wurden. Sogar die Türen waren aus Glas.

»Die Schlafräume der Kinder verfügen über große Sonnenterrassen. Sicherlich haben Sie sie vom Hof aus gesehen«, erklärte Doktor Heimlich.

Elsa schaute ins Innere. Schmale Kinderbetten, einige waren vergittert, reihten sich eng aneinander. Die meisten davon waren leer. Aber nicht alle. Es gab einen Raum, in dem jüngere Kinder schliefen. Eine Frau in einer Krankenschwesteruniform saß zwischen den Betten. Sie trug eine weiße Schürze über einem grauen Kleid. Auf dem Kopf hatte sie eine gestärkte Haube.

»All unsere Räume sind durch Glaswände einsehbar. Auf diese Weise können wir die Kinder beim Spielen, beim Schlafen und sogar beim Essen und im Waschraum beobachten.«

»Das ist großartig«, sagte eine der Studentinnen. Eine andere pflichtete ihr bei.

Doktor Heimlich nahm das Lob wohlwollend entgegen. »So können wir das Verhalten unserer kleinen Patienten genauestens studieren. Selbst die winzigsten Veränderungen bleiben nicht unbemerkt.«

Elsa fand all das Glas beängstigend. Sie fragte sich, wie die Kinder sich wohl fühlten, und musste an die Diskussion mit ihrem Vater denken. Hatte er die Kinder nicht mit Versuchskaninchen verglichen? Die Szene erinnerte Elsa an das Kuriositätenkabinett im Wurstelprater. Dort konnten Menschen und Tiere bestaunt werden, die aus irgendeinem Grund nicht der Norm entsprachen. Entweder waren sie zu groß oder zu klein geraten, hatten drei Arme, keine Nase oder einen Buckel. Die armen Kreaturen wurden dem sensationslustigen Publikum gegen Geld gezeigt. Elsa hatte es nie gewagt hinzusehen aus Sorge, die Ausgestellten mit ihrer Neugier zu verletzen. Wohin sollte sie jetzt ihren Blick richten?

Doktor Heimlich blieb vor einem der Räume stehen. Hinter der Glasscheibe saß ein kleines Mädchen auf einem Bett. Sie war ungefähr zehn Jahre alt. Ihr Oberkörper war nackt, auf ihrer Brust zeigten sich die ersten Rundungen. Der Grund für ihren nackten Zustand waren dicke rote Striemen und Blutergüsse, die sich quer über ihren Rücken zogen. Eine Krankenschwester versorgte die Wunden mit Desinfektionsmittel.

»Dieses Mädchen hat die Fürsorgerin sofort mitgenommen. Sie ist seit gestern bei uns. Ihre Mutter ist

Alkoholikerin, und ihr Vater ein arbeitsloser Invalide aus dem Krieg.«

Ein entsetztes Raunen ging durch die Gruppe.

»Um Himmels willen, wer tut seinem Kind so etwas an?«, fragte Mona entsetzt. »So was kann nur der unterste Abschaum der Gesellschaft machen.«

»Da irrst du«, antwortete Moritz. »Gewalt zieht sich durch alle Gesellschaftsschichten.«

Etwas in seiner Stimme ließ Elsa aufhorchen. Sie drehte sich zu ihm. Für einen Moment trafen sich ihre Blicke. Elsa konnte nicht mit Sicherheit sagen, was ihr die hellgrünen Augen zu sagen versuchten, aber es war eine traurige Geschichte, das stand fest. Jemand aus der Gruppe stieß mit dem Ellbogen gegen die Glasscheibe. Das Mädchen im Glaszimmer zuckte zusammen. Sie wandte sich um und legte schützend ihre Hände vor die Brust. Die Scham und der Ärger in ihrem Gesicht waren unübersehbar. Nun verstand Elsa, warum ihr Vater nie wieder einen Fuß in die KÜST setzen wollte. Auch wenn die Beweggründe der Wissenschaftler wohl gut gemeint waren und man das Leid der Kinder schmälern wollte, so waren die Demütigungen, denen die kleinen Patienten ausgesetzt wurden, unerträglich. Wie sollte dieses Mädchen jemals vergessen, dass eine ganze Gruppe Studenten seinen halb nackten, geschundenen Körper gesehen hatte?

Benommen ging Elsa weiter. Sie hörte nur noch die Hälfte von dem, was Doktor Heimlich erzählte. Elsa bemühte sich, nicht wie ein Zoobesucher in die Glaszimmer zu starren. Aber es war fast unmöglich. Alles in diesem Gebäude schien aus Glas zu sein. Sie gingen an mehreren Schlafräumen, Spiel- und Lernzimmern vorbei. Doktor Heimlich sprach von sechzehntausend Kindern, die letztes Jahr von der Fürsorge übernommen worden waren. Elsa wurde schlecht. Keines der Kinder, die hier untergebracht waren, lachte. Es war gespenstisch still, dabei lebten augenblicklich hundertsechzig Kinder in dem Gebäudekomplex. Sogar in den Spielzimmern, wo Puppenhäuser, Blechautos und Bausteine zum Spiel einluden, gab es kein Lachen. Vor einem Raum, von dem Doktor Heimlich erklärte, dass hier die besonders schwierigen Fälle untergebracht würden, erweckte ein kleiner, blasser Junge mit schwarzem Haar Elsas Interesse. Sein Aussehen erinnerte sie an Conrad. Er hatte eine ähnlich zarte Figur, wie ihr Bruder in dem Alter gehabt hatte, und dieselben dunklen Locken. Er stand völlig verloren in einer Ecke, hielt sich an seinem eigenen Hemd fest und starrte mit resigniertem Blick an die Wand. Er schien weder die Spielsachen noch die anderen Kinder wahrzunehmen.

»Was ist mit dem Jungen?«, fragte sie betroffen.

Bereitwillig antwortete Doktor Heimlich: »Das ist Werner. Wir haben ihn vor vier Wochen seiner Mutter abgenommen. Eine Alleinerzieherin, die ihn nicht versorgen konnte. Die Frau hat selbst kaum genug zum Essen und ist den ganzen Tag auf Arbeitssuche. Wir wissen nicht mal genau, wie alt er ist. Die Mutter behauptet, dass er sieben sei. Aber bei seiner mageren Statur ist das schwer zu sagen, vielleicht ist er älter. Er hätte im Herbst mit der Schule beginnen sollen. Aber das war nicht möglich. Wir haben ihn hier wieder aufgepäppelt. Seine Mutter ist immer noch ohne Arbeit, weshalb wir ihn nächste Woche in ein Heim schicken werden. Leider scheint der Junge schwachsinnig zu sein. Er spricht nicht und reagiert auf niemanden von uns.

Er schaut uns nicht einmal an und hält keinen Blickkontakt.«

Elsa wünschte, sie könnte in den gläsernen Raum gehen und mit dem Jungen sprechen. Seine verlorene Körperhaltung rührte sie. Aber schon ging Doktor Heimlich weiter. Gerade als sie sich abwenden wollte, hob der Junge den Kopf. Seine Augen waren heller als die von Conrad. Er sah unendlich traurig aus, aber nicht schwachsinnig. Elsa lächelte ihm zu und winkte ihm. Für einen winzig kleinen Moment hob der Junge seine Mundwinkel.

»Kommen Sie, wir müssen weiter. Sie haben erst einen Bruchteil unserer Einrichtung gesehen.« Elsa wollte dem Arzt sagen, dass der Junge zaghaft gelächelt habe, aber als sie erneut zu ihm schaute, war sein Blick wieder auf die Wand gerichtet und leer.

Danach führte Doktor Heimlich sie durch die ärztlichen Untersuchungszimmer, wo Waagen, Messlatten und eine Untersuchungsliege standen. Daneben lag der Besprechungsraum der Mitarbeiter. Hier saßen drei Krankenschwestern und Erzieherinnen. Sie alle hatten dieselbe Kleidung an, weshalb nicht klar war, wer welche Aufgabe innehatte. Sie machten eine Kaffeepause. Als krönenden Abschluss präsentierte Doktor Heimlich einen Plan, der den weiteren Ausbau des Kinderspielplatzes zeigte.

»Außerdem wäre ein kleines Schwimmbecken wünschenswert«, sagte er. »Im Sommer können die Kinder im Brunnen im Hof planschen, aber jetzt, da der Winter vor der Tür steht, ist das leider nicht mehr möglich. Dabei hat gerade das Spiel mit Wasser auf viele unserer kleinen Patienten eine sehr beruhigende Wirkung.«

Als die offizielle Führung endlich zu Ende war, konnte Elsa es kaum erwarten, den Glaspalast wieder zu verlassen. Moritz schien es ähnlich zu ergehen, auch er drängte wieder ins Freie und ließ einen weiteren Rundgang durch Schlaf- und Speisesäle aus. Edith und Karo hatten es nicht ganz so eilig. Sie nutzten die Gelegenheit und folgten den anderen, um noch mehr Kinder im Elend zu beobachten.

»Wir warten draußen«, sagte Moritz.

Wieder im Freien atmete Elsa erleichtert durch. Es fühlte sich an, als hätte sie Tage in dem beklemmenden Gebäude verbracht und nicht nur ein paar Stunden. Auch Moritz holte tief Luft. Sie schwiegen beide eine Weile betroffen und gingen wortlos über den Hof zum Brunnen.

»Ich finde die Wände aus Glas entsetzlich«, platzte Elsa heraus. »Die armen Kinder müssen sich ständig beobachtet fühlen.«

»Genau das ist es, worauf man in der Institution so stolz ist«, entgegnete Moritz.

»Aber das muss doch furchtbar sein. Stell dir das mal vor. Du wirst rund um die Uhr überwacht und von Experten angeschaut, als wärst du ein kleines Monster. Wie soll denn da ein Spiel entstehen?«

Elsa erinnerte sich an die schönsten Momente ihrer Kindheit. Es waren Nachmittage gewesen, die sie unbeobachtet mit Conrad gespielt hatte.

»Hm.« Moritz blieb eine Antwort schuldig.

Sie hatten die große Marmorstatue erreicht. Genau in dem Moment begann es zu schneien. Zuerst waren es bloß winzig kleine Kristalle, aber rasch fielen dicke, weiche Schneeflocken sanft vom Himmel.

»Oh, sieh nur«, sagte Elsa. »Der erste Schnee!«

Die Luft roch mit einem Mal sauber. Elsa liebte diese Frische. Sie streckte die Arme zur Seite, schaute in den Himmel und drehte sich langsam im Kreis. Die Flocken legten sich auf den dunklen Wollstoff ihres Mantels und schmolzen langsam. Der Schnee vertrieb nicht nur den Gestank der Stadt, sondern auch die Bilder der Kinder im Gebäude hinter ihr. Sie schlüpfte aus einem Handschuh, drehte ihre Handfläche nach oben und versuchte, ein paar der Flocken zu fangen. Kaum landeten sie auf ihrer Haut, verwandelten sie sich zu Wasser.

Moritz beobachtete sie amüsiert.

»Du magst den Schnee.«

»Ich liebe ihn«, seufzte Elsa. Immer dichter fiel die weiße Pracht vom Himmel. Innerhalb kürzester Zeit bildete sich eine dünne Schneedecke auf den Grünflächen des Hofs. Auch die Skulptur der Magna Mater bekam einen Überzug und sah aus, als würde sie die Kinder und sich selbst in einen Mantel aus Eis hüllen. Der Schnee schluckte die Verkehrsgeräusche, die von der Straße in den Hof drängten. Alles wirkte plötzlich freundlicher, stiller und friedlicher. Es war erstaunlich, wie schnell sich das Leben verlangsamte, sobald dunkle Wolken Schnee ausschütteten. Elsa atmete die saubere Luft gierig ein, damit auch der letzte Rest ihrer Lunge sich damit füllte.

»Ob die Kinder am Nachmittag in den Hof zum Spielen dürfen?«, fragte sie. »Den Schnee bloß von den Sonnenterrassen aus zu sehen wäre ein Jammer.«

»Ich wünsche es ihnen«, bekräftigte Moritz. »Wobei ich es nicht glaube. Hier könnte den Experten eine Verhaltensänderung entgehen.«

»Es macht mich wütend, wenn ich darüber nachdenke, wie man mit diesen armen Kindern umgeht«, sagte Elsa.

»Hm.« Wieder schwieg Moritz.

Elsa strich mit ihrem Zeigefinger durch die dünne Schnee-schicht auf der Marmorfigur. Sie hoffte, dass die Kinder am Nachmittag dasselbe tun durften.

»Mein Bruder, meine Mutter und ich haben jedes Jahr den ersten Schnee mit Kakao gefeiert«, erzählte Elsa.

»Wirklich?«

»Ja, wir haben einen winzigen Schneemann gebaut und am Abend heißen Kakao mit Zimt und Vanille getrunken.«

»Das klingt nach einer sehr netten Tradition.« Moritz lä-chelte.

»Was hast du mit deiner Schwester im Schnee gespielt?« Elsa dachte an Schneeballschlachten und Rodeln, an Schnee-skulpturen und Skifahren.

»Ich war in einem Internat. Wenn unser Lateinlehrer die Pausenaufsicht hatte, durften wir in den Hof, aber zu Hause im Garten haben meine Schwester und ich nie gemeinsam gespielt.«

»Auch nicht in den Ferien?« Elsa konnte das nicht glau-ben.

»Sybille ist zehn Jahre älter.«

»Das hält einen doch von einer Schneeballschlacht nicht ab.«

»Wir haben nie im Garten gespielt«, wiederholte Moritz ernst.

»Weder im Winter noch im Sommer?«

»Nein.«

»Aber wozu habt ihr dann einen Garten?«

Moritz musste über Elsas fassungslose Frage lachen. »Meine Mutter pflegt ihre Rosenstöcke, und mein Vater kümmert sich um die Blumenbeete und das Gewächshaus.

Jeder Busch und jeder Strauch ist akkurat zugeschnitten. Der Garten ist ein kleines Kunstwerk.« Moritz sah sie eindringlich an. »Du würdest ihn hassen.«

»Das klingt nicht sehr lustig«, sagte Elsa betroffen. Die Bilder ihrer eigenen Kindheit zogen an ihr vorbei. Die Sommer am Attersee. Erinnerungen an kleine Geheimnisse in selbst gebauten Hütten aus Blättern und Ästen, Wanderungen in den Bergen, Fangen spielen im Garten der Tanten. Lachen, Freude und Abenteuer. Aufgeschlagene Knie und selbst gemachte Himbeermarmelade mit den Früchten aus dem Wald. Sie behielt alles für sich. Moritz sah jetzt schon niedergeschlagen genug aus. Trotz des Schnees und der warmen Erinnerungen fröstelte Elsa plötzlich. Sie begann zu zittern.

»Komm«, sagte Moritz und zog sie mit sich unter den Torbogen. Dazu ergriff er genau wie in Schönbrunn ihre Hand. Leider konnte Elsa seine Finger nicht spüren, da ihre Hände wieder in Fäustlinge verpackt waren.

Sie schauten zurück zum Gebäude mit den gläsernen Innenwänden.

»Glaubst du, dass einige der Kinder zu Hause glücklicher wären?«, fragte Elsa.

»Man kann Kinder nicht früh genug aus Familien nehmen, in denen sie geschlagen werden«, erwiderte Moritz.

Elsa musste an das Mädchen mit dem verletzten Rücken denken. »Warum fügen die Experten den Kindern noch weiteres Leid zu, wenn sie ständig behaupten, dass ihnen das Wohl ihrer Patienten am Herzen liegt?«

»Wie meinst du das?«

»Nimm als Beispiel das Mädchen mit den Wunden auf dem Rücken. Muss sie sich nicht furchtbar geniert haben?

Wir alle wissen jetzt, dass sie von ihren Eltern geschlagen wurde. Von den Menschen, die sie eigentlich lieben sollten. Reicht es nicht, wenn ein Arzt davon weiß? Warum wird sie uns allen vorgeführt wie ein tanzender Zirkusbär?«

Moritz schwieg. Das Hellgrün seiner Augen war nun dunkel und unergründlich. Er hielt immer noch Elsas Hand, und sie wünschte, er würde näher zu ihr rücken, damit sie nach den gelben Sprenkeln in seiner Iris suchen konnte. Nach einer Weile sagte er: »Es ist erstaunlich, wie gut du dich in dieses Kind hineinversetzen kannst.«

Bisher hatte Elsa von Vortragenden und Studienkollegen immer gehört, dass sie als Tochter aus reichem Haus niemals genug Empathie aufbringen könne, um Kinder aus der Unterschicht zu verstehen. Moritz' Worte bedeuteten ihr viel.

»Danke«, sagte sie leise.

Leider ließ Moritz ihre Hand wieder los, doch er sah sie weiterhin an. Sie standen nun mit dem Rücken zur KÜST. Es war, als müsste er sich einen Ruck geben, als er fragte: »Hast du Lust, am Sonntag ins Lichtspielkino zu gehen? Der Film *Metropolis* steht auf dem Spielplan.«

»Höre ich da was von Kino? Ich liebe Filme.« Elsa fuhr herum. Die Worte stammten von Edith. Sie und Mona waren geräuschlos über die dünne Schneedecke zu ihnen gekommen und hatten Moritz' Frage gehört. »Nach diesem Vormittag haben wir uns alle etwas Erfreuliches verdient.«

»Ich will den Film auch unbedingt sehen«, sagte Mona. Sie sah ebenso mitgenommen aus wie Edith. »Es soll die teuerste Produktion sein, die es je gegeben hat. Sechsunddreißigtausend Komparsen, siebenhundertfünfzig Kinder, hundert Schwarze und fünfundzwanzig Chinesen standen dafür vor der Kamera.«

Elsa sah sie fassungslos an, woraufhin sie entschuldigend mit den Schultern zuckte. »Meine Mutter hat zwei Zeitschriften über Künstler und Schauspieler abonniert.«

»Angeblich hat man für das Roboterkostüm der Maria zuvor einen Gipsabdruck von ihrem Körper anfertigen müssen. Sie soll furchtbar darin gelitten haben. Ich habe ein Foto von ihr gesehen, da wird ihr mit einem Strohhalm Flüssigkeit eingeflößt«, sagte Edith. Auch sie schien die Zeitschriften zu lesen.

Elsa hatte für einen Moment gedacht, dass Moritz seine Frage nur ihr gestellt hatte. Aber jetzt zeigte sich, dass er auch die beiden Freundinnen gemeint hatte.

»Fein, dann gehen wir doch alle«, sagte er. »Vielleicht schließen sich Karo und ihr neuer Verehrer auch an.«

Da fiel Elsa ein, dass sie am Sonntag bereits etwas vorhatte. »Ich muss leider passen«, sagte sie enttäuscht.

»Ach nein, wie dumm!«

»Was hast du denn stattdessen vor?«

Während Edith es wirklich schade zu finden schien, klang Monas Bedauern nicht überzeugend.

»Eine Stadtrundfahrt.«

»Durch Wien?« Edith war verblüfft.

»Ja.«

»Sag bloß, du nimmst an einer der Sonntagsfahrten durchs Neue Wien teil?«, fragte Moritz.

»Ich glaube schon, warum?« Elsa war sich plötzlich nicht mehr sicher, ob es eine gute Idee gewesen war, Otto zuzusagen.

»Die Fahrten werden von den Sozialdemokraten durchgeführt. Sie zeigen interessierten Besuchern die Sehenswürdigkeiten Wiens. Das sind in ihren Augen die modernen

Wohnbauten, die Krankenhäuser, Schulen, Kindergärten und die KÜST.«

»Hast du schon an einer Fahrt teilgenommen?« Warum wusste Moritz so genau Bescheid?

»Nein, ich habe in der Zeitung davon gelesen. Angeblich kommen Leute aus allen Ländern Europas, um das Neue Wien zu sehen.«

Die Vorstellung, noch einmal durch die KÜST geführt zu werden, erschien Elsa wenig erstrebenswert.

»Mit wem unternimmst du denn diese Fahrt? Hat Karo dich überredet?«, fragte Moritz mit gespielter Beiläufigkeit.

»Otto Pfeifer hat mich eingeladen.«

»Ach ja.« Moritz rückte noch weiter von Elsa ab.

»Nun, dann werden wir wohl allein ins Kino gehen müssen.« Mona hakte sich ungefragt bei Moritz unter.

»Du meinst, dass wir zu dritt gehen!« Edith nahm Moritz' anderen Arm.

Die drei gaben ein seltsames Bild ab. Was daran lag, dass Moritz unglücklich aussah. Eigentlich hätte Elsa das traurig stimmen müssen, denn er war ihr guter Freund. Aber genau das Gegenteil war der Fall.

13

Palais Sonnstein

Ferdinands bestürztes Gesicht verriet Elsa, dass der Haus-segen im Palais schief hing.

»Was ist passiert?«, fragte sie sorgenvoll. Die schlimmsten Gedanken schossen ihr durch den Kopf.

»Hat Conrad sich gemeldet? Ist ihm etwas zugestoßen?«

»Aber nein, Fräulein Elsa, wie kommen Sie denn auf so einen schrecklichen Gedanken?« Er nahm ihr den Mantel ab, strich ihn glatt und hängte ihn auf einen Kleiderbügel aus Holz.

»Was ist dann passiert? Haben sich mein Vater und mein Onkel wieder mal gestritten?«

»Nein, ich bin den beiden heute noch nicht begegnet.«

»Dann sind sich meine Großmutter und meine Mutter in die Haare geraten?« Für gewöhnlich gelang es Lotte, die Launen ihrer Schwiegermutter weitgehend zu ignorieren. Aber hin und wieder platzte ihr der Kragen. Lotte ging dann stundenlang spazieren.

»Fräulein Elsa, niemand hat sich gestritten, alle sind ge-sund, und soviel ich weiß, gab es auch keinen Unfall«, be-ruhigte Ferdinand.

»Was ist dann vorgefallen? Es muss doch einen Grund für Ihr niedergeschlagenes Gesicht geben.«

»Marika hat gekündigt. Sie hat ein Angebot in einer Großküche angenommen. Heute Morgen hat sie ihre Sachen gepackt und ist gegangen.«

»Einfach so?«, fragte Elsa erstaunt. »Mir ist gar nicht aufgefallen, dass sie hier unzufrieden war.«

»Wir waren alle sehr überrascht«, sagte Ferdinand. »Ich hatte auch keine Ahnung. Die Entscheidung kam sehr plötzlich und ohne Vorwarnung. Gestern Abend hat sie noch eine Einkaufsliste für diese Woche zusammengestellt.« Ferdinand wirkte zerknirscht, als wäre er schuld, dass er den Schritt der Köchin nicht vorhergesehen hatte.

»Was war denn der Grund für ihre fluchtartige Kündigung?«

Die Antwort war Ferdinand sichtlich unangenehm. Er räusperte sich verlegen: »Sie meinte, dass es nicht mehr zeitgemäß sei, im Haushalt einer reichen Familie zu kochen. Ich glaube jedoch, dass der ausschlaggebende Grund das Gehalt war. Sie wird in Zukunft ein bisschen mehr Geld bekommen.«

»Oh, das ist natürlich ein Argument«, sagte Elsa. »Schade, dass sie das Thema nicht angesprochen hat. Sicherlich hätte es eine Lösung gegeben.«

»Marika ist ein einfältiges Ding«, schnaufte Ferdinand verärgert. »Sie wird in Zukunft doppelt so schwer schuften müssen. Ich habe sie gewarnt, aber man kann einen Menschen nicht zu seinem Glück zwingen.« Er beugte sich vertraulich zu Elsa, hielt die Hand vor den Mund und senkte die Stimme: »Wenn Sie mich fragen, war Marika von Anfang an nicht die Schlauste. Sie glaubt, dass ein paar Münzen mehr im Monat sie glücklich machen. Dabei vergisst sie, dass sie in Zukunft für ein Zimmer bezahlen muss und nicht mehr gratis wohnen kann. Ich wette mit Ihnen, dass sie in ein paar Wochen wieder hier angekrochen kommt.«

Elsa wusste, dass ihre Großmutter die Köchin kein zweites Mal einstellen würde. Ganz egal, wie verzweifelt Marika sein würde. Personal, das das Haus Sonnstein freiwillig verließ, tat das für immer.

»Wie geht es Großmama?«

»Sie ist im Rauchsalon, und sie ist …«, Ferdinand suchte nach dem richtigen Wort, »… sehr aufgewühlt.«

»Ist sie allein?«

»Ihre werte Frau Mutter kümmert sich um sie.« Ferdinand flüsterte so leise, dass es Elsa schwerfiel, ihn zu verstehen. »Ich denke, dass sie dankbar ist, wenn Sie zu ihr gehen.«

»Ich bin schon unterwegs.« Nur zu gern hätte Elsa sich diesen Weg erspart, aber sie konnte sich gut vorstellen, dass Lotte Hilfe benötigte.

Bereits durch die geschlossene Tür konnte sie das Zetern und Schimpfen von Mathilde hören.

»Dieses undankbare Ding. Ich habe ihr den doppelten des üblichen Lohns bezahlt. Sie hatte zwei freie Nachmittage und jede zweite Woche einen freien Sonntag.«

»Wir können doch selbst kochen«, meinte Lotte. »Heute Abend mach ich uns gefüllte Paprika.«

»So weit kommt es noch, dass meine Schwiegertochter kocht.« Empört stieß Mathilde die Luft aus. »Auf gar keinen Fall. Marie wird das übernehmen.«

»Wenn wir Marie diese Aufgabe auch noch aufhalsen, wird sie uns ebenfalls bald verlassen. Sie hat jetzt schon alle Hände voll zu tun.«

Elsa klopfte und trat ein. Ihre Mutter wirkte erleichtert.

Sie lehnte sich zurück und lächelte Elsa dankbar an. Noch bevor Mathilde ihrer Enkeltochter vom skandalösen Verhalten ihrer Köchin erzählen konnte, sagte Elsa: »Ich habe schon gehört, was passiert ist.«

»Noch vor ein paar Jahren hätte es das nicht gegeben«, jammerte Mathilde. »Eine Köchin, die davonläuft, obwohl sie ordentlich bezahlt wird.« Sie massierte sich mit den Zeigefingern ihre Schläfen. »Ich wünschte, der Kaiser wäre noch im Amt. Unter seiner Regentschaft war das Leben in Ordnung. Jeder wusste genau, wohin er gehörte.« Elsas Großmutter hatte bis heute nicht akzeptieren können, dass die Monarchie längst Geschichte war.

»Das stimmt doch nicht«, widersprach Elsa. »Vor dem Krieg hattest du eine Köchin, die Geld gestohlen hat und damit verschwunden ist.« Elsa kannte die Geschichte nur aus Erzählungen.

»Erinnere mich nicht an diese kriminelle Person!« Mathildes Stimme wurde schneidend scharf. Niemand wusste genau, wie hoch die Summe war, die damals aus dem Portemonnaie des Großvaters entwendet worden war. Aber immer noch wurde darüber getuschelt. Der Name der Köchin wurde niemals genannt. Weder Elsa noch Lotte wussten, wie die Frau geheißen hatte.

»Die Welt verändert sich, Großmama«, sagte Elsa möglichst beschwichtigend. »Die Menschen sind nicht mehr damit zufrieden, dass sie bloß jeden zweiten Sonntag im Monat freihaben. Sie wollen auch im Krankheitsfall bezahlt werden und erheben Anspruch auf Urlaub.«

»Urlaub für Dienstpersonal? Bezahlung im Krankheitsfall? Was ist das denn für ein Unfug? Bist du jetzt etwa auch zu den Sozialisten übergelaufen so wie deine Mutter?«

Lotte schloss kurz die Augen, schwieg aber.

»Schau mal, Großmama, du willst eine gute, verlässliche Köchin haben, die gerne für uns arbeitet und nicht heimlich in die Suppe spuckt.«

Empört richtete Mathilde sich auf. »Wie kommst du denn auf so einen unappetitlichen Gedanken? Lehrt man euch das an der Universität? Wir haben Ferdinand, der die Köchin kontrolliert.«

»Aber darum geht es ja. Die Überwachung sollte gar nicht notwendig sein. Wenn die Köchin zufrieden ist, wird sie sich bemühen, alles richtig zu machen. Sie wird ihre Arbeit nicht verlieren wollen.«

»Und zufrieden ist sie, wenn sie angemessenen entlohnt wird, regelmäßig bezahlten Urlaub erhält und wir für sie in eine Krankenversicherung einzahlen«, ergänzte Lotte.

»Das Personal ist undankbar und frech geworden«, schimpfte Mathilde. »Wie soll denn ein Arbeitgeber das alles bezahlen?«

»Ich kann auf die Köchin verzichten«, wiederholte Lotte. Das Gespräch ermüdete sie.

»Das kommt auf keinen Fall infrage«, sagte Mathilde. Rastlos wanderte ihr Blick durch den Raum. So als würde sie in der chinesischen Vase, dem Ölgemälde oder dem persischen Teppich eine Antwort auf ihre Probleme finden.

»Ich will eine Köchin haben«, beharrte die alte Frau und klang dabei wie ein trotziges Kleinkind.

»Dann musst du dich an die neuen Spielregeln halten.« Lottes Stimme verriet, dass sie langsam die Geduld verlor.

Auch Mathilde schien den gereizten Unterton wahrzunehmen. Zu Elsas großer Überraschung lenkte sie ein. »Wenn ihr beide glaubt, dass ihr euch besser mit Personal auskennt, dann werdet ihr die Auswahl der nächsten Köchin übernehmen. Eine von euch wird mich beratend unterstützen.«

Lotte und Elsa sahen einander entsetzt an. Keine hatte auch nur ansatzweise erwähnt, dass sie das wollte.

»Ihr wisst besser, was einer Köchin heute an Lohn und Freizeit zustehen«, fuhr Mathilde fort. »Ich habe in all den Jahren genug Erfahrung mit Personal gesammelt, um auf einen Blick zu erkennen, ob sich jemand dazu eignet, für einen gehobenen Haushalt zu kochen. Gemeinsam werden wir die perfekte Köchin finden.« Mit einem Schlag war jeder Ärger aus dem Gesicht ihrer Großmutter verschwunden. Ihre Lippen umspielte ein zufriedenes Lächeln. Wenn Elsa oder Lotte jetzt gegen den Vorschlag der alten Frau Einwand erhoben hätten, wäre der Frieden sofort wieder zerstört. Sie hüteten sich davor und schwiegen.

»Ich werde Ferdinand bitten, eine Anzeige in der Zeitung zu schalten«, sagte Mathilde. »Oder wollt ihr das übernehmen?«

»Von wollen kann keine Rede sein«, flüsterte Lotte so leise, dass nur Elsa sie hören konnte. Laut sagte sie: »Ich werde mich darum kümmern.«

14

Porzellangasse

Jakob hatte die Arbeit im Krankenhaus eine Stunde früher beendet und einen jüngeren Assistenzarzt gebeten, die Visite für ihn zu übernehmen. Den Grund seines frühzeitigen Gehens hatte er nicht genannt. Niemand der Kollegen sollte erfahren, dass er regelmäßig einen Nervenarzt aufsuchte. Der Tratsch, der daraufhin einsetzen würde, wäre unerträglich. Die Machtkämpfe innerhalb des Krankenhauses hatten sich auch mit Kriegsende nicht verändert. Immer noch galt das Prinzip der Ellbogentechnik, um angesehene Positionen zu erlangen, und weniger das Wissen oder die Fähigkeiten als Arzt. Zum Glück war es Jakob gelungen, seine Stellung so weit zu sichern, dass er vor Anfeindungen im Moment gefeit war. Er galt als Experte auf dem Gebiet der Tuberkulosebekämpfung. Aber das konnte sich rasch ändern. Die Neider warteten nur darauf, einen jüdischen Professor abzulösen. Deshalb versuchte er, Gerüchten keine unnötige Nahrung zu geben. Außer Doktor Werner Mayer und ihm selbst wusste niemand von den wöchentlichen Besuchen in der Porzellangasse. Auch Lotte hatte er nichts davon erzählt. Der Grund, warum er ihr die Therapie verschwieg, war nicht die Scham. Ganz im Gegenteil, Lotte würde es gutheißen, wenn sie wüsste, dass er den Kampf gegen seine

Ängste begonnen hatte. Jakob befürchtete, dass er falsche Hoffnungen wecken könnte. Er wusste, wie sehr Lotte unter seinen nächtlichen Angstattacken litt und sich wünschte, er würde wieder der Mann werden, in den sie sich verliebt hatte.

Jakob schreckte zusammen. Ein Automobil hupte ihn an. Wieder einmal war er gedankenversunken auf die Straße getreten, ohne sich zuvor zu vergewissern, dass keiner der neumodischen motorisierten Wagen daherbrauste. Er winkte dem Fahrer entschuldigend zu und trat zurück auf das Trottoir. Deutlich vorsichtiger marschierte er weiter. Doktor Werner Mayer arbeitete nach den Methoden des Erfinders der Psychoanalyse, Sigmund Freud. Jedes Mal versuchte er, Jakob mithilfe der Hypnose in die Vergangenheit zurückzuführen. Mittlerweile hasste Jakob die Bank, auf die er sich legen sollte. Statt sich zu entspannen, verkrampfte sich sein ganzer Körper. Er wollte die schrecklichen Bilder des Krieges vergessen und hinter sich lassen. Aber Doktor Mayer zwang ihn Woche für Woche, die traumatisierenden Ereignisse aufs Neue zu durchleben. Jedes Mal beschwor Mayer die Bilder von Berggipfeln, Schneemassen, sterbenden Kameraden und seiner eigenen Hilflosigkeit herauf. Woche für Woche verließ Jakob schweißgebadet die Praxis und fragte sich, ob diese Art der Behandlung ihn auch nur einen einzigen winzigen Schritt weiterbringen würde. Manchmal hatte er den Eindruck, dass alles nur noch schlimmer wurde. Letzte Woche wollte Doktor Mayer mit den Erinnerungen in Jakobs Kindheit zurückgehen, um mögliche Konflikte aufzuspüren, die aus dieser Zeit rührten. Jakob fand diesen Vorschlag absurd. Er wusste ganz genau, was ihm Angst einjagte. Das waren keine Erlebnisse aus seiner Kindheit, sondern ein schrecklicher Kriegsnachmittag in den Dolomiten. Als er Doktor Mayer gegenüber seine Bedenken ausgesprochen hatte, hatte dieser mitleidig den Kopf geschüttelt und gemeint: »Werter Herr Kollege, sollte ich jemals an einer Lungenkrankheit leiden, würde ich Ihren Rat befolgen, ohne ihn zu hinterfragen. Genauso sollten Sie jetzt vorgehen. Es fehlt Ihnen an analytischem Verständnis, um meine Behandlungsmethode zu beurteilen.« Also hatte Jakob sich wieder auf die Bank gelegt und über Ereignisse aus seiner Kindheit gesprochen. Sollte Doktor Mayer ihn heute wieder über Simon und Emma erzählen lassen, wäre es das letzte Mal, dass er ihn aufsuchte. Es war verlorene, sinnentleerte Zeit, die er besser anders verbringen konnte. Und um Lotte die Enttäuschung zu ersparen, die er empfand, schwieg er lieber über Doktor Mayer.

15

Casa Piccola

»Meine Eltern haben eine Wohnung bekommen!« Karo stürmte ins Kaffeehaus und wedelte fröhlich mit einem Schreiben in der Luft. Sie arbeitete seit zwei Wochen in Schönbrunn und hatte ihr Studium abgebrochen, oder wie sie selbst sagte: »Ruhend gestellt.« Bisher hatte sie ihre Entscheidung nicht bereut. Karo strahlte eine Leichtigkeit und Lebensfreude aus, die sie noch hübscher aussehen ließen.

»Das ist ja großartig«, freute sich Edith. »Komm, setz dich und erzähl uns alles.«

Bereitwillig schlüpfte Karo aus dem Mantel, nahm die Mütze vom Kopf und schüttelte den Schnee aus ihrem Haar. Sie bestellte eine Melange und nahm an dem kleinen Tischchen Platz.

»Heute war das Schreiben im Briefkasten. Meine Eltern ziehen noch vor Weihnachten in einen großen Neubau in der Nähe der Landstraße.«

»Das ist eine gute Adresse, der Bau liegt nah an der Innenstadt«, sagte Moritz.

»Ja, es ist wundervoll. Und stellt euch vor, in dem Hof gibt es einen Spielplatz mit einem Wasserbecken, einen Kindergarten und sogar eine kleine Bühne für Veranstaltungen. Die Wohnung meiner Eltern wird einen Balkon haben, wo mein Vater im Sommer sitzen und den Sonnenuntergang genießen kann. Die Wohnung hat ein eigenes Bad und ein Klo. Außerdem gibt es eine zentrale Waschküche, wo alle ihre Wäsche waschen und trocknen können.«

»Das klingt sehr fein«, stimmte Moritz zu.

»Es ist wie ein Traum. Ich kann es noch gar nicht richtig glauben«, schwärmte Karo. »Ohne die Unterstützung der Sozialdemokraten würden meine Eltern bis zu ihrem Tod in dem schimmeligen Loch hausen.«

»Und was ist mit dir?«, fragte Elsa. »Wirst du mit ihnen hinziehen?«

Karo strahlte von einem Ohr zum anderen. Feierlich breitete sie den Brief in ihrer Hand aus, legte ihn auf den Tisch und streifte ihn glatt.

»Stellt euch vor, ich habe auch eine Wohnung bekommen. Weil ich jetzt in der Schule der Kinderfreunde arbeite und mein eigenes Geld verdiene.«

»Und weil du wegen der Schule Mitglied in der Partei geworden bist«, fügte Moritz hinzu.

»Das war ich vorher schon«, verteidigte sich Karo.

Ihre Worte gingen in den Freudenschreien der anderen unter. Elsa sprang auf und fiel Karo um den Hals. Edith und Mona applaudierten. Die Gäste am Nebentisch schauten pikiert zu ihnen, und Moritz rief ihnen entschuldigend zu: »Unsere Freundin hat eine Gemeindewohnung bekommen.«

»Ach so, wir gratulieren«, sagte der ältere Herr verständnisvoll, und auch seine Begleitung nickte wohlwollend in Karos Richtung. Die Wohnungsnot in Wien war ein Problem, das viele Menschen betraf. Sich über eine Zusage für eine der gemeinnützigen Wohnungen zu freuen war völlig nachvollziehbar. Da sah man gerne darüber hinweg, wenn junge Leute im Kaffeehaus lauter wurden. Herr Franz kam neugierig zum Tisch. »Ich gratuliere dem Fräulein!«

»Danke, Franz!«

»Zur Feier des Tages bringe ich die Linzerkekse, die unserem Kochlehrling gestern auf die Arbeitsfläche gefallen und zerbrochen sind. Man kann sie ohnehin nicht verkaufen.«

»Oh, das ist lieb. Danke.«

Schon marschierte der Kellner in die Küche und stellte kurz darauf einen großen Teller mit Keksbruch auf den Tisch. Die halbrunden Formen wirkten sich nicht auf den Geschmack aus. Edith griff als Erste zu. »Lass mich den Brief sehen«, forderte Mona. Sie nahm den Brief in die Hand und las. »Du kriegst eine Einzimmerwohnung, dreißig Quadratmeter mit WC und fließendem Wasser.«

»Ja«, rief Karo und trommelte begeistert mit den Händen auf ihre Oberschenkel. »Die Wohnung ist leistbar, und sie liegt nur zwei Stiegenhäuser von der meiner Eltern entfernt.«

»Ich freu mich so für dich«, sagte Elsa.

»Und wie geht es dir in der Schule der Kinderfreunde?«

»Die Arbeit ist super. Ich unterrichte die Kinder, die im Heim untergebracht sind.«

»Aber du hast doch gar keine Qualifikation dazu«, wandte Mona ein. »Du bist ja nicht mal eine Volksschullehrerin.« Sie gab Karo den Brief wieder zurück, die faltete ihn fein säuberlich zusammen und steckte ihn in ihre Handtasche.

»Offenbar doch«, sagte sie gut gelaunt. »Ich habe einen unbegrenzten Arbeitsvertrag und verdiene genug Geld, dass ich es mir richtig gut gehen lassen kann.«

»So viel, dass du am Sonntag mit uns ins Lichtspieltheater kommen willst?«, fragte Moritz.

»Oh, schade«, sagte Karo. »Da bin ich schon mit Peter verabredet, wir gehen zum Rodeln auf den Cobenzl.«

»Hast du denn einen Schlitten?«, erkundigte sich Edith.

»Nein, aber Peter hat einen. Außerdem kann man welche im Kaffeehaus ausleihen. Kommt doch auch mit. Ins Kino können wir immer noch gehen.« Sie schaute Elsa an. »Ich kann nicht glauben, dass du die Schneelage nicht ausnutzen willst.«

»Sie ist mit Otto Pfeifer verabredet und wird mit ihm eine Fahrt durchs Neue Wien unternehmen. Vielleicht sieht sie deine Wohnung noch vor dir.« Moritz klang zynisch. Das war ein Zug an ihm, der Elsa neu war.

»Also ich will ganz sicher nicht rodeln, sondern *Metropolis* sehen«, sagte Mona.

»Ich auch«, bekräftigte Edith.

»Ach, du meine Güte«, stieß Karo aus. »Diesen Schinken wollt ihr euch ansehen? Das ist rausgeschmissenes Geld, glaubt mir.«

Mona richtete sich auf und stemmte die Hände in die Hüften. »Und woher willst du das wissen?«

»Zwei meiner neuen Arbeitskolleginnen haben ihn bereits gesehen und haben dringend davon abgeraten. Angeblich hat der Regisseur Fritz Lang sein Budget um etliche Millionen Mark überschritten, und trotzdem ist der Film in Amerika ein Flop gewesen.«

»Was ihr alles wisst«, staunte Elsa. An ihr waren diese Informationen über den Film spurlos vorübergegangen.

»Ich denke, dass dieses Wissen entbehrlich ist«, sagte Karo.

»Warum?«, fragte Mona spitz. »Nur weil zwei Frauen das behaupten, die in einer Schule unterrichten, in der man als Lehrkraft gar keine Ausbildung benötigt?«

»Höre ich da so etwas wie Neid?« Karo ließ sich die gute Laune nicht verderben. Sie schnappte nach einem halben Keks und steckte ihn in den Mund. Kauend sagte sie: »Ich glaube meinen Kolleginnen.«

Elsa wurde schmerzhaft bewusst, dass Karo in Zukunft mehr Zeit mit ihren neuen Kolleginnen verbringen würde. Jetzt schon schaute sie nur noch selten im Casa Piccola vorbei. Bald würde sie vielleicht gar nicht mehr kommen.

»Ist doch völlig egal, was andere zum Film sagen«, mischte sich Edith beschwichtigend in die Auseinandersetzung ein. »Ich will mir meine eigene Meinung bilden.«

»Das heißt, dass wir zu dritt ins Lichtspieltheater gehen?«, fragte Moritz.

»Sieht ganz so aus, denn Karo und ihr Freund rodeln lieber, und Elsa zieht eine Stadtrundfahrt vor.« Mona schien nicht unglücklich darüber zu sein, dass sie Moritz nur mit Edith teilen musste.

»Vielleicht kann ich Otto Pfeifer zum Rodeln überreden«, meinte Elsa. »Oder zum Film.« Sie war sich selbst nicht mehr sicher, worauf sie mehr Lust hatte. Beides klang interessant. Warum nicht am Nachmittag rodeln und am Abend ins Lichtspieltheater gehen?

Karo verzog den Mund. »Ich fürchte, das wird schwierig werden. Wenn Otto sich etwas in den Kopf gesetzt hat, dann zieht er das durch. Er weiß immer ganz genau, was er will.«

»Was Elsa nicht von sich behaupten kann«, sagte Moritz bitter.

Betroffen suchte sie seinen Blick. Sie wusste selbst, dass es ihr schwerfiel, Entscheidungen zu treffen. Dazu brauchte sie die bösen Kommentare anderer nicht. Ob Moritz bemerkte, dass er sie mit seiner Bemerkung getroffen hatte? Entschuldigend lächelte er sie an. Aber die Worte waren gesagt, und sie beschäftigten Elsa.

16

Palais Sonnstein

Lotte trug den schweren Wäschekorb aus dem Keller ins Schlafzimmer und achtete darauf, dass ihre Schwiegermutter sie nicht sah. Mathilde vertrat die Meinung, dass derlei Arbeiten nur vom Hauspersonal verrichtet werden sollten. Genau wie das Kochen. Doch Lotte räumte ihre Wäsche lieber selbst weg. Sie hatte jahrelang ihren Haushalt allein geführt, und auch wenn sie nicht alle Arbeiten mit der gleichen Freude erledigt hatte, so war sie am Ende des Tages immer zufrieden gewesen. Ein Gefühl, das ihr nach und nach abhandenkam. Conrad war nicht mehr im Haus, und es war bloß eine Frage der Zeit, bis auch Elsa das Weite suchen würde. Eigene Wege ging sie schon seit Längerem. Lotte sah ihre Tochter nur noch beim Abendessen, und auch das ließ sie zunehmend aus. Wer konnte es ihr verdenken? Die Stimmung war seit Conrads Abreise bedrückend.

Mit dem Ellbogen öffnete Lotte die Tür zu ihrem Schlafzimmer. Den schweren Korb ließ sie auf den Hocker neben Jakobs Nachttischchen plumpsen. Sehnsuchtsvoll trat sie zum Fenster. Es schneite seit den frühen Morgenstunden. Eine herrliche weiße Decke hatte sich auf den Dächern der Stadt gebildet. Am liebsten wäre sie auf der Stelle in den Stadtpark gelaufen, um einen Schneemann zu bauen. Aber ohne kleine Kinder würde der Parkwächter sie vielleicht anzeigen aus Sorge, dass sie den Verstand verloren hatte. Lotte öffnete das Fenster. Es war völlig windstill. Die dicken Flocken segelten schwerelos vom Himmel. Einige landeten auf dem Fensterbrett und blieben dort liegen. Mit dem Zeigefinger fuhr Lotte eine Spur durch die hauchdünne Schicht. Erst eine, dann noch eine und noch eine. Bald sah das Brett wie ein von Würmern bearbeitetes Scheit aus. Mit beiden Händen schob Lotte den feinen Schnee zusammen und formte einen winzig kleinen Schneeball. Es ging ganz einfach, denn der Schnee war nass. Sie schaute hinunter, beugte sich weit aus dem Fenster. Eine Frau mit einem kleinen Hund an der Leine spazierte direkt unter ihr vorbei. Sie musste warten, bis sie weg war. Erst als der Gehweg leer war, zielte Lotte auf die Straßenlaterne. Sie traf exakt die milchige Glasscheibe. Manche Dinge verlernte man nie. Mit einem Lächeln klopfte sie den restlichen Schnee von ihren Fingern und schloss das Fenster wieder. Ihre Finger waren jetzt rot und kalt, sie kribbelten. Lotte liebte dieses Gefühl. Es gab ihr die Gewissheit, dass sie lebte und nicht bloß lustlos von einem Tag in den nächsten stolperte. Sie kehrte zurück zum Wäschekorb. Schwungvoll holte sie Jakobs Pullover heraus, dabei stieß sie den Stapel Bücher um, der auf seinem Nachtkästchen lag. Ein Kuvert segelte zu Boden. Lotte bückte sich, um es aufzuheben. Ihr Blick blieb am Namen des Empfängers hängen: Doktor Conrad Sonnstein.

Ihr Herz schlug schneller. War das etwa ein Brief, den Jakob an Conrad geschrieben hatte? Lotte wusste, dass es völlig verkehrt war, ihn zu lesen. Das Schreiben war nicht an sie adressiert. Aber das anhaltende Schweigen der beiden Menschen, die sie neben Elsa mehr liebte als alles andere auf dieser Welt, bereitete Lotte großen Kummer. Obwohl sie wusste, dass sie damit gegen alle Regeln des Anstandes und des Vertrauens verstieß, öffnete sie das Kuvert, das noch nicht zugeklebt war. Mit zitternden Fingern entfaltete sie den Bogen. Das Datum am rechten oberen Rand war der 10. Oktober. Jakob musste den Brief gleich nach Conrads Abreise geschrieben haben. Warum hatte er ihn nicht abgeschickt?

Sie überflog die Sätze und kam sich dabei wie eine Betrügerin vor, die ihren Mann hinterging. Was sie in gewisser Weise ja auch tat.

»Lieber Conrad, unser Streit beschäftigt mich immer noch. Du hast dich dafür entschuldigt, dass du mich einen Tyrannen geschimpft hast. Aber das hättest du nicht tun müssen. Ich fühle mich seit Jahren wie ein Monster, das seiner Familie das Leben schwer macht. Vor allem deine Mutter leidet, meinetwegen.«

Lotte hielt den Atem an. Sie konnte Jakobs trauriges Gesicht vor sich sehen, während er diese Zeilen schrieb. Nervös las sie weiter.

»Aber sosehr ich mich auch bemühe, die Erinnerungen an die schrecklichen Kriegsereignisse zu überwinden, ich scheitere gnadenlos. Seit einigen Monaten besuche ich ohne Wissen deiner Mutter einen Psychoanalytiker in der Hoffnung, dass er mir bei der Aufarbeitung der Erinnerungen hilft, bisher leider ohne Erfolg. Ich bemühe mich, aber der Krieg hat mich auch zehn Jahre nach seinem Ende fest im Griff.«

Lottes Kehle wurde enger. Sie hatte nicht geahnt, dass Jakob die Hilfe eines Analytikers in Anspruch nahm.

»Was deine Entscheidung gegen den Arztberuf betrifft, so bleibt mir nichts anderes übrig, als sie zu akzeptieren. Ich habe nicht das Recht, mich in dein Leben einzumischen, auch wenn

ich mir das als Vater wünschen würde. Was immer du am Arl-
berg tust, bitte mach es mit Bedacht und begib dich nicht wis-
sentlich in Gefahr. Es würde uns allen das Herz brechen, wür-
den wir dich verlieren. Dein dich liebender Vater.«

Lotte ließ das Blatt sinken. Sie atmete tief durch, bevor sie den Brief noch einmal las und dann noch ein drittes Mal, bis sie sicher war, dass das Schreiben real war und nicht bloß eine Täuschung ihrer Sinne. Jakob bezeichnete sich selbst als Monster, und er besuchte einen Psychoanalytiker. Warum ließ er sie an alldem nicht teilhaben? Vertraute er ihr nicht mehr? Und warum hatte er den Brief nicht längst abge-schickt? Wie sehr würde es Conrad entlasten, könnte er Ja-kobs Zeilen lesen.

Benommen ließ sich Lotte auf die Bettkante sinken. Wie sollte sie jetzt vorgehen? Sie konnte Jakob nicht auf den Brief ansprechen, denn damit müsste sie zugeben, dass sie heimlich seine Briefe las. Bedächtig faltete sie das Blatt wie-der zusammen und schob es zurück in das Kuvert. Sollte sie den Umschlag wegschicken? Nein, das wäre völlig verkehrt. Was sie am meisten beschäftigte, war die Frage, warum Ja-kob nicht mit ihr sprach. Sein Schweigen kränkte und ver-letzte sie. Neulich Abend hatte sie sich zum ersten Mal zu-versichtlich gefühlt und gehofft, dass Jakob den Kampf gegen die Vergangenheit schaffen würde. Jetzt zweifelte sie wieder daran.

Der kurze Glücksmoment von vorhin am Fenster war endgültig weg. So viele Schneebälle konnte sie gar nicht wer-fen, dass er zurückkehren würde.

17

Innere Stadt

Kurz vor zehn war Elsa bereits fertig. Sie wollte vermeiden, dass Ferdinand die Tür für Otto öffnete. Der Sonntag sollte nicht gleich mit einer politischen Diskussion über die Notwendigkeit von Hauspersonal beginnen. Otto würde niemals verstehen, dass Ferdinand gerne im Palais Sonnstein arbeitete, sich auf seine Art als Teil der Familie betrachtete und sich keinen anderen Arbeitgeber wünschte. In der Hoffnung, Otto zu einem Rodeltag zu überreden, hatte Elsa ihre neue Skihose angezogen. Dazu trug sie einen dicken Pullover aus weicher Wolle, eine dazu passende Mütze und ihre warmen Fäustlinge. Als es an der Tür klingelte, stand sie ausgehfertig in der Eingangshalle und öffnete.

»Servus«, sagte sie fröhlich.

Es dauerte einen Moment, bis Otto den Gruß erwiderte. Ungeniert musterte er sie vom Scheitel bis zur Sohle. »Du trägst … Hosen«, bemerkte er erstaunt.

»Du doch auch«, konterte Elsa amüsiert.

Otto antwortete nicht.

»Ich hatte gehofft, dass ich dich bei dem schönen Wetter zu einer Rodelfahrt überreden kann. Wir könnten Karo und Peter am Cobenzl treffen«, erklärte Elsa.

»Aber wir wollten doch die Sehenswürdigkeiten der Stadt

anschauen.« Sein Blick hing immer noch an Elsas ungewöhnlicher Kleidung. Hosen waren nach wie vor Schauspielerinnen, Sportlerinnen oder Künstlerinnen der Avantgarde vorbehalten. Im Alltag trugen Frauen das praktische Kleidungsstück äußerst selten.

»Ich weiß, dass das unser ursprünglicher Plan war«, gab Elsa zu. »Und ich hätte wirklich gerne an der Tour durch das Neue Wien teilgenommen. Aber noch lieber würde ich rodeln gehen.«

Ottos Augen wurden nun kugelrund. »Woher weißt du, zu welcher Art Rundfahrt ich dich einlade?« Er schien völlig perplex.

»Karo hat es mir verraten«, schwindelte Elsa. Es war Moritz gewesen, aber Elsa wollte den Tag möglichst harmonisch beginnen und Otto von ihrem Vorschlag überzeugen.

»Als angehende Pädagogin sind die Orte, die wir besichtigen, von großem Interesse für dich«, dozierte Otto. Er klang selbst wie ein Oberlehrer.

»Das glaube ich dir.« Elsa verzichtete darauf, ihn daran zu erinnern, dass sie keine Lehrerin werden wollte. Stattdessen fuhr sie fort: »Ich habe diese Woche die KÜST besucht. Es war aufschlussreich, aber glaube mir, einmal pro Woche reicht.«

»Die KÜST ist nur eine Station von vielen. Wir fahren zu den großen Wohnhausanlagen in Floridsdorf, Favoriten und Brigittenau.«

»Ich kenne die Bauten.« Elsa log, ohne mit der Wimper zu zucken. »Karo bekommt eine Wohnung in der Nähe der Landstraße. Sie hat uns Pläne gezeigt.«

»Und das Amalienbad in Favoriten? Der Bau ist ein echtes Kunstwerk. Warst du dort schon?«

Der Gesprächsverlauf erinnerte Elsa an Verkaufsverhandlungen auf dem Naschmarkt. Wollte man Walnüsse kaufen, und die Marktfrau hatte keine, konnte es leicht sein, dass man nach einem Tratsch mit Rosinen vom Stand wegging.

Sie kannte das Bad in Favoriten nur von Bildern. Mit einer großen Uhr auf dem mittleren Turm und den sechs lebensgroßen Statuen auf der Fassade erinnerte der Prachtbau an ein Rathaus. Auch innen sollte es von ausgesprochener Schönheit sein. Irgendwann wollte Elsa das Bad besuchen, aber nicht heute. »Bei Schlechtwetter begleite ich dich gerne ins Bad. Dann können wir dort gleich eine Runde schwimmen. Aber nicht wenn die Schneelage perfekt ist und die Sonne scheint.«

»Elsa, rodeln klingt sehr verlockend«, sagte Otto. »Aber ich habe meinem Freund bereits zugesagt. Wenn wir jetzt nicht an der Fahrt teilnehmen, dann bekomme ich nie wieder Freikarten.«

Elsa fragte sich, wie oft Otto an der Rundfahrt teilnehmen wollte. Lud er jedes Wochenende eine andere junge Frau dazu ein?

»Es tut mir leid«, beteuerte er glaubwürdig. »Ich gehe gerne nächstes Wochenende mit dir rodeln.« Sein zerknirschtes Gesicht stimmte Elsa versöhnlich.

»Dann musst du warten.« Ein kleiner Rest Enttäuschung blieb. »Ich muss mich umziehen.«

»Aber warum denn?«, fragte Otto. »Die Hosen stehen dir perfekt.«

Also blieb Elsa, so wie sie war, schob ihren Schlitten, den sie zuvor vom Dachboden geholt hatte, wieder zurück in die Halle und trat zu Otto auf die Straße. Sie liefen über die Ringstraße zum Rathaus, wo der Bus startete.

Eine Traube Wartender hatte sich bereits im Rathauspark gebildet. Elsa hörte ein buntes Sprachengewirr. Italienisch und Französisch war dabei, sie glaubte, auch Schwedisch zu erkennen. Neben internationalen Gästen kamen viele Besucher aus den Bundesländern. Sie alle wollten die Veränderungen sehen, die die rote Stadtregierung in Wien vorgenommen hatte. Sosehr Elsa enttäuscht war, dass sie auf ihren Rodeltag verzichten musste, das große Interesse der Fremden an ihrer Heimatstadt beeindruckte sie. Otto begrüßte den Reiseleiter freundschaftlich mit einer Umarmung und einem Klopfen auf die Schulter.

»Servus, Michael, das hier ist Elsa, von der ich dir erzählt habe.« Der Freund war in etwa in Ottos Alter. Er musterte Elsa mit unverhohlener Neugier. Sie fragte sich, was Otto ihm von ihr erzählt hatte. Es stellte sich heraus, dass Michael Architektur studierte und sich mit den Stadtrundfahrten etwas Geld neben dem Studium verdiente. »Freut mich, dass du mitkommst«, sagte Michael. »Ich hoffe, dass etwas Interessantes für dich dabei sein wird. Viele der Gebäude, die auf unserer Route liegen, wurden von Otto Wagners Schülern entworfen, wir werden aber auch Arbeiten von Josef Frank sehen.«

»Ah ja!« Elsa nickte. Sie hatte keine Ahnung von Architektur und interessierte sich nur bedingt dafür, wer welches Gebäude entworfen hatte. Sie wollte aber nicht als Ignorantin dastehen und versuchte, die Namen im Gedächtnis zu behalten. Dass der junge Mann sie duzte, fand sie erfrischend unkompliziert.

»Übrigens, ich mag deine Hosen«, sagte Michael.

»Danke!« Noch nie hatte sie so viel Zuspruch für ihre Kleidung bekommen. Für gewöhnlich wurden die Hosen geduldet, oft auch kritisiert, vor allem von Männern und älteren Frauen.

Ein offener Autobus fuhr langsam vor und blieb vor der Gruppe stehen. Gemeinsam mit den anderen Wartenden stieg Elsa ein. Auf jeder Seite befanden sich Zweierreihen. Auf den Bänken lagen Decken, mit denen sich die Gäste während der Fahrt warm halten konnten. Otto und Elsa setzten sich in die vorderste Reihe. Otto schüttelte die Decke aus und breitete sie über Elsas und seine Oberschenkel. Als alle Gäste Platz genommen hatten, begrüßte Michael die Besucher auf Deutsch und in fließendem Französisch. Elsa beherrschte die Sprache nicht annähernd so gut. Otto beugte sich zu ihr und gestand, dass er nicht ein einziges Wort verstand. Dann startete der Chauffeur den Motor. Ein ratterndes Brummen ertönte, und der Bus fuhr los. Dank der Decken war der Fahrtwind erträglich. Elsa zog den dicken Wollstoff bis zu ihrem Hals. Als Otto bemerkte, dass sie fror, rückte er näher. Sein Oberschenkel berührte ihren. Sein Körper strahlte eine angenehme Wärme aus.

Der Autobus fuhr die Ringstraße entlang. Bei der Oper und vor der Hofburg hielt der Bus an, und Michael erzählte etwas zu den Gebäuden. Dann ging es weiter nach Schönbrunn. Elsa erinnerte sich an den Nachmittag, den sie mit Moritz dort verbracht hatte. Er würde heute mit Mona und Edith im Kino verbringen. Ewig schade, bei dem Wetter.

Nach den Stationen des traditionellen Wiens klapperte der Autobus die neuen Wohnhausanlagen ab. Einige davon erinnerten an gigantische Wehranlagen. Besonders beeindruckt war Elsa vom Karl-Marx-Hof, der noch nicht ganz fertiggestellt war. Viel von dem, was Michael erzählte, hatte sie bereits in der Zeitung gelesen. Aber es war faszinierend zu sehen, wie die anderen Besucher auf die Informationen reagierten. Besonders die Kindergärten und die Sportanlagen riefen helle Begeisterungsstürme hervor. Endlich würde der Nachwuchs von Arbeitern nicht mehr unbeaufsichtigt auf den Straßen spielen, sondern erhielt Förderung in Einrichtungen, die von der Stadt finanziert wurden. Als sie in die Hauptallee zum Praterstadium einbogen, fuhren sie an Kindern vorbei, die im Schnee herumtollten. Elsa drehte den Kopf zu ihnen und seufzte sehnsuchtsvoll.

»Würdest du immer noch lieber rodeln?« Er klang gekränkt.

»Nein!« Elsas Antwort kam eine Spur zu schnell.

»Lass uns nach der Fahrt noch rodeln gehen«, schlug Otto vor.

»Wirklich?«

»Ja.« Sein Lächeln war charmant und verwegen. Seine dunklen Augen schienen seinen nächsten Schritt genau abzuwägen. Elsa wandte sich nicht von ihm ab, was Otto als Einladung interpretierte. Er legte seinen Arm um sie und zog sie näher zu sich. Elsas Herz machte einen kleinen Satz und polterte dann in aufgeregtem Tempo weiter. Sie bekam vom Rest der Fahrt nicht mehr viel mit. Hinterher konnte sie nicht mehr wiedergeben, was Michael erzählt hatte. Alles, woran sie sich erinnerte, war Ottos Arm und seine aufregende Nähe.

Zweieinhalb Stunden später kehrte der Autobus wieder zum Rathaus zurück. Sie hatten die KÜST nur von außen passiert, genau wie all die anderen Gebäude. Mit klammen Gelenken, es war doch kühl geworden, kletterte Elsa wieder aus dem Autobus. Sie bedankte und verabschiedete sich von Michael.

Der klopfte Otto genau wie bei der Begrüßung auf die Schulter: »Wir sehen uns in einer Stunde in der Wiedner Hauptstraße. Die Veranstaltungen für die nächsten Wochen müssen geplant werden.«

»Himmel, A… und Zwirn!« Otto fluchte laut. »Das habe ich völlig verschwitzt.«

»Ihr habt noch genug Zeit für einen Spaziergang«, sagte Michael. »Essen gibt es im Parteilokal. Die Frauen richten Schmalzbrote und Tee …«

Seine letzten Worte konnte Elsa nicht mehr hören, denn er wandte sich, während er sprach, den anderen Gästen zu, die sich ebenfalls von ihm verabschieden wollten. Einige drückten ihm ein Trinkgeld in die Hand.

»Wird wohl nichts mit Rodeln«, sagte Elsa enttäuscht.

»Es tut mir wirklich sehr, sehr leid.« Otto legte wieder den Arm um ihre Schulter, so als wäre das ein Ersatz für den entgangenen Ausflug. »Ich mach das wieder gut, versprochen.« Sein Mund war ganz nah an ihrem Ohr.

Elsa konnte seinen warmen Atem fühlen.

»Ach ja?«

»Ich führe dich zum Essen aus.«

»Schmalzbrote im Parteilokal?«

»Ich würde dich mitnehmen, wirklich, aber es geht heute nur um Organisatorisches, das ist für jemand, der die Strukturen noch nicht kennt, langweilig.«

Otto sprach, als würde er davon ausgehen, dass Elsa bald der Partei beitrat. Seine Gewissheit irritierte Elsa.

»Darf ich dich noch nach Hause begleiten?«

»Gerne.«

Otto hatte nun den Arm von ihrer Schulter genommen und ergriff stattdessen ihre Hand. Es fühlte sich genauso aufregend an wie mit Moritz. Mit dem Unterschied, dass Otto ganz genau zu wissen schien, was er tat, denn er streichelte mit seinem Daumen über ihren Handrücken. Genau konnte sie es nicht sagen, sie trug ja ihre dicken Fäustlinge.

Plötzlich blieb Otto stehen. Er ließ Elsas Hand abrupt los und starrte auf ein Plakat an einer Litfaßsäule. Ein Mann und eine Frau waren darauf zu sehen. Sie hielten sich an der Hand und streckten die Arme kämpferisch in die Höhe: »Gegen Krise und Not, für Arbeit und Brot, wählt sozialdemokratisch« stand darauf. Doch die Worte waren mit schwarzem Stift durchgestrichen. Darüber war nun zu lesen: »Diebstahl und Klau, von Roten und der Judensau. Verteidigt Euren Besitz.«

»Sieh dir das an«, rief er aufgebracht. »Das waren die schwarzen Schmierfinken, es reicht ihnen nicht, dass sie im Parlament die Mehrheit haben. Wien ist ihnen ein Dorn im Auge. Sie wollen auch hier an die Macht und zerstören unsere Plakate in der ganzen Stadt.«

Elsa stand davor und sah auf den hässlichen Schriftzug. Er war rasch hingefetzt worden, aber deutlich zu lesen.

»Die Christlichsozialen sind nicht nur gegen uns, sondern auch gegen euch Juden.« Ottos Gesicht war rot angelaufen vor Zorn. Er ging zu dem Plakat und versuchte, es herunterzureißen, jedoch mit mäßigem Erfolg, er erwischte nur einen kleinen Fetzen.

»Ich bin keine Jüdin«, erklärte Elsa. »Was die bösen Worte jedoch nicht besser macht.«

Otto hielt in seinem Tun inne. »Ich dachte, das Unternehmen Sonnstein sei in jüdischer Hand.«

»Das ist es auch, aber meine Mutter ist Katholikin, und der jüdische Glaube kann immer nur von der Mutter ans Kind weitergegeben werden, nicht vom Vater. Die wenigsten Menschen wissen das.«

»Das ist mir auch neu«, gab Otto zu. »Ich kann dir aber sagen, dass es den Hasstreibern völlig egal ist, ob bloß die Mutter, der Vater oder beide Elternteile Juden, Sozialisten oder was auch immer sind. Wir werden von ihnen alle in einen Topf geworfen.«

»Denkst du, dass der Antisemitismus wieder ansteigen wird, so wie vor dem Krieg?«, fragte Elsa.

»Ich fürchte, es wird alles noch schlimmer«, antwortete Otto düster. »In Deutschland hat ein kleiner Österreicher namens Adolf Hitler eine eigene Partei gegründet, die ausschließlich Hass predigt, die NSDAP. Noch ist der Zuspruch überschaubar, aber sobald die Wirtschaft schlechter läuft, werden die Menschen ihm in Scharen zulaufen.«

»Was ist so gefährlich an ihm?«, wollte Elsa wissen.

»Das Ziel dieser Partei ist die Zerschlagung der Demokratie. Hitler fantasiert von einem Führerstaat. Wenn er Erfolg hat, werden auch die Christlichsozialen in Österreich seine Parolen aufgreifen. Unter ihnen gibt es genug, die sich einen starken Mann an der Spitze des Staates wünschen.«

»Dann müssen wir darauf hoffen, dass die Wirtschaft stabil bleibt«, sagte Elsa. Sie wollte die düsteren Prophezeiungen nicht hören.

»Hoffen allein reicht nicht«, sagte Otto. »Wir müssen diese rechte Brut bekämpfen. Sie gefährdet alles, was in Wien mühsam aufgebaut worden ist. Kanzler Seipel und seine Parteifreunde sind für diese Schmierereien verantwortlich.«

Elsa stieß sich an dem Wort »bekämpfen«. Auch wenn sie rechte Parolen genauso fürchtete wie Otto. Immer noch versuchte er, das beschmierte Papier von der Säule zu kratzen.

»Du kannst das Plakat nicht entfernen«, sagte sie. »Besser du und deine Parteifreunde klebt ein neues darüber.«

Otto verzog missgelaunt den Mund, ließ es aber bleiben. Seine Fingernägel waren bereits schmutzig, und die Haut an den Fingerkuppen war rot. Er klopfte die Hände gegeneinander und wischte seine Handflächen an seiner Hose ab.

Das letzte Stück des Weges liefen sie nebeneinander und schwiegen.

Rasch erreichten sie das Palais. Otto blieb davor stehen. »Da wären wir«, sagte er.

»Danke für den Ausflug.«

»Gerne.«

Eine Weile standen sie einander gegenüber. Otto schien in ihren Augen nach einem Zeichen zu suchen. Kurz glaubte Elsa, er würde sich zu ihr beugen und sie auf die Wange küssen, aber stattdessen ergriff er ihre Hand, streifte ihren Fäustling ab und führte ihre Finger zum Mund. Er hauchte einen Kuss auf die Innenseite ihrer Handfläche. Dabei kitzelte sein weicher Bart ihre Haut. Elsa blieb für einen Augenblick die Luft weg. Diese Geste war erschreckend intim, aber gleichzeitig aufregend. Otto ließ ihre Hand wieder los und reichte ihr den Fäustling, den er gehalten hatte. Er grinste zufrieden. Offenbar hatte er mit seinem Handeln die gewünschte Reaktion ausgelöst. Nun errötete Elsa auch noch. Am liebsten wäre sie im Boden versunken, zugleich wünschte sie, er würde jetzt nicht gehen, sondern mit ihr den versprochenen Rodelausflug unternehmen.

»Bis zum nächsten Mal.« Er nickte ihr zu, drehte sich um und machte sich auf den Weg ins Parteilokal. Elsa sah ihm verwirrt nach. Sie wünschte, er hätte auch ihre andere Hand geküsst, und dieses Verlangen irritierte sie auf eine spannende Art.

18

Schloss Wilhelminenberg

Wieder war Moritz zu früh dran, und genau wie beim letzten Mal lehnte er lesend an einer Gartenmauer. Diesmal war es der Eingang zum Schlossgarten Wilhelminenberg, wo er auf Elsa wartete. Trotz strahlend blauem Himmel und gleißendem Sonnenschein war es ein klirrend kalter Wintertag. Dabei war laut Kalender immer noch Herbst. Elsa juckte der Übermut. Sie schlich sich seitlich an Moritz heran, formte einen Schneeball, zielte und traf ihn direkt in den Nacken.

»He!« Erschrocken fuhr er herum und entdeckte Elsa, die sich vor Lachen die Seite halten musste. Augenblicklich entspannte sich sein verärgerter Gesichtsausdruck, und er fiel in ihr Lachen ein.

»Sag, haben dir deine Eltern kein Benehmen beigebracht?«, fragte er mit gespieltem Ärger.

»Sie haben es redlich versucht, sind aber kläglich gescheitert.« Elsa trat näher. Sein Kragen war voller Schnee. »Bitte entschuldige, ich konnte der Versuchung nicht widerstehen.« Sie streckte sich und klopfte ihm den Schnee von den Schultern, dabei berührte sie sein Haar. Es war viel weicher, als es aussah.

»Irgendwann wird sich eine Gelegenheit für die Rache ergeben«, warnte Moritz.

»Ich fürchte, die wird gnadenlos.« Elsa lachte immer noch.

»Wie bist du hergekommen? Ich habe keine Straßenbahn kommen sehen.«

»Meine Mutter hat mich mit dem Auto gebracht«, gab Elsa zu. »Ich wäre sonst wieder mal zu spät dran gewesen.«

»Ihr habt ein Auto?« Moritz war sichtlich beeindruckt.

»Es gehört meinem Vater, aber es fährt fast ausschließlich meine Mutter damit.«

Elsa schaute fragend auf das Buch in Moritz' Hand. »Immer noch der *Zauberberg*?«

»Nein, ich habe mir ein Buch von Jane Austen besorgt.«

»Wirklich?« Elsa konnte es nicht glauben. Sie nahm Moritz das Buch aus der Hand. *Stolz und Vorurteil* stand darauf.

»Ich wollte wissen, warum du die Autorin so gerne liest«, gestand Moritz.

Elsa fühlte sich geschmeichelt. »Ist es nicht eine wundervoll romantische Liebesgeschichte?«

Moritz verzog den Mund zu einer leidenden Grimasse. »Na ja. Ich finde das Ganze ein bisschen …«, er suchte nach dem passenden Begriff und rang sichtlich um ein Wort. Wegen Elsas Begeisterung schien ihm die Entscheidung schwerzufallen. »Antiquiert«, stieß er schließlich hervor.

»Aber nein«, widersprach Elsa.

»Vorhersehbar?«

»Vielleicht«, gab Elsa zu. »Aber gerade das macht den Reiz der Geschichten aus. Man weiß genau, worauf man sich einlässt, und erlebt keine bösen Überraschungen.«

»Findest du nicht, dass Mister Darcys Verhalten reichlich überholt ist?«, fragte Moritz. »Er ist verliebt, aber zu stolz, um es der Protagonistin zu zeigen, und sie reagiert ebenso altmodisch. Als Leser weiß man auf der ersten Seite, dass die beiden einander lieben. Dann reden sie über Kapitel hinweg aneinander vorbei. Das Ganze hätte man in ein paar Sätzen erzählen können.«

Elsa schüttelte entschieden den Kopf: »Man weiß ja nicht, ob sie auch wirklich zusammenkommen werden. Das macht die Spannung aus. Man fiebert mit ihnen mit.«

»Spannung?« Amüsiert hob Moritz die Augenbrauen.

»Dir fehlt das Verständnis für romantische Liebesgeschichten.«

Entschuldigend neigte Moritz den Kopf: »Es hat ganz den Anschein.«

»Kommt sonst noch wer, oder sind wir beide heute allein?«, fragte Elsa.

»Unsere beiden Namen waren die einzigen auf der Liste. Wir können reingehen.«

Das schmiedeeiserne Tor neben der Gartenmauer stand offen. Ein breiter verschneiter Weg führte zum Schloss. Man hatte dunklen Schotter gestreut, um die Glatteisgefahr zu bannen. Die schwarzen Steinchen erinnerten Elsa an Brotkrümel im Märchen *Hänsel und Gretel*. Sie hatte sich als Kind immer furchtbar vor der bösen Hexe gefürchtet. Heute verband sie mit der Geschichte vor allem das Bild eines Lebkuchenhauses.

»Kein schlechter Platz für ein Kinderheim.« Moritz pfiff anerkennend durch die Zähne. Das riesige Gebäude, das an eine kleine Ausgabe von Schönbrunn erinnerte, war von einer weitläufigen Grünfläche umgeben, die im Moment im Winterschlaf lag. Während das Gebäude herrschaftlich royal aussah, war der Garten eine wilde Oase. Man konnte erahnen, wie im Sommer bunte Wiesenblumen unter den knorrigen Obstbäumen für fröhliche Farbtupfer sorgten. Auch jetzt hatte die weitgehend naturbelassene Landschaft etwas Märchenhaftes.

»Ich nehme an, dass dieser Garten deinem Geschmack entspricht.«

»Er ist traumhaft«, seufzte Elsa. »Die Stadt Wien hat das Gebäude samt dazugehörendem Garten gekauft und für teures Geld renoviert und umgebaut.«

Moritz warf ihr einen fragenden Blick von der Seite zu. »Hast du das bei der Stadtrundfahrt erfahren?«

»Ja, und die Fahrt war nicht mal übel. Ich habe viel dazugelernt.« Elsa verschwieg, dass sie den Großteil der Fahrt verpasst hatte, weil Ottos Nähe sie irritiert hatte. Immer noch wurde ihr heiß, wenn sie an seinen Arm und später an den Kuss ihrer Handfläche dachte.

»Wie war dein Lichtspieltheaterbesuch?«

»Ich würde den Film nicht weiterempfehlen. Aber ich glaube, dass er Mona und Edith gefallen hat.«

»Worum ging es?«

»Ich muss gestehen, dass ich irgendwann nach der Hälfte eingeschlafen bin. Es war eine abstruse Geschichte über die Zukunft, gleichzeitig aber auch ein Rückblick in die Geschichte … Ich kann dir die Handlung echt nicht genau wiedergeben.«

»Und wie war Brigitte Helm in ihrem Roboterkostüm?«

»Die Frau hat mir echt leidgetan. Ich hoffe, dass sie ordentlich dafür entlohnt worden ist. Was man von den Komparsen wahrscheinlich nicht behaupten kann. Stell dir vor, über tausend Männer haben sich für den Film eine Glatze scheren lassen.«

Elsa lachte. »Das nenne ich Engagement.«

Sie hatten das Schloss erreicht. Von beiden Seiten führte eine breite Treppe zum Eingang. Die Stufen waren vom Schnee freigeschaufelt worden. Dennoch mussten sie aufpassen, denn an manchen Stellen war der Stein darunter spiegelglatt.

Vorsichtig stiegen sie hoch. Moritz öffnete die Tür und hielt sie für Elsa auf. Hinter einem verglasten Schalter saß ein Portier und blätterte in einer Zeitung. Neben seinem Schreibtisch standen Krücken. Er trug eine Beinprothese. Als er Moritz und Elsa sah, blickte er auf. »Sind Sie die Studenten vom Doktor Aichhorn?«

»Ja, guten Tag.«

»Der Herr Doktor Sensenbauer wartet schon auf Sie.« Er widmete sich wieder seiner Lektüre, einer Tageszeitung mit vielen Illustrationen. Moritz und Elsa sahen einander fragend an. Ohne den Kopf erneut zu heben, deutete der Portier mit dem Daumen die Treppe hinauf. »Erster Stock, zweite Tür von links. Dort ist das Büro.«

»Danke.«

Über eine breite Treppe mit schmiedeeisernem Geländer gelangten sie in den ersten Stock. Die Wände waren mit reichlich Stuck verziert. Gipsreliefs mit barocken Engeln, Blumen, Weinreben und Girlanden. Von der Decke hingen vergoldete Kronleuchter, Relikte einer längst vergangenen Zeit, als in dem Schloss Bälle und Bankette abgehalten worden waren.

Die Tür zum Büro der Heimleitung stand offen. Elsa klopfte trotzdem. Hinter einem massiven Schreibtisch, auf dem sich stapelweise Akten türmten, hockte ein kleiner Mann mit Glatze und Vollbart. Als er die beiden eintreten sah, richtete er sich auf und lugte über die Unterlagen. Auf seiner Nase saß eine kleine Metallbrille, statt eines Arztkittels trug er einen dunklen Anzug.

»Kommen Sie nur weiter«, er winkte Elsa und Moritz herein und sprang von seinem Stuhl auf, der dabei gefährlich ins Wanken geriet, aber stehen blieb.

»Wie schön, dass Sie sich für unsere Einrichtung interessieren.« Etwas umständlich umrundete er seinen Schreibtisch und schüttelte zuerst Elsa, dann Moritz die Hand.

»Elsa Sonnstein?«, fragte der Direktor. »Sind Sie mit Doktor Jakob Sonnstein verwandt?«

»Das ist mein Vater.«

»Nein, so was!« Doktor Sensenbauer rückte seine Brille zurecht und blinzelte Elsa zu. »Ich schätze Ihren Vater sehr. Er ist ein hervorragender Kinderarzt und ein Fachmann auf dem Gebiet der Lungenkrankheiten. Wir haben viele Jahre zusammengearbeitet. Aber dann habe ich mich auf die Psychiatrie konzentriert, bevor ich mich vollständig der Pädagogik verschrieben habe. Bitte richten Sie Ihrem Vater meine allerbesten Grüße aus.«

»Das werde ich machen.« Vorsichtig blickte sich Elsa im Büro um. Die Wände waren mit Regalen und Aktenschränken vollgestellt, vor dem hohen Fenster stand eine Topfpflanze, die schon bessere Tage erlebt hatte. Die Palme verfügte nur noch über zwei mickrige Blätter, die welk und braun Richtung Boden hingen. Hinter Doktor Sensenbauers Schreibtisch zierte ein gerahmtes Plakat die Wand. Es zeigte den »Fürsorgeweg«. Links oben war ein Bild der KÜST zu sehen, rechts eines vom Schloss Wilhelminenberg. Von der KÜST gingen mehrere Pfeile weg, einer führte ins Schloss, einer zu Pflegefamilien, ein weiterer, sehr dünner Pfeil zu Blutsfamilien plus Erziehungsberatung und ein letzter zur Anstaltspflege. Auch vom Schloss Wilhelminenberg ging ein Pfeil zur Anstaltspflege.

»Ich sehe, Sie haben unser Plakat schon entdeckt«, sagte Doktor Sensenbauer stolz. »Waren Sie schon in der KÜST?«

»Ja, letzte Woche.«

»Na, dann wissen Sie bereits bestens Beschied, wie das System funktioniert.«

»Was versteht man unter Anstaltspflege?«, wollte Elsa wissen.

»Dort landen die schwachsinnigen, die asozialen und die kriminellen Kinder.« Traurig schüttelte Doktor Sensenbauer den Kopf. »Leider müssen wir immer wieder ein paar unserer Schützlinge in die Anstaltspflege abgeben.«

»Weil sie kriminell sind?«, fragte Elsa.

»Unter anderem«, gab Doktor Sensenbauer zu. »In der Bevölkerung herrscht ja die Meinung, dass Kinder, die in Heimen groß werden, der Abschaum der Gesellschaft sind.« Er räusperte sich. »Natürlich stimmt das nicht, aber hin und wieder trifft es leider doch zu. Da helfen auch die hartnäckigsten Bemühungen unserer Pädagogen nichts.«

Für Elsa passten die Zuschreibungen kriminell und asozial nicht mit Kindern zusammen.

»Unsere Anstalt wurde letztes Jahr feierlich eröffnet«, erklärte Doktor Sensenbauer. »Wir dachten, dass das Areal groß genug sei und wir über Jahre unausgelastet sein werden. Das Gegenteil ist der Fall. Einige unserer Schlafsäle sind seit Monaten überfüllt. Ich denke, dass wir noch ausbauen müssen. Kommen Sie und machen Sie sich selbst ein Bild.«

Er ging zu einem Kleiderständer neben der Tür und nahm drei weiße Kittel herunter. Er reichte je einen an Elsa und Moritz.

»Legen Sie Ihre Überbekleidung ab, es ist nicht kalt bei uns«, forderte er. »Das Schloss verfügt seit der Renovierung über eine Zentralheizung. Aber ziehen Sie bitte die weißen Kittel an. Die Kinder sollen Sie als Personal erkennen, sonst werden vielleicht falsche Hoffnungen geweckt.«

»Welche Hoffnungen?«

»Die meisten Kinder warten darauf, in einer Pflegefamilie unterzukommen. Auch wenn es ihnen hier besser gehen mag als in so mancher Familie. Sie träumen alle von einem Zuhause mit Eltern und von einem Stück Normalität.«

Elsa verstand immer noch nicht, was das mit ihr und dem Kittel zu tun hatte.

»Sie beide sehen aus wie ein junges Ehepaar, das kann dahingehend interpretiert werden, dass Sie nach einem Kind suchen.«

»Oh!« Elsas Wangen färbten sich dunkelrot, auch die von Moritz legten an Farbe zu. Um ihre Verlegenheit zu überspielen, schlüpften beide rasch aus ihren Mänteln und streiften die Arztkittel über. Der von Elsa war um einige Nummern zu groß. Er reichte bis zu ihren Knöcheln. An den Ärmeln krempelte sie ihn hoch. Moritz passste seine Schutzkleidung.

»So, dann wollen wir.« Doktor Sensenbauer klatschte gut gelaunt in die Hände. »Kommen Sie, ich bringe Sie in die Schlafräume.«

Sie liefen einen breiten Gang entlang. Auf der rechten Seite zeigten hohe Fenster in den Garten, zu ihrer Linken hingen dunkle Ölgemälde von längst verstorbenen Kriegsherren und ehemaligen Schlossbesitzern. Die Männer hielten sich gerade und richteten strenge Blicke auf die Vorbeigehenden. Elsa überlegte, wie sie sich wohl als Kind gefühlt

hätte. Sicher hätten die finsteren Gestalten ihr Angst einge-
jagt.

»Irgendwann kommen die Gemälde ins Museum«, erklärte Doktor Sensenbauer. »Bisher hat sich niemand dafür
interessiert. Ich werde die Kunstabteilung in der Stadtregierung erneut daran erinnern.«

Elsas Aufmerksamkeit blieb an einer Frau mit breitem
Reifrock und barocker Perücke hängen. Ihre Darstellung
unterschied sich von den anderen Kunstwerken. Obwohl
auch die Frau ernst dreinschaute, war das Gemälde in seiner
Gesamtheit freundlicher und bunter. Die barocke Edeldame
hielt einen kleinen flauschigen Hund im Arm.

»Ich glaube, dass das eine von Maria Theresias Verwand-
ten war«, sagte Doktor Sensenbauer. »Vielleicht sogar eine
ihrer Töchter. Fragen Sie mich nicht, wie sie hierhergekom-
men ist. Die Kinder mögen das Bild.«

Am Ende des Gangs führte eine schmalere Treppe in ein
Zwischengeschoss und von dort weiter über einen anderen
Gang in einen Seitentrakt.

»Das ganze Gebäude ist eine Art Labyrinth«, entschuldigte sich Doktor Sensenbauer. »Bei den Renovierungsarbeiten musste auf alte Bausubstanzen Rücksicht genommen werden.« Er senkte die Stimme und hielt sich die Hand
vor den Mund: »Außerdem wurde das Geld knapp. Der
Ankauf des Geländes hat die Stadt ein Vermögen gekostet.«
Mit raschen Schritten trippelte er weiter und hüstelte verlegen.

»So, da wären wir.« Sie waren in einem Seitenflügel an-
gelangt. Zwei von drei hohen Holztüren mit goldenen Tür-
klinken standen offen. Elsa trat zu einer und schaute dahinter.

»Das ist der Schlafsaal der Mädchen, die über zehn sind.«
Hinter der Tür erstreckte sich ein schlauchförmiger Raum.
Mindestens zwanzig Betten aus Stahlrohr reihten sich aneinander. Große Fenster sorgten für ausreichend Licht. Neben
jedem Bett gab es ein kleines Nachtkästchen aus cremefarben
gestrichenem Metall. An der hinteren Seite befanden sich
vier Schränke. Sonst war der Saal völlig kahl. Keine Bilder,
keine Stehlampen, nichts, was den Raum hätte gemütlich erscheinen lassen. Elsa fühlte sich an ein Krankenhaus erinnert.

»Gegenüber vom Schlafsaal sind die sanitären Wasch-
räume. Sie werden von allen Mädchen genutzt.« Stolz präsentierte Doktor Sensenbauer eine Gemeinschaftsdusche,
mehrere Waschbecken und Toiletten, die durch halbhohe
Türen vom Rest des Raums abgetrennt wurden.

»Neben den über Zehnjährigen sind die Volksschülerin-
nen untergebracht, wieder daneben die noch jüngeren Mädchen.«

Er ging wieder zum Treppenhaus und stieg ins obere Ge-
schoss. Auch hier gab es verschlossene Türen. An einer davon klopfte er. Ohne auf eine Reaktion zu warten, öffnete er.
Der Saal sah beinahe genauso aus wie der Schlafsaal der über
Zehnjährigen. Einige Betten hatten Gitterstäbe. Nur das
untere Ende des Raums unterschied sich. Hier lag ein Teppich auf dem Boden, auf dem fünf Krabbelkinder mit Bällen
und Würfeln spielten.

Eine junge Frau saß neben dem Teppich auf einem niedrigen Hocker. Sie hielt ein weinendes Mädchen im Schoß.
Die Frau war in etwa in Elsas Alter und strahlte eine Wärme
und Ruhe aus, die sich auf die Kinder übertrug. Elsa verspürte sofort den Wunsch, sich neben sie zu setzen und sich
mit ihr zu unterhalten.

»Guten Tag, Doktor Sensenbauer.« Die Kinderfrau in der Kleidung einer Krankenschwester erhob sich.

»Bleiben Sie sitzen, Veronika.«

Doch die junge Frau stand mit dem Kind am Arm auf. Es hatte aufgehört zu weinen und schmiegte sich jetzt mit dem Daumen im Mund an die Frau.

»Die beiden Herrschaften sind Studenten von Doktor Aichhorn.«

»Oh, wie schön«, sagte Veronika. Sie winkte Elsa und Moritz bloß zu, damit das eingeschüchterte Kleinkind sie nicht ansehen musste.

»Alle Kinder hier sind jünger als zwei Jahre«, erklärte Doktor Sensenbauer. »Wir haben Jungen und Mädchen zusammengetan.« Ein kleiner Junge wackelte unsicher zu dem Hocker, auf dem Veronika gerade noch gesessen hatte. Ungelenk zog er sich mit beiden Armen hoch. Die Erzieherin bemerkte es und rief begeistert: »Bravo, Leon.« Sofort plumpste der Junge wieder auf sein mit einer Windel gepolstertes Hinterteil.

Veronika setzte das Kind, das sie auf der Hüfte trug, auf den Boden, um Leon aufzuhelfen. Doch kaum saß das Mädchen, brüllte es laut auf. Also wendete sich Veronika ihr wieder zu. Leon musste sich allein hochhelfen. Vier weitere Kinder krabbelten am Boden. Eines jammerte nur leise vor sich hin, niemand beachtete seinen Kummer. Auch Veronika sah das stille Weinen nicht. Es hatte den Anschein, dass nur die lauten Kinder sich hier Gehör verschaffen konnten.

»Was macht der Bub bei Ihnen?«, fragte Doktor Sensenbauer. »Sollte er nicht bei den Älteren sein?« Er zeigte auf einen etwa Siebenjährigen, der in der Ecke stand und zum Fenster blickte.

»Er hat die ganze Nacht geweint und auch heute Morgen nicht damit aufgehört. Es war unmöglich, ihn in die Schule zu schicken. Sarah hat mich gebeten, auf ihn aufzupassen. Wenn er in meiner Nähe ist, weint er nicht.«

Der Junge war mager. Seine dunklen Locken standen unfrisiert vom Kopf ab. Er hatte etwas Verlorenes an sich.

»Werner«, rief Elsa erstaunt. Sofort zuckte der Bub zusammen. Mit angstgeweiteten Augen drehte er sich zu Elsa um und starrte sie an wie ein Kaninchen, das sich in Gefahr befand.

»Kennen Sie das Kind?«

»Wir haben Werner letzte Woche in der KÜST gesehen.«

Elsa trat langsam auf ihn zu und ging vor ihm in die Hocke, damit ihre Gesichter auf Augenhöhe waren. »Hallo, Werner«, sagte sie freundlich und streckte ihm ihre Hand entgegen. »Ich bin Elsa.«

»Er kann leider nicht reden«, erklärte Veronika. »Es ist so schade, ich mag ihn. Aber ich glaube, dass er nicht bleiben kann, er ist schwachsinnig.«

»Wir werden ihn beobachten und dann weitere Entscheidungen treffen«, sagte Doktor Sensenbauer.

Elsa hielt dem Jungen immer noch den gestreckten Arm entgegen. Als sie aufgeben und wieder aufstehen wollte, streckte auch er seine Hand aus. Er legte seine Finger in ihre. Sie waren warm, verschwitzt und ein bisschen klebrig.

Elsas Herz machte einen Satz, so sehr freute sie sich über die Reaktion. »Kannst du dich an mich erinnern?«

»Ja.« Die Antwort war nur ein Hauch, von dem sie nicht sicher war, ob sie ihn tatsächlich gehört hatte. Aber Werner sah sie mit einer Beharrlichkeit an, die ihr bewies, dass sie zu ihm durchgedrungen war. Im Hellblau seiner Augen lag die Traurigkeit eines alten Mannes, der ein Leben lang gelitten hatte.

»Wie schön«, sagte Elsa. »Ich kann mich auch an dich erinnern. An deine wunderschönen Augen und an dein Lächeln.«

Er nickte ernst.

»Im Moment ist dir wohl nicht nach einem Lächeln zumute.«

Schier eine Ewigkeit passierte gar nichts. Der Junge starrte sie regungslos an. Elsa wartete geduldig. Als sie die Hoffnung auf eine weitere Reaktion aufgeben wollte, füllten sich Werners Augen mit Tränen. Es geschah völlig geräuschlos. Er schniefte nicht und gab auch sonst keinen Ton von sich. Mit dem nächsten Lidschlag kullerten zwei Tränen über seine eingefallenen Wangen und tropften auf sein graues Hemd. Betroffen kramte Elsa in ihrer Handtasche nach einem Taschentuch.

»Hier«, sagte sie. »Für dich.«

Werner nahm es entgegen. Behutsam strich er über Elsas Monogramm. »E.S.«, flüsterte er leise.

»Du kennst die Buchstaben?« Elsa formulierte eine Frage, aber sie war davon überzeugt, dass sie die Antwort kannte. Erstaunt drehte sie sich zu Doktor Sensenbauer und Veronika um. Beide beobachteten sprachlos die Szene. Auch Moritz' Aufmerksamkeit war bei Elsa und dem Jungen.

»Darf ich das Tuch behalten?« Werners Stimme war leise. Aber die Erwachsenen im Raum schienen den Atem anzuhalten, um ihn hören zu können. Selbst die kleinen Krabbelkinder hielten für einen Moment inne, bevor sie wieder jammerten und sich brabbelnd über den Teppich bewegten.

»Selbstverständlich«, antwortete Elsa. »Es gehört dir. Und

wenn du das nächste Mal weinen musst, wischst du dir damit die Tränen weg.«

Werner nickte ernst.

»Auf Wiedersehen, Werner.« Sie streckte ihm erneut die Hand entgegen. Diesmal wartete Werner nicht, sondern ergriff sie ohne Zögern. Elsa stand auf.

»Vielen Dank, Fräulein Sonnstein«, sagte Doktor Sensenbauer beeindruckt. »Sie haben uns viel Arbeit erspart. Jetzt wissen wir, dass der Junge nicht schwachsinnig ist.« Er korrigierte sich. »Zumindest nicht völlig.«

Sie verabschiedeten sich auch von Veronika und traten wieder auf den Gang.

»Das war eben sehr eindrucksvoll«, flüsterte Moritz ihr zu.

Elsa wünschte, sie könnte noch mehr Zeit mit dem kleinen Werner verbringen.

Über ein paar Treppen ging es in ein weiteres Zwischengeschoss.

»Hier können die Kinder lernen«, erklärte Doktor Sensenbauer. Die Tür zu dem Raum, der an ein Klassenzimmer erinnerte, stand offen. Schulbänke und Stühle befanden sich darin. An den Wänden hingen Tafeln mit dem Alphabet, Zahlen und eine Weltkarte. Die Regale an den Wänden waren mit Büchern und Ordnern vollgestellt.

»Natürlich müssen die Kinder nicht ausschließlich lernen«, sagte Doktor Sensenbauer. »Die Spielbereiche liegen im hinteren Teil des Gebäudes. Aber zuvor will ich Ihnen noch unser Beobachtungszimmer zeigen.«

»Was wird dort beobachtet?«, fragte Moritz.

»Nicht alle Kinder, die wir von der KÜST zugeteilt bekommen, sind für unsere Einrichtung geeignet. Einige müssen von uns noch weiter beobachtet werden, bis wir den besten Platz für sie finden. So wie den kleinen Jungen von vorhin. Hätte er eben nicht gesprochen, hätten wir ihn für ein paar Wochen im Beobachtungszimmer untergebracht.«

Er winkte sie weiter. Nun ging es eine Treppe hinauf. Elsa hatte längst den Überblick verloren, in welchem Teil des Schlosses sie sich gerade befanden. Ohne Doktor Sensenbauers Hilfe würde sie nie wieder aus dem Gebäude hinausfinden.

Der Direktor blieb bei einem schmalen Gangfenster stehen und zeigte nach unten in den Hinterhof. »Dort ist unsere Küche und gleich daneben der Speisesaal.« Ein deutlich moderner, nachträglich errichteter Zubau grenzte direkt ans Schloss an. Er wirkte wie ein Fremdkörper im Hof des Barockschlosses. »Die Kinder werden dazu angehalten, beim Kochen mitzuhelfen. Es gibt verpflichtenden Küchendienst für alle. Auch die Jüngsten helfen schon mit. Sie waschen das Gemüse oder schälen Erdäpfel. So lernen sie, wie eine Gemeinschaft funktioniert.« Doktor Sensenbauer fasste sich stolz an seine schmale Brust. »Gegessen wird immer gemeinsam.«

»Wo sind die Kinder jetzt?«, wollte Elsa wissen.

»Die meisten sind in der Schule oder im Kindergarten. Die jüngeren werden von unserer Kinderschwester Veronika betreut, und wer krank ist, liegt auf der Krankenstation. Wollen Sie die auch sehen?«

»Nein danke.«, Elsa wusste, wie ein Krankenzimmer aussah.

»Aber das Beobachtungszimmer würde mich interessieren«, sagte Moritz.

»Ja natürlich. Kommen Sie mit.«

»Dürfen die Kinder im Garten spielen?«

»Selbstverständlich, sobald sie ihre Pflichten erledigt haben. Das heißt, die Hausaufgaben erledigt sind, der Küchen- oder Putzdienst.«

»Putzdienst?«

»Die Kinder beteiligen sich am Saubermachen. Sie schrubben die Böden, die Tische und die Regale. Hängen die Wäsche auf und falten sie zusammen. Nur die sanitären Räume werden von uns gereinigt, damit die Hygienevorschriften eingehalten werden. Es soll alles so laufen wie in einer Familie.«

Elsa schwieg betroffen. Sie hatte noch nie einen Boden schrubben müssen.

»Leider sind im Winter die Möglichkeiten des Spielens eingeschränkt«, fuhr Sensenbauer fort. »Der Garten wird nur selten genutzt. Letzte Woche sind die Kinder einmal eine Stunde im Schnee gewesen. Wir merken, dass unsere Schützlinge in den Wintermonaten unzufrieden und unruhiger sind. Einige von ihnen werden aggressiv.«

»Aber warum gehen Sie nicht öfter mit ihnen hinaus?«, fragte Elsa. »Sie könnten doch auf dem Hügel hinter dem Schloss Skifahren.«

Doktor Sensenbauers Augen weiteten sich amüsiert hinter seiner kleinen Brille. »Skifahren?«, wiederholte er.

»Ja, es ist ein wundervoller Sport. Die Kinder üben sich in ihrer Geschicklichkeit, haben Freude an der Bewegung, ertüchtigen ihre Körper und gewinnen Selbstvertrauen. Ich bin sicher, dass sie hinterher weniger aggressiv sind.«

»Das klingt sehr vielversprechend«, gab Doktor Sensenbauer zu. »Leider fehlt mir dazu das notwendige Personal. Wer soll den Kindern denn das Skifahren beibringen? Und woher soll ich das Geld für die Skier nehmen? Jeder Schilling geht in die noch ausstehenden Renovierungsarbeiten am Schloss.«

»Vielleicht würden sich Freiwillige finden, die mit den Kindern Wintersport betreiben.«

»Das wäre schön.« Doktor Sensenbauer pflichtete Elsa bei. »Aber niemand will sich mit Heimkindern beschäftigen. Ihnen haftet ein Makel an.«

Sie hatten eine weitere Etage erreicht und befanden sich jetzt in einer Art Turm auf der rechten Seite des Schlosses. »Hier ist unser Beobachtungszimmer, bitte erschrecken Sie nicht. Die Kinder sind sehr auffällig in ihrem Verhalten. Eines muss medikamentös ruhiggestellt werden. Ich hoffe, dass wir es bald in eine entsprechende Anstalt überstellen können.«

Sie betraten einen kleinen Vorraum, wo eine Krankenschwester in Uniform an einem niedrigen Schreibtisch saß und las. Als sie Doktor Sensenbauer sah, schlug sie die Zeitung rasch zu und schob sie hastig zur Seite. Stattdessen ergriff sie eine Liste mit Zahlen und Namen.

»Guten Tag!«

»Schwester Anna, wir haben Besuch von zwei Studenten, die sich für unsere Einrichtung interessieren. Können wir die Beobachtungskinder sehen?«

»Bitte einen Moment.« Sie stand auf, strich ihre Schürze glatt und trat zu einer weiteren Tür, die bloß angelehnt war. Schwester Anna öffnete sie einen Spalt. Leises Wimmern drang aus dem Raum dahinter. Elsa nahm einen intensiven Geruch von Karbolsäure wahr. »Sie können hineingehen«, sagte Schwester Anna. »Es ist weitgehend ruhig.«

Elsa folgte Moritz. Sie erwartete ein krankenhausähnliches Zimmer. Aber das Gegenteil war der Fall. An den Wänden reihten sich die Regale, in denen sich Kinderbücher, bunte Bauklötze und Holztiere stapelten. Alles schien unberührt. Auf der anderen Seite des Raums standen zwei Gitterbetten. In jedem befand sich ein Kind. Das eine war ein Junge mit kahl geschorenem Kopf. Er war ungefähr acht Jahre alt. Er hielt den eigenen Oberkörper fest umschlossen und wippte vor und zurück, dabei summte er. Speichel tropfte aus seinem Mund. Er schien die Besucher nicht wahrzunehmen und schenkte ihnen keine Beachtung.

»Wir mussten Erich die Haare kurz schneiden, weil er sie sonst in Büscheln ausreißt«, erklärte Schwester Anna.

Das Kind im anderen Bett war mit Lederriemen an die Gitterstäbe gebunden, es schlief. Es war nicht erkennbar, ob es sich um einen Jungen oder ein Mädchen handelte. Das schmale Gesicht mit den eingefallenen Wangen war mit blutigen Kratzern und schlecht verheilten Narben übersät.

Elsa konnte ihr Entsetzen kaum verbergen. Sie musste ihren Blick abwenden. »Sophia ist angebunden, weil sie sich sonst blutig kratzt«, erklärte Doktor Sensenbauer. »Sie sehen, dass wir diese Kinder unmöglich bei uns behalten können. Sie gehören in eine Irrenanstalt. Dort bekommen sie die richtige Behandlung, mit Strom- und Wassertherapie.«

Elsa lief ein eisiger Schauer über den Rücken. Sie hatte in einer der Zeitschriften ihres Vaters von diesen Therapiemethoden gelesen. Sie war keine Medizinerin, doch sie zweifelte die Sinnhaftigkeit elektrischer Stromstöße ebenso an wie das Abspritzen kleiner Körper mit eiskaltem Wasser.

»Und hier wollten Sie Werner beobachten?«, fragte sie.

»Ja, es ist die beste Methode, um festzustellen, was die Kinder brauchen. In den Gruppenräumen fehlen uns dazu die Möglichkeiten. Hier sitzt immer eine Krankenschwester und kann Auffälligkeiten sofort protokollieren. Außerdem kommt regelmäßig ein Psychologe oder ein Arzt vorbei und macht sich ein Bild von der Lage.«

Elsa fragte sich, ob Werner hier jemals gesprochen oder sich noch weiter in sein Schneckenhaus verkrochen hätte. Auch Moritz schien ähnlich zu denken. Auf seiner Stirn lagen skeptische Falten. Seit der Rundgang begonnen hatte, war er immer stiller geworden.

Er wirkte ebenso erleichtert wie Elsa, als sie das Beobachtungszimmer wieder verließen.

Danach zeigte der Direktor ihnen noch die Küche, den Speisesaal und die Waschküche, auch dort mussten die Kinder mithelfen. Außerdem gab es eine kleine Bibliothek, die aber sehr spärlich bestückt war. »Die wenigsten Kinder lesen«, erklärte Doktor Sensenbauer.

Als der Rundgang beendet war, kehrten sie in sein Büro zurück. Elsa und Moritz schlüpften aus den weißen Kitteln und zogen stattdessen die Wintermäntel an.

»Vielen Dank für die Zeit, die Sie sich genommen haben«, sagte Elsa.

»Sehr gerne. Ich freue mich immer, wenn Studenten von Doktor Aichhorn zu uns kommen.« Er nahm Elsas Hand, hielt sie fest und legte auch seine zweite darauf. »Falls Sie von jemandem hören, der unsere Kinder im Skilauf unterrichten will, lassen Sie es mich wissen.«

Elsa war überrascht. Er hatte den Vorschlag nicht vergessen. »Ja, das mache ich«, versprach sie.

»Ich finde Ihre Idee sehr spannend und würde sie, so gut ich kann, unterstützen.« Doktor Sensenbauer nickte ihr aufmunternd zu. Erst dann ließ er ihre Hand wieder los.

19

Innere Stadt

Mit der Straßenbahn fuhren sie zurück in die Stadt. Moritz musste noch eine Lehrveranstaltung an der Universität besuchen. Elsa hatte einen freien Nachmittag. Erst am frühen Abend fand das nächste Seminar bei Charlotte Bühler statt.

»Ich hätte niemals gedacht, dass der kleine Junge mit dir spricht«, sagte Moritz.

»Ich habe seine Angst förmlich spüren können«, antwortete Elsa.

»Denkst du, er wurde von seiner Mutter geschlagen?«

»Möglich.« Elsa schaute nachdenklich aus dem Fenster, nahm aber weder die immer dichter stehenden Häuser wahr noch die Menschen, die auf den Straßen unterwegs waren. In ihren Gedanken war sie bei Werner. »Genauso gut kann er sich vor der Ungewissheit fürchten. Er weiß nicht, was mit ihm geschehen wird. Von einem Tag auf den anderen wird er von seiner Mutter getrennt. Man steckt ihn für Wochen in einen Glaspalast, wo ihn ständig andere Experten beobachten. Niemand kümmert sich um ihn. Er wird zwar körperlich versorgt, aber emotional lässt man ihn verhungern.«

»Du denkst, er hat zu sprechen aufgehört, weil er unglücklich ist?«, fragte Moritz.

»Wäre das nicht naheliegend?«

Die Falten auf Moritz' Stirn wurden wieder sichtbar. »Die einzige Person, die er mag, ist für kleine Kinder zuständig. Er selbst benimmt sich wie ein Kleinkind, indem er nicht spricht.«

»Hm, klingt logisch«, sagte Elsa. »Ich wünschte, wir würden erfahren, wie es mit Werner weitergeht.«

»Ja, es ist wirklich schade, dass wir ihn aus den Augen verlieren.«

Elsa richtete ihren Blick wieder auf die vorbeiziehenden Häuserschluchten. In einem Vorhof spielten zwei Kinder im Schnee. Eines zog das andere auf einem Schlitten. Beide lachten ausgelassen.

»Ich würde so gerne einen Skikurs für die Kinder veranstalten«, sagte sie voller Leidenschaft.

»Einen Skikurs?« Moritz klang skeptisch. »Glaubst du nicht, dass die Kinder andere Probleme haben?«

»Das haben sie ganz sicher, aber dürfen sie deshalb keinen Spaß im Schnee haben?«, fragte Elsa.

»Natürlich dürfen sie Spaß haben, aber warum unbedingt Skifahren?«

»Weil es etwas Besonderes ist«, erklärte Elsa. »Die wenigsten Menschen beherrschen die Technik.«

»Eben, weshalb also willst du den Kindern etwas beibringen, was auch sonst niemand kann?«

»Damit ihr ramponierter Selbstwert ein bisschen aufgebessert wird.« Elsa gefiel ihre Idee mit jedem Satz, den sie sprach, besser. »Die Kinder fühlen sich minderwertig. Niemand will sie haben, nicht einmal ihre Eltern, deshalb sitzen sie im Heim, von dem sie unbedingt wegwollen. Wenn wir ihnen etwas beibringen, was andere nicht können, was gleichzeitig aber bewundert wird, dann werten wir die Kinder auf.«

»Das ist sicher ein ambitioniertes Vorhaben«, gab Moritz zu. »Ich kann dir leider nicht dabei helfen.« Er hob abwehrend die Hände hoch. »Ich habe noch nie auf Skiern gestanden.«

»Du könntest es gemeinsam mit den Kindern lernen«, meinte Elsa. Sie stieß ihn liebevoll mit dem Ellbogen an.

»Wenn du wirklich einen Weg findest, deine Idee umzusetzen, dann solltest du die Sache nicht bloß ausprobieren, sondern auch den Beweis erbringen, dass es sich um eine wirkungsvolle Maßnahme handelt«, sagte Moritz.

»Wie meinst du das?«

»Nimm einmal an, du unterrichtest die Kinder im Skifahren, und es macht allen Spaß. Was ist dann nächstes Jahr, wenn du keine Studentin mehr bist?«

Moritz hatte nicht gesagt, dass sie dann als Lehrerin arbeiten würde.

»Niemand wird den Kurs weiterführen, wenn du aber beweisen kannst, dass der Kurs positive Auswirkungen auf die Kinder hat, würde er vielleicht auch nächstes Jahr fortgesetzt werden.«

»Hm.« Elsa kaute auf ihrer Unterlippe. »Gibt es denn ein Seminar, in dem ich eine Arbeit darüber schreiben könnte?«

»Was ist mit dem von Bühler?«, schlug Moritz vor. »Wir sollen Kinder über mehrere Stunden hinweg beobachten und dann über das Verhalten Rückschlüsse auf das Innenleben ziehen. Vielleicht kannst du Werner wählen.«

Elsa dachte nach: »Wir müssen ein Kind in einer Institution beobachten, einem Kindergarten, einer Schule, einem

Hort … oder in einem Kinderheim!« Ihre Stimmung hellte sich auf.

»Leider ist ein Kinderheim keine Skipiste«, wandte Moritz ein.

»Die Piste ist bloß ein Hügel und befindet sich direkt hinter dem Schloss. Sie ist also auf dem Gelände vom Heim.«

»Selbst wenn Frau Bühler zustimmt«, sagte Moritz. »Einen Haken hat die Sache. Wie willst du gleichzeitig unterrichten und beobachten?«

»Wir brauchen eine dritte Person, die unterrichtet.«

»Wir?« Moritz hob die Augenbrauen. »Ich kann nicht Skifahren.«

»Du wirst es lieben, glaub mir!« Elsa fand die Vorstellung, den Kurs gemeinsam mit Moritz anzubieten, großartig. »Als wir in Schönbrunn waren, hast du selbst gesagt, dass du es ausprobieren möchtest.«

»Das habe ich gesagt?« Langsam bröckelte Moritz' Widerstand.

»Ja!« Sie strahlte ihn an. »Ich habe auch schon jemanden im Auge, der uns beim Unterrichten helfen wird.«

»Aber was ist mit den Skiern?«, fragte Moritz. »Wo nimmst du die her?«

»Wir brauchen einen Sponsor. Oder besser: mehrere Sponsoren«, sagte Elsa.

»Ich fürchte, dass die Suche schwieriger wird, als du dir vorstellst. Menschen, die freiwillig soziale Projekte unterstützen, wachsen nicht einfach aus dem Boden wie Pilze im Wald.« Moritz verschränkte die Arme vor der Brust.

»Du vergisst, dass meiner Familie das größte Süßwarenunternehmen des Landes gehört.« Elsa zwinkerte Moritz vielsagend zu.

»Bleibt immer noch Frau Bühler, die du überzeugen musst.«

»Stimmt, aber da hoffe ich auf deine Unterstützung.« Elsa faltete bittend die Hände.

»Ich kann es versuchen«, gab Moritz sich geschlagen.

»Heißt das, du bist dabei?«

»Das ganze Vorhaben klingt völlig verrückt.«

»Ist das ein Ja?«

Moritz' Widerstand schmolz dahin wie Schnee in der Sonne. »Kann man Nein sagen, wenn du einen mit so viel Begeisterung anstrahlst?«

Am liebsten hätte Elsa vor Freude laut gejubelt. Stattdessen drückte sie Moritz in einem spontanen Impuls einen freundschaftlichen Kuss auf die Wange. Er roch nach Seife und Kaffee. Elsa mochte den Geruch und stellte irritiert fest, dass sie gerne noch länger in der Stellung verharrt hätte. Vielleicht hätte sie Moritz ein zweites Mal geküsst, diesmal auf den Mund. Doch Moritz schien ihren Wunsch nicht zu erwidern. Er sah Elsa mit einer Mischung aus Vorsicht und Neugier an. Oder lag Verletzlichkeit in seinen Augen? Auf alle Fälle war es nicht das einladende Signal, das Otto ihr gegeben hatte. Elsa lehnte sich enttäuscht zurück. Den Rest der Fahrt schwiegen sie.

Es war überraschend einfach, Charlotte Bühler vom Vorhaben zu überzeugen. Die Psychoanalytikerin war zwar überrascht wegen des ungewöhnlichen Vorschlags, aber nicht uninteressiert. »Wer mit so viel Begeisterung an eine Sache herangeht wie Sie, den darf man nicht davon abhalten«, sagte sie und trug sowohl Elsa als auch Moritz in eine Liste ein. Daneben schrieb sie »Schloss Wilhelminenberg«. »Aber bitte vergessen Sie Ihre eigentliche Aufgabe nicht«, mahnte sie. »Das Kind steht im Fokus der Beobachtung.«

Mona stand neben Elsa. Als Bühler gegangen war, meinte sie verstimmt: »Ihr wollt elternlose Kinder auf Skier stellen?«

»Ja, ist die Idee nicht toll?« Elsas Freude war so groß, dass sie nicht bemerkte, wie schlecht Mona gelaunt war.

»Ich halte das Ganze für eine Schnapsidee«, sagte Mona. »Ich kann nicht glauben, dass du dich dazu hast überreden lassen.« Sie sah Moritz vorwurfsvoll an, so als hätte er ein unmoralisches Angebot angenommen.

»Ich frage mich mittlerweile, wie sinnvoll der Besuch dieses Seminars ist«, jammerte Mona weiter. »Warum soll ich als Lehrerin psychoanalytisch denken? Ich will Kindern das Lesen, Rechnen und Schreiben beibringen.«

Moritz widersprach ihr vehement. »Wer mit Kindern arbeitet, sollte verstehen, was in ihrem Inneren vorgeht.«

»Pah«, schnaufte Mona. »Mich interessiert nicht, warum Kinder sich schlecht benehmen, sondern was ich als Lehrerin dagegen tun kann.«

»Vielleicht hast du den Inhalt des Seminars nicht verstanden.« Elsa wollte nicht vorwurfsvoll klingen, dennoch reagierte Mona beleidigt.

»Das muss ich mir von dir nicht sagen lassen!«, zischte sie. »Ich weiß genau, warum ich Lehrerin werden will. Was man von dir nicht behaupten kann.«

Betroffen schwieg Elsa. Während sie Mona nicht hatte verletzen wollen, schien die Freundin ganz gezielt ihre Worte gewählt zu haben.

Moritz griff beschwichtigend ein. »Ich finde das Seminar sehr spannend. Zum ersten Mal werden die Ideen der Psychoanalyse mit der Pädagogik verbunden. Das ist etwas völlig Neues. Es wäre verrückt, würden wir uns die Gelegenheit entgehen lassen, mehr darüber zu erfahren, ganz egal, ob wir später das Wissen beruflich verwenden können.« Er sprach Elsa aus der Seele. Fast alle Seminare, die von der Psychoanalytischen Gesellschaft angeboten wurden, waren interessant. Viele Vortragende versprühten eine enthusiastische Aufbruchsstimmung. Elsa ließ sich davon ebenso anstecken wie Moritz. Mona schien dagegen immun zu sein. Doch Moritz' Worte zeigten Wirkung, denn sie sagte, wenn auch verdrießlich: »Dann höre ich mir eben noch weiter an, was Frau Bühler zu sagen hat.«

20

Palais Sonnstein

Elsa hatte das Abendessen wegen des Seminars versäumt. Deshalb leistete sie Ferdinand und Marie in der Küche Gesellschaft. Die beiden aßen Schinkenfleckerl und gaben ihr bereitwillig davon ab. Dann ging Elsa in den Rauchsalon, wo sie lediglich ihren Onkel und ihre Großmutter vorfand.

»Servus.« Sie winkte ihnen nur kurz zu und wollte weiter zu ihrer Mutter, da rief Mathilde sie fordernd zurück.

»Guten Abend, junges Fräulein«, sagte sie streng. »Ich habe dich seit Tagen nicht zu Gesicht bekommen. Ich weiß gar nicht mehr, wie du aussiehst. Isst du jetzt nur noch im Gehen?«

»Ich habe von Marie eben Schinkenfleckerl serviert bekommen. Und ich habe sitzend in der Küche gegessen.«

»Gemeinsam mit Ferdinand und Marie?«

»Ja.«

»Man isst nicht mit dem Personal, wie oft muss ich dir das noch sagen?« Mathilde hob mahnend den Zeigefinger.

»Ich fand es gemütlich.« Elsa führte diese Diskussion mit ihrer Großmutter, seit sie sich zurückerinnern konnte.

Mit deutlich milderem Lächeln klopfte Mathilde auf den Platz auf dem Sofa neben sich. »Setz dich zu mir und erzähl mir, was du heute gemacht hast.«

»Ach Großmama, das wird dir alles nicht gefallen.« Elsa seufzte. Warum war ihre Mutter nicht da?

»Ich will es trotzdem wissen.«

Also ließ Elsa sich auf das weiche Sitzkissen plumpsen und begann, vom Kinderheim zu erzählen.

»Die Sozialisten haben ein Schloss gekauft und darin ein Kinderheim untergebracht?« Mathilde schien fassungslos. »Was passiert als Nächstes? Führt man die Obdachlosen mit dem Fiaker über die Ringstraße, damit sie im Sacher Mittag essen?«

»Soll ich dir von meinem Tag erzählen, oder willst du dich bloß über unsere Stadtregierung aufregen?«

»Ich bin ja schon still, fahr fort«, sagte die alte Frau.

»Da war dieser kleine Junge, der von seiner Mutter wegmusste, weil sie ihn nicht versorgen konnte. Er hat über Wochen nicht gesprochen, und alle hielten ihn für schwachsinnig. Der Leiter des Heims wollte ihn bereits in eine Irrenanstalt für Kinder überweisen. Als ich ihm mein Taschentuch gegeben habe, hat er die Buchstaben meines Namens erkannt und sie laut benannt.«

»Das ist sehr rührend, aber er kann trotzdem nicht ganz normal sein. Welches Kind spricht über Wochen nichts?« Mathilde griff nach einem eleganten Likörglas, das vor ihr auf einem Tischchen stand. »Willst du auch einen Schluck Kirschlikör?«

»Nein danke«, lehnte Elsa ab. Sie mochte das klebrig-süße Zeug nicht, das ihre Großmutter gelegentlich trank.

»Was wird mit dem Jungen geschehen?«, fragte Simon.

Elsa war überrascht, dass er zugehört hatte. Sie hatte angenommen, dass sein Interesse ausschließlich einem Zeitungsartikel galt.

»Ich hoffe, dass er im Heim bleiben kann oder zu einer Pflegefamilie kommt. Die Fürsorge will ihn nicht zurück zu seiner Mutter lassen«, erklärte sie.

»Vielleicht ist die Mutter froh, dass der Junge fort ist. Wer will sich schon um ein stummes, schwachsinniges Kind kümmern?«, fragte Mathilde.

»Ach Großmama«, seufzte Elsa. »Tu doch nicht immer so, als hättest du ein Herz aus Stein. Wir wissen alle, dass das nicht stimmt.«

Onkel Simon räusperte sich, dann vergrub er seinen Kopf wieder hinter seinem Zeitungszelt. Elsa hätte schwören können, dass seine Augen feucht waren. Oft waren es nur kleine Bemerkungen, die ihn an den Tod seiner Frau oder den seines Kindes erinnerten.

»Ich muss jetzt zu Mama. Sie und Papa sind doch da?«

»Dein Vater ist noch im Krankenhaus, und deine Mutter hat sich zurückgezogen. Sie wollte lesen.« Mathilde klang beleidigt. »Ich frage mich, warum sie das nicht hier machen kann.«

Elsa biss sich auf die Lippen, um ihrer Großmutter die Antwort zu ersparen. Sie stand auf, dabei fiel ihr Blick auf ein Bild auf dem Kaminsims. Es war neu, zumindest hatte Elsa es noch nie gesehen. Es war eine alte Sepiafotografie in einem goldenen verschnörkelten Rahmen, der mit winzigen Glassteinchen besetzt war. Neugierig trat sie zum Kamin und nahm den Rahmen zur Hand.

»Das Foto kenne ich noch gar nicht.« Sie kehrte damit zurück zu ihrer Großmutter.

»Das Bild ist bald dreißig Jahre alt. Ich hatte es in meinem Schlafzimmer, aber ich dachte, dass es hier besser aufgehoben sei.«

Elsa setzte sich wieder. »Lass mich raten, ob ich alle erkenne.«

Sechs Personen waren darauf zu sehen. Im Zentrum saßen Elsas Großeltern auf einem Sofa. Es war genau dasselbe, auf dem Elsa wieder Platz genommen hatte. Links von ihnen standen Tante Emma und Tante Elena. Die beiden waren nicht nur ausgesprochen hübsch, sondern wahre Schönheiten gewesen. Sicherlich hatten sie die Blicke der gesamten Wiener Bourgeoisie auf sich gezogen. Sie waren heute noch attraktiv, wenn auch deutlich älter.

»Waren die beiden damals schon ein Paar?«, fragte Elsa.

»Ich will das Wort Paar in diesem Zusammenhang nicht hören. Die beiden sind gute Freundinnen, das ist alles.«

Elsa hatte für einen Moment vergessen, dass ihre Großmutter die Beziehung zwischen den beiden nicht goutierte.

»Elena ist auf dem Foto, weil wir damals noch annahmen, dass sie eines Tages die Frau deines Vaters werden würde.«

»Wie gut, dass sie es nicht geworden ist«, sagte Elsa fröhlich.

»Wie bitte, warum? Die beiden hätten ein perfektes Paar abgegeben.«

»Ich wäre dann nicht deine Enkeltochter und würde nicht neben dir sitzen, Großmama.« Sie legte ihren Arm um die alte Frau und küsste sie auf die faltige Wange. Die Haut war weich und roch nach blumigem Puder.

Geschmeichelt lächelte Mathilde. »Du hast recht, das wäre schrecklich«, sagte sie.

Elsa widmete sich wieder der Familienfotografie. Hinter ihrer Großmutter stand ihr Vater. Äußerlich hatte er sich kaum verändert. Er war auch damals groß und drahtig gewesen. Sein Haar hatte denselben Schnitt gehabt. Ungebändigte Locken, die ihm etwas wirr vom Kopf abstanden. Auf dem Foto waren sie schwarz, heute hatten sie ein sattes Silbergrau. Rund um seine Augen lagen kleine Fältchen. Damals hatten sie vom Lachen gestammt, heute waren es die Spuren vom Alter und vom Krieg. Links neben den Großeltern und damit etwas vor ihrem Vater waren Onkel Simon und seine Frau Suza. Simon hatte schon vor dreißig Jahren griesgrämig dreingeblickt. Doch in den Jahren war daraus Verbitterung geworden. Seine Frau war klein, dünn und blass. Sie wirkte farblos und unglücklich. Aber sie hatte außergewöhnliche Augen. Obwohl Resignation darin lag, waren sie groß und strahlend. Elsa hatte noch nie ein Foto von Tante Suza gesehen.

»Onkel Simon, deine Frau war hübsch«, sagte sie.

»Unsinn, Elsa.« Ihre Großmutter schüttelte den Kopf. Taktgefühl gehörte nicht zu ihren Stärken.

»Doch, sie hatte wunderschöne Augen.«

Simon senkte verwundert seine Zeitung. »Niemand hat Suza jemals als schöne Frau bezeichnet.«

»Du am allerwenigsten«, erinnerte Mathilde ihn.

»Das war ein Fehler, ich hätte es öfter tun sollen!« Er hob die Zeitung wieder an und versteckte sich dahinter. »Wie so vieles im Nachhinein gesehen falsch war.« Er klang ungewöhnlich selbstkritisch.

»Es hätte nichts an ihrem Tod verändert«, sagte Mathilde.

Simon brummte etwas Unverständliches.

Elsa stellte das Foto zurück auf den Kaminsims.

»Ich suche jetzt Mama, gute Nacht.«

Erst nachdem Elsa wiederholt klopfte, hörte sie die leichten Schritte ihrer Mutter näher kommen. Kurz darauf öffnete sich die Tür.

»Elsa, mein Schatz. Wie schön, dass du bei mir vorbeischaust. Komm herein.« Sie öffnete die Tür weit. Lotte hatte bereits einen seidenen Morgenmantel an, der ihr bis zu den Knöcheln reichte und an einen Kimono erinnerte. Ein Geschenk von Mathilde Sonnstein, die sich wünschte, dass ihre Schwiegertochter auch zu Hause glamourös aussah.

Elsa trat ein. In der Ecke des Zimmers brannte das Licht einer Stehlampe. Eine dicke Wolldecke lag auf dem gemütlichen Lehnsessel daneben. Elsa hatte ihre Mutter beim Lesen unterbrochen. Auf einem kleinen Tischchen stand eine Kanne mit dampfendem Kakao.

»Willst du auch eine Tasse?«

»Gerne, wir haben in diesem Jahr den ersten Schnee gar nicht gebührend gefeiert.« Elsa ließ sich auf dem anderen Lehnsessel nieder.

»Das stimmt«, seufzte Lotte. »Aber heuer ist vieles anders als sonst.« Sie holte aus dem Wandschrank eine weitere Tasse, schenkte sie für Elsa voll und reichte sie ihr.

»Wir können das heute nachholen. Hier, bitte.«

Der betörende Duft von Vanille, Zimt und Schokolade stieg in Elsas Nase. Sie schloss die Augen und sog ihn genussvoll ein, bevor sie den ersten Schluck machte. Der Geschmack nach Kindheit breitete sich auf ihrem Gaumen aus. »Herrlich! Ich liebe diesen Kakao.«

»Ich glaube, es sind mehr die Erinnerungen, die du damit verbindest«, sagte Lotte.

Elsa schüttelte den Kopf: »Nein, es ist der Geschmack. Er ist einzigartig.«

Lotte lächelte nachsichtig. »Das freut mich. Aber jetzt verrat mir, weshalb du da bist. Du kommst doch sonst nicht nach dem Abendessen zum Kakaotrinken zu mir.« Sie setzte sich. »Ist es wegen Conrad? Du vermisst ihn sehr?«

»Ja, er fehlt mir«, gab Elsa zu. Wäre er zu Hause, hätte sie wohl zuerst mit ihm gesprochen. »Aber deshalb bin ich nicht hier.«

»Sondern?«

»Ich brauche deine Hilfe.«

»Meine Hilfe?« Lotte richtete sich auf.

»Ich suche jemand, der Kinder im Skifahren unterrichtet, und ich kenne niemanden, der das besser könnte als du.«

»Skiunterricht?« Lotte war erstaunt. »Aber du weißt doch, dass ich …«

»Ich weiß, dass Papa nicht will, dass du in die Berge gehst«, unterbrach Elsa ihre Mutter. »Das musst du auch gar nicht. Wir würden bloß auf der Wiese am Wilhelminenberg erste Skiversuche unternehmen. So wie damals, als wir auf der Wiese hinter dem Panhans am Semmering unsere ersten Schwünge geübt haben. Da besteht keine Gefahr, dass irgendjemand tödlich verunglückt oder von einer Lawine erwischt wird.«

»Warum willst du am Wilhelminenberg Skifahren?« Lotte konnte mit Elsas Erklärungen nicht viel anfangen. Deshalb fing Elsa ganz von vorn an und erzählte vom Kinderheim und der Führung, die sie und Moritz erhalten hatten. Sie ließ kein Detail aus und endete mit Charlotte Bühlers Einverständnis, eines der Kinder zu beobachten und eine Arbeit darüber zu schreiben.

»Was sagst du, Mama?« Elsas Wangen glühten vor Begeisterung.

»Du willst, dass ich Heimkinder im Skifahren unterrichte, und würdest selbst nur beobachtend daneben stehen?«

»Na ja. Vielleicht nicht nur daneben stehen«, gestand Elsa. Natürlich wollte sie selbst Bretter anschnallen.

»Und dein Studienkollege?«

»Der muss das Skifahren erst lernen. Er ist Anfänger.«

»Und dabei will er Kinder beobachten?« Lotte schmunzelte.

Elsa ging darauf nicht ein, sondern fragte: »Wirst du mitmachen?«

»Ich kann mir nicht vorstellen, was ich lieber tun würde.« In Lottes Augen brannte genau dieselbe Begeisterung wie in Elsas.

»Hast du dir schon überlegt, wie du an die Skier für die Kinder kommst?«

»Ich hatte gehofft, dass wir Mizzi um Unterstützung bitten können«, gestand Elsa.

»Sie hilft uns sicher«, war Lotte überzeugt. »Aber wir brauchen auch noch einen größeren Finanzier. Mizzi kann nicht die Ausrüstung für eine ganze Kindergruppe beisteuern.«

Die Tatsache, dass ihre Mutter von »wir« und »uns« sprach, stimmte Elsa zuversichtlich. Gemeinsam würden sie eine Lösung finden.

»Vielleicht können wir Onkel Simon überreden.«

Lotte lachte laut auf. »Du willst deinen Onkel um Geld bitten? Elsa, ich fürchte, das wird nicht einmal dir gelingen. Und du weißt, dass ich dir fast alles zutraue.«

Lotte sprach die Wahrheit, sie hatte immer großes Vertrauen in ihre beiden Kinder gesetzt und sie dazu ermutigt, ihre Vorhaben in die Tat umzusetzen. Dass sie an Simons Unterstützung zweifelte, ließ Elsas Mut sinken.

»Aber wer soll uns sonst das Geld geben?«, fragte sie.

In dem Moment öffnete sich die Tür, und Jakob trat ein. Er sah müde und erschöpft aus. Als er Elsa erblickte, hellte sich sein Gesicht auf.

»Was für eine schöne Überraschung«, sagte er, stellte seine Ledertasche auf den Ablagetisch neben der Tür und kam zu Elsa. Er küsste sie auf die Wange. Lotte bekam einen Kuss auf den Mund.

»Wofür braucht ihr Geld?«, fragte Jakob.

»Für ein Vorhaben im Kinderheim am Wilhelminenberg«, sagte Lotte. Sie ließ das Wort Skifahren ganz bewusst aus.

»Der Direktor, Doktor Sensenbauer, lässt dich übrigens ganz herzlich grüßen«, sagte Elsa.

»Ah ja. Ich habe gehört, dass er die Leitung übernommen hat.« Jakob schob einen Hocker heran und setzte sich. »Um welches Vorhaben geht es denn?«

»Willst du eine Tasse Kakao?« Lotte wartete die Antwort nicht ab, sondern stand auf und holte eine weitere Tasse aus dem Wandschrank. Sie füllte den letzten Rest Kakao aus der Kanne und reichte sie Jakob.

»Danke.«

Während er einen ersten Schluck nahm, erzählte Elsa noch einmal ihre ganze Geschichte. Dabei beobachtete sie ihre Eltern. Das Gesicht ihres Vaters blieb unergründlich, während das ihrer Mutter angespannt wirkte. Elsa konnte ohne Unterbrechung reden. Als sie fertig war, stellte Jakob seine leere Tasse auf den kleinen Tisch, fuhr sich mit beiden Händen durch die grauen Locken und meinte schließlich: »Das ist eine hervorragende Idee. Ich bin sehr stolz auf dich.«

»Wirklich?«

»Ja natürlich.«

»Und es stört dich nicht, dass ich Elsa dabei helfe, die Kinder zu unterrichten?«, fragte Lotte.

»Ich komme mir vor wie ein Tyrann, wenn du diese Frage stellst.« Jakob klang betroffen. »Du wünschst dir seit Jahren, wieder auf Skiern zu stehen, und auf der Wiese am Wilhelminenberg kann man sich vielleicht das Bein brechen, aber man wird nicht von einer Lawine verschüttet.«

Er lächelte seine Frau entschuldigend an. »Es tut mir so leid, dass ihr alle mit mir mitleiden müsst.« Seine Stimme wurde leiser.

Ob er gerade an Conrad dachte? Elsa konnte sehen, wie ihr Vater sich quälte. Er hasste seine Ängste, die ihm das Leben in regelmäßigen Abständen zur Hölle machten, denen er aber hilflos ausgeliefert war.

»Ich werde mit meinem Bruder reden«, fuhr Jakob fort. »Das Unternehmen ist vor Weihnachten immer auf der Suche nach einer karitativen Einrichtung, die unterstützt werden soll. Simon behauptet, dass das wichtig fürs Weihnachtsgeschäft sei. Wenn wir Glück haben, hat er für dieses Jahr noch keine Entscheidung getroffen.«

Wieder hörte Elsa ein »wir«, und ihr Herz machte einen kleinen Sprung.

»Ob Simon Essen für Kriegsinvaliden oder Skier für Heimkinder spendet, ist ihm mit Sicherheit egal. Vielleicht kommt es bei den Kunden sogar besser an, wenn er sich für Kinder einsetzt.«

»Für Mizzi wäre es auch eine großartige Reklame«, fügte Lotte hinzu.

Elsa sah von einem Elternteil zum anderen, beide wirkten sehr zufrieden.

»Vielen Dank, dass ihr mich unterstützt. Das Vorhaben liegt mir wirklich am Herzen«, sagte sie gerührt.

»Deine Augen strahlen, wenn du von der Sache erzählst«, sagte Jakob. »Dir die Unterstützung zu verweigern wäre unmöglich. Simon hat gar keine andere Wahl.«

»Darauf stoßen wir mit Kakao an!« Lotte stand auf, um die Kanne in der Küche erneut aufzufüllen.

Als sie ging, spürte Elsa, wie sich ein warmes Glücksgefühl in ihrem Bauch ausbreitete. Das entstand immer dann, wenn für einen kurzen Moment alles perfekt zu sein schien. Natürlich würde dieser Zustand nicht lange anhalten, aber gerade jetzt war er da. Schade, dass man ihn nicht einpacken und für spätere Zeiten aufheben konnte. Heute Abend würde sie einen langen Brief an ihren Bruder schreiben, es gab so viel zu erzählen.

Jakob hielt sein Versprechen, er redete mit Simon und bereitete seinen Bruder auf Elsas Vorhaben vor. Schon am übernächsten Tag kam der Onkel auf Elsa zu und sprach sie beim Abendessen an.

»Du brauchst also Geld für das Kinderheim?«, fragte er, während er den letzten Rest der Nachspeise, eine Vanillecreme, mit dem Löffel aus der Kristallschüssel kratzte. Er war der Einzige am Tisch, dem Maries bröckelige Nachspeise schmeckte.

»Ja, ich will, dass die Kinder im Skifahren unterrichtet werden.«

»Es kommt immer gut an, wenn man arme Kinder unterstützt«, sagte Mathilde. »Die Leute mögen das, aber warum sollen die armen Würmchen ausgerechnet Skifahren lernen? Brauchen sie nicht etwas anderes? Bücher, warme Kleidung, Schokoladewaffeln?«

»Sicherlich freuen sie sicher über Schokoladewaffeln«, meinte Elsa. »Aber das reicht nicht.« Zum wiederholten Male erklärte sie ihr Konzept. »Viele der Kinder fühlen sich minderwertig. Sie haben das Vertrauen in sich selbst und in die Gesellschaft verloren. Wenn wir ihr Selbstvertrauen stärken, gelingt es ihnen vielleicht, auch wieder der Gesellschaft zu vertrauen.«

»Hm, das klingt ja alles wunderbar, aber wie machen wir daraus Werbung für unser Unternehmen?«, fragte Simon.

»Wie wäre es mit einem Bild von einem skifahrenden Kind, das unsere Waffeln hält oder von einer abbeißt? Darunter schreiben wir einen Slogan wie zum Beispiel: Auch auf der Piste eins, zwei, drei. Sind Schokowaffeln stets dabei«, schlug Lotte vor. Es war das allererste Mal, dass ihre Mutter von »unseren« Waffeln gesprochen hatte. Bisher hatte sie sich nie mit der Familie Sonnstein oder dem Süßwarenunternehmen identifiziert. Außer Elsa schien es nur ihrem Vater am Tisch aufzufallen. Er zog seine rechte Augenbraue amüsiert hoch.

»Warum eins, zwei, drei?«, fragte Mathilde irritiert.

»Das ist doch ganz klar, es bedeutet, dass man die Waffeln ruck, zuck essen kann. Eben auch auf der Piste.« Simon gefiel Lottes Vorschlag sehr gut.

»Wenn wir die Skier bei Mizzi kaufen, wird sie uns nicht nur einen fairen Preis machen, sondern zusätzlich Werbung für die Waffeln in ihrem Katalog schalten«, sagte Lotte.

Hinter Simons Stirn schien die Registrierkasse bereits fröhlich zu klingeln. »Lotte, du hast mich eben auf eine wunderbare Idee gebracht«, sagte er aufgeregt. »Seit letztem Sommer verpacken wir unsere Waffeln in einem wiederverschließbaren Stanniolpapier. Aber bisher schätzen die Kunden diese Neuerung nicht. Sie finden sie zu modern. Wenn wir jetzt erklären, dass diese Verpackung so praktisch ist, dass sogar Skifahrer und Wanderer sie mitnehmen, können wir unsere Kunden vielleicht vom neuen Design überzeugen.«

Er machte eine kurze Pause, bevor er fortfuhr. »Stellt euch nur vor. In Zukunft würden unsere Waffeln in keinem Wanderrucksack fehlen. Sie würden fixer Bestandteil jedes Proviants sein.« Seine kleinen Augen glänzten vor Begeisterung. In Gedanken sah er bereits Tausende von Wanderern mit den Sonnsteinwaffeln im Rucksack die Gipfel der Alpen bezwingen. »Wir nehmen unseren Kuchen in der Dose aus dem Sortiment, den will ohnehin niemand mehr, und setzen bei der Vermarktung der Waffeln auf den Bergsport. Damit sprechen wir eine völlig neue Zielgruppe an.«

»Skifahrer und Bergsteiger?«, fragte Mathilde misstrauisch.

»Ja, und alle, die auch unterwegs etwas Süßes von erlesenem Geschmack essen wollen.«

Der Name Sonnstein stand tatsächlich für hohe Qualität. Dafür hatte Onkel Simon über Jahre hinweg gesorgt. Während andere Marken billige Ware produzierten, legte man im Hause Sonnstein Wert auf Tradition und erlesene Zutaten. Beides schätzten die Kunden, solange der Preis halbwegs stimmte.

»Ich finde das eine großartige Idee«, sagte Lotte. »Ich kann es gar nicht erwarten, Mizzi davon zu erzählen, sie wird begeistert sein.« Lotte sah über den Tisch zu Elsa. »Sowohl von der Idee, Waisenkinder zu unterstützen, als auch gemeinsam mit uns Wanderwaffeln zu bewerben.«

»Wenn du zu ihr gehst, will ich unbedingt dabei sein«, sagte Elsa. Sie behielt den Grund dafür für sich. Elsa wollte eine zweite Wollhose erstehen. In dem Kleidungsstück fühlte sich sich so wohl, dass sie es am liebsten ständig tragen würde. Weder ihre Großmutter noch ihr Onkel hätten dafür Verständnis, weshalb sie darüber schwieg. Die Stimmung am Tisch war so gut wie schon lange nicht mehr, und die wollte sie auf keinen Fall zerstören.

21

Casa Piccola

Elsa hatte sich angewöhnt, auch ohne konkrete Verabredung ins Casa Piccola zu gehen. Irgendjemanden traf sie dort immer an. Heute waren es Edith und Moritz, die in einer Nische beim Fenster saßen und über einen Artikel der italienischen Ärztin und Reformpädagogin Maria Montessori diskutierten. Die rote Stadtregierung hatte Kindergärten und eine Schule errichtet, in denen Kinder nach Ideen der Italienerin unterrichtet wurden.

»Sie behauptet, dass Kinder von sich aus lernen wollen, aber das ist doch ein Unsinn«, meinte Edith. »Wenn man sie nicht dazu zwingt, würden sie den ganzen Tag über spielen und Unfug machen. Ich war als Kind nicht anders. Nie und nimmer hätte ich freiwillig das Einmaleins gelernt, viel lieber habe ich gezeichnet oder mit meiner Puppe gespielt.«

Kaum hatte Elsa sich zu ihnen gesetzt, brachte Herr Franz ungefragt eine Melange und ein Punschkrapferl.

Edith und Moritz unterbrachen ihr Gespräch.

»Lasst euch nicht stören«, sagte Elsa. »Die Unterhaltung klingt sehr interessant.«

Moritz winkte ab: »Wir kommen ohnehin auf keinen grünen Zweig. Wir sind zu unterschiedlicher Meinung.«

»Das ist nur der Fall, weil du eigentlich gar kein Lehrer mehr werden willst«, sagte Edith. »Elsa hat dich infiziert. Ich werde mich von ihr fernhalten. Seit sie in unserer Gruppe ist, hat Karo ihr Studium geschmissen, und nun haderst du ebenfalls. Das scheint ansteckend zu sein.« Sie wollte lustig klingen, aber es gelang ihr nur mit mäßigem Erfolg.

»Was soll das heißen, du willst kein Lehrer mehr werden?« Elsa konnte nicht glauben, was Edith eben gesagt hatte.

»Edith übertreibt«, beruhigte Moritz sie. »Ich will immer noch mit Kindern arbeiten. Aber ich weiß nicht, ob eine traditionelle Schule der richtige Platz für mich ist. Es gibt so viele neue Wege, mit Kindern zu arbeiten.«

»Wie zum Beispiel?«

»Die Schule von Lili Roubiczek am Rudolfsplatz«, sagte Moritz. »Wir haben gerade darüber geredet. Dort arbeitet man nach Montessoris Methode. Außerdem hat sich Anna Freud in dem Haus eingemietet und betreibt ebenfalls eine Kindergruppe.«

»Was ist mit deiner Lehramtsprüfung?«, fragte Elsa. »Wirst du die machen?«

»Ja natürlich. Ich will ja Lehrer werden.« Moritz sah Edith eindringlich an. »Nur nicht in einem ganz normalen Gymnasium.«

»Ich würde mir alle zehn Finger abschlecken, könnte ich in einem Gymnasium unterrichten«, meinte Edith. »Aber ich will kein Universitätsstudium machen. Deshalb werde ich immer bloß Volksschullehrerin bleiben.«

»Was heißt hier bloß?«, sagte Elsa. »Es ist doch um nichts weniger wert, wenn man mit jüngeren Kindern arbeitet.«

»Die Gesellschaft sieht das anders«, seufzte Edith. »Je älter die Kinder, umso höher das Prestige der Lehrer.«

»Was verrückt ist«, meinte Moritz. »Man weiß mittlerweile, dass die ersten Kindheitsjahre prägend sind. Ich frage mich, wie lange es noch dauern wird, bis das in den Köpfen der Menschen ankommt.«

Er wandte sich an Elsa. »Hast du mit Doktor Sensenbauer gesprochen?«

Unter seinen Augen lagen dunkle Ringe, seine Wangen waren grau, und er sah müde aus.

»Bis du krank, Moritz?«, fragte sie besorgt. Am liebsten hätte sie ihm an die Stirn gegriffen, aber seine abwehrende Körperhaltung hielt sie davon ab.

»Oder warst du mit Mona unterwegs?« Edith zwinkerte vielsagend. »Dabei ist es wohl spät geworden.«

Moritz schüttelte den Kopf. »Weder das eine noch das andere. Ich war gestern bei meinen Eltern und bin erst weit nach Mitternacht nach Hause gekommen.«

Elsa war überrascht, dass für Moritz »zu Hause« sein Studentenzimmer bedeutete. Ebenso verblüfft war sie, dass er sich abends mit Mona traf.

Sie beantwortete Moritz' Frage: »Ich habe mit Doktor Sensenbauer telefoniert, und er ist hellauf begeistert. Er hat gar nicht glauben können, dass wir unsere Idee in die Tat umsetzen werden.«

»Unsere Idee?« Moritz grinste.

»Okay, meine Idee, aber wir werden sie gemeinsam verwirklichen.«

»Du hast wirklich genug Geld aufbringen können?«

»Mein Onkel wird uns finanziell unterstützen und die Skiausrüstungen zahlen. Meine Mutter wird den Unterricht der Kinder übernehmen, und gestern waren wir bei Mizzi Kauba. Sie hat einen fairen Preis für die Skier versprochen und wird den Kindern zusätzlich warme Wollfäustlinge spenden.«

Moritz schüttelte ungläubig den Kopf. »Wer hätte gedacht, dass du so beharrlich sein kannst, wenn du weißt, was du willst.«

Elsa verstand den Wink. »Und jetzt kommt noch das Beste«, sagte sie und machte eine dramatische Pause.

»Muss ich mich davor fürchten?«

»Im Gegenteil. Du sollst dich darauf freuen.«

»Nun, mach es nicht so spannend, Elsa«, forderte Edith.

Elsa richtete sich auf, faltete die Hände und platzte heraus: »Da Mizzi uns einen so guten Preis mit den Skiern macht, bleibt noch eine hübsche Summe übrig von dem, was mein Onkel zur Verfügung gestellt hat. Und dieses Geld werden wir in nagelneue Bretter investieren. Und zwar für dich.« Sie löste ihre Hände und stieß mit ihrem Zeigefinger gegen Moritz' Brust.

»Skier für mich, aber warum? Ich soll ja bloß beobachten.« Die erwartete Begeisterung blieb aus.

Enttäuscht ließ Elsa die Schultern sinken. »Ich dachte, du freust dich.«

»Das tu ich auch.« Seine Antwort kam zu schnell, um restlos zu überzeugen. »Ich bin wirklich nur müde, das ist alles.«

»Wir können nach dem Kaffee die Mariahilfer Straße zur Kaiserstraße hinaufspazieren, dort suchen wir ein schönes Paar Skier für dich aus. Die Schneelage ist gerade perfekt, wir sollten schon nächste Woche mit dem Unterricht starten.«

Ein Lächeln, das Elsa in den letzten Wochen lieb gewonnen hatte, breitete sich auf Moritz' Gesicht aus. Er sah nicht

mehr ganz so erschöpft aus. »Du kannst es wohl kaum erwarten, oder?«

Zappelig rutschte sie auf dem schmalen Kaffeehausstuhl
hin und her. »Nein«, gab sie zu.

»Dann trink deine Melange und iss diese Rumzucker-
bombe.« Moritz zeigte auf das Punschkrapferl. »Danach machen wir uns auf den Weg.«

»Kann ich mitkommen?«, fragte Edith. »Ich war noch nie
in einem Berg- und Skisportgeschäft. Seit Tagen suche ich
nach warmen Handschuhen. Meine Finger sind immer
kalt.« Zum Beweis hielt sie ihre Finger gegen Elsas Wange.
Im Moment waren sie wohltemperiert.

Eine winzig kleine Stimme in Elsas Innerem wünschte,
die Freundin würde im Kaffeehaus sitzen bleiben. Sie drängte
sie weg und sagte: »Ja natürlich, komm mit. Du wirst den
Laden mögen. Mizzi Kauba ist eine beeindruckende Frau,
und sie hat ganz sicher Handschuhe, in denen du nicht
frierst.«

22

Amalienbad

»Es tut mir leid, Elsa, es war meine Schuld. Ich wollte nicht schon wieder zum Rodeln gehen. Es war zwar lustig. Aber nicht an zwei Wochenenden hintereinander.«

Karo hakte sich bei Elsa unter. Die beiden gingen zu dem kleinen, grün gestrichenen Wartehäuschen der Straßenbahn. »Schwimmen ist doch auch ganz fein. Außerdem ist das Wetter nicht berauschend.«

Immer wieder zogen dunkle Wolken über die Stadt, die sich mit dichtem Schneefall entluden, dann wieder schien die Sonne. Der Wind war schneidend kalt.

Karo hatte Elsa gestern überraschend von der Universität abgeholt. Sie waren durch die Stadt spaziert und hatten ein Treffen für den Samstag vereinbart. Geplant war ein Rodelausflug mit Peter und Otto. Aber sowohl Karo als auch Peter hatten sich in letzter Minute fürs Hallenbad entschieden, nicht zuletzt wegen des Wetters.

Mit der Straßenbahn fuhren die Freundinnen zum Reumannplatz in Favoriten, einem Arbeiterbezirk. Elsa war erst einmal hier gewesen, gemeinsam mit Otto, als sie die Busfahrt durch Wien gemacht hatten. An jenem Sonntagvormittag hatte sie nicht viel gesehen, weil sie sich auf Otto konzentriert hatte. Jetzt schaute sie wie eine Touristin, die eine neue Stadt kennenlernt, aus dem Fenster. Neu errichtete Gemeindebauten reihten sich neben baufälligen Baracken aus frei liegenden Ziegeln und Holz. Die Menschen auf den Straßen waren ärmlich gekleidet. Viele Frauen, besonders die älteren, trugen lange dunkle Kleider und Kopftücher. Es waren deutlich weniger Automobile unterwegs als in der Innenstadt, dafür sah man Fuhrwerke, die von Arbeitspferden gezogen wurden, und Menschen, die schwer beladene Handkarren vor sich herschoben. Trotz der großen Neubauten, die an Trutzburgen erinnerten, sah die Gegend ländlich aus. Überall wurde gebaut, Schutt lag in großen Haufen auf den Straßen, die meist unbefestigt waren. Hier und dort mischte sich der weiße Schnee mit brauner Erde und verkam zu grauem Matsch. Sobald Tauwetter einsetzte, würden die Karren im Schlamm stecken bleiben. Die Straßenbahn hielt direkt vor dem Amalienbad an. Hier gaukelten ein frisch angelegter Park, festes Trottoir und eine Reihe von Neubauten eine moderne Stadt vor.

»Wir treffen uns in der Vorhalle«, sagte Karo.

Jetzt erst fiel Elsa auf, dass die Freundin einen neuen Mantel trug. Der mit den abgestoßenen Ärmeln war Geschichte. Überhaupt bot Karo ein verändertes Bild. Sie hielt sich aufrechter und wirkte selbstbewusster. Die neue Arbeit tat ihr gut, ebenso wie Peter.

Eine Windböe blies ihnen scharfe Eiskristalle ins Gesicht. »Die Entscheidung fürs Hallenbad war klug«, gab Elsa zu. Sie liefen das letzte Stück zum Bad und traten durch die zentrale Eingangstür. Augenblicklich schlugen ihnen Wärme und der durchdringende Geruch von Chlor entgegen.

»Da seid ihr ja endlich!« Otto und Peter saßen in zwei der bequemen Korbstühle, die in der Wartehalle zum Verweilen einluden. Sie waren würfelförmig und entsprachen modernem Design. Peter erhob sich als Erster und begrüßte Karo mit einem flüchtigen Kuss auf den Mund. Es war ihm anzusehen, dass er die Begrüßung gerne inniger hätte ausfallen lassen, aber das hätte gegen alle moralischen Regeln verstoßen. Die beiden waren weder verlobt noch verheiratet, weshalb dieser kleine Kuss schon die Grenzen des Anstandes deutlich überschritt.

Die Wände der Wartehalle waren mit bunten Mosaiken verziert. Eine riesige achteckige Uhr hing an vier Ketten von der Decke. Auch der Boden war mit Fliesen ausgelegt, die ein ähnliches Muster wie die Wände aufwiesen.

Nun trat auch Otto zu Elsa und begrüßte sie ebenfalls mit einem Kuss auf die Wange. Es war eine freundschaftliche Geste. Aber die Art, wie er sie dabei an der Taille berührte, ließ erahnen, dass er sich mehr vorstellen konnte. Wie immer, wenn Otto in der Nähe war, klopfte Elsas Herz schneller.

»Wir haben bereits Eintrittskarten gelöst«, sagte er, zog vier kleine Scheine aus seiner Manteltasche und reichte jedem einen davon.

Durch ein Drehkreuz, wo ein Mitarbeiter die Karten kontrollierte, gingen sie Richtung Schwimmhalle.

»Wir treffen uns beim Becken«, sagte Otto.

»Ich muss noch ein Badekostüm ausleihen«, wandte Karo ein. »Hast du ein eigenes dabei?«

Elsa nickte. Sie besaß sogar zwei Kostüme. Eines war jedoch aus der Mode gekommen, weshalb sie es zu Hause gelassen hatte. Sie hätte auch Karo nicht zumuten wollen, es zu tragen. Sicher gab es im Bad hübschere Modelle. Tatsächlich bekam Karo am Schalter neben dem Aufgang zu den

Garderoben einen eleganten Badeanzug in einem dunklen Violett und eine passende Badehaube.

Die Umkleidekabinen befanden sich auf zwei Galerien, von denen man auf das riesige Becken schauen konnte. Die Decke der Halle war aus Glas und konnte im Sommer geöffnet werden. Im Moment ließ sie nur wenig Licht durch, da eine dicke Schneedecke darauflag. Trotzdem war das Bad hell und freundlich. Die vielen Stahlträger verliehen dem Gebäude eine Leichtigkeit und erinnerten an eine moderne Bahnhofshalle. Dieser Eindruck verlor sich wieder wegen all der schönen Fliesen und Ornamente an den Wänden.

Elsa und Karo zogen sich in je eine der Kabinen zurück. Die Türen waren aus dunklem Holz. Sie kleideten sich um und waren fast zeitgleich damit fertig. Neben Karo kam sich Elsa wie ein knabenhafter Teenager vor. Im Gegensatz zu der Freundin, deren weibliche Kurven in dem eng geschnittenen Kostüm perfekt zur Geltung kamen, verriet Elsas Badeanzug, dass ihre Oberweite nicht annähernd an die von Karo herankam. Zum Glück war das Oberteil ausgepolstert, was ein bisschen half.

Sie versperrte die Kabinentür, band den Schlüssel mit einer Schur an ihrem Handgelenk fest und ging hinter Karo wieder zum Schwimmbecken. Eine weitere Treppe führte ins Untergeschoss.

»Weißt du, was dort unten ist?«, fragte Elsa.

»Wannen-, Brause-, Dampf- und Medizinalbäder«, erklärte Karo. Da sie bis jetzt kein eigenes Bad gehabt hatte, war sie für die körperliche Pflege regelmäßig in öffentliche Einrichtungen gegangen. Sie kannte viele Bäder der Stadt. Das Amalienbad gehörte zu ihren Favoriten.

»Im Sommer gibt es in der fünften Etage die Sonnen- und

Freibadeabteilung, die sind mit Rasenflächen ausgestattet.«
Karo sah nach oben. »Ich nehme an, dass du heute dort nur
Schnee findest.«

Die beiden gingen zu den Duschen und dann weiter zum
Schwimmbecken.

Otto und Peter saßen bereits am Beckenrand und ließen
die Füße ins Wasser baumeln. Elsa schlang das Badehand-
tuch um ihren Körper. Bisher hatte sie sich keine Gedanken
darüber gemacht, was andere Badegäste über ihren Körper
dachten. Heute war das anders, was eindeutig mit Otto zu-
sammenhing. Er musterte sie völlig ungeniert. Was er sah,
schien ihm zu gefallen. In seinen Augen lag ein Begehren,
das Elsa schmeichelte und ihr gleichzeitig Unruhe einjagte.
Die Situation war neu für sie. Bis jetzt war sie ausschließlich
mit Freundinnen schwimmen gewesen und natürlich mit
Conrad und Ewald, aber die zählten nicht.

Während Elsa an sich zweifelte, schien Otto sich seiner
Attraktivität durchaus bewusst zu sein. Die breiten Schultern und die muskulöse Brust zogen die Blicke von weiblichen und männlichen Badegästen auf ihn.

»Dann kann es losgehen«, sagte er und klatschte in die
Hände. »Kannst du schwimmen, Elsa?«

»Wäre ich sonst hier?«

Otto grinste schief und sprang mit einem perfekten Kopfsprung ins Wasser. Peter folgte ihm nicht ganz so elegant.
Elsa wollte dem nicht nachstehen und machte ebenfalls einen Kopfsprung, der mindestens genauso sauber war wie der
von Otto. Gemeinsam mit Conrad hatte sie tagelang am
Attersee geübt und war kopfüber ins Wasser gesprungen, bis
ihre Lippen blau gewesen waren und ihre Tanten sie besorgt
aus dem eiskalten See geholt hatten.

Karo kletterte über die Leiter ins Becken. »Ich will mir nicht gleich die Haare nass machen«, sagte sie und setzte die Badehaube auf den Kopf.

Daran hatte Elsa gar nicht gedacht. Nun war es zu spät. Ihr Pagenkopf klebte an ihrer Stirn und dem Nacken. Egal, sie war zum Schwimmen hier. Das kalte Wasser war erfrischend. Rasch gewöhnte sie sich an die Temperatur und begann, zügig an den anderen Beckenrand zu schwimmen. Otto folgte ihr. Dort stieß Elsa sich wieder ab und schwamm zurück. Die Bewegung war herrlich und erinnerte sie an den letzten Sommer, an einen See, auf dessen Wasseroberfläche sich der tiefblaue Himmel und die Gipfel der Berge widerspiegelten. Ohne es zu bemerken, schwamm sie eine Länge nach der anderen, gab sich ganz der Bewegung, dem Wasser und ihrem eigenen Atem hin. Bis Otto sie am Beckenrand aufhielt. Genau an der Stelle, an der sie sich erneut abstoßen wollte, stellte er sich hin und hielt sie fest.

»Mein liebes Fräulein«, sagte er belustigt und gleichzeitig etwas bewundernd. »Wo hast du so gut schwimmen gelernt?«

»Am Attersee.«

Er hielt sie immer noch fest. Ihre Gesichter waren nur eine Handbreit voneinander entfernt. Elsa fand die Nähe aufregend. Seine Augen waren dunkel und weich. Für einen Moment verlor sie sich darin.

»Ach ja. Reiche Mädchen machen Sommerfrische im Salzkammergut.«

War das als Vorwurf gemeint? Elsa war verwirrt. Eben noch hatte sie gedacht, dass er sie gleich küssen würde, jetzt ließ er sie los und forderte sie zu einem kleinen Wettschwimmen auf.

»Wer zuerst am anderen Beckenrand ist«, sagte er. »Ich lasse dir vier Längen Vorsprung.«

»Den brauch ich nicht.«

Elsa stieß sich ab und schwamm los. Erst als sie vier Züge gemacht hatte, startete Otto. Er holte sie problemlos ein, musste aber auf den letzten Metern kämpfen und gewann nur mit knappem Abstand. Nach der körperlichen Anstrengung klopfte Elsas Herz schnell, atemlos hielt sie sich am Beckenrand fest.

»Um Himmels willen, was macht ihr denn?«, fragte Karo entrüstet. »Wir sind zur Erholung hier.«

Auch Otto schnappte nach Luft. Aber er wirkte zufrieden, offenbar war seine Welt wieder in Ordnung. Der Sieg war ihm wichtig gewesen.

Danach schwamm Elsa mit Karo ein paar Längen in gemütlicherem Tempo. Als ihr kalt wurde, kletterte sie aus dem Wasser, ging zu den Duschen und machte es sich auf einer Liege gemütlich. Sie wickelte sich in ihr Handtuch ein. Karo folgte ihr, dann kamen auch Peter und Otto. Alle wirkten erschöpft. Während Peter und Otto die Augen schlossen, unterhielten sich Elsa und Karo leise.

»Was tut sich am Pädagogischen Institut? Ist Mona immer noch die strebsamste aller Studentinnen?«, erkundigte sich Karo.

»Ja, sie bemüht sich um gute Noten und ist im Seminar bei Charlotte Bühler geblieben, obwohl es ihr nicht wirklich zusagt.«

»Das passt zu ihr.« Karos angespanntes Verhältnis zu Mona hatte sich auch nach ihrem Studienabbruch nicht verändert.

Bevor sie über Mona herziehen konnte, wechselte Elsa das Thema: »Stell dir vor, womit Moritz und ich nächste Woche beginnen werden.«

Otto richtete sich neugierig auf.

»Wir starten mit einem Skikurs für die Kinder im Schloss Wilhelminenberg.«

»Das musst du genauer erklären«, forderte Karo.

Nur zu bereitwillig erzählte Elsa die ganze Geschichte und ließ dabei auch den kleinen Werner nicht aus. Als sie mit ihren Ausführungen endete, waren alle drei beeindruckt. Auch Peter hatte die Augen wieder geöffnet und interessiert zugehört.

»Das ist ein tolles Vorhaben«, sagte Otto. »Soll ich einen Beitrag in der *Arbeiter-Zeitung* dazu bringen?«

»Das würdest du tun?« Elsa war überrascht. Hatte Otto nicht bei ihrem ersten Treffen behauptet, dass Skifahren kein Sport für die breite Masse sei?

»Ja natürlich«, sagte er. »Sag mir einfach, wann ich wo sein soll. Ich bringe einen Fotografen mit.«

»Das ist sehr lieb von dir.« Elsa fühlte sich geschmeichelt. »Nächste Woche beginnt der Kurs. Er findet jeden Dienstag und Donnerstag statt. Wir sind auf dem Hügel hinter dem Schloss.«

»Ich weiß nicht, ob ich bei der ersten Stunde dabei sein werde. Aber ich verspreche dir, dass ich noch vor Weihnachten einen Artikel schreiben werde.«

»Vielen Dank!«

»Gerne.« Otto grinste schief. »Wie oft kommt es schon vor, dass attraktive junge Frauen aus dem Großbürgertum sich für benachteiligte Heimkinder engagieren.«

Wie immer, wenn Otto ihr ein Kompliment machte, steckte darin auch Kritik. Elsa versuchte, sie zu überhören, und dachte lieber daran, wie sehr ihr Onkel sich über einen Artikel freuen würde. Die *Arbeiter-Zeitung* war nicht sein

Lieblingsblatt, aber ein Beitrag darin bedeutete kostenlose Werbung für das Unternehmen.

Den Rest des Nachmittags verbrachten sie abwechselnd im Wasser und auf den Liegen. Erst als der Bademeister sie aufforderte, das Bad zu verlassen, packten sie ihre Sachen zusammen.

Nach der angenehmen Wärme der Schwimmhalle fühlte sich der eisige Wind im Freien wie ein Polarsturm an.

»Ach, du meine Güte«, jammerte Karo. Sie zog ihren Mantel enger und hakte sich bei Elsa unter. »Ist dir denn nicht kalt?«

»Doch, ein bisschen«, gab Elsa zu.

Karo beugte sich ganz nah zu Elsas Ohr, sodass nur sie ihre Worte verstehen konnte: »Ich glaube, dass du Otto heute sehr beeindruckt hast. Das ist noch keinem Mädchen gelungen.«

Überrascht hob Elsa den Blick. Jetzt erst bemerkte sie, dass Otto sie beobachtete. Blut schoss in ihre Wangen. Zum Glück waren sie vom Bad ohnehin noch gerötet.

Die Straßenbahn fuhr vor. Rasch stiegen sie alle ein. Doch schon nach wenigen Stationen verließen Karo und Peter den Waggon, da Peter in der Nähe wohnte und Karo noch mit zu ihm ging. »Wir sehen uns«, Karo schickte Elsa fröhlich eine Kusshand zu. »Vielleicht schau ich mal wieder im Casa Piccola vorbei.«

Es war lange her, dass sie das letzte Mal dort gewesen war.

»Schönbrunn ist halt nicht um die Ecke«, entschuldigte sich Karo. Und schon kletterte sie hinter Peter auf die Straße. Sie winkte Elsa von draußen zu.

Kurz darauf waren Elsa und Otto bis auf ein weiteres Ehepaar und eine ältere Frau allein im Waggon.

»Ich bringe dich nach Hause«, bestand Otto.

»Das ist nicht notwendig.«

»Doch.«

Elsa gab sich geschlagen. Insgeheim hatte sie gehofft, dass Otto sie begleiten würde. Es gab so viel, was sie über ihn wissen wollte.

»Hast du Geschwister?«

»Nein.«

»Du lebst mit deiner Mutter zusammen?«

»Ja, das habe ich dir bereits erzählt.«

»Hast du noch Erinnerungen an deinen Vater?«

Otto zog die Augenbrauen nach oben. »Wird das jetzt ein Verhör?«

»Nein, es ist bloß, dass ich so wenig über dich weiß«, entschuldigte sich Elsa.

»Dasselbe kann ich von dir behaupten.« Sein Lächeln wurde intensiver. Hätte die Frau zwei Reihen vor ihnen sie nicht mit unverhohlener Neugier angestarrt, hätte Otto vielleicht seinen Arm um Elsa gelegt. So begnügte er sich damit, näher zu rücken.

Sie unterhielten sich über Ottos Tätigkeit als Reporter. Er liebte seinen Beruf und war stolz darauf.

»Hast du jemals an deiner Wahl gezweifelt?«, fragte Elsa.

»Nein, niemals.« Er suchte den direkten Blickkontakt. Elsa wurde heiß, dabei pfiff ein eisiger Fahrtwind durch die Ritzen der Fenster. »Ich weiß immer genau, was ich will.«

Etwas Forderndes lag in seiner Stimme. Zum Glück bog die Straßenbahn auf den Schwarzenbergplatz ein. Elsa sprang auf, und Otto folgte ihr. Nebeneinander schlenderten sie über die Ringstraße zum Palais Sonnstein. Das warme Licht der Straßenlaternen konnte nicht über die klirrende Kälte hinwegtäuschen. Elsa steckte beide Hände tief in ihre Manteltaschen und zog ihre Mütze in ihre Stirn. Otto trat näher. Er legte seinen Arm um ihre Schulter, sie blieb stehen. »Nur um dich zu wärmen.«

Elsa wehrte sich nicht gegen seine Nähe, von der eine angenehme Wärme ausging. Schweigend liefen sie weiter. Rasch waren sie beim Palais angekommen.

»Das war ein sehr schöner Nachmittag, Elsa Sonnstein«, sagte Otto. Seine Stimme war jetzt samtweich.

»Das finde ich auch.«

»Wir sollten das bald wiederholen.«

»Gerne.«

Er beugte sein Gesicht ganz nah zu ihrem, schaute zuerst auf Elsas Lippen, dann in ihre Augen. Was er darin las, ließ ihn zögern.

»Nein?«, fragte er überrascht.

Elsa zuckte entschuldigend mit den Schultern.

»Hm.« War er enttäuscht oder verärgert?

»Ich kann warten«, sagte er. Siegessicher ergriff er wieder Elsas Hände, zog ihr beide Fäustlinge langsam aus und küsste zuerst die rechte, dann die linke Innenfläche.

Elsa lief ein Schauer über den Rücken, als seine Lippen ihre Haut berührten.

»Auf Wiedersehen!« Er sah sie noch einmal mit seinem selbstbewussten Lächeln an, dann drehte er sich um und ging. Elsa spürte noch lange die Stelle, die seine Lippen berührt hatten. War ihr Zaudern ein Fehler gewesen? Noch konnte sie Otto zurückrufen. Doch schon bog er in eine Seitengasse ab und war verschwunden.

23

Schloss Wilhelminenberg

Der schwarze Steyer II fuhr knatternd in die Rustenschacherallee. Hier wohnte Moritz in einer winzigen Dachbodenkammer eines mehrstöckigen Gründerzeithauses. Die Besitzerin war im Krieg Witwe geworden und besserte sich jetzt
ihr Leben mit der Vermietung einzelner Zimmer auf. Sie
verlangte horrende Preise für die desolaten Wohneinheiten.
Moritz jammerte immer wieder über die Summe, die er jeden Monat bezahlen musste. Jetzt wartete er mit den neuen
Skiern, die Elsa für ihn ausgesucht hatte, vor dem Eingangstor auf dem Trottoir. Die Art, wie er die Bretter von sich
fernhielt, ließ erahnen, dass er sie am liebsten irgendwo unbemerkt stehen lassen würde.

Direkt vor ihm parkte Lotte laut quietschend ein. Sie
stellte den Motor ab. Elsa kletterte aus dem Wagen. »Servus,
Moritz.«

Auch Lotte stieg aus. Beide trugen Skihosen.

»Guten Tag, ich bin Elsas Mutter. Am einfachsten ist es,
wenn Sie mich Lotte nennen.« Elsa liebte ihre Mutter für ihr
unkompliziertes Wesen.

»Moritz, sehr angenehm.«

»Wir müssen alles ein bisschen zusammenschieben, damit
wir genug Platz haben«, meinte Lotte. »Ich habe die Skier

für die Kinder schon am Samstag ins Schloss gebracht. Ihr könnt euch die Aufregung nicht vorstellen, die die Bretter verursacht haben. Am liebsten wäre ich geblieben und hätte die Kinder die Skier ausprobieren lassen.«

»Das heißt, die Kinder freuen sich aufs Skifahren?«

»Aber ja, sie können es kaum erwarten.«

Moritz' Vorfreude schien sich in Grenzen zu halten. Er wirkte nervös.

Lotte öffnete den Kofferraum, schob ihre eigenen Skier und die von Elsa zur Seite und fädelte die von Moritz geschickt dazu. Die Hälfte der hinteren Sitzbank war nun belegt.

»Willst du vorn sitzen?« Elsas Frage ging an Moritz.

»Wenn es dich nicht stört, gerne.«

»Kein Problem.« Elsa kletterte auf die Rückbank neben die Skier, während Moritz vorn Platz nahm.

»Ich muss gestehen, dass ich noch nicht oft mit einem Auto gefahren bin.«

»Es ist ein Luxus, den ich mir leiste«, gab Lotte zu. »Eigentlich braucht man kein Automobil in Wien. Aber ich liebe die Freiheit, die mir dieser Wagen gibt. Solange er in einer Seitengasse vor dem Haus steht, weiß ich, dass ich jederzeit überallhin fahren kann.«

Lotte sprach nie von einem Palais, sondern immer von einem Haus. Sie steckte den Zündschlüssel ins Schloss. Heulend sprang der Motor wieder an, und schon brausten sie los. Moritz hielt sich am Haltegriff der Tür fest.

»Oh, Entschuldigung, bin ich zu schnell?« Lotte verlangsamte das Tempo etwas.

»Meine Mutter ist eine wilde Autofahrerin. Und beim Skifahren ist sie noch schlimmer.«

»Tatsächlich?«

»Glauben Sie meiner Tochter kein Wort«, sagte Lotte. »Sie übertreibt maßlos. Wenn jemand beim Skifahren seine Grenzen nicht kennt, dann ist sie es.«

»Ah ja.« Moritz hielt sich weiterhin am Türgriff fest. Es war ihm anzusehen, dass er am liebsten ausgestiegen wäre und das ganze Vorhaben abgeblasen hätte.

»Wie war dein Wochenende?«, fragte Elsa, um ihn auf andere Gedanken zu bringen.

»Ganz gut. Ich habe für die letzte Prüfung gelernt und mich dann in eine Schrift von Sigmund Freud vertieft. Und du?«

»Du machst mir ein schlechtes Gewissen«, gestand Elsa. Sie hatte keine Sekunde lang ans Lernen gedacht.

»Was hast du gemacht?«, wollte Moritz wissen.

»Ich war im Amalienbad. Es ist riesig und modern. Warst du schon mal dort?«

»Nein, noch nie.«

»Wohin gehst du schwimmen?«

»Ich gehe nie schwimmen.«

»Auch im Sommer nicht?« Lotte mischte sich in das Gespräch ein. Sie schaute zu ihm statt auf die Straße. Ängstlich zeigte er nach vorn: »Sollten Sie nicht …?«

»Auf die anderen Autos schauen?« Lotte lachte. »Ja natürlich. Sie gehen auch im Sommer nicht schwimmen?«

»Nein, nie.«

»Kannst du schwimmen?« Elsa wusste, dass viele ihrer Studienkollegen Nichtschwimmer waren. Jedes Jahr verunglückten Menschen in den Seen und Flüssen des Landes, weil sie den Sport nie erlernt hatten.

»Ich bin ein guter Schwimmer, aber ich mag den Sport nicht.«

»Wirklich nicht?« Elsa war fassungslos.

»Ja.« Die knappe Antwort überzeugte Elsa nicht. Wie konnte man nicht gerne schwimmen?

»Niemand wird heute ins Wasser gestoßen«, sagte Lotte. »Höchstens in den Schnee.«

Und dann schwärmte Lotte, wie einfach Skifahren sei und wie viel Freude es bereite. Sie erzählte, dass sie als junge Frau Kinder in Mürzzuschlag im Skifahren unterrichtet habe. Damals war man mit einer anderen Technik auf den Brettern gefahren. »Wir hatten bloß einen Stecken. Um den haben wir uns geschwungen. Heute hat man zwei Stecken, und niemand zweifelt daran, dass man Schwünge setzt und nicht bloß gerade einen Hang hinuntersaust«, erklärte Lotte. »Mein Sohn ist ja der Meinung, dass man Hänge in Stemm-bogen befahren soll, aber so weit werden wir in den ersten Stunden nicht kommen. Jetzt geht es erst einmal darum, ein Gefühl für die Skier zu entwickeln. Dazu brauchen wir keine Stecken.«

Moritz hörte interessiert zu. Er hatte den Haltegriff im Automobil losgelassen. Als sie die Auffahrt zum Schloss ent-langfuhren, schien es, als hätte er einen Teil seiner Skepsis abgelegt. Elsa bewunderte ihre Mutter für ihre Fähigkeit, Menschen die Angst vor dem Skisport zu nehmen.

Lotte ließ die beiden aussteigen und parkte den Wagen bei den Nebengebäuden. Sie wurden von Doktor Sensen-bauer bereits erwartet. Der kleine Mann stand auf der Treppe vor dem Eingang und begrüßte sie überschwänglich. Beson-ders Lotte schüttelte er lange die Hand. »Frau Doktor Sonn-stein, wie schön, dass Sie Ihre Tochter unterstützen. Ich kenne Ihren Gatten und schätze ihn sehr, er ist ein groß-artiger Kinderarzt.«

»Vielen Dank, aber ich muss Sie korrigieren. Ich bin keine Frau Doktor. Ich bin bloß die Ehefrau von einem Arzt.«

Doktor Sensenbauer lachte: »Ja natürlich, ich weiß. Aber es gibt Damen, die darauf bestehen, mit dem Titel ihres Gatten angesprochen zu werden.«

»Möglich, ich gehöre nicht dazu.« Lotte hatte sich nie mit fremden Federn schmücken wollen. Sie hatte als Verkäuferin gearbeitet und war darauf immer stolz gewesen.

»Kommen Sie doch alle herein«, bat der Direktor. Er hatte zur Feier des Tages einen modernen Nadelstreifanzug an. Sein schütteres Haar war mit Brillantine seitlich über seine hohe Stirn gelegt.

»Die Kinder sind schon sehr aufgeregt. Seit die Skier da sind, wird von nichts anderem mehr geredet. Leider sind sie noch beim Mittagessen. Einige hatten länger Unterricht. Wollen Sie in meinem Büro warten oder im Speisesaal bei den Kindern?«

»Warum nicht bei den Kindern?«, fragte Lotte. Sie genoss die Abwechslung, die dieser Nachmittag ihr bot.

Elsa konnte sich nicht daran erinnern, wann sie ihre Mutter das letzte Mal so glücklich gesehen hatte.

»Aber gerne, kommen Sie mit.« Doktor Sensenbauer winkte sie alle ins Schloss und führte sie über die zahlreichen Gänge und Treppen in den Speisesaal. Schon von Weitem waren das Scheppern von Geschirr und das Klirren von Besteck zu hören. Kinderstimmen nahm man keine wahr.

»Sprechen die Kinder beim Essen denn nicht?«, erkundigte sich Elsa.

»Wir haben versucht, sie in ruhiger Konversation zu unterrichten, sind dabei aber kläglich gescheitert. Es war ein heilloses Durcheinander. Man konnte sein eigenes Wort nicht mehr verstehen, so laut war es. Deshalb haben wir jetzt absolutes Sprechverbot bei Tisch. Danach können die Kinder sich wieder unterhalten.«

»Wie jammerschade«, sagte Lotte. »Ich habe die Erfahrung gemacht, dass die interessantesten Gespräche bei Tisch entstehen.«

»Ja, ja, das mag fürs normale Leben stimmen, aber hier ist alles ein bisschen anders. Die Kinder, die zu uns kommen, haben schreckliche Schicksale hinter sich. Sie stammen aus den untersten Schichten dieser Gesellschaft. Sie müssen erst lernen, wie man sich bei Tisch benimmt.«

Die Tür zum Speisesaal stand offen. An langen Tischen saßen Kinder in allen Altersgruppen. Die Burschen waren von den Mädchen getrennt. Alle trugen eine Art Uniform. Bei den Mädchen waren es Schürzen über Kleidern, bei den Burschen hemdähnliche Jacken und kurze Hosen. Alle hatten Schuhe und Socken an, aber keines der Kinder trug Strümpfe. Elsa fror allein bei ihrem Anblick. Als Doktor Sensenbauer mit seinem Besuch entdeckt wurde, verdrehten einige die Köpfe, um einen Blick zu erhaschen. Trotz des Sprechverbots wurde getuschelt. Ein Junge zeigte auf Elsa und Moritz, ein anderer quietschte laut. So als könnte er es kaum erwarten, dass das Essen vorbei war, schaufelte er den Reis hastig in sich hinein. Hinter Elsa und Moritz kam ein Mädchen mit einer schweren Suppenschüssel über den Gang. Ihr Gesichtsausdruck war konzentriert, sie bemühte sich, nichts zu verschütten. Aber auch sie war über die Besucher überrascht und drehte den Kopf zu ihnen, dabei vergaß sie achtzugeben und lief direkt in Moritz hinein. Der versuchte auszuweichen und sprang zur Seite, doch die orangefarbene, mit reichlich Paprika gewürzte Krautsuppe landete auf seinem Pullover und seinem Hemd. Er fluchte, und Doktor Sensenbauer schimpfte laut. »Du ungeschicktes Ding.« Die Kinder im Saal lachten.

»Oh Entschuldigung! Ich bitte vielmals um Verzeihung. Es tut mir so leid.« Dem Mädchen war es gelungen, die Schüssel zu retten. Mit zitternden Händen hielt sie das Geschirr fest, starrte fassungslos Moritz an und begann zu weinen.

»Ist ja nichts passiert«, beruhigte Lotte sie. Sie legte den Arm um das weinende Kind. »Kleidung kann man waschen.«

Elsa holte zwei Stoffservietten von einem Tisch, auf dem Besteck und Geschirr bereitstanden. Sie reichte sie Moritz, der damit über seinen Pullover wischte, aber der Stoff war durch und durch nass. Unterdessen waren die Erzieherinnen bemüht, die Kinder wieder zu beruhigen. Als das nicht fruchtete, drohten sie mit Strafen.

»Ich habe in meinem Büro ein Hemd und ein Sakko für Notfälle wie diesen. Sie haben zwar nicht meine Statur, aber besser, als mit nassen Kleidern herumzulaufen, ist es allemal.« Doktor Sensenbauer war der Vorfall ebenso peinlich wie dem Mädchen, das sich von Lotte langsam beruhigen ließ. »Hoffentlich ist das Hemd nicht ruiniert.«

»Mit ausreichend Seife lassen sich alle Flecken entfernen«, meinte Lotte.

»Wollen Sie sich im Waschraum sauber machen? Ich suche die Ersatzwäsche«, schlug der Heimleiter vor.

Moritz ging über die Treppen hoch zum Waschraum der Burschen. Elsa begleitete Doktor Sensenbauer in sein Büro, und Lotte blieb bei dem weinenden Mädchen. Sie hatte sich immer noch nicht vollständig beruhigt.

»Das ist äußerst ärgerlich«, jammerte der Heimleiter. »Das wird Konsequenzen haben.«

»Ich glaube nicht, dass das notwendig ist«, sagte Elsa. »Das Mädchen fühlt sich auch so schon schrecklich genug.«

Doktor Sensenbauer durchwühlte einen Schrank und wurde fündig. »Ah, hier ist es ja. Können Sie die Kleidung Ihrem Kollegen bringen? Ich werde mich um Ihre Mutter kümmern.« Lottes Befinden lag ihm offenbar am Herzen.

Elsa nahm Hemd und Sakko entgegen und lief damit zurück zu einem der Gänge. Sie hoffte, dass sie den richtigen Weg einschlug. Als sie Wasser plätschern hörte, wusste sie, dass sie sich nicht verirrt hatte.

»Ich bringe dir ein frisches Hemd.« Elsa glaubte, dass Moritz sie gehört hatte, und trat ein, ohne sich noch einmal anzukündigen. Aber das Wasser war lauter als Elsas Stimme. Moritz stand mit nacktem Oberkörper über ein Waschbecken gebeugt. Er war schlank und sehnig und überraschend muskulös, aber das war es nicht, was Elsa erstarren ließ. Über seinen Rücken zogen sich hässliche Narben, die vielleicht von einem Unfall stammten.

Als Moritz sie bemerkte, fuhr er erschrocken hoch. Wahllos griff er nach einem der Handtücher, die fein säuberlich in einer Reihe an der Wand hingen, und trocknete sich ab.

»Moritz, was ist mit deinem Rücken los? Hast du dich verletzt?«

»Nein, ich habe mich bloß gekratzt. Das nasse Hemd … das war unangenehm.«

Moritz war ein lausiger Lügner. Warum wollte er nicht verraten, woher die Narben stammten?

Elsa reichte ihm Hemd und Sakko. Sein Rücken war ihr immer noch abgewandt. Im Moment war sie auch mit der

Vorderansicht durchaus zufrieden. Zu spät wurde ihr bewusst, wie ungeniert sie Moritz musterte. Beschämt wandte sie ihren Blick ab. Zum Glück näherten sich schnelle, kurze Kinderschritte. Zwei Jungs liefen den Gang entlang und stürmten in die Schlafsäle. Rasch entfaltete Moritz das Hemd und schlüpfte hinein. Es reichte ihm bloß bis zum Nabel und war ihm auch an den Ärmeln zu kurz. Elsa musste lachen.

»Ich sehe aus wie ein Clown, der die Kleidung seines kleinen Bruders anhat«, sagte Moritz.

»Von einem Bruder mit schlechtem Geschmack«, ergänzte Elsa. Das Hemd war altmodisch, hatte keinen Kragen, dafür hässliche Streifen.

Nun stürzte ein kleiner Junge in den Waschraum und blieb abrupt stehen. Er starrte die beiden mit weit aufgerissenen Augen an.

»Wir sind die Skilehrer«, sagte Elsa. So als wäre das eine Erklärung dafür, dass ein fremder Mann in zu kleinem Hemd im Waschraum stand.

»Ach so, wir hatten schon Angst, dass Sie wieder gegangen sind«, antwortete der Junge erleichtert. »Kann es jetzt losgehen? Wir warten schon alle.«

Bereits das Austeilen der Skier war für die Kinder ein Abenteuer. Sie lachten aufgeregt, standen vor dem Geräteschuppen und drängten sich nach vorn, um das erste Paar zu bekommen.

»Jeder kriegt ein Paar«, beruhigte Elsa sie. »Ihr könnt euch in einer langen Schlange anstellen. Einer hinter dem anderen. Wer beim ersten Durchgang leer ausgeht, kriegt im zweiten ein Paar wunderschöne neue Skier.«

Während Moritz die Kinder in eine Reihe schob, teilte Lotte die Skier aus. Sie hatten fünfzehn Paar mit dazu passenden Stecken. Die blieben an diesem ersten Nachmittag noch im Geräteschuppen. Da dreißig Kinder für den Kurs angemeldet waren, mussten sie den Unterricht zweimal durchführen. Zu den fünfzehn Kindern, die leer ausgingen, sage Elsa: »Ihr kommt jetzt trotzdem mit uns mit. Nach einer Stunde wird gewechselt. Ihr müsst euch zwar noch gedulden, dafür habt ihr den Vorteil, dass ihr die anderen genau beobachten könnt.« Sie sah einen besonders ungeduldig zappelnden Jungen an. »Dabei lernt man sehr viel. Also gebt gut acht.«

Moritz stand etwas abseits. Elsa musste aufpassen, dass sie nicht ständig zu ihm schielte. In dem kurzen Sakko von Doktor Sensenbauer hatte er wirklich große Ähnlichkeit mit einem Zirkusclown.

Gemeinsam mit einer älteren Erzieherin, die sich als Frau Ilse vorstellte, stapfte die Gruppe zu einer abfallenden Wiese hinter dem Schloss. Es war ein idealer Übungshang. Einige der Kinder stolperten, sie hatten Probleme beim Tragen der Bretter. Elsa zeigte ihnen, wie sie die Skier auf eine Schulter legen und mit der Hand bloß sanft Druck ausüben mussten, um die Bretter ohne Kraftaufwand zu balancieren. Den meisten Kindern rutschten die Bretter trotzdem in den Schnee. Zwei Mädchen gaben auf und trugen die Skier zu zweit. Eine fasste vorn an, die andere hinten. Ursprünglich hatte Doktor Sensenbauer ausschließlich Jungs für die Gruppe eingeteilt. Elsa hatte darauf bestanden, dass gleich viele Burschen wie Mädchen am Unterricht teilnehmen durften. Natürlich hätten noch viel mehr Kinder Skifahren wollen, aber sie hatten eine Obergrenze ziehen müssen. Elsa wusste nicht, nach welchen Kriterien die Teilnehmer ausgesucht worden waren. Kaum hatten sie die Wiese erreicht, wurde ihnen vom Schloss aus fröhlich zugewinkt. Elsa drehte sich um. In jedem Fenster der Schlafsäle drängten sich Kindergesichter. Sie alle wollten einen Blick auf die Skifahrer erhaschen. Die dreißig auf der Wiese waren jetzt schon kleine Helden, noch bevor sie einen Rutschversuch auf Skiern gemacht hatten.

Lotte ging den Hang hinab und forderte von den Kindern, ihr zu folgen. Elsa schaute in enttäuschte Gesichter. Die Kinder hatten erwartet, dass sie oben am Hügel anschnallen und sofort den Hang hinuntersausen würden.

Erst als alle unten waren, durften die Kinder die Skier anschnallen. »Wir machen erste Gehversuche«, erklärte sie. »Seht her. Zuerst schlüpft ihr in die erste Bindung, schnürt sie fest, und wenn ihr sicher auf dem Ski steht, steigt ihr in die zweite Bindung.«

Ihre letzten Worte gingen in ausgelassenem Lachen unter. Die Kinder schnatterten durcheinander, halfen sich gegenseitig beim Zuschnüren der Bindungen. Die ersten plumpsten in den Schnee. Ein paar ließen sich absichtlich fallen. Werner war ebenfalls dabei. Er stand abseits von den anderen und beobachtete das Geschehen.

»Kommen Sie, Moritz. Schnappen Sie sich Ihre Skier«, forderte Lotte.

Er öffnete den Mund, um zu protestieren, schloss ihn aber wieder, als er sah, dass Elsa ihre Skier bereits angeschnallt hatte. Es war neun Monate her, dass sie das letzte Mal auf den Brettern gestanden hatte. Es war ein herrliches Gefühl. Auch wenn sie sich bloß auf einem sanft abfallenden Übungshang befand. Moritz schlüpfte problemlos in die Bindungen und stand sicher auf den Brettern. Auch bei den ersten Gehversuchen stellte er sich sehr geschickt an. Lotte lud die Kinder dazu ein, zuerst vorwärts und dann seitwärts zu gehen. »Das seitliche Gehen ist besonders wichtig«, sagte sie. »Wenn ihr am Hang hinfallt, dann ist die erste Aufgabe, die Skier parallel zum Hang zu stellen. Denn sonst steht ihr auf und saust den Hang hinunter.«

Nach den ersten Gehversuchen im flachen Gelände ging es auf den Hügel. So wie sie es eben geübt hatten, marschierten sie den Hang mit seitlich gestellten Skiern hinauf. Wer seine Skier anders hielt, bereute es schnell und rutschte verkehrt herum den Hügel hinunter. Die ersten Kinder kugelten im Schnee. Es wurde gelacht. Nur ein Mädchen bekam Angst und weinte. »Ich will nicht mehr«, jammerte sie. »Ich kann das nicht.«

»Wir haben doch eben erst damit angefangen«, munterte Elsa sie auf.

Moritz war gemeinsam mit den schnelleren Kindern vorausgegangen. Als er das Weinen hörte, drehte er sich um. Seine Skier standen dabei nicht schräg zum Hang, sondern zeigten mit den Spitzen zum Schloss. Sofort glitt er rückwärts den Hügel hinunter. Dabei ruderte er lustig mit den Armen, verlor das Gleichgewicht und landete direkt neben dem weinenden Mädchen im Schnee. Mit dem kurzen Sakko von Doktor Sensenbauer sah er aus wie Buster Keaton in seinem seiner Stummfilme. Es fehlte ihm nur der flache Strohhut. »Das ist verdammt schwierig«, lachte er. Augenblicklich hörte das Mädchen mit dem Weinen auf und fiel in sein Lachen ein.

»Komm, wir machen das gemeinsam«, sagte Moritz. »Wie heißt du?«

»Friede.«

»Gib mir deine Hand, Friede.« Moritz rappelte sich auf. Er streckte Friede die Hand entgegen, die diese ergriff, aber statt einander hochzuziehen, landeten sie erneut im Schnee. Auch die anderen sahen die beiden, und mit einem Mal war das Gelächter nicht mehr zu bremsen.

Elsa und Lotte hatten alle Hände voll zu tun, das Durcheinander wieder zu beruhigen.

»Sie müssen Ihre Skier parallel stellen«, sagte Lotte.

»Das ist leichter gesagt als getan.« Moritz hatte Lachtränen in den Augen. Die langen Bretter standen gekreuzt übereinander. Sobald er den oberen Ski anheben wollte, schlug er mit der Spitze in den Schnee, verrenkte dabei sein Bein und landete wieder auf dem Boden.

»Bleib sitzen«, forderte Elsa. »Roll dich auf den Rücken und entwirre deine Beine in der Luft.«

Moritz versuchte es, dabei hatte er Ähnlichkeit mit einem Käfer, der auf dem Rücken lag und zappelte. Die Kinder waren nicht mehr zu halten. Sie prusteten ausgelassen. Ein Junge hielt sich den Bauch, dabei kippte er seitlich in den Schnee. Auch Elsa und Lotte konnten nicht mehr an sich halten. Es war eine herrlich ausgelassene Stimmung. Irgendwann gelang es Moritz, sich wieder aufzurichten. Auch die meisten Kinder standen wieder, und sie setzten den Unterricht fort.

Am Ende der ersten Stunde waren alle ein paarmal den Hang hinaufgestapft und wieder hinuntergerutscht. Dann wurde gewechselt, und die Kinder, die zuerst zuschauen mussten, durften die Skier anschnallen. Genau wie Elsa prophezeit hatte, gelang es ihnen viel schneller, den Hang hinaufzugehen, ohne dabei hinzufallen.

Nach den ersten Schwierigkeiten hatte Moritz den Dreh schnell heraus. Einige Male stellte er sich bewusst ungeschickt an, um zwei ängstlichen Kindern ihre Furcht zu nehmen. Die Rechnung ging auf. Alle hatten wirklichen Spaß.

Der Nachmittag verging wie im Flug. Und wenn die Erzieherin nicht mahnend auf die Uhr gezeigt hätte, wären alle noch länger auf dem Übungshang geblieben.

»Müssen wir wirklich schon aufhören?«, fragte Friede. Sie konnte auch als Zuschauerin nicht genug bekommen.

»Ja, für heute ist Schluss«, sagte Elsa. »Aber wir kommen übermorgen wieder.«

Die Kinder jubelten begeistert. Werner schnallte seine Skier vorsichtig wieder ab. Während der zwei Stunden im Schnee hatte er seine Traurigkeit kurz abgelegt und einmal sogar über Moritz' kunstvollen Sturz gelacht. Kaum hatte er keine Skier mehr an, kehrte sein Kummer zurück.

»Hat dir der Unterricht gefallen?«, fragte Elsa. Sie hockte sich zu ihm.

»Ich will zu meiner Mama.« Seine Stimme zitterte. Er kämpfte gegen Tränen an.

»Das kann ich gut verstehen«, sagte Elsa. Ihre eigene Mutter war nur ein paar Meter von ihr entfernt und half den Kindern beim Abschnallen. Sie legte ihren Arm um Werner.

»Du vermisst sie sehr?«

Er nickte. »Wann darf ich wieder zu ihr?«

»Das weiß ich nicht.« Der Schmerz in Werners Stimme schnürte Elsas Kehle zusammen.

»Warum habe ich nicht bei ihr bleiben dürfen?«

»Auch das weiß ich nicht genau«, antwortete sie ehrlich. »Ich glaube, dass deine Mama nicht genug zu essen für euch beide hatte.«

»Mich stört der Hunger nicht«, schniefte Werner tapfer.

»Es wäre nicht gesund, wenn du hungerst. Kinder brauchen ausreichend zu essen.«

»Warum kann Mama nicht auch hier wohnen?«, fragte Werner. »Hier gibt es immer genug zu essen. Auch für meine Mama.«

Elsa konnte seinen Gedankengang gut verstehen. Es rührte sie, dass er sich um seine Mutter sorgte. Dabei sollte es umgekehrt sein. Es war nicht die Aufgabe von Kindern, über das Wohl der Eltern nachzudenken.

»Kannst du mir helfen, damit ich wieder zu meiner Mama darf?« Die Hoffnung in seiner Stimme schnitt in Elsas Herz.

»Ich fürchte, dass ich das nicht kann.«

Werners Blick trübte sich. Seine hellen Augen wurden dunkel und füllten sich mit Tränen. »Dann will ich auch den blöden Kurs nicht machen.« Er stand auf, hob die Bretter hoch, die er zuvor fein säuberlich nebeneinandergelegt hatte, und warf sie in weitem Bogen in den Schnee. »Ich pfeif auf das Skifahren. Es ist kacke«, schrie er so laut, dass auch die Erzieherin ihn hören konnte, und lief zurück zum Schloss.

Elsa hockte ratlos im Schnee

Frau Ilse kam zu ihr. »Machen Sie sich keine Gedanken«, beruhigte sie. »Viele von den Kindern sind so. Im Grunde wohnt in dem Schloss ein Haufen Asozialer. Kinder von arbeitsscheuem Gesindel, Alkoholikern und Kriminellen. Wir können uns noch so bemühen, sie werden immer das bleiben, was sie sind, undankbarer Abschaum unserer Gesellschaft.«

Elsa antwortete nicht. Wortlos nahm sie Werners Skier und trug sie gemeinsam mit ihren eigenen zurück zum Geräteschuppen. Weder Moritz noch Lotte hatten Werners Gefühlsausbruch miterlebt. Beide schwebten immer noch auf einer Glückswolke.

»Ich habe mich seit Jahren nicht so lebendig gefühlt«, schwärmte Lotte. »Danke, dass ich euch helfen darf.«

»Wir müssen uns bei Ihnen bedanken«, erwiderte Moritz. »Skifahren macht wirklich Spaß. Ich kann es kaum erwarten, dass wir mit dem Unterricht weitermachen. Vielleicht wage ich ja doch irgendwann den Schritt in die Berge.« Er sah zu Elsa und bemerkte jetzt erst, dass sie bedrückt war.

»Was ist los, Elsa? Der Nachmittag war doch großartig. Die Kinder sind begeistert.«

»Ja, alle bis auf Werner.«

»Man wird nie alle vom Skifahren überzeugen können«, meinte Lotte.

Werners Problem war anders gelagert. Aber Elsa wollte die Freude ihrer Mutter nicht trüben, deshalb schwieg sie und rang sich ein Lächeln ab. Gemeinsam mit den Kindern verstauten sie die Skier im Geräteschuppen. Anschließend verabschiedeten sie sich von Doktor Sensenbauer.

»Bitte lassen Sie Ihren Gatten ganz herzlich von mir grüßen, Frau Doktor Sonnstein.«

»Nur Frau Sonnstein«, erinnerte Lotte ihn. »Ich werde meinem Mann die Grüße ausrichten.«

Dann gingen sie zurück zum Auto und stiegen ein.

»Ihr habt jetzt noch eine Lehrveranstaltung am Pädagogischen Institut? Soll ich euch gleich dorthin bringen?«

»Ich muss zuvor nach Hause.« Moritz sah an sich selbst herunter.

»Das kann ich verstehen«, lachte Lotte. »Also wieder in die Rustenschacherallee?«

»Ja bitte.«

Auf dem Weg in die Leopoldstadt ließen sie noch einmal den Nachmittag Revue passieren. Es war schön, Lotte so lebendig zu sehen. Sie sprühte regelrecht vor Energie und Lebensfreude. Ihre Wangen glühten, und sie lachte bei den Erinnerungen an die lustigen Stürze. »Ich kann es kaum erwarten, deinem Vater davon zu erzählen«, sagte sie zu Elsa. »Die Kinder haben sich so geschickt angestellt. Ich habe vergessen, wie schnell man in frühen Jahren lernt.«

Da kaum andere Autos auf den Straßen unterwegs waren, erreichten sie das Haus in der Rustenschacherallee schon bald.

»Leider kann ich nicht auf euch warten«, entschuldigte sich Lotte. »Ich habe meiner Schwiegermutter versprochen, dass ich sie zur Schneiderin bringe. Angeblich müssen drei ihrer Kleider enger gemacht werden.«

»Großmama muss mehr essen!«, sagte Elsa.

»Die Kraut- und Schinkenfleckerl schmecken ihr nicht mehr. Aber lieber hungert sie, als dass sie mich in die Küche lässt. Sie kann unglaublich stur sein.«

Moritz schien mit dem Gespräch nichts anfangen zu können. Verständnislos runzelte er die Stirn, stellte aber keine Fragen, da weder Elsa noch ihre Mutter näher auf die Eigenarten von Mathilde Sonnstein eingingen. Lotte verabschiedete sich, und schon brauste sie wieder los.

24

Rustenschacherallee

»Willst du mit raufkommen?«, fragte Moritz.

»Ja gerne.« Der Jahreszeit entsprechend war es bereits dunkel geworden.

»Ich muss mich entschuldigen«, sagte Moritz. »Mein Zimmer ist bescheiden und ein wenig unordentlich.«

»Keine Angst, ich habe nicht vor, es aufzuräumen.«

Moritz öffnete die Eingangstür. Vor dem Krieg war das Haus vielleicht eines der vornehmsten der Gegend gewesen, ein Prachtbau der Gründerzeit. Das Treppenhaus legte Zeugnis vom einstigen Reichtum ab. Der Handlauf der Stiegen war aus geschwungenem Schmiedeeisen, die schwarze Farbe blätterte hier und dort ab. Die Fliesen auf den Treppen zeigten ein orientalisch anmutendes Muster in verschiedenen Blautönen. Jede zweite Fliese war herausgebrochen. Im Stiegenhaus führten Fenster in einen Innenhof. Die Scheiben waren aus mehrfarbigen Gläsern zu fantasievollen Bildern zusammengesetzt, Blumen und exotische Vögel. Keines der Mosaike war vollständig. Es roch nach Kohl, Zwiebeln, Tabak und Schimmel. Elsa sah zu den Ecken der Wände. Sie waren dunkelgrün.

Moritz führte sie bis unters Dach. Elsa vermutete, dass noch vor einigen Jahren hier die Dienstboten gewohnt hatten. Heute vermietete die Besitzerin die Zimmer an Studenten. Moritz holte einen Schlüssel aus seiner Hosentasche und sperrte eine windschiefe, niedrige Holztür auf. Das Schloss war wohl mehr eine Beruhigung als tatsächlicher Schutz vor unliebsamen Eindringlingen. Sicher konnte man die Tür auch ohne Schlüssel mühelos öffnen.

»Bitte schön!« Moritz stieß die Tür mit einem lauten Quietschen auf. »Das ist mein Reich.«

Er suchte nach dem Lichtschalter an der Wand. Elsa hatte nicht damit gerechnet, dass die Kammer über elektrisches Licht verfügte. Eine Glühbirne, die von der Decke hing, flackerte, bevor sie für Licht sorgte. Während Elsa aufrecht stehen konnte, musste Moritz den Kopf einziehen. Die Kammer war winzig klein. Außer einem Bett, einem Schrank und einem niedrigen Schreibtisch gab es noch einen Waschtisch mit Spiegel und eine Stehlampe.

»Ich kann dir leider keinen anderen Platz anbieten als das Bett«, entschuldigte sich Moritz.

War es ihm peinlich, dass Elsa sah, in welch bescheidenen Verhältnissen er wohnte?

Womit er gelogen hatte: Die Kammer war einfach, aber nicht unordentlich. Das Bett war gemacht, die Decke zusammengefaltet, die Bücher auf dem Schreibtisch gestapelt, und selbst das Handtuch, das auf einer Leine über dem Waschtisch hing, war sauber.

»Ich bin gleich fertig«, sagte Moritz. »Ich zieh mir nur was anderes an.«

Er sah Elsa eindringlich an.

»Ach so, ja natürlich, entschuldige. Ich dreh mich weg.«

»Danke.«

Elsa schloss die Augen und wandte Moritz den Rücken

zu. Sie hörte, wie er das kleine Sakko auszog und das Hemd abstreifte. Der Schrank wurde geöffnet, und Moritz kramte darin herum. Von der Straße drangen Geräusche herauf. Ein Junge rief einem anderen etwas zu. Gerade als Elsa dachte, dass Moritz fertig sei, huschte etwas über ihre Füße und streifte ihre rechte Wade. Erschrocken riss Elsa die Augen auf. »Iih!« Sie sprang auf und prallte in dem beengten Raum mit Moritz zusammen. Er hatte sein Hemd immer noch nicht angezogen und war halb nackt. Doch Elsa nahm es kaum wahr. Voller Ekel starrte sie dem Schatten nach, der unter dem Bett verschwand.

»Du wohnst mit Mäusen zusammen.«

»Ich weiß.« Moritz blieb völlig gelassen.

Elsas schnell schlagendes Herz beruhigte sich wieder. Sie ging in die Hocke, um unter das Bett zu schauen, aber von der Maus fehlte nun jede Spur. Das Tier hatte sich irgendwo verkrochen. Langsam richtete sie sich auf und drehte sich zu Moritz. Ihr Blick fiel auf den matten Spiegel des Waschtischs. Sie sah Moritz' Rücken. Die angeblichen Kratzspuren waren immer noch da. Elsa erkannte, dass es alte, schlecht verheilte Narben waren. Sie schnappte geräuschvoll nach Luft.

Moritz brauchte sich nicht umzudrehen, um zu begreifen, was für das Entsetzen auf ihrem Gesicht verantwortlich war. Beschämt schnappte er nach seinem Hemd und fing an, es aufzuknöpfen.

»Wer hat dir das angetan?«, fragte Elsa leise. Seine abwehrende Körperhaltung zeigte, dass er nicht über die Striemen sprechen wollte. Doch Elsa konnte nicht so tun, als hätte sie nichts gesehen.

»Mein Vater war der Meinung, dass ein Junge nur dann

ein echter Mann wird, wenn er mit eiserner Härte und militärischer Disziplin erzogen wird.«

»Dein Vater hat dich geschlagen?«, fragte Elsa fassungslos. Weder ihre Mutter noch ihr Vater hatten jemals die Hand gegen sie erhoben.

»Wenn ich zu Hause war, hat er es selbst übernommen. Wenn ich im katholischen Internat war, hat er die Lehrer darum gebeten, kräftig zuzuschlagen, was sie nur allzu bereitwillig getan haben. Einige haben es mit der Hand getan, andere haben Peitschen und Gerten verwendet.« Die Gleichgültigkeit in seiner Stimme passte nicht zu den fahrigen Bewegungen seiner Finger, mit denen er versuchte, die letzten Knöpfe zu öffnen.

»Ich hatte Glück«, fuhr er fort. »Andere Jungs sind noch schlimmer behandelt worden. Jede Familie hat ihre dunklen Geheimnisse, über die geschwiegen wird.«

Elsa schluckte hart. Traf das zu? Gab es auch in ihrer Familie Dinge, über die nicht geredet wurde?

»Ein Schulkollege ist aus dem Fenster gesprungen, weil er die Erniedrigungen nicht mehr ertragen konnte. Sein Vater hat die Lehrer gebeten, besonders drakonische Strafen anzuwenden.«

»Er hat sich selbst umgebracht?«

»Es hat nicht geklappt. Heute ist er ein Krüppel, der im Rollstuhl sitzt.«

»Moritz, das ist ja alles ganz schrecklich«, entfuhr es Elsa. Sie machte einen Schritt zur Seite, um seinen Rücken noch einmal anzusehen. Die Narben waren also der Grund, warum er nicht schwimmen ging.

»Hast du genug gesehen?« Mit einer Mischung aus Ärger und Scham drehte er sich um.

Elsa stand so dicht bei ihm, dass sie sein Herz klopfen hörte. Sie sah den Pulsschlag an seinem Hals und wie sein Brustkörper sich bei jedem Atemzug hob und senkte. Das Grün der Iris war jetzt dunkel. Die Luft in dem winzigen Raum knisterte wie die Glühbirne über ihnen. Elsa wollte Moritz' helle Haut berühren und den Herzschlag darunter fühlen. Mit einem Verlangen, das ihr fremd war, zog es sie zu ihm hin. So als wäre Moritz ein Magnet. Sehnsuchtsvoll streckte sie ihm ihr Gesicht entgegen. In seinen Augen las sie denselben Wunsch. Doch noch bevor sie seine Lippen berührte, zuckte er zurück.

»Nein, Elsa. Ich will das nicht.«

»Wie bitte?« Seine Worte fühlten sich an wie ein Faustschlag ins Gesicht. Benommen taumelte sie rückwärts.

»Es ist für mich unerträglich, dass du mich aus Mitleid küsst.«

»Wer redet von Mitleid?« Der magische Moment war zerstört. Noch nie war Elsa so brüsk vor den Kopf gestoßen worden.

»Du küsst mich, weil du gesehen hast, was mir als Kind widerfahren ist. Deshalb denkst du, dass du mir etwas Gutes tun musst. Genau wie mit den Kindern, denen du helfen willst.«

»Wie willst du wissen, was ich fühle?«

»Als ich dich in Schönbrunn küssen wollte, hast du mir eindeutig gezeigt, dass du mich als Freund schätzt, aber nichts von mir als Mann wissen willst.«

»Wir haben uns zu dem Zeitpunkt gerade mal ein paar Wochen gekannt«, verteidigte sich Elsa. »Jemanden zu küssen ist eine schwerwiegende Entscheidung, das macht man nicht aus einer Laune heraus.«

»Auch später hast du nicht mehr als Freundschaft für mich empfunden.« Moritz schlüpfte in das Hemd. Endlich waren alle Knöpfe offen. Jetzt herrschte äußerlich wieder Normalität zwischen ihnen.

»Wann?«, wollte Elsa wissen.

»In der Straßenbahn, als wir nach dem ersten Besuch am Wilhelminenberg zurück in die Stadt gefahren sind. Da hast du mich auf die Wange geküsst. So begegnet man guten Freunden, aber nicht Menschen, für die man mehr empfindet.«

»Hast du wirklich erwartet, dass ich dich in der Öffentlichkeit küsse?«

Moritz neigte den Kopf. »Ich habe jahrelange Übung darin, mich gegen Ungerechtigkeiten zu wehren. Aber Mitleid ist unerträglich. Dem ist man schutzlos ausgeliefert, es hilft niemandem.«

»Was redest du da?« Elsa wurde zunehmend ungehalten.

»Ich will nicht, dass irgendjemand mit mir mitleidet.«

Er machte eine kurze Pause und schluckte hart. »Wenn ich mit einer Frau zusammen bin, dann will ich, dass sie mich sieht und nicht meine Vergangenheit.«

»Aber von deiner Kindheit habe ich ja gerade erst erfahren.«

»Eben, Elsa, und das ist der Grund, warum du nun glaubst, etwas wiedergutmachen zu müssen, wofür du keine Verantwortung trägst.«

»Warum sollte ich etwas wiedergutmachen wollen, was ich nie verbrochen habe?« Wütend fasste sie nach ihren Fäustlingen, die sie zuvor auf das Bett gelegt hatte. Sie machte einen Schritt zur Tür. »Wenn du das Verhalten anderer interpretieren willst, dann mach das im Seminar bei Frau Bühler.

Richte ihr einen schönen Gruß von mir aus, ich komme heute nicht zum Seminar. Mir ist übel.«

Gekränkt riss sie die Tür auf und hatte für einen kurzen Moment Bedenken, das filigrane Ding könnte aus den Angeln springen. Als nichts passierte, schlug sie es krachend hinter sich zu. Tränen der Wut stiegen in ihr auf und bahnten sich ihren Weg, als sie die Treppe hinunterstürmte. Sie hörte Moritz hinter sich ihren Namen rufen, ignorierte ihn aber. Er rannte ihr nach, polterte mit hastigen Schritten über die glatt getretenen Steinstufen und holte sie im Erdgeschoss ein. Ungeduldig fasste er nach ihrem Ärmel und hielt sie fest.

»Elsa, lass uns nicht im Streit auseinandergehen.« Er war außer Atem. Sein Hemd hing ihm noch aus der Hose. »Reden wir noch einmal in Ruhe über alles.«

»Vielleicht ein anderes Mal.« Sie schüttelte seine Hand ab. »Ich kann jetzt nicht ruhig reden.« Verärgert blinzelte sie die Tränen weg. Ihre Reaktion kam ihr selbst überzogen vor, aber sie fühlte sich unglaublich verletzt und wollte nur noch nach Hause. Rasch trat sie auf die Straße. Völlig orientierungslos rannte sie los. Sie hatte keine Ahnung, wo genau sie war, aber sie ging dem Licht und dem Lärm nach.

Moritz rief ihr noch einmal nach, doch seine Stimme wurde leiser. Es hatte erneut zu schneien begonnen. Elsa wollte ihre Mütze aufsetzen, aber sie war nicht in ihrer Jackentasche. Sicher lag sie noch in Moritz' Zimmer. Unmöglich konnte sie zurückgehen. Da fror sie lieber. Elsa biss die Zähne zusammen und lief zitternd weiter.

Zum Glück standen an der Straßenkreuzung eine Frau und zwei Kinder. Sie würden ihr verraten, wo die nächste Taxirufsäule war. Elsa wollte jetzt nicht in die Straßenbahn einsteigen. Auch wenn Otto oder Karo das nicht gutheißen und sich über sie lustig machen würden. Sie hatte das Geld fürs Taxi in der Tasche. Schlimm genug, dass der Fahrer ihr enttäuschtes Gesicht sah. Die Vorstellung, ein ganzer Waggon voll neugieriger Fremder würde sie anstarren, war ihr unerträglich.

25

Palais Sonnstein

Den nächsten Tag verbrachte Elsa zu Hause. Wie befürchtet, hatte sie sich gestern Abend bei der Suche nach einem Taxi eine Verkühlung eingehandelt. Ihre Nase lief, sie hustete und fühlte sich angeschlagen. Müde verkroch sie sich in ihrem Bett und zog die Decke über den Kopf.

»Bist du krank?« Besorgt klopfte Lotte an Elsas Tür.

»Ja, ich bekomme einen Schnupfen. Ich fühle mich nicht gut.«

»Soll Papa nach dir schauen?«

»Nicht notwendig, ich schlaf mich gesund.«

Lotte schob die Vorhänge vor Elsas Fenster zu, brachte ihr Kamillentee mit Honig, trockenen Zwieback und eine Wärmflasche. »Wenn du sonst noch etwas brauchst, lass es mich wissen. Ich schau später noch einmal nach dir.«

»Danke, Mama.« Kaum hatte Lotte ihr Zimmer verlassen, steckte Elsa ihren Kopf erneut unter die Decke. Ihr war zum Heulen zumute. Ihr Vater konnte ihr Medizin gegen die verstopfte Nase geben, nicht aber gegen ihr verletztes Herz. Was hatte sie gedacht? Dass Moritz sie in den Arm nehmen und küssen würde? Karo hatte sie gewarnt und ihr gesagt, dass er ein Auge auf Mona geworfen habe. Das Schlimmste an der ganzen Sache war, dass Elsa nicht Moritz die Schuld geben konnte, sondern allein sich selbst. Er erwiderte ihre Gefühle nicht, dafür konnte sie ihm keine Vorwürfe machen. Sie war es gewesen, die sie beide in die unangenehme Situation gebracht hatte. Jetzt stand dieser Abend in seiner Dachkammer zwischen ihnen und gefährdete ihre Freundschaft. Elsa wünschte, sie könnte ihr Handeln ungeschehen machen. Sie hatte eine Entscheidung getroffen – leider die falsche.

Schon am Donnerstag fand die nächste Lektion im Skifahren statt. Elsa graute davor, Moritz zu begegnen. Vor dem Frühstück erkundigte sich Lotte nach Elsas Befinden.

»Fühlst du dich kräftig genug? Oder sollen wir den Unterricht absagen?«

Nur zu gern hätte Elsa den Kopf weiter in den Sand gesteckt und sich im Bett verkrochen. Aber eine rinnende Nase war kein Grund, daheimzubleiben und sie konnte Moritz nicht ewig aus dem Weg gehen.

»Ich stehe schon auf.«

»Bist du sicher, dass es dir gut geht?« Lotte kam näher und fasste ihr an die Stirn. »Hohes Fieber hast du keines. Vielleicht erhöhte Temperatur. Mir wäre wohler, wenn Papa nach dir sieht.«

»Alles ist bestens, Mama. Ich trinke eine Tasse starken Kaffee, dann bin ich wieder ganz die Alte.«

Natürlich fühlte sich Elsa nach dem Kaffee keinesfalls besser. Aber sie gab ihr Bestes und spielte ihrer Mutter gute Laune vor.

»Holen wir Moritz wieder ab?«, wollte Lotte wissen.

»Nein, er kommt allein«, sagte Elsa schnell.

»Gut, dann machen wir uns auf den Weg, wir sind spät dran.« Doch gerade als Lotte und Elsa zum Auto gehen wollten, rief Mathilde die beiden zurück. Auf einen zusammengeklappten Sonnenschirm gestützt stand sie am Treppenende und rief ihnen nach. Wie immer trug sie ein aufwendig geschneidertes Kleid mit einem eng geschnürten Korsett. Aber sie sah zerbrechlicher aus als sonst. Sie sollte wirklich mehr essen.

»Lotte, du kannst heute nicht weggehen«, sagte Mathilde.

»Warum nicht?«

»Die neue Köchin kommt sich vorstellen. Ich will, dass du hierbleibst und mir bei dieser wichtigen Entscheidung hilfst.«

Elsa sah, wie sich die Gesichtszüge ihrer Mutter verspannten. Hatte sie den Termin vergessen? Oder hatte Elsas Großmutter ihr nichts davon gesagt? Der Gedanke, dass ihre Schwiegertochter etwas vorhatte, was wichtiger als das Vorstellungsgespräch einer Köchin war, schien in Mathildes Welt keinen Platz zu haben.

»Kannst du das nicht allein entscheiden? Du weißt, dass ich keinen Wert auf eine Köchin lege«, sagte Lotte.

»Natürlich kann ich allein entscheiden. Aber ich erinnere dich daran, dass wir vereinbart haben, dass du oder Elsa dabei sein werdet, wenn eine Köchin sich vorstellt.«

Weder Lotte noch Elsa antworteten.

»Ich schätze deine Menschenkenntnis«, sagte Mathilde.

Lotte fiel die Kinnlade herunter, so sprachlos war sie. Noch nie, seit Elsa sich zurückerinnern konnte, hatte ihre Großmutter ihrer Mutter ein Kompliment gemacht. Dieser Moment war eine Premiere.

Lottes Mimik verriet, wie sehr sie mit sich rang. Sie wollte die Skistunden nicht versäumen, gleichzeitig wollte sie ihre Schwiegermutter nicht enttäuschen.

»Denkst du, dass du heute ohne mich klarkommst?«, fragte sie Elsa.

»Ja natürlich.«

»Bei den nächsten Stunden bin ich wieder dabei.«

»Ja, Mama.« Elsa sah nervös auf ihre Uhr. »Ich bin spät dran, kannst du mich …?«

»Das sollte gehen«, sagte Lotte. »Ich bringe dich schnell zum Schloss Wilhelminenberg.«

»Ich erwarte, dass du rechtzeitig zurück bist!« Mathilde war wieder ganz die Alte. Sie ging in den Rauchsalon, dabei stützte sie sich schwer auf den Sonnenschirm. Das Kompliment, das sie ihrer Schwiegertochter gemacht hatte, wirkte mit einem Mal hohl. Sollte Lotte enttäuscht sein, so ließ sie es sich nicht anmerken.

Zum Glück herrschte nur wenig Verkehr auf den Straßen. Lotte konnte zügig fahren, musste aber trotzdem immer wieder Handkarren und Pferdefuhrwerken ausweichen. Als sie den Wagen über die Zufahrt zum Schloss lenkte, sah Elsa bereits von Weitem Moritz an der Wand lehnen. Heute hatte er kein Buch dabei. Sein Blick war auf das Einfahrtstor gerichtet. Elsa spürte, wie sich eine kalte Hand um ihr Herz legte und es fest zusammendrückte. Auch Moritz sah mitgenommen und blass aus.

Sollte sie so tun, als wäre nichts passiert? Er schien diese Strategie zu wählen, denn kaum hatten Lotte und Elsa den Wagen verlassen, kam er auf sie zu und begrüßte sie.

»Servus, Moritz. Sie sehen auch krank aus. Was ist bloß heute los? Elsa fühlt sich auch nicht sonderlich wohl.«

»Ich habe nur schlecht geschlafen«, entschuldigte er sich. Er suchte Elsas Augenkontakt, aber sie wich ihm aus.

Doktor Sensenbauer kam über den Hof zu ihnen. Wieder begrüßte er Lotte überschwänglich. Sie musste ihm erklären, dass sie heute nicht am Unterricht teilnehmen würde, was der Heimleiter sehr bedauerlich fand.

»Ich hoffe, ich sehe Sie beim nächsten Mal wieder, Frau Doktor Sonnstein«, galant küsste er Lottes Hand.

»Nur Frau Sonnstein.«

»Ach ja. Ich bin vergesslich. Verzeihung.«

Lotte verabschiedete sich, stieg in den Wagen und brauste zurück in die Stadt.

Doktor Sensenbauer trat zwischen Moritz und Elsa. Er brachte sie über den Hof zum Schuppen, wo Frau Ilse bereits mit den aufgeregten Kindern auf sie wartete.

»Sie können sich nicht vorstellen, welchen Eindruck Sie beide und Frau Doktor …« Er biss sich auf die Zunge und kicherte. »Ich meine Frau Sonnstein, bei den Kindern hinterlassen haben. Es gibt kein anderes Thema mehr. Alle sind ganz verrückt nach dem Skifahren und wollen es ausprobieren.«

Doktor Sensenbauer redete und redete. Auf diese Weise entstand keine Situation, in der sie und Moritz allein waren. Dabei schien er gerade darauf zu warten.

Kaum sahen die Kinder Elsa und Moritz, winkten sie ihnen fröhlich zu. Einige hüpften vor Freude. Elsa ließ ihren suchenden Blick über die Gruppe gleiten.

»Ist Werner heute gar nicht dabei?«

»Sie meinen den Jungen, den wir ursprünglich im Beobachtungszimmer unterbringen wollten?«

»Ja.«

»Der hat leider aufgehört zu reden und verweigert nun auch das Essen. Wenn er so weitermacht, werden wir ihn in den nächsten Tagen in die Psychiatrie einliefern müssen. Im Moment ist er im Turmzimmer.«

»Darf ich ihn nach dem Skiunterricht sehen?«

»Ja natürlich. Wobei ich nicht glaube, dass Sie etwas an seinem Verhalten ändern können. Er scheint wirklich schwachsinnig zu sein.« Er kratzte sich nachdenklich an der Schläfe. »Irgendetwas wollte ich Ihnen noch sagen. Aber es fällt mir gerade nicht ein.«

»Können wir die Skier endlich nehmen?« Eines der Mädchen hatte sich zu Elsa gestellt und ihre Hand ergriffen. Die Kinder redeten nun laut durcheinander und fingen an, sich zu schubsen.

»Besser, wir teilen die Skier aus«, meinte Moritz. Er hielt einen Jungen davon ab, ein Mädchen an den Zöpfen zu ziehen.

»Ja natürlich. Ich will Sie nicht länger aufhalten«, sagte Doktor Sensenbauer. »Ich wünsche Ihnen viel Spaß.« Damit ließ er sie mit den aufgekratzten Kindern zurück.

Moritz trat in den Schuppen und holte ein Paar Skier. Genau wie am Dienstag verlief die Ausgabe unter vergnügtem Lachen und Kichern. Im allgemeinen Durcheinander vergaß Elsa, dass sie und Moritz noch etwas zu klären hatten. Sie halfen zusammen wie ein lange eingespieltes Team. Schon bald waren alle Skier ausgeteilt, und sie marschierten in ausgelassener Stimmung zum Hügel hinter dem Schloss. Es dauerte eine Weile, bis alle Kinder ihre Skier angeschnallt hatten. Elsa beschloss, die Lektionen vom letzten Mal zu wiederholen. Sie stapften den Hügel hinauf und fuhren ihn möglichst sturzfrei wieder runter. Wer hinfiel, übte sich im sicheren Aufstehen.

»Schade, dass Sie heute kein Clown sind«, sagte Friede zu

Moritz. Aber die Kinder hatten trotzdem außergewöhnlich viel Spaß. Immer geschickter hielten sie sich auf den Brettern, wurden gleichzeitig aber auch übermütig. Als einer der älteren Burschen böse stürzte, eilten Moritz und Elsa besorgt zu ihm. Der Junge war unverletzt und rappelte sich auf. Ohne Hilfe stand er wieder auf.

Moritz hielt Elsa am Arm fest. »Wir müssen reden.«

In seinen hellgrünen Augen lag eine sanfte Dringlichkeit.

»Es tut mir leid, dass ich einen Fehler gemacht und unsere Freundschaft gefährdet habe.« Elsa hatte ihre Worte längst vorbereitet. Jetzt sprudelten sie aus ihr heraus.

»Genau deshalb würde ich gerne mit dir reden«, bat Moritz ernst.

Elsa hatte gehofft, dass Moritz ihre Entschuldigung akzeptieren und alles so wie früher sein würde. Aber so einfach schien es doch nicht zu sein. Ein kleiner Junge, dessen Name Elsa nicht einfiel, schrie auf, seine Skier standen über Kreuz. Er konnte sich weder vor noch zurück bewegen und schwankte zwischen der Entscheidung, lieber zu lachen oder in Tränen auszubrechen. Elsa eilte zu ihm, ohne Moritz eine Antwort zu geben. Sie zeigte dem Jungen, wie er seine Haltung wieder entwirren konnte. Kaum stand der Bub, rief Friede ihr von der anderen Seite des Hügels zu.

»Fräulein Sonnstein, da ist Besuch für Sie!«

Neben ihr standen zwei Männer. Einer hatte eine Kamera in der Hand, der andere einen Notizblock.

Elsa blinzelte ungläubig zu ihnen. Es war Otto Pfeifer. Er hatte tatsächlich Wort gehalten und war gekommen. Sie stieß sich geschickt ab und lief im Schlittschuhschritt zu ihm.

»Sehr elegant«, bewunderte Otto. Sein Hut saß lässig auf seinem Kopf, sein Mantel stand offen. Darunter trug er Hemd und Hose, jedoch kein Sakko.

»Danke«, sagte Elsa. »Was für eine Überraschung.«

»Warum? Ich habe doch gesagt, dass ich kommen werde. Ich halte meine Versprechen.«

Otto beugte sich zu ihr, um sie mit einem Kuss auf die Wange zu begrüßen.

»Ich bin schrecklich verkühlt«, wich sie entschuldigend aus.

»Ich werde nie krank.« Und schon berührten seine Lippen ihre Wange.

»Können wir ein Foto von der ganzen Gruppe machen?« Der Fotograf kam näher. Er reichte Elsa die Hand: »Markus Krummbach.«

»Freut mich.«

Sie drehte sich zu Moritz um. Er stand immer noch wie angewurzelt an der Stelle, wo sie ihn zurückgelassen hatte. Elsa hielt beide Hände an den Mund, um einen Trichter zu formen. »Moritz, wir machen ein Gruppenfoto für die Zeitung.«

Er nickte und begann die Kinder einzusammeln. Elsa konnte nicht erkennen, was hinter seiner Stirn vor sich ging. War er verärgert, dass Otto hier war? Es hatte nicht den Anschein, vielmehr sah er überrascht aus.

Auch Frau Ilse half mit, die Kinder für das Foto zusammenzurufen. Es dauerte eine Ewigkeit, bis alle vor Markus Krummbach standen. Aufgeregt rutschten sie auf ihren Brettern hin und her, blockierten sich gegenseitig, indem sie sich auf die Skier stiegen, und kicherten nervös. Zwei Mädchen fielen hin, während ein Junge sie hochzog, landete auch er im Schnee.

»Vielleicht ist es besser, alle schnallen die Skier wieder ab«, schlug der Fotograf vor. »So wird das nie etwas.«

Also fingen die Kinder an, ihre Bindungen zu öffnen und die Lederriemen aufzuschnüren. Als die meisten von ihnen damit fertig waren, kam Doktor Sensenbauer über den Hang vom Schloss zu ihnen. Er wedelte aufgeregt mit beiden Händen. Voller Freude begrüßte er Otto. »Herr Pfeifer, wie schön, dass Sie sich Zeit genommen haben.« Dann wandte er sich an Elsa und Moritz. »Das war es, was ich Ihnen zuvor hatte sagen wollen. Die Herrschaften von der Zeitung haben sich für heute angesagt.«

Otto und Moritz nickten einander zur Begrüßung zu. Die Freude schien sich auf beiden Seiten in Grenzen zu halten.

Unterdessen hatte Markus Krummbach damit begonnen, jedes einzelne Kind auf einen ganz bestimmten Platz zu schieben. Doktor Sensenbauer sollte sich an den Rand der Gruppe stellen, ebenso Frau Ilse. »Die beiden Skilehrer bitte in die Mitte«, forderte Krummbach. »Nehmen Sie Ihre Skier in die Hand.«

Also schnallten Elsa und Moritz ab und ließen sich ins Zentrum der Kindergruppe platzieren.

»Noch ein Stück weiter nach vorn. Du da, der Bub mit der blauen Mütze, zieh deinen Kopf ein, sonst sieht man das Kind hinter dir nicht.«

Gleich drei Jungs mit blauen Mützen duckten sich. Weshalb Krummbach noch weitere Anweisungen geben musste. Er stellte ein Stativ im Schnee auf und montierte seine Kamera darauf. Dann schaute er durch. Er war immer noch nicht zufrieden, wollte, dass zwei Mädchen die Plätze tauschten und ein älterer Junge ganz nach hinten ging. Elsa und Moritz bemühten sich, die Kinder, die neben und vor ihnen standen, zu beruhigen. »Pst. Wir sind gleich fertig.«

»Alle schauen zu mir!« Krummbach hob seine Hand und winkte. Endlich flammte ein Blitz auf. Der Geruch verbrannten Schwefels hing in der Luft, verflüchtigte sich aber rasch wieder. Der Fotograf wiederholte den Vorgang. Die Kinder kicherten, einige zogen Grimassen, die meisten machten ein ernstes Gesicht. Für viele von ihnen war es das erste Mal, dass sie vor einer Kamera standen.

»Schaut alle ganz natürlich«, forderte Markus Krummbach. Jedes Kind verstand darunter etwas anderes.

»Ich mache mehrere Aufnahmen, damit eine dabei ist, auf der alle möglichst freundlich dreinblicken.«

So aufregend das Fotografieren war, schon bald fanden die Kinder es ermüdend, so eng zusammenzustehen. Ein besonders frecher Bursche fing an, die Mädchen vor ihm in die Schulter zu zwicken. »Aua!«

»Hör auf«, mahnte Moritz streng.

Der Junge zog kichernd den Kopf ein.

Es dauerte weitere Minuten, bis Krummbach endlich zufrieden war. »Ich denke, dass ein paar Abzüge ganz nett werden«, sagte er.

»Wunderbar!« Doktor Sensenbauer strahlte vor Glück, doch dann fiel ihm etwas Wichtiges ein. »Ach, du lieber Himmel, wir haben die Schokowaffeln vergessen!« Vorwurfsvoll wandte er sich an Elsa. »Fräulein Sonnstein, Sie haben mich auch nicht daran erinnert. Ihr Herr Onkel hat uns ein Werbeplakat zur Ansicht geschickt. Es muss aufs Bild. Schließlich dürfen wir den großzügigen Spender nicht vor den Kopf stoßen. Ich bin gleich wieder da, halten Sie die Kinder in Position.«

Er wuselte mit kleinen Schritten zurück zum Schloss. Wie stellte sich Doktor Sensenbauer vor, dass die Kinder stehen blieben? Sobald der Direktor weg war und ihnen langweilig wurde, stießen sie sich gegenseitig und neckten einander. Schon fiel das erste Mädchen kreischend um. Es riss zwei andere mit sich. Ein Junge stürzte sich absichtlich auf die drei. Erneut entstand ein wildes Durcheinander. Es wurde gelacht und geschrien. Alle Ordnungsrufe von Frau Ilse waren vergeblich. Elsa und Moritz ermahnten jedes Kind einzeln, was mühsam war, aber mehr Erfolg zeigte. »Sollen wir die Gruppe auflösen?«, fragte Elsa. Doch genau in dem Moment kam Doktor Sensenbauer zurück.

»Severin, du hältst das Bild.« Der Direktor drückte einem Jungen in der ersten Reihe das Plakat in die Hand. Elsa hatte es noch nicht gesehen. Es zeigte einen Skifahrer, der auf einem sonnengefluteten Berghang stand und eine neu verpackte Schokoladenwaffel in der Hand hielt. Lottes Werbespruch stand darunter: »Auf der Piste eins, zwei, drei, sind Sonnsteinwaffeln stets dabei.«

»Darf ich auch das Plakat halten?« Friede drängte zu dem kleinen Severin. Bereitwillig überließ er ihr einen Zipfel vom Werbebild.

Wieder forderte Krummbach die Aufmerksamkeit der Kinder ein. »Alle schauen zu mir!«

Erneut zuckte ein Blitz auf, alle grinsten in die Kamera. Der Fotograf schoss noch ein paar weitere Bilder, bis er endlich fertig war.

»Das war das letzte Foto.«

Ein erleichtertes Raunen ging durch die Gruppe. Die Kinder drängten auseinander. Zwei Jungs purzelten in den

Schnee und lachten. Es war sinnlos, die Unterrichtseinheit fortzusetzen. Besser, die Kinder tollten durch den Schnee.

Es wurde laut geschrien und gequietscht. Doktor Sensenbauer hielt die Hände an seine Ohren. »Führen wir das Interview lieber in meinem Büro«, sagte er zu Otto.

Der schien nur allzu gern dazu bereit, die Kinderhorde zu verlassen. Bevor er dem Direktor folgte, ging er zu Elsa. »Sehen wir uns am Wochenende?«

»Ich weiß noch nicht.«

Otto ließ eine Absage nicht gelten. »Ich hole dich am Sonntag um zehn Uhr ab«, sagte er bestimmt. »Schließlich schulde ich dir noch einen Rodelnachmittag.« Er zwinkerte ihr vielsagend zu und schickte ihr eine Kusshand. Moritz ignorierte er. Dann folgte er dem Direktor. Krummbach baute unterdessen seinen Fotoapparat wieder ab.

Zurück blieben Elsa, Moritz, Frau Ilse und ein Haufen völlig überdrehter Kinder, die eine Ewigkeit brauchten, bis sie sich wieder beruhigten. Einige rauften übermütig, andere schubsten sich in den Schnee. Moritz musste zwischen zwei Burschen gehen, die ineinander verkeilt am Boden lagen. Irgendwann wurden auch die lautesten Kinder ruhiger, und sie brachten die Skier zurück zum Schuppen. Moritz und Elsa schichteten die Bretter in die Stellagen. Unterdessen liefen die Kinder zu Frau Ilse und hüpften dann übermütig hinter der Erzieherin ins Schloss.

»Bis zum nächsten Mal«, rief Friede. Einige andere winkten ebenfalls.

Erschöpft sah Elsa ihnen nach. Sie war erleichtert, dass die Stunde vorbei war.

»Puh«, schnaufte sie. »Das war wirklich anstrengend. Der unangekündigte Fototermin hat alles durcheinandergebracht.«

»So unerwartet konnte er nicht gewesen sein«, meinte Moritz.

»Ich wusste nicht, dass Otto heute kommen würde«, versicherte Elsa. »Aber es ist sehr nett von ihm, dass er einen Artikel schreiben wird.«

»Hm.« Ein Schatten legte sich über sein Gesicht.

»Willst du immer noch reden?«, fragte Elsa.

»Das hat sich erübrigt.«

Hatte sie sich vorher noch vor einem Gespräch gefürchtet, so war sie jetzt enttäuscht, dass Moritz nicht mehr mit ihr reden wollte. Wie sie die Sache auch drehte, die Freundschaft zwischen ihnen schien beendet. Elsas Kehle schnürte sich zu. Sie drehte sich von ihm weg und ging Richtung Schloss.

»Fährst du nicht zum Seminar von Frau Bühler?«, fragte Moritz.

»Ich habe im Heim noch etwas zu erledigen. Ich komme nach.« Elsa sah die Enttäuschung in seinen Augen nicht, sie hörte bloß die Bitterkeit in seiner Stimme.

»Ja natürlich!«

Dabei konnte er unmöglich ahnen, was sie vorhatte.

Werner war im Turmzimmer untergebracht worden. Auf Doktor Sensenbauers Weisung ließ Schwester Anna Elsa zu ihm.

»Der Junge hat eine schwerwiegende Geisteskrankheit«, erklärte die Krankenschwester wichtig. »Er spricht nicht, und wenn man versucht, sich ihm zu nähern, dann schreit er. Wir werden ihn gemeinsam mit den beiden anderen in eine geschlossene Anstalt einweisen, wo man es gewohnt ist, mit diesen Kindern umzugehen.«

Werner hockte zusammengekauert in einer Ecke des Raums, hinter einem der Regale, in denen sich Spielsachen stapelten.

»Danke, dass ich zu ihm darf«, sagte Elsa.

»Passen Sie bloß auf«, warnte Schwester Anna. »Er hat versucht, meine Kollegin zu beißen. Zum Glück war sie schneller und hat ihm auf die Finger und auf den Mund geschlagen. Er ist eine kleine gefährliche Bestie. Wenn er das mit mir macht, binde ich ihn am Bett fest.«

Elsa fand, dass Werner alles andere als gefährlich aussah. Wie ein Häufchen Elend hatte er beide Arme um seine dürren Beine geschlungen und starrte mit leerem Blick an die Wand. Als Elsa zu ihm trat, hob er kurz den Kopf und sah sie an. Ärger und Enttäuschung blitzten in seinen hellen Augen auf, doch beide Gefühle verschwanden ebenso schnell, wie sie aufgetaucht waren.

Elsa ging in die Hocke, sie setzte sich neben Werner auf den Boden.

»Du bist wütend auf mich, weil ich dich nicht zu deiner Mama bringen kann«, sagte sie. »Das kann ich verstehen. Ich wäre auch zornig, wenn ich meine Mama nicht mehr sehen dürfte.«

Er schluckte, sah aber weiter an ihr vorbei.

»Wenn du dich weigerst zu essen, wird man dich in ein anderes Heim schicken. In eines, in dem nur so arme Kinder sein werden wie die beiden.« Elsa wies mit dem Kinn zu den zwei wimmernden und jammernden Kindern in den Gitterbetten. Das angegurtete Mädchen schien mit Medikamenten ruhiggestellt worden zu sein. Sie schlief unruhig und warf sich dabei hin und her, so weit es die Gurte zuließen, mit denen man sie festgebunden hatte. Die Gitterstäbe des

Bettes knarrten. Werner zuckte bloß teilnahmslos mit den Schultern.

»Wenn deine Mama davon erfährt, wird sie anfangen zu weinen und nicht mehr aufhören können, so traurig wird sie sein.«

Nun hob Werner sein Kinn. Auf seiner rechten Wange befand sich ein dunkelblauer Bluterguss. Elsa nahm an, dass er von Schwester Annas Kollegin stammte.

»Sie wünscht sich, dass es dir gut geht.«

»Kennst du meine Mama?«

Elsas Herz machte einen kleinen Sprung. Der Junge sprach mit ihr, das war gut.

»Nein«, gab sie zu. »Aber ich würde sie gerne kennenlernen. Verrätst du mir ihren Namen?«

»Olga Woda.«

»Wo wohnt deine Mama?«

»Wir haben keine Wohnung.«

»Aber wo habt ihr geschlafen?«, fragte Lotte.

»Manchmal bei Freunden, im Sommer im Park.«

Elsa verstand nun, warum man Frau Woda ihr Kind abgenommen hatte.

Werner teilte ihre Einsicht nicht.

»Es hat immer einen Platz gegeben, wo wir bleiben konnten.« Seine Augen hellten sich bei der Erinnerung an seine Mutter auf. Trotz aller Widrigkeiten hatte sie ihm das Gefühl vermittelt, geliebt zu werden.

»Es wird schwierig werden, deine Mama zu finden.«

Sofort verfinsterte sich Werners Blick wieder.

»Aber ich werde mich bemühen«, beeilte sich Elsa zu sagen. »Das verspreche ich.« Sie hob ihre Hand zum Schwur. »Wenn ich deine Mama suche und ihr sage, dass es dir gut geht, versprichst du mir dann, dass du wieder isst und mit den anderen Kindern und Erwachsenen sprichst?«

»Ich will zu ihr!« Seine Augen füllten sich mit Tränen.

»Heute habe ich leider kein Taschentuch dabei.«

Werner fasste in seine Hosentasche und holte Elsas Taschentuch hervor. Er wischte damit über seine nassen Augen. Der Stoff war schmutzig, das Tuch abgegriffen. Offenbar war es oft in Verwendung.

»Du solltest es waschen«, meinte Elsa.

Der Junge schüttelte den Kopf: »Wenn ich es weglege, dann krieg ich es nicht mehr zurück. Hier nehmen sie einem alles weg.«

Mit »alles« meinte er wohl den Menschen, der ihm am allerwichtigsten war, seine Mutter.

»Was sagst du?«, fragte Elsa. »Schließen wir eine Vereinbarung?«

Er presste die Lippen aufeinander und schwieg.

»Du könntest mir eine Zeichnung von dir mitgeben, die bringe ich deiner Mama.«

»Wirklich?« Lebendigkeit kehrte in das schmale Gesicht zurück.

»Ja, aber du darfst es niemandem verraten. Es ist ein Geheimnis zwischen dir und mir.« Elsa flüsterte ganz leise. Sie war sich nicht sicher, ob sie eben etwas versprach, das gegen die Regeln der Fürsorge verstieß. Aber war nicht jedes Mittel recht, damit der Junge nicht in die Psychiatrie abgeschoben wurde?

»Ich verspreche es.« Ernst hob Werner seine rechte Hand zum Schwur.

»Gut, dann schlag ein.«

Sie reichten einander die Hand. So wie sie es schon einmal getan hatten. Diesmal war die kleine Hand eiskalt. Höchste Zeit, dass Werner eine warme Mahlzeit zu sich nahm.

Elsa stand auf und suchte in den Spielzeugregalen nach Papier und Stiften. Tatsächlich gab es in einer Schachtel im obersten Regal das, wonach sie suchte. Sie legte den Zeichenblock und die Stifte auf einen der Tische.

»Während du mir eine Zeichnung machst, organisiere ich dir eine Schüssel heiße Suppe.« Sie kehrte in den Vorraum zu Schwester Anna zurück und erklärte ihr, dass sie in die Küche gehen wolle.

»Sie glauben wirklich, dass er essen wird?« Misstrauisch schielte die Krankenschwester zu dem Jungen. Der nun aufgestanden war und sich an einen der Tische gesetzt hatte. Artig, so als hätte er nie rebellisches Verhalten an den Tag gelegt, zeichnete er.

»Ich bin gleich wieder da«, sagte Elsa.

»Was haben Sie gemacht?«, wollte Schwester Anna wissen.

»Ich habe ihm zugehört.«

»Aber … er spricht ja nicht.«

»Kann ich Suppe holen?« Elsa ahnte, dass jede Erklärung sinnlos wäre.

»Ja, gehen Sie«, sagte die Krankenschwester.

Als Elsa zwei Stunden später Schloss Wilhelminenberg verließ, war es zu spät für das Seminar bei Charlotte Bühler. Sie fühlte sich ohnehin zu müde. Ihre Gedanken waren bei Werner. Er hatte ihr eine wunderschöne Zeichnung mitgegeben. Sie zeigte ihn und seine Mutter. Sie hielten sich an den Händen und standen auf einem Hügel. Werner hatte

Skier an den Füßen, seine Mutter einen Strauß Blumen in der Hand. »Die habe ich Mama gepflückt«, erklärte er.

»Und warum stehst du auf Skiern?«

»Weil Skifahren so viel Spaß macht und ich mir wünsche, dass ich es einmal so gut kann wie du.«

Elsa hatte die Zeichnung zwischen ihre Bücher gesteckt, damit sie nicht zerknitterte und sorgsam in ihre Tasche geschoben. Mit der Straßenbahn fuhr sie nun zurück zum Ring. Die Fahrt dauerte endlos. Eine ganze Stunde saß sie in der Tramway. Eigentlich hätte sie die Zeit nutzen können und lesen, so wie Moritz das immer tat. Aber sie hing ihren Gedanken nach, schaute aus dem Fenster, entdeckte in den vorbeiziehenden Schaufenstern der Geschäfte erste Weihnachtsdekorationen und fragte sich, wie Werner und seine Mutter Weihnachten wohl gefeiert hatten. War es für sie ein Tag wie jeder andere gewesen? Sie selbst hatte nur die allerschönsten Erinnerungen an den 24. Dezember. Bis auf ein einziges Fest, das ihr Vater an der Front verbracht hatte, waren sie immer zusammen gewesen. Je nachdem, wie der jüdische Kalender fiel, hatten sie zuerst Chanukka gefeiert und davor oder danach einen christlichen Weihnachtsbaum aufgestellt und diesen mit Kerzen, Lebkuchen und Zuckerwerk geschmückt. Es hatte immer ein Festessen gegeben und ein kleines Geschenk.

Wie würden sie dieses Jahr das Familienfest begehen? Würde Conrad am Arlberg bleiben? In seinen Briefen hatte er sich dazu noch nicht geäußert. Überhaupt waren seine Nachrichten sehr dürftig. Während Elsa ihm auf Papier ihr Herz ausschüttete, schrieb er nur alle vierzehn Tage eine knappe Nachricht. Er war glücklich am Arlberg und arbeitete bereits als Skilehrer. Im letzten Brief hatte er erwähnt, dass er unfreiwillig seine Kenntnisse als Arzt einsetzen müsse. Ein Kollege war gestürzt und hatte sich das Bein gebrochen, das Conrad schiente. Seither wussten alle, dass er Mediziner war, und fragten ihn auch bei Husten, Fieber und Bauchschmerzen um Rat. Der nächste Arzt wohnte drei Ortschaften weiter, und die Wege waren lang und beschwerlich. Der Brief hätte ihren Vater gefreut, aber Elsa war sich nicht sicher, ob Conrad wollte, dass sie ihm davon erzählte. Überhaupt schrieb Conrad nie, wie es ihm damit ging, Wien so fluchtartig verlassen zu haben. Aber so war Conrad, er glaubte, dass er unangenehme Dinge verdrängen konnte, indem er nicht über sie sprach. Elsa vermisste ihren Bruder auf schmerzliche Weise. Heute war ein Tag, an dem er ihr ganz besonders fehlte.

Als die Tramway vor der Oper anhielt, war die Sonne bereits vollständig untergegangen und die Straßenbeleuchtung eingeschaltet. Elsa lief quer durch die Stadt. Auch hier waren ein paar Auslagen weihnachtlich geschmückt. Tannenzweige und rote Glaskugeln hingen vor der Eingangstür des Kristall- und Glaswarengeschäfts Lobmeyr und grüne Kirschlorbeerkränze vor dem Mode- und Bekleidungsgeschäft Zwieback in der Kärntnerstraße.

In ein paar Tagen würde auch Lotte einen Kranz an die Tür des Palais hängen und dann wie jedes Jahr eine Diskussion mit ihrer Großmutter führen, die gegen die christlichen Bräuche in einem jüdischen Haushalt war. Zum Glück war es immer Lotte, die sich in diesem Punkt durchsetzte. Wahrscheinlich deshalb, weil Mathilde duftendes Tannenreisig, Lebkuchen und Mandarinen ebenso mochte wie alle anderen in der Familie.

Elsa fiel ein, dass am Nachmittag die Vorstellungsgespräche mit den Köchinnen stattgefunden hatten. Vielleicht gab es heute keine Krautfleckerl. Elsa hatte seit dem Frühstück nichts gegessen. Sie war wirklich hungrig.

Es war die erste Frage, die sie Ferdinand stellte: »Wie sind die Gespräche gelaufen?« Der alte Hausdiener verzog den Mund zu einer Grimasse und schüttelte den Kopf: »Ich fürchte, dass sie nicht sehr erfolgreich waren.«

»Oje, ich hatte gehofft, dass Großmama jemanden eingestellt hat.« Elsa lief die Treppen hoch ins Speisezimmer. Wer auch immer gekocht hatte, es roch nach gebratenem Fisch und Knoblauch. Elsas Magen knurrte laut. Sie konnte es kaum erwarten, ihn mit etwas Essbarem zu beruhigen.

Bis auf ihren Vater, der noch im Krankenhaus war, saßen alle bei Tisch.

»Guten Abend, es duftet ja himmlisch. Haben wir eine neue Köchin, oder hat Marie gelernt, wie man kocht?« In den letzten Tagen hatte es ausschließlich Schinken- und Krautfleckerl gegeben, die Kochkünste des Dienstmädchens waren bescheiden.

»Ich habe mich an den Herd gestellt«, sagte Lotte. »Nachdem keine der drei Frauen, die sich vorgestellt hatten, entsprachen …« Sie warf ihrer Schwiegermutter einen vielsagenden Blick zu. »… habe ich heute selbst in der Küche Hand angelegt. Ich wollte keine Fleckerl mehr essen. Kraut und Schinken hängen mir zu den Ohren raus.« Überrascht über die direkten Worte ihrer Mutter hob Elsa die Augenbrauen.

»Das war eine hervorragende Idee, der Fisch ist köstlich«, schmatzte Simon zufrieden.

»Wir brauchen trotzdem eine Köchin«, sagte Mathilde. »Es kann nicht sein, dass meine Schwiegertochter jeden

Abend in der Küche steht. Das muss eine Ausnahme bleiben.«

»Mich stört es nicht«, sagte Lotte. »Und ich weigere mich, weiter fettige Nudeln zu essen. Du kannst das gerne machen.«

»Ich werde es nicht dulden, dass meine Schwiegertochter sich wie einfaches Hauspersonal benimmt. Nur weil du eine …« Mathilde schloss die Augen. Die Lider zitterten.

»Weil ich eine Verkäuferin war?«, fragte Lotte ruhig.

»Was war denn mit den drei Frauen nicht in Ordnung?« Elsa unterbrach die Diskussion über Lottes Vergangenheit, für die sie sich nicht schämen musste. Nach dem turbulenten Nachmittag hatte sie keine Lust auf ein Streitgespräch. Sie langte über den Tisch und zog die Schüssel mit den Petersilienkartoffeln zu sich.

Lotte wies mit beiden Händen zu Mathilde, damit sie erzählte.

»Eine war strohdumm, die andere rotzlöffelfrech, und die dritte hatte ein so ungepflegtes Äußeres, dass ich nie im Leben etwas essen wollte, was sie zuvor in den Händen gehalten hat.«

Lotte schüttelte kaum merklich den Kopf, um Elsa zu zeigen, dass ihre Großmutter maßlos übertrieb.

»Wir müssen also noch weitersuchen«, sagte Mathilde.

»Wie war der Skiunterricht?«, wollte Lotte wissen.

»Ganz gut«, meinte Elsa und erzählte von der Aufregung, als Otto und sein Kollege für einen Artikel gekommen waren. »Und dann hat Doktor Sensenbauer das Plakat geholt, das du ihm geschickt hast, Onkel Simon.«

»Ich glaube nicht, dass die *Arbeiter-Zeitung* ein Foto mit unserem Werbeplakat bringen wird.« Simon schob sich einen Bissen Fisch in den Mund und kaute.

»Das Foto wird sicher gedruckt«, war Elsa überzeugt.

»Na, lassen wir uns überraschen.«

»Hat der kleine Junge, der das letzte Mal wütend davongelaufen ist, wieder beim Skifahren mitgemacht?«, erkundigte sich Lotte.

»Nein, er war im Beobachtungszimmer. Ich hoffe, dass er das nächste Mal wieder dabei sein wird.«

»Was ist ein Beobachtungszimmer?«, wollte Mathilde wissen. Die Tatsache, dass ihre Enkel- und ihre Schwiegertochter sich über ein Thema unterhielten, von dem sie keine Idee hatte, schien ihr zu missfallen.

Elsa setzte zu einer ausführlichen Erklärung an, aber ihre Großmutter fiel ihr ins Wort und unterbrach sie mitten in der Erzählung. Dabei fiel ihr die Gabel aus der Hand und landete mit einem dumpfen Geräusch auf dem Tisch. »Sie gurten kranke Kinder im Gitterbett an, damit sie sich nicht blutig kratzen?«

Auch Onkel Simon wirkte betroffen. Er schob seinen Teller zur Seite und nahm sich nicht nach, was nicht an der Qualität des Fisches lag. Für gewöhnlich waren weder Elsas Großmutter noch ihr Onkel sonderlich zartbesaitet, aber das Schicksal der beiden behinderten Kinder ging ihnen nahe.

»Was ist nun mit dem kleinen Jungen mit den hellblauen Augen?«, wollte Lotte wissen.

Elsa erzählte von Werner und davon, wie sehr er an seiner Mutter hing, obwohl sie ihm nichts hatte bieten können als ihre Liebe. Dass sie ihm versprochen hatte, Olga Woda zu finden, das behielt sie für sich. Elsa wartete auf eine zynische Bemerkung über selbst verschuldete Armut. Aber weder ihre Großmutter noch ihr Onkel sprachen ein Wort. Vielleicht hatte die Tatsache, dass ein Artikel über die großzügige Spende des Unternehmens in der *Arbeiter-Zeitung* erscheinen würde, die Gemüter besänftigt. Elsa aß den Fisch auf, der köstlich schmeckte. Sie hatte völlig vergessen, wie gut ihre Mutter kochen konnte.

26

Schoberplatz

»Fräulein Elsa, unten wartet ein junger Mann, der behauptet, Sie seien mit ihm verabredet.« Ferdinand stand vor Elsas Tür. »Soll ich ihn wegschicken?«

Es war auf den Punkt genau zehn Uhr.

»Nein, Ferdinand. Ich bin schon fertig. Lassen Sie ihn herein.« Natürlich war Elsa noch nicht fertig angezogen. Rasch schlüpfte sie in einen warmen Pullover, griff nach ihren Fäustlingen und der Wollmütze und warf einen letzten Blick in den Spiegel. Sie hätte Lippenstift auftragen sollen, aber dazu war es nun zu spät. Hastig lief sie die Treppen hinunter ins Erdgeschoss. Dabei nahm sie immer zwei Stufen auf einmal. Otto stand vor der Kommode neben der Eingangstür und bewunderte die kostbare Einlegearbeit, die aus dem vorvorigen Jahrhundert stammte. Mathilde Sonnstein sagte immer: »Der Eingangsbereich ist die Visitenkarte eines Palais.«

Auf der Kommode befand sich seit gestern ein herrliches Gesteck. Tannenreisig, vergoldete Zapfen, weiße Rosen und dunkelrote Weihnachtssterne wetteiferten um Aufmerksamkeit.

»Servus, Otto!«

Sein Gesichtsausdruck war schwer zu deuten. Auf der einen Seite war er von der Eleganz des Palais beeindruckt, auf der anderen Seite schien er gerade diesen Reichtum zu verachten.

»Hallo.« Verlegen holte er eine einzelne rote Rose hinter dem Rücken hervor.

»Oh, ist die für mich?«, fragte Elsa geschmeichelt.

»Ich wusste nicht, dass du bereits einen ganzen Strauß besitzt.« Er klang vorwurfsvoll, so als hätte Elsa dieses Gesteck aufgestellt, um ihm zu zeigen, wie bescheiden seine Blume war.

»Ich freue mich über die Rose«, sagte sie ehrlich. »Vielen Dank!« Sie nahm die Blume entgegen und roch daran, ihr Duft erinnerte an laue Sommerabende. Dann drückte sie Otto einen Kuss auf die Wange. Er lächelte zufrieden und wirkte immer noch verlegen. Es war ein neuer Zug, den Elsa an Otto bisher nicht kannte.

»Ich stelle die Rose noch schnell ins Wasser, dann können wir losgehen!«

Elsa flitzte in die Küche, wo Marie sich gerade fertig für den sonntäglichen Besuch bei ihren Eltern machte. Sie hatte bereits ihren Mantel an und ihren Hut auf dem Kopf.

»Oh, so eine schöne rote Rose«, sagte Marie. »Meine Mutter sagt immer, wenn ein Mann rote Rosen schenkt, dann führt er was im Schilde. Nehmen Sie sich in Acht, Fräulein Elsa.«

»Ich werde daran denken, danke, Marie. Würdest du die Blume für mich ins Wasser stellen?«

»Gerne!«

Elsa sauste zurück in den Flur. »So, jetzt bin ich fertig.« Sie war etwas außer Atem.

Kaum hatten sie das Palais verlassen, kehrte Ottos Selbstbewusstsein wieder zurück.

»Du schaust entzückend aus, wenn deine Wangen rot sind«, sagte er und rückte näher zu ihr. »Ich habe leider keinen Schlitten. Aber man kann sie angeblich im Kaffeehaus am Cobenzl ausleihen.«

»Ich hatte gehofft, dass du mich an einen Ort begleiten wirst, den ich nur ungern allein aufsuchen möchte«, gestand Elsa.

»Wohin soll ich dich begleiten?«

»Ich will ins Obdachlosenheim für Frauen, auf den Schoberplatz.«

Für einen Moment war Otto sprachlos. Er blieb stehen und starrte Elsa an, als hätte sie ihn eben darum gebeten, mit ihr eine Bank auszurauben, in einer Kirche zu tanzen oder nackt über einen Friedhof zu spazieren.

»Was zum Kuckuck willst du dort?«

»Ich suche nach einer Frau und hoffe, dass ich sie dort finde. Oder einen Hinweis darauf, wo sie sein könnte.«

»Du suchst eine Obdachlose?« Otto spuckte das Wort aus wie eine faulige Rosine. Obdachlos zu sein galt auch in sozialdemokratischen Kreisen als Makel. Obwohl die Stadtregierung Notunterkünfte zur Verfügung stellte, gehörten die Menschen, die dort Unterschlupf suchten, zum untersten Rand der Gesellschaft.

»Ja, die Frau hat einen Namen: Olga Woda.«

In einer gekürzten Version erzählte Elsa von Werner und ihrem Versprechen, dass sie seine Mutter suchen wolle, um ihr die Zeichnung zu geben.

»Elsa, was du vorhast, ist völlig falsch und hilft dem Jungen nicht. Wenn die Spezialisten in der KÜST sagen, dass er keinen Kontakt mehr zu seiner Mutter haben soll, dann wäre es fahrlässig, sich nicht daran zu halten.«

Elsa hatte befürchtet, dass Otto so reagierte.

»Wenn du mich nicht begleitest, dann geh ich eben allein.«

»Das wäre noch verrückter. Ein Obdachlosenheim ist kein Ort, wo man als junge Frau sicher ist. Erst vor Kurzem hat es einen bewaffneten Aufstand im Männerheim gegeben.«

Statt zu antworten, presste Elsa ihre Lippen zusammen und verschränkte die Arme vor der Brust.

»Es ist dir ernst?«

»Ja natürlich.«

Otto seufzte und gab sich geschlagen. »Ich will nicht, dass du allein dorthin gehst, deshalb werde ich dich begleiten.« Er klang wenig erfreut. »Aber das heißt nicht, dass ich dein Vorhaben gutheiße.«

»Vielen Dank!« Sie hakte sich bei ihm unter. Ihre körperliche Nähe schien Otto wieder zu besänftigen.

Sie nahmen drei verschiedene Straßenbahnen und mussten das letzte Stück bis zum ehemaligen Pferdeschlachthof zu Fuß zurücklegen. Die Gegend sah ländlich und verwahrlost aus. Riesige stillgelegte Fabriken mit hohen Schornsteinen, die vom ehemaligen Reichtum der Monarchie zeugten, reihten sich an baufällige Baracken. Die Straßen waren nur zum Teil befestigt. Gehsteige gab es keine. Zwischen den Gebäuden hatte man Wäscheleinen gespannt, graue Fetzen und farblose Laken hingen darauf zum Trocknen. In den Höfen stapelte sich Unrat aller Art. Ausrangierte Fahrräder lagen neben kaputten Reifen, verrosteten Metallteilen und verbeulten Fässern. Auch Küchenabfall lag im schmutzigen Schnee. Straßenköter und Ratten suchten nach essbaren Resten. Die Menschen, die ihnen begegneten, waren ebenso grau wie der Matsch auf den Straßen. Sie waren in abgetragene Kleidung gehüllt. Ihre Gesichter schienen leblos. Jede Hoffnung war daraus gewichen.

Vor einem bogenförmigen Tor aus Backsteinen hielt Otto an. »Obdachlosenheim der Stadt Wien« stand in schwarzen Buchstaben auf einem weißen Schild über dem Eingang.

»Du bist sicher, dass du da reinwillst?«

»Ja natürlich«, sagte Elsa. Sie war froh, dass sie nicht allein hier war. Die Menschen, die aus dem Hof kamen, musterten sie mit feindseligen Blicken. Elsa fühlte sich unwohl. Automatisch drückte sie die Handtasche fester an ihren Körper, was lächerlich war, denn niemand machte Anstalten, sich ihr zu nähern.

»Hier wohnt der Abschaum Wiens«, sagte Otto angewidert.

Elsa war ebenso entsetzt wie überrascht ob der harten Worte. Otto behauptete doch immer, dass alle Menschen die gleichen Chancen im Leben bekommen sollten.

»Niemand geht einer geregelten Arbeit nach.« Er rümpfte die Nase.

»Es gibt Menschen, die ihre Arbeit verloren haben und keine neue bekommen.« Elsa musste an all die Arbeitslosen denken, die bettelnd auf den Straßen saßen und Schilder in den Händen trugen, auf denen stand, dass sie Arbeit suchten.

»Wer so viel säuft, dass er damit sein Hirn zerstört, wird keinen Arbeitgeber finden, der ihn freiwillig einstellt. Rede mal mit deinem Onkel, der sieht die Sache sicherlich in einem anderen Licht.«

Es war das erste Mal, dass Otto auf der Seite eines Großindustriellen stand. Elsa wollte nicht glauben, dass alle Menschen, die hier Unterschlupf für ein paar Nächte fanden, Probleme mit ihrem Alkoholkonsum hatten.

»Lass uns reingehen«, bat sie.

Doch beim Portierhäuschen neben dem bogenförmigen Tor wurde Otto von einem kleinen untersetzten Mann aufgehalten.

»Hier werden nur Frauen aufgenommen«, rief ihm der Portier wichtigtuerisch zu. Seine graue Uniformmütze war eine Spur zu groß und rutschte ihm in die Stirn. »Wenn's a Familie sind und Kinder ham, dann müssen's ins Asylhaus in die Gänsbachergasse.«

Der Mann schien trotz seiner dicken Brille so kurzsichtig zu sein, dass er nicht erkennen konnte, dass weder Elsa noch Otto unmöglich hier um Unterkunft fragen wollten.

»Wir sind weder verheiratet, noch haben wir Kinder«, sagte Elsa.

Otto stellte sich etwas abseits. Er wollte nicht einmal mit dem Portier Kontakt aufnehmen.

»Dann können nur Sie ein Aufnahmeformular ausfüllen. Warn's heuer schon in einem Heim? Wenn ja, dann können wir Sie ned aufnehmen. Ansonsten dürfen's maximal drei Monat hierbleiben. Vorausgesetzt, Sie verstoßen net gegen die Hausordnung. Wenn's des machen, dann fliegen's vorher schon raus. Das heißt: kein Alkohol, keinen Männerbesuch …«

Es war schwierig, den Redefluss des Portiers zu stoppen. Elsa fiel ihm direkt ins Wort: »Hören Sie zu, guter Mann. Ich will nicht hier übernachten.«

Verdattert blinzelte er über den Rand seiner Brille. Jetzt erst bemerkte er, dass Elsas Wollmantel von erstklassiger Qualität war und auch ihre Schuhe neu und teuer aussahen.

»Aber was wolln's denn dann hier?«

»Ich bin auf der Suche nach einer Frau, Olga Woda. Ich hoffe, dass ich sie hier finde.«

»Bedaure, wir geben keine Auskunft über die Bewohner des Heims.« Der Mann schüttelte entschieden den Kopf.

»Auch nicht, wenn ich mich für Ihre Hilfsbereitschaft finanziell erkenntlich zeigen würde?« Elsa kramte in der Handtasche nach ihrer Geldbörse.

»Ich bin doch ned bestechlich«, empörte sich der Portier. »Vorschrift ist Vorschrift.« Seine begehrlichen Blicke auf Elsas Portemonnaie straften seine Worte Lügen. Schon hoffte Elsa, dass sie ihn überzeugen konnte, als drei Frauen vom Hauptgebäude über den Hof kamen. Ihr Alter war schwer abzuschätzen. Ihre Gesichter waren vom Leben gezeichnet. Möglich, dass sie trotzdem nicht viel älter als Elsa waren. Eine von ihnen blieb neben Otto stehen. Kokett schob sie ihren kleinen Hut nach hinten und schwang ihre nicht mehr ganz neue Handtasche. Es bestand kein Zweifel daran, dass sie ihren Unterhalt mit dem Verkauf ihres Körpers bestritt.

»Na, mein Hübscher, Lust auf eine schnelle Nummer?«

Trotz seiner Kurzsichtigkeit bemerkte der Portier das werbende Verhalten der Frau.

»Gitti, hör sofort auf, dem Herrn schöne Augen zu machen, sonst war des heut die letzte Nacht, die du hier gschlafen hast. Wir brauchen keine Huren im Heim. Es is so schon genug Gsindel da.«

Gitti zuckte mit den schmalen Schultern. Ihr Körper war ausgemergelt und unterernährt. Auch ihr Gesicht war hager, die Wangen eingefallen. Aber in ihren Augen glänzte ein Lebenswille, der den beiden anderen Frauen irgendwann abhandengekommen war.

»Schade, dass Sie mir nicht helfen können«, sagte Elsa. Sie drehte sich um und lief zu der jungen Frau. »Vielleicht können Sie mir Auskunft geben.«

Die Angesprochene stemmte ihre Hände in die Hüften, musterte Elsa amüsiert vom Hut bis zu den Schuhen und fragte im lang gezogenen Dialekt: »Was willst denn wissen, Gnädigste?« Spott lag in ihrer Stimme, keine Spur von Unterwürfigkeit.

»Ich bin auf der Suche nach Olga Woda. Kennen Sie sie?« Elsa sah zu den beiden anderen Bewohnerinnen des Heims. »Oder Ihre Freundinnen?«

»In der Hölle gibt's kane Freundschaften«, knurrte eine der beiden. Ihr fehlte der rechte Vorderzahn, auch der linke war schwarz. Ihr Haar hing ihr strähnig und ungewaschen in die graue Stirn. Die Kleidung war schmutzig. Ein scharfer Geruch nach Dreck und Urin ging von ihr aus.

»Olga Woda?« Gitti verzog ihren Mund. Ihre Aufmerksamkeit war auf Elsas Geldbörse gerichtet.

»Was wär dir mein Wissen wert?« Gitti duzte Elsa.

»Kennen Sie Olga Woda? Wohnt sie hier?« Elsa schöpfte Hoffnung. Wer hätte gedacht, dass sie Werners Mutter so schnell ausfindig machte?

»Sie wohnt nicht mehr da«, krähte die Frau ohne Vorderzahn. »Sie hat nach zwei Nächten genug gehabt. War wohl was Besseres gewohnt als die matratzenlosen Stahlbetten.«

»Wir hätten alle was Besseres verdient«, sagte Gitti bitter.

»Wissen Sie, wo ich Sie finden kann?«, fragte Elsa.

»Was krieg ich dafür?«

Nun mischte sich Otto ein. »Das Versprechen, dass wir dich nicht anzeigen. Ich kann mir nicht vorstellen, dass du eine angemeldete Prostituierte bist. Solche wie du landen im Gefängnis, wenn die Polizei sie erwischt.«

»Du solltest besser drauf achtgeben, mit wem du dich abgibst«, sagte Gitti in Elsas Richtung. »Zu viele Männer spielen sich groß auf, um davon abzulenken, was in ihren Hosen steckt …« Sie zeigte mit Daumen und Zeigefinger einen Zentimeter an und grinste. Die beiden anderen Frauen lachten heiser und derb.

Es dauerte einen Moment, bis Elsa begriff, worauf Gitti anspielte. Sie errötete, auch Ottos Wangen wurden dunkel, jedoch vor Ärger. »Pass auf, was du sagst, du kleine …« Er schien sich daran zu erinnern, dass Elsa neben ihm stand, und schluckte das Schimpfwort hinunter, das ihm auf der Zunge lag.

»Von mir erfahrts ihr zwei nix!« Gitti drehte sich beleidigt um und ging weiter. Schnell holte Elsa einen Geldschein aus ihrem Portemonnaie und lief ihr damit nach.

»Nein, bitte«, sagte sie entschuldigend. »Ich muss erfahren, wo Olga sich aufhält. Es geht um ihren kleinen Sohn, um Werner.«

Abrupt blieb Gitti stehen. Misstrauisch wandte sie sich um. Jetzt erst sah Elsa die verblasste Narbe, die sich über ihre rechte Wange zog. Jemand hatte ihr vor Jahren schlimm zugesetzt.

»Was weißt du von der Olga ihrem Sohn?«

Innerlich jubelte Elsa. Gitti hatte nicht geblufft. Sie kannte Olga wirklich.

»Er vermisst seine Mutter und ist sehr traurig.«

Gitti stieß schnaufend die Luft aus. »Natürlich vermisst er sie. Sie war eine gute Mutter. Die hat für ihren Jungen alles gegeben. Aber denen von der Fürsorge hat es nicht gereicht.

Sie haben ihn ihr weggenommen, bloß weil sie keine Arbeit und keine Wohnung gehabt hat. Die haben der Olga das Herz gebrochen und das von dem kleinen Werner auch. Lauter Unmenschen sind des. Warum ham's ihr denn ned geholfen, eine neue Arbeit zu kriegen? Die Olga ist a Anständige. Die hätt alles gemacht, dass sie den Werner behalten darf.«

»So anständig wie du?«, mischte sich Otto zynisch ein.

Elsa wünschte, er würde endlich seinen Mund halten.

Zum Glück schenkte ihm Gitti keine Beachtung.

»Können Sie mir sagen, wo ich Olga finde?«, fragte Elsa.

»Warum?« Misstrauisch presste Gitti die Augen zu dünnen Schlitzen.

»Werner hat mich gebeten, seiner Mutter eine Zeichnung zu bringen, die er für sie gemacht hat.« Elsa holte das Blatt Papier aus ihrer Handtasche. Sie hatte es fein säuberlich einmal in der Mitte zusammengefaltet und in ein Kuvert gesteckt. Behutsam nahm sie es auseinander.

Gittis Blick blieb argwöhnisch. »Der Bub hat ja Bretter an den Füßen.«

»Das sind Skier«, erklärte Elsa. »Ich unterrichte die Kinder im Heim am Wilhelminenberg im Skifahren.«

»So was lernen die Kinder dort? Und trotzdem will der Bub zu seiner Mutter?« Gittis Stimme wurde weicher. Ihr Blick war nach wie vor auf die Zeichnung gerichtet.

Leise, sodass nur Elsa sie hören konnte, sagte sie: »Die Olga wohnt mit ein paar anderen an der Tiergartenmauer in Lainz.«

»Gibt es dort Wohnungen?«

»Nein, aber Höhlen, die sind mindestens genauso gut wie das Heim.« Gitti zeigte mit dem Daumen hinter ihre rechte

Schulter. »Es gibt dort halt nix zum Essen, dafür kriegt man keine Läuse und Wanzen.«

Elsa streckte Gitti den Geldschein entgegen. »Vielen Dank.«

»Des brauch ich ned.« Gitti drehte sich weg. »Ich freu mich, wenn die Olga was von ihrem Buben erfährt.«

Elsa stellte sich ihr in den Weg.

»Und ich freu mich, wenn Sie diesen Schein nehmen und gemeinsam mit Ihren Freundinnen eine warme Mahlzeit essen.«

Die beiden anderen grinsten, und Gitti zuckte mit den Schultern. »Wenn du unbedingt dein Geld loswerden willst.« Sie griff nach dem Schein und steckte ihn ein.

Es war Elsa, die sich bedankte, nicht Gitti.

Die Prostituierte lehnte sich vertraulich zu Elsa. Sie senkte ihre Stimme und hielt ihre Hand schützend vor ihren Mund. »Und schau, dass du den Angeber loswirst. Solche wie der sind anstrengend.«

Die beiden anderen Frauen konnten sie hören. Sie lachten. Obwohl Otto sie unmöglich verstehen konnte, färbte sich sein Gesicht erneut dunkelrot. Bevor er eine böse Bemerkung fallen lassen konnte, zog Elsa ihn von den drei obdachlosen Frauen weg.

»Ich muss weiter zur Tiergartenmauer in Lainz.«

»Das ist eine unsinnige und unvernünftige Idee, die ich ganz sicher nicht unterstützen werde«, erklärte Otto verärgert. Sie waren mit der Straßenbahn Richtung Stadt gefahren, den Ring entlangspaziert und saßen nun im Kaffeehaus Prückel an der Ringstraße. Otto kannte den Kellner und hatte einen lauschigen Tisch in einer der Fensternischen ergattert. Ungestört konnten sie sich hinter einem riesigen

Zeitungsständer unterhalten, ohne von den anderen Gästen beobachtet zu werden.

»Es war schon ein Fehler gewesen, dich ins Obdachlosenheim zu begleiten, aber jetzt zu den Illegalen am Stadtrand zu fahren, das geht zu weit.« Otto holte eine kleine Blechdose aus seiner Jackentasche, öffnete sie und begann, sich mit geschickten Fingern eine Zigarette zu drehen.

»Warum, Otto? Die Menschen, die dort Unterschlupf finden, wollen nicht in den Heimen übernachten. Wer kann es ihnen verübeln? Du hast doch selbst gerochen, wie die beiden Frauen gestunken haben. Gitti war die Einzige, die halbwegs gepflegt ausgesehen hat.«

»Es ist gegen das Gesetz, sich einfach wild irgendwo einen Unterschlupf zu bauen. Stell dir vor, alle würden das machen. Wien wäre eine einzige Müllhalde.« Otto entzündete seine Zigarette an der Kerze, die zwischen ihnen auf dem runden Marmortischchen stand.

»Zum Glück sind nur ein paar dazu gezwungen«, erinnerte Elsa ihn. »Ich glaube nicht, dass irgendwer freiwillig im Freien übernachtet. Vor allem nicht bei diesen Temperaturen.«

»Die Stadtregierung gibt viel Geld dafür aus, dass niemand auf der Straße leben muss. Selbst die Arbeitslosen und Asozialen werden versorgt.« Otto klang wieder einmal, als würde er eine Wahlkampfrede halten. Er zog an seiner Zigarette und blies den Rauch seitlich von sich weg.

»Aber vielleicht gibt es Menschen, die diese Maßnahmen nicht annehmen wollen. Stell dir mal vor, wie es in dem Heim zugeht, das wir nur von außen gesehen haben. Die Frauen schlafen in einem riesigen Saal auf unbequemen Betten ohne Matratzen. Keine von ihnen hat Privatsphäre.

Mitarbeiter, wie der unfreundliche Portier, geben ihnen das Gefühl, dass sie unerwünschte Parasiten sind. Zu Mittag bekommen sie einen Einheitsbrei auf verbeulte Teller geklatscht, es sind die Reste von denen, die mehr besitzen. Und für all das müssen sie dankbar sein. Das ist doch nicht fein. Wer will denn so leben?«

Otto schüttelte vehement den Kopf. »Elsa, du verstehst das alles nicht. Die Sozialdemokratie verbessert die Lebensbedingungen der Arbeiter. Es gibt leistbare Wohnungen, kostenlose medizinische Versorgung und moderne Schulen und Bildung für alle. Das kostet alles viel Geld. Wir können es uns nicht leisten, dass Menschen einfach nichts machen. Natürlich soll niemand auf der Straße leben, aber Ziel ist es, dass alle produktiv sind und sich am Wohl der Gemeinschaft beteiligen.«

»Woher willst du wissen, dass diese Menschen nicht arbeiten wollen?«

»Pah«, schnaufte Otto. »Die drei Frauen waren doch das beste Beispiel. Zwei von ihnen haben ausgesehen wie Alkoholikerinnen, und die dritte war eine illegale Prostituierte. In anderen Ländern steckt man derlei Gesindel ins Gefängnis.«

»Das wäre doch keine Lösung«, empörte sich Elsa.

»Natürlich nicht«, pflichtete Otto ihr bei. »Aus diesem Grund gibt es Obdachlosenheime. Die Stadtregierung nimmt den Asozialen ihre Kinder ab und versorgt sie, damit sie eines Tages nicht auch im Elend enden und stattdessen arbeitende Mitglieder unserer Gesellschaft werden.«

Elsa rührte nachdenklich in ihrer Melange. Der Kaffee war längst kalt geworden.

»Ich bin davon überzeugt, dass es richtig war, einer Frau,

die illegal im Freien haust, ihr Kind abzunehmen. Sie sollte dankbar sein, dass ihr Sohn jetzt gut versorgt wird.«

»Weder du noch ich kennen Werners Mutter. Wir wissen nicht, warum sie auf der Straße gelandet ist. Vielleicht sucht sie Arbeit und findet keine.«

»Sie war mit einer Prostituierten befreundet, das sagt alles.«

»Das sehe ich anders«, widersprach Elsa. »Wir haben uns auch mit Gitti unterhalten, und sie war sehr nett.«

»Sie war rotzlöffelfrech und beleidigend.«

»Hm.«

»Außerdem geht sie einer illegalen Beschäftigung nach. Das gehört unterbunden.«

»Ich glaube nicht, dass Frauen wie Gitti freiwillig ihren Körper verkaufen und gerne obdachlos sind.«

»Wie auch immer sie in diese Situation geraten sind, sie sollen in den Heimen bleiben, die man für sie gebaut hat, und nicht irgendwo im Freien kampieren.« Otto nahm einen neuen Zug von seiner Zigarette. »Ganz ehrlich, Elsa, ich glaube, dass du am allerwenigsten in der Lage bist, dich in Menschen wie Gitti hineinzuversetzen.«

»Warum?«

»Du hast dein ganzes Leben noch nie Geldsorgen gehabt. Du glaubst, dass du eine gute Tat begehst, wenn du einem kleinen Jungen, der nach seiner Mutter weint, versprichst, ihn zu ihr zurückzubringen. Aber das ist völlig verkehrt. Überlass diese Entscheidungen Menschen, die etwas davon verstehen.«

Er hatte Elsas wunden Punkt erwischt, und es hatte den Anschein, als hätte er genau das beabsichtigt. Mitleidig belächelte er sie, machte einen letzten genüsslichen Zug und drückte dann den Stummel seiner Zigarette in einem

Aschenbecher aus. Er sah aus wie ein Oberlehrer, der einem kleinen Mädchen die Welt erklärte.

»Du denkst, dass du etwas davon verstehst?«, fragte sie.

»Sicherlich mehr als du. Ich bin von einer alleinerziehenden Mutter aufgezogen worden, die jeden Tag ums Überleben gekämpft hat. Ich weiß, dass es nicht leicht ist, mit wenig auszukommen. Aber es ist machbar.«

»Und das macht dich zum Experten, wenn es um die Frage geht, was Kinder brauchen?« Elsa wurde zunehmend ärgerlich.

»Ich habe das Elend gesehen und weiß, wie man es bekämpfen kann. Romantisch verklärte Ideen sind dabei völlig fehl am Platz. Sie sind weltfremd und gefährlich.«

»Willst du damit sagen, dass ich weltfremd bin?«

»Ich sage, dass du dein ganzes Leben im Reichtum und Überfluss gelebt hast und keine Ahnung davon hast, wie es Menschen geht, die weniger haben.«

Elsa fragte sich, wie sie bei diesem Thema gelandet waren. Was hatte ihre Lebenssituation damit zu tun, dass sie Werners Mutter finden wollte?

»Du denkst, dass du mit Geld alles lösen kannst«, sagte Otto selbstgefällig.

»Es macht das Leben zweifellos einfacher«, gab Elsa zu. »Aber es ist kein Garant für Glück.« Sie dachte an Onkel Simon, aber auch an Moritz, der reiche Eltern hatte und von seinem Vater und seinen Lehrern misshandelt worden war.

»Mir kommen die Tränen«, sagte Otto. Seine Stimme wurde lauter. Trotz des abgeschirmten Sitzplatzes drehte der alte Herr am Nebentisch sich neugierig zu ihnen um.

Jede weitere Erklärung zu dem Thema war sinnlos. Otto würde ihr nicht zuhören.

»Es stört dich, dass ich aus einer wohlhabenden Familie stamme.« Elsa nahm einen Schluck von ihrem kalten Kaffee. Er schmeckte bitter. Sie verzog den Mund.

»Es stört mich nicht«, antwortete Otto. »Ich finde es bloß irritierend, dass du so naiv und wirklichkeitsfremd bist.«

»Naiv, wirklichkeitsfremd?«

»Du bist in einem Palais groß geworden, studierst fürs Lehramt, obwohl du nie unterrichten willst, und bringst Kindern das Skifahren bei, die mit Sicherheit andere Probleme haben. Gleichzeitig ignorierst du, was Fachleute in der KÜST beschließen, und glaubst, damit noch etwas Gutes zu tun. Ist das nicht ein bisschen naiv?« Er lächelte nachsichtig. So als erwartete er ein bestätigendes Nicken.

»Warum triffst du dich mit mir?«, fragte Elsa.

Ottos Blick wurde weicher. Er langte über den Tisch, um nach ihren Händen zu greifen, doch sie zog sie zurück.

»Du bist vielleicht eine romantische Träumerin, die aus kindlichen Motiven heraus agiert, aber du hast ein soziales Gewissen, was bei Menschen aus deiner Klasse selten der Fall ist.« Er grinste schief. »Und du bist mit Abstand die attraktivste Frau, die mir je begegnet ist.«

Elsa schluckte hart. Es würde eine Weile dauern, bis sie verdauen würde, was Otto ihr eben gesagt hatte.

»Ich denke, dass wir dieses Gespräch beenden sollten«, sagte sie. Aus ihrer Handtasche holte sie ihr Portemonnaie. Sie legte mehrere Münzen auf den Tisch.

»Ich lade dich selbstverständlich ein.« Otto schob das Geld empört zur Seite. Es galt als unschicklich, wenn ein Mann bei einem Treffen mit einer Frau nicht die Rechnung beglich.

»Nicht notwendig.« Elsa stand auf und rückte den Stuhl

energisch zurück. »Ich stamme aus einer reichen Familie.«
Sie erschrak selbst über die Arroganz in ihrer Stimme. »Ich
übernehme die Rechnung.«

Dann holte sie ihren Mantel bei der Garderobe ab und
verließ das Kaffeehaus, ohne zurückzuschauen. Auch so
konnte sie sich Ottos verärgerten Gesichtsausdruck bestens
vorstellen.

27

Pädagogisches Institut

Wieder einmal hatte Elsa sich verspätet, sie hatte sich von Marie in ein Gespräch verwickeln lassen. Das arme Dienstmädchen hatte im Moment kaum eine freie Minute. Auch wenn Lotte ihr in der Küche zur Hand ging. Der Dezember war immer eine sehr arbeitsintensive Zeit im Palais Sonnstein. Ein Blick auf die Uhr zeigte, dass es bloß ein paar Minuten waren, die Elsa vom Seminar versäumte. Zum Glück fing Frau Bühler nie rechtzeitig mit dem Unterricht an, da immer jemand vorher mit ihr sprechen wollte. Elsa hetzte die Stufen hinauf zum Seminarraum, klopfte und trat ungefragt ein.

Überrascht hielt sie inne und wollte schon wieder die Tür schließen, denn statt Charlotte Bühler saß Professor Wilhelm Gattel an dem Schreibtisch, der vor der schwarzen Schiefertafel stand. Mit überheblichem Blick musterte er Elsa über seine randlose Brille hinweg. Er hatte deutlich an Gewicht zugenommen, seit Elsa ihm vor zwei Jahren zu Beginn ihres Studiums begegnet war. Die Weste seines Anzugs war über seinem dicken Bauch gefährlich gespannt. Elsa hatte ganz bewusst alle Lehrveranstaltungen mit dem Psychoanalytiker gemieden.

»Sieh an«, er hob seine Stimme. »Das reiche jüdische

Fräulein aus dem Ringstraßenpalais. Man trifft sich im Leben immer zweimal.« Sein Lächeln war süffisant. Elsa wusste aus Erfahrung, dass ihm das noch nicht reichte. Es würde eine weitere böse Bemerkung folgen. »Sie glauben scheinbar immer noch, dass Pünktlichkeit für Menschen aus Ihren Kreisen nicht gilt.«

Da war sie auch schon. Elsa sah sich um. Auf dem Tisch seitlich beim Fenster saßen Moritz und Mona. Sie belegten gemeinsam einen Tisch. Auch die anderen Studenten waren dieselben wie immer. Folglich befand sie sich im richtigen Raum.

»Kollegin Bühler hat für einen Kollegen bei einer internationalen Tagung in Berlin einspringen müssen, weshalb ich den Rest dieser Lehrveranstaltung übernehmen werde.«

Elsa stand nach wie vor in der geöffneten Tür. Sie konnte einfach umdrehen und gehen. Nichts würde passieren. Die Note der Lehrveranstaltung hatte keinen Einfluss auf ihr Studium. Elsa wusste, dass das hier nur böse ausgehen konnte. Gattel hasste sie, und sie würde niemals erfahren, warum. Vielleicht war es Neid wegen ihres Reichtums oder eine latente Abneigung gegen alle Frauen? Elsa wollte es gar nicht herausfinden. Der Mann war ihr zuwider, und er würde ihr mit Sicherheit das Leben schwer machen.

»Wie lange wollen Sie die Lehrveranstaltung noch aufhalten?«, fragte Gattel ungehalten. »Kommen Sie endlich herein und nehmen Sie Platz.« Er wies mit seiner Rechten auf den letzten freien Tisch. Er stand etwas abseits und war leer. Elsa zog leise die Tür hinter sich zu und setzte sich. Sollte sie überhaupt aus dem Mantel schlüpfen?

Neben Gattel lag ein Stapel Papier auf dem Schreibtisch. Es waren die Beobachtungsprotokolle, die sie beim letzten

Mal abgegeben hatten. Frau Bühler hatte mit den Studenten ein paar Beispiele durchgehen wollen, um zu veranschaulichen, wie vom Verhalten eines Kindes Rückschlüsse auf sein mögliches Innenleben gezogen werden konnte. Das sollte den angehenden Lehrern dabei helfen, schwieriges und herausforderndes Verhalten ihrer Schüler und Schülerinnen besser zu verstehen.

»Ich habe die Protokolle alle sorgfältig durchgesehen und bin sehr zufrieden mit dem, was ich gelesen habe.« Er richtete nun seinen Blick auf Elsa. »Bis auf eine Ausnahme.«

Elsas Herz schlug schneller, Hitze stieg in ihren Kopf. Sie hatte damit gerechnet, dass er sein Augenmerk auf sie legen würde.

»Wie kommen Sie auf die absurde Idee, Kinder im Skilaufen zu unterrichten?«

»Ich habe mein Vorhaben mit Frau Bühler abgesprochen und gemeinsam mit dem Kollegen Grün ausgeführt.« Elsa sah Hilfe suchend zu Moritz, doch der schüttelte entschuldigend den Kopf. Was wollte er ihr damit sagen?

»Herr Grün?« Professor Gattel drehte sich zu Moritz. »Sie haben sich doch eben abgemeldet. Oder etwa nicht?«

»Ich kann leider nicht gut genug Skifahren, weshalb ich an dem Vorhaben nicht mehr teilnehmen werde«, sagte er.

»Es hätte mich sehr gewundert, wenn Sie bei so einem Unsinn mitmachen.«

»Der Skiunterricht für Heimkinder ist kein Unsinn«, widersprach Moritz. »Die Kinder profitieren von dem Angebot. Ihr Selbstwert steigt schon nach wenigen Unterrichtseinheiten. Sobald die Kinder den Hang ohne Sturz meistern, sind sie stolz auf sich und trauen sich danach auch andere Aufgaben im Leben zu.«

»Hm, es ist sehr ritterlich, dass Sie Fräulein Sonnstein verteidigen«, meinte Gattel säuerlich. »Aber um die mögliche Steigerung eines Selbstwertes geht es hier nicht. Die Aufgabe war, ein Kind zu beobachten und sein Verhalten zu interpretieren, was bis auf Fräulein Sonnstein allen gelungen ist.«

Gattel nahm nun den obersten Bogen Papier. Elsa erkannte ihre Handschrift. Ein Großteil ihrer mit Tinte geschriebenen Worte war mit Rotstift durchgestrichen. Die Signalfarbe beherrschte das ganze Blatt.

»Sie behaupten, dass der Junge, den Sie beschreiben, sich verweigernd verhält, weil er zu seiner Mutter zurückwill.«

Elsa nickte. Sie hatte Werner gewählt und sein Verhalten genau protokolliert. Dass sie ihm versprochen hatte, seine Mutter zu suchen, hatte sie selbstverständlich nicht erwähnt.

»Damit haben Sie die eigentliche Aufgabe völlig missverstanden.« Gattel blätterte Elsas Protokoll durch, so als würde er es eben erst lesen, dabei hatte er bereits jeden Satz genauestens unter die Lupe genommen und zerlegt.

»Der Junge war zwei Monate lang in der KÜST. Dort wurde er von Experten, unter anderem von meiner sehr geschätzten Kollegin Frau Doktor Bühler, intensiv beobachtet. Alle kamen zu dem Schluss, dass der Junge vernachlässigt wurde. Und Sie maßen sich an zu behaupten, dass das nicht stimmt?«

»Das habe …« Elsas Stimme war kratzig und piepsig. Sie schlug sich mit der Faust gegen den Brustkorb, räusperte sich. »Das habe ich nicht geschrieben.«

»Wollen Sie behaupten, ich lüge?« Gattel wurde lauter. »Hier auf Seite zwei Ihrer schwachsinnigen Ergüsse heißt es: Es scheint, als wäre der Junge zutiefst verunsichert. Er kennt sich nicht aus und weiß nicht, was als Nächstes mit ihm passieren wird. Wochenlang wurde er durch Glasscheiben beobachtet ... Was für ein Unsinn. Alle Kinder werden genau darüber informiert, wohin sie gebracht werden. Er wusste zu diesem Zeitpunkt, wie seine Zukunft aussieht. Ihre Aufgabe war es herauszufinden, warum er diese Botschaft nicht hören konnte und warum er nun regrediert und sich zurückentwickelt.«

»Das habe ich geschrieben«, verteidigte sich Elsa. »Er will zu seiner Mutter.«

»Alle Kinder wollen zu ihren Müttern, auch die misshandelten.« Gattel schrie nun. »Es ist ein Urinstinkt des Menschen, dass er von den Eltern geliebt werden will.«

Elsa senkte den Blick und blinzelte zu Moritz. Der schüttelte nur sacht den Kopf. Er würde zu diesem Thema nichts sagen.

»Als Teilnehmerin dieses Seminars sollten Sie hinter die Kulisse schauen. Nicht das Augenfällige wiedergeben. Hier geht es ums tiefere Verstehen. Aber offenbar fehlt Ihnen jegliches analytische Verständnis.«

Wie gut, dass Elsa ihren Mantel immer noch nicht ausgezogen hatte. Sie stand auf und streckte die Hand aus. »Kann ich mein Protokoll wiederhaben?«

»Wie bitte?« Verdattert richtete sich Gattel auf. Dabei spannte sich die Weste so heftig über seinem Bauch, dass Elsa kurz glaubte, der oberste Knopf würde wegspringen. Aber er war fest genug angenäht und blieb auf dem dafür vorgesehenen Platz.

»Bitte geben Sie mir mein Protokoll«, forderte sie leise. Immer noch hielt sie dem Professor die Hand entgegen.

Gattel reichte ihr die Blätter. Sie fasste danach, stopfte sie hastig in ihre Tasche, dabei zerknüllten sie. Dann wandte sie sich zum Gehen. Sie wollte nicht, dass irgendwer die Tränen in ihren Augen sah.

»Was machen Sie da? Wir wollen Ihr Protokoll noch besprechen.«

»Nehmen Sie ein anderes, eines, das lohnenswert genug ist. Ich werde diesen Kurs nicht mehr besuchen.« Elsa versuchte, ihrer Stimme mehr Kraft zu verleihen, als sie im Moment hatte.

»Wenn Sie jetzt den Raum verlassen, bekommen Sie keine Note für dieses Seminar«, keifte Gattel ihr nach. »Und ich werde dafür sorgen, dass Sie für weitere Lehrveranstaltungen der Psychoanalytischen Gesellschaft gesperrt werden.«

»Wenn Sie der Meinung sind, dass Sie das machen müssen. Ich kann Sie davon nicht abhalten.« Es kostete Elsa enorm viel Kraft, die Worte auszusprechen. Dabei schlummerten sie seit zwei Jahren in ihr. Wie oft hatte sie sich in Tagträumen vorgestellt, dem Professor einfach den Rücken zuzudrehen? Jetzt tat sie es, leider saßen die Tränen bereits in ihrer Kehle. Möglichst würdevoll ging sie zur Tür, öffnete sie und trat auf den Flur. Ohne sie hinter sich zu schließen, marschierte sie den Gang entlang zur Treppe. Ihre Schritte hallten laut auf dem gefliesten Boden wider. Erst beim Geländer begann sie zu laufen und polterte die Treppe geräuschvoll hinunter. Sie nahm immer zwei Stufen auf einmal. Überrascht schaute der Portier von seiner Zeitung auf, doch Elsa beachtete ihn nicht. Sie stürzte auf die Straße. Kaum blies ihr der viel zu warme Föhnwind ins Gesicht, flossen die Tränen in Strömen, sie liefen ihre Wangen entlang und tropften auf ihren Mantelkragen wie der tauende Schnee von den Dächern.

Wie konnte es sein, dass ein Mann, der angehende Lehrer

und Lehrerinnen ausbildete und sie den Respekt vor Schülern lehren sollte, seine Studenten derart abfällig behandelte? Verletzt, beleidigt und gedemütigt lief Elsa durch den grauen Schneematsch nach Hause. Er hatte dieselbe Farbe wie der Schleier, den die Tränen vor ihren Augen bildeten.

28

Palais Sonnstein

Die nächsten Tage brachten Tauwetter. Der herrliche Schnee der letzten Wochen schmolz dahin, und die Skitage im Schloss Wilhelminenberg mussten abgesagt werden. Der Hang hinter dem Heim hatte sich innerhalb kurzer Zeit in eine braune Matschlandschaft verwandelt, wo die Kinder bestenfalls eine Schlammschlacht veranstalten konnten.

Elsa verbrachte die Zeit hinter ihren Büchern und legte eine Prüfung ab, die sie schon seit Monaten vor sich herschob. Gleichzeitig gab sie endlich ihre Abschlussarbeit ab. Die Ergebnisse würde sie im Januar erfahren. Sollte die Note positiv sein, wovon Elsa überzeugt war, würde sie im Februar gemeinsam mit Mona, Edith und Moritz die Lehramtsprüfung am Pädagogischen Institut ablegen, danach war sie Lehrerin, die an jedem Gymnasium Deutsch unterrichten durfte. An den Seminaren der Psychoanalytischen Gesellschaft nahm sie nicht mehr teil. Eigentlich hätte Elsa sich erleichtert fühlen sollen, aber das Gegenteil war der Fall. Sie mied es, ins Casa Piccola zu gehen, da sie weder Moritz noch Mona begegnen wollte. Seit dem schrecklichen Erlebnis mit Professor Gattel hatte sie nicht mehr mit den beiden gesprochen. Auch mit Karo traf sie sich nicht aus Angst, die Freundin würde sie fragen, wie es ihr mit Otto erging. Elsa müsste ihr die Wahrheit sagen. Otto war zweifelsohne ein interessanter Mann, mit dem Elsa aber ständig stritt. Die Gräben zwischen ihnen waren unüberwindbar. Und als wäre das noch nicht genug, lag Elsa die Sache mit Werner und seiner Mutter im Magen. Sollte sie allein nach der Frau suchen? Vielleicht würde Ferdinand sie begleiten. Der alte Mann fühlte sich ihr verpflichtet, gleichzeitig würde sie ihn in einen schrecklichen Gewissenskonflikt bringen, was nicht fair wäre. Wieder einmal vermisste Elsa ihren Bruder. Am liebsten hätte sie sich auf der Stelle in den Zug gesetzt und wäre zu ihm gefahren. Aber hatte Conrad für sie Zeit? Er bewohnte immer noch ein winziges Zimmer bei Hannes Schneider und verbrachte seine Tage auf der Piste, wo er seine Skifahrtechnik perfektionierte. Außerdem kletterte er auf waghalsigen Routen Berge empor. Elsa wäre ihm im Moment wohl eher ein Klotz am Bein.

Niedergeschlagen lief sie durch die weihnachtlich dekorierte Stadt auf der Suche nach Geschenken. Auf einer Litfaßsäule entdeckte sie ein Werbeplakat für die neuen Wanderwaffeln, die eins, zwei, drei auch auf der Piste mit dabei waren. Doktor Sensenbauer hatte im Palais Sonnstein angerufen und nachgefragt, ob die Skitage weitergehen würden, sobald neuer Schnee fiel. Selbstverständlich wollte Elsa daran festhalten, auch wenn sie keine Seminararbeit mehr darüber schrieb und Moritz abgesprungen war. Ihre Mutter hatte ihr ihre Unterstützung zugesagt. Sie würden den Unterricht auch zu zweit bewerkstelligen.

Elsa marschierte die Mariahilfer Straße hoch und bog in die Kaiserstraße ein. Vor Mizzi Kaubas Bergsportgeschäft hielt sie an. In den Schaufenstern hingen Tannenreisig und dunkelrote Glaskugeln. Elsa verband ausschließlich positive Erinnerungen mit diesem Laden. Vielleicht würde es ihr nach einem Tratsch mit Mizzi Kauba besser gehen. Entschlossen trat sie ein. Zeitgleich mit dem Klingeln der kleinen Glocke am oberen Ende der Tür strömte ihr der vertraute Geruch von Leder, Holz und Parfüm entgegen.

»Elsa, was für eine Freude!« Mizzi Kauba stand direkt neben der Tür. Gerade so als hätte sie auf Elsa gewartet. Sie trug wie immer ein schwarzes Kostüm. Neben ihr bellte ein kleiner Terrier einmal kurz auf.

»Sei still, Maxl«, forderte Mizzi.

»Seit wann hast du einen Hund?« Überrascht ging Elsa in die Hocke. Sofort wackelte der kleine schwarze Terrier auf sie zu und beschnupperte sie. Was er roch, schien ihm zu gefallen, denn er wedelte freudig mit dem Schwanz.

»Er war ein Geschenk einer Freundin, die meinte, ich verbringe zu viel Zeit allein. Seit diese kleine Flohschleuder bei mir ist, habe ich keine ruhige Minute mehr.«

Der liebevolle Blick, mit dem sie den Hund bedachte, dessen Fell dieselbe Farbe wie ihr Kostüm hatte, strafte ihre Worte Lügen.

»Komm her, Maxl!« Mizzi klopfte sich auf den Oberschenkel, und sofort reagierte der Hund. Zur Belohnung bückte sich Mizzi und kraulte ihn hinter den Ohren. Als sie sich aufrichtete, überschüttete sie Elsa mit Fragen: »Wie läuft es mit den Skitagen? Wo ist deine Mutter, und wie geht es deinem Bruder?«

»Ach Mizzi. Alles ist im Moment furchtbar kompliziert …«

»Fräulein Christl, bringen Sie uns bitte eine Kanne frischen Kaffee, eine Dose von den Weihnachtskeksen und für den Maxl einen Hundekuchen.«

»Hundekuchen, so was gibt es?«, fragte Elsa.

Mizzi machte eine entschuldigende Handbewegung. »Du glaubst gar nicht, was alles für die kleinen Vierbeiner angeboten wird. Ich glaube, dass ein ganzer Industriezweig von einsamen alten Frauen wie mir lebt.« Sie lachte und machte damit klar, dass sie sich selbst weder alt noch einsam fühlte.

Mizzi Kauba lenkte Elsa zu dem tiefen Ledersofa und drängte sie, Platz zu nehmen.

»So, und jetzt schüttest du mir mal dein Herz aus«, forderte sie. Nur zu bereitwillig fing Elsa an zu erzählen. Hin und wieder unterbrach Mizzi ihren Redefluss, um nachzufragen. Aber die meiste Zeit saß sie einfach nur da und hörte zu.

Als Elsa endete, seufzte Mizzi schwer. »Ihr Sonnsteinfrauen solltet damit aufhören, das zu tun, was andere von euch erwarten.«

»Wie meinst du das?«

»Der Ausflug auf den Ötscher war traumhaft. Deine Mutter hätte den Aufstieg genossen. Aber sie hat wieder einmal auf deinen Vater Rücksicht genommen.« Mizzi Kauba saß mit verschränkten Armen vor Elsa. »Ich frag mich, ob er auch auf sie Rücksicht nimmt.«

»Das tut er ganz sicher«, beeilte sich Elsa. In Wahrheit wusste sie es nicht. Sie liebte ihren Vater. Aber er war seit dem Krieg ein Fremder für sie geworden.

»Und was dich betrifft, liebe Elsa. Warum hörst du nicht einfach auf dein Herz und tust, was du für richtig hältst?«

Elsa schluckte hart. Genau das hatte sie getan, als sie Moritz gezeigt hatte, was sie für ihn empfand. Diesen Schritt bereute sie bitterlich. Aber Mizzi sprach nicht von Moritz, sondern von Werner und der Suche nach Olga Woda.

»Hast du denn stets auf dein Herz gehört?«, fragte Elsa.

»Hm.« Mizzi verzog den Mund. »Ich wollte immer dieses Geschäft führen und möglichst viele Menschen für den Bergsport begeistern. Davon habe ich mich nie abbringen lassen.«

Elsa wusste, dass dabei zwischenmenschliche Beziehungen auf der Strecke geblieben waren. Mizzis Ehe war in die Brüche gegangen, ebenso ein paar enge Freundschaften. Doch darüber sprach Mizzi nicht. Vielleicht war das Geschäft wirklich alles, was sie immer gewollt hatte.

Die passionierte Bergsportlerin beugte sich zu ihrem Hund und streichelte ihn hingebungsvoll.

Gedankenversunken beobachtete Elsa sie dabei, trank ihren Kaffee aus, dann kaufte sie im Anschluss zwei Weihnachtsgeschenke: für Conrad eine Metallflasche, in der man heiße und kalte Flüssigkeiten transportieren konnte, und eine besonders warme Mütze für ihre Mutter.

Auf dem Weg nach Hause ging Elsa in eine Buchhandlung und erstand für ihren Vater das Buch, das Moritz gelesen hatte: *Der Zauberberg*. Mizzis Worte gingen ihr nicht aus dem Sinn. Sie bewunderte die Geschäftsfrau, die ihr Leben ihrem Laden und dem Bergsport gewidmet hatte. Gleichzeitig wusste sie, dass sie selbst anders war. Ein Leben ohne Kompromisse erschien ihr viel zu starr und eine Zukunft mit einem Hund trostlos.

Noch bevor sie an der Haustür läuten konnte, öffnete Ferdinand. Es hatte den Anschein, als hätte er beim Fenster auf sie gewartet. An seinem sorgenvollen Gesicht erkannte Elsa, dass die Lage im Palais Sonnstein wieder einmal konfliktgeladen war.

»Was ist los?«, fragte sie besorgt.

Der alte Diener schüttelte den Kopf so heftig, dass seine

Hängebacken wackelten wie die eines Bernhardiners. »Ihre Eltern diskutieren seit einer Stunde.«

»Sie streiten?« Elsa war mit Ferdinands Art, Dinge zu verharmlosen, bestens vertraut. Seine Sprache war eine Art Geheimcode. Wenn er von Diskussionen sprach, meinte er heftige Auseinandersetzungen.

Der alte Diener nickte entschuldigend, so als wäre er für den Unfrieden verantwortlich.

Es kam äußerst selten vor, dass Jakob und Lotte sich stritten. Meist lösten sie ihre Probleme auf eine stille, konstruktive Weise. Es war gerade so, als hätte Mizzi Kauba den Streit herbeigeredet. Hatte sie am Ende die Finger im Spiel und mit ihrer Mutter telefoniert?

»Wissen Sie, was vorgefallen ist?«

»Es muss in irgendeiner Weise mit Ihrem Herrn Bruder zu tun haben«, mutmaßte Ferdinand. »Heute ist ein Brief von ihm gekommen.«

»Ach herrje. Es wird ihm doch nichts passiert sein!«

»Warum denken Sie immer, dass Ihr Bruder in Gefahr ist, wenn es Streit im Haus gibt?«

»Es ist wohl die Macht der Gewohnheit.« Conrad hatte in vielen Fällen den Grund für Auseinandersetzungen geliefert und sich selbst schon unzählige Male in Gefahr gebracht.

Elsa reichte Ferdinand ihren Mantel und hastete die Treppe hoch zu den Räumen ihrer Eltern. Dabei passierte sie den Rauchsalon, wo ihre Großmutter saß und in einer Illustrierten blätterte. Sie schenkte der Zeitung nur wenig Aufmerksamkeit, denn kaum hörte sie ihre Enkeltochter, legte sie das Blatt zur Seite und rief sie zu sich.

»Ich muss dich warnen«, sagte Mathilde. »Bei deinen Eltern gibt es Unstimmigkeiten.«

Auch an ihrer Großmutter war der Streit nicht unbemerkt vorbeigegangen.

»Weißt du, worum es geht?«, fragte Elsa. Gemeinsam in einem großen Palais zu wohnen, bedeutete, dass nichts lange geheim gehalten werden konnte. Vor allem Streitigkeiten nicht.

»Nein.« Die Art, wie Mathilde Sonnstein die Antwort dehnte, bewies Elsa, dass sie log.

»Ich gehe hinauf und frage nach.«

»Jakob hat seine Therapie abgebrochen.«

Abrupt blieb Elsa stehen. Sie musste sich eben verhört haben.

»Papa macht eine Therapie?« Elsa hatte davon keine Ahnung gehabt. Und noch weniger hatte sie damit gerechnet, dass ihre Großmutter davon wusste.

»Schau mich nicht so überrascht an«, sagte Mathilde. »Ich bin den ganzen Tag in diesem Palais und verlasse das Haus nur noch, wenn es unbedingt notwendig ist. Ich weiß über alles Bescheid.«

Sie musterte Elsa mit einer Eindringlichkeit, die darauf schließen ließ, dass sie auch Elsas Geheimnisse kannte. Elsa wusste, dass ihre Großmutter bluffte.

»Seit wann lässt Papa sich behandeln?«

»Das musst du ihn schon selbst fragen, ich bin ja keine tratschende Küchenmagd.« Empört richtete Mathilde sich wieder auf.

»Apropos Küchenmagd, wir haben immer noch keine Köchin. Wenn wir bis Chanukka niemanden finden, werden wir in diesem Jahr Gulasch aus der Dose essen.«

»Mama ist eine gute Köchin, und ich kann ihr zur Hand gehen.«

»Nur über meine Leiche. Wenn es so weit kommt, dass wir alle gemeinsam in der Küche stehen, Erdäpfel schälen und Nüsse knacken, dann will ich hier nicht mehr leben.«

Elsa fand die Vorstellung sehr nett. Dabei tauchten Erinnerungen an das Leben auf, bevor sie in die Ringstraße gezogen waren. Im letzten Winter vor dem Krieg, als Elsa zehn gewesen war, hatten sie am Semmering Urlaub gemacht. Lotte und Conrad waren Skifahren gewesen. Elsa hatte im Appartement bleiben müssen, da sie leichtes Fieber bekommen hatte. Jakob war bei ihr geblieben, er hatte ihr viermal ihr Lieblingsmärchen vorgelesen und dann gemeinsam mit Elsa einen Nusskuchen backen wollen. Sie hatten einen ganzen Sack Nüsse geknackt und gleich gegessen, weshalb aus dem Kuchen nichts wurde, aber der Nachmittag mit ihrem Vater gehörte zu den schönsten Erinnerungen dieses Urlaubs.

»Ich trage meine Einkäufe auf mein Zimmer und werde später nachsehen gehen.«

Mathilde hielt Elsa zurück. »Du hältst mich für eine starrsinnige alte Frau«, sagte sie.

Elsa antwortete nicht.

»Ich habe immer eine Köchin gehabt. Zuerst als Kind, später als junge Ehefrau und jetzt als alte Großmutter. Bis auf ein einziges Mal war mein Personal immer loyal und treu gewesen. Solange ich mir den Luxus leisten kann, werde ich ihn mir nicht nehmen lassen. Ein funktionierender Haushalt gibt mir Sicherheit in einer Welt, in der sich alles immer schneller verändert.«

»Großmutter, du bist mir keine Erklärungen schuldig«, sagte Elsa. »Wir werden eine Köchin finden. Aber bis dahin solltest du Mama und mich in die Küche lassen.«

Statt einer Antwort presste Mathilde Sonnstein die geschminkten Lippen zusammen.

Als Elsa sich zum Gehen wandte, hielt sie sie abermals zurück.

»Heute Nachmittag war ein junger Mann da, der hat nach dir gefragt.«

»Wie hat er ausgesehen?«

»Junges Fräulein, das musst du schon selbst wissen, wie der junge Mann aussieht, der sich erdreistet, hier anzuklopfen und nach dir zu fragen. So etwas gehört sich nicht. Er hat nicht mal seine Karte dagelassen.«

»Hast du geöffnet?« Elsa konnte nicht glauben, dass ihre Großmutter Ferdinands Aufgaben übernahm.

»Ich stand unmittelbar neben der Tür.«

»Aber dann kannst du mir auch sagen, wie er ausgesehen hat.«

»Muss ich dich daran erinnern, dass ich ohne meine Lesebrille so gut wie blind bin?«

Elsa gab auf. Ihre Großmutter würde ihr nicht mehr verraten. Mit Sicherheit war es Otto gewesen. Er hatte sie schon einmal von hier abgeholt. Zum Glück war Elsa beim Zusammentreffen der beiden nicht dabei gewesen. Sie ging davon aus, dass sowohl Ottos Vorurteile, als auch die ihrer Großmutter heute Nachmittag mit neuer Nahrung gefüttert worden waren.

Sie ging in ihr Zimmer und ließ sich mit dem Wegräumen der Geschenke Zeit. Erst als sie sicher war, dass sich die Wogen zwischen ihren Eltern wieder geglättet hatten, lief sie nach oben und klopfte an die Tür. Sie wartete, doch es blieb still. Schon wollte Elsa wieder gehen, als sie Schritte hörte.

Lottes Augen waren gerötet. Sie schniefte und wischte sich mit dem Handrücken über die Nase.

»Elsa, mein Schatz, was brauchst du?«

Verlegen zwinkerte sie eine letzte Träne weg, drehte sich um und holte ein Taschentuch aus der Kommode. Geräuschvoll blies sie hinein. »Mir ist etwas ins Auge gefallen«, log sie.

»Ferdinand und Großmutter haben dich und Papa streiten hören.« Elsa trat ungefragt ein, setzte sich auf einen der Lehnsessel und sah sich suchend um. »Wo ist Papa?«

»Er ist eine Runde spazieren gegangen. Ich denke, dass ich das auch machen sollte. Frische Luft tut immer gut.«

»Willst du reden?«, fragte Elsa.

Lotte schnäuzte sich noch einmal. Dann setzte sie sich zu Elsa.

»Papa hat beschlossen, seine Psychotherapie abzubrechen, weil er davon überzeugt ist, dass sie ihm nicht hilft, und ich bin anderer Meinung.«

»Ich wusste gar nicht, dass er sich Hilfe gesucht hat.«

»Ich habe es auch nur zufällig herausgefunden«, gab Lotte zu. »Zuerst war ich sehr verletzt, da ich immer dachte, dass dein Vater mir vertraut und keine Geheimnisse vor mir hat. Aber dann verstand ich, dass er darüber geschwiegen hat, weil er keine zu großen Hoffnungen schüren wollte.«

»Deshalb habt ihr gestritten?«, fragte Elsa ungläubig. So wie ihre Mutter die Sache darlegte, klang es nach einem Gespräch voller Verständnis.

Niedergeschlagen knetete Lotte ihre Hände und betrachtete die roten Flecken, die dabei entstanden. »Gestritten haben wir wegen einer anderen Sache. Ich habe versucht, deinen Vater zu einer Reise auf den Arlberg zu überreden.«

Wieder traten Tränen in ihre Augen. Es war für Elsa fast unerträglich, ihre Mutter weinen zu sehen. Sie stand auf, kniete sich zu ihr und ergriff ihre Hände. Sie waren eiskalt.

»Ich habe vorgestern mit Conrad telefoniert. Er hat so glücklich geklungen. Du hättest seine Stimme hören sollen. Noch nie war er so zufrieden, so voller Mut und Zuversicht. Ich würde so gerne zu ihm in die Berge fahren. Gemeinsam mit Hannes Schneider und zwei anderen Alpinisten hat er die Valluga bestiegen.«

»Ist das der Berg, den Andreas Madlener im Alleingang bezwungen hat?«

»Ja«, nickte Lotte. »Mein Vater hat den Bergsteiger gut gekannt. Die beiden sind vor meiner Geburt so manche Tour gemeinsam gegangen.«

Elsa konnte sich dunkel an Erzählungen ihrer Mutter erinnern. Sie hatte ihren Großvater nie kennengelernt. Es gab eine einzige Sepiafotografie von ihm. Er soll ein versierter Bergsteiger gewesen sein, der seine Liebe zu den Bergen an seine Tochter weitergegeben hatte.

»Conrad will im Frühling eine ausgedehnte Tour gehen. Von St. Christoph am Arlberg aus über die Schindlerspitze zum Schindlerferner und dann über die Südseite weiter zum Gipfel der Valluga. Den Abstieg plant er über den Pazieler Ferner, den Trittkopf und schließlich den Flexenpass.«

Lotte schien zu jedem Bergnamen ein genaues Bild im Kopf zu haben. So als befände sich die Landkarte direkt vor ihren Augen, beschrieb sie die geplante Route.

»Übernachten will er unter anderem auf der Ulmer Hütte. Dein Großvater träumte immer von dieser Tour, leider war es ihm nie vergönnt sie zu machen. Er ist zu früh gestorben.«

»Du würdest Conrad gerne begleiten«, sagte Elsa.

»Ich wollte die Route in Erinnerung an meinen Vater gehen.« Die Sehnsucht in Lottes Stimme war nicht zu überhören. »Noch bin ich gesund und kräftig. Aber wie lange wird das der Fall sein?«

»Hast du Papa davon erzählt?«

Lotte nickte und begann, erneut ihre Hände zu kneten. Elsa ließ sie los.

»Hat er dir verboten, die Tour zu gehen?«

»Er würde mir nie etwas verbieten. Und doch tut er es. Denn allein der Gedanke, dass ich in den Bergen unterwegs bin, bereitet ihm so viel Angst, dass sein Herz zu rasen und seine Hände zu zittern beginnen.« Lotte senkte den Kopf. »Ich hatte gehofft, dass er eines Tages seine Ängste besiegen kann. Doch jetzt bricht er seine Therapie ab, weil er an keine Besserung mehr glaubt. Damit stirbt auch für mich die Hoffnung …«

Lotte senkte ihren Blick. »Ich bin in diesem Stadtpalais eingesperrt.« Es war das erste Mal, dass Elsas Mutter zu so drastischen Worten griff. Wie lange mochte sie das Gefühl mit sich herumgetragen haben, ohne es auszusprechen? Sie sah unglücklich aus. Wie jemand, der sich nach einem langen Kampf erschöpft geschlagen gab.

»Was würde passieren, wenn wir beide Conrad besuchen?«, fragte Elsa. Doch sie kannte die Antwort.

»Es würde deinen Vater in den Wahnsinn treiben, und die Folgen könnte ich mir niemals verzeihen.«

»Wenn du dich hier einsperren lässt, dann wirst du verrückt. Das hilft Papa auch nicht weiter.«

»Ich wünschte, er würde seine Therapie fortsetzen.« Lotte sprach nicht aus, dass sie sich im Grunde ihres Herzens wünschte, den Mann zurückzubekommen, in den sie sich verliebt hatte. Elsa ging es ähnlich. Auch sie sehnte sich nach dem Vater, der Märchen vorgelesen und Nüsse geknackt hatte.

»Vielleicht musst du Papa deutlicher sagen, wie unglücklich du bist«, sagte Elsa.

Lotte klang resigniert: »Das weiß er. Wenn er könnte, würde er gemeinsam mit uns zu Conrad fahren und mit ihm Weihnachten am Arlberg verbringen.«

»Heißt das, dass Conrad über Weihnachten in St. Anton bleibt?«

»Das hat er gesagt.«

»Aber das kann er nicht, das darf er nicht!« Entrüstet sprang Elsa auf. Sie hatte sich so auf ihren Bruder gefreut. Dass er nicht kommen würde, damit hatte sie nicht gerechnet. »Was soll denn das für ein Weihnachtsfest werden ohne ihn?«

Lotte zog Elsa zu sich und umarmte sie.

»Es sind bloß ein paar Tage, die vorübergehen.«

Elsa drückte sich ganz fest an Lotte. So wie damals, als sie noch ein Kind war und darauf gehofft hatte, dass Kummer rascher verging, wenn sie ganz nah bei ihrer Mutter war. Doch was einer Zehnjährigen geholfen hatte, zeigte heute keine Wirkung. Die Enttäuschung blieb. Entsetzt stellte Elsa fest, wie dünn Lotte geworden war. Unter dem locker geschnittenen Wollpullover waren die kantigen Ecken ihrer Schultern geschickt versteckt. Sie konnte die Knochen ihrer Mutter spüren.

»Du musst mehr essen, Mama.«

»Sobald ich die Küche betrete, protestiert deine Großmutter«, sagte Lotte. »Diesen Kampf mag ich nicht jeden Tag auf mich nehmen. Auch wenn mir die Kraut- und Schinkenfleckerl mittlerweile aus den Ohren wachsen.«

»Unser Speiseplan war wirklich schon mal abwechslungs-reicher. Zu Weihnachten kann Großmama so viel Protest einlegen, wie sie nur mag, wir werden etwas Köstliches zu-bereiten. Wenn sie lieber Gulasch aus der Dose isst, werden wir sie nicht davon abhalten.«

»Ich werde dennoch eine weitere Anzeige in der *Sonntags-presse* aufgeben. Mal sehen, wer sich diesmal meldet. Wenn die Ansprüche deiner Großmutter nur ein bisschen niedri-ger wären, dann hätten wir längst jemanden gefunden.«

»Manchmal habe ich den Eindruck, dass Großmama mit jedem Jahr, das sie älter wird, auch starrköpfiger wird.«

Lotte lachte, auch wenn ihr nicht danach war. »Du hast sie früher nicht gekannt.«

»Sie war noch strenger?« Elsa konnte sich das kaum vor-stellen.

Lotte verzog bloß das Gesicht, was Antwort genug war.

Wenig später saß Elsa auf ihrem wintergartenähnlichen Bal-kon und starrte auf die kahle Kastanie. Der fahle Schein der Laterne fiel auf die knorrigen Äste. Auf dem Tisch vor ihr lagen die Weihnachtsgeschenke. Die Freude, die sie beim Aussuchen und Kaufen verspürt hatte, war nun vollständig verschwunden. Conrad würde nicht nach Wien kommen. Aber das war nicht der einzige Grund ihrer niedergedrück-ten Stimmung. Die Nachricht war nur das Tüpfelchen auf dem i gewesen. Im Moment schien in ihrem Leben alles schiefzulaufen. Sie hatte sich mit Otto gestritten und glaubte deshalb, auch mit Karo nicht reden zu können. Sie hatte Moritz und sich selbst in eine Situation gebracht, die ihre Freundschaft ruinierte, und sie hatte sich bei einer Lehrver-anstaltung derart blamiert, dass sie an keinem weiteren Seminar am Psychoanalytischen Institut teilnehmen konnte. Ihre Mutter stand kurz davor, genauso traurig zu werden, wie ihr Vater es schon war. Ihre Großmutter tyrannisierte alle mit der Forderung nach einer Köchin, und Onkel Simon war missgelaunt wie immer. Dabei war der Dezember immer die Zeit im Jahr gewesen, die Elsa besonders gern mochte. Sogar im Krieg war es ihrer Mutter gelungen, den Monat für sie und Conrad mit Vorfreude zu füllen. Die Aussicht, dass Jakob von der Front nach Hause kehren würde, hatte den Geruch von Tannenzweigen, Zimt und Kerzen noch wohliger duften lassen. Im Moment verstärkte die Kerze auf dem Fenstersims bloß Elsas Schwermut.

Es war noch eine Woche bis Weihnachten. Seit Tagen herrschte Föhnwetterlage, und ein deutlicher Kälteeinbruch war nicht in Sicht. Die Skitage im Kinderheim fielen also weiterhin aus. Elsa könnte die Zeit nutzen und nach Olga Woda suchen. Aber vielleicht war ihr Vorhaben ja wirklich falsch und anmaßend. Sie zweifelte die Meinung der Experten an. Dabei hatten die Psychologen Werner über viele Wochen beobachtet, während sie bloß kurz mit ihm gesprochen hatte. Es war Elsa noch nie leichtgefallen, Entscheidungen zu treffen, aber vor so vielen ungelösten Situationen wie im Moment hatte sie noch nie gestanden. Sie drehten sich in ihrem Kopf wie auf einem Ringelspiel im Prater. Nicht einmal der Liebesroman auf ihrem Nachtkästchen konnte Ablenkung schaffen. Sie wollte mit jemanden über alles sprechen. Aber mit diesem Wunsch landete sie bei einem ihrer Probleme. Conrad war nicht da und würde es auch zu Weihnachten nicht sein. Karo war in Bezug auf Otto keine geeignete Gesprächspartnerin, und ihre Mutter war selbst belastet. Sie wünschte sich an einen Platz, an dem sie für ein paar Tage die verzwickten Probleme vergessen konnte.

Plötzlich fiel es ihr wie Schuppen von den Augen. Sie hatte zwei liebevolle Tanten, die in einer wunderschönen Villa am Attersee wohnten. Sie waren sanftmütig, großzügig, und sie liebten Elsa. Sie konnten verständnisvoll zuhören, und sie hatten ein Gästezimmer, in dem immer ein Bett mit frischer Wäsche überzogen war, da man nie wissen konnte, wer auf Besuch vorbeikam. Das war alles, was Elsa im Moment brauchte.

Mit frischer Energie sprang sie von ihrem Sessel auf. Schnurstracks lief sie zu ihrem Schrank, stellte einen kleinen Schemel davor und hievte ihren Lederkoffer herunter. Mit einem Knall landete er auf dem Boden. Eine dünne Staubschicht lag darauf. Gut, dass Großmutter sie nicht sehen konnte. Am Ende würde sie auch noch Marie vor die Tür setzen. Mit ihrem Ellbogen wischte Elsa den Staub weg. Dann klappte sie den Koffer auf. Der Duft von Leder und Lavendel drang in ihre Nase. Lotte hatte ein Säckchen getrockneter Blüten in den Koffer gelegt, damit sich kein Ungeziefer einnistete. Dann machte sich Elsa ans Packen. Sicher lag im Salzkammergut Schnee. Sie brauchte warme Winterkleidung, ihre Wollmütze und die Fäustlinge, einen dicken Pullover und natürlich ihre Hosen. Mit jedem Teil, das Elsa zusammenfaltete und in den Koffer legte, fühlte sie sich besser. Die Aussicht auf ein paar Tage bei ihren Tanten war besser als jede Medizin. Sollte sie sie anrufen? Heute war es dazu schon zu spät. Vielleicht versuchte sie es morgen, ansonsten würde sie die beiden einfach überraschen. Vom Westbahnhof konnte sie einen Zug bis nach Schörfling nehmen, und von dort würde sie eine Pferdekutsche zur Villa an der Seepromenade in Seewalchen bringen. Elsa konnte es kaum erwarten. Am Weg zum Bahnhof musste sie unbedingt noch einen Abstecher zur Konditorei Demel machen, denn Tante Emma liebte das Schichtnougatkonfekt. Sie würde eine große Schachtel mitbringen.

29

Attersee

Es war früher Nachmittag, als Elsa endlich im Zug Richtung Seewalchen saß. Ihre Mutter war überrascht gewesen, als sie ihr von ihrer spontanen Reise erzählt hatte.

»Zu Weihnachten bin ich wieder da«, hatte Elsa versprochen. Lotte war nicht ganz davon überzeugt gewesen, hatte aber nichts gegen Elsas Plan eingewandt. Sie hatte als Taxi fungiert und sie zuerst in die Innenstadt gebracht, wo Elsa Schichtnougat für Tante Emma und gefüllte Likörbonbons für Tante Elena gekauft hatte, dann waren sie weiter zum Westbahnhof gefahren, wo Elsa gerade noch rechtzeitig in den Zug gesprungen war, dessen Lokomotive bereits die Dampfmaschinen angeworfen hatte.

Bis nach Linz hatte eine gesprächige alte Frau neben Elsa gesessen, die ihr von ihren Enkelkindern erzählt hatte, die in Wien lebten und die sie besucht hatte. Sie hatte eine Dose frisch gebackener Vanillekipferl auf dem Schoß gehalten, deren Inhalt sie bereitwillig mit Elsa geteilt hatte. Jetzt saß Elsa ganz allein in dem schmalen Abteil. Nach jeder Station kam der Schaffner durch den Waggon, um zu kontrollieren, ob jemand zugestiegen war.

Elsa widmete sich der Landschaft. Schon einige Kilometer vor Linz waren die vorbeiziehenden Felder weiß geworden. Jetzt stiegen die Berge höher an. Immer wieder tauchten Bauernhöfe und kleine Dörfer auf. Am höchsten Punkt jeder Siedlung lag eine Kirche. Elsa hatte am Vormittag versucht, ihre Tanten telefonisch zu erreichen. Aber sie waren nicht an den Apparat gegangen, weshalb sie sie nun überraschen musste. Sie konnte es kaum erwarten, ihre Gesichter zu sehen. Es war vier Monate her, dass sie die beiden das letzte Mal gesehen hatte. Ende Juli waren Conrad, Lotte und sie ein paar Tage am Attersee gewesen.

Während der Zug gemächlich über die Schienen ratterte, fiel Elsa in einen angenehmen Dämmerzustand, in dem sie von unbeschwerten Tagen am Attersee träumte. Als Elsa gegen fünf in Schörfling ankam, war es bereits stockdunkel. Das kleine Bahnhofsgebäude war nur spärlich beleuchtet. Elsa verließ den Waggon und stellte erfreut fest, dass dicke Schneeflocken friedlich vom Himmel fielen. Gerade so, als hätte sie sie bestellt. Elsas feste Winterschuhe hinterließen Abdrucke in der frisch gefallenen Schneeschicht. Ein Glücksgefühl durchströmte sie. Mit jedem Schritt, den sie setzte, rückten die Sorgen und Konflikte der letzten Wochen in den Hintergrund.

Der Bahnhofswärter, der gleichzeitig auch der Vorstand war, kündigte mit seiner Trillerpfeife das Abfahren des Zuges an. Er erkannte Elsa. In einem winzigen Ort wie Schörfling bei Seewalchen wusste jeder über jeden Bescheid. Vor allem die wohlhabenderen Bewohner waren ortsbekannt und nicht nur sie, sondern auch ihre Familienmitglieder.

»Fräulein Sonnstein«, rief der hagere Mann voller Freude. Er tippte sich an die Mütze seiner Uniform und verneigte sich. »Ihre werten Tanten haben mir nicht verraten, dass Sie sie besuchen.«

»Es ist eine Überraschung, sie wissen nichts davon.«

»Ach so!« Sein Gesicht hellte sich auf. Mit Sicherheit erfuhr innerhalb der nächsten halben Stunde ganz Seewalchen, dass die Damen des Kultursalons Besuch von ihrer Nichte aus Wien hatten.

»Können Sie mir eine Kutsche organisieren?«

»Der Sepp steht mit seinem Schlitten vor dem Bahnhof. Er hofft bei jedem Zug, der aus Wien kommt, auf Gäste.« Der Bahnhofsvorstand sah sich um und entdeckte am Ende des Bahngleises zwei weitere Gäste, die ausgestiegen waren und nun mit ihrem großen Gepäck kämpften. Sie winkten dem Bahnhofswärter Hilfe suchend.

»Kommen Sie, Fräulein Sonnstein, schnell, bevor Ihnen der Sepp weggeschnappt wird.« Er zog Elsa am Ellbogen mit sich, ignorierte die anderen Gäste und drängte sie durch den beheizten leeren Warteraum des Bahnhofs. Wieder draußen pfiff er laut auf seiner Pfeife und weckte mit dem ohrenbetäubenden Geräusch den alten Knecht der Wallnerbäuerin auf, der auf einem Kutschbock saß und trotz des Schneefalls vor sich hin döste.

»Sepp, wach auf. Das junge Fräulein Sonnstein ist da und will ihre Tanten besuchen.«

Der alte Mann hob träge seinen Kopf. Dabei rutschte eine Ladung Schnee von seinem Hut und landete auf seinem dunkelgrünen Lodenjanker. Elsa kannte Sepp, der sie bei jedem Besuch vom Bahnhof zu ihren Tanten und wieder zurück brachte. Außerdem lieferte er jeden zweiten Morgen frische Milch und Eier in der Villa ab.

»Griaß di, Dirndl!« Sepp schaffte es zu sprechen, ohne dabei die Lippen sichtbar zu öffnen. Eine gebogene Pfeife hing in seinem rechten Mundwinkel. Seine Haut war vom

Wind und der Sonne gezeichnet, sie hatte Ähnlichkeit mit dunklem gegerbtem Leder.

»Hupf auffa«, forderte er und klopfte mit seiner Rechten auf den Platz neben sich auf den Kutschbock. Seit Elsa ein kleines Mädchen gewesen war, hatte sie immer neben Sepp sitzen dürfen. Manchmal hatte sie sogar die Zügel gehalten. Der stämmige Haflinger fand seinen Weg auch ohne Anweisung. Daran hatte sich bis heute nichts geändert. Der Bahnvorsteher hievte ihren Koffer in den Gepäckkorb, der am hinteren Teil des Schlittens hing. Geschickt kletterte Elsa neben den alten Knecht. Sepp schob eine dicke Decke zur Seite, schüttelte den Schnee davon ab, damit sie Platz nehmen konnte.

Der feste, raue Stoff roch nach Stall, Heu und Milch. Elsa verband den Geruch mit Kindheit. Hierherzukommen war die beste Entscheidung, die sie hatte treffen können. Kaum lag die Decke über ihren Oberschenkeln, setzte sich der Schlitten mit einem kräftigen Ruck in Bewegung. Die kleinen Glöckchen am Geschirr des Haflingers klingelten, und mit einer eleganten Leichtigkeit glitt der schwere Schlitten über die verschneite Straße. Der kalte Fahrtwind streifte über Elsas Wangen, während weiche Flocken auf ihre Haut trafen und dort zu feinen Wassertropfen schmolzen.

Der Weg führte am See entlang, der eingebettet zwischen hohen Bergen unter einem dicken Nebelschleier und einer verschneiten Eisschicht verborgen im Dunkeln lag. Rund um den zugefrorenen See, dessen volle Größe im Moment nicht sichtbar war, standen vereinzelt Häuser, in deren Fenstern Laternen und Kerzen für wohlig warmes Licht sorgten. In einem davon wohnten ihre Tanten. Was würden sie sagen, wenn Elsa an ihre Tür klopfte? Sie fuhren Richtung

Seewalchen am Dorfgasthaus vorbei und passierten Schloss Kammer und wenig später den Greißler, wo es die besten Honigbonbons und die süßeste Himbeerbrause gab. Kurz davor lag in einer Bucht das Anwesen ihrer Tanten. Wie immer stand das schmiedeeiserne Tor des Zauns offen. Ein schmaler Schotterweg, der zugeschneit war, führte zur einstöckigen Villa. Das Gebäude war im traditionellen Schönbrunner Gelb gestrichen. Die Farbe sah im Schein der Laterne, die seitlich den Garten und das Gebäude beleuchtete, freundlich warm aus. Seit vier Jahren gab es in der Villa Strom. Tante Emma hatte darauf bestanden, dass es auch im Garten eine Laterne gab, ein Luxus, für den sie von ihren Nachbarn kopfschüttelnd belächelt worden war. Zusätzlich zur elektrischen Lichtquelle standen zwei Laternen vor dem Hauseingang, in ihnen brannten dicke, rote Kerzen. Es bestand kein Zweifel, dass die beiden Tanten zu Hause waren.

Sepp brachte seinen Schlitten zum Stehen. Er wollte aufstehen, um Elsas Koffer aus dem Schlitten zu heben, aber sie hielt ihn zurück. »Ich schaff das schon, vielen Dank«, sagte sie, reichte Sepp einen Geldschein und kletterte vom Kutschbock. Sie versank knöcheltief im weichen Pulverschnee, stapfte ans Ende des Schlittens und hob ihren Koffer herunter.

»Wann fahrst wieder nach Wean?«, wollte Sepp wissen.

»Ich weiß es noch nicht genau«, sagte Elsa. »Aber ich lass es dich rechtzeitig wissen. Vielen Dank, Sepp. Noch einen schönen Abend.«

Sepp arbeitete seit ewigen Zeiten für die Wallnerbäuerin. Sie war die einzige Frau in der ganzen Gegend, die allein ihren Hof führte. Sie hatte nach dem Tod ihres Mannes nicht mehr geheiratet, was zu vielen Spekulationen und bösem Tratsch geführt hatte. Mittlerweile waren die Bemerkungen weniger geworden. Was vor allem damit zu tun hatte, dass der Käse der Wallnerin der beste der Gegend war und sie ihn bis über die Landesgrenze hinweg verschickte.

Sepp nickte Elsa zum Gruß zu und lenkte dann seinen Schlitten wieder aus dem Garten. Im Moment konnte man nur einen Teil davon sehen. Im Sommer war Tante Emmas Garten ein kleines Paradies. Zwischen alten Obstbäumen, hohen Himbeerbüschen, einer beschatteten Laube und einem hölzernen Steg hatte Elsa glückliche Kindheitstage verlebt.

Sie schnappte ihren Koffer und trug ihn zur grün gestrichenen Haustür. Ein Kranz aus Tannenreisig hing an einem roten Samtband. Ob Tante Elena ihn gebunden hatte? Sie war eine geschickte Handwerkerin, aber sie hatte sich ihr Handgelenk gebrochen. Möglich, dass sie es wieder vollständig bewegen konnte.

Elsa griff nach dem goldenen Türklopfer, der die Form eines röhrenden Hirschs hatte. Schon nach kurzem Warten hörte sie Schritte, dann öffnete sich die Tür. Es war Magda, die Haushälterin ihrer Tanten. Die Überraschung auf dem Gesicht der alten Frau war unübersehbar. »Ja mei, das Fräulein Elsa. Was machen Sie denn da?«

Magda war um einen Kopf kleiner als Elsa, dafür aber doppelt so breit. Sie trug wie immer ein schlichtes dunkelblaues Dirndl mit einer weißen Bluse und einer hellen Schürze. Ihr silbergraues Haar war im Nacken zu einem Knoten zusammengebunden. Sie arbeitete seit Kriegsende für ihre Tanten. Ihr Sohn und ihr Mann, beides Schuster, waren am Isonzo gefallen. Magda hatte die Werkstatt verkaufen müssen und war nun dankbar und froh, dass sie in der Villa Sonnstein unterkommen konnte. Hier hatte sie nicht nur Arbeit, sondern auch Familienanschluss gefunden.

»Willst du mich nicht reinlassen?«, fragte Elsa lachend. Magda stand immer noch im Türrahmen.

»Aber freilich, kommen Sie herein.« Sie nahm Elsa den Koffer ab, öffnete die Tür weit und stellte das Gepäck in den Flur. Es war alles genau so, wie Elsa es in Erinnerung hatte. Im Flur befand sich eine Garderobe, über einer Kommode hing ein goldgerahmter Spiegel. Dahinter führte eine schmale Treppe ins Obergeschoss, wo die Schlafräume lagen. Rechts unter der Treppe ging es zur Küche, links in den Salon, von wo aus man im Sommer direkt auf die Terrasse gelangte.

»Da werden die gnädigen Frauen aber Augen machen. Oder wissen sie, dass Sie kommen?«

»Ich habe heute Morgen angerufen, aber ich habe niemanden erreicht.«

»Wir waren alle auf dem Markt in Gmunden.«

Magda nahm Elsa ihren Mantel und ihre Haube ab, da trat Tante Emma aus dem Salon.

»Wer war …?« Sie brach mitten im Satz ab. »Elsa, was für eine Überraschung!« Jakobs Schwester breitete ihre Arme aus und trat auf ihre Nichte zu. Überschwänglich umarmte sie sie. Tante Emma war trotz ihres Alters eine der attraktivsten Frauen, die Elsa kannte. Sie hatte große Ähnlichkeit mit Jakob, doch im Gegensatz zu ihm zeigte ihr Gesicht kaum Falten. Ihre Haut war nach wie vor beinahe makellos, und ihre blauen Augen strahlten eine Lebensfreude aus, die ansteckend war. Genau wie Lotte trug Emma ihr Haar skandalös kurz. Die Locken verliehen ihr eine jugendliche Frische. Emma war stets perfekt geschminkt. Elsa hatte ihre Tante noch nie ohne Lippenstift und Wimperntusche gesehen. Selbst im Sommer beim Schwimmen trug sie Farbe im Gesicht. Ihre weiblichen Rundungen wurden von einer leger sitzenden Hose und einem eleganten Pullover umspielt. Elsa liebte die Art, wie ihre Tante sich kleidete. Es war modern, chic und immer ein bisschen provozierend. »Warum hast du dich nicht angekündigt, wir hätten alles für dich vorbereitet?« Endlich entließ sie Elsa aus ihrer Umarmung.

»Ich habe am Vormittag angerufen«, verteidigte sich Elsa. »Ihr habt doch immer ein frisch bezogenes Gästebett.«

»Hm.« Tante Emma zögerte kurz. »Komm herein«, sagte sie herzlich. »Elena wird Augen machen.«

Sie öffnete die Tür zum Salon, dem Herzstück der Villa. Der lang gestreckte Raum war angenehm beheizt. Ein behagliches Feuer knisterte in einem offenen Kamin. Davor befand sich eine elegante Sitzgruppe mit gepolsterten Lehnsesseln. Am anderen Ende des Raums führte eine breite Glastür auf die Terrasse. Davor stand der Esstisch mit Stühlen in modernem, schlichtem Design. Eine dazu passende Geschirrvitrine war dahinter. An der Wand daneben hingen zwei Gemälde von Gustav Klimt. Türkisblaue Wellen zeigten den Attersee vor grünen Bergen in einem wahren Farbenrausch.

Tante Elena und ein junger Mann, den Elsa nicht kannte, saßen am Tisch. Sie waren eben mit dem Abendessen fertig geworden. Es roch nach Krautstrudel, die Reste lagen auf einem Servierwagen.

»Elsa!«, rief Elena ebenso erfreut wie Tante Emma. Sie sprang vom Tisch auf. Auch sie war eine außergewöhnlich hübsche Frau, an der die Jahre jedoch nicht ganz so spurlos vorübergegangen waren. Ihr helles Gesicht zeigte Falten, und ihr einst goldblondes Haar war größtenteils grau geworden. Aber Tante Elena war nach wie vor gertenschlank. Auch sie trug eine weiche Hose, die so weit geschnitten war, dass sie beinahe wie ein bodenlanger Rock fiel. Ihre rechte Hand war bandagiert und lag in einer Schlinge um ihren Hals.

»Wir haben nicht mit dir gerechnet. Hätten wir gewusst, dass du kommst …«

»Es tut mir leid, dass ich euch unvorbereitet überfalle«, entschuldigte sich Elsa.

»Du musst dich nicht entschuldigen«, mischte sich Emma ein. »Was könnte es für eine bessere Überraschung geben, als kurz vor Weihnachten die Lieblingsnichte im Haus zu haben?«

Elsa lachte. Sie war Tante Emmas einzige Nichte. Tante Elena hatte zwei Neffen. Doch die sah sie so gut wie nie, da ihr Bruder mit ihr jeden Kontakt abgebrochen hatte, nachdem sie sich für eine Beziehung mit einer Frau entschieden hatte.

Tante Emma und Elenas Gast saßen immer noch mit dem Rücken zu Elsa. Seine Körperhaltung war schief, und sein Kopf war deutlich zu weit nach vorn gebeugt, um natürlich zu sein.

»Ich wusste nicht, dass ihr bereits Besuch habt«, meinte Elsa vorsichtig. Der Mann versuchte, seinen Kopf zu ihr zu drehen, was ihm aber nicht zu gelingen schien.

»Warte, ich helfe dir!« Tante Emma eilte zu ihm. Jetzt erst sah Elsa, dass der Mann in einem Rollstuhl saß. Geschickt, so als machte sie es ständig, drehte Emma den Rollstuhl herum. Nun konnten Elsa und der Gast einander begrüßen.

»Guten Tag!« Die Worte klangen verwaschen. Der Mund des jungen Manns war verzerrt. Doch trotz der starren Mimik lag in seinen ausdrucksstarken Augen ein warmes Lächeln. Die rechte Hand lag verkrampft in seinem Schoß, die linke konnte er gezielt bewegen. Er streckte sie Elsa entgegen. Es dauerte einen Moment, bis Elsa begriff, dass er sie begrüßen wollte. Rasch ging sie zu ihm und ergriff seine Hand. Sein Druck war überraschend kräftig.

»Ich heiße Jeshia«, sagte der junge Mann. Sein Alter war aufgrund seiner gekrümmten Körperhaltung und des leicht verzerrten Gesichts schwer zu schätzen. Möglich, dass er bereits zwanzig war, vielleicht aber war er deutlich jünger.

»Ich bin Elsa, die Tochter von Tante Emmas Bruder Jakob Sonnstein.«

Jeshia nickte, er schien über ihr Verwandtschaftsverhältnis Bescheid zu wissen.

»Jeshia wohnt für ein paar Tage hier«, sagte Elena. Sie sah dabei Emma an, so als wäre sie sich nicht sicher, ob es richtig war, diese Erklärung zu geben.

»Aber das Gästezimmer ist trotzdem frei, Jeshia schläft in Magdas Zimmer.«

Neben der Küche gab es einen zusätzlichen Raum, der einen direkten Zugang zum Garten hatte. Elsa hatte immer gefunden, dass es das beste Zimmer in der ganzen Villa war, da man vom Schreibtisch aus einen herrlichen Blick auf den See hatte und jeder Zeit in den Garten gehen konnte. Als Kind hatte sie sich immer gewünscht, dort zu schlafen. Sie hatte Magda um den Raum beneidet. Natürlich war er für einen Rollstuhlfahrer besser geeignet als die Räume im Obergeschoss.

»Hast du Hunger? Magda hat einen fabelhaften Krautstrudel zubereitet.« Tante Emma holte ungefragt einen frischen Teller aus der Vitrine, stellte ihn auf den Tisch und zog aus der Schublade Messer und Gabel.

»Eigentlich wäre mir ein Butterbrot lieber«, gestand Elsa.

»Was?« Irritiert ließ Emma das Besteck zurück in die Lade gleiten. »Der Strudel ist wirklich köstlich.«

»Das glaube ich«, sagte Elsa. »Aber zu Hause gibt es seit Wochen abwechselnd Kraut- oder Schinkenfleckerl. Ich kann Kraut im Moment nicht mehr sehen.«

»Wie das?« Emma wirkte ungläubig. »Ist meiner Mutter etwas zugestoßen? Nie und nimmer hätte sie das toleriert, als ich noch in Wien gelebt habe.«

Elsa erzählte von Marikas Kündigung und Maries fehlenden Kochkünsten.

Die Geschichte entlockte Emma ein herzhaftes Lachen. Es war ansteckend, so fröhlich klang es. »Ach, du meine Güte, ihr Armen. Ich kann mir vorstellen, wie Mutter euch die Ohren volljammert und gleichzeitig allen verbietet, selbst in der Küche Hand anzulegen.«

Emma hatte ein sehr konkretes Bild von ihrer Mutter, Mathilde, dabei hatte sie die alte Frau seit Jahren nicht mehr gesehen.

Magda, die mitgehört hatte, weil sie ebenfalls im Salon war, schüttelte empört den Kopf: »Ein Butterbrot zum Abendessen ist zu wenig«, sagte sie entschieden. »Ich mach Ihnen einen Kaiserschmarrn, den haben Sie immer so gern gegessen.«

»Wenn ich das gewusst hätte.« Jeshia plumpste beim Sprechen der Kopf auf die schmale Brust. Sein Haar war dunkel und gelockt genau wie das von Tante Emma.

»Ich mache eine doppelte Portion«, sagte Magda. »Wer

mag, kriegt noch Kaiserschmarrn. Sicherlich finde ich noch ein Glas Apfelmus.«

»Sie sind ein Schatz, Magda!« Elsa schickte der Haushälterin eine Kusshand zu.

Sie antwortete mit einem neuerlichen Kopfschütteln und marschierte in die Küche.

»Was tut sich in Wien?«, fragte Elena. Ihre Stimme war ebenso sanftmütig wie ihr ganzes Wesen. Elsa hatte die Lebensgefährtin ihrer Tante noch nie aufbrausend oder verärgert erlebt. »Geht es Jakob wieder besser?«

Elsa wusste, dass eigentlich Elena als künftige Frau für ihren Vater vorgesehen war. Aber mehr als eine enge Freundschaft hatte die beiden nie verbunden, und so hatten sie sich beide zum Leidwesen ihrer Eltern für andere Partner entschieden.

»Der Krieg hat Papa verändert, aber er bemüht sich, mit den schrecklichen Erinnerungen klarzukommen«, sagte Elsa. Sie wollte nicht gleich erzählen, dass ein Streit zwischen ihren Eltern mit ein Grund dafür war, dass sie heute Abend hier saß. Morgen oder übermorgen würde sich vielleicht eine bessere Gelegenheit bieten. Sicher würde Jeshia dann wieder abgereist sein. Woher kannten ihre Tanten den jungen Mann nur, und was machte er hier?

»Und dein Studium? Wie läuft es damit?« Bereitwillig berichtete Elsa, dass sie letzte Woche ihre vorerst letzte Prüfung abgelegt hatte. Kaum war sie mit ihrer Erzählung fertig, stellten die Tanten die nächste Frage. So ging es weiter, bis Magda den Kaiserschmarrn brachte. Die Mehlspeise duftete herrlich nach Zimt und Zucker.

»Ich habe extra viele Rosinen für Sie reingetan«, sagte sie zu Elsa.

»Rosinen?« Jeshia klang entsetzt.

»Für dich natürlich nicht. Ich weiß doch, dass du sie nicht ausstehen kannst.«

Magdas Bemerkung irritierte Elsa gleich auf doppelte Weise. Die Haushälterin duzte den Besuch ihrer Tanten, und sie wusste über seine persönlichen Essgewohnheiten Bescheid.

»Woher …«

Weiter kam Elsa nicht, denn Tante Emma fiel ihr erneut ins Wort. »Wie geht es Conrad? Das Letzte, was wir von ihm gehört haben, waren Grußworte auf einer Ansichtskarte vom Arlberg, die er uns geschickt hat.«

Wieder musste Elsa sich mit ihrer Frage gedulden und stattdessen die ihrer Tante beantworten. Zwischen ihren Erklärungen schob sie sich den luftig leichten Kaiserschmarrn von Magda in den Mund. Wie schaffte es die Haushälterin, dass die Mehlspeise so zart war? Sie zerging auf der Zunge wie eine Schneeflocke. Viel zu schnell war Elsas Teller leer. Enttäuscht tupfte sie die letzten Brösel mit ihrem Zeigefinger zusammen und schleckte die Spitze ab.

»Soll ich eine weitere Portion machen?«, fragte Magda. »Zwei Eier sind noch da. Der Sepp bringt morgen frische.«

»Danke, das ist lieb, aber ich bin wirklich voll.« Elsa lehnte sich zurück und klopfte sich auf den vollen Bauch.

Auch Jeshia hatte seinen Teller geleert. Mit seiner linken Hand hatte er geschickt den Schmarrn aufgespießt und zum Mund geführt, den er unter Anstrengung weit aufgerissen hatte. Sein Kauen war ungewöhnlich laut gewesen. Elsa war bemüht gewesen, ihn dabei nicht anzustarren. Jetzt zog er an der Serviette, die Magda ihm zuvor um den Hals gebunden hatte.

»Es tut mir leid«, entschuldigte er sich. »Ich hoffe, ich war nicht zu laut beim Essen. Manchmal sind mir die Geräusche selbst unerträglich.«

»Kein Problem, Sie kennen meinen Onkel Simon nicht. Neben ihm zu sitzen ist wirklich eine Herausforderung«, beruhigte ihn Elsa. »Besonders wenn er Suppe schlürft.«

Tante Emma zuckte beim Namen ihres Bruders zusammen. Er war der Einzige, über dessen Wohlbefinden sie sich noch nicht erkundigt hatte. Elsa wusste, dass die beiden nie ein besonders inniges Verhältnis zueinander gehabt hatten. Sie stapelte die leeren Teller übereinander und stellte sie auf den Servierwagen, den Magda in die Küche brachte.

»Es ist wirklich eine große Freude, dass wir dich hier haben«, sagte Emma.

Sobald alle mit dem Essen fertig waren, zündete sie eine Zigarette an, die sie in eine lange Zigarettenspitze steckte. Als kleines Mädchen hatte Elsa sie dafür bewundert und im Garten nach Haselnussstecken gesucht, um sie nachzuahmen. Heute wusste sie, dass sie den Geschmack von Tabak nicht mochte. Aber die Art, wie Tante Emma an der Spitze zog, fand sie immer noch faszinierend.

»Morgen müssen wir einen langen Spaziergang entlang des Sees machen. Es gibt einige Stellen, die wurden fürs Eislaufen frei geschaufelt. Im Schuppen liegen noch deine alten Schlittschuhe«, schlug Emma vor.

»Das ist eine großartige Idee.« Elsa liebte es, sich auf Kufen übers gefrorene Wasser zu bewegen. Mit etwas Geschick brachte sie sogar ein paar einfache Drehungen zusammen.

Sie richtete ihre Aufmerksamkeit auf Jeshia. Irgendetwas an seinem Gesicht kam ihr vertraut vor. »Es klingt merkwürdig«, sagte sie. »Aber ich werde das Gefühl nicht los, dass ich Ihnen schon irgendwo einmal begegnet bin. Stammen Sie aus Wien?«

»Nein, ich bin hier geboren.«

»Jeshia wohnt in Nussdorf. Er kommt gerne zu uns zu Besuch, weil er ein Kunstliebhaber ist. Er mag Elenas Klaviermusik.«

Elsa warf einen Blick auf Tante Elenas verletzte Hand. »Im Moment kann ich leider nicht spielen, aber das wusste Jeshia nicht.«

Kam es Elsa nur so vor, oder wirkten alle drei verlegen? Der junge Mann senkte seinen Blick. Es waren seine wunderschönen Augen, die Elsa anziehend fand und die ihr auf seltsame Weise vertraut erschienen.

»Ich bin müde.« Jeshia gähnte. »Stört es, wenn ich mich zurückziehe?«

»Aber nein, ich werde dir helfen.« Tante Elena stand auf. Mit der unverletzten Hand schob sie geschickt den Rollstuhl durch den Salon.

Elsa war sich sicher, dass sie das nicht zum ersten Mal machte. Als sie die Tür hinter sich schloss, gingen Elsa und Tante Emma zum Kaminfeuer, wo sie es sich bequem machten.

Jetzt konnte die Tante ihr nicht mehr ausweichen. »Wer ist der junge Mann?«, fragte Elsa.

»Das haben wir doch schon gesagt, er ist der Sohn von Freunden, die in Nussdorf wohnen. Er kommt gerne zu uns, weil er sich hier wohlfühlt. Das ist nicht überall der Fall. Elena und ich machen kein großes Theater wegen seiner Behinderung, das gibt ihm das Gefühl von Normalität.«

Es waren die winzigen Zuckungen an ihren Mundwinkeln, die Elsa zweifeln ließen. Ihre Tante war eine begnadete Schwindlerin. Das wusste sie aus eigener Erfahrung. Emma hatte Elsa und Conrad mit Notlügen vor so manchem Ärger mit dem Nachbarn bewahrt, aus dessen Garten die beiden Kinder gerne Marillen stibitzt hatten. Damals hatten ihre Mundwinkel genauso gezuckt wie eben jetzt. Aber warum sollte Tante Emma sie anlügen?

»Es ist erstaunlich, dass Magda ihr Zimmer für ihn geräumt hat.« Elsa versuchte, beiläufig zu klingen.

Tante Emma lehnte sich zurück, überschlug die Beine und nahm einen Zug an ihrer Zigarette. Bedächtig blies sie kleine Rauchwölkchen aus. Sie sah Elsa recht lange an, bevor sie antwortete.

»Das hat sie nicht. Magda schläft im Eckzimmer im ersten Stock.«

»Seit wann?« Elsa war erstaunt.

»Immer schon.«

»Das stimmt nicht«, wandte Elsa ein. »Noch im letzten Jahr hat sie den Raum neben der Küche bewohnt.«

»Magda ist ein herzensguter Mensch. Als du und Conrad klein wart, haben wir sie um den Zimmertausch gebeten, damit ihr gemeinsam mit euren Eltern im Obergeschoss schlafen könnt. Daraus ist eine Tradition geworden, an der sie bis heute festhält.«

Wieder beobachtete Elsa das kleine Zucken.

»Tante Emma, du verheimlichst mir irgendetwas. Und ich habe keine Ahnung, warum du das machst. Jeshia ist ein sympathischer Bursche, warum stellt er sich nicht mit seinem Nachnamen vor?«

»Das alles ist ein bisschen kompliziert.«

Emma verlagerte ihr Gewicht. Sie wechselte das Bein, das sie überkreuzte.

»Hilft Schichtnougatkonfekt von Demel beim Erzählen?« Elsa stand auf. Sie hatte die beiden Schachteln völlig vergessen.

»Du hast Konfekt mitgebracht?« Emmas Mundwinkel rutschten nach oben.

»Ja natürlich. Ich hätte beinahe den Zug verpasst, weil die Warteschlange in der Konditorei so lang war. Zum Glück ist Mama dann ein bisserl schneller gefahren und hat die Zeit wieder aufgeholt.«

Emma lachte: »Ist deine Mutter immer noch so eine rasante Autofahrerin?«

»Ja!« Elsa ging zu ihrem Koffer, der im Flur stand, und öffnete ihn. Sie holte zwei Schachteln heraus, die mit bunten Seidenschleifen versehen waren.

Freudestrahlend nahm Emma sie entgegen, drückte die Zigarette aus und eine der Schachteln gegen ihre Brust. »Ich liebe dieses Konfekt.«

Ehrfurchtsvoll zog sie die Schleife auseinander, hob den Deckel und roch an den Pralinen. »Es gibt nichts Besseres«, seufzte sie. »Willst du ein Stück?«

»Nein, die sind für dich«, winkte Elsa abwehrend ab.

»Ich hatte gehofft, dass du das sagst.« Emma pickte mit Zeigefinger und Daumen einen Nougatwürfel aus der Schachtel und steckte ihn in den Mund. »Hm«, schwärmte sie. »Himmlisch!«

Amüsiert beobachtete Elsa ihre Tante. Sie wusste, dass sie die Süßigkeiten mochte, doch im Moment übertrieb sie maßlos, wohl um vom eigentlichen Thema abzulenken.

»Wer ist Jeshia?« Elsa ließ nicht locker.

Tante Emma wurde wieder ernst. Gerade als sie antworten wollte, betrat Elena den Raum. Sie war allein, schloss die Tür leise hinter sich und kam zu ihnen.

»Er ist dein Cousin.« Trotz ihrer sanftmütigen Stimme traf die Information Elsa wie ein Schlag ins Gesicht. »Wir haben schon viel zu lange allen etwas vorgelogen.«

»Mein … was?« Elsa sah von Tante Emma zu Elena und umgekehrt. Wer von den beiden war die Mutter des jungen Mannes, und warum hatten sie seine Geburt geheim gehalten? Wer war der Vater? Die Fragen überrollten Elsa wie eine Lawine, die mit voller Wucht den Hang hinabstürzte.

Tante Emma funkelte ihre Partnerin böse an. »Warum verwirrst du Elsa?«

»Weil es höchste Zeit ist, die Wahrheit zu sagen. Und es wird niemals wieder einen besseren Augenblick geben.«

»Du machst einen Fehler.«

»Es wäre ein Fehler, weiterhin zu schweigen«, sagte Elena. Sie klang ruhig, aber bestimmt. »Jeshia will es auch. Ich habe mit ihm gesprochen.«

»Pah!« Emma stieß verärgert die Luft aus.

»Willst du es Elsa verraten, oder soll ich es tun?«

Emmas Gesicht verfinsterte sich. Sie starrte zu ihrer Zigarettenspitze, griff aber nicht danach.

»Keine von uns ist Jeshias leibliche Mutter«, platzte sie heraus.

Elena setzte sich zu ihr und ergriff liebevoll ihre Hand. Elsa konnte sehen, wie sich der aufgeregte Atem ihrer Tante beruhigte und sie sich entspannte.

»Auch wenn wir uns seit Jahren so fühlen«, sagte Elena.

»Aber wer ist dann …?« Elsa verstand nicht. Hatte ihr Vater am Ende ein uneheliches Kind? Der Gedanke schien absurd. Moritz' Worte fielen ihr wieder ein: »Jede Familie hat dunkle Geheimnisse.« Ihr wurde schwindelig. Was würden ihre Tanten ihr jetzt offenbaren?

»Mein Bruder ist Jeshias Vater«, sagte Emma leise.

Das Surren in Elsas Ohren wurde lauter. Hatte sie sich eben noch zufrieden und satt gefühlt, war ihr jetzt nur noch schlecht.

»Das kann nicht sein«, sagte sie heiser. »Papa würde Mama niemals betrügen. Er liebt sie.«

»Natürlich tut er das«, sagte Emma. »Wie kommst du denn darauf, dass ich von Jakob spreche?« Emma ließ Elenas Hand los. Die beiden sahen sich an, dann fingen sie zeitgleich zu lachen an.

»Elsa, Schatz. Natürlich ist nicht Jakob Jeshias Vater. Es ist Simon.«

Die Nachricht verwirrte Elsa noch mehr. »Aber Simons Sohn hieß Jeremias, und er starb noch als Säugling.«

Das Lachen verschwand aus den Gesichtern der Tanten.

»Jeshias wirklicher Name ist Jeremias.«

»Jetzt kenne ich mich gar nicht mehr aus.« Verwirrt schüttelte Elsa den Kopf.

Emma griff erneut zu ihrem Konfekt. »Nimm ein Stück Schichtnougat«, forderte sie. »Das hilft immer.«

Nun griff Elsa doch zu. Tante Elena öffnete die andere Schachtel und entschied sich für eine Praline mit Kirschlikörfüllung.

Der satte Geschmack gerösteter Haselnüsse und Karamell breitete sich in Elsas Mund aus. Der beruhigende Effekt setzte nicht ein. Nervös und aufgeregt trommelte sie mit den Fingerkuppen auf ihre Oberschenkel. Sie hätte genauso gut eine Karotte essen können.

»Jeshia wird nächstes Jahr neunzehn Jahre alt«, begann Emma. »Er kam im Frühjahr 1910 zur Welt. Damals hast du mit Conrad und deinen Eltern gemeinsam in der Josefstadt gewohnt. Im Palais Sonnstein wart ihr nur zu Besuch, wenn es sich nicht vermeiden ließ.«

Was ihre Tante erzählte, war Elsa nicht neu. Sie unterbrach sie trotzdem nicht. Vielleicht war es wichtig, so weit auszuholen.

»Mein Bruder Simon und Suza hatten sehr lange auf den heiß ersehnten Sohn gewartet. Es war eine Tragödie, dass Suza während der Geburt verstarb. Sie lag drei Tage in den Wehen. Aber das war noch nicht genug. Als Jeremias zur Welt kam, war sehr schnell klar, dass er kein gesundes Kind war. Die Geburt hatte auch bei ihm Spuren hinterlassen.«

Elsa saß kerzengerade da, sie ließ ihre Tante nicht aus den Augen.

»Simon trauerte um Suza. Er nahm Jeremias kein einziges Mal in den Arm, sondern schaute ihn nur an, wenn die Amme ihn nach dem Stillen in sein Bettchen legte und er schlief. Er hatte nie gelernt, mit Kindern umzugehen. Er ist anders als Jakob, der es nicht hatte erwarten können, dich und Conrad herumzutragen.«

Emma machte eine Pause, richtete sich Hilfe suchend an Elena, die für sie weitersprach.

»Deine Großmutter hat schnell erkannt, dass mit ihrem Enkelsohn etwas nicht stimmt. Ein Kinderarzt, nicht Jakob, sondern einer seiner Kollegen, bestätigte ihr, dass Jeremias nie ein gesundes Kind sein würde. Er prophezeite einen verkrüppelten Menschen mit einer geistigen Behinderung. Mathilde konnte diese Vorstellung nicht ertragen. Sie glaubte, dass sie ihren Sohn, der ohnehin immer im

Schatten seines hübschen Bruders gestanden hatte, vor weiterer Schmach bewahren musste. In Wahrheit schützte sie sich selbst. Und sie schmiedete einen grausamen Plan.« Nun fiel es auch Elena schwer weiterzusprechen.

»Was hat Großmama gemacht?«

»Sie hat ihrer Köchin Geld gegeben und sie mit dem kleinen Jeremias ins Salzkammergut geschickt, wo die Frau ihn bei einer Bäuerin abgeben sollte. Ihrem Sohn hat sie gesagt, dass der Säugling starb. Da Simon seinen Sohn ohnehin nie in den Arm genommen hatte, wollte er auch den Leichnam nicht sehen.«

»Aber der Rabbiner, der Leichenbeschauer, der Arzt … Wie konnte Großmama so viele Männer täuschen?« Elsas Herz schlug in einem ungesund schnellen Tempo. Es raste förmlich.

Emma neigte den Kopf zur Seite: »Geld.«

»Die Köchin, sie hieß Louise, kam mit der Bahn und stieg in Schörfling aus. Schon damals stand Sepp mit seiner Kutsche vor dem Bahnhof, und aus irgendeinem Grund glaubte er, dass die Frau zu uns unterwegs war. Vielleicht hat er nicht richtig zugehört, vielleicht hat Louise den Namen Sonnstein erwähnt. Wie auch immer, wir wissen es nicht. Auf alle Fälle stand sie plötzlich vor unserer Villa. Den Rest kannst du dir wahrscheinlich selbst ausmalen.«

»Ihr habt Jeremias bei euch aufgenommen?«

Beide Tanten nickten. »Es war wie ein Geschenk, das uns vom Himmel zufiel. Ein lesbisches Paar bekommt ein Kind.«

»Aber ihr wusstet doch, dass Onkel Simon der Vater ist und dass es ihm das Herz bricht, wenn er glaubt, sein Sohn sei tot.« In Elsas Kopf schlugen die Gedanken Purzelbäume. Die Geschichte war unfassbar und kompliziert.

»Die Entscheidung ist uns nicht so leichtgefallen, wie Emma es gerade darstellt«, verteidigte sich Elena. »Wir haben lange überlegt und alle Möglichkeiten abgewogen. Klar war, dass deine Großmutter ihren Enkelsohn nicht bei sich haben wollte. Aber was würde Simon mit seinem Sohn machen? Ihn gegen den Willen seiner Mutter im Palais aufziehen? Wohl kaum. Er würde ihn in eine Anstalt für behinderte Kinder stecken. Hast du jemals so eine Einrichtung besucht?«

Elsa schluckte einen Kloß hinunter. Sie dachte an die zwei Gitterbetten im Turmzimmer von Schloss Wilhelminenberg.

»Emma und ich haben uns ein Heim angesehen, und wir waren entsetzt«, fuhr Elena fort. Ihre ruhige Stimme wurde brüchig. »Diese Heime sind wie Folterkammern. Die Behandlungsmethoden bestehen aus Stromschlägen und eiskalten Wassergüssen. Manche Patienten werden tagelang an ihrem Bett festgeschnallt und liegen die ganze Zeit in ihren eigenen Fäkalien. Wir konnten Jeremias das nicht antun. Deshalb haben wir gehandelt.«

»Ihr habt ihm einen anderen Namen gegeben und ihn großgezogen«, mutmaßte Elsa. »Aber wo war er, wenn wir hier zu Besuch waren?«

»Wieder ist die Antwort: Geld.« Emma verzog den Mund. »Wie gut, dass wir ausreichend davon haben.«

Elena lieferte die ausführlichere Erklärung: »Zuerst mussten wir Louise überzeugen. Sie sollte das Kind bei einem Bergbauern abgeben, wo Jeremias in einer Scheune dahinvegetiert und irgendwann an einem Infekt gestorben wäre. Das Geld, das sie mithatte, durfte sie behalten, und wir legten noch etwas darauf, damit sie die Landesgrenzen verlassen konnte. Der Bauer sah Jeremias nie. Dafür wusste die Wallnerbäuerin von ihm. Sie nahm Jeremias, der jetzt Jeshia hieß, zu sich, wenn du, dein Bruder und deine Eltern euch zu Besuch angekündigt habt. Die Wallnerin ist eine gute Frau, die Jeshia stets ordentlich behandelt hat. Ihr Hof liegt abseits, weshalb nie jemand nachgefragt hat, warum der Junge der Kunstsalondamen dort ein paar Wochen verbrachte. Und Jeshia hat die Abwechslung ebenso genossen wie du und Conrad den Aufenthalt bei uns.«

»Sepp wusste von der Sache?«

»Ja natürlich. Er hat Jeshia ohne unser Wissen auf seinen Haflinger gelegt und den ein paar Runden über den Hof gehen lassen. Die Reitstunden gehören zu Jeshias besten Kindheitserinnerungen. Wir hätten das niemals erlaubt.« Die beiden Tanten sahen sich ernst an, und Elsa musste schmunzeln. Sie konnte sich gut vorstellen, wie der alte Knecht den zarten Jeshia auf seinen Haflinger gehievt hatte.

»Das heißt, dass die Menschen in der Gegend von Jeshia wissen?« Immer noch passten einige Puzzleteilchen nicht zusammen.

»Einige wissen von ihm, andere haben ihn noch nie gesehen. Sicher wird hinter vorgehaltener Hand über uns getuschelt.« Emma zuckte mit den Schultern. »Aber wir sind ohnehin eine Art der Provokation.«

»Offiziell ist Emma Jeshias Mutter, wir haben eine Geburtsurkunde ausstellen lassen, auf der der Name Jeshia Sonnstein steht.«

»Ich nehme an, dass da Geld wieder eine wichtige Rolle gespielt hat«, meinte Elsa.

»Was haben wir doch für eine kluge Nichte!« Emma klatschte in die Hände.

»Und warum habt ihr Jeshia vor Conrad, Mama, Papa und mir geheim gehalten? Wir hätten ihn doch niemals verraten.«

»Darüber haben wir sehr oft und sehr intensiv nachgedacht«, gab Emma zu. »Aber solange ihr klein wart, wollten wir euch nicht mit einem Geheimnis belasten. Kinder verplappern sich, das ist ganz normal. Und dann war es irgendwann zur Gewohnheit geworden. Eigentlich war es das Beste, was passieren konnte, dass du heute unangekündigt aufgetaucht bist.«

»Weiß Jeshia, wer seine Eltern sind?«

Emma verneinte. »Wir haben ihm gesagt, dass keine von uns seine leibliche Mutter ist, wir ihn aber als unseren Sohn sehen.«

»Und das reichte ihm?«, fragte Elsa fassungslos. Sie hätte die Tanten Löcher in den Bauch gefragt.

»Bis jetzt war er damit zufrieden.« Tante Emmas Stimme nahm einen warnenden Tonfall an. So als wollte sie Elsa davon abhalten, ihr eben erworbenes Wissen mit ihrem Cousin zu teilen.

»Natürlich ist uns bewusst, dass wir ihm eines Tages die Wahrheit sagen müssen«, fügte Elena hinzu. »Aber es hat sich nie der richtige Zeitpunkt angeboten.«

»Wie sagt man einem Kind, dass die eigene Großmutter es verkauft hat, weil der Vater es nicht haben wollte?«

Elsa lief ein eisiger Schauer über den Rücken. Emmas Worte hörten sich an wie die Zeilen aus einem der Märchen, die ihr Vater vorgelesen hatte. Mit dem Unterschied, dass sie nicht ausgedacht waren. Ihre Tante sprach von ihrer eigenen Mutter, von Elsas Großmama. Onkel Simon trauerte seit Jahren um seinen Sohn, dabei wohnte Jeremias bei seiner Schwester am Attersee. Das alles war völlig verworren.

»Elsa, mein Schatz, du siehst mitgenommen aus«, sagte Emma mitfühlend. »Lass uns schlafen gehen und morgen weiterreden. Wenn die Sonne scheint, schaut die Sache nicht mehr so dramatisch aus. Dann suchen wir nach deinen Schlittschuhen.«

Sie redete wie mit einem kleinen Kind. Elsa wünschte, im Moment wirklich wieder das Mädchen zu sein, das sich beim Aufwachen auf zwei Dinge freute: auf Magdas köstliche Frühstückspalatschinken und aufs Eislaufen. Leider war das Leben problematischer geworden. Weder die Palatschinken noch das Eislaufen konnten das Wirrwarr in ihrem Kopf beseitigen.

30

Innere Stadt

Anstatt nach Hause zu gehen, lief Jakob seit Stunden ziellos durch die Stadt. Der Streit mit Lotte beschäftigte ihn immer noch, er konnte an nichts anderes denken und stellte sich unentwegt die Frage, wie es so weit hatte kommen können. Er hatte schreckliche Erfahrungen gemacht. Aber damit war er nicht der Einzige. Der Krieg hatte aus Tausenden Soldaten traumatisierte Männer gemacht. Schlugen sie alle derart rücksichtslos um sich wie er? Verletzten sie die Menschen, die ihnen am allerwichtigsten waren? Jakob hatte zuerst Conrad vor den Kopf gestoßen und aus dem Haus gejagt, jetzt war er dabei, Lottes Zuversicht und Lebensfreude zu zerstören. Er musste dem Wahnsinn einen Riegel vorschieben. Aber wie? Wenn Eltern mit kranken Kindern zu ihm kamen, dann riet er zu Therapien und Medikamenten. Aber wie kurierte man eine verletzte Seele? Doktor Werner Mayer war keine Hilfe gewesen. Doch das bedeutete nicht, dass ein anderer Nervenarzt ihn nicht unterstützen konnte. Vielleicht hatte er die Flinte zu schnell ins Korn geworfen und aufgegeben. Jakob blieb stehen und sah sich um. Seine rastlosen Schritte hatten ihn in den Stadtpark geführt. In dem grün gestrichenen Pavillon hatte er Lotte vor vielen Jahren geküsst. Sie hatten einen winzigen Schneemann gemeinsam gebaut und von einer gemeinsamen Zukunft geträumt. Damals hatte sich das Leben so leicht wie eine Schneeflocke angefühlt. Jeder Tag war voller Hoffnung und Liebe gewesen. Die Unbeschwertheit würde niemals wieder zurückkehren, dazu war in den letzten Jahren zu viel Leidvolles passiert. Aber die Hoffnung, die wollte Jakob wiederentdecken. Und was die Liebe betraf, um die brauchte er sich nicht zu sorgen, denn die brannte nach wie vor. Vielleicht sogar tiefer und intensiver als zu Beginn ihrer Beziehung.

Lotte war alles, was Jakob jemals gewollt hatte. Er wünschte sich, mit ihr alt zu werden. Sie glücklich zu sehen machte auch ihn zu einem zufriedenen Menschen. Mit einem Mal wusste er genau, was zu tun war. Energisch drehte er um und verließ den Park wieder. Er würde seinen alten Kollegen Doktor Sensenbauer um die Namen von ein paar guten Psychotherapeuten bitten. Er musste nicht zugeben, für wen er die Kontakte benötigte. Wenn notwendig, würde er einen nach dem anderen konsultieren. Es wäre doch gelacht, wenn nicht einer dabei wäre, der ihm helfen konnte. Allein die Aussicht, aktiv gegen seine Ängste anzutreten, erfüllte ihn mit Zuversicht. Mit neuer Energie setzte er seinen Weg fort. Er konnte es kaum erwarten, den Kampf zu beginnen.

31

Attersee

Elsa wachte erst gegen neun Uhr auf. Sie hatte lange geschlafen, viel länger, als sie es in Wien getan hätte. Rasch kletterte sie aus dem Bett. Es war überraschend warm im Zimmer. Die Tanten hatten in der ganzen Villa eine Zentralheizung einbauen lassen. Nur der Boden war kalt. Elsa schlüpfte in die Filzpantoffeln, die neben ihrem Bett standen. Sie ging zum Fenster, zog die schweren dunkelgrünen Vorhänge mit der feinen Edelweißstickerei zur Seite und musste blinzeln ob des gleißenden Lichts. Über schneebedeckten Berggipfeln strahlte eine helle Wintersonne. Der Himmel war wolkenlos und blitzblau. Der frisch gefallene Schnee funkelte wie ein Meer glitzernder Kristalle. Sie öffnete das Fenster und atmete die frische, kalte Winterluft ein. Gierig füllte sie ihre Lunge damit, so lange, bis ihr kalt wurde in ihrem dünnen Nachthemd. Dann schloss sie das Fenster wieder, hüpfte mit der Freude einer Fünfjährigen zum Schrank, schlüpfte, so schnell sie konnte, in warme Winterkleidung und begnügte sich mit einer Katzenwäsche. Sie wollte keine Minute dieses herrlichen Wintertages verpassen. Immer zwei Stufen auf einmal nehmend, lief sie die Treppe hinunter. Die letzten vier nahm sie in einem Anlauf und sprang.

»Guten Morgen, Elsa. Wir dachten schon, du verschläfst den ganzen Tag.« Beide Tanten, Magda und Jeshia hatten ihr Frühstück bereits beendet. Elsas Platz war noch gedeckt, der übrige Tisch war abgeräumt.

»Soll ich Ihnen einen Palatschinken machen?«, fragte Magda.

»Nein, bitte zwei!«

Schon lief die Haushälterin in die Küche.

»Hast du gut geschlafen?«, erkundigte sich Tante Emma.

»Ja, ich bin herrlich ausgeruht. Ich glaube, dass in den Betten irgendein Schlafmittel versteckt ist. Nirgendwo anders schlafe ich so gut wie bei euch.«

Elsa schenkte Tee aus der bauchigen Teekanne mit grün-weißem Spiralmuster in ihre Tasse. Die Keramik stammte aus der Werkstatt von Franz und Emilie Schleiß, die einen Traditionsbetrieb in Gmunden übernommen hatten und seit Jahren auf Kooperation mit berühmten Künstlern wie dem verstorbenen Gustav Klimt setzten. Ihre Keramik wurde bis nach Amerika verschifft. Elsa liebte das Design. Ob sie Karo eine kleine Vase als Einstandsgeschenk für ihre Wohnung mitbringen sollte? Sicher würde die Freundin sich darüber freuen.

Tante Emma legte die Zeitung zur Seite. »Wie schön, dass du dich bei uns wohlfühlst. Ich habe deine Schlittschuhe aus dem Schuppen geholt.«

»Seit wann bist du denn schon munter?«, lachte Elsa.

»Ich habe nicht auf die Uhr gesehen«, gab Emma zu.

Jeshia hob den Kopf, was ihn sichtlich Anstrengung kostete. »Du stehst so zeitig auf, damit du mir beim Fertigmachen helfen kannst. Es dauert bis zu einer Stunde, bis ich gewaschen und angezogen bin.«

»Das stimmt nicht«, korrigierte Emma. »Ich war schon immer ein Morgenmensch.«

»Das kann ich bestätigen«, sagte Elena. »Emma kommt mit wenigen Stunden Schlaf aus. Sie ist schon nach vier Stunden Nachtruhe beneidenswert ausgeruht und frisch.«

Magda kam aus der Küche und stellte einen Teller mit drei hauchdünnen Palatschinken vor Elsa auf den Tisch. »Ich hab alle mit Marillenmarmelade gefüllt.«

»Mit der Marmelade vom Nachbarn.« Tante Emma zwinkerte Elsa zu. »Seit Conrad und du euch nicht mehr über seine Bäume hermacht, schenkt er uns freiwillig ein paar Gläser Marmelade.«

»Oh.« Elsa stürzte sich auf ihr köstlich duftendes Frühstück. »Magda, du bist die beste Mehlspeisenköchin, die ich kenne.«

»Ah, gehn's!« Die Haushälterin tat verlegen die Bemerkung ab.

»Darf ich dich duzen?«, fragte Jeshia.

»Ja natürlich.« Elsa sprach mit vollem Mund. Sie schluckte hinunter und wischte den Puderzucker mit der Stoffserviette von ihren Lippen.

»Ich will zum Eislaufen mitkommen.«

Schon wollte Tante Emma protestieren, auch Elena wirkte unglücklich, doch Elsa kam beiden zuvor.

»Kein Problem«, beeilte sie sich. »Ich bin eine gute Schlittschuhläuferin. Ich werde deinen Rollstuhl übers Eis schieben und ein paar Pirouetten mit dir drehen.«

Jeshia grinste zufrieden.

»Denk daran, dass du erst vor Kurzem eine böse Verkühlung gehabt hast«, sagte Elena besorgt.

»Wir können Jeshia in warme Wolldecken einpacken«, schlug Elsa vor. »Und heißen Tee in einer Thermokanne mitnehmen.«

»Ein paar von Magdas fabelhaften Linzerkipferl wären auch nicht schlecht«, ergänzte Jeshia. Elsas Vorfreude schien ansteckend zu sein.

Nun, da Elsa das Geheimnis kannte, sah sie die Ähnlichkeit mit der Frau auf der Sepiafotografie. Jeshia hatte dieselben hellen, großen, ausdrucksvollen Augen wie seine verstorbene Mutter Suza.

»Gut, dann machen wir am Nachmittag einen Ausflug aufs Eis«, gab Emma nach.

»Warum erst am Nachmittag?«, fragte Elsa.

»Elena und ich müssen am Vormittag mit dem Automobil nach Gmunden. Im Januar findet eine große Vernissage bei uns statt. Die Keramikwerkstatt will ein paar Exponate ausstellen. Wir müssen schauen, welche davon zu den geplanten Gemälden passen.«

»Würdet ihr mir eine kleine Vase mitbringen? Es soll ein Geschenk für eine Freundin sein.«

»Du kannst gerne mitkommen und sie selbst aussuchen«, schlug Emma vor.

»Eigentlich wollte ich lieber Eislaufen.«

»Lass uns vor dem Mittagessen gehen«, schlug Jeshia vor.

Emma und Elena warfen sich besorgte Blicke zu. Sie waren mit dem Verlauf des Gesprächs nicht sonderlich glücklich.

»Was soll denn schon passieren?«, fragte Jeshia. »Elsa kann Eislaufen, und sie wird mich nicht in die Mitte des Sees schieben, wo das Eis vielleicht nicht dick genug ist.«

Elsa nickte zur Bestätigung. »Wir bleiben nur am sicheren Rand.«

Doch weder Emma noch Elena schienen davon überzeugt.

»Ich bin vorsichtig«, versprach Elsa.

»Das wissen wir.« Emma rang sich ein Lächeln ab. »Leider ist der Zugang zum See von unserem Grundstück aus schlecht. Du kannst den Rollstuhl nicht allein aufs Eis heben und vor allem nicht wieder zurück aufs Ufer. Wir müssen euch zur Badebucht in Schörfling bringen und von dort wieder abholen.«

»Wo liegt das Problem? Wir warten im Gasthaus an der Seepromenade auf euch.«

»Elsa, wir sind hier nicht in der Großstadt, sondern auf dem Land. Selbst als moderne, selbstständige Frau geht man nicht allein in ein Dorfgasthaus«, erklärte Emma.

»Aber das mach ich doch gar nicht«, verteidigte sich Elsa. »Jeshia begleitet mich.«

Sein Lächeln wurde noch breiter. Er war ein junger Mann, aber die beiden Tanten behandelten ihn wie ein Kleinkind. Ob er je eine Schule besucht hatte? Oder hatten die Tanten einen Privatlehrer organisiert? Elsa wollte ihrem Cousin all diese Fragen stellen. Dazu war es gut, wenn sie allein mit ihm war.

»Jeshia und ich kommen schon zurecht. Keine Angst.«

»Von wem hast du diese Hartnäckigkeit?«, fragte Tante Emma. »Sicher von meinem Bruder.«

Elsa wusste, dass sie die Diskussion gewonnen hatte.

Schon eine Stunde später hatte sie ihre Schlittschuhe an und glitt damit über die Eisfläche. Es war erstaunlich einfach, den Rollstuhl vor sich herzuschieben. Die Sonne glitzerte auf den Eiskristallen. Etwas abseits tummelten sich Enten und Schwäne in einem winzigen Teil im Schilf, der nicht zugefroren war. Elsa und Jeshia waren nicht die Einzigen.

Eine ganze Schulklasse war unterwegs. Kinder im Alter zwischen sechs und zehn sausten lachend und vor Freude quietschend an ihnen vorbei. Der Dorflehrer stand ebenfalls auf dem Eis. Er hatte jedes der Kinder im Blickfeld, schien aber allen zu vertrauen, dass sie sich nicht zu weit von ihm entfernten. Er strahlte eine natürliche Autorität aus. Als zwei kleine Mädchen ihn baten, sie zu fangen, fuhr er ihnen bereitwillig nach und hatte dabei ebenso viel Freude wie die Kinder.

Elsa sah ihnen beim Spiel zu. Auch Jeshias Aufmerksamkeit war bei den Kindern. Er schmunzelte über einen Jungen, der eine Pirouette drehte. »Der Bub ist geschickt«, sagte er.

Elsa drehte sich, um den kleinen Eiskunstläufer besser bewundern zu können, dabei übersah sie einen Stecken, der im Weg lag. Er rutschte zwischen den Rädern des Rollstuhls durch und verkeilte sich zwischen ihrem Schuh und der Kufe. Elsa verlor das Gleichgewicht. Sie wollte den Rollstuhl nicht umwerfen, weshalb sie ihn losließ, selbst aber ausrutschte und auf dem Eis landete. »Autsch!«

Jeshia verdrehte den Kopf nach hinten. »Hast du dich verletzt?«, fragte er besorgt.

Tatsächlich schmerzte Elsas Knöchel. Wie hatte ihr das nur passieren können? Sie war eine sichere Eisläuferin. Es war der Rollstuhl gewesen, der ihr die Sicht auf das Hindernis genommen hatte.

Nun kam der Dorflehrer mit zweien seiner Schüler. Ein Mädchen hielt vor Jeshia an. Zwei geflochtene blonde Zöpfe schauten unter ihrer Wollmütze hervor. Interessiert musterte sie den Rollstuhl. Möglich, dass sie noch nie zuvor einen gesehen hatte.

»Kann ich behilflich sein?«, fragte der Dorflehrer. Er war ein Mann im mittleren Alter mit einem modischen Schnauzbart und einer hohen Stirn. Hilfsbereit streckte er Elsa seine Hand entgegen, die sie bereitwillig erfasste. Kaum stand Elsa, durchzuckte ein stechender Schmerz ihren Knöchel. Der Fuß kippte weg, sie hielt sich auf dem unverletzten Bein.

»Stützen Sie sich bei mir ab.« Der Lehrer hielt Elsa fest und fasste sie unter der Achsel. »Ich bin Walter Rieger, der hiesige Dorflehrer. Sind Sie auf Urlaub da?«

»Ich besuche meine Tanten in der Sonnsteinvilla.«

»Ah, die Kulturdamen. Sie müssen die Nichte aus Wien sein.«

Elsa nickte. Es war erstaunlich, was die Menschen in kleinen Ortschaften übereinander wussten. »Und Sie müssen der Sohn von einer der Damen sein.« Er richtete seine Worte an Jeshia. »Man sieht Sie ja leider so selten. Als würde man Sie vor uns verstecken.« Er lachte fröhlich.

»Herr Lehrer, darf ich den Rollstuhl zum Ufer schieben? Ich bin auch ganz vorsichtig.« Das Mädchen mit den blonden Zöpfen stand nun hinter dem Rollstuhl, bereit zuzufassen. Sie reichte gerade mal bis zu den Griffen.

»Das musst du den Herrn im Rollstuhl fragen.«

»Darf ich?« Sie schob ihr Gesicht so nah an das von Jeshia, dass sie nur eine Handbreit voneinander entfernt waren.

»Ja bitte.«

»Lena, komm. Wir dürfen den Rollstuhl schieben.« Sie winkte einer ihrer Freundinnen, die sofort zur Stelle war. Auch ein Junge kam übers Eis geflitzt und wollte ebenfalls helfen. Die drei wechselten sich ab, während Elsa an der Schulter von Walter Rieger zurück zum Ufer humpelte.

»Ist es nicht schade, dass wir Kinder, die ein bisserl anders sind, aus den Schulklassen aussperren?«, fragte Rieger. »Dabei hätten alle gemeinsam eine Menge Spaß.«

Tatsächlich schienen sowohl die Kinder als auch Jeshia die rasante Fahrt übers Eis zu genießen.

»Wie lange arbeiten Sie schon als Lehrer?«, fragte Elsa.

Rieger warf ihr einen belustigten Blick zu. »Man fragt ältere Herren nicht nach ihrem Alter.«

Elsas Wangen wurden rot. »Ich … ich wollte nicht …«

Er lachte. »Schon gut, ich verrate es Ihnen.« Er senkte die Stimme und beugte sich vertraulich zu ihr: »Seit über zwanzig Jahren.«

Jeshia hatte also nicht die Dorfschule besucht, sonst hätte Herr Rieger ihn als ehemaligen Schüler begrüßt.

»Zwanzig Jahre sind eine lange Zeit«, entfuhr es Elsa.

»Die Arbeit mit den Kindern hält mich jung.«

»Sie mögen Ihren Beruf?«

»Ich kann mir keinen besseren vorstellen«, bestätigte Rieger ernst. »Jedes Kind ist anders, aber jedes für sich einzigartig. Gibt es etwas Schöneres, als diese lebenslustigen jungen Menschen ein Stück weit begleiten zu dürfen?«

»Aber sicher erleben sie auch grausame Schicksale. Kinder, die es zu Hause nicht so fein haben.«

»Ja natürlich. Das kommt vor«, sagte Rieger. »Aber gerade für diese Kinder ist es wichtig, dass sie jemanden an ihrer Seite haben, der ihnen zeigt, dass sie wertvoll und besonders sind.«

»Und die Noten? Ist es nicht schrecklich, wenn Sie Kindern schlechte Noten geben müssen und die daheim Probleme bekommen?«

»Schlechte Noten sind ein Zeichen für schlechte Lehrer,

sie sagen nichts über den Schüler oder die Schülerin aus«, sagte Rieger ernst. Sie waren am Ufer angekommen. »Sie interessieren sich für den Beruf?«

»Vielleicht«, wich Elsa aus.

Er musterte sie mit einem Blick, der verriet, dass er sie durchschaute.

»Die Art, wie Sie über den Beruf nachdenken, lässt hoffen, dass Sie eines Tages Interesse dafür entwickeln.«

Elsas Wangen färbten sich noch dunkler. Sicher sah sie aus wie eine reife Tomate.

»Würden Sie uns noch ins Dorfwirtshaus begleiten?«, bat sie. »Wir werden dort abgeholt.«

»Ja natürlich.« Rieger rief die Namen mehrerer Kinder, die sofort zu ihm flitzten.

»Hans und Peter, ihr bringt die Dame hier zum Seewirt. Anna und Lena, ihr schiebt den Rollstuhl.«

Die Mädchen nickten eifrig. Es war ihnen anzusehen, dass sie davon überzeugt waren, die wichtigere Aufgabe erhalten zu haben. Rasch schnürten die Kinder die Kufen von ihren Schuhen.

Elsa brauchte etwas länger. Als sie ihren verletzten Fuß aus dem Schlittschuh zwängte, pulsierte der Knöchel. Schon jetzt konnte sie sehen, dass das Gelenk angeschwollen war.

Dankbar stützte sie sich bei den beiden Buben ab. Sie waren an die zehn und reichten ihr bis zur Schulter. Ein paar weitere Kinder wollten mitkommen. Wie eine Eskorte begleiteten sie Jeshia und Elsa zum Gasthaus. Walter Rieger blieb mit dem Rest der Kinder zurück, er wünschte Elsa alles Gute und mahnte die Kinder, gleich wieder zurückzukommen.

Vor dem Wirtshaus machte die Gruppe halt. Ein paar Stufen führten zum Eingang.

»Ich hol den Franz«, sagte das Mädchen mit den blonden Zöpfen. Sie hüpfte die Stufen zur Eingangstür hoch. Kurz darauf kam sie mit zwei Männern zurück. Einer war der Seewirt. Elsa kannte den Mann, der so dick war, dass er seine eigenen Zehenspitzen nicht mehr sehen konnte, von ihren Sommerbesuchen, der andere war der Kellner. Er musste neu sein und hieß Franz. Der Mann war riesig, mit Schultern so breit wie ein Ringer.

»Griaß euch«, sagte der Wirt. Ungefragt packten er und Franz den Rollstuhl und trugen Jeshia in die Gaststube. Elsa humpelte ihnen hinterher.

»I setz euch zum Kamin, dort is es am wärmsten.« Ohne auf Antwort zu warten, schob der Seewirt den Rollstuhl an einen Fensterplatz, direkt neben dem offenen Kamin. Darüber hingen mehrere Geweihe, die Trophäen eines Jägers.

In der heimeligen Wirtsstube roch es nach Rindersuppe und Käse. Auf den Tischen lagen rot-weiß karierte Tischtücher, dazu passende Stoffservietten und Besteck. Außerdem stand auf jedem eine dicke Kerze, die in einem kleinen Gesteck aus Tannenreisig und Zapfen steckte. Schnaufend, denn die Anstrengung des Rollstuhltragens hatte ihm Schweißperlen auf die hohe Stirn getrieben, entzündete der Bärenwirt die Kerze mit einem Streichholz. »Was dearf i eich denn bringn? Die Kaspressknödel sind ganz frisch. Mei Frau hat sie eben erst fertig gmacht.«

Elsa sah Jeshia fragend an. Der nickte.

»Dann nehmen wir sie zweimal und dazu heißen Zitronentee.«

»Gern.«

Schon marschierte der Wirt hinter seinen Ausschank und weiter zur Küche.

»Bist du oft hier?«, fragte Elsa.

»Zum ersten Mal«, gestand Jeshia. Er schien jeden Augenblick zu genießen. Der Vormittag war ein einziges großes Abenteuer für ihn.

»Bist du immer nur in der Villa meiner Tanten?«

»In der Villa oder im Garten«, sagte Jeshia.

»Ist das nicht furchtbar langweilig?«

Jeshia zuckte mit den Schultern, was wegen seiner verkrümmten Körperhaltung seltsam aussah. »Ich bin es nicht anders gewohnt.«

Der Kellner kam mit einem Holztablett. Zwei tiefe Suppenschüsseln und zwei getupfte Teebecher standen darauf. »Vorsicht, heiß«, warnte er und stellte alles auf den Tisch.

Elsa bedankte sich.

»Wir bekommen viel Besuch«, sagte Jeshia. »Der Kultursalon ist sehr beliebt. Ständig sind irgendwelche Künstler da, aber auch potenzielle Käufer von Kunstwerken.«

»Am Dorfleben nehmt ihr nicht teil?«

Jeshia schüttelte den Kopf. Auch diese Bewegung hatte etwas Groteskes. »Zwei jüdische Frauen, eine davon mit einem behinderten Sohn. Das kommt nicht bei allen Dorfbewohnern gut an.«

Elsa erinnerte sich an einen Sommer, als einer der Bauern ihren Vater beschimpft hatte, weil er Jude und nicht sofort zur Seite gesprungen war, als er mit seinem Heuwagen vorbeifahren wollte. Später hatte er die Hilfe eines Arztes gebraucht und sich hundertmal für seine bösen Worte entschuldigt.

Die Suppe dampfte. Elsa schob einen Teller und den Teebecher zu Jeshia, die beiden anderen zu sich selbst.

»Hattest du einen Privatlehrer?«

»Ja, er kommt immer noch. Aber ich weiß nicht, was er mir noch beibringen soll. Im Rechnen habe ich ihn längst überholt, lesen kann ich auch ohne seine Hilfe, lateinische Texte finde ich zum Abwinken langweilig, und über Biologie und Geografie lese ich selbst nach.«

Onkel Simon und Lotte hatten ebenfalls ein Talent für Zahlen. Sie konnten große Beträge im Kopf zusammenrechnen, voneinander abziehen und teilen. Elsa benötigte dazu immer Papier und Stift. Ob Jeshia seine Begabung von seinem Vater geerbt hatte? Lotte hatte ihre nicht an Elsa weitergegeben, so viel war klar.

»Elsa, darf ich dich etwas fragen?« Jeshia klang mit einem Mal sehr ernst.

»Ja natürlich.« Sie blies vorsichtig in ihren Suppenteller, damit die Flüssigkeit auskühlte.

»Bist du meine Schwester?«

Elsa pustete so fest in den Teller, dass ein Teil ihrer Suppe auf das Tischtuch schwappte. Schnell tupfte sie die Flüssigkeit mit ihrer Stoffserviette weg.

»Entschuldige, die Vorstellung muss schrecklich für dich sein.« Betroffen senkte Jeshia den Kopf. Elsa ging das Gespräch von gestern Abend noch einmal durch. Immer wenn sie, Conrad und ihre Eltern zu Besuch in die Villa am Attersee gekommen waren, hatte Jeshia auf den Wallnerbauernhof ausweichen müssen. Er war versteckt worden. Gleichzeitig hatte man ihm gesagt, dass Emma nicht seine leibliche Mutter sei. Von Großmama und Onkel Simon wusste er vielleicht gar nichts. Natürlich hatte er sich seine eigene

Wahrheit zusammengereimt. Vielleicht hatte er sich nach Geschwistern gesehnt, nach Gleichaltrigen, die ein bisschen Normalität in seinen Alltag brachten.

Elsa legte die Serviette zur Seite. »Nein, das wäre nicht schrecklich«, sagte sie ehrlich.

Plötzlich verfinsterte sich Jeshias Gesicht. »Ich habe diese ganze Geheimniskrämerei satt. Ich bin ein Krüppel, aber ich bin nicht dumm. Irgendeine Verbindung zwischen uns gibt es. Warum hätten Emma und Elena mich sonst immer weggeschickt? Ihr durftet von mir nichts wissen.«

Elsa konnte seinen Ärger nur zu gut verstehen. Ihre Tanten versuchten, ihn zu schützen, aber Jeshia war dazu durchaus selbst imstande. Die Unklarheiten mussten ein Ende haben.

»Du bist mein Cousin.«

Jeshia blinzelte sie ungläubig an. »Nein, das kann nicht sein. Das würde bedeuten, dass ...«

Elsa fasste über die Tischplatte und ergriff Jeshias gesunde Hand. »Weder Tante Emma noch Tante Elena ist deine leibliche Mutter.«

»Aber, wer ...?«

»Deine Mutter hieß Suza. Ich habe sie nie kennengelernt. Kürzlich habe ich ein Foto von ihr gesehen. Sie hatte dieselben Augen wie du.«

Jeshia erstarrte. Er hob seinen Kopf und saß mit einem Mal so aufrecht, wie seine Großmutter Mathilde es immer tat. Doch es kostete ihn seine gesamte Anstrengung, und er sackte wieder zusammen.

»Ich weiß nicht viel von dem ganzen Schlamassel«, gab Elsa zu.

Während die Kaspressknödelsuppe und der Tee auskühlten, erzählte Elsa ihrem Cousin von dem Gespräch, das sie gestern Abend mit ihren Tanten geführt hatte. Vieles davon schien für Jeshia nicht neu zu sein. Er wusste, dass es in Wien eine Großmutter gab und einen weiteren Onkel. Emma und Elena hatten ihm gesagt, dass sie mit den beiden keinen Kontakt hatten, weil sie ihre lesbische Beziehung ablehnten. Was zumindest auf Mathilde zutraf.

»Ihr habt alle nichts von mir gewusst?«, fragte er ungläubig.

»Ich schwöre es!« Elsa beteuerte ihre Worte. »Jetzt verstehe ich ein paar der Bemerkungen der Greißlerin.«

»Welche Bemerkungen?«

»Wenn Conrad und ich als Kinder bei ihr Himbeerbrause und Honigbonbons gekauft haben, bestand sie immer darauf, dass wir sie für drei Kinder nehmen. Wir dachten, dass sie uns was Gutes tun wollte. In Wahrheit hat sie dich gemeint.«

Nach und nach fielen Elsa mehr Kleinigkeiten ein, über die sie als Kind nie nachgedacht und die sie später vergessen hatte. Niemals hätte sie vermutet, dass ihre Tanten ihren Cousin vor ihr versteckten.

»Ist die Großmutter wirklich so böse, wie Emma behauptet?«, fragte Jeshia.

»Böse?« Elsa war überrascht, dass er dieses Wort verwendete. Stammte es aus dem Mund ihrer Tante? »Nein, sie ist nicht böse.« Sie hatte gestern Abend noch lange über diese Frage nachgedacht und war zu dem Schluss gekommen, dass ihre Großmutter zwar hart war, sie sie aber niemals als bösen Menschen bezeichnen würde. Waren Tante Emma und Tante Elena böse, weil sie Onkel Simon die Existenz seines Sohnes vorenthalten hatten?

»Ich wusste, dass meine Mutter bei meiner Geburt gestorben ist, aber ich dachte, dass der Name meines Vaters unbekannt war. Jetzt höre ich, dass er am Leben ist und mich nicht wollte.«

»Das wissen wir nicht«, sagte Elsa. »Großmutter hat einen großen Fehler begangen. Möglich, dass sie ihn seit Jahren bereut.« Elsa musste an all die abfälligen Bemerkungen ihrer Großmutter über behinderte Kinder denken. Keine davon wollte sie Jeshia gegenüber erwähnen. »Es ist schwer zu sagen, was in Großmutter vorgeht. Sie hat oft sehr eigenwillige Vorstellungen vom Leben.«

»Hm.«

»Ich finde es unglaublich schade, dass wir uns erst jetzt kennenlernen«, sagte Elsa. »Stell dir vor, was wir als Kinder alles gemeinsam erlebt hätten. Conrad wird ebenfalls wütend sein. Er hat sich immer darüber beschwert, dass er keine Cousins und Cousinen hatte wie andere Kinder, sondern bloß mich, seine kleine Schwester.«

Jeshia reagiert nicht. Er starrte auf den Suppenfleck auf dem Tischtuch.

»Zu dritt wären wir mit Sicherheit nicht beim Stehlen der Marillen erwischt worden. Du hättest uns rechtzeitig gewarnt, und wir wären unbemerkt mit einem ganzen Korb voll Früchten davongekommen.«

»Ist mein Vater ein netter Mann?«

Elsa hatte eine ähnliche Frage befürchtet. Sie wiegte ihren Kopf, das konnte ein Ja ebenso wie ein Nein bedeuten.

»Erzählst du mir von ihm?«

Was konnte Elsa über Onkel Simon sagen? Sie kannte ihn selbst kaum, dabei wohnte sie mit ihm unter einem Dach. Elsa lehnte sich zurück und überlegte. Sie wusste, dass das, was sie nun sagen würde, für immer in Jeshias Gedächtnis blieb. »Onkel Simon ist ein sehr trauriger Mann.«

»Und was noch?«

Elsa atmete tief durch. Sie erzählte davon, dass Onkel Simon das Unternehmen leitete und alles dafür tat, dass die Firma erfolgreich war. Aber auch von den Skitagen, die er unterstützte, und davon, dass er mit seinem Bruder mitfühlte, wenn dieser sehr verzweifelt war. Je mehr sie sprach, umso überraschter war sie, wie viele nette Seiten sie an ihrem griesgrämigen Onkel entdeckte. Dabei hatte sie immer gedacht, dass sie ihn nicht ausstehen konnte.

»Denkst du, dass er mich kennenlernen will?«

»Ich weiß es nicht.« Elsa wollte Jeshia nicht belügen. Unwahrheiten hatte es in den letzten Jahren mehr als genug gegeben. Onkel Simon war nicht sonderlich mutig. Die Aussicht, einem behinderten Sohn zu begegnen, den seine Mutter verkauft hatte, um ihn zu schützen, bereitete ihm möglicherweise so viel Angst, dass er sich davor drückte.

»Aber ich werde Conrad und meinen Eltern von dir erzählen. Sie müssen erfahren, dass es dich gibt.« Elsa drückte seine Hand so fest, dass er zusammenzuckte. »Ich habe einen Cousin. Das ist großartig.«

Ein winziges Lächeln stahl sich auf Jeshias Gesicht. Es saß mehr in seinen Augen als auf seinen Lippen. Aber Elsa konnte es sehen. Dieser junge Mann war etwas ganz Besonderes, und sie hatte ihn bedingungslos in ihr Herz geschlossen.

Während sie kalte Suppe löffelten und lauwarmen Tee schlürften, stellte Jeshia weitere Fragen. Elsa war überrascht, wie viel er von ihr und ihrer Familie wusste. Er hatte von Jakobs Kriegserfahrungen gehört, von Lottes Vergangenheit als Verkäuferin und Skifahrerin, von Conrad, der Arzt war und nicht als solcher arbeiten wollte, sondern lieber am Arlberg Skitouren ging. Es war fast so, als würde er sie alle kennen. Dabei waren sie einander noch nie begegnet. Er hatte Elsa gegenüber einen enormen Vorsprung. Während Jeshia über die Tanten von Elsa erfahren hatte, wusste sie von dem jungen Mann, der vor ihr saß, nichts. Jetzt lernte sie, dass er über ein exzellentes Zahlengedächtnis verfügte. Mit seiner unversehrten Hand spielte er Klavier, und er sehnte sich danach, eines Tages Seewalchen verlassen zu können. Jeshia träumte von Wien, von der Ringstraße, von den Kaffeehäusern, der Oper und dem Burgtheater, vom Prater und dem Stephansdom.

»Manchmal denke ich darüber nach, wie es wohl wäre, über die Kärntnerstraße zu fahren, ohne dass die Menschen hinter meinem Rücken über mich tuscheln.«

»Wird denn getratscht?«

»Ich denke schon. Ich bin der verkrüppelte Sohn der Kultursalondamen, der vom Rest der Welt abgeschottet wird.«

»Du solltest nach Wien kommen«, meinte Elsa.

Bevor Jeshia antworten konnte, betrat Tante Emma das Dorfgasthaus.

»Es tut mir so leid, dass es so lange gedauert hat«, sagte sie gehetzt. Offenbar hatten sie und Elena sich bemüht, die Verspätung aufzuholen.

»Kein Problem, wir haben uns blendend unterhalten.« Jeshia sprach seine Worte so gedehnt aus, dass eine Menge Interpretationen möglich waren.

»Ach ja?«

»Ich bin schon nach ein paar Runden auf dem Eis gestürzt.« Elsa zeigte auf ihren Fuß, den sie auf einen der

Stühle abgelegt hatte. »Deshalb mussten wir früher als geplant eine Pause einlegen. Aber wir wurden köstlich versorgt. Die Kaspressknödel sind zu empfehlen.«

Emma winkte dankend ab. »Wir haben bereits in Gmunden gegessen.«

»Darf's ein Tee, ein Kaffee oder vielleicht ein Glas Wein sein?« Der Seewirt war zum Tisch gekommen.

»Das wäre fein, aber leider haben wir keine Zeit, meine Freundin wartet draußen im Auto auf uns.«

»Ah ja.« Ein wissendes Lächeln schlich sich auf das Gesicht des Wirts. Es hatte etwas Anzügliches, und Elsa fühlte sich mit einem Mal unwohl. Tante Emma beglich die Rechnung, gab ein großzügiges Trinkgeld, dann gingen sie zur Eingangstür. Elsa spürte die Blicke der anderen Gäste, deren Anwesenheit ihr bis dahin gar nicht aufgefallen war. Sie war so auf Jeshia konzentriert gewesen, dass sie die Neugier nicht bemerkt hatte, mit der man sie die ganze Zeit angestarrt hatte. Als sie aufstand, floss das Blut in ihren Knöchel, und er begann erneut zu pochen.

»Was ist genau passiert?«, wollte Emma wissen. »Wie bist du gestürzt?«

»Ich habe einen Stecken auf dem Eis übersehen.«

»Ach, du meine Güte!«

»Es ist nicht so schlimm. In ein paar Tagen ist alles wieder gut«, entgegnete Elsa. Sie humpelte neben ihrer Tante zum Ausgang.

»Würden Sie uns bitte mit dem Rollstuhl helfen?«

Der Seewirt stellte sich taub. Zuvor waren er und sein Kellner mit Selbstverständlichkeit zu Hilfe geeilt. Was hatte sich verändert? War es Tante Emma, auf die die Männer so unhöflich reagierten?

»Wir schaffen das auch allein«, sagte Elsa. Sie packte den Rollstuhl auf einer Seite, während Tante Emma die andere anfasste. Gemeinsam hievten sie Jeshia über die Stufen ins Freie.

Wieder in der Villa hatte sich Elsas Knöchel dunkellila gefärbt und war auf doppelte Größe angeschwollen.

»Das sieht gar nicht gut aus«, meinte Emma besorgt. »Wenn wir mit dir nicht zum Arzt fahren, wird mein Bruder mich eigenhändig verprügeln, dabei ist er in Wahrheit ein sehr friedliebender Mensch.«

»Unsinn, ich lagere den Fuß hoch und lege Schnee darauf.«

Sofort lief Magda los und füllte einen alten Socken mit Schnee. Die kalte Sockenwurst legte sie um Elsas Knöchel, darunter schob sie ein Kissen.

»Was für ein Glück, dass wir für Unterhaltung und Abwechslung heute Abend gesorgt haben«, sagte Emma. Sie machte eine dramatische Pause, holte eine Einkaufstüte aus dem Flur und hielt sie geheimnisvoll in die Luft. »Wir haben aus Gmunden eine Schellackplatte mitgebracht, die wir aus Berlin bestellt haben.«

»Welche Platte?«, fragte Elsa neugierig.

»Es sind die Tonaufnahmen einer Oper von Bertolt Brecht. Die Musik stammt von Kurt Weill. Das Stück war der Erfolg des letzten Sommers.«

»Die *Dreigroschenoper*?« Elsa hatte von dem Stück in der Zeitung gelesen.

»Ja.«

»Wahnsinn. Ich habe mir fest vorgenommen, ins Theater zu gehen, sobald das Stück nach Wien kommt.«

»Eine hervorragende Idee«, meinte Tante Elena.

»Am besten, ihr kommt alle drei nach Wien.«

Emma und Elena warfen sich einen Blick zu, schwiegen aber. Statt zu antworten, holte Elena das Grammofon. Es stand auf einem Kästchen mit Rädern. Sie konnte es problemlos in den Salon schieben. Emma packte die Schellackplatte aus, legte sie auf den Plattenteller und drehte an der Kurbel des Geräts. Ein lautes Knistern und Rauschen war zu hören, dann ertönte Musik. Eine knarzende, verrauchte Frauenstimme sang: »Und der Haifisch, der hat Zähne und die trägt er im Gesicht, und Macheath, der hat ein Messer, doch das Messer, das sieht man nicht …«

Elena wippte mit den Füßen, während Emma aufstand und mit kreisenden Hüften elegant zur Musik tanzte. Elsa bewunderte die Tante für ihren Mut, sich so freizügig und ungeniert der Musik hinzugeben. Sie tanzte zu Elena und zog auch sie hoch. Zuerst war es der Tante noch sichtlich unangenehm, doch dann schloss sie sich an und bewegte sich mit ebenso geschmeidigen Bewegungen im Takt. Hätte Elsa aufstehen können, sie war sich sicher, sie hätte mitgetanzt. Elena ging zu Jeshia und drehte nun seinen Rollstuhl. Auf seine Weise tanzte er mit, nickte und wippte im Rhythmus des Liedes. Elsa blieb nichts anderes übrig, als zu klatschen und zu schnippen. Es war eine herrlich ausgelassene Stimmung, in der alle lachten und sich königlich amüsierten.

Als die Musik zu Ende war und die Schallplatte sich mit einem ewig wiederkehrenden Knarzen drehte, fiel Emma erschöpft aufs Sofa. Ihre Wangen waren erhitzt, ihre Locken verschwitzt. Man konnte erahnen, wie attraktiv sie als junge Frau gewesen war.

»Emma, können wir ein Foto machen?«, bat Jeshia.

»Ein Foto?« Sie warf Elena einen fragenden Blick zu.

»Ja«, forderte Jeshia. »Es wäre schön, wenn wir diesen Augenblick für immer festhalten könnten. Dass ich Elsa kennenlernen durfte, ist das perfekte Chanukkageschenk.«

Über den Glauben hatten sie noch nicht gesprochen. Jeshia wuchs offenbar mit jüdischen Traditionen auf. Ein Grund mehr, dass er von den Menschen in Seewalchen schief angesehen wurde. Mit Sicherheit besuchten ihre Tanten die sonntägliche Messe nicht.

»Habt ihr denn einen Fotoapparat?«, wollte Elsa wissen.

»Ich habe mir nach dem Sommer eine Kleinbildkamera zugelegt«, gestand Emma. »Eine praktische Leica.«

»Wirklich?« Elsa war beeindruckt. Sie hatte von den handlichen Kameras gelesen, die es auch Amateuren ermöglichte, Fotos zu machen. Auf einer kleinen aufgerollten Filmspule in der Kamera konnten bis zu sechsunddreißig Bilder aufgenommen werden.

»Nachdem ich jahrelang Bilder gemalt habe, die niemandem gefallen haben«, sagte Emma.

»Das stimmt nicht«, empörte sich Elena. »Ich habe deine Bilder immer gemocht.«

Emma lächelte dankbar. »Ich weiß, meine Liebe. Aber in diesem Fall ist deine Meinung nur mit Vorbehalt zu betrachten, du urteilst nicht objektiv.«

Elena zuckte mit den Schultern.

»Ich habe mit dem Malen aufgehört und wollte mich der Fotografie widmen. Ich habe sogar eine kleine Dunkelkammer im Schuppen eingerichtet.«

»Das ist ja großartig«, schwärmte Elsa. »Warum hast du noch nichts davon erzählt? Ich finde Fotografien sehr spannend. Ein Foto kann mehr aussagen als eine ganze Geschichte. Darf ich die Leica sehen?«

Tante Emma stand auf. »Ja natürlich.«

Kurz darauf kam sie mit einer kleinen, circa fünfundzwanzig Zentimeter breiten Kamera zurück. Sie reichte den Apparat Elsa. »Damit kann man wirklich Fotos machen?«, fragte sie beeindruckt. Das kleine Kästchen wog nicht viel in Elsas Hand. Sie hielt es an ihr Auge und schaute durch die Linse. Sie sah Tante Emma, die etwas verzerrt aussah.

»Machen wir ein Foto«, forderte Jeshia erneut.

»Warum nicht«, meinte Emma. »Ich weiß jedoch nicht, ob wir über ausreichend Licht verfügen. Vielleicht reicht es, wenn wir alle Lampen im Raum zusammenstellen.«

Schon fasste sie selbst nach einer Stehlampe, holte eine weitere aus ihrem Schlafzimmer und eine kleine Schreibtischlampe. Elena stellte zusätzliche Kerzen auf dem Tisch auf und entzündete sie. Innerhalb kürzester Zeit war der Raum so hell erleuchtet wie ein Ballsaal.

Emma schaute auf ihre Kamera. »Es sind nur noch drei Fotos auf dem Film.«

»Wunderbar, dann kannst du sie hinterher entwickeln«, meinte Elena fröhlich. Sie rief Magda aus dem Nebenraum, damit sie von allen ein Foto machte.

»Ich soll fotografieren?«, fragte die alte Frau entsetzt. »Des konn i ned.« Demonstrativ verschränkte sie die Arme hinter ihrem Rücken.

»Aber natürlich. Es ist ganz einfach.« Tante Emma nahm Elsa den Apparat wieder ab und trug ihn zu Magda. »Du hältst die Leica vor dein Auge, schaust durch und drückst hier ab. Das ist alles. Pass auf, dass du dabei nicht wackelst, sonst ist die Fotografie verschwommen.«

»Ich wackle ganz sicher«, jammerte Magda. »Meine Hände zittern schon, wenn ich nur dran denk.«

»Du schaffst das«, ermutigte Jeshia die Haushälterin.

Elsa setzte sich neben ihn, Tante Emma und Elena stellten sich rechts und links von ihnen auf.

»Kannst du uns alle sehen?«, fragte Emma.

Magda stand steif vor ihnen, die Leica hielt sie verkrampft in den Händen. »I waß ned.«

»Was soll das heißen?«, fragte Emma ungeduldig. »Du musst doch wissen, ob du uns sehen kannst.«

»Das ist a so winziges Bild, und ich seh alles verschwommen.«

Jeshia kicherte, während Emma ungeduldig aufsprang. Sie nahm Magda die Kamera aus der Hand und schaute durch.

»Sieh mal, hier ist der perfekte Ausschnitt«, sie ging in die Hocke, um Magdas Größe zu imitieren. »Komm her.« Emma zog die Haushälterin zu sich. Die stämmige Frau trug wie immer ein dunkles Dirndl. Unglücklich und nervös nahm sie die Leica erneut entgegen und blinzelte durch. Dabei kniff sie das Auge, das nicht durch die Linse schaute, zu. Ein witziger Gesichtsausdruck entstand, Jeshia musste sich vor Lachen mit der gesunden Hand gegen den Bauch drücken. Auch Elsa schmunzelte.

»Siehst du alle?«, fragte Emma.

Ein lang gezogenes, konzentriertes »Jaaa« war die Antwort.

Schnell huschte Emma zurück zu ihrem Platz. »Und abdrücken!«, forderte sie.

Magda bediente den Auslöser. Ein leises Einschnappen eines Rädchens war zu hören.

»Das war alles?«, fragte sie enttäuscht.

»Ja, du hast das ganz fabelhaft gemacht. Deshalb wiederholen wir es gleich noch einmal.«

Magda machte zwei weitere Fotos und verschwand dann erschöpft in die Küche. »Jetzt brauch i a Pause.«

»Wann können wir die Fotos sehen?«, fragte Elsa.

»Ich werde sie morgen entwickeln.«

»Warum nicht gleich?«, drängte Jeshia.

»Weil ich müde bin«, sagte Emma und gähnte demonstrativ. Ein Blick auf die Uhr zeigte, dass es bereits kurz vor elf Uhr war. Auch Elsa war müde. Sie wünschte allen eine gute Nacht und humpelte ins Obergeschoss.

Trotz ihrer Müdigkeit dauerte es lange, bis sie endlich einschlafen konnte. Der ganze Tag zog noch einmal an ihrem inneren Auge vorbei. Vor allem das Gespräch mit Jeshia wiederholte sich immer und immer wieder. Elsa wurde munterer statt müder. Sie dachte ans Eislaufen und wie glücklich Jeshia war, als die Kinder mit ihm übers Eis gezogen waren. Eine Bemerkung von Walter Rieger kam ihr in den Sinn. »Schlechte Noten sind ein Zeichen von schlechten Lehrern.«

Andere Erinnerungen und Bilder folgten. Elsa sah August Aichhorn, wie er sie dazu ermutigen wollte, den Lehrberuf zu ergreifen, und dann Gattel, der sich zum wiederholten Male über sie lustig gemacht hatte. Wer von ihnen hatte recht? Und was wollte sie selbst? Wer konnte ihr garantieren, dass sie eine gute Lehrerin werden würde, die ihre Schüler und Schülerinnen mochte. Würde der Beruf sie so glücklich machen wie Walter Rieger?

Es war weit nach Mitternacht, als Elsa endlich in einen unruhigen Schlaf fand. Sie träumte von Otto, der sie in einem Rollstuhl übers Eis schob, und von Moritz, der mit ihr die Weihnachtsgestecke auf den Tischen des Dorfgasthauses verschob. Conrad tauchte ebenfalls im Traum auf. Er fuhr auf Skiern und unterhielt sich mit Jeshia darüber, ob der Walzer oder der Charleston der Tanz der Zukunft sein würde, während Tante Emma ein Foto von allen machte. Schweißgebadet wachte Elsa gegen drei auf. Ihr Knöchel schmerzte, sie humpelte zum Fenster, holte sich frischen Schnee, packte ihn in ein Handtuch und umwickelte die schmerzende Stelle. Der Rest der Nacht verlief traumlos.

32

Palais Sonnstein

Eigentlich hatte Lotte erst am späten Nachmittag mit Jakob gerechnet, aber jetzt stand er bereits kurz nach dem Mittagessen im Wohnzimmer. Lotte saß auf dem Boden. Sie war gerade dabei, Weihnachtsgeschenke in buntes Seidenpapier zu wickeln. Als sie Jakob hörte, blickte sie überrascht hoch. Seit dem Streit vorgestern Abend hatten sie nicht miteinander gesprochen. Jakob war ihr aus dem Weg gegangen. Abends hatte er vorgegeben, an einem Artikel für eine Fachzeitschrift zu arbeiten. Morgens war er so zeitig aufgestanden, dass Lotte es gar nicht bemerkt hatte, als er das gemeinsame Bett verlassen hatte.

Sie richtete sich auf und legte rasch Papier über den Wollpullover, den sie ihm in einer Woche schenken wollte. Sie hatte ihn selbst gestrickt. Lotte war geschickt im Umgang mit Nadel und Faden, aber auch das Stricken hatte sie überraschend gut hinbekommen. Sie hatte das komplizierte Norwegermuster dreimal auftrennen müssen, bevor sie damit zufrieden gewesen war. Aber jetzt sah der Pullover sehr hübsch aus. Mit dem Verpacken der Geschenke hatte sie sich vom Streit ablenken wollen, doch das war ihr nur zum Teil gelungen. Der ungelöste Konflikt setzte Lotte zu. Sie fühlte sich schuldig, weil sie Jakob dazu überreden wollte, mit ihr auf den Arlberg zu fahren. Sie musste damit aufhören, ihn zu drängen. Jede andere Frau würde es akzeptieren, dass ihr Mann mit den Bergen abgeschlossen hatte. Warum fiel es ihr so schwer? War sie undankbar, maßlos, egoistisch?

»Servus!« Jakob trat näher. Sein Gesicht sah genauso mitgenommen aus wie das von Lotte. Dunkle Ringe lagen unter seinen blauen Augen. Seine Wangen waren eingefallen. Lotte wünschte, sie könnte darüberstreichen und die Traurigkeit, die darauflag, ein für alle Mal wegwischen.

»Es tut mir so leid«, sagte Jakob.

»Mir tut es auch leid!« Die Worte purzelten aus Lotte heraus. Sie sprang auf und fiel ihm erleichtert um den Hals. Sie hatte so sehr gehofft, dass er sein Schweigen brechen würde.

»Ich war gestern nicht im Krankenhaus und heute nicht an der Universität.«

Lotte ließ von ihm ab und machte einen Schritt rückwärts. »Wo warst du dann?«, fragte sie besorgt. Hatte ihr Streit sein emotionales Gleichgewicht wieder dermaßen durcheinandergebracht, dass er nicht arbeiten konnte? So wie in den Monaten nach seiner Rückkehr von der Front?

»Ich habe nach einem neuen Therapeuten gesucht, Doktor Adler. Ich denke, dass ich bei ihm gut aufgehoben bin.« Er lächelte vorsichtig.

Lotte wartete ab. Er wollte noch etwas sagen.

»Vielleicht habe ich mich nicht genug bemüht.« In Jakobs Stimme lag Selbstvorwurf. Es war genau das Gefühl, das Lotte quälte.

»Nein, es liegt nicht an dir, mein Schatz«, sagte sie. »Ich darf nicht so ungeduldig sein.«

Jakob schüttelte den Kopf und legte Lotte den Zeigefinger seiner rechten Hand behutsam auf den Mund.

»Es hat nichts mit dir zu tun, Lotte. Du bist geduldig und verständnisvoll.«

»Aber ich fordere von dir Dinge, die dir Angst und Schmerz bereiten. Das ist grausam. Bitte verzeih mir.«

»Unsinn.« Jakob zog Lotte zu sich und legte seine Hand an ihre Hüfte. Mit der anderen strich er zärtlich über ihre Wange. »Es kann nicht sein, dass du auf deine Träume verzichtest, weil der Krieg aus mir ein Monster gemacht hat.«

»Jakob, du bist kein Monster!«, widersprach Lotte vehement.

»Gut, dann eben ein kriegstraumatisierter, ängstlicher Mann, der seine ganze Familie terrorisiert.«

»Jakob, du übertreibst maßlos.«

»Meinetwegen«, grinste er. »Streich das Wort terrorisieren und ersetze es gegen belasten.«

»Hm!« Dagegen konnte Lotte nichts einwenden. Jakobs Probleme belasteten sie wirklich.

»Ich hatte heute meine erste Sitzung bei Doktor Adler. Er ist ein enger Freund von Doktor Sensenbauer, der ihn mir empfohlen hat.«

»Und wie war es?« Lotte horchte auf die Zwischentöne in Jakobs Stimme. Klang er zuversichtlich?

»Doktor Adler ist mir sympathisch, was hilfreich ist. Wir sind uns sehr ähnlich. Und ich bin fest entschlossen, meinen psychischen Zustand zu verbessern, ohne dabei meine ganze Kindheit aufzurollen.«

»Das klingt gut«, sagte Lotte.

»Ich will wieder der Mann werden, in den du dich verliebt hast.«

In seinen Augen lag eine Zuneigung, die Lottes Knie weich werden ließ. Sie fühlte sich noch ebenso stark zu ihm hingezogen wie damals, als sie sich kennengelernt hatten.

»Das wird nicht möglich sein«, sagte sie leise. »Du bist seit Jahren nicht mehr der Mann, in den ich mich verliebt habe, sondern der, den ich liebe.«

Ihre Lippen suchten die seinen, und wie immer, wenn sie sich berührten, fühlte es sich einfach richtig an. Es war ein langer, zärtlicher Kuss voller Sehnsucht. Lotte spürte, dass ihr Verlangen erwidert wurde. Mit sanftem Nachdruck zog sie Jakob zum Schlafzimmer, doch der blieb stehen, fasste in die Innentasche seines Sakkos und holte zwei kleine Kärtchen hervor. Er reichte sie Lotte.

»Wir Juden dürfen Geschenke an jedem Tag von Chanukka überreichen.« In seinen Augen lag der Schalk, den Lotte seit Jahren vermisste. »Heute Abend zünden wir die erste Kerze an.«

Der achtarmige Kerzenständer aus Messing stand seit gestern im Speisezimmer. Marie hatte ihn vom Dachboden geholt, entstaubt und poliert.

Lotte nahm die Kärtchen entgegen und schaute sie genauer an. Es waren Fahrkarten für die Eisenbahn. Zielort: St. Anton am Arlberg.

»Jakob, das sind …« Ihr fehlten die Worte, sie stotterte. »Glaubst du wirklich, dass du … bereits nach einer einzigen Sitzung mit Doktor Adler? Was hat der Mann gemacht?«

»Er ist kein Wunderheiler«, lachte Jakob. »Ich habe eine Heidenangst.«

»Und das aus dem Mund eines Juden?« Lotte zog die Augenbrauen hoch.

»Ich bin lange genug mit einer Christin verheiratet, um

den Begriff verwenden zu dürfen.« Auch Jakob grinste. »Was ich damit sagen will: Ich habe Angst. Aber die habe ich, egal, ob ich in Wien bin oder am Arlberg. Sie sitzt in meinem Kopf. Vielleicht ist die Fantasie schrecklicher als die Realität.«

»Du willst wirklich mit mir auf den Arlberg fahren?«

»Ich grüble schon seit Wochen darüber nach. Unser Streit hat mich dazu gezwungen, noch einmal darüber nachzudenken. Er hat mich wachgerüttelt. Mit wem sollte es mir gelingen, wenn nicht mit dir?«

Sie küssten einander noch einmal, diesmal voller Leidenschaft. Taumelnd stolperten sie ins Schlafzimmer.

»Vielleicht sollten wir öfter streiten«, flüsterte Lotte atemlos in Jakobs Ohr. Als Antwort hob er sie lachend aufs Ehebett.

33

Attersee

Elsa blieb zwei weitere Tage am Attersee. Die meiste Zeit verbrachte sie mit Jeshia. In ihren Gesprächen wollte der Cousin alles über Elsa, Conrad, Jakob und Lotte hören. Im Gegenzug ließ sich Elsa vom Leben im Kunstsalon erzählen, von all den wichtigen Menschen, die hier im Frühling und Sommer ein und aus gingen. Immer wieder erkundigte sich Jeshia über seine Großmutter und seinen Vater. Die Beantwortung dieser Fragen fiel Elsa weitaus schwerer, als über sich selbst zu reden. Sie wog jedes ihrer Worte genau ab. Vor allem über ihre Großmutter zu sprechen, das fiel ihr schwer. Sie mochte die alte Frau, die zu sich selbst ebenso streng war wie zu allen anderen, aber was sie von ihrer Tante erfahren hatte, rückte Mathilde in ein neues Licht. Eines, das Elsa nicht gefiel.

Am Morgen vor ihrer Abreise brachte Tante Emma einen Stapel Fotos. Sie stammten von der Filmrolle aus der Leica. Elsa sah Ansichten vom Attersee. Die Bootshütte, die zum Anwesen der Tanten gehörte, ein Ruderboot im nebelverhangenen See. Tante Elena, wie sie in einem modernen Badekostüm am Bootssteg lag, und zahlreiche andere Motive von den Bergen und vom See. Einige davon waren wirklich gelungen und konnten mit jeder Ansichtskarte mithalten.

Die letzten drei Aufnahmen stammten vom gemeinsamen Abend in der Villa. Elsa hatte ihren Arm um Jeshia gelegt, beide lachten herzhaft. Auch Tante Emma und Elena sahen ausgelassen und glücklich aus.

»Darf ich einen Abzug behalten?«, fragte Elsa.

Elena warf Emma einen alarmierten Blick zu. Doch die zuckte bloß mit den Schultern.

»Elsa kennt unser Geheimnis. Sie weiß, was es bedeuten würde, in Wien von Jeshia zu sprechen.«

»Nein«, entgegnete Elsa. »Das weiß ich nicht.«

»Dann will ich es dir verraten«, sagte Emma. »Meine Mutter würde aus allen Wolken fallen und sich furchtbar aufregen. Im schlimmsten Fall kriegt sie auf der Stelle einen Herzinfarkt und fällt tot um.«

Elsa presste die Lippen zusammen, um nicht zu widersprechen. Großmutter war eine zähe Frau, die ganz sicher nicht tot umfiel.

»Und mein Bruder wäre entsetzt, dass sein Sohn behindert ist. Er würde den Kopf schütteln und jede Verwandtschaft verleugnen.« Tante Emma trug einen weinroten Rollkragenpullover und eine weiche Hose. Um ihren Hals hing eine doppelreihige Perlenkette, deren Kugeln sie nervös durch ihre Finger gleiten ließ.

»Das weißt du nicht«, sagte Elsa leise.

Tante Emma wandte sich ab. Sie blinzelte, und Elsa war sich sicher, dass es Tränen waren, die in ihren Augen glitzerten.

»Es tut uns leid, dass wir dich mit diesem Wissen belasten«, besänftigte Elena.

»Das muss es nicht«, beeilte sich Elsa. Sie schaute zu Jeshia, der ebenfalls am Frühstückstisch saß und schweigend mit traurigem Gesicht dem Gespräch folgte, in dem es um ihn und seine Behinderung ging.

»Was willst du, Jeshia? Darf ich Conrad und meinen Eltern von deiner Existenz erzählen?«

Es dauerte eine Ewigkeit, bis er antwortete. Die Standuhr neben der Geschirrvitrine tickte laut. Magda war in der Küche zu hören, wie sie Teller stapelte und wegräumte. Eine Saatkrähe krächzte im Garten.

»Ja, das wäre schön«, sagte er so leise, dass Elsa zuerst nicht sicher war, ob sie seine Worte wirklich hörte. »Und auch mein Vater und meine Großmutter sollen von mir erfahren.«

»Bist du sicher, dass du das willst, Jeshia? Meine Mutter kann grausam sein«, entfuhr es Emma. »Sie ist imstande und zerstört alles, was wir uns hier mühsam aufgebaut haben.« Sie klang aufgebracht.

»Die Frau kann nicht schlimmer sein als meine Fantasie über sie«, sagte Jeshia.

Emma ließ ihre Kette los, öffnete den Mund, schloss ihn aber wieder.

»Ich nehme das Foto mit.« Elsa entschied sich für den Abzug, auf dem sie alle vier lachten, und steckte ihn in ihre Handtasche.

»Bitte geh mit deinem Wissen vorsichtig um«, bat Tante Emma. »Elena und ich haben hart gearbeitet, um uns diese kleine friedliche Welt zu erschaffen.«

Elsa erinnerte sich an den Besuch beim Seewirt und fragte sich, ob die Welt wirklich so idyllisch war, wie Tante Emma sie gerne sah. Oder brodelte unter einer scheinbar ruhigen Oberfläche nicht längst eine böse Gerüchteküche?

Emma war davon überzeugt, dass alles gut laufen würde,

solange der Deckel verschlossen blieb. Aber sie und Elena konnten Jeshia nicht ewig vor der Welt abschirmen und ihn im Haus am See verstecken. Der Cousin hatte ein Recht auf ein Leben außerhalb der geschützten vier Wände.

Elsa behielt ihre Gedanken für sich. Laut sagte sie: »Ich werde nichts erzwingen, das verspreche ich.« Elsa trat zu ihrer Tante und drückte ihr einen Kuss auf die nasse Wange. Emma weinte.

Später packte Elsa ihren Koffer. Magda bereitete einen Korb mit Proviant vor: Linzerkipferl und eine Thermokanne Tee. Beides kam ins Auto auf die Rückbank zu Jeshia und Elsa. Seinen Rollstuhl klappte Tante Elena zusammen und hievte ihn in den Kofferraum. Gemeinsam fuhren sie zum Bahnhof in Schörfling. Der Zug hatte Verspätung, weshalb sie auf dem Bahnsteig noch eine Weile plauderten und scherzten. Jeshia schien darauf zu hoffen, dass der Zug ganz ausfiel. Er sah traurig aus, schien sich nichts inniger zu wünschen, als seine Cousine noch ein wenig länger bei sich zu behalten. Elsa versprach ihm im Minutenabstand, sehr bald wiederzukommen. Als ein tiefes Pfeifen den ankommenden Zug ankündigte, sagte sie: »Oder noch besser: Ihr drei besucht uns in Wien. Es ist höchste Zeit, dass wir alle gemeinsam eine Wiener Theaterpremiere sehen.« Sie wusste, dass beide Tanten das Theater und vor allem die Operette liebten. Sie dachte an Mona. Vielleicht würde sie ihr besonders gute Karten besorgen können.

Ratternd fuhr der Zug in die Station ein. Elsa nahm ihr Gepäck und kletterte in den Waggon. Sie suchte nach einem freien Sitzplatz. Draußen liefen ihre Tanten den Bahnsteig entlang, Emma schob Jeshias Rollstuhl. Elena wedelte mit einem Taschentuch. Elsa winkte zurück. Es fühlte sich völlig falsch an, dass die drei hierblieben. Sie sollten mit ihr im geheizten Abteil sitzen und nach Wien fahren. In zwei Tagen war Weihnachten, das Fest der Liebe. Familien sollten einander besuchen und sich nicht trennen.

34

Café Landtmann

Elsa drückte auf die Hausklingel und wartete darauf, dass Ferdinand ihr öffnete. Doch es war Conrad, der vor ihr stand. Sie ließ ihren Koffer auf den Boden plumpsen, stieß einen Freudenschrei aus und fiel ihrem Bruder um den Hals. Er hob sie hoch und drehte sie einmal im Kreis. Als er sie wieder absetzte, fragte Elsa atemlos: »Seit wann bist du in Wien, warum bist du gekommen? Wolltest du nicht am Arlberg bleiben?«

»Eigentlich wollte ich bleiben, aber dann dachte ich: Ich kann doch meine kleine Schwester zu Weihnachten nicht allein lassen.« Er zwinkerte sie verschmitzt an und fügte hinzu: »Ich liebe den Arlberg, aber ich hatte Heimweh nach euch allen. Und da ihr nicht zu mir kommt, musste ich nach Wien fahren.«

»Was für eine wundervolle Entscheidung.«

Conrads Grinsen wurde noch breiter. Er hatte einen Mantel an und eine Mütze auf dem Kopf.

»Wolltest du gerade weggehen?«, fragte Elsa.

»Ich habe Hunger«, sagte Conrad. »Ganz ehrlich. Ich mag keine Krautfleckerl.«

»Ach, du meine Güte, hat Marie ihr Repertoire immer noch nicht erweitert?«

»Bis jetzt noch nicht.«

»Lass uns ins Landtmann gehen«, schlug Elsa vor.

»Eine hervorragende Idee.«

Conrad nahm Elsa den Koffer und den Proviantkorb ab, schob beides in die Halle und zog die Tür hinter sich zu. Gemeinsam schlenderten sie über die Ringstraße. Nur ein paar Gassen weiter, gleich neben dem Burgtheater, befand sich das elegante Café Landtmann. Durch eine dunkle Drehtür betraten sie das Lokal. Dezentes Stimmengewirr, leise Klaviermusik und eine warme Geruchswelle aus Kaffee, Mehlspeisen und Frittiertem schlugen ihnen entgegen. An der Garderobe gaben sie ihre Mäntel ab und gingen zum Oberkellner, der ihnen den letzten freien Tisch in einer Fensternische anwies. Dunkelrote Samtvorhänge reichten bis zum Boden. Die Tischplatten waren aus Marmor, von der mit reichlich Stuck verzierten Decke hingen riesige Kristalllüster. Es war, als wäre die Zeit hier stehen geblieben. Niemand hätte sich darüber gewundert, wenn k.-u.-k.-Offiziere an einem der Tische gesessen und sich über die Eskapaden des Thronfolgers unterhalten hätten. Nur das Café Central konnte mit einer ähnlich feudalen Pracht aufweisen. Conrad bestellte ein Wiener Schnitzel mit Kartoffelsalat, Elsa nahm einen Rindssuppentopf.

»Wie läuft es am Arlberg?«

»Es war die beste Entscheidung meines Lebens«, meinte Conrad leidenschaftlich. »Du kannst dir nicht vorstellen, wie viel ich dazugelernt habe. Hannes ist ein großartiger Skifahrer und der beste Bergsteiger, den ich bisher kennengelernt habe.«

Er sprühte schier vor Begeisterung.

»Nach Weihnachten werde ich am ersten Arlberg-Kandahar-Rennen teilnehmen. Fünfundvierzig Teilnehmer aus der Schweiz, England, den USA und aus Österreich gehen an den Start, und ich bin einer von ihnen.«

»Wirklich?« Elsa war beeindruckt. Sie wusste, dass ihr Bruder ein Ausnahmesportler war, aber dass er die neue Bogentechnik so schnell erlernt hatte, war selbst für sie erstaunlich.

»Ja, ich kann es kaum erwarten.«

Der Ober brachte die Speisen und stellte sie vor ihnen auf den Tisch. Der Suppentopf dampfte, weshalb Elsa ihn auskühlen lassen musste. Vorsichtig rührte sie mit dem Löffel um. Conrad machte sich gleich über sein Schnitzel her.

»Was mich am meisten freut, Mama und Papa werden kommen und mich anfeuern.«

Elsas Löffel rutschte in den Suppenteller und versank zwischen Nudeln, Gemüse und Rindfleischstückchen.

»Ich konnte es zuerst auch nicht glauben. Aber es ist wirklich wahr. Mama hat mir die Bahnkarten gezeigt. Papa hat sie ihr zu Chanukka geschenkt.«

»Das ist eine wundervolle Nachricht«, sagte Elsa. Sie lieh sich Conrads Gabel, um damit nach ihrem Löffel zu fischen. Nur widerwillig gab er sie her.

»Und was hat es mit deinem Einsatz als Arzt am Arlberg auf sich?«, wollte sie wissen.

Conrad nahm eine Kartoffelscheibe mit Daumen und Zeigefinger und steckte sie in den Mund. »Das war eine seltsame Geschichte«, gab er zu. »Nachdem ich das Bein von einem verletzten Skifahrer geschient habe, sprach sich rasch herum, dass ich Arzt bin. Jetzt kommen die Menschen wegen aller möglichen Leiden, und es stört mich gar nicht, sie zu behandeln. Letzte Woche habe ich ein krankes Kalb versorgt.«

Elsa hatte eben ihren Löffel gefunden, doch er rutschte ihr wieder in die Suppe. »Ein Kalb?«, fragte sie ungläubig.

»Ich brauche meine Gabel«, sagte Conrad. »Sonst verhungere ich vor meinem vollen Teller.«

Entschieden langte er über den Tisch und fasste in Elsas Suppenschüssel. Er holte ihren Löffel mit Zeigefinger und Daumen heraus, legte ihn neben ihren Teller und wischte seine Finger an der weißen Stoffserviette ab. Eine Dame am Nebentisch rümpfte empört die Nase.

Conrad schenkte ihr keine Beachtung.

»Ja, der Bauer ist ein wirklich netter Bursche, der mich jeden Morgen mit frischen Eiern und Milch versorgt. Das Kalb hat sich an einem rostigen Nagel im Stall verletzt. Sein Tod wäre ein schlimmer Verlust für den Hias gewesen. Er war echt verzweifelt, als er mich um Hilfe gebeten hat. Also habe ich mir das Jungtier angesehen und die Wunde genauso versorgt, wie ich es bei einem Menschen getan hätte, bloß mit mehr Desinfektionsmittel.«

»Und ist es jetzt wieder gesund?«

»Es spaziert fröhlich im Stall herum.«

Elsa wischte ihren Löffel trocken. Ungläubig schüttelte sie ihren Kopf. Noch vor ein paar Monaten hätte Conrad sich mit Händen und Füßen dagegen gewehrt, wenn jemand von ihm verlangt hätte, eine Wunde zu versorgen. Was hatte seinen Sinneswandel bewirkt?

Als könnte er ihre Gedanken lesen, sagte er: »Es war die Tatsache, dass außer mir niemand da war, der die Aufgabe übernommen hätte. Die Menschen sind so dankbar, dass sie jemanden haben, den sie um Rat fragen können. Es ist unmöglich, die Hilfe abzulehnen.«

»Und geht es dir gut dabei?« Die Frage erübrigte sich,

denn Conrad hatte noch nie in seinem Leben glücklicher und zufriedener gewirkt.

»Und wie läuft es bei dir?«, fragte Conrad. »Was hat sich getan, seit ich am Arlberg bin?«

»Ich habe dir Briefe geschrieben, hast du die nicht gelesen?« Während sie ständig Briefe abgeschickt hatte, war von Conrad kaum etwas gekommen.

»Ich habe jeden Brief mehrere Male gelesen«, sagte Conrad. »Aber ich wurde nicht wirklich schlau daraus. Einmal schreibst du von einem Otto, dann von einem Moritz und dann von Skitagen in Wien. Was habt ihr da im Kinderheim gemacht?«

Er schob sich ein großes Stück Schnitzel in den Mund, kaute und sprach trotzdem weiter. Gut, dass Großmama nicht da war, sie hätte ihn auf der Stelle des Lokals verwiesen.

»Alles ist ein bisserl kompliziert«, meinte Elsa.

»Macht nichts. Wir haben einen perfekten Platz. Der Ober serviert uns nach dem Essen noch Kaffee und Mehlspeise. Wir haben also alle Zeit der Welt. Ich hör dir zu.«

Elsa begann zuerst nur zögerlich zu erzählen, doch kaum redete sie, wurde das Bedürfnis, alles loszuwerden, immer größer. Es war wie eine Schleuse, die sich öffnete. Angestautem Wasser gleich entlud sich Elsas Redeschwall. Sie sprach über die Seminare bei Aichhorn, über die neue Freundesgruppe, über Otto und Moritz. Sie gestand Conrad, dass sie sich sowohl zu Otto als auch zu Moritz hingezogen fühle, dann aber bemerkt habe, dass es Moritz war, den sie mehr mochte, der aber von ihr nichts wissen wollte. Sie beschwerte sich über Gattel und seine übergriffigen Bemerkungen, ließ Werner und die KÜST nicht aus und endete schließlich bei ihren Tanten am Attersee und bei ihrem Cousin, Jeshia.

Conrads Augen wurden bei jeder Neuigkeit größer. Gebannt hing er an Elsas Lippen. Sein Kaffee wurde kalt, und er schüttelte immer wieder bestürzt den Kopf. Elsa beendete ihre Ausführungen, indem sie in ihrer Handtasche nach der Fotografie suchte und sie vor ihn auf den Tisch legte.

Fassungslos nahm Conrad es auf: »Und ich dachte, dass mein Leben am Arlberg spannend ist. Aber mit dem, was du erlebt hast, kann selbst mein Kälbchen nicht mithalten.«

»Jeshia sitzt neben mir.«

Conrad hielt die Fotografie in einigem Abstand von sich weg, um sie besser sehen zu können. Seit Jahren war klar, dass er eine Brille benötigte, die er bis jetzt aber verweigerte.

»Tante Emma und Elena sind noch hübscher geworden. Die beiden sind die attraktivsten Fünfzigjährigen, die ich kenne.«

Elsa pflichtete ihm bei.

»Hat unser Cousin eine Hemiparese?«, fragte Conrad. »Ist er geistig behindert?«

»Nein, er ist ein kluger, sympathischer Bursche, der bloß seine rechte Hand nicht bewegen kann und im Rollstuhl sitzt. Du wirst ihn mögen.«

»Versteht man ihn, wenn er spricht?.«

»Jeshia spricht sehr verständlich.« Elsa erinnerte sich daran, dass sie ein bisschen Zeit gebraucht hatte, sich aber rasch an Jeshias verwaschene Aussprache gewöhnt hatte. Auch sein verzerrtes Gesicht war ihr bei ihrer Abreise völlig normal erschienen. Sie hatte nur noch Jeshias liebenswertes Wesen gesehen.

»Er sieht Onkel Simon überhaupt nicht ähnlich.«

»Jeshia hat die Augen seiner Mutter Suza. Seit ein paar Wochen steht ein Foto von ihr am Kaminsims.«

»Aber er hat eine typische Sonnsteinfrisur.« Conrad fuhr sich mit seiner Rechten durch seine dunklen Locken. Die von Jeshia sahen genauso aus.

Er gab Elsa die Fotografie zurück. »Wirst du Onkel Simon und Großmutter von Jeshia erzählen?«

»Ich habe es ihm versprochen.«

»Schwesterchen, wann wirst du aufhören, dir die Probleme anderer aufhalsen zu lassen?«

»Wie kannst du das sagen?«, empörte sich Elsa. »Es geht um unsere Familie. Damit ist es auch unser Problem.«

»Hm.« Conrad verzog den Mund. Er schien nicht ganz ihrer Meinung zu sein.

»Und was ist mit dem kleinen Jungen, dem du versprochen hast, seine Zeichnung seiner Mutter zu bringen?«

Betroffen schaute Elsa zum Fenster hinaus. Auf der Straße liefen Menschen mit Einkaufstüten und vollen Körben nach Hause. Die letzten Vorbereitungen fürs Weihnachtsfest wurden getroffen. »Möglich, dass ich das nicht hätte tun sollen«, gab sie zu. »Aber es war der einzige Weg, um den Jungen zum Sprechen zu bringen.«

»Wann willst du denn dein Versprechen einlösen?«, fragte Conrad.

»Ich hätte es längst tun sollen.«

Conrad winkte dem Kellner zum Zahlen und lehnte sich zu Elsa über den Tisch. »Dann erledigen wir das gemeinsam. Ich war noch nie beim Lainzer Tiergarten.«

35

Lainzer Tiergarten

Sie kehrten zurück zum Palais und baten Lotte, ihnen das
Auto für den Nachmittag zu überlassen, denn der Weg war
mit öffentlichen Verkehrsmitteln weit und beschwerlich.
Conrad hatte schon vor Jahren eine offizielle Fahrerlaubnis
erstanden. Alles, was er dazu benötigt hatte, war eine Geburtsurkunde, ein Gesundheitsattest und ein Foto. Damit
ausgestattet war er ein paarmal vor dem Prüfer hin und her
gefahren und hatte im Anschluss die Frage beantwortet, was
man bei Dunkelheit zu tun hatte. Nämlich die Karbidlam-
pen einschalten. Nach Bezahlen der Prüfungsgebühr war er
berechtigt gewesen, Automobile zu lenken.

»Ich verstehe nicht, warum du dir nicht längst eine Fah-
rererlaubnis besorgt hast«, sagte Conrad.

»Es steht auf der Liste der Dinge, die ich erledigen werde.«

Wie erwartet überließ Lotte ihnen den Steyer II, ohne
nachzufragen, wohin sie wollten. Im Gegensatz zu seiner
Mutter fuhr Conrad langsam und überlegt. Er verzichtete
auf rasche Überholmanöver ebenso wie auf scharfe Bremsun-
gen. Dennoch gelangten sie zügig zur westlichen Stadtgrenze,
wo mitten im Wienerwald die Hermesvilla stand. Das
prachtvolle Jagdschloss war ein Geschenk des Kaisers an seine
Ehefrau Sisi gewesen, die die Jagd und die Natur geliebt

hatte. Der Kaiser hatte mit dem kostbaren Geschenk gehofft, die Reiselust der Kaiserin zu beenden und sie an Wien zu binden. Seine Rechnung war nicht aufgegangen, Sisi war weiter dem Hof und ihrem Ehemann ferngeblieben. Heute stand das Schloss leer. Die Verwaltung des Gartens übernahm der Kriegsgeschädigtenfonds. Nach wie vor wurden die Tore des Gartens jeden Abend geschlossen. Die Bevölkerung hatte nur am Wochenende Zutritt zum ehemaligen Jagdrevier.

Conrad parkte den Wagen in der Hermesstraße in der Nähe des Lainzertors. Insgesamt verfügte das Areal über vier Eingänge. Als sie ausstiegen, schneite es leicht. Endlich hatte das Föhnwetter ein Ende. Eine dünne weiße Schicht lag auf der Straße und dem unbefestigten Weg, der parallel zur Mauer führte. Auf beiden Seiten der circa zwei Meter hohen Steinmauer standen kahle Bäume und Büsche.

»Bis du sicher, dass es Menschen gibt, die hier hausen?«, fragte Conrad.

»Das haben die Frauen im Obdachlosenheim behauptet.«

Conrad stellte den Kragen seines Mantels hoch und zog sich seine Mütze tiefer in die Stirn. Elsa hakte sich bei ihm unter. Gemeinsam liefen sie einen schmalen Trampelpfad entlang. Es war einen Tag vor Heiligabend, weshalb es bereits gegen vier langsam dunkel wurde. Sie mussten sich beeilen, denn hier gab es keine Straßenbeleuchtung. In einer halben Stunde würde man nichts mehr sehen.

»Dort hinten brennt ein Feuer«, sagte Conrad und wies auf eine dünne Rauchsäule, die in den wolkenverhangenen Himmel aufstieg. Tatsächlich roch es verbrannt. Sie beschleunigten ihre Schritte. Der Geruch nach brennendem Holz wurde intensiver. In einiger Entfernung entdeckten sie niedrige Bretterverschläge, die an die Steinmauer angebaut waren. Einfache Barracken, die Zeltcharakter hatten. Vor den Eingängen zu den notdürftig gezimmerten Hütten hingen Decken. Direkt an der Wand war eine Art Waschtisch aufgebaut. Mehrere Waschschüsseln standen darauf. Unter dem schiefen Brett befanden sich Gießkannen. In der Mitte, ähnlich einem kleinen Dorfplatz, brannte ein Feuer. Ein Mann stand daneben und wärmte sich die Hände. Als er Elsa und Conrad näher kommen sah, stieß er einen lauten Pfiff aus. Sofort kamen weitere Männer und Frauen aus den Hütten gekrochen. Einige traten aus dem Waldstück. Ein junges Mädchen, es konnte nicht älter als vierzehn sein, trug Äste in den Armen. Sie hielt sie fest gegen ihre Brust gepresst. Ob sie noch schulpflichtig war?

Ihr Gesicht war schmutzverschmiert. Sie begegnete Elsa und Conrad mit Argwohn und Misstrauen genau wie die anderen Barackenbewohner.

»Guten Tag«, sagte Conrad höflich.

»Tag«, kam es unfreundlich von dem Mann neben dem Feuer zurück. Die anderen schwiegen.

»Wir sind auf der Suche nach einer Frau, ihr Name ist Olga Woda. Können Sie uns weiterhelfen?«

Elsa drückte sich näher an die Schulter ihres Bruders. Sie war froh, dass er hier war. Allein hätte sie sich nicht sonderlich wohlgefühlt. Die Ablehnung, die ihnen entgegenschlug, war so intensiv, dass man meinen konnte, sie zu greifen.

»Was wollen Sie von Olga?«

Elsa horchte überrascht auf. Der Mann duzte sie nicht, und er drückte sich in gewählter Sprache ohne breiten Wiener Dialekt aus. Im ständig dunkler werdenden Licht blinzelte sie ihn an. Der Mann kam ihr bekannt vor. Sie war ihm schon einmal begegnet.

»Sie sind das Fräulein, das mir einen ganzen Zwanzig-schillingschein gegeben hat«, sagte er. Auch er erkannte sie wieder. Es war der Tag gewesen, als sie zur ersten Vorlesung von August Aichhorn gehetzt war.

»Ja, das war ich«, bestätigte Elsa erfreut. Mit einem Mal schwand ihre Angst. Von diesem Mann ging keine Gefahr aus. »Leben Sie hier?«, fragte Elsa.

»Ja. Ich konnte mir meine Wohnung nicht mehr leisten. Zwei Jahre nach Kriegsende musste ich sie zu einem Spott-preis verkaufen, damit ich meine Frau und mich durchfüt-tern konnte. Danach war kein Geld mehr für die Miete üb-rig.« Seine Miene verfinsterte sich. »Kurz darauf starb meine Frau an der Spanischen Grippe.«

Elsa stockte der Atem. Der Mann hatte in vier Sätzen seine persönliche Tragödie zusammengefasst. Sie konnte ver-stehen, dass er zu stolz war, um in einem der Obdachlosen-heime zu übernachten.

»Sind Sie immer noch auf Arbeitssuche?«, fragte Elsa.

»Niemand braucht einen ehemaligen Verwalter des kai-serlichen Reisehofmobiliars.«

Elsa war überrascht, dass es diesen Beruf überhaupt ge-geben hatte. War der Kaiser mit seinem eigenen Bett ver-reist?

»Haben Sie sich für eine Sozialwohnung angemeldet?«, fragte Elsa. Sich musste an Karo und ihre nette kleine Woh-nung denken.

»Ich bin arbeitslos«, erinnerte der Mann. »Und ich bin kein Sozialdemokrat.«

Elsa wusste nicht, nach welchen Kriterien Sozialwohnun-gen vergeben wurden, deshalb ließ sie die Sache auf sich beruhen und wiederholte ihre Frage nach Olga Woda.

Der Mann drehte sich zu dem Mädchen mit dem Holz im Arm: »Weißt du, wo Olga ist?«

Noch bevor sie antworten konnte, trat eine kleine Frau hinter einer deutlich älteren hervor. Tiefe Furchen zogen sich über ihre Stirn und die eingefallenen Wangen. Früher einmal musste sie eine schöne Frau gewesen sein. Doch sie war frühzeitig gealtert. Ehemals blondes Haar war jetzt farblos und stumpf. Doch trotz der widrigen Wohnverhältnisse hatte sie es zu einem ordentlichen und sauberen Knoten zusammengebunden. Auch ihre Kleidung sah gewaschen aus.

»Was wollen Sie von mir?«, fragte sie. Ihre Stimme klang ängstlich. In ihren Augen lag eine Unruhe, als befände sie sich seit Jahren auf der Flucht. Fahrig schossen die Pupillen hin und her.

»Ich habe Ihren Sohn kennengelernt.«

»Werner?« Sie trat näher. »Was haben sie mit ihm gemacht?« Angst und Hoffnung lagen zu gleich großen Teilen in ihrer Stimme.

»Es geht ihm gut«, beruhigte Elsa. Damit erzählte sie nur einen Teil der Wahrheit. Körperlich war der Bub unversehrt, aber er litt an der Trennung. Auch Frau Woda schien ihren Sohn zu vermissen.

»Wo haben sie ihn hingesteckt?«

»Er wohnt in einem Kinderheim der Stadt Wien.« Elsa wog ihre Antwort vorsichtig ab. Sie wusste, dass sie diese Information nicht an Olga Woda weitergeben durfte. »Er bekommt im Heim ausreichend zu essen, geht regelmäßig zur Schule, hat warme Kleidung und schläft in einem ordentlichen Bett.«

Sie holte die Zeichnung aus ihrer Handtasche und übergab sie der schmächtigen Frau.

»Die hat Werner für Sie gemacht.«

Mit zitternden Fingern nahm Olga Woda das Zeichenblatt entgegen. Ihre Nase wurde rot, Tränen traten in ihre Augen. Mit dem Handrücken wischte sie sie weg.

»Die Zeichnung ist schön«, sagte sie leise. »Ich wünschte, Werner könnte mir erklären, was er mit den Brettern an seinen Füßen gemeint hat. Er hat immer ganze Geschichten zu seinen Zeichnungen erzählt. Ich habe sie alle aufgehoben.«

»Die Bretter sind Skier«, sagte Elsa. »Die Kinder bekommen im Heim Skiunterricht.«

Frau Woda wurde noch trauriger. »Sie nehmen den Müttern die Kinder weg und bringen ihnen Skifahren bei. Aber wer tröstet meinen Werner, wenn er sich verletzt? Wenn er hinfällt und sich sein Knie aufschlägt?« Die Tränen liefen ihr über die Wangen.

Elsa sah nun, dass ihre Haut doch nicht so sauber war, wie sie zuerst gedacht hatte. Die Tränen hinterließen helle Spuren. »Mit welchem Recht hat mir die Fürsorge mein Kind weggenommen? Er war noch nie für längere Zeit von mir getrennt. Sicherlich weint er sich jede Nacht in den Schlaf.«

»Wie kam es, dass Sie auf der Straße gelandet sind?«, wollte Elsa wissen.

Olga Woda zuckte mit den Schultern. »Mein Mann ist krank aus dem Krieg nach Hause gekommen. Er hat sich nie wirklich erholt. Kurz nach Werners Geburt ist er an einer Lungenentzündung gestorben. Ich habe meine Anstellung verloren. Es war immer sehr knapp, aber ich konnte eine Zeit lang von Erspartem leben. Letzten Frühling wurde es dann so eng, dass ich die Miete nicht mehr zahlen konnte. Werner und ich sind auf der Straße gelandet.«

Sie machte eine Pause, suchte in ihrer Manteltasche nach einem Taschentuch, holte es hervor und blies lautstark hinein. »Ich habe bei der Fürsorge um Hilfe gebeten. Sie haben mich zur Erziehungsberatung geschickt und gesagt, dass ich mir Arbeit und eine Wohnung suchen soll, sonst müssten sie mir Werner wegnehmen. Aber ich brauchte keine Beratung. Ich kam wunderbar mit Werner klar. Ich brauchte Hilfe bei der Arbeitssuche.«

»Aber Sie haben keine gefunden«, sagte Elsa leise.

»Meistens haben wir bei Freunden geschlafen, aber hin und wieder auch im Park. Als ich Werner in der Schule angemeldet habe, reagierte die Fürsorge. Sie haben mir Werner ohne Vorwarnung weggenommen. Ich liebe mein Kind mehr als alles andere auf der Welt. Ich habe nie die Hand gegen ihn erhoben. Es bricht mir das Herz, dass er nicht bei mir ist.«

»Die Fürsorge unterstellt allen Alleinerziehenden, dass sie nicht für ihre Kinder sorgen können. Wer keinen Mann hat, kriegt eine Fürsorgerin, die kontrolliert«, erklärte die ältere Frau, hinter der Olga Woda sich zuvor versteckt hatte. Sie hatte einen ungarischen Akzent. Elsa war davon überzeugt, dass auch sie nicht immer im Freien geschlafen hatte.

»Wie soll ich jemals genug Geld zusammenbekommen, dass ich mir die Miete für eine Wohnung leisten kann?« Olga Woda klang niedergeschlagen und resigniert.

»Haben Sie einen Beruf gelernt?«, fragte Elsa.

Olga Woda verneinte. »Bis zu meiner Entlassung habe ich in einem großen Haushalt gearbeitete. Dort war man sehr zufrieden mit mir. Aber als Alleinerziehende kriegt man nur schwer eine Anstellung.«

»Es gibt ja immer weniger Stellen. Die reichen Leute leisten sich nur mehr halb so viel Personal«, erklärte die Ungarin.

»Niemand hat mehr sechs oder sieben Angestellte wie vor dem Krieg.«

»Als was haben Sie denn gearbeitet?«, erkundigte sich Elsa.

»Ich war in einer Küche«, sagte Olga Woda. »Ich kann wirklich gut kochen. Ich habe zwar in keinem Restaurant eine Lehre gemacht, aber ich habe von der alten Petra Pokorny alles gelernt, was man wissen muss. Meine ungarischen Somlauer Nockerl werden genauso perfekt wie die französischen Käsesoufflés.«

»Das kann ich bezeugen«, meinte der ehemalige Verwalter des kaiserlichen Reisemobiliars. »Olga zaubert selbst hier unter widrigen Bedingungen, nur über offenem Feuer, köstliche Omeletts.«

Conrad stieß Elsa sanft an. Er warf ihr einen vielsagenden Blick zu und lehnte sich zu ihr: »Denkst du dasselbe wie ich?«

»Klingt auf alle Fälle besser als Krautfleckerl.«

Laut fragte sie Olga Woda: »Wollen Sie noch ein weiteres Vorstellungsgespräch führen?«

Die Frau war völlig perplex. »Ich soll mich vorstellen?«

»Ja, wir kennen jemanden, der eine Köchin sucht.«

Olga blickte sich irritiert um.

Der ehemalige Verwalter des kaiserlichen Reisemobiliars nickte ihr ermutigend zu.

»Ich würde jede Arbeit annehmen«, sagte Olga leise. »Wenn ich nur meinen Werner wieder zurückbekomme.« Sie machte eine Pause. »Wo sucht man nach einer Köchin?«

»In einem Palais auf der Ringstraße.«

»Auf der Ringstraße?« Mit beiden Händen griff sie sich ans Haar und zupfte an der ohnehin ordentlichen Frisur.

»Möglich, dass Sie zuvor ein Bad nehmen müssen. Die Dame des Hauses ist eine sehr penible Frau«, meinte Conrad.

»Ich habe vorgestern im Tröpferlbad geduscht. Aber ich würde liebend gern baden.«

Die Menschen, die hier wohnten, besuchten regelmäßig öffentliche Bäder, das war der Grund für ihre halbwegs sauberen Kleider.

»Na dann fahren wir in die Stadt«, sagte Conrad.

36

Palais Sonnstein

Olga hatte rasch einen Lederkoffer von überraschend hoher
Qualität gepackt. Jetzt saß sie eingeschüchtert und mit
ängstlich aufgerissenen Augen auf der Rückbank des
Steyer II und starrte aus dem Fenster. Sie war noch nie in
einem Automobil gefahren. Elsa versuchte, sie in ein Gespräch zu verwickeln, um mehr von ihr zu erfahren. Olga
war dreißig Jahre alt. Ihr Mann war Maschinenschlosser gewesen, der in Kriegsgefangenschaft geraten war und erst
zwei Jahre nach Kriegsende zurück nach Wien gekommen
war. Damals hatte Olga im Haushalt eines Leinenfabrikan-
ten gearbeitet. Da man ihren Mann dort nicht aufnehmen
wollte, hatten sie nach einer Wohnung gesucht, die aber von
Anfang an zu teuer gewesen war. Kurz nach der Rückkehr
ihres Mannes war Olga schwanger geworden, noch bevor
Werner geboren wurde, verstarb ihr Mann. Olga verlor ihre
Anstellung. Man war nicht bereit, eine Alleinerziehende zu
beschäftigen, und von da an ging es nur noch bergab, bis sie
schließlich auf der Straße landete. Olga stammte ursprünglich aus Prag, war aber schon als kleines Mädchen von ihren
Eltern nach Wien geschickt worden, um zuerst als Dienstmädchen und später als Köchin in großen Haushalten zu
arbeiten. Olgas Schicksal stand stellvertretend für Tausende

Frauen, die in der einstigen Donaumonarchie aufgewachsen waren. Viele von ihnen waren von ihren Arbeitgebern schamlos ausgebeutet und mitunter auch misshandelt worden.

»Wir müssen Sie warnen«, sagte Elsa. »Unsere Großmutter, die beim Personal das letzte Wort hat, ist eine sehr strenge Frau. Lassen Sie sich davon nicht abschrecken.«

Olga nickte wissend. »Mein erster Arbeitgeber hat Fehlverhalten mit der Reitgerte bestraft.«

»Um Himmels willen«, rief Conrad aus. »Großmutter lässt Sie im schlimmsten Fall eine Messingschüssel ein zweites Mal putzen oder schickt Sie zurück in Ihr Zimmer, damit Sie sich eine saubere Schürze umbinden. Mehr haben Sie nicht zu befürchten.«

Sie erreichten die Ringstraße. Conrad parkte den Wagen in einer Seitengasse, und sie gingen zum Dienstboteneingang, der sich im Souterrain befand. Über eine schmale Treppe gelangten sie zu einer Tür, die direkt in die Küche führte. Sie war nicht versperrt, Marie saß am Tisch und schälte Gemüse. Lotte stand neben ihr und half ihr dabei.

»Grüß euch«, sagte Lotte.

»Warum schleicht ihr euch über den Dienstboteneingang ins Haus?« Besonders Conrad wählte diesen Weg nur, wenn er nicht darüber reden wollte, wo er gewesen war.

»Gegenfrage«, konterte Conrad. »Was machst du in der Küche?«

»Morgen ist Heiligabend, und ganz egal, was eure Großmutter dazu sagt, ich will keine Krautfleckerl essen.«

Marie schaute beschämt auf die Kartoffel in ihrer Hand. »Ich kann halt nix anderes.«

»Das war kein Vorwurf, Marie«, sagte Lotte. »Du schuftest hart, und wir alle wissen das zu schätzen. Ich habe keine gebrochenen Hände und kann durchaus mit anpacken.«

»Wir haben jemanden mitgebracht.« Elsa schob Olga Woda nach vorne. Sie hielt ihren Koffer fest gegen ihren Körper gedrückt. Ähnlich einem Schild, als müsste sie sich vor einem Angriff schützen. »Olga ist Köchin und sucht eine Anstellung.«

Lotte ließ die geschälte Knolle in den Topf plumpsen. Wasser spritzte über den Rand. Die nassen Hände wischte sie an der geblümten Schürze ab, die sie sich umgebunden hatte. »Das ist ja großartig!« Sie reichte Olga die Hand. »Ich bin Lotte Sonnstein.«

»Sind Sie die Großmutter?«, fragte Olga irritiert.

Lotte lachte. »Sehe ich denn schon so alt aus?«

»Nein, bitte verzeihen Sie, natürlich nicht. Wie dumm von mir.« Blut schoss in Olgas Wangen. Verlegen trat sie von einem Fuß auf den anderen. Sie war wirklich sehr nervös.

»Ich bin die Mutter von Elsa und Conrad.«

Während Lotte sprach, musterte Marie die Neue ungeniert. Was sie sah, schien ihr zu gefallen. Sie lächelte Olga einladend und freundlich an.

»Wenn Sie wollen, können Sie gleich mit anpacken«, schlug Lotte vor.

Olga stellte ungläubig ihren Koffer ab.

»Elsa zeigt Ihnen, wo Sie Ihre Sachen unterstellen können, und gibt Ihnen eine frische Schürze.«

»Vielen, vielen Dank«, stammelte Olga. Sie klang, als würde sie sich nicht sicher sein, dass das, was ihr eben widerfuhr, Realität oder bloß ein Traum war.

»Kommen Sie.« Elsa winkte Olga weiter. Über eine schmale Treppe neben der Küche führte sie Olga ins Dachgeschoss, wo die Dienstbotenzimmer lagen. Vor dem Krieg hatten hier bis zu zehn Personen gewohnt. Jetzt gehörte der gesamte Bereich Marie, denn Ferdinand hatte ein Zimmer im Erdgeschoss. »In diesem Raum hat die Köchin gewohnt, die uns verlassen hat. Es gibt fließendes Wasser«, erklärte Elsa.

Der Raum war spärlich möbliert. Außer einem Bett, einem Schrank, einer Kommode und einem Waschbecken gab es einen rahmenlosen Spiegel an der Wand und einen Kleiderständer in einer Ecke.

»Sie können Ihren Koffer hierlassen und sich waschen. Ich bringe Ihnen eine frische Schürze.« Elsa wandte sich zum Gehen, als Olga sie am Oberarm zurückhielt.

»Warum machen Sie das?«, fragte sie tonlos.

»Wir brauchen eine Köchin.«

Olga legte den Kopf schräg, die Erklärung reichte ihr nicht.

»Und weil ich davon überzeugt bin, dass Werner bei Ihnen besser aufgehoben ist als im Kinderheim.«

»Ich habe bis jetzt nicht an Weihnachtswunder geglaubt«, sagte Olga. »Aber gerade eben passiert eines.«

37

Palais Sonnstein

»Dieses Kartoffelpüree schmeckt großartig«, schwärmte Onkel Simon. Er schaufelte eine zweite Portion auf seinen Teller und noch eine Scheibe vom faschierten Braten.

»Hast du wieder in der Küche Hand angelegt?« Mathildes Teller war immer noch leer. Sie sah Lotte verärgert an.

»Elsa und Conrad haben eine Köchin aufgetrieben, die zur Probe bei uns arbeitet.«

»Wie bitte?« Mathildes Stimme überschlug sich. »Ihr stellt hinter meinem Rücken jemanden ein? Glaubt ihr, dass ich dazu nicht mehr in der Lage bin? Das hier ist immer noch mein Haus.«

»Aber Großmama, du wolltest doch, dass Mama oder ich dir bei der Suche nach einer Köchin helfen. Und wir haben noch niemanden eingestellt. Olga kocht heute nur zur Probe bei uns«, beschwichtigte Elsa.

Conrad legte eine Scheibe vom faschierten Braten auf den Teller seiner Großmutter und klatschte einen Schöpflöffel Püree dazu. »Koste mal, es ist wirklich sehr gut.«

Nur widerwillig ergriff Mathilde ihr Besteck. Mit dem trotzigen Gesichtsausdruck eines kleinen Kindes nahm sie einen Bissen. Obwohl das Fleisch butterweich war, kaute sie endlos, bis sie endlich schluckte.

»Und? Was sagst du?« Elsa sah sie erwartungsvoll an.

»Der Braten ist gut, daran besteht kein Zweifel. Aber was wissen wir sonst von der Person? Hat sie Zeugnisse? Wer waren ihre früheren Arbeitgeber? Wo wohnt sie?« Mathilde lud ihre Gabel ein weiteres Mal auf und führte sie zum Mund.

»Das kannst du sie später alles selbst fragen«, meinte Elsa. »Und wohnen wird sie bei uns. Die Dienstbotenzimmer unter dem Dachboden sind leer.«

»Hm.« Ihre Großmutter kaute wieder. Aber ihr Gesichtsausdruck war milder geworden.

»Wir sollten diese Person auf alle Fälle einstellen«, meinte Onkel Simon. Seit Langem hatte er nicht mehr so zufrieden ausgesehen.

»Sicher gibt es irgendeinen Haken. Die Frau war doch nicht straffällig?« Mathilde war immer noch skeptisch.

»Sie hat einen Sohn, der im Moment im Heim lebt, aber das würde sich ändern, sobald sie eine Arbeitsstelle und eine Wohnmöglichkeit nachweisen kann.« Elsa beschloss, gleich mit der Wahrheit herauszurücken.

»Olga ist die Mutter von Werner?« Es war keine Zeit gewesen, Lotte über Olgas Identität aufzuklären. Jetzt lehnte sie sich zu Elsa über den Tisch. »Ich habe mir gleich gedacht, dass ich die Augen von irgendwoher kenne.« Sie schien beeindruckt von ihrer Tochter.

»Eine Frau mit einem Kind im Kinderheim. Auf gar keinen Fall.« Entrüstet legte Mathilde das Besteck aus der Hand. Das kostbare Silber fiel klirrend auf das Porzellan. Mit einem energischen Ruck schob sie den Rest ihres Essens von sich weg, so als wäre der Braten mit einem Mal vergiftet worden.

»Werner würde nicht mehr im Heim leben, wenn Olga hier arbeitet«, sagte Elsa. »Er ist ein lieber Bub, der sich nur eines wünscht: Er will wieder bei seiner Mutter sein.«

»Pah!« Mathilde schnaufte empört.

»Olga Woda hat ihr Kind nicht misshandelt, sie konnte ihn bloß nicht ausreichend ernähren. Aber selbst in größter Armut hat sie versucht, Werner durchzufüttern, und hat ihn nicht einfach abgegeben, wie andere Mütter das in ihrer Verzweiflung vielleicht getan hätten.«

Nun zuckte Elsas Großmutter unmerklich zusammen.

»Ich finde, dass Olga eine Probezeit verdient hat«, sagte Jakob.

»Da stimme ich zu.« Onkel Simon schob die Schüssel mit dem Püree erneut zu sich, um einen Nachschlag zu nehmen.

»Es gibt noch eine Nachspeise«, sagte Lotte. »Linzertorte.«

»Na, dann begnüge ich mich mit einem kleinen Stück vom Braten«, meinte Simon, lud sich aber eine weitere große Portion auf den Teller. »Nach all den trostlosen Krautfleckerlwochen kann ich mich nicht zurückhalten«, meinte er entschuldigend.

Noch bevor die Nachspeise serviert wurde, kam Ferdinand ins Speisezimmer. Er ging zu Elsa und flüsterte ihr zu: »Sie haben Besuch.«

»Jetzt?« Elsa sah auf die Standuhr. Es war neun Uhr. Wer kam sie am 23. Dezember um diese Zeit noch besuchen?

»Ihr entschuldigt mich.« Sie legte ihre Serviette zur Seite und stand auf. Mit schnellen Schritten lief sie die Treppe in die Vorhalle hinunter. Es war Karo, die dastand und sich ehrfürchtig umsah. Sie trug einen neuen dunkelblauen Hut und einen dazu passenden Schal.

»Elsa, du wohnst in einem Palast«, sagte sie beeindruckt.

»Mein Großvater hat bei der Planung übertrieben«, meinte Elsa. Sie freute sich, die Freundin zu sehen, schloss sie in die Arme und drückte ihr rechts und links einen Kuss auf die Wange. Sie hätte sich längst bei Karo melden sollen.

»Ich habe seit gestern den Schlüssel zu meiner Wohnung und wollte dich fragen, ob du heute Abend mit uns auf die Einweihung anstoßen willst.«

»In deiner Wohnung?«

»Ja.« Karo nickte. »Peter, zwei Kolleginnen aus der Schönbrunner Schule und Otto werden auch da sein.« Sie sah so glücklich und stolz aus, dass Elsa nicht ablehnen konnte, auch wenn sie Otto begegnen würde.

»Ich komme gerne«, sagte Elsa.

Karo rieb sich die Hände. »Komm, beeil dich. Die anderen warten schon.«

Schnell lief Elsa zurück ins Speisezimmer und gab Bescheid, dass sie noch einmal wegmusste, dann eilte sie weiter in ihr Zimmer, wo im Koffer, den sie immer noch nicht ausgepackt hatte, die Vase aus Gmunden für Karo lag. Sie durchwühlte ihre Kleidung, fand die Vase, griff nach ihrer Handtasche und sauste zurück zu Karo. Ferdinand stand schon mit ihrem Mantel bereit.

»Wie vornehm ist das denn?«, flüsterte Karo ihr ins Ohr. »Du hast einen Diener, der dir in den Mantel hilft.«

Ferdinand hörte Karos Worte und lächelte milde. »Ich muss zurück ins Speisezimmer«, sagte er und verabschiedete sich mit einer knappen Verbeugung von Karo.

Der schoss das Blut in die Wangen. »Wau!«, hauchte sie leise.

Elsa musste lachen. Es fühlte sich so gut an, Karo wiederzusehen. Sie knöpfte ihren Mantel zu, schnappte die Papiertüte mit Karos Vase und vergaß dabei ihre Handtasche, die sie zuvor auf dem kleinen Hocker neben der Kommode abgestellt hatte. Gut gelaunt verließ sie mit der Freundin das Palais und hakte sich bei ihr unter. Erst in der Straßenbahn fiel ihr auf, dass ihre Handtasche samt Portemonnaie immer noch zu Hause stand.

»Kein Problem«, sagte Karo. »Ich habe gestern meinen Lohn bekommen. Ich lade dich auf die Straßenbahnfahrt ein.«

Es war drei Wochen her, dass sie einander das letzte Mal gesehen hatten. Karo plauderte aufgeregt von ihrer Arbeit und von der Schlüsselübergabe ihrer Wohnung.

»Ich kann dir gar nicht sagen, wie ich mich gefühlt habe, als ich zum ersten Mal in dem winzigen Raum gestanden habe«, lachte sie. »Es war wie der Hauptgewinn bei einem Preisausschreiben, wie eine Gratisfahrt im Riesenrad, wie Weihnachten und Ostern zugleich.«

Karos gute Laune war ansteckend, wie immer. Elsa fühlte sich in ihrer Gegenwart wohl. »Ich habe dir aus Gmunden etwas mitgebracht«, sagte sie. Elsa wollte Karo das Geschenk übergeben, bevor sie mit den anderen zusammentrafen.

»Ein Geschenk? Ich habe keines für dich.«

Elsa hielt ihre Straßenbahnfahrkarte in die Höhe. »Doch!« Beide lachten.

Vorsichtig nahm Karo die Papiertüte entgegen und holte die in Seidenpapier eingewickelte Vase hervor. Behutsam, so als würde es sich um eine wertvolle Kirchenmonstranz handeln, packte sie die Keramik aus. Eine schlichte weiße Vase, die am oberen Rand mit dunkelgrauen Auslassungen und am Sockel mit goldenem Spiralmuster versehen war, kam zum Vorschein.

»Angeblich hat Gustav Klimt kurz vor seinem Tod das Design für diese Vase entworfen«, sagte Elsa. »Möglich, dass das Ding einmal sehr wertvoll ist.«

Karo war sichtlich gerührt, für einen Moment fehlten ihr die Worte. Dann drehte sie sich zu Elsa und drückte ihr einen Kuss auf die Wange. »Die Vase ist wunderschön, vielen Dank.«

»Gerne.«

Sorgsam wickelte Karo ihr Geschenk wieder ins Seidenpapier und legte die Vase zurück in die Papiertüte, die sie auf ihrem Schoß hielt.

»Wie steht es zwischen dir und Otto?«, erkundigte sich Karo.

»Wir haben uns gestritten und seither nicht mehr gesehen.«

»Es hat Streit gegeben? Davon hat Otto nichts gesagt.« Karo wirkte überrascht. »Dabei habe ich ihn letzte Woche fast täglich gesehen. Ich glaube, er freut sich darauf, dich wiederzutreffen.«

»Ach ja?« Elsas Nervosität stieg. Sie war sich nicht sicher, wie sie Otto begegnen sollte, nachdem sie so verbittert auseinandergegangen waren.

Doch es blieb ihr nicht viel Zeit, darüber nachzudenken, denn schon hielt die Straßenbahn an, und Karo zog Elsa mit sich. Gemeinsam liefen sie über die Landstraßer Hauptstraße. In vielen Fenstern standen Kerzen, die Schaufenster waren alle weihnachtlich dekoriert. Über die Baumgasse gelangten sie zu einem Spitzbogentor. Im Schein der Laternen konnte Elsa die Schichtziegelfassade der unteren Stockwerke sehen. Einem kleinen Schloss gleich thronte ein zweistöckiges Gebäude über einem etwas tiefer gelegenen Hof, der eingezäunt war. Zwei Treppen zu beiden Seiten führten zu einer Terrasse.

»Das ist der Kindergarten«, erklärte Karo stolz. Sie gingen zu einer der achtundsiebzig Stiegen. Großzügig angelegte Grünflächen zwischen den Gebäudekomplexen sorgten im Sommer für Urlaubsstimmung. Jetzt lagen Bäume, Bänke und Büsche unter einer frischen Schneeschicht. Vor dem Eingang zum Stiegenhaus warteten bereits vier Menschen.

»Na endlich«, sagte eine der beiden Frauen. »Wenn ihr nicht bald gekommen wärt, hätten wir ein Feuer anzünden müssen, um nicht zu erfrieren.« Sie trat von einem Fuß auf den anderen und blies in ihre gefalteten Hände.

Karo stellte die junge Frau als Greta vor. Sie war auffallend stark geschminkt. Ihre Freundin, die neben ihr stand, hieß Renate und wirkte blass neben ihr. Peter begrüßte Karo mit einem Kuss und Elsa mit einem Handschlag. Otto zögerte kurz, dann trat er auf Elsa zu und tat so, als wäre nie etwas zwischen ihnen vorgefallen. Er zog sie zu sich und hauchte ihr einen Kuss auf die Wange. »Servus.«

Elsa war verwirrt. Hatte er den Streit zwischen ihnen vergessen?

»Lasst uns reingehen«, schlug Karo vor. Nur zu gern folgten ihr die anderen.

»Du hast dich rargemacht«, sagte Otto.

»Ich war bei meinen Tanten am Attersee.«

»Ist es nicht ein bisschen zu kalt für die Sommerfrische?« Er wollte einen Scherz machen und lachte. Aber Elsa war zu irritiert, um einzustimmen.

Über eine Treppe gelangten sie in den zweiten Stock.

Karo hielt vor einer weiß gestrichenen Tür an, holte feierlich ihren Schlüssel aus ihrer Manteltasche und hielt ihn in die Höhe.

»Meine erste eigene Wohnung.« Sie strahlte von einem Ohr zum anderen.

Peter zog sie zu sich und küsste sie auf den Mund. »Gratuliere!«

»Ich beneide dich«, sagte Greta. Sie hatte sich zwischen Elsa und Otto gedrängt, beugte sich vertraulich zu ihm und stützte sich vermeintlich freundschaftlich an seiner Schulter ab. Er schien die Nähe zu genießen. Bildete Elsa es sich nur ein, oder warf er ihr einen triumphierenden Blick zu?

Karo sperrte auf und öffnete die Tür. Ein winzig kleiner Flur bot immer nur Platz für eine Person, um sich auszuziehen. Da Karo noch keine Haken hatte, legten sie die Mäntel auf einen Haufen auf den Boden. Elsas Mantel war der oberste. Vom Vorzimmer aus führte eine Tür in eine Küche, die viel geräumiger wirkte, als sie tatsächlich war. Eine Kochnische, Regale und Schränke füllten den Raum optimal aus. Durch die andere Tür gelangte man ins Wohnzimmer, das gleichzeitig auch Schlaf- und Esszimmer war. Ein Sofa, das man zu einem Bett ausziehen konnte, stand darin, außerdem gab es einen Schrank, einen winzigen Tisch und Kissen, die auf dem Boden lagen.

»Darf ich euch das Beste an der Wohnung zeigen?« Karo ging zu einer holzgerahmten Tür und öffnete sie: »Mein Balkon! Tatarata!«

Sie breitete ihr Arme aus und präsentierte eine kleine überdachte Freifläche, auf der Platz für einen Liegestuhl war. »Die Wohnung ist großartig«, schwärmte Greta. »Zum ersten Mal in der Geschichte gibt es bezahlbare Wohnungen für einfache Arbeiter.« Sie drehte sich zu Otto und himmelte ihn förmlich an, als hätte er persönlich diese Wohnung entworfen, gebaut und finanziert.

Er sonnte sich in Gretas Bewunderung.

»Nehmt Platz«, forderte Karo. Sie wies auf die Sitzkissen.

»Ich habe Wein zum Anstoßen mitgebracht.« Otto holte die Flasche aus seiner Umhängetasche, die er zuvor im Flur abgestellt hatte.

»Ich habe aber nur drei Becher«, entschuldigte sich Karo. »Wir müssen sie teilen.«

»Wir nehmen einen zusammen«, sagte Peter.

»Ich teile ihn mit dir.« Greta tupfte mit ihrem Zeigefinger auf Ottos Brust.

Jetzt erst sah Elsa, dass ihre Fingernägel dunkelrot lackiert waren genau wie ihr Mund. Aber anders als bei Mona, die geschminkt die Ähnlichkeit mit einer Diva hatte, wirkte bei Greta die Farbe billig und schrill. Der dritte Becher blieb für Renate und Elsa. Sie suchten sich alle einen Platz. Otto setzte sich aufs Sofa, und sofort ließ sich Greta neben ihm nieder. Elsa nahm eines der Kissen. Mit einem Korkenzieher öffnete Peter die Weinflasche und schenkte großzügig die Becher voll, dann stießen sie auf Karos Wohnung an. Zuerst nahm Renate einen Schluck, dann Elsa. Mit einem Mal spürte sie eine Müdigkeit, die sie erfasste. Der Tag war schon endlos lang. Heute Morgen war sie noch am Attersee aufgewacht. Sie schob das Kissen zur Wand, damit sie sich anlehnen konnte.

»Du schaust ein bisschen mitgenommen aus«, bemerkte Karo. Peter hatte seinen Arm um ihre Schulter gelegt. Die beiden wirkten sehr verliebt.

»Ich bin wirklich müde«, gestand Elsa.

»Du hast doch schon Ferien. Die Universität ist seit einer Woche geschlossen«, sagte Renate. Offenbar wussten die anderen, dass Elsa studierte.

»Ich war mit meinem Bruder am Nachmittag bei der Hermesvilla.«

»Bei dem Wetter im Lainzer Tiergarten? Brr!« Greta schüttelte sich bei der Vorstellung.

»Das ist nicht dein Ernst.« Otto richtete sich auf. »Du bist wirklich dort gewesen?«

Er hatte ihren Streit also nicht vergessen und wusste sofort, wen Elsa bei der Hermesvilla gesucht hatte.

»Ja.« Sie hielt ihre Antwort knapp, um jede weitere Debatte zu vermeiden.

Aber Otto ließ nicht locker. »Du glaubst immer noch, klüger zu sein als die Experten von der KÜST?«

Die anderen richteten neugierig ihre Blicke auf Elsa. Sie fühlte sich an das Seminar bei Gattel erinnert.

»Was die Sozialdemokraten in Wien aufbauen, ist das modernste Gesundheits- und Fürsorgewesen der Welt. Noch nie ist so viel in Schulen, Kindergärten, Horte und Krankenhäuser investiert worden. Wie kannst du dir anmaßen, die Errungenschaften zu kritisieren?«

Otto war wirklich verärgert. Er wirkte, als hätte Elsa ihn persönlich angegriffen. Dabei stellte sie bloß das Schicksal eines einzigen Kindes infrage.

»Du hörst mir nicht zu, Otto«, sagte sie möglichst ruhig. In Wahrheit brodelte es in ihr. »Ich finde viele von den gesetzten Maßnahmen sehr begrüßenswert. Aber nicht alles, was glänzt, ist Gold. Es gibt auch Schattenseiten. Die KÜST ist eine davon.«

»In der KÜST sorgen Experten dafür, dass Kinder aus

desolaten Familien genommen werden, dass sie vor Gewalt und Unterernährung geschützt werden. Fachleute aus ganz Europa kommen nach Wien, um sich die Einrichtung anzusehen. In Schweden plant man ähnliche Institutionen. Offenbar hast du das nicht verstanden.«

Elsa antwortete nicht. Otto versuchte, sie zu provozieren, genau wie beim letzten Mal, aber diesmal würde sie nicht darauf einsteigen und sich hinterher schrecklich fühlen.

»Ich will nicht über die KÜST reden«, mischte sich Karo ein, um die aufgeheizte Stimmung zu beruhigen. »Auch nicht über die Arbeit, sondern über etwas Erfreuliches. Morgen ist Weihnachten, und ich sitze zum ersten Mal nicht mit meinen deprimierten Eltern in einem feuchten Kellerloch. Sondern mit Peter hier.« Sie nahm einen Schluck von ihrem Wein und blinzelte ihren Schlossergesellen an.

Greta lehnte sich an Otto, der nun sogar den Arm um ihre Schulter legte, dabei aber Elsa herausfordernd ansah.

Ihr wurde schlecht. Wie lange musste sie bleiben, um nicht unhöflich zu sein?

»Wisst ihr schon, was ihr zu Silvester machen werdet?«, fragte Karo. »Wirst du mit Mona, Edith und Moritz unterwegs sein?« Sie richtete ihre Frage an Elsa.

»Ich weiß es noch nicht«, antwortete Elsa wahrheitsgemäß. »Mein Bruder ist bis zum Neujahrstag in Wien. Ich denke, dass ich mit ihm feiern werde.«

»Wir werden alle im Parteilokal sein«, sagte Karo. »Du kannst deinen Bruder mitbringen. Es gibt wieder eine Band, die Musik spielt. Wir tanzen ins neue Jahr.«

»Ich freu mich schon«, meinte Greta. »Endlich kann ich meine neuen Tanzschuhe einweihen.«

Ihr Kopf ruhte immer noch an Ottos Schulter.

Elsa wünschte, sie wäre zu Hause geblieben. Der Wein zeigte Wirkung, es fiel ihr schwer, den Gesprächen zu folgen. Peter und Renate unterhielten sich über einen neuen Film mit Buster Keaton, während Otto, Karo und Greta darüber nachdachten, welche Musik Silvester wohl gespielt werden würde. Elsa ertappte sich dabei, wie ihre Augen zufielen. Rasch riss sie sie wieder auf. Sie schüttelte ihren Kopf, richtete sich auf und erhob sich etwas umständlich. Ihre Beine waren eingeschlafen und kribbelten unangenehm.

»Es tut mir wirklich leid«, entschuldigte sie sich. »Ich bin so müde, dass ich auf der Stelle einschlafen könnte. Besser, ich fahre nach Hause. Wo ist denn die nächste Taxirufsäule?«

»Du hast deine Handtasche vergessen«, erinnerte Karo.

»Ich steige aus und bitte den Fahrer zu warten.«

Diesmal machte Otto keine Anstalten, sie zu begleiten. Er blieb sitzen und genoss es sichtlich, von Greta angehimmelt zu werden.

»Ich wünsche euch noch einen schönen Abend.« Elsa winkte in die Runde. Nur Karo stand auf.

»Ich bringe dich runter, denn um diese Zeit ist das Haustor bereits abgesperrt. Der Hausmeister übernimmt das.«

Elsa schlüpfte in ihren Mantel und setzte ihre Mütze auf.

Kaum standen sie im Treppenhaus, sprudelte es aus Karo heraus: »Der Otto lässt Greta nur deshalb so nah an sich heran, um dich eifersüchtig zu machen. Der steht unheimlich auf dich. Ich kenne ihn. Aber er fühlt sich in seiner Ehre gekränkt, wenn du irgendetwas kritisierst, was mit der Partei zu tun hat. Er identifiziert sich mit der Partei und ist da sehr empfindlich.«

»Möglich«, sagte Elsa müde. »Aber mir ist das zu anstrengend.«

»Was? Sag bloß, dass du Otto nicht attraktiv findest.«

»Er ist attraktiv und kann sehr charmant sein«, gab Elsa zu.

»Und er ist ehrgeizig und klug. Peter meint, dass Otto eine erfolgreiche Karriere vor sich hat.«

»Möglich, ich wünsche sie ihm.«

»Wenn du und Otto ein Paar seid, dann würden wir uns öfter treffen, das wäre so fein. Wir könnten so viele nette Dinge gemeinsam unternehmen.« In Gedanken sah Karo sie zu viert durch die Stadt ziehen.

»Karo, stopp«, forderte Elsa. »Otto ist ein toller Mann. Aber wir passen einfach nicht zusammen.«

»Was, wieso? Ihr seid das ideale Traumpaar.« Karo versuchte, ihre Enttäuschung zu verbergen.

»Nein, das sind wir nicht. Ich will nicht dauernd vorgehalten bekommen, dass ich aus einer reichen Familie stamme. Wenn er Greta anziehend findet, ist das in Ordnung. Wenn er mich mit seinem Verhalten eifersüchtig machen will, finde ich das bestenfalls kindisch. Ich bin müde, Karo, und will nur nach Hause.«

»Schlaf dich aus, morgen siehst du die Sache wieder in einem anderen Licht«, meinte Karo. Sie sperrte die Haustür auf. »Glaub mir, Otto war noch nie an einer Frau so interessiert wie an dir.«

»Das tut mir leid für ihn.« Elsa wollte nicht zynisch klingen. »Frohe Weihnachten, Karo.«

»Dir auch ein frohes Fest! Die Taxirufsäule ist auf der Landstraßer Hauptstraße.«

38

Palais Sonnstein

Am Morgen des 24. Dezembers schlief Elsa lange. Sie wurde von einem Rumpeln auf der Straße geweckt. Gähnend stand sie auf und lief zum Fenster. Schon wieder hatte Tauwetter eingesetzt. Dicke Tropfen klatschten vom Dach auf ihr Fensterbrett. Aber immer noch lag ein Rest des gestrigen Schneefalls glitzernd auf den Dächern der Stadt. Elsa öffnete das Fenster, eine kühle Brise wehte ihr entgegen, sie lehnte sich nach draußen, um zu sehen, woher der Lärm stammte. Es waren Conrad und ihr Vater, die gemeinsam unter Lottes Anweisungen einen viel zu großen Tannenbaum ins Haus schleppten. Augenblicklich war Elsa munter. Trotz der unangenehmen Erinnerungen des letzten Abends fühlte sie sich wunderbar unbeschwert. Es war Weihnachten. Ihr Bruder war zu Hause, und sie würden den ganzen Vormittag eine Tanne mit Glaskugeln, Lebkuchen und Zuckerwerk schmücken. Rasch schlüpfte sie in eine Hose und einen Pullover und sauste die Stufen hinunter. Vor dem Speisezimmer machte sie halt. Es duftete verführerisch nach frischen Palatschinken.

Marie kam ihr entgegen. »Olga hat gekocht. Die Palatschinken sind ein Traum. So flaumig wie eine ...« Das Dienstmädchen suchte nach dem richtigen Vergleich. »Wie ein weiches Daunenkissen.«

Elsa musste grinsen. Sie wusste, dass Marie seit Monaten über ihr hartes Kopfkissen jammerte. Ihre Mutter hatte der jungen Frau ein weiches, mit Daunen gefülltes Kissen als Weihnachtsgeschenk besorgt.

Elsa wog kurz ab. Ihr Magen knurrte, besser, sie stärkte sich, bevor sie mit Conrad den Baum schmückte.

Das Speisezimmer war bis auf einen Platz leer. Ihre Großmutter saß kerzengerade auf einem der Stühle. Sie schien auf jemanden zu warten, denn ihr eigenes Gedeck war längst weggeräumt.

»Elsa, bitte komm rein und mach die Tür hinter dir zu«, forderte Mathilde.

Elsa blickte ins Gesicht ihrer Großmutter, und augenblicklich schwand ihr Glücksgefühl. »Was ist passiert, Großmama?«, fragte sie besorgt. Das Gesicht der alten Frau war trotz kräftiger Schminke blass und farblos. Ihre hellen Augen lagen in tiefen Höhlen.

»Setz dich.«

Elsa folgte dem Wunsch, der wie ein Befehl klang.

»Du hast gestern deine Handtasche neben der Kommode in der Eingangshalle vergessen.«

»Ja, ich habe es zu spät bemerkt. Ich hatte es eilig.« Trotz ihres knurrenden Magens wagte es Elsa nicht, nach einem der duftenden Palatschinken zu greifen. Ob der Unmut ihrer Großmutter mit Olga zu tun hatte?

»Ich habe deine Tasche in dein Zimmer gebracht.«

»Vielen Dank.«

»Sie war offen, und ich bin nicht mehr die Geschickteste …« Mathildes Stimme wurde leiser.

»Aha.«

»Ich habe den Inhalt deiner Tasche auf den Boden gekippt. Es war ein Versehen. Nie im Leben hätte ich darin herumgeschnüffelt.«

Elsa wusste nicht, wohin dieses Gespräch führte. Selten hatte Elsa ihre Großmutter so aufgewühlt erlebt. Ihre Lippen zitterten ebenso wie ihre Hände.

»Ich weiß, dass du das niemals tun würdest, mach dir deshalb keine Gedanken.« Elsa versuchte, die alte Frau zu beruhigen.

»Ich habe in deiner Tasche etwas gefunden, was nicht für meine Augen bestimmt war.« Sie sprach jetzt so leise, dass Elsa sie kaum verstehen konnte.

»Ich habe keine Idee, was das sein soll.«

Mathilde richtete ihren Blick nun direkt auf ihre Enkeltochter. In ihren wässrigen Augen lag eine Traurigkeit, die Elsa die Luft abschnürte. Was hatte die Großmutter gefunden?

»Ein Foto.«

Mit einem Mal begriff Elsa. Sie hatte das Foto aus der Villa am Attersee nicht aus der Handtasche genommen. Der gestrige Tag war so turbulent gewesen, dass sie nicht einmal dazu gekommen war, ihren Koffer auszupacken. Natürlich hatte sie auch den Inhalt ihrer Handtasche nicht angerührt.

»Du meinst das Foto, das Magda von Tante Emma, Elena, mir und … Jeshia gemacht hat?«

»Der junge Mann heißt Jeremias«, verbesserte Mathilde sie. »Er hat Suzas Augen. Ich habe nachgerechnet. Er ist genau im Alter meines …« Sie brach ab und ließ den Kopf auf ihre Brust fallen.

»Enkelsohns«, ergänzte Elsa.

Mathilde nickte, ohne dabei aufzusehen. Die Schultern der alten Frau zuckten.

Erschüttert stellte Elsa fest, dass sie weinte. Noch nie hatte sie ihre Großmutter weinen sehen. Nicht einmal beim Tod ihres Ehemanns. Jetzt rannen die Tränen über ihre eingefallenen, faltigen Wangen und tropften schwer auf den Spitzenkragen ihres Kleides.

»Ich … dachte, dass er tot … sei. Ich dachte … dass …« Wieder setzten ihre Worte aus.

»Du hattest Angst, die Köchin hätte Jeremias irgendwo abgegeben und wäre mit dem Geld, das du ihr mitgegeben hast, durchgebrannt.«

»Er ist nie auf dem Bauernhof angekommen. Ich dachte, sie hätte ihn …«

Ihre Stimme brach ab.

»Sie hat ihn nicht umgebracht. Jeshia lebt.«

Mathilde antwortete nicht.

»Aber Onkel Simon glaubt, dass sein Sohn tot ist.«

»Er hätte die Schmach nicht ertragen, einen behinderten Sohn zu haben. Einen schwachsinnigen Krüppel. Ich musste ihn schützen.« Glaubte Mathilde wirklich immer noch, dass sie richtig gehandelt hatte?

»Jeshia ist nicht schwachsinnig«, korrigierte Elsa. »Ganz im Gegenteil. Er ist ein kluger und sensibler junger Mann. Es war ein Segen, dass Tante Emma und Elena ihn der Köchin abgenommen haben. Auf dem Bauernhof wäre er in einem Stall jämmerlich verkommen.«

Mathilde griff nach einer Stoffserviette und tupfte sich damit die Augen ab.

»Wie ist er bei ihnen gelandet? Ich verstehe das alles nicht. Jahrelang habe ich versucht, Jeremias zu finden. Die Köchin war weg, wie vom Erdboden verschluckt.« Elsas Großmutter schnäuzte sich lautstark in die Serviette. Dieser Fauxpas erschütterte Elsa beinahe ebenso wie das Weinen der alten Frau.

»Tante Emma und Elena sind der Köchin zufällig begegnet. Sie haben Jeshia an sich genommen und ihr noch zusätzliches Geld gegeben, damit sie das Land verlassen konnte.«

»Warum haben sie nie … etwas gesagt? All die Jahre hat er bei ihnen gelebt. Meine Tochter musste doch wissen, dass ich …« Wieder brach ihre Stimme ab.

Trotz des schrecklichen Unrechts, das ihre Großmutter begangen hatte, verspürte Elsa Mitleid mit der alten Frau. Sie stand auf, umrundete den Tisch und setzte sich neben sie.

»Denkst du nicht, dass es Zeit ist, mit der ganzen Geheimniskrämerei aufzuhören? Du musst Onkel Simon die Wahrheit sagen.«

Empört riss Mathilde den Kopf hoch. »Wie soll ich das machen? Das geht nicht. Er wird mich hassen, dabei habe ich nur sein Bestes gewollt. Hätte Jeremias sich gut entwickelt, hätte ich ihn zurückgeholt. Aber er ist niemals dort angekommen, wo ich ihn hingeschickt habe.«

Mathilde holte das Foto unter den Falten ihres Rocks hervor. Sie legte es behutsam auf den Tisch und strich es glatt.

»Er sieht behindert aus.«

»Er ist behindert, Großmama. Er sitzt im Rollstuhl und kann eine Hand nicht bewegen. Aber er ist klug und lustig.«

Elsa nahm das Foto auf. Es war erst ein paar Tage her, dass es gemacht worden war. Elsa kam es wie eine Ewigkeit vor.

»Du musst mit Onkel Simon reden«, forderte Elsa. »Das bist du ihm schuldig.«

Mathilde seufzte schwer. »Ich habe mich noch nie so sehr vor etwas gefürchtet«, gab sie zu.

»Das kann ich gut verstehen.« Elsa legte ihre Hand auf die der Großmutter. Sie zitterte nach wie vor.

»Kann ich das Foto behalten?«, fragte Mathilde.

»Ja natürlich.«

Das Glücksgefühl, das Elsa noch beim Aufstehen verspürt hatte, war deutlich geschrumpft. Sie ließ ihre niedergeschlagene Großmutter im Speisezimmer zurück und machte sich auf die Suche nach Conrad. Sie lief die Treppe hoch zu den Räumen ihrer Eltern, als sie plötzlich angehalten wurde.

Olga war ihr gefolgt. Die Köchin hatte innerhalb weniger Stunden eine verblüffende Wandlung durchgemacht. In ihrem sauberen Kleid und der weißen Schürze erinnerte nichts mehr daran, dass sie vor vierundzwanzig Stunden noch auf der Straße geschlafen hatte.

»Heute ist Heiligabend«, begann sie beschämt.

»Ja, ich weiß.«

»Es ist der erste 24. Dezember, den ich nicht mit Werner verbringen kann.«

Elsa konnte die arme Frau gut verstehen. Wie traurig wäre sie gewesen, wenn Conrad nicht gekommen wäre, und er war bloß ihr Bruder, nicht ihr Sohn.

»Wir haben eine kleine Tradition«, fuhr Olga fort. »Ich habe Werner jedes Jahr ein Lebkuchenherz gebacken. Heuer habe ich es mit erbetteltem Geld gekauft.«

Sie holte ein handtellergroßes Herz unter ihrer Schürze hervor. Es war in helles Papier gewickelt. »Würden Sie das zu Werner bringen?« Sie hielt Elsa bittend das Geschenk entgegen.

»Ich will, dass er weiß, dass ich an ihn denke.«

Wie könnte Elsa ihr diese einfache Bitte abschlagen? Olga

durfte nicht zum Heim. Sie wusste ja nicht einmal, in welchem der Heime Werner untergebracht war.

»Ich bitte meinen Bruder, dass er mich bringt.« Elsa nahm das Lebkuchenherz.

»Haben Sie vielen, vielen Dank. Ich weiß gar nicht, wie ich das alles jemals wiedergutmachen kann.«

»Zaubern Sie uns ein köstliches Weihnachtsessen«, sagte Elsa. Bevor Olga noch weitere Dankesworte aussprechen konnte, lief Elsa weiter. Den Christbaum mussten Conrad und sie im Eilzugtempo schmücken. Hoffentlich würde sie Werner besuchen dürfen.

39

Schloss Wilhelminenberg

Es dauerte, bis Elsa Conrad dazu überreden konnte, sie zum Schloss Wilhelminenberg zu bringen. Lieber hätte er den ganzen Vormittag zu Hause verbracht. »Aber nur, wenn du dir nach Weihnachten selbst eine Fahrergenehmigung besorgst.«

»Versprochen.«

Sie liehen sich noch einmal das Automobil und fuhren los. Die Straßen der Stadt waren ungewöhnlich leer. Die meisten Wiener hatten alle Einkäufe bereits erledigt und trafen nun zu Hause die letzten Vorbereitungen für das Fest.

Zügig gelangten sie auf den Wilhelminenberg und fuhren über die schneematschige Einfahrt zum Schloss.

»Ich vertrete mir im Garten die Füße und schaue mir den Hügel an, den du und Mama für den Skiunterricht nutzt.«

»Du wirst enttäuscht sein«, sagte Elsa. »Er liegt hinter dem Schloss.«

Während Conrad den Gebäudekomplex umrundete, stieg Elsa die Stufen zum Schloss hoch. Noch bevor sie die schwere Tür öffnen konnte, kamen ihr Doktor Sensenbauer und August Aichhorn entgegen.

»Nein, was für eine Freude, das Fräulein Sonnstein!«, rief

der Direktor entzückt. »Kommen Sie herein. Mit so vielen Gästen hätte ich zu Weihnachten nicht gerechnet. Die Kinder werden sich freuen.«

August Aichhorn schien ebenso überrascht, eine seiner Studentinnen zu sehen. »Leider muss ich schon gehen«, sagte er. »Ich habe meinem Freund Dr. Sensenbauer noch schnell frohe Weihnachten gewünscht. Zu Hause bin ich im Moment ohnehin bloß im Weg. Aber was machen Sie hier, Fräulein Sonnstein?« Er musterte Elsa mit unverhohlener Neugier.

»Ich habe eine Schachtel Schokowaffeln dabei, die wollte ich den Kindern bringen.« Elsa hatte die Waffeln mitgebracht, damit sie den eigentlichen Grund ihres Besuchs nicht ansprechen musste.

»Ich habe gerade Ihre ersten Aufzeichnungen der Skitage gelesen und bin äußerst beeindruckt«, sagte Aichhorn.

Doktor Sensenbauer hatte sie um einen Durchschlag ihrer Protokolle gebeten. Damit er auf dem Laufenden blieb, was die Stunden mit den Kindern betraf. Offenbar hatte er sie Aichhorn gezeigt. »Besonders Ihre Arbeit mit dem kleinen Werner finde ich bemerkenswert. Einfühlsam und gleichzeitig mutig. Sie wagen es, Meinungen von Experten zu hinterfragen, das gefällt mir.«

»Professor Gattel sieht das leider nicht so. Ich nehme an dem Seminar nicht mehr teil.«

Aichhorn verzog säuerlich den Mund. »Ich habe davon gehört, dass meine Kollegin Bühler die Lehrveranstaltung nicht mehr leitet. Das ist sehr schade.«

»Ja, das ist es«, pflichtete Elsa ihm bei.

»Haben Sie Ihre Meinung bezüglich des Unterrichtens geändert?« Aichhorn wechselte das Thema. Auch wenn er keine gute Meinung über seinen Kollegen zu haben schien, würde er bei seiner Studentin kein schlechtes Wort fallen lassen.

»Ich überlege noch«, gestand Elsa. Hier zwischen Tür und Angel war nicht der Ort, über ihre Entscheidungsschwäche zu reden.

»Ich bin wirklich froh, dass ich Sie heute hier treffe«, sagte Aichhorn. »In Hietzing hat eine Schule eröffnet, in der noch nach engagierten Junglehrern gesucht wird. Die Schule wäre der ideale Ort für Sie, um mit dem Unterrichten zu beginnen.«

»Ach ja? Was ist das für eine Schule?«

»Es handelt sich um einen ganz neuen Versuch. Man ist dabei, psychoanalytisches Verständnis und Pädagogik miteinander zu verbinden. Wissenschaftler wie Erik Erikson, Anna Freud und Eva Rosenfeld arbeiten und forschen dort. Die Kinder werden in Form von Projekten, die miteinander verknüpft werden, unterrichtet. Man sucht nach jungen Leuten, genau wie Sie es sind. Man hat mich gebeten, talentierte Studenten vorbeizuschicken. Sie würden hervorragend in den Lehrkörper passen.«

Aichhorns Begeisterung schmeichelte Elsa. Seine anerkennenden Worte waren wie Balsam für ihre Seele, die von Professor Gattel mit Füßen getreten worden war.

»Gehen Sie doch gemeinsam mit Ihrem Kollegen hin und sehen Sie sich die Schule an«, schlug Aichhorn vor.

»Welcher Kollege?«

»Na, der junge Mann, der heute ebenfalls hier ist. Herr Grün.«

Elsa rutschte vor Schreck die Schachtel mit den Schokowaffeln aus der Hand, geschickt fing sie sie wieder auf.

»Vorsicht«, lachte Doktor Sensenbauer. »Es wäre schade, wenn die Waffeln nur noch kleine Brösel wären. Wobei das wohl nichts am Geschmack ändern würde. Ihre Waffeln sind köstlich.«

»Moritz ist da?«, fragte Elsa.

»Ich merke mir leider die Vornamen meiner Studenten nicht«, entschuldigte sich Aichhorn. »Herr Grün wird die Schule im Januar besuchen. Schließen Sie sich doch an. Ich kann mir vorstellen, dass Sie sich dort sehr wohlfühlen.«

Elsa bezweifelte, dass Moritz sich gemeinsam mit ihr die Schule ansehen wollte. Was machte er hier? Er hatte sich doch von den Skitagen abgemeldet.

»Ich muss jetzt leider gehen«, sagte Aichhorn. »Ich wünsche Ihnen ein gesegnetes Weihnachtsfest.«

»Ihnen auch«, antwortete Elsa.

Doktor Sensenbauer verabschiedete sich von seinem Freund, dann wandte er sich wieder Elsa zu. »Soll ich Sie hinaufbegleiten?«

»Danke, das ist nicht notwendig. Ich finde den Weg auch allein.«

»Sehr schön, dann werde ich in den Speisesaal schauen. Dort wird gerade ein riesiger Weihnachtsbaum aufgestellt und geschmückt.«

»Wollen Sie die Waffeln unter den Baum legen?«

»Eine hervorragende Idee, vielen Dank.« Der kleine Mann nahm den Karton entgegen.

»Doktor Sensenbauer!« Elsa fiel noch etwas Wichtiges ein.

»Ja?«

»Angenommen, eine alleinerziehende Mutter, der ihr Kind abgenommen wurde, weil sie obdachlos und arbeitslos war, findet eine Anstellung und eine Wohnung. Würden Sie sich dafür einsetzen, dass sie ihr Kind wieder zu sich nehmen darf?«

Doktor Sensenbauer kniff die Augen hinter seiner Brille zusammen. Er runzelte die Stirn. »Ich nehme an, Sie haben einen ganz bestimmen Jungen im Auge?«

Elsa nickte.

»Ich würde mich niemals querlegen«, sagte Doktor Sensenbauer. »Aber die endgültige Entscheidung liegt bei der Fürsorge. Die Frau müsste nachweisen können, dass sie ihr Kind ausreichend versorgen kann.«

»Ja natürlich«, beeilte sich Elsa.

»Sie sehen aus wie Ihre Mutter, aber Sie sind Ihrem Vater sehr ähnlich«, meinte Doktor Sensenbauer. »Lassen Sie ihn herzlich von mir grüßen. Und auch die charmante Frau Mama.«

»Das werde ich machen, frohe Weihnachten!« Immer zwei Stufen auf einmal nehmend lief Elsa die Treppe hoch. Doktor Sensenbauers Antwort gab Grund zur Hoffnung.

Anders als bei ihren letzten Besuchen herrschte heute ein lautes Durcheinander auf den Gängen des Heims. Kinder liefen aufgeregt umher. Sie trugen grüne Girlanden aus Tannenreisig, befestigten sie im Treppenhaus und an den Türen. Andere hängten bunten Papierschmuck dazu. Es wurde *O Tannenbaum* gesungen und *Leise rieselt der Schnee*. Zwei Mädchen flochten einander Zöpfe, ein Junge putzte mit akribischer Genauigkeit seine Schuhe. Elsa gelangte fast unbemerkt in den Schlafsaal, wo Werner seit ein paar Tagen wieder schlief, nachdem er das Turmzimmer hatte verlassen dürfen.

»Elsa?«

Es war Moritz' Stimme, die sie innehalten ließ. Mit klopfendem Herzen drehte sie sich um.

Er trug eine feine, dunkle Hose und ein helles Hemd, dessen Ärmel hochgekrempelt waren wie bei einem Arbeiter. Vielleicht hatte er gerade geholfen, eine Girlande aufzuhängen. Sein helles Haar stand ihm wie immer eine Spur zu unordentlich vom Kopf. Elsa ertappte sich bei dem Wunsch, durch sein Haar zu fahren, von dem sie wusste, dass es viel weicher war, als es aussah.

»Was machst du hier?«, fragte er.

»Dasselbe muss ich dich fragen. Du nimmst nicht mehr an den Skitagen teil.« Warum klang ihre Stimme so abweisend, obwohl sie sich doch magisch von ihm angezogen fühlte und sich sehnlichst wünschte, er würde seine Arme um sie legen und sie zu sich ziehen?

»Weil ich nicht Skifahren kann«, erklärte Moritz zum wiederholten Male. »Ich komme weiterhin hierher und gebe den Kindern Nachhilfe im Rechnen und Lesen.«

»Heute, am 24. Dezember?«

»Heute bin ich bloß da, um frohe Weihnachten zu wünschen.«

Statt sie zu umarmen, verschränkte er die Arme vor seiner Brust.

Elsa hoffte, dass er die Sehnsucht in ihrem Blick nicht sah. Sie genierte sich für ihre unerwiderten Gefühle.

»Ich habe erklärt, was ich hier mache. Jetzt du«, forderte Moritz.

»Ich habe Schokowaffeln vorbeigebracht.«

»Ach ja?«

»Doktor Sensenbauer hat sie genommen und trägt sie zum Weihnachtsbaum. Außerdem möchte ich Werner sehen.«

»Er sitzt auf seinem Bett und starrt traurig aus dem Fenster.«

»Das habe ich befürchtet.«

Elsa ließ Moritz stehen und ging in den Schlafsaal. Sie entdeckte den Jungen auf seinem Bett, das in der Ecke ganz hinten im Saal stand. Als er Schritte vernahm, drehte er sich um. Augenblicklich breitete sich ein Lächeln auf seinem Gesicht aus. »Elsa!«, rief er, sprang auf und lief ihr entgegen.

»Ich hatte so Angst, dass du nicht mehr kommst. Hast du meine Mama gefunden?«

»Pst.« Elsa legte den Finger auf ihre Lippen und ging in die Hocke.

Moritz war ihr gefolgt. Ob er Werners Worte gehört hatte?

»Hat sie sich über meine Zeichnung gefreut?« Nun flüsterte Werner. In seinen Augen lag Freude.

»Ja, das hat sie.«

Werner umarmte Elsa. Er drückte sie, so fest er konnte. Als er sie wieder freigab, war auch Elsa außer Puste. Sie griff in ihre Manteltasche und holte das in Papier gewickelte Lebkuchenherz hervor.

»Das ist für dich«, sagte sie leise. »Von deiner Mama.«

Ehrfürchtig, als wäre es das Wertvollste, was man besitzen konnte, nahm Werner das Geschenk entgegen. Er wickelte es aus. Kein Christbaum der Welt hätte es vermocht, diesen Glanz auf sein Gesicht zu zaubern.

»Ich esse es heute Abend«, sagte er. »Das habe ich immer so gemacht. Mama weiß das.«

»Sie denkt dann ganz sicher an dich«, antwortete Elsa. Es fiel ihr schwer zu sprechen, so gerührt war sie von der Freude des kleinen Jungen.

»Wann darf ich meine Mama wiedersehen?«

»Das weiß ich nicht«, sagte Elsa ehrlich. »Aber ich werde alles daransetzen, dass es nicht mehr lange dauert. Glaubst du mir das?«

»Ja!« Werner drückte das Lebkuchenherz gegen seine Brust. Seine Traurigkeit war einer Hoffnung gewichen, von der sich Elsa inständig wünschte, sie nicht zu enttäuschen.

»Ich wünsch dir ein frohes Weihnachtsfest«, sagte Elsa.

»Danke.« Werner lief zu seinem Bett, versteckte das Lebkuchenherz unter seinem Kopfkissen und kehrte zu Elsa zurück. »Ich muss jetzt in den Speisesaal«, erklärte er. »Ich darf beim Schmücken des Christbaums mithelfen.«

»Viel Spaß!« Elsa winkte dem Jungen nach, der durch den Schlafsaal flitzte und im Flur verschwand. Seine flinken Schritte hallten über die Fliesen und wurden leiser.

Moritz lehnte neben der Tür. Er hatte die Szene beobachtet. Jetzt kam er zu ihr.

»Erstaunlich, wie sehr sich Werner über Schokowaffeln freut.« Er zog amüsiert seine rechte Augenbraue hoch.

»Es war ein Lebkuchenherz«, gab Elsa zu.

Moritz fragte nicht weiter. Gemeinsam gingen sie zur Treppe.

»Feierst du heute gemeinsam mit deiner Familie?«, fragte Elsa.

»Es lässt sich leider nicht vermeiden«, sagte Moritz. »Aber ich werde die Angelegenheit so kurz wie nur irgendwie möglich halten. Heute muss ich die Sache nicht bis zum bitteren Ende aussitzen.«

Elsa konnte sich ungefähr vorstellen, was er darunter verstand. Sie selbst freute sich auf den Abend, den sie gemeinsam mit ihren Eltern und Conrad verbringen würde. Ihre

Großmutter und Onkel Simon weigerten sich, unter einem christlichen Weihnachtsbaum zu singen. Aber sie würden hinterher alle gemeinsam das Festessen genießen. Wenn der Abend in Moritz' Studentenzimmer nicht zwischen ihnen stehen würde, hätte Elsa ihn ins Palais eingeladen. Aber so war es unmöglich. Moritz wollte mit ihr nichts zu tun haben.

Das Treppenhaus wurde enger, und sie liefen jetzt sehr nah nebeneinander. Nur ein paar Zentimeter lagen zwischen ihnen. Wenn Elsa ihre Hand zur Seite strecken würde, könnte sie seinen Unterarm berühren. Alles an Moritz erschien ihr begehrenswert. Seine helle Haut, die grünen Augen, das struppige blonde Haar. Selbst die winzigen hellen Härchen auf seinen Unterarmen. Rasch beschleunigte sie ihre Schritte, sie wollte wieder ins Freie. Die kalte Winterluft würde für Abkühlung ihrer heißen Wangen sorgen. Sie stürzte förmlich nach draußen.

Moritz folgte ihr. Er krempelte seine Ärmel herunter, schlüpfte zuerst in sein Sakko und dann in seinen Mantel.

»Elsa?«

»Ja?« Sie wirbelte zu ihm herum.

»Warum hast du dich nie gemeldet?«

»Was meinst du?«

Ein schriller Pfiff durchschnitt die Stille zwischen ihnen. Conrad stand ans Auto gelehnt und winkte Elsa zu. Er tippte auf seine Armbanduhr, um ihr zu zeigen, dass er fahren wollte.

»Deine Begleitung?«, fragte Moritz.

»Ja.« Elsa überlegte fieberhaft, was er eben gemeint haben könnte.

»Du solltest ihn nicht warten lassen.«

»Elsa, komm!« Ungeduldig winkte Conrad ihr zu.

»Ja, ich bin schon unterwegs.«

Sie wandte sich wieder Moritz zu und wünschte, er würde sich zu ihr beugen, würde sie zart berühren. Aber natürlich blieb er stehen. Vielleicht neigte er sich sogar von ihr weg. Möglich, dass er sich heute Abend oder morgen früh mit Mona traf. Das Bild, das vor Elsa auftauchte, versetzte ihr einen winzigen Stich ins Herz.

»Frohe Weihnachten, Moritz. Ich wünsche dir ein friedliches Fest.«

»Danke. Ich dir auch.«

Dann drehte sie sich um und lief zu Conrad, der ihr die Wagentür öffnete und sie einsteigen ließ. Ungewöhnlich schnell brauste ihr Bruder los. Im Rückspiegel sah Elsa Moritz. Er schlug den Kragen seines Mantels hoch und spazierte einsam zur Straßenbahn. Er sah traurig aus, und Elsa wünschte, sie könnte zurücklaufen und ihn umarmen. Aber genau das wollte er auf keinen Fall.

40

Palais Sonnstein

Der Heilige Abend verlief friedlich. Gemeinsam mit Conrad und ihren Eltern stand Elsa unter einem herrlich geschmückten Weihnachtsbaum. Sie sangen zwei traditionelle Weihnachtslieder. Dabei traf wie jedes Jahr keiner von ihnen den richtigen Ton, und so ließen sie das wohl berühmteste österreichische Weihnachtlied *Stille Nacht* lieber aus. »Schade, dass Elena nicht da ist. Sie könnte uns auf dem Klavier begleiten«, seufzte Lotte.

Aber auch so waren alle sehr zufrieden. Sie tauschten kleine Geschenke aus. Lotte freute sich über die Wollmütze, und Conrad war von der Thermokanne begeistert. Jakob wollte gleich morgen mit dem Lesen des *Zauberbergs* beginnen. Elsa bekam einen Schal und Parfüm. Die ausgefallensten Geschenke kamen von Conrad.

»Was um Himmels willen ist das?«, fragte Jakob. Er schnupperte an dem Päckchen und verzog angewidert die Nase. »Es riecht wie alte Socken.« Nur zögernd wickelte er das Papier auf. Der Gestank wurde immer intensiver und breitete sich im ganzen Zimmer aus. Er verdrängte den Duft der Tannennadeln und Kerzen.

»Echter Bergkäse aus Vorarlberg«, erklärte Conrad stolz. »Ein halbes Jahr lang gereift.«

»So riecht er auch«, lachte Elsa.

»Ich glaub, den kann ich nicht essen«, meinte Jakob. »Der ist sicher nicht koscher.« Alle wussten, dass niemand in der Familie Sonnstein sich an die jüdischen Speisegesetze hielt. Lotte bekam ein Fläschchen Zirbenschnaps, und Elsa kam mit einer Hartwurst davon.

»Die ist ideal zum Wandern«, erklärte Conrad stolz.

»Passt sicher gut zu den Schokowaffeln im neuen Design.«

Alle genossen die unbeschwerte, friedliche Stimmung, die zwei kleinen Bahnkarten zu verdanken war.

Später gingen sie hinunter ins Speisezimmer, wo gemeinsam mit Mathilde und Simon festlich gegessen wurde. Es war Tradition, dass an diesem Abend auch das Personal mit am Tisch saß. In diesem Jahr waren es Ferdinand, Marie und Olga. Seit die Frau wusste, dass Werner ihr Geschenk bekommen hatte, wirkte auch sie ein wenig entspannter. Während die drei Dienstboten die Mitternachtsmette besuchten, zogen die Sonnsteins sich auf ihre Zimmer zurück. Man lebte eine Mischung aus christlichen und jüdischen Traditionen, ohne Kirche oder Synagoge zu besuchen. Elsa hatte während des Essens ihre Großmutter genau beobachtet und auch Onkel Simon nicht aus den Augen gelassen. Nichts hatte darauf hingedeutet, dass Mathilde ihr Geheimnis gestanden hatte.

Das blieb auch an den beiden nächsten Tagen so. Erst nach den Feiertagen saß Onkel Simon kreidebleich im Rauchsalon und trank bereits vor dem Mittagessen zwei Gläser Portwein. Ein sicheres Zeichen für Elsa, dass ihre Großmutter das Jahre zurückliegende Unrecht preisgegeben hatte.

Elsa überlegte. Sollte sie sich vorbeischleichen? In all den Jahren auf der Ringstraße hatte sie mit Onkel Simon nie mehr als das Notwendigste gesprochen. Vielleicht war jetzt der Augenblick gekommen, damit anzufangen. Irgendwie hatte sie das Gefühl, dieses Gespräch Jeshia schuldig zu sein. Mit seinem Bild im Kopf atmete sie tief durch und betrat dann den Rauchsalon.

»Guten Morgen«, sagte sie leise.

Mit Verzögerung hob er den Kopf. An jedem anderen Tag hätte er den Gruß mürrisch erwidert, heute ließ er selbst diese Antwort bleiben. Seine Augen waren blutunterlaufen. Zum Teil vom Portwein, wohl aber auch vom Weinen.

Trotz seines ablehnenden Verhaltens nahm Elsa ungefragt Platz.

»Du hast meinen Sohn kennengelernt?« Er sprach das Wort Sohn mit so viel Vorsicht und Angst aus, dass Elsa Mitleid mit ihm empfand.

»Ja, er ist ein kluger, sensibler junger Mann.«

Simon stützte seinen Kopf in den Händen ab. »Es ist alles meine Schuld. Ich hätte die Verantwortung nicht einfach abgeben dürfen …« Seine Stimme brach.

»Es geht nicht um Schuld«, entgegnete Elsa.

»Wie soll es meinem Sohn jemals gelingen, mich anzuschauen, ohne in mir den Vater zu sehen, der ihn nicht haben wollte, weil er …« Simon schaffte es nicht, das Wort Behinderung auszusprechen.

»Weil er im Rollstuhl sitzt«, ergänzte Elsa sanft.

»Er ist ein Krüppel«, verbesserte Simon gequält. »Ich habe das Foto gesehen.« Niedergeschlagen vergrub er sein Gesicht in den Händen. »Aber ich wünsche mir nichts sehnlicher, als ihn kennenzulernen. Gleichzeitig fürchte ich mich davor, ihm zu begegnen. Er muss mich hassen.«

»Jeshia hasst niemanden. Dazu ist er viel zu besonnen.«

»Denkst du, er kann mir jemals verzeihen?«

»Um jemandem zu verzeihen, muss es einen Schuldigen geben. Ich kann nur wiederholen, dass wir alle die Frage der Schuld aus unseren Überlegungen streichen sollten. Es hat keinen Sinn, darüber nachzudenken, wer sich falsch verhalten hat: Großmama, Tante Emma oder du. Diese Gedanken bringen uns nicht weiter.«

Simon antwortete nicht. Elsa hörte ihn leise schluchzen.

»Du hast nur dieses eine Leben, Onkel Simon. Lass nicht zu viel Zeit vergehen. Jeshia wird es dir nicht unnötig schwer machen, das kann ich dir versichern.«

Mit dem Handrücken fuhr sich Simon über die rote Nase. Er richtete sich auf. Seine Fingerkuppen hatten rote Flecken auf seinen Schläfen hinterlassen.

»Danke, Elsa«, sagte er leise.

Damit war das Gespräch vorerst beendet. Elsa stand auf und verließ langsam den Rauchsalon. Sie war stolz auf sich, dass sie dem Gespräch nicht ausgewichen war, und hoffte inständig, dass Onkel Simon den Mut aufbringen würde, den Kontakt zu Jeshia und Tante Emma zu suchen.

Im Speisesaal saß nur noch Conrad beim Frühstück. Er trank bereits die dritte Tasse Kaffee und blätterte die Zeitung durch.

»Das ausgedehnte Frühstück ist sicher der größte Verlust, den ich am Arlberg hinnehmen muss«, seufzte er.

»Isst du dort nichts am Morgen?« Elsa setzte sich. Wieder gab es köstliche Palatschinken, Omeletts und getoastetes Weißbrot.

»Doch.« Conrad legte die Zeitung zur Seite. »Ein Glas Milch. Zu mehr reicht es meist nicht.« Er schenkte eine weitere Tasse Kaffee ein. »Hast du Onkel Simon gesehen? Er wirkt völlig durcheinander. Ich habe ihn gefragt, was los sei, aber er hat mich weggeschickt, wie immer.« Conrad fasste nach der Milchkanne. »Ich hätte schwören können, dass er geweint hat. Denkst du, Großmama hat mit ihm gesprochen?«

»Ja.« Elsa hielt sich knapp. Sie wollte das Thema jetzt nicht mit Conrad durchgehen, zu groß war die Gefahr, dass Onkel Simon das Speisezimmer betrat und dann das Gefühl hatte, es würde hinter seinem Rücken getuschelt.

Ferdinands Kopf tauchte im Türrahmen auf. »Fräulein Elsa, Sie haben Besuch.«

»Schon wieder?« Conrad hob neugierig eine Augenbraue. Auch Elsa war überrascht. »Wer kann das sein?«

»Es sind zwei junge Frauen.«

»Sind sie hübsch?«, fragte Conrad.

»Conrad!« Elsa war empört.

Ferdinand räusperte sich. »Beide sind sehr attraktiv, wenn ich mir diese Bemerkung erlauben darf.«

»Na, dann immer herein mit den beiden«, lachte Conrad. »Rein brüderliches Interesse an den Menschen, mit denen du dich umgibst.«

Elsa legte die Serviette, die sie eben aufgefaltet und auf ihren Schoß gelegt hatte, wieder weg und stand auf.

In der Eingangshalle warteten Edith und Mona. Genau wie Karo vor ein paar Tagen wirkten beide eingeschüchtert und gleichzeitig beeindruckt vom Glanz des Palais.

»Servus!« Elsa lief die Stufen hinunter und begrüßte zuerst Edith, dann Mona. »Was für eine nette Überraschung.«

»Wir waren gerade auf dem Weg zum Theater an der Wien, da dachten wir, wir schauen mal bei dir vorbei. Wir haben dich schon ewig nicht mehr gesehen«, sagte Edith.

Das Theater an der Wien lag beim Naschmarkt, das war nicht gerade um die Ecke. Der Besuch musste einen anderen Grund haben.

»Wollt ihr mit mir frühstücken?«, fragte Elsa. »Es gibt frische Palatschinken.«

»Wirklich?« Ediths rote Wangen glühten. »Ich hatte den Rest vom Früchtebrot meiner Oma. Das schmeckte ekelhaft.« Sie schüttelte sich bei der Erinnerung. »Gegen einen Palatschinken hätte ich nichts einzuwenden.«

Ferdinand nahm den beiden jungen Frauen die Mäntel ab, und Elsa führte die Freundinnen ins Speisezimmer. Mona zog Elsa zur Seite. »Ich muss dir etwas gestehen.«

Sie sah zu Edith, die ein paar Schritte vor ihnen ging und ein Gemälde von Kokoschka, das an der Wand hing, bestaunte. »Unter vier Augen«, bat Mona.

»Wir können uns dort aufs Sofa setzen.« Elsa zeigte auf eine Fensternische zwischen Speisezimmer und Rauchsalon, wo ein Sofa stand, das aus der Zeit Maria Theresias stammte. Ihr Großvater hatte es gekauft. Das Holz war mit Goldfarbe lackiert, und die Polster waren mit aufwendig besticktem Blumenmuster dekoriert. Niemand mochte das monströse Ding. Aber aus Respekt vor dem Verstorbenen trennte man sich nicht davon. Großmutter hatte rechts und links zwei riesige Topfpflanzen platzieren lassen, damit das Möbelstück nicht sofort ins Auge stach.

»Setz dich schon mal. Ich bringe Edith ins Speisezimmer zu meinem Bruder.«

Mona ging zum Sofa, während Elsa Edith weiterführte. Sie stellte Conrad die Freundin vor, der sich sehr galant um sie kümmerte und ihr Kaffee, Tee und frische Kipferl anbot. Die Palatschinken hatte er gerade selbst gegessen.

Wieder beim Flur ließ sich Elsa neben Mona plumpsen. Die Sprungfedern im Sofa quietschten. »Also, schieß los«, forderte Elsa.

»Das ist gar nicht so einfach«, begann Mona. Sie sah wie immer hinreißend aus. Heute trug sie ein dunkelgrünes Kleid, dessen Taille nach unten versetzt war. Ihr Haar hatte sie zu perfekten Wasserwellen gelegt. Sicherlich hatte das Glätten eine Ewigkeit gedauert.

Nervös fasste sie nach ihrer Handtasche und kramte darin herum. Schließich zog sie ein Kuvert heraus. Das schlechte Gewissen sprach aus ihren Augen. »Hier, der gehört dir.« Mona hielt Elsa das Kuvert entgegen.

Ihr Name und ihre Adresse standen in kleinen akkurat gesetzten Buchstaben darauf. Elsa brauchte den Umschlag nicht umzudrehen, um zu wissen, wer der Absender war. Sie kannte diese Schrift.

»Der ist von Moritz?«

Mona nickte geknickt. »Er hat mir den Brief nach dem Seminar bei Gattel gegeben. Er wollte ihn selbst zur Post bringen, doch ich habe ihm gesagt, dass ich ohnehin ein Paket aufgeben muss, da konnte ich gleich den Brief mitnehmen. Er war sehr dankbar, da er noch einiges zu erledigen hatte.«

Elsa drehte das Kuvert nun doch um. Moritz Grün war der Absender. Allein der Schriftzug seines Namens löste dieses warme Prickeln in ihrem Magen aus.

»Aber du bist dann doch nicht zur Post gegangen?«, fragte Elsa.

Nun errötete Mona verlegen. Sie presste die Lippen aufeinander, womit sie ihnen noch mehr Farbe verlieh. »Ich war dort, aber ich habe den Brief nicht aufgegeben«, stieß sie hervor. »Es tut mir wirklich leid. Das war nicht in Ordnung.« Für einen Moment hatte es den Anschein, als würde Mona anfangen zu weinen. Das passte so ganz und gar nicht zu ihr.

»Aber warum?«, fragte Elsa verwirrt.

»Neid und Eifersucht.« Mona starrte auf das Bild von Kokoschka. »Und ich spüre beides immer noch«, gestand sie. »Du hast alles, was man sich nur wünschen kann, und dann schnappst du dir noch den nettesten Studienkollegen. Das ist nicht fair.«

»Aber ich habe mir Moritz nicht geschnappt«, erwiderte Elsa. »Er hat an mir kein Interesse.«

Mona verzog ihren rot geschminkten Mund. »Natürlich hat er das, du bist bloß zu naiv oder zu unerfahren, um es zu erkennen.«

Sie hatte sich nun wieder gefasst und war die Mona, die Elsa kannte. Selbstbewusst und ein bisschen überheblich. »Auf alle Fälle habe ich den Brief nicht aufgegeben und ihn einfach in meiner Tasche behalten. Ich dachte, dass Moritz, wenn du ihm nicht antwortest, erkennt, dass du nichts für ihn empfindest.«

Elsa ließ sich nach hinten fallen. Die Rückenlehne war nicht nur hässlich, sondern auch steinhart.

»Außerdem hoffte ich darauf, dass dieser Otto dir weiter den Hof machen würde und du ihn attraktiv findest.«

Unglaublich, wie geschickt Mona alles geplant hatte. Elsa fehlten die Worte. Sie konnte nichts sagen.

»Ich hatte gehofft, dass die Zeit für mich arbeitet. Aber leider ging mein Plan nicht auf. Moritz ist so niedergeschlagen, dass er zu nichts zu gebrauchen ist. Er beschäftigt sich nur noch mit dem Abschluss seines Studiums, er arbeitet freiwillig in einem Kinderheim und liest ununterbrochen irgendwelche psychoanalytischen Schriften, die kein normaler Mensch versteht.«

Ja, da war sie wieder: die Mona, die von sich aus auf alle anderen Menschen schloss. Elsa musste grinsen.

»Irgendwann habe ich mich bei Edith verplappert, und die war so entsetzt, dass sie mich dazu gezwungen hat, dir den Brief zu bringen.«

Natürlich, Edith steckte hinter Monas schlechtem Gewissen. Nun passte alles wieder zusammen.

»Ich bin froh, dass du mir den Brief jetzt gibst«, sagte Elsa. »Danke.«

Mona zuckte mit ihrer rechten Schulter. Sie stand auf. »Gegen eine Tasse Kaffee hätte ich jetzt nichts einzuwenden.«

Aus dem Speisezimmer drang lautes Lachen. Edith und Conrad schienen sich blendend zu amüsieren. Als Mona den Raum betrat, sah sie zuerst Conrad, dann Elsa an. »Warum hast du deinen attraktiven Bruder bisher geheim gehalten?«, flüsterte sie Elsa zu.

»Glaube mir, der gefällt dir nicht«, sagte Elsa. »Conrad hat nur eines im Kopf: Berge und Skifahren.«

»Na, vielleicht schau ich doch mal in dieses Sportgeschäft in der Kaiserstraße. Wie heißt die Besitzerin?«

»Mizzi Kauba.«

Elsa beobachtete Mona, die sich mit sehr vorhersehbaren Absichten neben Conrad setzte. Auch Edith war näher an Conrad gerückt. Ihre Wangen hatten vom Lachen einen hübschen Farbton angenommen. Sie sah entzückend natürlich aus. Niemand kannte Conrad besser als Elsa. Die Art, wie er Edith betrachtete, verriet ihr, dass Mona im Moment die schlechteren Karten in der Hand hatte. Sie ließ die drei allein, setzte sich noch einmal auf das barocke Sofa und riss den Briefumschlag auf. Moritz hatte seine Nachricht auf hellblaues Briefpapier geschrieben.

»Liebste Elsa, du musst mich für einen törichten Narren halten. Statt dich in die Arme zu schließen, stoße ich dich von mir weg. Dabei wünsche ich mir nichts sehnlicher als deine Nähe. Vielleicht ist es die Angst vor Verletzungen, die mich vorsichtig werden ließ. Falscher Stolz … keine Ahnung. Deine Jane Austen hätte dafür die richtige Antwort. In ihren Geschichten würde der einfältige Protagonist eine zweite Chance bekommen … Ich hoffe, dass es noch nicht zu spät ist und du dich nicht längst für jemand anders entschieden hast. Dein Moritz. PS: Bitte melde dich.«

Elsa las den Brief ein zweites und ein drittes Mal, um sich zu vergewissern, dass sie sich nicht täuschte. Aber es bestand kein Zweifel. Das hier war ein Liebesbrief, in dem Moritz um eine zweite Chance bat. Sie sprang auf, faltete den Brief wieder zusammen und steckte ihn in die Tasche ihrer Hose.

»Ich muss weg!« Sie streckte ihren Kopf ins Speisezimmer und entschuldigte sich. »Kommt ihr allein klar?«

»Aber sicherlich!« Mona lachte.

»Soll ich dich irgendwohin bringen?«, fragte Conrad. Die Aufmerksamkeit der zwei jungen Frauen schien ihm doch eine Spur zu viel zu werden.

»Nicht notwendig«, sagte Elsa. Das war ihre kleine persönliche Rache dafür, dass Conrad sich wochenlang nicht bei ihr gemeldet hatte.

Er nahm es mit Fassung. »Bis später, Schwesterherz!« Auch Edith und Mona winkten ihr nach.

Elsa wollte so schnell wie möglich in die Rustenschacher-allee gelangen. Weshalb sie zur Hofburg lief, wo immer Taxis warteten. Sie nahm das erste und ließ sich in die Leopold-stadt bringen. Ungeduldig zappelte sie auf der Rückbank und handelte sich einen mürrischen Blick des Fahrers durch den Rückspiegel ein.

Es dauerte ewig, bis sie endlich vor dem alten Zinshaus aus der Gründerzeit ankamen. Elsa drückte dem Fahrer ei-nen Geldschein in die Hand, nahm das Wechselgeld entge-gen und hastete aus dem Wagen. Sie lief auf das Eingangstor zu und betrat das düstere, desolate Treppenhaus. Heute roch es nach Linsen, Speck und angebrannten Zwiebeln. Ob Moritz die unangenehmen Gerüche noch wahrnahm, oder hatte er sich daran gewöhnt? Im Laufschritt hastete Elsa die Stufen bis zum Dachboden hoch. Als sie angekommen war, raste ihr Herz, und sie schnappte nach Luft. Sie wartete ei-nen Moment, bevor sie anklopfte. Erst als sie wieder spre-chen konnte, richtete sie ihr Haar und klopfte. Auf der an-deren Seite der Tür tat sich nichts. Sie klopfte erneut. Wieder nichts. Moritz war nicht zu Hause. Mit einem Schlag ver-puffte ihr Glücksgefühl. Warum war sie felsenfest davon ausgegangen, dass er zu Hause war? Draußen schien die Sonne. Frisch gefallener Schnee glitzerte, der Himmel war wolkenlos und tiefblau. Natürlich war Moritz nicht in dem kleinen Zimmerchen. Vielleicht hatte er die Feiertage zu Hause verbracht und war immer noch bei seinen Eltern?

Enttäuscht ließ sie sich auf die oberste Stufe des Treppen-hauses sinken. Sie stützte ihre Ellbogen auf den Knien ab und legte ihren Kopf in die Hände. Was sollte sie jetzt ma-chen? Sie konnte ebenfalls einen Brief schreiben und ihn unter dem Türspalt durchschieben. Aber was, wenn Moritz das Zimmer aufgegeben hatte? Wenn er gar nicht mehr hier wohnte? So wie er es angekündigt hatte. Sie müsste warten, bis sie ihm zufällig am Pädagogischen Institut, in der Universität oder am Wilhelminenberg über den Weg lief. Das konnte erst irgendwann Mitte Januar der Fall sein. So lange wollte Elsa nicht warten. Geduld gehörte nicht zu ihren Stärken.

Wussten Edith oder Mona, wo Moritz' Eltern wohnten? War es sinnvoll, dort nachzufragen? Während Elsa nachdachte, bemerkte sie die Schritte nicht, die sich ihr über die Treppe näherten. Erst als Moritz fast direkt vor ihr stand, nahm sie ihn wahr. Er trug eine Papiertüte mit Brot unterm Arm.

»Elsa?«

Sie sprang auf. Etwas unbeholfen stand sie vor ihm. In den Liebesgeschichten, die sie so gerne las, fielen sich die Protagonisten an dieser Stelle einfach um den Hals. Das war schon einmal danebengegangen. Sie zögerte.

»Heute Morgen waren Edith und Mona bei mir«, begann sie und erwähnte nicht, dass sie wahrscheinlich immer noch im Speisezimmer saßen.

»Ich nehme an, sie haben dich wegen Silvester gefragt. Sie wollen zu einer Tanzveranstaltung im Kursalon Hübner gehen.«

»Nein, davon haben sie nichts gesagt.« Wahrscheinlich hatten sie das vorgehabt, wäre Elsa geblieben. Aber sie war ja davongerast.

»Mona hat mir den hier gegeben.« Elsa zog das Kuvert aus ihrer Hosentasche.

»Oh.« Moritz' Wangen färbten sich.

Wie sollte Elsa diese Reaktion interpretieren? War es ihm

unangenehm, dass sie seinen Brief gelesen hatte? Bereute er das Schreiben?

»Stimmt es noch, was in dem Brief steht?«, fragte Elsa. Eigentlich hatte sie glücklich, verliebt und begeistert klingen wollen. Aber jetzt hörte sich ihre Stimme wie die einer trotzigen Dreijährigen an.

»Welchen Teil meinst du?«

Es war zum aus der Haut fahren. »Dass du ein törichter Narr bist.«

»Ja, das stimmt immer noch.«

»Und dass du hoffst, dass ich mich nicht für Otto entschieden habe.«

»Das habe ich am Heiligen Abend bereits gesehen«, sagte Moritz leise. Er schob sich an ihr vorbei, holte seinen Schlüssel aus der Hosentasche und sperrte die altersschwache Tür auf. Mit einem lauten Quietschen stieß er sie auf.

»Was hast du am 24. Dezember gesehen?« Dieses Treffen verlief gerade gar nicht so, wie Elsa sich das vorgestellt hatte.

»Der junge Mann mit dem Auto. Es war nicht zu übersehen, dass ihr euch sehr nahesteht.«

Moritz vermied es, sie anzusehen. Er stellte die Papiertüte auf dem kleinen Tischchen in seinem Zimmer ab.

»Das war Conrad, mein Bruder.«

Abrupt drehte Moritz sich um. »Ich dachte, der sei am Arlberg.«

»Er ist zu Weihnachten nach Wien gekommen.«

Elsa stand immer noch im Flur.

»Willst du reinkommen?« Moritz öffnete die Tür noch weiter.

»Eigentlich will ich, dass du mich endlich in den Arm nimmst und küsst«, platzte Elsa ungeduldig heraus. »Als ich es probiert habe, hast du mich weggestoßen, jetzt liegt es an dir.«

Amüsiert verzog Moritz seine Lippen zu einem Lächeln. »Geduld gehört nicht zu deinen Stärken.«

»Das weiß ich«, antwortete sie. »Dafür habe ich eine Entscheidung getroffen.«

»Ach ja? Wofür?« Moritz' Lächeln wurde immer breiter. Seine hellgrünen Augen funkelten.

Elsa verlor sich darin. Mit dem Zeigefinger tippte sie an seine Brust.

Endlich legte er seine Hände an ihre Taille und zog sie zu sich. Trotz der Kälte lief Elsa ein heißer Schauer über den Rücken und breitete sich über ihren ganzen Körper aus. Ihr Gesicht war nur wenige Zentimeter von Moritz entfernt. In seinem Blick lag eine zärtliche Frage. So als reichten ihm ihre fordernden Worte nicht. Er schien auch in ihren Augen und auf ihrem Mund nach der Erlaubnis zu suchen, sie zu küssen. Was er sah, schien ihm Gewissheit zu geben. Mit einer Behutsamkeit, die Elsa bis in die Zehenspitzen spürte, küsste er sie auf ihre Lippen. Elsa hatte das Gefühl, als würde sie schweben. Zum Glück hielt Moritz sie fest. Als er wieder von ihr abließ, sehnte sie sich schon nach dem nächsten Kuss.

»Wann hast du dich entschieden?«, wollte Moritz wissen.

»Ich weiß es nicht«, gab Elsa zu. »Ich habe mich nicht Hals über Kopf in dich verliebt«, gestand sie. »Sondern langsam, Schritt für Schritt. Genau wie in die Arbeit mit den Kindern. Irgendwann wusste ich, dass ich es zumindest einmal probieren will.« Sie machte eine Pause. »Und dass ich dich will.«

Moritz küsste sie erneut. Diesmal war die Berührung seiner Lippen fordernder. Elsa erwiderte den Kuss mit einer bisher unbekannten Leidenschaft. So fühlte sich kein Mitleid an, das schien auch Moritz zu erkennen.

Es lag eine Reihe ungelöster Probleme vor ihr: Olga und Werner, ihr Cousin Jeshia und Onkel Simon, die Rolle, die ihre Großmutter gespielt hatte, die Kriegserinnerungen ihres Vaters. Aber in diesem Moment, als Moritz sie zu sich in seine winzige Dachbodenkammer zog, schien nichts davon unlösbar. Elsa durchströmte das Gefühl von Zuversicht und Glück. Solange sie sich einen Teil davon erhalten konnte, würde alles gut werden.

Nachwort

Das Schreiben eines historischen Romans bedarf immer intensiver Recherche. Jede Zeit hat ihren Reiz, aber ich muss zugeben, dass ich die Zwischenkriegszeit besonders spannend finde. So viel, was damals passierte, beeinflusst uns heute noch. 1928 war Österreich in zwei politische Lager geteilt. Wien, die einstige Metropole eines Vielvölkerstaates, war viel zu groß für die winzige Republik geworden. Hier regierte eine linke Stadtregierung und kämpfte einen engagierten Kampf gegen die flächendeckende Armut. Die Partei zog zahlreiche Intellektuelle, Künstler und Wissenschaftler an. Viele stammten aus dem sogenannten »assimilierten Judentum«.

In dieser Aufbruchstimmung fand die Geburtsstunde der analytischen Pädagogik statt. In Wien fielen die Ideen namhafter Wissenschaftler wie Anna Freud, Charlotte Bühler und Erik Erikson auf nahrhaften Boden. Ab 1934 mussten die meisten von ihnen ihre Arbeit einstellen und das Land verlassen.

Aber nicht alles, was grundsätzlich gut gemeint war, brachte auch den gewünschten Erfolg. Kinder, die in der KÜST untergebracht worden waren, erzählten viele Jahre spater von erniedrigenden Untersuchungen. Die Eugenik, über die sich Jakob im Buch so entsetzt zeigt, sollte später unter dem Regime der Nazis mit der Euthanasie einen traurigen Höhepunkt erfahren. Der Grundstein dieses Denkens wurde bereits lange vorher gelegt.

Wie immer habe ich mich bemüht, historisch belegte Personen mit dem Schicksal fiktiver Figuren in einer Geschichte zu verweben und ein möglichst authentisches Bild der Zeit zu zeichnen. Von der Hietzinger Schule, in der Moritz und Elsa schließlich zu arbeiten beginnen, gibt es nur noch wenig schriftliche Aufzeichnungen. Sie musste bereits unter der austrofaschistischen Regierung von Engelbert Dollfuß geschlossen werden. Zu diesem Zeitpunkt verließen viele der klügsten Köpfe Österreich. Mit einem Schlag wurde das Rad der Zeit in der Pädagogik wieder zurückgedreht. Es dauerte ein halbes Jahrhundert, bis Reformpädagogik erneut ins Zentrum des Interesses rückte. Diskussionen über Schulnoten und standardisierte Leistungsnachweise zeigen, dass die Ideen von damals immer noch revolutionär sind und es sich lohnt, über die Menschen nachzudenken, die in den Zwanziger- und Dreißigerjahren des vorigen Jahrhunderts bahnbrechende Ideen hatten.

Genau wie die Recherche hat mir auch das Schreiben dieser Geschichte große Freude bereitet. An dieser Stelle möchte ich mich bei einigen Personen bedanken, die maßgeblich zur Entstehung des Buchs beigetragen haben. Bei meiner Agentin Franka Zastrow und Nicole Geismann von Blanvalet, die an das Thema glaubten, und bei meiner Lektorin Kerstin von Dobschütz, die dem Text den letzten Schliff gegeben hat. Ein dicker Kuss geht an meine Tochter Ida, die sich mit viel Geduld mein Jammern anhören musste und stets motivierende Worte gefunden hat, wenn ich davon überzeugt war, dass das alles nichts wird.

Und ein großes Dankeschön an Sie liebe Leser*innen, Buchhändler*innen und Bibliothekar*innen. Ich hoffe, dass Sie meinen Geschichten auch weiterhin die Treue halten werden.

Zu einer Zeit, als Frauen noch lange Röcke tragen mussten und Skifahren gerade erst in Mode kam, findet ein Mädchen aus den Bergen ihren Weg ins große Glück.

544 Seiten. ISBN 978-3-7341-0732-0

Als Lotte 1904 in Wien ankommt, ist für sie noch alles neu und fremd. Bisher hat sie mit ihrem Vater in dem kleinen Ort Mürzzuschlag gewohnt und von der großen Stadt nicht viel mitbekommen. Aber ihre Zeit in den Bergen und auf Skiern ist ihr jetzt hilfreich. In dem kleinen Bergsportladen in der Kaiserstraße bekommt sie deshalb gleich eine Anstellung, denn der Skisport ist erst im Kommen, nur die wenigsten kennen sich mit den neuartigen Brettern aus. Dass das auch etwas für Frauen ist, kann man sich schon gar nicht vorstellen. Aber Lotte lässt sich davon nicht beirren, und als dann noch ein junger Herr bei ihr seine Skier bestellt und Gefallen an ihr findet, befürchtet sie, dass das alles nur ein Traum sein könnte …

Lesen Sie mehr unter: **www.blanvalet.de**

WeLove

blanvalet

www.blanvalet.de

facebook.com/blanvalet

twitter.com/BlanvaletVerlag